Marek Halter
Der Messias

MAREK HALTER

# Der Messias

ROMAN

DEUTSCH VON
ANNETTE LALLEMAND

WUNDERLICH

Die Originalausgabe erschien 1996 unter dem Titel «Le Messie»
bei Éditions Robert Laffont, S.A., Paris
Umschlaggestaltung Susanne Müller
(Foto: «Der Tempel Salomons»; Matthäus Merian d. Ä.;
Archiv für Kunst und Geschichte, Berlin)

Glossar siehe Seite 541 bis 542

1. Auflage September 1999
Copyright © 1999 by Rowohlt Verlag GmbH,
Reinbek bei Hamburg
«Le Messie» Copyright © by Éditions Robert Laffont, S.A., Paris, 1996
Alle deutschen Rechte vorbehalten
Satz aus der Galliard PostScript PageOne
Gesamtherstellung Clausen & Bosse, Leck
Printed in Germany
ISBN 3 8052 0631 3

**Für Clara H.**

# Erster Teil

# I
## *BARUKH HABA* – SEID WILLKOMMEN!

Das Gerücht kam aus Ägypten. Kaufleute, Gelehrte und Rabbiner, allesamt glaubwürdige Reisende, hatten es bis nach Italien verbreitet. Dorthin, wo so viele Juden ein ärmliches Flüchtlingsdasein führten. Nach den beiden verhängnisvollen Jahren 1492 und 1497, nach Verfolgung, Scheiterhaufen und Massakern, hatte man sie vollends aus Spanien und Portugal vertrieben. Und die Erinnerung an die vielen Tausend Toten verfolgte sie auch hier. Verstört von soviel Ungerechtigkeit, verschreckt von den Pogromen, waren sie nun zudem noch Bettler ohne Heim und Vaterland. Nur weil sie sich nicht bekehren ließen, weil sie keine *conversos*, keine Zwangsbekehrten werden wollten und Zuflucht gesucht hatten in Italien, in Frankreich, in den Niederlanden, ja bis hinauf nach Dänemark.

Dreißig Jahre danach hausten diese Entwurzelten noch immer in zugigen Baracken am Rande der Städte, und noch immer war ihre Lage ungewiß und ein Ausweg nicht zu erkennen.

Doch zwischen Elend und wahnwitziger Hoffnung liegt oft nur ein kleiner Schritt. Und so hatte sich die Nachricht hier in Italien im Verlaufe des Winters blitzartig herumgesprochen, jenes Winters 1523/24, 5284 Jahre nachdem der Ewige, gepriesen sei Sein Name!, die Welt erschaffen hatte. Von den Marken bis Apulien und von Venedig bis Rom redeten sie von nichts anderem mehr vor den Synagogen, auf den Märkten und in ihren Elendsquartieren, wo abends, während sie ihren Träumen nachhingen, rotglühend die Feuer prasselten.

Ein Mann würde kommen und von der Hoffnung künden.
Man munkelte, Israel beseele all sein Tun.
Man sagte, er würde das Volk Israel nach Israel zurückführen.
Man wisperte den Namen David.
David würde kommen.
Eines Tages, eines nahen Tages würde er kommen. Sein Weg würde ihn übers Meer führen, und Venedig würde sein Hafen sein.

Zu jener Zeit war die Stadt der Dogen der Mittelpunkt der Welt. Ihr Adel schmückte sich mit Perlen aus dem Orient und brüstete sich, über die vollkommenste aller Republiken zu herrschen. Die Seemacht Venedig beherrschte mit ihrer Flotte, jenen merkwürdigen Schiffen mit hochgezogenem Bug, alle Meere von der Adria bis zur Ägäis, vom Mittelmeer bis zu den entlegenen Küsten Alexandrias und Jaffas.

Aber Venedig war auch die Stadt der Intrigen und Verbrechen: Komplotte gegen den örtlichen Potentaten, aber auch gegen Karl V., Franz I., den Papst und gegen Heinrich VIII.! In Venedig, auf den Inseln San Michele, Murano oder Torcello, suchten und fanden Gauner, Seeräuber und andere zwielichtige Gestalten Unterschlupf, bis sie sich wieder davonmachten auf den gewundenen Pfaden ihrer Missetaten. In Venedig gingen all die wirrköpfigen Abenteurer, Kanzelredner und wortgewaltigen Volksverführer an Land. Es gab falsche Propheten jeglicher Couleur, aber auch allerlei Glücksritter, denn die Stadt der Dogen war zu damaliger Zeit eine riesige Spielhölle. Dicht an dicht standen die *Casinos*, jene lockenden Häuser, die lauschigen Alkoven und verschwiegenen Spielsälen ein schützendes Dach boten. Fast bis hin zum Dom drängten sie und, zum Entsetzen der Rabbiner, sogar bis hinein in die Gassen und Plätze des Ghettos.

Wer damals als Reisender in Venedig an Land ging, ließ es sich nicht nehmen, das Ghetto zu besuchen. Das Vergnügen an den Spieltischen war eine der Versuchungen, eine andere war die Hoffnung, ein seltenes Stück zu erwerben oder gefeierte Komödianten beklatschen zu können. Aber nicht alle Besucher standen dem Ghetto wohlwollend gegenüber. So manch kirchlicher Würdenträger oder Fürstenratgeber kam aus fernen Landen, um von Venedig zu erfahren, wie die vertrackte Situation daheim, mit der zwar intelligenten, aber widerspenstigen jüdischen Bevölkerung denn zu lösen wäre, die hartnäckig die Evidenz Christi leugnete.

In der Calle del Forno, der Straße des großen Ofens, wurden die *mazzot* gebacken, und auf dem Platz des Ghetto Nuovo, auf dem weiten und hellen *campo*, eiferte man sich mit Ausdauer und in großen Gruppen über jenes Thema, um das sich seit neuestem alles drehte: Würde der Gesandte diesmal wirklich kommen, oder war das Gerücht nur eines jener Hirngespinste, die immer mal wieder die Gemüter erhitzten? ... Die den *sottoportego* überragenden mehrstöckigen Häuser rings um den Platz bildeten ein geschlossenes Ganzes von beachtlichem Ausmaß. Sie wirkten regelmäßig, aber nicht eintönig, da unzählige Fenster von unterschiedlicher Form und Größe, kleine Balkone und Giebel, orientalisch anmutende Kuppeln sowie lange Arkadenreihen die Fassaden belebten. Hier und da lehnte sich manch ein- oder zweigeschossiges Haus ein wenig an seine mächtigeren Nachbarn an ... Wer war dieser Gesandte? Man zweifelte oder hoffte, aber niemand wußte so recht, was von diesem Unbekannten zu halten war. Dieser Unbekannte, der eine Botschaft überbringen sollte, die an jenes Trugbild, an jenen jahrhundertealten Traum von einer Rückkehr nach Jerusalem erinnerte.

Darüber redete man überall, im Ghetto wie auch in den Armenquartieren auf dem Land, wo man in diesem Winter 1523/24 um rotglühende, weithin sichtbare Feuer saß. Man sprach über die Ankunft dieses Fremden, dieses David, von dem es hieß, er würde die Juden befreien und nach Israel zurückbringen.

Ein Teil der Juden wurde zwar geduldet, aber dennoch über Nacht hinter den Mauern des Ghettos eingeschlossen. Die anderen wurden ignoriert und waren gewissermaßen Ausgeschlossene

– aus den Städten, aus den Arbeitsstätten, aus der Gesellschaft. Sie alle diskutierten über den, der kommen würde, der vielleicht schon unterwegs war, um ihnen den Weg des Heils zu bahnen. Hier wurde nicht überlegt oder gezweifelt. Hier wurde geträumt, gebetet, ja bereits erwartet – man bereitete sich auf ihn vor. In den Vorstädten, den Weilern und auf den eisigen Weideflächen wurde die Nacht von Psalmen erhellt, und die Lager erbebten in Nebel- und Feuerschwaden.

In seinem weiträumigen Atelier am Eingang des Ghetto Nuovo, ganz nahe bei der Brücke über den Rio di San Girolamo, erörterte auch der Maler Moses da Castellazzo diese Frage mit seinem Freund Tizian. Er zeigte ihm eine Serie von Holzschnitten, die er im Auftrag des Marchese von Mantua gefertigt hatte: Illustrationen zum Pentateuch.

Moses, mit üppigem rotem Haar und von der Statur eines Kolosses, sprach mehr über die Zeitläufte als über seine Arbeit:

«Dieses Paradox, diese Ungerechtigkeit muß man erst einmal begreifen», sagte er zu Tizian. «Da hat man nun vor bald acht Jahren, im März 1516, zum ersten Mal in der Geschichte, hier, in Venedig, ein den Juden vorbehaltenes Viertel gegründet, das Ghetto Nuovo, die alte Eisenschmelzinsel, auf der wir uns nun befinden. Angeblich, um die Juden zu beschützen ... Ein bloßer Vorwand, ein trauriges Exempel war das!»

«Nun übertreibe nicht», unterbrach ihn Tizian sanft. «In Venedig hat man sich immer in Gruppen zusammengeschlossen, sei es nach Herkunftsland oder aufgrund von religiösem und kulturellem Zugehörigkeitsgefühl!»

«Du hast recht», räumte Moses ein. «Aber das Ghetto ist eine Verpflichtung, eine Institution des Zwangs, und so etwas hat es noch nie gegeben! ... Dabei pflegen die venezianischen Gebildeten das Hebräische, und dieser christliche Marchese hat mich, einen jüdischen Künstler, mit der Illustration der Bibel beauftragt!»

«Aber mein lieber Moses, wir Christen sehen doch in eurer

Tora die Quelle der Evangelien! Wir nennen sie das Alte Testament. Es ist doch nichts Außergewöhnliches, wenn der Marchese darauf zurückgreifen möchte.»

«Zugegeben», brummelte Moses da Castellazzo, «aber das Elend der aus Spanien vertriebenen Juden und derer, die noch immer heimlich aus Portugal fliehen, raubt hier doch niemand den Schlaf!»

«Nun verlier nicht den Glauben an jede Art von Nächstenliebe», mahnte liebevoll der Freund. «Stoßen wir lieber an! Der feine Grigio, den du da aufgetischt hast, verdient unsere Aufmerksamkeit!»

Moses zuckte mit den Achseln und hob sein Glas auf das Wohl der Sterne. Die beiden tranken einen Wein, den nur die Künstler zu würdigen wissen, ohne dabei eine Miene zu verziehen. Das Feuer in dem mächtigen Kamin knisterte und sprühte Funken, die sich in der rußgeschwärzten Esse verloren.

«Es heißt, der jüdische Messias werde bald da sein», sagte Tizian, als er sein Glas wieder absetzte.

Moses antwortete nicht sogleich. Vorsichtig kletterte er über ein Bild, das von der Staffelei gerutscht war, und stellte sich vor den Freund.

«Ein Sturm soll die Knochen derer verwehen, die das Ende der Zeiten kennen wollen!» rief er mit lauter Stimme.

Dann streckte er theatralisch den Zeigefinger gen Himmel und posaunte:

«Und die dann sagen: Da das Ende der Zeiten eingetroffen, der Messias aber noch nicht gekommen ist, so kommt er auch nicht mehr...»

Er strich sich die langen roten Haare zurück, die ihm in die Stirn gefallen waren, und ließ sich auf die Bank neben Tizian fallen:

«Das ist von Semuel, Nachmans Sohn, und steht im weisesten aller jüdischen Bücher, dem Talmud», erklärte er.

«Das ist in der Tat weise gesprochen», räumte Tizian ein.

«Doch die Menschen sind nun einmal so, sie brauchen Hoffnung. Daher habe ich trotz der Weisheit aller deiner Bücher Verständnis für jene Juden, welche glauben, warten und vermuten, er weile vielleicht schon unter uns.»

Lange blickten sie einander in die Augen, dann lächelten beide. Moses stand auf, schnalzte mit seinen Fingern und sagte, während er das Bild auf die Staffelei zurückstellte:

«Mein lieber christlicher Freund, du mußt wissen, daß nach jüdischer Überlieferung eigentlich jeder einen Teil des Messias in sich trägt. Unter uns gesagt: Wenn *Er* sich in Venedig zeigen sollte, würde ich zu Ihm sagen: *barukh haba*, sei willkommen!»

## II
## DER, DER NIEMANDEM GLICH

Es geschah am 7. Februar 1524, am Abend vor Shabbat und dem Vollmond. In der tiefen venezianischen Nacht brachten dort, wo Canal Grande und Canale della Giudecca zusammenfließen, Wellen die verankerten Boote ins Schlingern. Ein mächtiges Schiff zog heran.

Es war die Galeere *Alfama* aus dem Besitz des reichen venezianischen Reeders Santo Contarini, die unter dem Kommando von Kapitän Campiello Pozzo segelte und vor zwei Monaten aus dem Hafen von Alexandria zu einer Reise ohne Zwischenhalt aufgebrochen war. Vollbeladen mit Farbstoffen, Gewürzen und Seide, steuerte sie den Zollsteg an, um direkt am Dorsoduro festzumachen.

An Bord war ein Mann, der jetzt, nahe dem Hauptmast, hoch aufgerichtet an Deck stand. Seine weiße Gestalt zeichnete sich im dämmrigen Licht deutlich ab. Er war der einzige, der wachen Auges die Morgenröte erwartete und Venedig betrachtete. Lange ruhte sein forschender Blick auf dem herzoglichen Palast, dessen steinernes Spitzengewebe kaum aus dem Dunst hervorstach.

Allmählich wurde es Tag, diesiges Licht brach sich wie in tausenderlei Spiegelscherben auf den Wassern, und Venedig belebte sich. Fischerboote, Kähne, Segler, Wasserfahrzeuge aller Art bevölkerten in großer Zahl den Kanal, so daß man eine Armada zu sehen glaubte. Einige Galeeren jagten mit voller Ruderkraft voran und wichen dabei geschickt den Gondeln aus, diesen zarten Gebilden, die der Reisende an Bord der *Alfama* zum ersten Mal sah und voller Staunen betrachtete. Mächtige Frachtkähne ankerten entlang der Kaimauern, wo ihre Waren entladen wurden.

Obgleich er mit dem Tosen und Treiben, das die Stadt erfüllte, nichts zu tun haben wollte, war der Mann auf der *Alfama* doch fasziniert von diesem kraftsprühenden Wasserballett. Die Anmut der von Byzanz inspirierten *Palazzi* bezauberte ihn, und die harmonische Schlichtheit der Bürgerhäuser entlang des Canal Grande, aber auch die Majestät der gotischen Paläste berührten ihn tief. Die vergoldete Architektur aus Stein und Wasser schimmerte und schillerte durch den Dunst des frühen Morgens. Venedig erwachte zu seinem legendären Tun.

In der morgendlichen Kühle begann es auf den Kais von Menschen zu wimmeln. Warenstände, wie von Geisterhand herbeigeschafft, lockten eine immer dichter werdende Menge an, und die Häuser schienen sich alle auf einmal ihrer Bewohner entledigt zu haben. Die ganze Lagune war erfüllt vom Durcheinander aller nur denkbaren Geräusche.

Der Mann nahm mit einem Begleiter in einem Boot Platz, das ihnen der Kapitän bereitgestellt hatte. Dort saßen bereits drei weitere Personen, die genau wie er in ein Gewand aus weißer Wolle gekleidet waren. Die karge Schlichtheit dieses Gewandes, die von einem goldgestickten sechszackigen Stern in Höhe des Herzens unterbrochen wurde, verlieh dem Gefolge eine priesterliche und geheimnisvolle Aura.

Der Kahn glitt die Kaimauern entlang und blieb nicht unbemerkt. Bald schon war er aller Augen unverhohlener Blickfang. Dabei waren die Venezianer an Reisende aus den fernsten Ländern sowie allerlei Absonderlichkeiten gewöhnt und nicht leicht zu verblüffen. War es nicht schon alltäglich, Besucher von überall her willkommen zu heißen? Aus Zypern, den drei Myra-Königreichen, aus Sidon, Akkra, Thessaloniki, ja sogar aus der Ukraine, aus Äthiopien ... Aber dieser hochgewachsene Mann von etwa vierzig Jahren, mit dem sonnenverbrannten Gesicht und dem kurzen schwarzen Bart, sah völlig anders aus als alles, was sie bisher gesehen hatten. Sein Turban, unter dem sich ein paar Haarsträhnen in der Farbe versteinerter Lava hervorwanden, seine Kopfhaltung – alles an ihm rief Staunen hervor. Aufrecht im Schandeck seines Bootes stehend, hielt er eine Standarte aus weißer Seide hoch und hatte mit niemandem Ähnlichkeit. Weder mit einem französischen Kaufmann in edelsten Samtkleidern noch mit einem Türken in farbenfrohem Gewand, und schon gar nicht mit einem jener Juden, die das Ghetto bevölkerten, den Deutschen, Italienern, Provenzalen, Spaniern, all diesen Menschen aus dem Morgen- oder Abendland ...

Doch dieser Mann war ein Jude, einer, der seine Herkunft nicht verschleierte, sondern sie zur Schau trug. Sein Gewand, sein dunkler Teint, seine bewaffnete Garde und die über seinem Kopf wehende Standarte waren der Beweis.

Dieser Mann mußte von weit her gekommen sein, aus Landstrichen, die man sich kaum vorzustellen vermochte.

Noch bevor das Boot am Steg des schlichten Wohnhauses von Kapitän Pozzo angelegt hatte, wußte schon die gesamte Stadt von der Ankunft des Unbekannten. Man hatte auch bereits herausgefunden, daß er bei dem Seemann, nahe der Kirche San Marcello di Cannaregio, gegenüber dem Ghetto wohnen würde. Und so drängten sich schon Dutzende vor dem Gebäude, die zum Zeichen, daß sie Juden waren, flache gelbe Kappen trugen.

«Herr», rief ein Greis, «willkommen in Venedig!»

Doch der Mann im weißen Gewand würdigte den Alten, der ihn mit solcher Freude begrüßt hatte, keines Blickes. Sein kantiges Gesicht, sein verschlossener Blick duldeten keine Vertraulichkeiten. Kapitän Pozzo fühlte sich stellvertretend für den alten Juden beleidigt und flüsterte:

«Das ist ein Buchhändler, ein angesehener Gelehrter. Er heißt Elhanan, Elhanan Obadia Saragossi.»

Doch der Mann stellte sich taub, als sei die Bemerkung seines

Gastgebers nicht an sein Ohr gedrungen. Wortlos trat er in dessen Haus. Sie gingen durch den Innenhof, einen mit exotischen Gewächsen und Blumen geschmückten Garten, dann durch einen runden Raum, der in einen etwa zwanzig Meter langen Saal mit auffallend hohen Decken führte. Dort gab der Gast zu verstehen, daß er allein zu bleiben wünschte.

Er dankte dem Kapitän für seine Gastfreundschaft und entließ die vier Männer aus seiner Begleitung, nachdem sie die Ebenholztruhe mit den Elfenbeinintarsien, ohne die er nie reiste, zu seinen Füßen abgesetzt hatten.

## III
## ERINNERUNGEN AN MAKHPELA

**W**ar Kapitän Pozzo nicht auf See, sondern nach Hause zurückgekehrt, dann liebte er es, dort länger zu verweilen. Sein «Marinesalon», wie er ihn nannte, war geräumig, hatte hohe Fenster und war mit verschiedenen Holztäfelungen ausgestattet – fast wie an Bord eines Kriegsschiffes. Die Bilder und Zeichnungen an den Wänden verrieten Pozzos an Besessenheit grenzende Vorliebe für «maritime Flora»: Ganze Wälder aus Schiffen, Rudern und Masten tanzten auf wogender See und wurden von Segeln, Wanten, Blitzen und Brandungen kraftvoll unterstützt. Zwischen zwei stimmungsvollen Gouachen thronte ein ausgedientes, mit Sorgfalt lackiertes Ruder. An der gegenüberliegenden Wand glänzten zwei rostige, aber sorgsam konservierte Anker. Überall lagen Schiffstaue und Schiffsutensilien. Auf dem langen, massiven Tisch in der Mitte konnte man eine Seilrolle aus Messing, ein Fernglas und einen Kompaß erkennen, während neben den Kerzenständern eine Windrose ihre Regenbogenfarben entfaltete.

Noch während der Kapitän einem der Männer aus dem Gefolge des geheimnisumwobenen Gastes sein Zuhause vorführte, meldete der Diener einen Besucher.

Kurz danach wurde ein Mann von etwa fünfzig Jahren, schlank, hochgewachsen und mit üppiger blonder Mähne, in den Marinesalon geleitet. Es war kein Geringerer als der Reeder und Eigner der Galeere *Alfama*, ein Mitglied des Rates der Zehn, der an der Spitze der Republik Venedig dem Dogen zur Seite stand.

«Willkommen in diesem Hause, Magnifico Santo Contarini!» rief der Kapitän ihm entgegen. «Unser Gast ist mitsamt seiner Begleitung gelandet, wie Ihr es gewünscht hattet. Er hat sich zurückgezogen, um zu meditieren, und ich befürchte, Ihr werdet ihn kaum vor heute abend zu Gesicht bekommen. Aber vor Euch seht Ihr Yosef Halevi, seinen engsten Vertrauten.»

Der Mann im weißen Gewand trat vor. Auch er war rund fünfzig Jahre alt, aber nicht sehr groß und eher untersetzt. Eine Fülle graumelierter Locken umrahmte sein kantiges Gesicht, das sich nun tiefbraun färbte und seine Erregung verriet. Trotz des gesellschaftlichen Abstands, der die beiden Männer trennte, und des unterschiedlichen Ranges, der jedem von ihnen zukam, begrüßte Graf Contarini ihn überschwenglich.

«Ah, Yosef!» rief er aus. «Wie glücklich bin ich, Euch wiederzusehen!»

«Ich auch, Graf!» erwiderte Yosef.

Kapitän Pozzo, den dieses Wiedersehen ebenfalls sichtlich erfreute, verkündete laut, dieses Ereignis müsse gefeiert werden, und zwar mit einer Flasche des famosen venezianischen Grigio, dessen Bouquet ihn bei jeder Rückkehr von neuem begeisterte.

Campiello Pozzo war viel jünger als seine Gäste, aber trotz seines von Wind und Meer gebräunten Gesichts wirkte er älter. In seinen zweiundvierzig Lebensjahren hatte er sich an so manchem Ort in der Welt herumgetrieben, und sein von Falten zerfurchtes Gesicht verriet die durchwachten Nächte, die Abenteuer und die Stürme, denen er getrotzt hatte. Mit feierlicher Geste schenkte er seinen Gästen ein, hob dann lächelnd das Glas und rief:

«Auf Davids Erfolg!»

«Auf seine Mission!» stimmte Yosef ein.

«Möge sie gelingen!» sagte der Graf.

Nach einem ersten Probeschluck schnalzte der Kapitän mit der Zunge. Graf Contarinis Miene strahlte, als er erneut das Wort ergriff:

«Ich würde mich freuen, den Prinzen wiederzusehen», sagte er zu Yosef gewandt. «Seit Hebron habe ich sehr oft an ihn gedacht.»

«Mein Herr ist in der Tat jemand Besonderes», entgegnete Yosef schlicht.

Die Gedanken der drei Männer waren wie gebannt bei der Erwähnung dieses Mannes. Jeder von ihnen fühlte in sich den dringenden Wunsch, seine erste Begegnung mit ihm zu schildern. Der Graf erhob sich aus dem Sessel, in dem er sich kurz niedergelassen hatte, spazierte mit dem Glas in der Hand auf und ab und tauchte ein in die Vergangenheit.

«Yosef, erinnert Ihr Euch an die Höhle von Makhpela?»

«Und ob ich mich erinnere!» erwiderte der Angesprochene. «Als sei es gestern gewesen! Obwohl ich manchmal den Eindruck habe, es sind Jahre oder Jahrhunderte seitdem vergangen!»

«Vier Monate ist es her ... Vor vier Monaten lernte ich David kennen, und gleichzeitig auch Euch, mein lieber Yosef. Ich hatte eine Pilgerfahrt ins Heilige Land unternommen, um den Spuren unseres Herrn Jesus zu folgen. Nachdem ich Jerusalem besucht und die Via Dolorosa abgeschritten hatte, bin ich nach Hebron gezogen. Man hatte mir gesagt, ich würde dort die Höhle von Makhpela, die Grabstätte der Patriarchen, finden. Sie wurde jedoch von türkischen Janitscharen bewacht, die den Zugang verwehrten. Aber es stand noch jemand neben mir, der die Höhle ebenfalls besichtigen wollte ... dank der natürlichen Autorität des Prinzen von Chabor, den ich an diesem Ort zum ersten Mal sah, erhielt ich in seinem Gefolge Einlaß in diese heilige Stätte. Erinnert Ihr Euch noch, wie er dem Wächter, der sich dazwischenstellen wollte, kurzerhand Einhalt gebot? Aber Yosef, Ihr seid sein Vertrauensmann. Wie habt Ihr ihn eigentlich kennengelernt?»

«Ganz in der Nähe von Israel, in Djidda...», murmelte Yosef.

«Erzählt dem Grafen ruhig, wieso Ihr in diesem Hafen am

Roten Meer gestrandet seid. Auf der Flucht vor einem Weibe ...», warf Kapitän Pozzo schalkhaft ein.

«In der Tat, Kapitän. Ihr vergeßt wohl nichts, was ich Euch einmal anvertraut habe, hm? Ihr müßt wissen, lieber Graf Contarini, daß ich auf italienischem Boden, in Neapel, geboren wurde. Meine Eltern waren aus Ägypten vertriebene Juden. Als junger Mann wurde ich Koch an Bord eines Handelsschiffes, und vor einigen Jahren habe ich mich in Istanbul verehelicht, da ich mit der Seefahrt, dem Wellengang und den Piraten endlich Schluß machen wollte. Aber das war ein schwerer Fehler! Diese Ehe war nicht nur ein Irrtum, sie wurde mein Verhängnis ... Es war wie im Gefängnis. Ich hatte mich einer auf dem Festland wütenden Furie ausgeliefert! Schon bald trauerte ich der Freiheit von Wellen und Brandung nach: besser die See als die Eh'! Ich mußte fliehen, und um die Wahrheit zu sagen, ich wollte wieder hinaus auf die See. Fürs Rote Meer heuerte ich an und fuhr es auf und ab. In Djidda traf ich dann den Prinzen. Er befand sich in einer mißlichen Lage. Die Galla-Piraten hatten ihn all seiner Habe beraubt und die meisten seiner Begleiter getötet. Aber trotz des ihm widerfahrenen Unglücks verfolgte er beharrlich sein Ziel ... Das Feuer, das ihn beseelte, seine Hartnäckigkeit und sein edles Gemüt nahmen mich sofort für ihn ein. Ohne Verzug trat ich in seine Dienste, und so reisten wir zusammen weiter. Bald schon vertraute er mir seine Überlegungen, seine Hoffnungen und seine Sorgen an. Vor allem aber bestürmte er mich mit Fragen über die Mächtigen in Italien, die einflußreichen Persönlichkeiten im Vatikan und in den jüdischen Gemeinden von Venedig, Pisa und Rom. Gewiß, ich war in der Lage, diese Fragen zu beantworten, doch wenn ich auch das Wissen besaß, so war es doch er, der daraus die Lehren zu ziehen vermochte. Ehrlich gesagt, meine Bewunderung galt schon bald den geistigen Fähigkeiten meines Herrn. Ohne je einen Fuß auf europäischen Boden gesetzt zu haben, analysierte er bereits mit Feuereifer die venezianische Gesellschaft und erriet die schwelenden Intrigen und Rivalitäten.»

Nun schilderte auch Kapitän Pozzo seine ersten Augenblicke mit diesem David, der sie offensichtlich alle drei faszinierte.

«Zwei Wochen nach unserer Begegnung in Hebron hat er mich in Jericho mit einem kühnen Schwertstreich aus einer gefährlichen Umzingelung herausgehauen ... Graf Contarini und ich, wir haben natürlich immer wieder über diesen geheimnisvollen jüdischen Prinzen gesprochen, den wir beide aus gutem Grund über alles schätzen – dem Grafen hat er Zugang zum Patriarchengrab verschafft, und mir hat er das Leben gerettet! Der Graf reiste nach Venedig zurück. Und vor sechs Wochen trafen David und ich in Alexandria erneut zusammen.»

«Doch diesmal», unterbrach der Magnifico Contarini, «seid Ihr, Kapitän, ihm zu Hilfe gekommen: durch Euer Angebot, ihn per Schiff nach Venedig zu bringen, wie ich es Euch geraten hatte.»

Als er die beiden Männer so reden hörte, verfiel Yosef in wehmütige Träume. Die Zeit kann eine liebende Mutter, aber auch eine Rabenmutter sein. Es war nun knapp sechs Monate her, daß er und sein Herr Djidda verlassen hatten. Diese Zeitspanne erschien ihm heute flüchtiger als ein Traum.

«Der jüdische Prinz», präzisierte Graf Contarini, «hatte mir nach unserem Besuch in der Höhle von Makhpela im Vertrauen von seiner Mission erzählt. Das war in Hebron ...»

Seiner Mission! Davids Mission! Auf deren Erfolg sie vorhin das Glas gehoben hatten ... Yosef, den der venezianische Grigio zur Träumerei bewog, schwieg. Vor seinem inneren Auge ließ er seine letzten Reisen mit dem Meister noch einmal vorüberziehen.

Drei Tage und drei Nächte waren sie mit dem Schiff unterwegs gewesen, um über das Rote Meer nach Suakkim in Äthiopien zu gelangen. Dort hatten sie sich einer Karawane angeschlossen und waren bis zur Provinz Lamuel vorgedrungen, wo sich der Palast König Amrahs befand. Aber das Schicksal folgt seinen eigenen Gesetzen. Der König war von David entzückt und schenkte ihm vier männliche und vier weibliche Sklaven, allesamt von ausgesuchter Schönheit. Zur großen Empörung des Herrschers wies David dieses zweifelhafte Geschenk zurück, weshalb sie mit Hilfe der Königin nach Kairo fliehen mußten. Von dort waren sie mit einer Karawane weitergezogen, die mit einer Ladung kostbarer Stoffe ins Heilige Land unterwegs war. Zehn Tage später hatten sie Gaza erreicht. Auf Eseln reitend begaben sie sich nach Hebron, wo sie auf den Magnifico Santo Contarini trafen. David wies die Janitscharen entschieden in ihre Schranken, und sie besuchten die Höhle von Makhpela, in der die sterblichen Überreste des Patriarchen Abraham, seines Sohnes Isaac, seines Enkelsohnes Jacob und ihrer Frauen Sarah, Rebecca und Lea ruhen. Es hieß, seit Omar, dem Kalifen, sei nie mehr ein Mensch in dieser Grotte gewesen. Nur vier arabische Greise hätten sich einmal hineingewagt. Drei hatten auf der Stelle ihr Leben ausgehaucht, und der vierte vermochte bei seiner Rückkehr nicht mehr zu sprechen.

In Safed dann, in Galiläa, hatte der Kabbalist Selomo ben Mose Ha-Levi Alkabez Yosef von einer seltsamen Begebenheit berichtet, die sich zehn Monate zuvor zugetragen hatte. Drei Greise, die im Schneidersitz am Ausgang der Synagoge saßen, hatten nach dem Abendgebet folgendes zu dem jüdischen Prinzen gesagt:

«Geh und sage den Ismaeliten, sie sollen dieses Land verlassen, damit unsere Kinder dorthin zurückkehren können.»

«Und wenn sie mir nicht gehorchen?» hatte David gefragt.

«Sag ihnen, Abraham, Moses und der Prophet Elija haben es befohlen!»

Als Yosef gewagt hatte, seinen Herrn nach dem Sinn dieser Worte und der aufgetragenen Mission zu befragen, hatte dieser nur den Kohelet zitiert:

«*Siehe, da war alles eitel,
und Haschen nach dem Wind.*»
Doch seitdem hatte er sich nichts anderem gewidmet als seiner Mission.

Yosef seufzte, als all diese Erinnerungen wieder auflebten. Davids Mission beschwor die Farbigkeit des Erzählens und die Kraft der Hoffnung ... Dabei ging es in erster Linie um ein politisches Ziel, das nur mit Hilfe der Logik und mit Scharfsinn zu verwirklichen war.

«Ihr träumt, mein Freund, Ihr träumt ...», mahnte der Kapitän. «Ihr vergeßt uns.»

Yosef hob den Blick. Graf Contarini lächelte. Der Kapitän schenkte eine weitere Runde von dem venezianischen Grigio ein. Seit mehreren Monaten schon wuchs zwischen Yosef Halevi und Campiello Pozzo eine echte Freundschaft.

«Außerdem», wandte sich der Kapitän erneut an den Grafen, «ist David ein Prinz, der Bruder des jüdischen Königs von Habor. Aber ganz gewiß ist er auch ein großer Stratege, ein begnadeter Kriegsmann. Ich habe über die Kriegskunst mit ihm diskutiert und muß zugeben, daß sein Wissen das meine bei weitem übertrifft. Zudem kenne ich keinen Heerführer, der so gläubig ist und der es sich auch noch zur Aufgabe macht, erst die Wege der Diplomatie auszuschöpfen, bevor er zuschlägt!»

«Gut beobachtet», bemerkte Yosef anerkennend.

«Eines jedoch», sagte der Kapitän, «verstehe ich nicht so ganz ... Wie deutet Ihr, Yosef, der Ihr doch sein Ratgeber und sein Vertrauter seid, dieses Gerücht, das in ganz Italien umgeht und das aus ihm einen Erlöser und Propheten macht? Ich habe sogar mit eigenen Ohren gehört, wie einige ihn *Messias* riefen...?»

Yosef machte eine ärgerliche Handbewegung.

«Ihr kennt mich, Campiello. Ihr könnt Euch denken, daß ich einen derartigen Wahn ganz und gar nicht schätze. Davids Mission ist politischer Natur. Sein Handeln muß sich auf dem Boden der Vernunft beweisen und nicht auf dem Treibsand der Hysterie oder der sentimentalen Schwärmerei.»

«Aber dem jüdischen Volk sein Land zurückzugeben», warf der Graf ein, «ist doch ein Ziel, das auf dem jahrhundertealten Glauben gründet. Was ist dann verwunderlich daran, wenn die einfachen Leute ihn *Messias* nennen?»

«Das Königreich Israel wieder zu errichten», entgegnete Yosef, «ist eine Frage der Gerechtigkeit und der Strategie. Mystische Schwärmerei kann in diesem Falle nur gefährlich, ja sogar schädlich sein! Mein persönlicher Rat an David geht dahin: ein politisch agierender Feldherr zu bleiben und nicht als Magier zu handeln. Der Prinz darf sich nicht vom Gerücht der Menge verleiten lassen. Ohnehin gibt es nur falsche Propheten ... Das sind die Gedanken, die ich ihm unterbreite. Aber er denkt ebenso. ‹Israel›, so hat er mir gesagt, ‹wird nicht durch göttliches Gebot, sondern durch menschlichen Willen erstehen. Israel wird nicht das verheißene Land, sondern Rückkehr sein, eine Rückkehr zur Würde!› Habt Ihr seinen Ärger heute früh nicht bemerkt? Auch er hat dieses Wort *Messias* vernommen, das fiel, als er vorüberging. Glaubt nur nicht, er wäre davon geschmeichelt! Ich stand unmittelbar neben ihm und hörte, wie er zwischen den Zähnen hervorstieß: ‹Sie lästern Gott›.»

«Und wenn er doch der Messias wäre? Ohne daß er es weiß, wie auch Ihr es nicht wißt?» hielt der Graf ihm entgegen.

Yosef verzog das Gesicht und sagte dann mit gezwungenem Lächeln:

«Nun, wenn dem so wäre, dann ist es besser, wenn es niemand erfährt! Versteht mich richtig, Graf, und auch Ihr, Campiello: Die Hoffnung der Massen berührt mich, aber zu oft ist sie bloßer Wahn. David darf durch solch unbedachte Träume nicht behindert werden.»

Er schwieg. Nachdenklich stießen die drei Männer nochmals an und leerten das letzte Glas.

## IV
## EIN BÜNDNIS ZWISCHEN CHRISTEN UND JUDEN

In dem Saal, den er bewohnte, öffnete der jüdische Prinz im Schein einer Kerze seine Ebenholztruhe und entnahm ihr ein dickes Bündel beschriebener Blätter. Er überflog die erste der mit enger, spitzer und ungleichmäßiger hebräischer Schrift gefüllten Seiten, las mit den Augen den ersten Satz und wiederholte ihn mit lauter Stimme, als wolle er seinen Klang prüfen.

«Ich bin David, Sohn des Königs Selomo, des Gerechten seligen Angedenkens. Mein älterer Bruder, König Yosef, herrscht über das Wüstenreich Habor mit seinen dreihunderttausend Seelen aus den Stämmen Gad, Rëuben und einem Teil des Stammes Manasse.»

Mit einer schnellen Handbewegung ergriff er ein Tintenfaß und einen Gänsekiel, spitzte ihn, setzte sich an den schweren Tisch in der Mitte des Saals und strich das Wort *Wüste*, so daß der Satz nun lautete: *König Yosef herrscht über das Königreich Habor.* Während die Tinte trocknete, betrachtete er interessiert die Tapisserie, die sich vor seinen Augen über die ganze Wand erstreckte. Eine biblische Szene war darauf zu sehen: die Opferung Isaacs. Der anonyme Künstler hatte mit großer Detailtreue jenen Moment dargestellt, da der Engel Abrahams bewaffnetem Arm Einhalt gebot. Einen Augenblick lang verharrte David in Gedanken, dann ergriff er ein weißes Blatt und schrieb:

«In Venedig angekommen, habe ich Quartier bei Kapitän Campiello Pozzo bezogen. Ich richte mich nun darauf ein, sechs Tage und sechs Nächte ohne zu essen und zu trinken in seinem

Hause zu verweilen. Ich werde ohne Unterlaß beten und meditieren. Aber ich gedenke auch alles in dieses Tagebuch niederzuschreiben, was meine Mission betrifft ...»

Er hob die Hand vom Papier. Durch das Mauerwerk hörte er die Stimmen von Graf Contarini, Yosef und seinem Gastgeber. Sein Gesicht hellte sich auf. Er hing an Kapitän Campiello Pozzo. Dieser hatte sich für die Echtheit seiner Beglaubigungsschreiben verbürgt und sich sogar bemüht, ihm neue zu verschaffen. David hätte ihm gerne die Freude gemacht, an der Mahlzeit, zu der der Kapitän ihn gebeten hatte, teilzunehmen, doch dazu war er nicht befugt. Während all der Irrjahre durch die Wüste Arabiens, der beschwerlichen Märsche entlang der Flüsse Afrikas, während seines Eremitendaseins in der Einsamkeit der Berge Judäas hatte er einen Plan erarbeitet und sich die Person zurechtgeformt, die er sein mußte. Ja, er wollte erfolgreich sein. Er mußte seine Natur bezwingen, wie es seine Urahnen damals in der Wüste des Sinai getan hatten, er mußte seine Schwächen überwinden, seine Wünsche zähmen und sein Sklavengebaren ablegen. Wenn es ihm bestimmt war, andere zu befreien, dann mußte er zunächst selbst lernen, als freier Mann zu leben. Es fiel ihm schwer, sich gefühllos zu geben und nicht auf den freudigen Gruß eines betagten Buchhändlers zu antworten. Aber die Welt war hart, und für einen Sklaven war Nächstenliebe ein Luxus, den er sich nicht leisten durfte. Barmherzigkeit, so lehrt die Heilige Schrift, hat die Macht, jeden Fehltritt zu vergeben. Aber besitzt sie auch die Fähigkeit, die Sterblichen vor Fehltritten zu bewahren?

Er hatte seinen Turban gelöst und fuhr sich mehrmals mit den Fingern durch die lavafarbenen Strähnen, wobei er vor sich hinsprach:

*«Erhebe Dich, Ewiger, daß sich zerstreuen deine Feinde*
*und deine Hasser fliehen vor deinem Antlitz.»*

Dann nahm er sich die ersten Seiten seines Tagebuchs wieder vor. Mechanisch las er nochmals den Abschnitt über seinen Aufenthalt in Safed, der nun eineinhalb Jahre zurücklag, aber immer noch von entscheidender Bedeutung für ihn war:

«Nach dem mysteriösen Befehl der drei Greise kehrte ich nach Habor zurück und suchte meinen Bruder König Yosef auf. Ich berichtete ihm von den drei gespenstischen Gestalten, die im Staub vor der Synagoge gesessen waren und von ihren Worten, die wir ausgiebig erörterten.

Es wurde uns bewußt, daß wir einen Ruf erhalten hatten, wir, die vergessenen Juden, die späten Nachfahren derer aus dem Stamme Rëuben, die einst Moses auf dem Weg zum Sinai begleitet und dann einen anderen Weg eingeschlagen hatten. Moses hatte dem Volk Israel das vom Ewigen, gepriesen sei Sein Name!, verheißene Land geschenkt. Doch dieser geheiligte Boden war seitdem verlorengegangen. Er war besudelt worden und der Sünde verfallen. Das in alle Winde zerstreute Israel hatte keine andere Heimat mehr als sein Buch, die heilige Tora. Und nun wurde uns, denen aus dem Stamme Rëuben, aufgetragen, diesem Volk sein Land zurückzugeben. Diesem Volk, das eine versprengte Familie ist, diesem Volk, von dem wir über Jahrhunderte getrennt waren und das doch zu uns gehört, wie die heilige Tora!

Wie hätte ich diesen Auftrag ablehnen können? Es war mehr als eine Pflicht, es war eine Mission. Um sie zu einem guten Ende zu führen, bedurfte es einer dreifachen Strategie – wir mußten diplomatisch, politisch und militärisch vorgehen. Wir entwarfen einen Plan, und ich wurde der Gesandte für die Rückkehr nach Israel.

Um die Strategie zusammenzufassen, bedarf es nur weniger Worte, aber ihre Umsetzung ist in der Tat höchst heikel. Es handelt sich um ein *Bündnis zwischen Christen und Juden*, das ich Papst Clemens VII. unterbreiten soll.»

David hob den Kopf und betrachtete ein Weilchen den riesigen Raum, in dem er sich befand. Rotglühend prasselte das Feuer im Rundbogen des Kamins. An der Wand gegenüber der Tapisserie hingen Stiche und Bilder in einer Reihe. Den Tisch zierten, abgesehen von seinen eigenen Schreibutensilien, ein Kerzenleuchter und ein großes Messingtablett. Auf diesem stapelten sich Landkarten, und allerlei buntes Glas sowie Souvenirs verschiedener Herkunft lagen herum. In diesem Durcheinander entdeckte David auch ein winziges Kruzifix aus Silber. Er nahm es in die Hand, betrachtete es ein Weilchen und legte es dann wieder hin. Er lächelte halb und nahm dann seine Lektüre wieder auf:

«Mit diesem Bündnis schlägt Yosef, der jüdische König von Habor, dem Papst und den Herrschern der Christenheit eine Allianz vor, die das Ziel hat, Juden und Christen vereint gegen Suleiman den Prächtigen zu führen, um der Ausbreitung des Islam auf beiden Ufern des Mittelmeeres Einhalt zu gebieten. Der König von Habor ersucht den Papst, mir behilflich zu sein, mir, seinem Bruder und Boten, auf daß ich die Juden Europas mit Waffen ausrüste und eine jüdische Kampfflotte aufbaue. Mit der Unterstützung des Heeres aus Habor, das von Süden her vorrücken wird, soll die Flotte das Land Israel von der osmanischen Vorherrschaft befreien und ein jüdisches Königreich mit der Hauptstadt Jerusalem errichten. Als Gegenleistung wird der König dem Vatikan die Aufsicht über die heiligen Stätten überlassen.»

Er brach die Lektüre ab und nahm sich die Seite wieder vor, auf der er heute abend seine ersten Eindrücke festgehalten hatte. Nachdem er seine Feder ins Tintenfaß getaucht hatte, machte er sich daran, seine Aufzeichnungen mit einem Lagebericht auf den neuesten Stand zu bringen:

«Nach allerlei Ungemach, das ebenso kräftezehrend wie unvermeidlich war, befinde ich mich nun in der berühmten Stadt der Dogen, nurmehr ein paar Tagesritte von Rom entfernt und gleichsam in Rufweite des Oberhauptes der Christenheit», schrieb er. «Von Clemens VII. hängen das Schicksal und die Zukunft Israels ab. Ich muß ihn überzeugen, aber ich darf ihn nicht überrumpeln. Was ich ihm vorzutragen gedenke, habe ich sorgfältig vorbereitet. Jedes Wort, jede Geste ist genau einstudiert. Doch hier in Venedig, so nahe dem Ziel, fühle ich mich von Zweifeln gepackt. Was geschieht mit mir? Liegt es an dem starken Fäulnisgeruch, der vom Kanal aufsteigt? Woher rührt mein Schwanken? Und woher auch diese Unruhe, dieses von innerem Frieden so weit entfernte Gefühl, das mich plötzlich überkommt? Zum Teufel mit den Zweifeln!

Ich muß mich auf die jüdische Gemeinde von Venedig konzentrieren. Ich werde ihre Hilfe brauchen, vor allem die Unterstützung durch das Gremium des *va'ad hakatan*, der ihr Sprachrohr ist. Um nach Rom zu gelangen und den Papst zu treffen, gilt es, ein Italien zu durchqueren, das vom Krieg zwischen den Truppen Karls V. und Franz I. gezeichnet ist. Ich werde Geld und eine schlagkräftige, bewaffnete Eskorte nötig haben. Wie werden die hohen Herren des *va'ad* meinen Plan wohl aufnehmen?»

David legte seine Feder nieder und erhob sich.

«Loben wir den Herrn in unseren Gesängen...» murmelte er für sich selbst.

Er erinnerte sich an Selomo ben Mose Ha-Levi Alkabez, den Kabbalisten, den er einst in Safed getroffen hatte, in dieser schicksalhaften Stadt Galiläas. Alkabez hatte diesen schönen Gesang komponiert:

*Komm, mein Geliebter, komm zu deiner Braut,*
*Der Shabbat naht, wir wollen ihn empfangen!*

Der Shabbat nahte in der Tat, und David würde ihn zu empfangen wissen wie alle Juden.

Die Geräusche im Haus waren verklungen. Als er ein flüchtiges Lachen durch die Nacht huschen hörte, trat er ans Fenster. Der Mond färbte die Reihen der Dächer, der Pfeiler, der Fassaden, der Winkel und Arkaden bläulich. Einige Boote waren im schwachen Licht der Laternen zu erkennen, wie sie lautlos auf den fast schwarzen Wassern des Kanals dahinglitten.

In dieser Nacht schlief er nicht mehr als in den vorangegangenen auf See, an Bord der Galeere *Alfama*. Wenn der Morgen anbrach, würde er erneut Speise und Trank zurückweisen. Er sprach die Shabbat-Gebete und wiederholte mehrmals die Verse:
«*Als der Schrein auszog, sprach Mose:*
*Erhebe Dich Ewiger, daß sich zerstreuen*
*deine Feinde*
*und deine Hasser fliehen vor deinem Angesicht.*»

# V
# VERWIRRUNG IM JUDENRAT

Die Marangona-Glocke hoch oben in der Basilika San Marco begrüßte die Morgenröte, und die Wachen nahmen die schweren Vorhängeschlösser von den Flügeln der beiden Holztore, die das Ghetto nachts verschlossen hielten. Und nun strömte die Menge hinein, Venezianer jedweder Herkunft und jedweder Konfession, die seit mehr als einer Stunde in den Gassen, vom Rio Terra bis zum Brückchen zwischen der Pfarrei San Marcuola und der Giudecca gewartet hatten, und im Handumdrehen herrschte auf der Piazza des Ghetto Nuovo farbenfrohes Gedränge. Es war Markttag, und wie gewohnt lief ganz Venedig hier zusammen, um die besten Gewürze und die schönsten Seidenstoffe zu erwerben, zu günstigem Zins Geld zu borgen, ein Familienschmuckstück zu verpfänden, ein gebrauchtes Kleidungsstück zu ergattern, einen berühmten Arzt zu konsultieren, ein seltenes Buch zu entdecken oder die neuesten Nachrichten zu erfahren.

Es war kühl an diesem Morgen, und vor den ockerfarbenen Häusern, die den Campo begrenzten, stieg leichter Nebel bis zur Höhe des fünften Stockwerks auf. Hier standen die höchsten Häuser der Stadt. Ihre Besitzer setzten immer noch ein weiteres Stockwerk darauf, um all die Juden unterzubringen, die nach wie vor in großer Zahl in Venedig eintrafen. Sie kamen aus Frankreich, aus den Ländern des Nordens, aus den Städten Italiens, aus Spanien und Portugal, aus all den Orten, wo man sie verstoßen, verjagt oder mit Zwangsbekehrung bedroht hatte.

Die Menschen im Ghetto trugen fremdartige Gewänder aus ihren Herkunftsländern und erfüllten die Gassen mit Lärm und Geschäftigkeit. Aber heute wirkte die Menge auffallend ruhig und beinahe versonnen. Davids Ankunft beschäftigte die Gemüter. Wer war er? Woher kam er? Es hieß, er sei aus dem Königreich Habor. Aber wo lag dieses Königreich? Man wußte von der Erkundung Amerikas, von den neuen Wegen nach Indien und von der Entdeckung unbekannter Landstriche in Afrika. Wie war es da möglich, daß kein Reisender jemals von einem Königreich Habor berichtet hatte? Man munkelte, das unbekannte Königreich könnte aus dem Stamme Rëuben hervorgegangen sein, einem jener zehn Stämme Judas, deren Spur sich in längst vergangenen Zeiten verloren hatte. Daher taufte das Gerücht ihn sehr schnell *Rëubeni*.

Auch die Frauen, die am Brunnen Wäsche wuschen oder flickten, schienen besorgt. Welchen Auftrag hatte dieser Gesandte? Wer hatte ihn geschickt? Welche Botschaft sollte er dem Papst überbringen? Würde all diese Aufregung nicht dem Wohl der Gemeinschaft schaden?

Außer dem Buchhändler hatte noch kein Jude in das Gesicht dieses David, dem man nun den Beinamen Rëubeni gegeben hatte, geblickt, denn der lebte völlig zurückgezogen im Hause des Kapitäns Campiello Pozzo. Aber seine Diener kamen Tag für Tag ins Ghetto, um koschere Nahrungsmittel zu kaufen, und sie zögerten nicht, offen auf die Fragen der Neugierigen zu antworten. Doch was wußten sie schon von ihrem Herrn? War dieser Mann nicht viel zu verschlossen, um sich einem Diener anzuvertrauen? Immerhin hatten sie ihren Herrn durch Arabien, Afrika und das Heilige Land begleitet, und so boten ihre Reiseberichte genügend Stoff für Gespräche. Aber es gelang ihnen nicht, die Gemüter zu beruhigen und die Zweifel zu beseitigen.

In einem Haus am Ende des Campo war im dritten Stock die Scuola Tedesca, die Synagoge der ashkenazischen Juden beheimatet. Davor stand dicht gedrängt die Menge der Wißbegierigen, um die Mitglieder des *va'ad hakatan* im Vorübergehen zu grüßen. Das kleine Gremium war für alle Probleme des Ghettos zuständig und trat heute ausschließlich zur Erörterung der *Affäre* zusammen. Das Auftauchen David Rëubenis hatte die Stadtväter Venedigs in Aufruhr versetzt, und so hatte der Doge den Polizeipräfekten vorgeschickt, der den *va'ad* um seine Einschätzung ersuchte. Was hielten die Weisen Israels von diesem Gesandten des jüdischen Königreichs Habor? Das Gerücht von seiner Ankunft in Venedig hatte in den Marken, wo viele der aus Spanien und Portugal vertriebenen Juden gemeinsam auf den Tag der Erlösung warteten, eine messianische Hochstimmung ausgelöst.

Der *va'ad* sollte den Stadtvätern nun eine Antwort geben, und diese Antwort würde für alle Juden der Stadt bindend sein. War es nicht dringend notwendig, der Gefahr von Unruhen vorzubeugen, für die die gesamte Gemeinschaft verantwortlich gemacht werden würde? Daher hatte der *va'ad* gleich nach Ankunft David Rëubenis eine Untersuchungskommission eingesetzt, deren Mitglieder in Windeseile die Diener des Gesandten, den Kapitän Pozzo, ein paar Seeleute von seiner Galeere, ja sogar den Magnifico Santo Contarini, Schiffseigner und Mitglied des Dogenrates und des Rates der Zehn, befragt hatten. Die Kommission hatte auch die Aussagen von zwei jüdischen Händlern aufgenommen, die dem Fremden schon einmal begegnet waren, der eine in Alexandria, der andere in Djidda. Und da war auch noch der lange Bericht eines jüdischen Pilgers. Er hatte den Gesandten von Habor in Galiläa im Hause des Kabbalisten Selomo ben Mose Ha-Levi Alkabez getroffen.

Am heutigen Tag nun mußte die Untersuchungskommission ihre Ergebnisse vorlegen. Von Neugier getrieben, kamen die Mitglieder des *va'ad* ausnahmsweise pünktlich und fast alle zu gleicher Zeit. Die ebenso neugierige Menge kommentierte jede ihrer Gesten und jedes ihrer Worte. Als erster erschien der Bankier Simon ben Asher Meshulam del Banco. Jeder im Ghetto kannte seine gebeugte Gestalt im weiten bordeauxroten Kaftan. «Der Reichste und Wohltätigste» nannte man ihn. Manche fügten gar hinzu: «Der Reichtum hat Flügel und fliegt wie der Adler gen Himmel.» Aber der Bankier flog nicht davon. Das Gehen fiel ihm schwer, und wie er sich so auf einen Stock aus dunklem Holz stützte, schien er der Erde näher als dem Himmel.

Als nächstes trafen die Vertreter der verschiedenen jüdischen Gilden und Verbände ein.

Die aufmerksame Menge erkannte jeden Würdenträger des *va'ad*. Man rief sie beim Namen, beklatschte sie manchmal sogar, so auch den Maler Moses da Castellazzo. Der kräftige Bursche mit dem langen roten Haar und dem grauen Bart hatte zusammen mit seinem Freund Tizian Fresken für das Fondaco dei Tedeschi am Canal Grande entworfen und war damit zu Ruhm gelangt. Als letzter kam wie üblich der Rabbiner Jacob Mantino, ein berühmter Arzt und außerdem der Vorsteher des *va'ad*. Er war stämmig mit glattrasiertem Gesicht und trug, wie alle Venezianer, ein schwarzes flaches Barett. Diese Kopfbedeckung war ein Privileg, das der Doge ihm gewährt hatte und auf das er sehr stolz war, denn die Juden waren damals verpflichtet, eine gelbe Kappe zu tragen.

Jacob Mantino eröffnete die Sitzung:

«*Rabotai*, meine Herren, wir tragen Verantwortung für die Gemeinschaft, und zwar nicht nur für ihr Wachstum und Gedeihen, sondern auch dafür, daß sie bestehen bleibt. Daher ist es unsere Pflicht, sie rechtzeitig vor jeder Gefahr zu beschützen. Und dieser David Rëubeni ist eine tödliche Gefahr für das Volk Israel!»

Die Mitglieder des *va'ad* hoben verdutzt die Köpfe. Sie saßen an Tischen aus dunklem Holz, die zu einem großen Viereck zusammengestellt waren und fast den ganzen Saal im rückwärtigen Teil der Synagoge einnahmen. Durch eines der vier Fenster, die auf den Kanal hinausgingen, huschte ein Lichtstrahl herein. Verstohlen durchquerte er den Raum, hielt an den Marmorsäulen inne, strich über die vergoldeten Wandtäfelungen und verlosch dann im umschleierten blauen Auge des Bankiers Simon ben Asher Meshulam del Banco.

Dieser hielt schützend seine gichtigen Finger vor die Augen und brummte:

«Hören wir zunächst, was die Untersuchungskommission zu berichten hat ...»

Er mochte Jacob Mantino nicht sonderlich, denn er fürchtete seinen Scharfsinn und beneidete ihn um seine Privilegien.

Die Köpfe aller wandten sich nun drei Männern zu, die gegenüber den Fenstern saßen. Der älteste von ihnen, ein schon leicht gebeugter Mann in den Fünfzigern, erhob sich. Er hieß Yosef Pugliese. Er war Arzt, wie Jacob Mantino, und in gewisser Weise sein Rivale. Obgleich er mehr Patienten hatte als der Präsident des *va'ad*, genoß er nicht denselben Ruf. Yosef Puglieses Stimme war getragen und wohlklingend, sein Bericht detailgetreu und angefüllt mit hebräischen Redensarten.

Die Schlußfolgerung der Untersuchungskommission war ausgewogen. Die Existenz des Königreichs Habor und seines Königs Yosef war nicht erwiesen, doch David Rëubenis Reisen durch Afrika und Asien waren Tatsachen, wie auch seine Begegnungen mit den Fürsten und Königen dieser Länder. Seine Beglaubigungsschreiben waren überprüft worden, und an ihrer Echtheit war nicht zu zweifeln.

Das Heimatland David Rëubenis hatte die Kommission allerdings nicht feststellen können. War es der Yemen oder Äthiopien? Man war aber überzeugt, daß der Fremde in einem dieser Länder in der Armee als höherer Offizier, wenn nicht gar als General, Dienst getan hatte. Schließlich waren die militärischen Kenntnisse David Rëubenis nicht zu bestreiten. Über seine Ziele hatte die Kommission jedoch nichts herausbekommen können, da es ihr nicht gelungen war, den Betreffenden selbst zu befragen.

Als er an dieser Stelle seines Berichts anlangte, schwieg Yosef Pugliese. Mit seinem von dichten Augenbrauen überschatteten Blick überflog er die Versammlung und sagte dann:
«Man behauptet ... man behauptet, daß David Rëubeni ...»
Er hielt von neuem inne.
«Ich weiß nicht, ob ich fortfahren soll. Was ich noch zu sagen habe, ist kein Ergebnis unserer Nachforschungen, sondern Hörensagen, Gerücht, Gerede ...»
«Los, los!» rief ungeduldig Jacob Mantino. «Mein ehrenwerter Kollege, hört auf, uns noch länger auf die Folter zu spannen!»
Yosef Pugliese lächelte befriedigt. Endlich einmal richtete sich das gebündelte Interesse des *va'ad* allein auf ihn, und das mißfiel ihm ganz und gar nicht.
«Man munkelt ... man sagt, David Rëubeni trage ein Schreiben mit sich, beglaubigt und adressiert von seinem Bruder Yosef, dem König von Habor, an Seine Heiligkeit Papst Clemens VII. – ein Schreiben, in dem der König von Habor dem Pontifex maximus eine Allianz von Juden und Christen vorschlage, um den Ismaeliten Judäa abzuzwingen. Er will wieder ein jüdisches Königreich errichten.»
Jacob Mantino sprang auf:
«Das ist doch Wahnsinn!»
Diesen Ausruf begleitete der Präsident des *va'ad* mit einem heftigen Fausthieb auf den Tisch.
«Und wieso?» fragte der Bankier Asher Meshulam del Banco mit sanfter Stimme, der seinerseits ruhig sitzen geblieben war und nun fortfuhr:
«Diese Nachricht sollte überprüft werden. Aber wenn sie sich als wahr erwiese, würde ich sie dennoch nicht abwegig finden.»
Er hüstelte:
«Ein solches Vorhaben bietet sich bei der derzeitigen Lage doch an – die Heere der Hohen Pforte haben bereits Rhodos, Bulgarien und Neapel erreicht, und nun rückt der Islam auf Wien vor. Der Papst, aber auch die katholischen Könige täten gut daran ...»

Jacob Mantino, der während der Ausführungen des Bankiers seine Ungeduld nicht verborgen hatte, unterbrach ihn jetzt und rief von neuem:

«Das ist alles Wahnsinn! Ihr müßt verrückt sein!»

Der Bankier wirkte keineswegs verstimmt. Er hob den Kopf, lächelte und sprach mit gleichbleibend sanfter Stimme:

«Die Wiedererrichtung des Königreichs Judäa soll Wahnsinn sein? War denn Moses wahnsinnig, als er es errichtete?»

Die Sanftmut des alten Bankiers schien Jacob Mantino noch mehr zu reizen als seine Worte. Er zupfte an seinem grünen Wams und rief:

«Wenn wir diesem Fremden freie Hand lassen, wird die Hohe Pforte früher oder später erfahren, daß die Juden sich anschicken, sie zu bekriegen, und das wird Hunderttausende unserer Brüder, die glücklich und zufrieden in Istanbul, Saloniki wie auch im ganzen weitgespannten Türkenreich leben, in Todesgefahr bringen. Es ist unsere Pflicht, auch an sie zu denken!»

Er stützte sich mit beiden Händen auf den Tisch und beugte sich in Richtung des Bankiers.

«Was nun die christlichen Herrscher angeht, so gebe ich zu, daß ihnen der Plan dieses David Rëubeni wohl gefallen könnte. Aber die meisten unter ihnen sind uns keineswegs wohlgesonnen. Sie werden in diesem Vorgehen nur einen zusätzlichen, wenn nicht gar den endgültigen Beweis dafür sehen, daß die Juden keine treuen Untertanen sind. Man wird sagen, die Juden wären stets bereit, sich aus dem Staub zu machen. Wieso sollten sie nicht auch zu Verrat bereit sein?»

Jacob Mantino hielt kurz inne. Dann nutzte er das Schweigen, das seine Argumente hinterlassen hatten, um in gelassenerem Ton weiterzusprechen:

«Glaubt ihr denn wirklich, meine Freunde, meine Herren, daß eine Flotte, ausgestattet mit jüdischen Seeleuten und den Waffen christlicher Könige, auch nur die geringste Chance hätte, die größte Militärmacht der Welt in einer Schlacht zu besiegen?

Selbst Venedig hat mehrere Schlachten verloren und Kompromisse schließen müssen. Es sei denn ...»

Jacob Mantino schwieg erneut und blickte den Mitgliedern des *va'ad*, einem nach dem anderen, ins Gesicht, als wolle er jeden auf Herz und Nieren prüfen:

«Es sei denn, Ihr wäret der Meinung, *rabotai*, David sei ein ganz besonderer Gesandter, wie es ja auch unsere Brüder in den Marken glauben...»

Jeder hielt die Luft an. Vorsicht war geboten.

«Und wäre dies der Fall», fuhr Jacob Mantino fort, «dann erinnert Euch bitte an jenen Asher Lämmle, verflucht sei sein Name, der genau hier, in der venezianischen Provinz Istrien, vor nunmehr vierundzwanzig Jahren behauptet hat, er sei *Der*, auf den wir seit der ersten Tempelzerstörung warten. Entsinnt Euch, *rabotai*, all des Unglücks, das dieser Mann über unsere Gemeinschaft gebracht hat. Denkt auch an unseren heiligen Talmud. Erinnert Euch, daß er energisch warnt vor jenen, die die Ankunft des Messias zu verkünden wagen. Denn, wenn *Er* nicht kommt, oder wenn es nicht wirklich *Er* ist, dann wird die gesamte Menschheit ins Elend stürzen ...»

Jacob Mantino hob seine geballte Faust, als wolle er abermals auf den Tisch schlagen, doch noch bevor seine Hand das Holz berührt hatte, hielt er inne. Um abzulenken, trat er ans Fenster und tat so, als betrachte er die Boote und Gondeln, die auf den schieferfarbenen Wassern des Canale Ghetto Nuovo vorüberführen.

Die Mitglieder des *va'ad* rührten sich nicht, als fürchteten sie, ein Wort oder eine Geste, da sei Gott vor!, könne Elend über die Menschheit bringen. Asher Meshulam del Banco hüstelte einmal, dann noch ein zweites Mal. Sein Husten hielt an, und jedermann wartete geduldig, bis er aufhörte.

«Gut gesprochen», sagte er schließlich, ohne den Kopf zu heben, zu Jacob Mantino, der sich umgewandt hatte. «Unser ehrenwerter Vorsitzender war wie immer überzeugend. Er hat stichhaltige und intelligente Argumente vorgebracht, nur ...»

Der alte Bankier hustete von neuem und fuhr dann fort:

«Nur geht es hier nicht um diesen David Rëubeni, einen unbekannten kleinen Fürsten aus einem vergessenen Königreich Habor. Im Gegenteil, meine Freunde, es geht um uns.»

Mühevoll hob der Bankier seine Hand mit den zwei Jaderingen und fragte in die Runde:

«Haben wir denn die Hoffnung für immer begraben, eines Tages ins Land unserer Väter zurückkehren zu können? Haben wir uns bereits für immer damit abgefunden, verfolgte oder im besten Fall geduldete Untertanen zu sein?»

Vom Blick des alten Bankiers bedrängt, wollte Jacob Mantino erneut sprechen, aber der Rabbiner Selomo da Costa schüttelte mehrmals seinen Kopf mit dem Turban und sagte dann hastig, als fürchte er, unterbrochen zu werden:

«Das Volk Israel wird ins Land Israel zurückkehren, wenn der Ewige, gepriesen sei Sein Name!, es befiehlt.»

Das wirkte wie ein Alarmsignal. Alle redeten gleichzeitig los. Der junge Trödler Mose Zacuto deutete mit einer Kopfbewegung auf den Bankier, richtete dann seinen Zeigefinger anklagend auf ihn und rief:

«Ihr habt gut reden! Ihr seid reich, reich selbst unter den Reichen. Ihr habt noch euren Palast Ca'Bernardo in San Paolo. Wenn wir wegen dieses David Rëubeni eines Tages verfolgt werden, könnt Ihr Euch mit Eurem Geld aus der Schlinge ziehen, wie immer. Wir aber ...»

Asher Meshulam del Banco schüttelte betrübt den Kopf:

«Nein, nein, junger Mann, nein ... Reichtum schützt vielleicht alle anderen Menschen, aber die Juden schützt er nicht mehr, als Barmherzigkeit einen Christen schützen würde. Bei den Heiden tötet man manchmal die Reichen, weil sie reich sind. Aber man tötet die reichen Juden, weil sie Juden sind!»

Der Bankier hob abermals seine zitternde Hand:

«Du magst mich vielleicht nicht, das ist dein Recht, aber du mußt wissen, daß, ob du es willst oder nicht, wir beide das gleiche Schicksal haben. Die Inquisition in Spanien hat keine Unterschiede gemacht!»

Seine Stimme wurde schwach:

«Wir gehören alle zum gleichen Volk und sind in diesem Land alle nur *geduldet*. Im Lande Israel hingegen könnten wir endlich ein Volk wie die anderen sein. Dann würde die Frage des Reichtums, auf die du soviel Wert legst, vielleicht eine Bedeutung bekommen.»

«Worte, nichts als Worte!» empörte sich der Trödler.

Jacob Mantino breitete die Arme zu einer theatralischen Geste, als wollte er einen wichtigen und dringlichen Einwurf ankündigen. Doch der Maler Moses da Castellazzo unterbrach ihn, indem er abrupt aufstand und dabei seinen Stuhl umwarf:

«Genug!» rief er. «Es reicht! Wir sind nicht hier, um miteinander abzurechnen, sondern um über David Rëubeni zu sprechen.»

Er riß sich die gelbe Kappe vom Kopf, diese den Juden aufgezwungene Farbe, die er nur unwillig trug. Er warf sie auf den Tisch:

«Seht euch meine Kappe an! Seht euch ihre Farbe gut an! In der von Asher Meshulam del Banco aufgeworfenen Frage sind alle anderen Fragen enthalten. Wollen wir unsere Lage als geduldete oder verfolgte Fremde für immer akzeptieren? Haben wir nicht das gleiche Recht wie die Venezianer oder die Franzosen, die im Moment vor Cremona und Como campieren, das gleiche Recht auch wie die Türken? Haben wir nicht das Recht auf ein Vaterland?»

Der Maler fuhr sich mit der Hand durch seine üppige rote Mähne und sagte mit gesenkter Stimme, als wolle er den Mitgliedern des *va'ad* ein Geheimnis verraten:

«Und wenn unser *nächstes Jahr in Jerusalem*, dieser von uns alljährlich zu Ostern gesprochene Wunsch, heute zum Greifen nahe wäre? Denkt darüber nach! Die christlichen Könige organisieren Expeditionen, um neue Kontinente zu entdecken und zu erobern. Die alte Welt ist dabei, sich zu öffnen, die Bitte der Juden könnte Sympathie und Unterstützung finden ...»

Er unterbrach sich kurz, um dann mit größter Selbstverständlichkeit festzustellen:

«David Rëubeni hat recht!»

Er wartete, bis Jacob Mantino seinen Platz am Tisch wieder eingenommen hatte, strich sich eine rote Strähne aus der Stirn und fuhr fort:

«Hier in Venedig sieht man in uns Rivalen, im Lande Israel wären wir endlich Verbündete ...»

Der Rabbiner Costa, der während der Rede des Malers schon mehrfach seine Ungeduld gezeigt hatte, brauste nun auf:

«Wovon redet Ihr da eigentlich? Euer David Rëubeni ist nichts weiter als ein Aufschneider! Ein Lügner!»

Moses da Castellazzo lachte schallend:

«Seit wann erwartet man von politischen Autoritäten, stets die Wahrheit zu offenbaren? Habt Ihr nie Machiavellis Buch *Der Fürst* gelesen?»

«Zum Glück ist der Verfasser kein Jude!» warf Jacob Mantino ein.

«Das ist eher bedauerlich für die Juden», konterte Moses da Castellazzo. «David Rëubeni hat begriffen, daß es einer Strategie bedarf, um das Ziel zu erreichen. Seine erscheint mir klug. Gebt doch zu, hätten wir ohne diese Geschichte vom jüdischen Königreich Habor so lange über *Israel* diskutiert?»

Jacob Mantino legte in einer abschließenden Geste beide Hände breit auf den Tisch:

«*Rabotai*, es ist spät geworden. Man hat uns nicht gewählt, damit wir das jüdische Volk befreien, sondern damit wir sein tägliches Leben regeln, und zwar hier, im Ghetto. Zum Schutz des jüdischen Vollkes. Dieser Rëubeni bedroht unser so teuer erkämpftes labiles Gleichgewicht! Das ist eine Tatsache! Daher schlage ich vor, ihn vor dem Dogenrat als Aufschneider zu brandmarken.»

Moses da Castellazzo sprang auf:
«Und so spricht der Übersetzer von Averroës und Avicenna?»
Seine Stimme wurde ironisch:
«Ich glaubte, es mit einem weisen Mann zu tun zu haben, und nun sehe ich, Ihr seid nur ein feilschender Händler!»

Jacob Mantino erbleichte. Mit einer bei einem Mann seiner Korpulenz ungeahnten Behendigkeit stürzte er sich auf den Maler:
«Bastard! Hundesohn!» brüllte er mit seiner plötzlich heiser gewordenen Stimme, während sich seine linke Hand in den smaragdgrünen Umhang des Malers krallte und seine rechte vergeblich versuchte, Moses ins Gesicht zu schlagen. Mit einer einfachen Armbewegung hielt der große und kräftige Maler den Arzt von sich fern. Man hörte, wie Stoff zerriß. Die Mitglieder des *va'ad* standen auf und versuchten, sich zwischen die beiden zu drängen. Ein Wortgefecht folgte. Stühle flogen. Einer traf eine Scheibe, die zerbrach.

Asher Meshulam del Banco erhob sich:
«Ich bitte euch, *rabotai* ... Ihr seid die gewählten Vertreter des Ghetto ... *rabotai*!»

Jacob Mantino beruhigte sich als erster. Er stellte seinen Stuhl wieder hin und setzte sich. Seine Wangen waren gerötet, und er atmete schwer. Als sich endlich jeder wieder an seinem Platz befand, sagte er knapp:
«Stimmen wir also ab!»


Der *va'ad* stimmte dreimal ab und wie üblich in geheimer Wahl. Jedes Mal war das Ergebnis dasselbe: acht Stimmen zugunsten David Rëubenis und acht Stimmen für die Gegenseite, die ihn nicht anerkannte. Asher Meshulam del Banco schlug einen

Kompromiß vor, der angenommen wurde. Der *va'ad* würde David Rëubeni einladen, sich an diesem Ort selbst zu äußern. Moses da Castellazzo bot sich an, die Aufforderung zu überbringen.

«Da Euch so viel daran liegt...», brummte Jacob Mantino.

## VI
## DAS VERSCHLEIERTE PORTRÄT

Trotz des Regens, der wieder eingesetzt hatte, ging der Maler zu Fuß. Er liebte Venedig, er schlenderte gern durch die engen *calli*, diese Gassen, die alle, ausnahmslos, in einen *campo* mündeten, wo sich das Gemeinschaftsleben abspielte. Er liebte all die *salizzade, rughe, fondamenta*, diese gepflasterten Wege und Uferbefestigungen entlang der Kanäle. Wenn er durch die Stadt spazierte, entdeckte er immer neue Merkwürdigkeiten, unerwartete Szenerien und Menschenansammlungen, die er anschließend auf seinen Bildern, Zeichnungen und Stichen blitzschnell festhielt. Nie verließ Moses da Castellazzo sein Atelier im Ghetto ohne eine Mappe voller Papier und Kohlestifte. «Meinen Arztkoffer» nannte er sie.

Mit dieser Mappe unter dem Arm und durch einen riesigen grünen Umhang vor dem Regen geschützt, landete er schließlich vor dem Palazzo von Kapitän Campiello Pozzo. Trotz des schlechten Wetters standen eine Menge Leute davor. Moses da Castellazzo bahnte sich einen Weg bis zum Eingang und wurde dort, sehr zu seinem Ärger, von den Wachposten des Dogen zurückgewiesen. Der persönliche Sekretär des Dogen war gerade bei dem Gesandten und unterhielt sich mit ihm. Moses nannte seinen Namen und erklärte, daß er im Auftrag des *va'ad hakatan* käme und dringend den Prinzen von Habor sehen müsse. Als der Sekretär schließlich mit seiner Garde abzog, wurde der Maler zu David Rëubeni vorgelassen.

Dieser stand bewegungslos neben der Tür zur Terrasse. Regentropfen rannen an der Glasscheibe herab, und das Licht einer Straßenlaterne trug dieses Muster bis in den Raum, wo es sich auf dem dunklen Gesicht des Gesandten widerspiegelte. Nachdem sich der Mann aus der Wüste vergewissert hatte, daß Moses da Castellazzo Hebräisch sprach, schickte er den Diener, der für ihn übersetzte, hinaus.

Eine gewisse Befangenheit stellte sich ein. Wie sollte man das Gespräch beginnen? Nicht ohne Witz fragte David Rëubeni plötzlich:

«Mein Äußeres überrascht Euch?»

«Nein, nein», protestierte der rothaarige Hüne. «Ich wußte, daß Ihr dunkelhäutig seid. Das ist es nicht ... Aber ich bin Maler, müßt Ihr wissen, und Euer Gesicht fasziniert mich. Es ist die Intensität Eures Blicks.»

Er zögerte und sagte dann:

«Ich würde gern ein Porträt von Euch malen.»

Der jüdische Prinz lächelte:

«Ach ja? Worauf wartet Ihr dann noch?»

Moses da Castellazzo öffnete sofort seine Mappe.

«Mit Vergnügen», sagte er und nahm ein großes weißes Blatt heraus. «Aber ich muß Euch auch eine Einladung überbringen.»

«Ich weiß», sagte der Mann aus Habor. «Kann das nicht warten?»

«Gewiß», entgegnete der Maler, der schon den Kohlestift in der Hand hatte und die Skizze bereits vor Augen sah.

«Nun, dann fangt an!»

Moses da Castellazzo arbeitete schnell. Entwürfe in unterschiedlichen Stadien der Ausarbeitung sammelten sich an. Moses begann stets mit der Nase. Er zog eine scharfe Linie, verwischte sie mit einer schnellen Bewegung des Daumens und machte daraus eine angedeutete Falte, die sich bis zum Bartansatz zog. Danach zeichnete er die Lippen und ging schließlich zur Stirn über. Die Augen hob er sich immer bis zum Schluß auf, wenn sich in ihnen bereits Ungeduld und Mißmut, manchmal auch Gefügigkeit, zeigten. *Letzten Endes bezwingt der Maler immer sein Modell,* pflegte er zu sagen, *es sei denn, das Porträt ist mißlungen.* Und genau dieses Gefühl begann sich gerade bei ihm einzustellen, als David ihn unvermittelt fragte:

«Liebt Ihr Venedig?»

Der rothaarige Hüne nickte:

«Das ist die einzige Stadt, in der man leben kann. Vielleicht, weil sie nicht zum Festland gehört.»

David lachte:

«Warum habt Ihr dann den Wunsch geäußert, Euch in Jerusalem niederzulassen?»

Der Maler hob seinen Stift vom Papier und blickte sein Modell verdutzt und fragend an:

«Woher wißt Ihr das?»

«Ich weiß vieles über meine Brüder in Venedig ...»

Und nach einer Pause:

«Ihr habt meine Frage nicht beantwortet.»

«Ich sehe darin keinen Widerspruch», erwiderte Moses.

«Der wird sich aber einstellen, sobald ich Euch bitte, mir dabei zu helfen, das jüdische Königreich auf dem Boden Israels wiederzuerrichten.»

Abrupt schloß der Maler seine Zeichenmappe und riß sich die gelbe Kappe herunter, was seine Haare in Unordnung brachte.

Er hatte sich jetzt wieder ganz gefangen:

«Selbst zur Zeit der Könige lebte nicht die Mehrzahl der Juden in Judäa. So wie heute viele Venezianer auch nicht in Venedig leben.»

Er stand auf und durchmaß mit schnellen Schritten den Raum:

«Und dennoch haben diese Venezianer Anrecht auf eine eigene Republik. Auch wenn einige Florenz Venedig vorziehen, wird Venedig immer ihre Heimat bleiben. Das ist gerecht. Ich wünschte mir derlei Gerechtigkeit auch für die Juden.»

Moses redete, und David hörte zu. Sein Blick war starr, fast ausdruckslos. Nur seine Lippen deuteten ein Lächeln an.

«Wenn die aus Spanien und Portugal vertriebenen Juden eine Heimat auf dem Boden ihrer Vorfahren bekämen», fuhr der Maler fort, «dann müßten sie sich nicht mehr, je nach Lust und Laune der Fürsten, von einer Stadt in die andere hetzen lassen!»

Endlich kam Leben in David Rëubenis Gesicht. Mit leichtem, fast schwebendem Schritt ging er auf Moses da Castellazzo zu, beugte sich zu ihm und küßte ihn auf die Stirn.

Dann fragte er gelassen:

«Und besagte Einladung?...»

Am Spätnachmittag des gleichen Tages verabschiedete sich David Rëubeni von Kapitän Campiello Pozzo, um zu Moses da Castellazzo ins Ghetto Nuovo überzusiedeln.

Das Atelier des Künstlers lag in einem geräumigen Lagerhaus hinter der Banco Rosso, die zu den drei «Banken der Armen» der ashkenazischen Juden gehörte. Drei Pfeiler aus grauem Stein stützten einen breiten Deckenbalken, der durch den ganzen Raum lief. Durch große Fenster zum Kanal fiel Licht herein. Es breitete sich strahlenförmig auf dem Boden aus und kletterte die Staffeleien hoch, auf denen mit weißen Tüchern abgedeckte Bilder standen. Hier war alles verhüllt, versteckt, verschwiegen und wie in Erwartung. Keine Zeichnung, kein Gemälde war sichtbar. Selbst die Bücher, von denen man nur die ledergebundenen Rücken sah, verschwanden im schattigen Inneren eines hohen und schweren Säulenschranks. David Rëubeni sagte kein Wort, doch als er sich in einen Sessel gleich neben der Tür niederließ, von wo aus er das ganze Atelier überblicken konnte, rechtfertigte sich Moses da Castellazzo:

«Im Gegensatz zu meinem Freunde Tizian liebe ich die Nacktheit nicht.»

Die Ankunft des Fremden im Ghetto hatte zu ungewöhnlichen und gefährlichen Menschenansammlungen geführt. Eine Schar Neugieriger wartete vor dem Atelier. Da die vier Diener David Rëubenis mit dieser Menge überfordert waren, hatte man den *va'ad* verständigen müssen, damit er ein paar kräftige Burschen schickte, um die Ordnung aufrechtzuerhalten.

Der Gesandte des Königreichs Habor weigerte sich an diesem Tage, irgend jemanden zu empfangen. Auch das vom Maler vorbereitete Essen wies er zurück. Nach dem Abendgebet *ma'ariv* begnügte er sich mit einem Glas Wasser und begann dann, seinen Gastgeber über seine Herkunft, seine Familie und seine Kunst zu befragen. Doch er stellte keine einzige Frage zu den politischen Kräften, die in Venedig aufeinanderprallten, oder zu den Wortgefechten, die das Ghetto spalteten und deren unfreiwilliger Urheber er war. Vielleicht wußte er das alles bereits, oder es war ihm gleichgültig? Auch von seinen Plänen sprach er kein Wort, und allmählich schwiegen die beiden Männer, wie in stiller Übereinkunft. Plötzlich schleuderte ein heftiger Windstoß vom offenen Meer Wasser gegen die Fenster, und Dunkelheit hüllte das Atelier ein. Moses da Castellazzo kletterte auf eine Leiter und zündete nacheinander die zwölf dicken Wachskerzen auf dem wundervollen Muranolüster an, dessen Filigran an Zuckerwatte erinnerte. Schatten tanzten im Raum und kamen allmählich zum Stehen. Moses lächelte. Davids Blick verriet wachsende Neugierde.

«Ihr seid außergewöhnlich», sagte der Maler mit ehrlicher Bewunderung. «Euer Gang, Euer Blick ... Einen Juden wie Euch habe ich noch nie gesehen, ein Jude, der niemals das Ghetto erlebt hat ...»

Und unvermittelt sagte er:

«Gibt es das jüdische Königreich tatsächlich?»

«Zweifelt Ihr denn daran?»

«Ja.»

«Aber Ihr würdet es Euch wünschen?»

«Ja.»

«Nun, dann existiert es. Und ich bin sein Gesandter.»

«Einige halten Euch für den Messias.»

«Sie sind verblendet. Schlimmer noch, sie lästern Gott.»

«Werdet Ihr das morgen auch vor dem *va'ad* sagen?»

«Das kommt auf die Fragen an.»
«Es heißt, Ihr seid durch Judäa gereist, habt Jerusalem besucht, Bethlehem, Safed ...»
«Das stimmt.»
Und getrieben von plötzlich aufkeimender Hoffnung und Freude, erzählte David Rëubeni dem Maler von seinen Abenteuern und Begegnungen im Heiligen Land. Fasziniert lauschte der rothaarige Hüne, bis der Morgen graute.

## VII
## VOR DEM *VA'AD*

**N**ach dem Morgengebet *shaharit* trank der jüdische Prinz ein Glas Wasser, erfrischte sich Gesicht und Hände, kleidete sich in sein weißes Gewand und brach schließlich in Begleitung seiner vier Diener und Moses da Castellazzos auf, um der Einladung des *va'ad* Folge zu leisten. Einer der Diener trug eine Standarte mit aufgenähten goldenen Schriftzeichen. In Hebräisch war dort zu lesen: *Wer ist wie Du unter den Mächten, o Herr?* Das hatte auch auf der Siegesfahne des Juda Makkabäus gestanden.

Der Regen hatte aufgehört, aber auf der Piazza des Ghetto glänzten noch Pfützen. Zwischen den Windstößen spiegelte sich in ihnen der bleiche Himmel. Trotz der kühlen Morgenstunde erschien der Campo des Ghetto Nuovo, der größte Platz im Cannaregio-Viertel, bereits schwarz vor Menschen. David und sein Gefolge wurden auf ihrem Weg vom Gemurmel der Menge begleitet, das teilweise besorgt und teilweise bewundernd klang. Aber es gab keine Schreie und keine Gesänge. Die Menschen waren ernst. Ab und zu löste sich ein Greis aus der Menge, um David Rëubeni zu segnen. Dieser ging unbeirrt weiter, mit stolzem Schritt, den Kopf hoch erhoben und den Blick nach innen gerichtet, als gingen ihn diese Menschen nichts an oder als wäre er allein an diesem Ort. Zweimal verlangsamte er seinen Schritt. Moses da Castellazzo wartete auf eine Geste von ihm, doch nichts geschah. Beim ersten Mal trat ein Jude mit Turban auf die Gruppe zu, als sie, fast in der Mitte des Platzes, an einem Brunnen vorbeikamen. Der Jude war Levantiner, wie sein Kaftan zu erkennen gab, der in der Taille mit einem Tuch von gleicher Farbe gebunden war, und er zitierte Mechilta 14,10: *Der Tefillin ist mächtiger als die Waffen.* Das zweite Mal geschah es direkt vor der Tür der Scuola Tedesca. Ein Bettler, ein Krüppel ohne Beine, nahm seine Hände zu Hilfe, um sich David mit einem überraschenden Satz entgegenzuwerfen und mit schriller, kindlicher Stimme den Psalm 55, 17–18 anzustimmen: *«Ich rufe zu Gott, und der Ewige hilft mir. Abends und morgens und mittags will ich jammern und seufzen, und er hört meine Stimme.»*

Während die Gruppe die enge Holztreppe der Synagoge hinaufstieg, hörte Moses da Castellazzo den Gesandten murmeln:

«Wer ist wie du, Volk Israel?»

Die Begegnung zwischen David Rëubeni und dem *va'ad* fand im hinteren Saal der Synagoge statt, demselben, in dem auch die letzte Versammlung der gewählten Vertreter getagt hatte. Auf Antrag Jacob Mantinos hatte man die Tische herausgenommen, damit der Saal geräumiger und großzügiger wirkte.

Simon ben Asher Meshulam del Banco, der Sprecher der Versammlung, stellte die Mitglieder des *va'ad* einzeln dem Gesandten vor. Dann führte er den Grund der Einladung aus:

«Wenn ein Unbekannter in Venedig eintrifft, der sich als Gesandter eines jüdischen Königreichs ausgibt und im Namen des gesamten Volkes Israel politische Schritte unternimmt, haben die Vertreter der jüdischen Gemeinde, da sie ohne ihr Zutun in dieses Vorgehen verwickelt worden sind, das Recht, über die tatsächlichen Absichten und Ziele dieses Mannes in Kenntnis gesetzt zu werden und gegebenenfalls Einwände zu erheben.»

«Das gemeinsame Gebet wird immer erhört», sagte David Rëubeni auf Hebräisch.

Dann fügte er hinzu: *Sha'alu* – «Fragt», nach der üblichen Formel der Rabbiner-Akademien, die sich auch im Talmud findet.

Der Gesandte stand dem Halbkreis der sechzehn Gewählten allein gegenüber. Seine Diener hielten sich ein paar Schritte hinter ihm, während Moses da Castellazzo sich auf halber Höhe zwischen die Mitglieder des *va'ad* und David Rëubeni gestellt hatte, als sei er das notwendige Verbindungsglied zwischen den losen Teilen dieser Kette.

Jacob Mantino mißfiel der Einwurf des Fremden. Der führte sich auf wie ein Meister des Talmud gegenüber seinen Schülern. Daher fragte er in ungewöhnlich aggressivem Ton:

«Wer seid Ihr?»

«Ich bin David, der Sohn Selomos und der Bruder des König Yosef, der in der Wüste Habor über dreihunderttausend Juden herrscht.»

«Seid Ihr ein Prinz?»

Jacob Mantino klang ironisch.

*«Alle Juden sind Prinzen»*, erwiderte David Rëubeni und zitierte damit Rabbi Akiva.

«Habt Ihr Beweise für das, was Ihr vorbringt?»

«Daß wir alle Prinzen sind?»

Die Gewählten bemühten sich, ihr Lächeln zu unterdrücken. David Rëubenis Ironie reizte Jacob Mantino noch mehr. Seine frisch rasierten Wangen überzogen sich mit Purpur:

«Habt Ihr einen Beweis für die Existenz des jüdischen Königreiches Habor?»

«Ja.»

Und nach einer kurzen Pause fügte er hinzu:

«Mein Ehrenwort.»

«Man sagt, Ihr wäret im Besitz eines Briefes von der Hand Eures Bruders.»

«Das stimmt.»

«Kann man ihn sehen?»

«Nein.»

«Wieso?»

«Weil er nicht für Euch bestimmt ist.»

«An wen ist er gerichtet?»
«An das Oberhaupt der Christenheit, Papst Clemens VII.»
«Was steht in diesem Brief?»
«Ich bin nicht befugt, es Euch zu enthüllen.»
Jacob Mantino hob ermattet die Arme, als wolle er die anderen zu Zeugen rufen, und brummte dann:
«Aus dem ist nichts herauszukriegen. Nichts!»
Der Rabbiner Selomo da Costa nickte mit seinem turbangeschmückten Kopf:
«Seid Ihr Rabbiner?»
«Nein, ich bin Soldat.»
«Habt Ihr studiert?»
«Wie jeder Jude.»
«Man sagt, Ihr wollt das Land Israel von türkischer Besatzung befreien.»
«Ihr nicht?»
«Man sagt weiter, Ihr wollt dort ein jüdisches Königreich errichten.»
«Ihr nicht?»
«Ihr wißt, daß das jüdische Königreich erst errichtet werden wird, wenn der Ewige, gepriesen sei Sein Name!, es so beschließt?»
«Wer sagt Euch, daß *Der*, der ist, es nicht beschlossen hat?»
«Sobald diese Entscheidung gefallen sein wird, wird es jeder Jude erfahren!»
«Laßt ihnen also die Zeit, die Nachricht zu erfahren ...»
Während des lebhaften Hin und Her der Befragung beobachtete Jacob Mantino den Besucher. Dessen ebenmäßiges, wie von einem griechischen Bildhauer in dunklem Marmor gearbeitetes Gesicht war undurchdringlich geblieben. Seine Ruhe, seine Selbstbeherrschung, aber auch sein Witz machten diesen Mann gefährlicher als erwartet. Mantinos Blick überflog die Gemeindevertreter: Sie wirkten verblüfft, unentschlossen, sogar betört. Nein, auf die konnte er nicht zählen. Er wußte, daß dieses Treffen

nicht zu einem Katz-und-Maus-Spiel zwischen ihm und dem Fremden, zu einer persönlichen Fehde werden durfte. Sonst würde er selbst jene einbüßen, die seinen Vorschlag gutgeheißen hatten. Wenn er im *va'ad* auch nicht nur Freunde hatte, so besaß er doch manche unter den Heiden, sogar unter den Würdenträgern der Kirche, wie Bischof Ghiberti von Verona. Er war überzeugt, das fragile Gleichgewicht, auf dem das Leben der Juden in Venedig gründete, besser zu kennen als jeder andere. Dieses Gleichgewicht war so zerbrechlich, daß ein Mißverständnis, und um so mehr ein Abenteuer, es ins Wanken bringen konnte, besonders wenn ein Geist wie dieser David Rëubeni ein solches Abenteuer unternahm. Dieser Gelehrte und Soldat besaß Charisma und Intelligenz, das spürte er. Um so mehr mußte er ihn als falschen Boten entlarven und ihn brandmarken. War es nicht seine Aufgabe, die Juden zu retten, die ihn an die Spitze des *va'ad* gewählt hatten? Ob mit oder ohne ihre Zustimmung, und wenn nötig auch gegen ihren Willen! Er zweifelte nicht daran, daß David Rëubenis Vorhaben keine Aussicht auf Erfolg hatte und nur neue Judenverfolgungen nach sich ziehen würde. Aber zunächst mußte er auf das Spiel eingehen, sich aufgeschlossen und tolerant geben und jede zu deutliche Ablehnung vermeiden.

Am Rande nahm er wahr, wie Yosef Luzzatto, der Schreiber von Ancona, eine Frage stellte, doch da er seinen Gedanken nachhing, konnte er die Antwort nicht hören. Die Sonne hatte sich aus den Wolken befreit und erhellte nun den Saal mit kaltem Winterlicht. Jacob Mantino trat von neuem vor, beugte ein wenig die Knie wie ein Kämpfer in der Arena und fragte dann mit einem Ton, der unvoreingenommen klingen sollte:

«Seid Ihr sicher, vom Papst empfangen zu werden?»

«Ja.»

«Habt Ihr Empfehlungsschreiben?»

Auf diese Frage antwortete David Rëubeni nicht sofort.

Sein Schweigen, das erste seit Beginn der Verhandlung, löste eine gewisse Beklemmung in der Runde aus. Jacob Mantino glaubte zu spüren, wie der Wind allmählich drehte und die Gewählten endlich geneigt waren, einen ehrlichen, direkten Widerstand gegenüber diesem Gesandten zuzulassen. Er trat noch einen Schritt vor. Jetzt stand er fast in der Mitte des Halbrunds, mitten im Sonnenkreis. Sein purpurnes Wams färbte sich blutrot.

«Habt Ihr auch an die vielen Tausend italienischer Juden gedacht, deren Wohlergehen Ihr mit Eurem Vorgehen aufs Spiel setzt? Habt Ihr an die Abertausende Juden der Levante gedacht, die im Türkenreich leben und die Ihr in Gefahr bringt? Wozu all Eure Lügen? Das Königreich Habor, der König Yosef, die Empfehlungsschreiben für den Papst... wenn Ihr die hättet, wäret Ihr bereits in Rom, anstatt Eure Zeit hier in Venedig zu vergeuden!»

Moses da Castellazzo blickte den Gesandten an. Er sah, wie er die Fäuste ballte, aber in seinem Gesicht hatte sich kein Muskel bewegt. Er bewunderte seine Ruhe und wollte dem neuen Freund schon helfend zur Seite stehen, als David Rëubeni in gemessenem Ton zu sprechen begann. Sein Hebräisch klang jetzt etwas gutturaler und hatte einen Wüstenakzent:

«Wenn ich so töricht gewesen wäre», sagte er, «dann hätte ich den Schöpfer gebeten, dem Menschen zwei Münder zu geben: einen, um zu essen und zu reden, und den anderen, um die Tora zu studieren! Aber, wenn man's recht bedenkt, ist das kein guter Gedanke.»

Er unterbrach sich und sah Jacob Mantino an. Dessen Gesicht verzerrte sich, Haß verdüsterte seinen Blick. David Rëubeni wußte, daß der Vorsteher des *va'ad* die Worte Rabbi Simeon ben Yohais erkannt haben mußte, die er aus dem Talmud zitiert hatte. Und er konnte davon ausgehen, daß Mantino auch die Fortsetzung kannte.

«Wieso ist das kein guter Gedanke?» fragte der Trödler Mose Zacuto arglos.

Jacob Mantino trat einen Schritt zurück, als könnte ein größerer Abstand zwischen ihm und dem Gesandten ihn vor den Worten schützen, die nun folgen mußten.

«Der Gedanke ist nicht gut», begann David Rëubeni erneut, «weil der Mensch schon seinen einen Mund ausschließlich für üble Nachrede verwendet und die Welt auf diese Weise in Gefahr bringt. Wie wäre es also erst um die Menschheit bestellt, wenn der Mensch zwei Münder hätte?»

Die beißende Ironie der Worte rief Unbehagen hervor. Simon Zarfatti aus Avignon wagte einen Vorstoß:

«Was erwartet Ihr von uns?»

«Nichts.»

«Warum habt Ihr uns dann aufgesucht?»

«Weil Ihr es von mir verlangt habt.»

«Und Ihr?» fragte nun Moses da Castellazzo, «hattet Ihr nicht den Wunsch, uns zu sehen?»

«Ich?»

David Rëubeni lächelte. Sein Gesicht hellte sich auf:

«Ich freue mich immer, Juden zu treffen und ...»

Sein Blick umfing den Maler:

«Und wenn der Zufall es will und ich unter ihnen einen zum Freund gewinnen kann, dann bin ich der glücklichste Mensch auf Erden.»

Dann wandte er sich an Jacob Mantino:

«Ich bin nicht hierhergekommen, um jemanden zu beleidigen, sondern um zu lernen. Beruhigt Euch also, ich bin nur auf der Durchreise.»

Die Worte des Fremden erstaunten die Mitglieder des *va'ad*. Die Beleidigung, die einem von ihnen, und zwar dem Angesehensten, zugefügt worden war, rief eine Welle der Solidarität mit Mantino hervor. Auch wenn die Schmähungen insgeheim so manchen belustigt hatten, war es doch keinem Fremden gestattet, einem venezianischen Juden öffentlich eine Lektion zu erteilen.

Das gesamte Rednertalent und Talmudwissen des alten Asher Meshulam del Banco war erforderlich, um die Erregung der Mitglieder des *va'ad* zu dämpfen.

«Die Worte unseres Gastes», erklärte er für diejenigen, die es nicht wußten, «sind aus dem Talmud. Gesprochen hat sie der berühmte Rabbi Simeon ben Yohai, der Unterzeichner des *zohar* und Urheber der Kabbala. Diese Worte, meine lieben Freunde, wurden gesprochen, als die Römer Jerusalem besetzt hielten und jeder Jude unter Bewachung stand und häufig Opfer von Denunziation wurde ... Kurz gesagt, allein schon diese Referenz beweist das geistige Niveau des Prinzen von Habor. Es spricht für seine völlige Ehrenhaftigkeit und verbietet den Verdacht, er habe irgend jemanden aus dieser erhabenen Versammlung angreifen wollen.»

Die Erklärungen des Bankiers beruhigten die Gemüter. David Rëubeni verharrte in Schweigen.

«Also, was erwartet Ihr von uns?» fragte abermals Simon Zarfatti.

«Nichts», wiederholte David.

Doch als er sah, daß die Gesichter sich wieder verschlossen, senkte er die Stimme und gestand:

«Ja, es stimmt, ich wollte die Juden von Venedig treffen. Diese berühmten, vom Dogen beschützten Juden, diese unvergleichlichen Bankleute und in aller Welt bewunderten Gelehrten, diese Reisenden, Künstler und Erfinder, kurz, die Besten der Besten.»

Er schwieg, und auf der anderen Seite des Kanals hörte man die Glocken läuten.

«Nein, ich bin nicht gekommen, um zu schmähen, und auch nicht, um geschmäht zu werden», begann er von neuem. «Und ganz gewiß bin ich nicht hier, um mit Juden zu streiten. Dazu liebe ich sie zu sehr. Ich liebe sie so, wie sie sind: nicht immer schön, nicht immer tapfer, nicht immer ehrenwert, aber immer wachsam, um wie gute Segel jeden Wind und jede Erkenntnis einzufangen.»

Er hielt inne, um einen weiteren Glockenklang abzuwarten:

«Doch ich wünsche sie mir frei, endlich frei! Frei im Land ihrer Väter, nach fünfzehn Jahrhunderten Exil ...»

Da er seit seiner Ankunft fast bewegungslos im Raum gestanden hatte, erschreckte seine erste Bewegung, und der Kreis der Notablen wich zurück. Lächelnd, aber dennoch ernst und eindringlich, wandte er sich nun an die Gewählten, die bisher geschwiegen hatten:

«Und Ihr? Habt Ihr nichts zu sagen? Nur drei von Euch haben bisher das Wort ergriffen. Habt Ihr anderen denn keine Meinung?»

Jacob Mantino wollte gerade eingreifen, als Davids Stimme melodiös und schmeichelnd wurde. Das waren Ton und Rhythmus der Verführungskunst orientalischer Erzähler:

«Ich will Euch eine Geschichte erzählen, sie steht im Talmud.»

Die Mitglieder des *va'ad* sahen einander verwundert an. Die vier Diener des Gesandten spitzten die Ohren.

«Rabbi Ismael erzählt von Hiob, der zum Hof des Pharao gehörte. Als Moses vom ägyptischen König die Freilassung der Juden forderte, befragte dieser seine drei Ratgeber. Jethro sprach: Laß die Kinder Israels ziehen. Bileam jedoch erhob Einspruch. Und Hiob? Hiob blieb still, er sagte nichts. Deswegen hatte er später so viel zu leiden. Das Schweigen nützt immer den Henkern und niemals den Opfern.»

Im hinteren Saal der Scuola Tedesca entstand Gemurmel. David Rëubeni besaß zweifellos das Talent, die Menschen befangen zu machen und sie im gleichen Moment zu betören. Seinen Worten folgte eine Verstörung, die in eine Ablehnung seiner Person umzukippen schien. Doch dann lächelte David, und die angespannte Stimmung löste sich. Alle redeten und plauderten durcheinander wie Vögel, die man aus dem Käfig entlassen hat.

Die Versammlung dauerte mehr als vier Stunden. Der Mann aus Habor zog sich früh zurück, um, wie er sagte, die Gewählten beraten zu lassen und sie nicht durch seine Gegenwart zu beeinflussen. Ihre Entscheidung war höchst zwiespältig. Da der Gesandte weder Hilfe noch Unterstützung verlangt hatte, waren sie auch nicht gezwungen, sich zu seinen Plänen zu äußern. Doch im Gefolge von Jacob Mantino erklärten sie sich besorgt über die Umtriebe des Fremden. Gerieten die Ghettobewohner nicht allmählich in Aufruhr? Zeigte der Doge nicht schon zu großes Interesse für das Tun und Lassen dieses Mannes, und hoben die Feinde der Juden nicht bereits wieder die Köpfe? Es war also dringend notwendig, sich diesen David Rëubeni vom Hals zu schaffen ... Andererseits sollte man die Bedeutung seiner Mission wohl besser anerkennen. Wer wußte denn, ob der Papst das Ansinnen dieses Rëubeni nicht befürworten würde?

Es wurde also beschlossen, dem Gesandten die Schiffspassage bis Pesaro sowie bewaffneten Geleitschutz anzubieten, damit er trotz der Unsicherheit in dieser Region wohlbehalten von Pesaro nach Rom gelangte.

In Rom würde er jedoch auf sich alleine gestellt sein.

## VIII
## KAUM ZU GLAUBEN

**D**avid Rëubeni und sein Gefolge verließen das überfüllte Labyrinth des Ghetto am nächsten Morgen. An der Riva degli Schiavoni stand eine große Menschenmenge, aber vom *va'ad* waren nur zwei Vertreter gekommen: Asher Meshulam del Banco und Moses da Castellazzo. Bevor David Rëubeni an Bord einer mächtigen roten Galeere ging, drückte er noch einmal lange die hagere Hand des alten Bankiers und zitierte den Talmud: «*Auch du tröstest die Betrübten.*» Dann sagte er, zu dem Maler gewandt:

«In der Wüste Habor habe ich etwas Wichtiges gelernt: Niemand kann ohne Gott, ohne Freunde und ohne Liebe leben. Und um zu überleben, ist mindestens eine dieser Gnaden notwendig. Gesegnet ist der, der das Glück hat, sie alle drei zu besitzen!»

Nur wenige Minuten später wurden die Anker gelichtet. Die Glocken des Campanile von San Marco verkündeten die Abreise. Dies war am zehnten Tag des Jahres 5284 nach Erschaffung der Welt durch den Ewigen, gepriesen sei Sein Name!, am 16. Februar 1524.

Von der kleinmütigen Entscheidung des *va'ad* erschüttert, kehrte Moses da Castellazzo in sein Atelier zurück. Er breitete all die Skizzen, die er von dem Gesandten gezeichnet hatte, auf dem

Boden aus und betrachtete sie lange. Einige Details mißfielen ihm. Und nachdem er seine Einwände in einem Heft, das er immer bei sich führte, festgehalten hatte, zerriß er die Zeichnungen in aller Ruhe und ohne Bedauern.

Nur eine behielt er. Sie zeigte ein Gesicht von ebenholzfarbenem Teint, dessen Linien einen befremdlichen Blick preisgaben. Die Regentropfen hatten sich, Gott weiß wie, auf dem Gesicht eingeprägt, und Moses war von diesem unerklärlichen Erfolg entzückt.

Er beschloß, diese Zeichnung aufzubewahren, und dachte darüber nach, wie sehr der Zufall das menschliche Tun bestimmte. Ohne Zufall war Kunst überhaupt nicht möglich.

Er nahm eine Schere und beschnitt den Bogen. Durch den schmaleren Rand gewann die Zeichnung an Intensität, und David Rëubenis Blick wirkte noch tiefer. Es war in der Tat ein befremdlicher Blick. Ob die Augen wirklich die Seele enthüllten? Er zögerte nochmals, vielleicht sollte er sich doch von dem verstörenden Porträt befreien? Aber sein Kunstempfinden und die Gewißheit, ein Beweisstück für den kurzen Aufenthalt des Gesandten in Venedig bewahren zu müssen, brachten ihn davon ab. Mit dem Bild in der Hand wanderte er durch sein Atelier. Sein Blick fiel auf den vollen Bücherschrank. Er griff einen Band heraus und legte David Rëubenis Porträt zwischen die Seiten. Als er es wieder hineinstellte, las er den Titel. Es war ein Kommentar zur *Divina Commedia* von Dante, aus der Feder von Cristoforo Landino Fiorentino.

Nachdem das Bild sicher verstaut war, wurde Moses nachdenklich. Er machte sich Vorwürfe, dem Gesandten nicht gefolgt zu sein.

*Ein jüdisches Königreich auf dem Boden Israels.* Er lächelte, kratzte sich das Kinn unter dem Bart und nahm dann mit Schwung das Tuch ab, das ein Bild auf der Staffelei in der Mitte des Raumes verhüllte. Auch dies war eine Porträtskizze. Der obere Teil des Kopfes war noch nicht fertig, und man vermochte nicht zu sagen, ob es eine Frau oder ein Kind war. Mit kritischem Blick betrachtete Moses da Castellazzo sein Werk. Doch die Erinnerung an den Mann aus der Wüste ließ ihn nicht los. Nein, heute würde ihm das Arbeiten nicht gelingen.

Er warf das weiße Tuch wieder über das Bild und beschloß, seinen Freund Tizian zu besuchen, um ihn teilhaben zu lassen an dem Wunder, das der Mann mit dem lavafarbenen Haar für ihn bedeutete. Dieser Mann war aus dem fernen Arabien mit einem Traum zu ihnen gekommen, der *kaum zu glauben* war ... Und Moses glaubte an diesen Traum.

## IX
## MIT DEM SCHIFF NACH PESARO

Die erste Etappe nach Venedig war Pesaro, mit dem Schiff in einem Tag zu erreichen. David konnte die Ankunft kaum erwarten. Sein Aufenthalt in der Stadt des Dogen hatte länger gedauert als geplant. In Wahrheit war er geblieben, weil er sich dort Hilfe erhofft hatte. Ohne die finanzielle Unterstützung und die bewaffnete Eskorte wäre es ihm unmöglich gewesen, durch das von Kriegen gezeichnete Italien zu reisen.

Ja, insgeheim hatte er viel von den venezianischen Juden erwartet: Enthusiasmus und Geld. Aber er hatte die Verstocktheit der Juden vergessen, ihr Mißtrauen, das verständlich war, aber lähmend wirkte, und auch den Geiz von so manchen... In seiner Enttäuschung drängten sich ihm die Worte des Propheten auf die Lippen: *Warum wägt ihr Geld ab für etwas, das nicht nährt? Warum arbeitet ihr für etwas, das nicht sättigt?*

Er wollte sie nicht beleidigen. Vielleicht verstand er sie sogar. Im Ghetto war Geld der einzige Schlüssel, der die Tore zur Freiheit öffnete. Aber zu welcher Freiheit? Verächtlich verzog er das Gesicht:

«Illusionen!» knurrte er, «nichts als Illusionen!»

Er hingegen, David Rëubeni, hatte ihnen eine einzigartige Gelegenheit geboten, im Land ihrer Ahnen eine gemeinsame, eine wahre Freiheit zu erlangen. Die derzeitige politische und militärische Konstellation in der Welt begünstigte seinen Plan, aber die Menschen waren von Natur aus feige, und die Juden waren wie alle anderen.

Ein paar Möwen flogen über dem Schiff. Er blickte zu ihnen hoch und bewunderte die Leichtigkeit ihres Fluges, aber ihre schrillen Schreie mißfielen ihm.

Von neuem wühlten ihn Zweifel und Fragen auf. War das fehlende Interesse der venezianischen Juden an ihrer eigenen Erlösung seine Schuld? Vielleicht war er unfähig zu erklären oder konnte sich nicht verständlich machen? War sein Plan denn sorgfältig genug vorbereitet? Ließ er sich überhaupt realisieren? ... Am meisten beschäftigte ihn Jacob Mantino. Der Arzt war intelligent und einflußreich, und vor allem glaubte er sich vollkommen integriert. Daher nutzte es auch nichts, ihm die Absurdität seiner Situation vor Augen zu führen. Er wurde zwar von den höchsten christlichen Würdenträgern akzeptiert, aber mußte dennoch, wie alle Juden, im Ghetto leben. Doch Jacob Mantino sah in der Resignation die Lösung für alle Probleme der Juden. David Rëubeni bestritt in keiner Weise die Aufrichtigkeit des Arztes, aber diese machte ihn um so gefährlicher. Der Gesandte aus Habor mußte sich eingestehen, daß sein Handeln bisher wenig erfolgreich gewesen war. Er hatte viel Neugierde geweckt, sich einige hartnäckige Feinde gemacht und nur wenige Freunde gewonnen. Aber brauchte ein Anführer denn Freunde?

Hastige Schritte näherten sich. Ein Satz aus dem Talmud fiel ihm ein: *Wer die anderen zum Guten führt, wird niemals straucheln.*

Er lächelte, als er eine kleine graue Schlange erblickte, die sich zwischen den Tauen hindurchwand. Er machte eine Bewegung mit dem Fuß, um sie zu verjagen. Doch die Schlange richtete sich auf und erinnerte in dieser würdevollen Haltung an eine stolze Frau. Dann verschwand sie gleich einer vom Wind gelöschten Streichholzflamme zwischen den Planken.

Yosef erschien:

«Braucht Ihr mich, Herr?» fragte er auf Hebräisch.

Yosef stand in der Nähe des Schiffsmastes. Er sah klein aus in seinem weißen Umhang, der jetzt im Schatten schmutzig und verknittert wirkte. In der Hand trug er ein dickes Heft, und unter dem Arm hatte er eine Tasche mit Gebetsschal und Gebetsriemen.

«Verzeiht, Herr, ich hatte plötzlich den Eindruck, als hättet Ihr mich gerufen.»

Die Augen traten ihm fast aus dem Kopf, so ungewohnt heiter wirkte er. Man hätte meinen können, er habe soeben für sich allein ein Fest gegeben oder einen Geburtstag gefeiert.

Statt einer Antwort richtete David Rëubeni seinen Blick auf das unerbittliche Blau über ihnen. Ein Bussard schwebte dort wie ein stummer Zeuge. Reglos verharrten die beiden Männer und ließen die Zeit verstreichen. Der Schatten des Mastes wurde länger und, gleich dem schwarzen Zeiger einer Turmuhr, zog auch der Bussard drei Flügelschläge weiter.

«Tobias...» sagte Yosef plötzlich zögernd.

«Was ist mit Tobias?»

«Ich habe kein Vertrauen zu ihm.»

David Rëubenis Gesicht hellte sich auf, seine Augen lächelten:

«Vertrauen und Mißtrauen sind gleichermaßen der Untergang der Menschen.»

Und leiser fügte er hinzu:

«Warum?»

«Ich glaube, daß er Euch verrät, Herr.»

«Hast du einen Beweis?»

«Nein, ich bin zu Euch gekommen, um...»

Er räusperte sich und spuckte über die Holzreling:

«Ich fürchte, Jacob Mantino hat ihn bestochen.»

David Rëubeni stutzte, als er den Gesichtsausdruck seines Dieners sah. Besorgt fragte er:

«Jacob Mantino? Hast du Beweise?»

Yosef, der seinem Herrn uneingeschränkt ergeben war, vertraute ihm an:

«Nein, es ist nur eine Ahnung ... Ich sah, wie er mit Jacob Mantino sprach. Außerdem gibt er in letzter Zeit viel Geld aus.»

Mit lautem Lachen gingen zwei Matrosen über das Deck. Herr und Diener unterbrachen ihr Gespräch. David Rëubeni bedeutete Yosef, ihn allein zu lassen. Würde dieser Jacob Mantino nun sein ständiger Reisebegleiter sein?

Das Schiff schwankte unter dem Druck der seitlichen Wellen. Behende faßte David Rëubeni nach einem Tau. Diese lange Reise beruhigte ihn. Sein Vorhaben war richtig, das wußte er. Er mußte es nur durchsetzen. Der Augenblick war gut gewählt, auch davon war er überzeugt. Die Juden? Zum Teufel mit den Juden! Wenn sein Vorhaben gelingen sollte, dann mußte er zunächst die Heiden verführen. Danach würde er die Juden zur Gefolgschaft zwingen. Wie Moses.

Eine leichte Brise strich ihm über die Wange. Er warf einen Blick auf den Mast, an dem die Segel sich blähten. Das Schiff kam gut vorwärts. In der Ferne, an Steuerbord, ahnte er bereits das Festland. Wo er auch war, überall wurde ihm vor allem die ernste Seite des Lebens bewußt. Eine Erinnerung regte sich schwach, als habe sich etwas Lebendiges und Schmerzendes in seinem Gedächtnis bewegt. Er warf einen Blick aufs offene Meer hinaus, und was niemals zuvor geschehen war, trat ein: Er dachte an seine Mutter. Er hatte keine genaue Erinnerung an sie, er entsann sich nur ihres ockerfarbenen Kopftuches und ihrer Augen – tiefschwarze, glänzende Augen, die immer wieder, Gott weiß warum, diesen unfruchtbaren gelben Berg absuchten, an dessen Hang das Dorf stand, in dem er geboren worden war.

Von Backbord war deutlich die Glocke eines Schiffs zu vernehmen, das ihren Weg kreuzte. Es war eine Galeere, die von Ancona nach Venedig fuhr.

Nein, es war ihm nicht erlaubt zu zweifeln. Rabbi ben Azzai sagte, jedem Mann schlage seine Stunde. Der Gesandte war überzeugt, daß seine jetzt gekommen war. Es mußte einfach so sein, egal für welchen David Rëubeni, für den Sohn von Tamar, dessen Vater von einem Wachposten des Königs Johannes getötet worden war, oder für den Bruder von Yosef, Königs der Juden von Habor.

Der Tag neigte sich dem Ende zu. In Pesaro würde, so hatte der *va'ad* es versprochen, eine Eskorte auf ihn warten. Eine Eskorte, aber auch der Rabbiner Mose da Foligno, Oberhaupt der dortigen Gemeinde, mit dem er seit seiner Ankunft in Venedig Briefe gewechselt hatte. David war entschlossen, Pesaro noch am selben Tag wieder zu verlassen, um sich auf den Weg zu machen, der ihn über Fano, Fossombrone, Foligno, Spoleto, Narni nach Castelnuovo führen würde. Dort wollte er das Purimfest feiern, bevor sein Schicksal in Rom endlich seinen Lauf nehmen würde. Angst erfüllte ihn. Doch gleichzeitig fühlte er auch, wie ein seltsamer Stolz in ihm aufstieg.

Die Dämmerung sank plötzlich und unerwartet auf das Schiff herab. Nebel verschleierte den Horizont. Jemand zündete auf dem Oberdeck eine Öllampe an. David lehnte sich an die Reling und tauchte seinen Blick ins Meer. Er versuchte, das unermüdliche Spiel der Wellen mit den Augen in sich aufzusaugen, um Tiefe und Klarheit in seine Überlegungen zu bringen. Sein Diener Tobias, der ihn seit Alexandria begleitet und dem er sein Vertrauen geschenkt hatte, sollte ein Verräter sein? Hatte er sich tatsächlich bereit erklärt, David im Auftrag Jacob Mantinos auszuspionieren? Und wenn dies der Wahrheit entsprach, war Geld dann sein einziges Motiv?

Eine Prügelei zwischen zwei maltesischen Matrosen riß ihn aus seinen Gedanken. Ein großer, hagerer Mann lag auf den Planken und versuchte sich so gut wie möglich vor den heftigen Schlägen zu schützen, die ein untersetzter Seemann austeilte. Rund zwanzig Matrosen standen um sie herum und feuerten den Stärkeren mit Schreien und Händeklatschen an. Eine Fackel, die hochgehalten wurde und diese Arena erleuchtete, ließ die Schatten der Männer tanzen. Das Schreien und Wimmern des Besiegten wurde zunehmend schwächer. Blut rann ihm über Gesicht, Hemd und Hände.

David Rëubeni verzog das Gesicht. Mit einem Satz drängte er sich in den johlenden Kreis und bahnte sich einen Weg zu den beiden Kämpfern. Zum Erstaunen aller packte er den stämmigen Kerl und hob ihn wie ein Heubündel hoch. In der Pose eines Herkules, der das Himmelsgewölbe auf seinen Schultern trägt, ging er mit seinem Fang herum und ließ den schreienden und zappelnden Kerl dann unvermutet los. Der Mann fiel mit lautem Krach auf die Planken, wo er schlaff liegenblieb. Ein paar Seeleute traten zögernd näher. Einer von ihnen, der Verwegenste, streckte zaghaft die Hand aus und berührte den Liegenden. Der Kerl drehte sich mit schmerzverzerrtem Gesicht zur Seite. Der Gesandte beobachtete die Szene eine Weile, zuckte dann mit den Achseln und begab sich zu seinen Dienern. Er beruhigte sie mit einem Handzeichen und sagte sanft, als wolle er sich rechtfertigen:

«Man kann seinen Nächsten nicht mit dem Feuer der Wut zur Vernunft bringen.»

Die Diener sagten kein Wort. Wer hätte geglaubt, daß in einem so schlanken Körper eine solche Kraft stecken konnte?

Dieser kurze Kampf hatte Davids Geist beruhigt. Er holte sich die Gebetsriemen und den Schal, um das *ma'ariv*, das Abendgebet, zu sprechen: «*Und Er, voller Erbarmen, vergibt die Sünden. Er läßt die Zerstörung nicht zu; Er hält seinen Zorn zurück, Er entfesselt nicht seine ganze Wut. Herr, komm uns zu Hilfe! Der König erhöre uns an dem Tag, da wir Ihn anrufen!*»

Es begann zu regnen. David und die Seinen gingen unter Deck, dorthin, wo Reisende und Handelswaren aneinandergedrängt und übereinandergestapelt lagerten und einen beißenden Geruch verbreiteten. Eine Öllampe hing an einem Balken und zeichnete Schattenbilder. Der Gesandte und seine Diener setzten sich im Kreis um die schwarze Truhe, kreuzten ihre Beine im Schneidersitz und verharrten mit offenen Augen, bis der Morgen graute.

# X
## DIE WEGE DES EWIGEN

David Rëubeni hielt sich nicht in Pesaro auf. Hastig verließ er die kleine Stadt, als fürchte er, gewaltsam nach Venedig zurückgeschleppt zu werden. Der Rabbiner Mose da Foligno, ein liebenswürdiger Mann, erwartete David an der Anlegestelle. Auch ein großer Teil der jüdischen Gemeinde war zugegen. Eine Eskorte von zwanzig bewaffneten Männern begleitete den Rabbiner. Es waren Schweizer Söldner, die zumeist aus Basel stammten. Aber die größte Freude bereiteten dem Gesandten die sieben prachtvollen Pferde mit den schönen Sätteln. Er wählte sich den einzigen Schimmel, ein hochgewachsenes Tier mit schlanken Fesseln, das voller Neugierde seine samtenen Ohren aufstellte. Sobald David die warmen und zitternden Flanken zwischen seinen Schenkeln spürte, verwandelte er sich. Er wurde fröhlicher, und zum großen Erstaunen seiner Diener lachte er sogar zweimal schallend.

Der Weg nach Fano verlief am Meer entlang. Sie nahmen ihn im Galopp. Fano war ein kleines Städtchen mit versandetem Hafen und zahlreichen Brunnen. Es machte einen völlig alltäglichen Eindruck, und sie durchquerten es mühelos. Am Ausgang der Ortschaft jedoch traf der überraschte David auf eine gewaltige Menschenansammlung, die ihn offensichtlich erwartete. Es waren Juden, die in großer Zahl aus Ancona gekommen waren, um den, den sie verehrten, aus der Nähe zu sehen und zu berühren. Die meisten von ihnen waren aus Spanien vertriebene Flüchtlinge. Als David sie erblickte, verdüsterte sich sein Antlitz. Er verhielt den Schwung seines Pferdes, hielt es fest im Zaum und ritt schweigend durch die Menge, die ehrfurchtsvoll auseinandertrat. Er fühlte, daß diese Menschen sein Benehmen nicht verstanden, aber er konnte sich ihnen nicht zuwenden. Nicht um sie zu betören, war er nach Italien gekommen, sondern um sie zu befreien und ihnen eine Heimat zu verschaffen.

«Das ist er!» schrie ein zerlumpter Alter. «Der Ewige hat ihn gesandt, um uns zu erlösen!»

«Habt Ihr gehört?» fragte Yosef seinen Herrn. «Das ist die Gefahr: Ihr wollt sie befreien, aber sie rufen nach dem Messias!»

David vernahm jetzt das Geschrei um ihn herum. Bisher war er in seine Gedanken und Erinnerungen versunken gewesen, und seine Ohren waren taub geblieben gegenüber jeglichem Geräusch. Man verlangte, er solle den Greis segnen: «Segne ihn!» schrie es von allen Seiten, «segne ihn!» David fühlte sich gedemütigt: Sie hatten also nichts begriffen! Aber hatte er sich denn erklärt? Nein, er hatte weder Zeit noch Gelegenheit gehabt, es zu tun. Rom erwartete ihn. Er rief sich seine Mission ins Gedächtnis, die sein Verhalten rechtfertigen mußte. Wenn man ein ganzes Volk befreien will, darf man sich nicht mit dem einzelnen Menschen aufhalten.

Endlich lag der Weg nach Fossombrone und Cagli vor ihnen. Die Menge lichtete sich. Der alte Mann klammerte sich noch immer an den Schimmel, aber da seine Kraft nachließ, lockerte sich sein Griff allmählich. David Rëubeni ritt schweigend weiter, und trotz der Grausamkeit seines Verhaltens war er doch nicht ohne Mitleid. Aber er mußte die Hoffnungen der einzelnen enttäuschen, um die kollektive Hoffnung zu wecken, auf die es ihm ankam. Ohne sich dessen bewußt zu werden, hieb er dem Pferd mit dem Absatz in die Flanken und setzte es in Trab. Der Greis, der darauf nicht gefaßt gewesen war, stolperte, wich zurück und rutschte in den Graben neben dem Weg. David trieb sein Pferd nun zu einem stürmischen Galopp, und die Eskorte folgte ihm. Yosef ließ die Standarte im Winde flattern, auf der in goldenen

Lettern die hebräischen Worte zu lesen waren: *Wer ist wie Du unter den Mächten, o Herr?*

So ritten sie bis zum Einbruch der Nacht. Erschöpft machten sie im Städtchen Fossombrone, ein paar Meilen von Urbino entfernt, halt, um sich zu erfrischen und die Pferde zu füttern. Fossombrone war ein kleiner Marktflecken von elftausend Seelen, der an einem Berghang lag und keine jüdische Bevölkerung hatte. Hier zeigte man sich bei der Ankunft dieser merkwürdigen Reiter eher aufgeregt und ein wenig erschrocken. Vor allem die Schweizer machten den Menschen angst. Seit der großen Schlacht bei Marignano ein paar Jahre zuvor hatten die Schweizer Söldner den größten Herrschern Europas gedient, unter ihnen Franz I., König von Frankreich, Karl V., Kaiser von Spanien und Sizilien, die Liga, Alfonso de Medici und der Papst. Aus der Sicht der Ansässigen konnte ihre Ankunft daher nichts Gutes bedeuten. Es bedurfte denn auch endloser Erklärungen, bis Giacomo de Casena, der Besitzer einer geräumigen Herberge, die im Schatten des Gartens des Kardinals von Urbino lag, einwilligte, ihnen Quartier zu geben.

Lediglich Vincentius Castellani, ein berühmter Gelehrter und Bibelausleger, hieß David Rëubeni und seine Begleiter willkommen. Sein ockerfarbenes Haus lag gegenüber einer steinernen Brücke, die über einen Wasserlauf, den Metauro, führte und schließlich in die Via Flaminia mündete, die breite und lange Straße in Richtung Rom.

Der alte Castellani hatte ein würdevolles Auftreten, weißes Haar und kleidete sich in das Rot der Kardinäle. Als ihm die Ankunft des Gesandten gemeldet worden war, hatte er den Wunsch geäußert, ihn bei sich aufzunehmen. Der Bruder des Königs der Juden sollte ihm seine Gedanken zur *Heiligen Schrift* mitteilen und von seinen wissenschaftlichen Arbeiten berichten. Aber David Rëubeni verspürte vor allem das Bedürfnis, sich auszuruhen und das Abendgebet zu sprechen.

Nachdem er sich in sein dunkles und feuchtes Zimmer im er-

sten Stock des Hauses von Vincentius Castellani zurückgezogen hatte, nahm er den Schal und die Gebetsriemen hervor.
«Herr!»
Da klopfte doch tatsächlich jemand an die Tür.
«Komm rein!»
Es war Tobias, jener Diener, den Yosef des Verrats verdächtigte. Rundlich, aufgeschlossen und redselig, wie er war, schien er der Inbegriff der Ehrlichkeit zu sein. Er sprach mehrere Sprachen. Mit David befleißigte er sich des Arabischen.
«Die Schweizergarde möchte wissen, wann wir uns wieder auf den Weg machen werden.»
«Im Morgengrauen», antwortete David.
Als Tobias sich zurückziehen wollte, rief er ihn zurück:
«Tobias!»
«Ja, Herr?»
Tobias legte seine weiße, mollige Hand auf die Rundung seines Bauches. Eine Geste, die der Gesandte als Geste des Bedauerns deutete.
«Weißt du, daß eine Freundschaft, die auf Eigennutz basiert, mit dem Eigennutz endet, der sie begründete?»
Das dicke, bartlose Gesicht von Tobias drückte tiefes Erstaunen aus.
«Erinnere dich», fuhr David fort, «an die Freundschaft zwischen Amnon und Tamar. Uneigennützige Freundschaft jedoch endet nie, wie du an David und Jonathan sehen kannst.»
Tobias riß die Augen auf. Er schien nichts zu begreifen. Resigniert lehnte sich der Gesandte gegen die Wand. Die richtigen Worte fielen ihm nicht ein. Er hatte also doch sein Gespür für die Worte, seine Überzeugungskraft, verloren. Früher war es ihm so leicht gefallen, solche wie Tobias mit Worten zu lenken. Er hatte stets gewußt, wie man ihn anzupacken hatte, und ein hartes Wort parat gehabt, wenn es nötig war. Jetzt sah er, wie sinnlos derartige Gespräche waren. Der Versuch, diesem Domestiken ein Geständnis zu entlocken, war müßig. Er hätte ihn besser im Glauben ge-

lassen, daß er ihm vertraute. Entweder hatte Tobias Verrat begangen und mußte entlassen werden, oder Yosefs Anschuldigung war falsch, und Tobias bliebe in seinen Diensten.

«Bist du immer noch entschlossen, mir zu folgen?»

Das Gesicht des Dieners hellte sich auf. Das war endlich eine klare Frage. Und er antwortete mit einem tiefen, erlösenden «Ja». Er wirkte aufrichtig.

«Und Jacob Mantino?»

«Ja, Herr?»

«Hast du ihn allein getroffen?»

«Ja.»

«Warum?»

«Er hat es verlangt.»

«Und was wollte er von dir?»

«Etwas mehr über Euch erfahren, Herr.»

«Er hat dich nicht beauftragt, mich zu bespitzeln?»

«Nein, Herr.»

«Hat er dir Geld gegeben?»

«Ja.»

«Wozu?»

«Für die Reise», sagte er, «falls Ihr welches brauchtet ...»

Die Antworten kamen, ohne daß er sich verhaspelte, klar und deutlich. Es ist leicht, der Lanze auszuweichen, nicht aber dem versteckten Dolch.

«Warum hast du mir nichts davon gesagt?»

«Ihr habt mir keine Gelegenheit gegeben, Herr.»

David entsann sich eines arabischen Sprichworts: *Vögel fängt man mit Vögeln.*

«Jacob Mantino hat mir gesagt, du habest ihm versprochen, ihn über unser Handeln auf dem laufenden zu halten, damit er uns gegebenenfalls helfen kann. Wie gedachtest du das anzustellen?»

Ein leichtes Zögern machte sich in Tobias' Verhalten bemerkbar. Er hörte auf zu lächeln und nahm sich die Zeit, mit seiner

molligen Hand eine Strähne seines schwarzen Haars zurückzustreichen, bevor er antwortete:
«Ich verstehe Eure Frage nicht, Herr.»
«Die Lüge ist wie der Sand. Sie scheint weich, wenn man sich hineinlegt, aber hart, wenn man wieder aufsteht ...»
«Wie meinen, Herr?»
David hatte verstanden, daß Tobias nichts zugeben würde. Vielleicht hatte er ja auch nichts zuzugeben. Aber auch in diesem Fall würde Tobias sich an die Lüge klammern. Es blieb David nur die Wahl, ihn wegzuschicken oder mit dem Zweifel zu leben. Er entschied sich für den Zweifel, zumindest bis sie in Rom ankamen. Bis dahin würde Tobias gestehen oder sich verraten.


David Rëubeni schlief wenig in dieser Nacht. Vincentius Castellani liebte das Gespräch. Er wollte den Satz der Genesis (I, 26) *Laßt uns machen einen Menschen in unserem Bilde, nach unserer Ähnlichkeit* erörtern.

Sie sprachen Hebräisch. Der Gastgeber hatte die Sprache der Bibel erlernt, um die Kabbala im Urtext zu lesen. Für den Gesandten des Königreichs Habor lag die Antwort auf die Frage von Vincentius Castellani in der Heiligen Schrift: *Wenn ihr auf allen seinen Wegen geht ...* (Deuteronomium 11, 22). Aber wie sehen Gottes Wege aus? Im Buch Exodus heißt es (Exodus 34, 6–7): *Der Ewige ist ein gnädiger und barmherziger Gott, langmütig und reich an Gnade und Treue, der Gnade bewahrt den Tausenden, Schuld, Frevel und Sünde vergibt, aber nicht ungestraft läßt.* Oder wie es sich an anderer Stelle findet (Joël 2, 32): *Wer den Namen des Ewigen anruft, wird gerettet.* Und wie konnte ein Mensch sich den Namen des Herrn zulegen? Aber nannte man Gott nicht auch den Barmherzigen und Mitleidigen? Also mußte der Mensch barmherzig und mitleidig werden und geben, ohne auf eine Gegengabe zu hoffen. Man nannte Gott doch gerecht, also mußte auch der Mensch gerecht werden, und man nannte Gott den Liebenden, also sollte der Mensch gottesfürchtig sein ...

David erinnerte seinen Gastgeber daran, daß der Gott der Juden nicht Leib, sondern Geist war. Die Ähnlichkeit zwischen Mensch und Gott konnte sich daher nicht auf die Form beschränken, sondern betraf auch deren Inhalt. Die göttlichen Eigenschaften mußten also in Richtlinien für jedwedes menschliche Handeln übersetzt werden.

Dann sprachen sie über den Zustand der Welt. Erfindungen und Fortschritt begeisterten den alten Gelehrten: «Durch den Buchdruck kann das Wissen verbreitet werden», sagte er und meinte das Wissen über eine Welt, die ständig weiter und größer wurde, sowohl im Raum, wie in der Zeit. Er zitierte Kolumbus, Amerigo Vespucci, Magellan und sprach ausführlich über Aristoteles, Farabi und Avicenna, dessen Schriften gerade wiederentdeckt wurden. Auch Homers *Ilias* erwähnte er und Platons *Der Staat*, den man endlich zu lesen begann. Dann verwies er auf die jüdischen Schriften: die Bibel, den Talmud, den *zohar*. Die Schriften des Abulafia nannte er und immer wieder die Kabbala, für die der Papst eine Vorliebe hatte. Schwärmerisch entsann Vincentius Castellani sich der Bemerkung Rabbi Mose von Burgos, des berühmten Kabbalisten des 13. Jahrhunderts, bezüglich der Philosophen, deren geistige Meisterleistungen gelobt wurden: «Diese Philosophen, die ihr so lobt, hören dort auf, wo wir beginnen.»

Was den Zustand der Welt betraf, war David Rëubeni nicht so zuversichtlich wie sein Gastgeber. Seiner Ansicht nach verlor diese gesegnete Epoche der Entdeckungen und des Wissens bereits an Kraft. Er sah sogar schon ihr Ende nahen. Ein blutiges Ende würde es sein. Die Druckkunst verbreite ja nicht nur Wissen, sondern auch Haß. Man suchte in den Schriften der Alten nicht nur nach Frieden, sondern auch nach Gründen, um einander zu bekriegen. Der Islam war auf dem Vormarsch, und wenn Suleiman auch ein aufgeschlossener Herrscher war, so erwiesen sich seine Heerführer doch als ebenso intolerant wie die der Katholiken oder der Hugenotten. Die Christenheit hatte dem Vorstoß des Islam nichts entgegenzusetzen außer einer Vielfalt innerer Auseinandersetzungen. Die Kirche war zerstritten. In Germanien tobten Religionskriege. Die großen Reiche zerfielen. Kleine Königreiche entstanden überall und gingen sofort mit Waffengewalt aufeinander los.

«Glaubt Ihr an die Ankunft des Messias?» fragte ihn Vincentius Castellani unvermittelt.

«Ich glaube an die Verantwortung der Menschen», entgegnete der Mann aus der Wüste.

«Habt Ihr Machiavelli gelesen?»

«Ja.»

«Meint Ihr diese Art Mensch?»

«Ja, aber moralischer.»

«Würdet Ihr ihn gerne kennenlernen?»

«Ja, sehr gern.»

So plauderten sie bis zum Morgen. Als sie sich trennten, übergab der alte Gelehrte ihm ein Empfehlungsschreiben an seinen Freund, den Kardinal Egidio di Viterbo, der Seiner Heiligkeit, dem Papst, sehr nahestand. Die Persönlichkeit und die Hellsichtigkeit des Fremden aus der Wüste hatten Vincentius Castellani tief beeindruckt, und er wollte ihm helfen. David Rëubeni sprach an diesem Tag sein Morgengebet mit mehr Inbrunst als gewöhnlich. Auf dieses Empfehlungsschreiben wartete er, seit er erfahren hatte, daß Vincentius Castellani den Kardinal di Viterbo gut kannte.

Ein derart langes und intensives Gespräch zwischen ihrem Herrn und dem berühmten Kommentator der Bibel erstaunte die Diener des Gesandten. Yosef hingegen, der seinen Herrn schon in endlosen Diskussionen mit den Kabbala-Gelehrten in Safed und Jerusalem erlebt hatte, war über die glänzenden Ausführungen dieses Abends keineswegs verwundert.

Als die Stunde des Abschieds gekommen war, dankte David seinem Gastgeber herzlich für seine Gastfreundschaft und das wertvolle Empfehlungsschreiben. Dann bestieg er sein Pferd, und sein Blick kreuzte den von Yosef, in dem stumme Fragen standen. Doch die schwarzen Pupillen des Mannes aus der Wüste blieben undurchdringlich.

## XI
## DEM SCHICKSAL ENTRINNEN
## UND DENNOCH VON IHM
## EINGEHOLT WERDEN

Die kleine Truppe galoppierte über die Via Flaminia in Richtung Rom. Auf der Höhe von Cagli zwang das Kriegsgeschehen sie zu einem Umweg über Fabriano. Vor den Toren der Stadt Cagli tobte die Schlacht zwischen den Reitern und Bogenschützen Franz I., König von Frankreich, und den Reitern Karls V., Herrscher über Spanien und Sizilien. Auch Karl von Bourbon unterstützte mit seinen Getreuen Karl V., nachdem er das französische Lager aus persönlichen Motiven verraten hatte.

David Rëubeni sah die Karren mit Verwundeten vorüberziehen. «Zu welcher Seite mögen diese Verwundeten gehören?» fragte er sich. «Die Welt zerfällt in kleine Stücke, und der Mensch verliert an Wert.» Er murmelte noch so manches leise vor sich hin, doch der getreue Yosef wußte jedes seiner Worte zu erhaschen: «Die Menschen vergessen, daß sie bei jedem Menschen, den sie töten, in Wirklichkeit Gott treffen.»

Der Widerhall des fernen Kampflärms ließ die Pferde wiehern. Der Anführer der Schweizergarde wies der Gruppe den Weg nach Fabriano, wo er wieder auf die Via flaminia nach Rom wechseln wollte. Er hatte aber nicht bedacht, welche Begeisterungsstürme die Anwesenheit des Mannes aus der Wüste hervorrufen konnte.

Fabriano lag ein paar Dutzend Meilen von Ancona entfernt, im Herzen der Marken. In dieser Region hielten sich mit Billigung des Papstes Tausende aus Spanien geflüchtete Juden auf. Die Ankunft des Gesandten in Venedig war von freiwilligen Boten über Land hierhergetragen worden und hatte sich kaum herumgesprochen, als die Menschen schon aus der ganzen Gegend zusammenströmten. Inzwischen war der Volksauflauf bereits zwei Meilen vor der Stadt so dicht geworden, daß David und seine Eskorte nicht mehr durchkamen. Weder die Schreie seiner Diener noch die Drohungen der Schweizer konnten etwas ausrichten. Die Juden bildeten eine lebende Mauer vor Fabriano. Der Hauptmann schlug vor, die Stadt zu vermeiden und den Weg nach Camerino einzuschlagen. Von dort könne man in Richtung Gebirge reiten, um nach Terni zu gelangen – und dann: Exit via Flaminia!

David Rëubeni wußte, wie gefährlich es war, diesen Menschen die Hoffnung auf Erlösung zu schenken, nach der sie so sehr verlangten. Es war ebenso verhängnisvoll, wie einem in der Wüste Verirrten zuviel Wasser einzuflößen. Daher begrüßte er das Ausweichmanöver vor diesen Menschen, die vertrieben und verarmt im Exil auf den Messias warteten. Aber häufig führen einen die Wege, auf denen man seinem Schicksal zu entkommen sucht, geradewegs zu ihm zurück. Das wußte auch der Gesandte.

Und in der Tat, nach zweistündigem Galopp, mit dem David eine ausreichende Distanz zwischen sich und die Menge der Bettler gelegt hatte, traf er auf eine böse Überraschung. Es geschah auf einer Lichtung, die neben dem Fluß Potenza, ein paar Meilen vor Camerino, lag. Zu welchem Heer mochten diese Männer mit den weißen Federn auf ihren roten Baretten wohl gehören? Zu dem von Franz I.? Oder von Karl V.? Oder vielleicht zu den Söldnertruppen eines Kondottiere in Geldnot, der in diesem von Kriegen geschüttelten Italien nach leichter Beute suchte?

Diese Fragen mußten noch warten, denn im Moment stürmten diese Männer mit Lanzen auf David und die Seinen zu. Sie waren plötzlich aus dem Gestrüpp hervorgebrochen und schienen sich mehr auf den Überraschungseffekt und ihre Kraft als auf Manövertaktik zu verlassen.

Noch bevor David sein Schwert ziehen konnte, hatten die Angreifer bereits die erste Reihe der Schweizergarde überrannt. Ein hoch aufgeschossener Kerl mit Hiebwunden im Gesicht, auf dem Leib einen eisernen Brustharnisch und ebensolchen Kettenrock, stürzte mit vorgehaltener Lanze auf den Gesandten los. Doch Yosef war schneller. Er versperrte ihm den Weg, packte die Waffe des anderen und zog so heftig daran, daß der Kerl strauchelte und einen entsetzten Schrei ausstieß.

Unter taktischen Erwägungen war der Angriff absurd, da ein Hinterhalt stets von mehreren Seiten aus erfolgen mußte. David überlegte fieberhaft und wägte seine Chancen ab. Sein Gesicht belebte sich und wurde dann hart. Das war nicht mehr der friedfertige und versonnene Mann, den Moses da Castellazzo in Venedig bewundert hatte, sondern ein entschlossener und erfolgsgewohnter Krieger:

«Absitzen!» befahl er. «Die Pferde hinlegen, und ihr selbst legt euch flach hinter sie!»

Während seine Eskorte dem Befehl nachkam, traten etwa dreißig Schützen mit spanischen Gabelarmbrüsten aus einem Wäldchen hervor. Sie nahmen in zwei Reihen Aufstellung, wobei die eine Reihe kniete und die andere hinter ihr stand. Aber noch bevor die erste Salve abgeschossen wurde, war Davids Leibgarde bereits in Deckung gegangen. Die Geschosse pfiffen über ihre Köpfe hinweg und mähten statt dessen etliche der unbekannten Soldaten nieder, die immer noch vom Fluß her vorrückten. Die zweite Salve sprengte die Überlebenden auseinander. Erst jetzt erkannten die Armbrustschützen ihren Irrtum. Sie waren hier nicht in ihrem Element, denn David Rëubenis Männer durchkreuzten das Spiel, das die Fremden ihnen aufzwingen wollten. Mit der Armbrust in der Hand stürmten die Soldaten ungeordnet vorwärts. Das war ihr zweiter Fehler. David hatte auf diesen Augenblick gewartet. Mit einem Satz sprang er auf, stieß einen wilden Kampfruf aus und stürmte ihnen mit dem Schwert in der Hand entgegen. Neben ihm rannte Yosef mit Gebrüll auf den Feind zu. Kühn schwang er den Säbel und hielt das Banner des Gesandten hoch. Die Schweizergarde folgte seinem mutigen Beispiel und stürzte mit blanker Waffe in den Kampf, der Mann gegen Mann und ohne Erbarmen geführt wurde.

Der Kampf war heftig, aber kurz. Die flüchtenden Angreifer mußten ihre Waffen und etwa zwanzig Tote zurücklassen. Auch zwei Schweizer aus Davids Eskorte standen nicht wieder auf, drei weitere waren verwundet worden. Einer der drei hatte schlimme Verletzungen und mußte sofort versorgt werden. Die Menge aus Fabriano, die ihnen gefolgt war und sie nun eingeholt hatte, trug das Echo dieses Zwischenfalls in die ganze Region. Die Nachricht wurde dabei immer größer und gewaltiger: «Ein Jude, der Schlachten gewann! Dem mußte, wie bei Moses, der Ewige zur Seite gestanden haben!» Die Legende von diesem Kampf erschütterte die Starrsinnigen, die Skeptiker, ja selbst die Ungläubigen.

Als die kleine Truppe David Rëubenis weiterritt, folgten ihnen die Menschen abermals. An jeder Biegung des Weges schlossen sich weitere Juden an, und die Menge wuchs.

In Camerino warteten neue Pilgerströme auf David. Sie kamen aus Ascoli, Fermo und dem Städtchen Macerata, wo der päpstliche Legat der Marken residierte. Einige trugen nur ihre Lumpen am Leib, andere hatten ihre Habe eilig auf wackelige Karren verfrachtet. Viele kamen mit leeren Händen, im Glauben, der Gesandte würde ihnen außer einer Heimat auch Nahrung und Salbung zuteil werden lassen.

Bei Einbruch der Nacht machten David und sein Gefolge in Visso halt. Es war ein winziger Marktflecken, aber da er am Schnittpunkt der Wege zwischen Ascoli und Foligno lag, besaß er zwei Herbergen. In einer von ihnen fanden der Herr und die Seinen Unterkunft für die Nacht.

David rief Yosef zu sich ins Zimmer. Seit dem Zwischenfall am Morgen hatten sie kaum miteinander gesprochen. Aber sie verstanden einander auch ohne viele Worte. Dieser Hinterhalt war kein Zufall gewesen.

«Was meinst du, Yosef?» fragte der Gesandte.

«Da hatte Jacob Mantino seine Hand im Spiel.»

«Glaubst du?» erwiderte David mit gespielter Naivität. «Ein Gelehrter und Rabbiner, ein Jude, hat also eine Schar gemeiner Söldner losgeschickt, um einen jüdischen Prinzen zu ermorden?»

«Das wäre nicht das erste Mal ...», bemerkte Yosef bitter.

Nach dem Abendgebet trat David auf die Veranda hinaus. In der Ferne sah er das Leuchten von Lagerfeuern. Eine Melodie streifte sein Ohr. Die Menge sang Psalmen. Er lehnte sich an eine Steinsäule und versuchte, die Schreie und Rufe aufzufangen, die nur in Bruchstücken zu ihm gelangten. Lichter flackerten im Glanz des Abendhimmels. Um ihn herum erstreckte sich eine schemenhafte Welt: Die Felder hatten das Graugrün matt gewordener Spiegel angenommen, die Bäume waren schwarze, wogende Massen geworden und die Wolkentrauben schienen aus dem Mund der Stürme entwichen zu sein. Dann sank die Dunkelheit herab und ertränkte alles und jeden. Von Zeit zu Zeit ritzte ein flüchtiger Flügelschlag die Finsternis.

Er setzte sich auf die Stufen und versuchte, die Worte des Psalms zusammenzufügen, der von weit her zu ihm drang. Als der Morgen graute, schreckte er auf. Sein Körper war starr vor Kälte, während sein Kopf glühte und von sinnlosen Wortfetzen erfüllt war. Die schräg einfallende Wintersonne beleuchtete sein Gesicht. Von seinen Kleidern perlte der Tau. Er sah wie ein Besessener aus, als er aufstand. Ihm gegenüber waren blau und kühl die Berge zu sehen, die sich friedvoll und majestätisch am Ufer des Flusses erhoben. Hier und dort verblichen die Rauchsäulen der Lagerfeuer am Himmel. Der Hof der Herberge belebte sich. Der erste Hahnenschrei war zu hören. Es war Zeit für das Morgengebet.

Danach brachen David Rëubeni und die Seinen nach Terni auf. Der Tag war noch nicht voll erwacht. Ohne sich umzuwenden, wußte David, daß die Menge ihm folgte. Der Pfad würde den Wald gleich verlassen. Am Waldrand machte er halt. Das zunehmende Tageslicht ließ auch das Tal allmählich größer erscheinen. Tausende von Menschen drängten sich dort, von ihren Hirngespinsten verführt. Sie erinnerten an einen Bienenschwarm, aber um welchen Honig und welchen Bienenkorb ging es hier? Am Feldrain betete ein Greis. Als er David bemerkte, zeigte er sofort mit dem Finger auf den Gesandten:

«Er ist es! Schaut ihn an! Der Ewige hat ihn gesandt, um uns zu erlösen!»

David fuhr zusammen. Er hatte die Stimme des Alten aus Fano wiedererkannt. Er sah, wie sich Grüppchen aus dieser wirren Menschenmasse lösten und zu tanzen begannen. Sein Pferd wurde unruhig. David schloß die Augen und rief den Herrn an: «*Adonaï*, Herr!» murmelte er. «Das habe ich nicht gewollt!»

Er ließ das Pferd, das wieherte und an seinem Zaum rüttelte, zügig vorantraben. Als er in die Nähe der Menschenansammlung kam, blieb er stehen:

«Ich bringe euch keine Botschaft», rief er auf Hebräisch. «Ich bringe euch nichts anderes als den Wunsch, in das Land eurer Väter zurückzukehren!»

«Der Gerechte und der Bescheidene!» rief der Alte aus Fano.

David Rëubeni kämpfte kurz mit sich, um die Lage abzuschätzen. Er hatte versucht, alles vorherzusehen, aber den Wahn und die Verzweiflung der Menschen hatte er vergessen. «Diesen alten Narren zum Schweigen bringen, ihn vielleicht sogar umbringen!...» schoß es ihm durch den Kopf, doch er verwarf den Gedanken sofort. Er dachte bei sich: «Von den Massen getragen in Rom anzukommen, könnte den Christen einen Schrecken einjagen. Es könnte sie aber auch dazu bewegen, mich zu empfangen...»

Er wandte sich um und sah, wie seine Diener jubilierten. Selbst die Schweizer schienen beeindruckt. Nochmals betrachtete er all diese Menschen, die in ihrer Verzückung jetzt den vierundzwanzigsten Psalm sangen:

*«Wer gehet hinauf auf den Berg des Ewigen,*
*und wer stehet auf seiner heiligen Stätte?*
*Wer rein an Händen und lautern Herzens ist,*
*dessen Seele nicht nach Eitlem verlanget*
*und der nicht schwöret zum Truge ...»*

«Herr!» murmelte David. Er blickte zum Himmel auf. Er sah in das durchsichtige Blau, das ohne den geringsten Flecken war. Da wußte er, daß des Schicksals Härte nur zu dämpfen war, wenn man ihm die Arme entgegenstreckte – und er galoppierte davon.

Die Truppe hielt in Terni und in Rieti, bevor sie rechtzeitig zum Purimfest in Castelnuovo eintraf.

Ein paar hundert Juden waren schon vor ihnen angekommen. Dirnen, Händler und Marketenderinnen liefen zusammen. Bald entstand ein improvisierter Marktflecken in der Ebene vor Castelnuovo, jener kleinen Festung, die in einer einsamen Bergmulde versteckt lag. David Rëubeni fand dort Unterkunft bei Marcello Cesarini, der sich rühmte, ein Nachkomme Caesars zu sein. Der Gesandte war nurmehr einen halben Tagesritt von Rom entfernt, doch er mußte seine Reise unterbrechen, um das Purimfest zu feiern, das an die wundersame Rettung der Juden im Perserreich erinnerte. Der Rabbiner Semuel von Castelnuovo hatte dieses Freudenfest vorbereitet, und David wollte unbedingt daran teilnehmen.

## XII
## ROM VOR AUGEN

Der Gesandte erreichte Rom am sechzehnten Tag des Monats *adar* im Jahre 5284 nach Erschaffung der Welt durch *Den, der ist*, also am 22. Februar 1524 des christlichen Kalenders.

Der Tag war kühl, aber sehr schön. Der Vorfrühling ließ Gärten und Felder ergrünen. Kein Wölkchen stand über den Hügeln der Stadt. Kein Geräusch war zu hören außer dem immer wieder einsetzenden Glockenschlag. David Rëubeni wußte, daß nicht ihm zu Ehren geläutet wurde, sondern um die Gläubigen zum Gebet zu rufen. Würde ihm hier jemand entgegenkommen? Waren die Juden von Rom verständigt worden?

Zu seinen Füßen erstreckte sich die Stadt der Päpste. Die Engelsburg, diese imposante zylindrische Masse, ragte vor ihm auf und bot dem Himmel ihre zinnenbewehrten Türme dar. Unter riesigen Gerüsten wurde die Peterskirche hochgezogen. Jenseits des Flusses sah er häuserbedeckte Hügel, Stadtmauern, Turmspitzen und Kuppeln. Alles flirrte in ockerfarbenem Licht.

Der Augenblick war gekommen, auf den er so lange gewartet hatte.

Die Begegnung mit Rom und dem Schicksal stand bevor.

Sein Pferd wieherte, begann auszuschlagen und zu steigen. Er beruhigte es und ritt auf die Porta del Popolo zu, ein gewaltiges, mit Zinnen bewehrtes bräunliches Tor. Die in Purpur gewandete päpstliche Garde wies all die Juden zurück, die ihn seit den Marken begleitet hatten oder ihm vorausgeeilt waren.

Als die wartende Menge David und die im Wind flatternde Standarte mit den hebräischen Schriftzeichen erblickte, gab sie schweigend den Weg nach Rom frei. Der Gesandte bedeutete Yosef, er solle voranreiten. Er wirkte so ruhig wie vor dem *va'ad* in Venedig. Es hatte harter und ausdauernder Arbeit an sich selbst bedurft, bevor David Rëubeni gelernt hatte, seine ungestüme und leicht erregbare Natur zu bezwingen. Wie oft hatte er sich zur Vernunft rufen müssen, wie viele innere Kämpfe und ständige Wachsamkeit waren nötig gewesen, bis es ihm gelang, stets Ruhe und Gelassenheit zu zeigen. Yosef hielt sein Pferd auf der Höhe seines Herrn und zog ein Widderhorn aus der Satteltasche, den *shofar*. Kraftvoll blies er hinein. Ein seltsamer Ton, wie das Ausklingen einer ersterbenden Trompete, verbreitete sich über die Ebene. Beeindruckt trat die päpstliche Garde beiseite. Jenseits des weit geöffneten Portals konnte der Gesandte aus Habor eine riesige Menschenmenge ausmachen, die die ganze Strada Onina füllte.

Er war im Geiste so damit beschäftigt zu erraten, was sich hinter diesen Mauern abspielte, daß er die ihm entgegenkommende Gruppe nicht bemerkte:

«Seid willkommen, Rabbi!»

Da sprach jemand mit unverkennbar südländischem Akzent. In der Stimme lag so viel Ehrerbietung, daß er fast zusammenfuhr. Vor ihm stand eine Abordnung der römischen Juden.

«Da sind die Fattori», sagte er zu sich, «die drei Gemeindevorsteher, die die elf jüdischen Gemeinden von Rom vertreten. Aber wer sind die anderen?» Er betrachtete die Gruppe mit einem Anflug von Rührung. Auf seinem Gesicht war Freude und Anteilnahme zu lesen. Als hätte er sich nie in so angenehmer Gesellschaft befunden, aber auch, als kenne er sie seit langem.

Alle schienen über das Verhalten des Gesandten verwundert. Viele fühlten sich geschmeichelt. Die Menschen standen dicht gedrängt die Straße entlang und murmelten leise Worte. Doch plötzlich wurde es völlig ruhig. Die Abordnung wartete auf eine

Geste oder ein paar Worte von David. Alle waren nach der Art der Römer gekleidet. Die Beinkleider waren gefüttert und bauschten sich, aus dem hochgeschlossenen Wams schaute der Hemdkragen hervor, und an den Füßen trug man Schnabelschuhe. Auch spanischer Einfluß war in diesen Kleidungsstücken unverkennbar vorhanden. Hinter den Fattori standen sieben Männer in schwarzen Gewändern und mit gelben Kopfbedeckungen. Einer von ihnen trug eine Robe, wie David sie bei den Priestern der mittelalterlichen Kirche oder den Universitätslehrern in Salamanca gesehen hatte. Dieser Mann war deutlich größer als seine Gefährten, und sein blasses Gesicht mit den blauen Augen zeigte keinerlei Neugierde. Er wartete ohne jede Ungeduld. Der Gesandte tat es ihm nach. Wer weiß, wie lang ein Moment des Wartens oder eine Sekunde der Angst wirklich währt? Ein Leben lang oder gar eine Ewigkeit?

Die Kirchenglocken der Stadt rissen den Gesandten aus seiner Nachdenklichkeit. Er lächelte. Durch dieses Lächeln ermutigt, trat einer der drei Fattori auf ihn zu. Doch David beachtete den Greis nicht, der, mit schwarzem Bart und einem großen Rubin am Finger, vor ihm stand. Statt dessen wandte er sich in jenem kehligen Hebräisch, das er aus der Wüste mitgebracht hatte, an den Mann in der langen Robe:

«Kommt doch näher, ehrenwerter Doktor Yosef Zarfatti!»

Die Abgesandten blickten einander verwundert an. Woher wußte der Fremde den Namen des Arztes, und wie hatte er ihn erkannt? Da der Arzt sich nicht von der Stelle rührte, ritt David Rëubeni ihm entgegen:

«Ich bin glücklich, Euch zu treffen, denn Ihr werdet unter meiner Anwesenheit in Rom am meisten zu leiden haben. Aber sagt nicht schon der Kohelet: *Der sein Wissen vermehrt, vermehrt auch seinen Schmerz?*»

Erstaunt, aber bewundernd richtete der Mann seine blauen Augen auf David und machte eine Willkommensgeste. In feierlichem Ton sprach der Gesandte daraufhin zu dem Arzt:

«Dank Eures Wissens seid Ihr zum Leibarzt des Papstes ernannt worden. Und diesem überbringe ich, David, Sohn des Königs Selomo und Bruder des Königs Yosef, Herrscher des jüdischen Königreichs Habor, eine Botschaft. Daher werde ich Euch ersuchen, für mich zu vermitteln ... und mit Eurer Erlaubnis heute abend in Eurem Hause logieren.»

«Aber, Rabbi!» protestierte der Greis mit dem schwarzen Bart, «wir haben für Euch und Eure Eskorte ...»

Mit einer Handbewegung wischte David die Einwände hinweg.

«Aber, Rabbi!» begann der Alte noch einmal. «Wir dachten ... Nun gut, sagt, was wir für Euch tun können.»

Daraufhin neigte der Gesandte sich zu dem Würdenträger hinab und sagte leise, als wolle er ihm ein Geheimnis mitteilen:

«Weist die päpstliche Garde an, die Tausende von Juden, die mir seit mehreren Tagen folgen, nicht in die Stadt zu lassen.»

Und als Mißbilligung den Blick seines Gegenübers trübte, fügte er lauter, so daß dessen Gefährten es hören konnten, hinzu:

«Ich vermag die Juden nicht zu befreien. Das kann nur der Papst. Um ihn zu treffen, bin ich den weiten Weg hierhergekommen. Diese Menschen jedoch ...»

Er wies auf die Menge:

«In ihrer Ungeduld, in ihrer wahnsinnigen Ungeduld und Liebe zu Israel, wollen sie dies nicht begreifen!»

Erneut wandte er sich dem Greis zu:

«Meister Obadia da Sforno, Ihr versteht mich doch, nicht wahr?»

Das Gesicht des alten Mannes hellte sich auf, als der Gesandte ihn mit seinem Namen ansprach. Er hatte ihn also *erkannt*! Doch David Rëubeni ritt bereits auf das Zentrum der Stadt zu, und seine Eskorte folgte ihm.

Das Haus des Arztes lag in dem Viertel San Angelo, das sich zwischen dem Teatro di Marcello und dem Tiber erstreckte. Neben Fischern und Seilern hausten auch mehr als tausend Juden in den engen Gassen. Der wohlhabende Teil der jüdischen Gemeinde wohnte hingegen auf dem rechten Flußufer, in Trastevere.

Yosef Zarfatti hatte es jedoch vorgezogen, bei den kleinen Leuten zu bleiben, die man, wie er sagte, zwar zwingen konnte, die Vorschriften von Recht und Vernunft zu befolgen, aber nicht, sie auch zu verstehen.

Sein Haus war das schönste und geräumigste im ganzen Viertel. Wenn die Fenster des Erdgeschosses und die des ersten Stockwerks auch nur auf ein dunkles, von Weinspalier überdachtes Gäßchen hinausgingen, so blickte man vom zweiten Stock, wo die Küche und die Gästezimmer lagen, über rote Ziegeldächer hinweg auf den in der Sonne glitzernden Tiber. Hier richtete David sich ein. Seine Diener bekamen einen Raum im Erdgeschoß, von wo eine Tür in den Hof führte. Die Schweizergarde, deren Mission beendet war, hatte sich verabschiedet.

Rom enttäuschte den Gesandten. Er hatte geglaubt, eine große Stadt zu entdecken, wie Alexandria oder Venedig, aber was er sah, waren vereinzelte Marktflecken mit herrlichen Palazzi, die durch Felder, Weinberge und Abfallhügel voneinander getrennt lagen. In der Nähe der Brücke Sant' Angelo hatte er sogar um eine Ziegenherde herumreiten müssen. Und die antike Stadt bot einen desolaten Anblick. Dort wurden Schweine verkauft, Joche und Karren gebaut, und auf dem Palatino hörte man sogar Rinder muhen.

Die römischen Juden, die zahlreich zur Porta del Popolo gekommen waren, hatten David Rëubeni in völliger Ruhe bis zu dem Haus des Arztes begleitet, in dem er nun auf eigenen Wunsch wohnte. Aber sie waren nicht die einzigen. Laut Aussage von Obadia da Sforno, dessen Herz der Fremde erobert hatte, konnte man in der Menge derer, die ihnen durch das Labyrinth der engen Gassen folgten, auch viele Christen ausmachen. Der Alte fürchtete sogar, daß sich darunter auch etliche Anhänger des Mönchs aus Wittenberg befanden:

«Martin Luther und seine Freunde sind in Rom gar nicht gern gesehen», erklärte er und hob dabei sein Gesicht zu David Rëubeni. «Der deutsche Mönch hört nicht auf, die Kirche herauszufordern und den Papst zu kritisieren. Deshalb ...»

Sein singendes Hebräisch schmeichelte dem Ohr des Mannes aus der Wüste.

«Deshalb», begann er erneut, «dürfen die Spitzel des Vatikans keinen Zusammenhang zwischen diesem Luther und Euch, dem Bruder des jüdischen Königs von Habor, herstellen, sonst ...»

David fand Obadia da Sfornos Überlegung sehr einleuchtend, aber er blieb dennoch stumm. Er konnte nicht antworten. Er hatte kein Recht auf eine Meinung, sondern nur ein Ziel. Er bedauerte es, den alten Mann durch sein Schweigen womöglich zu betrüben. Er fühlte sich verantwortlich für diese Juden, die ihm folgten, und wie in Venedig war er gezwungen, sich Gewalt anzutun, seine aufgeschlossene und großmütige Natur zu bezwingen und das Reden zu unterdrücken ...

Er trat ans Fenster und verweilte lange beim Anblick der Boote auf dem Fluß und der wogenden Menge auf der Brücke nach Trastevere. Plötzlich wurde sein Blick von einer Frauengestalt angezogen, die sich zwischen den Karren und den Menschen hindurchschlängelte und in seine Richtung lief. Auf die Entfernung hin war es ihm unmöglich, ihre Gesichtszüge zu erkennen. Doch das Kleid mit den breiten braunen und roten Streifen brachte ihre graziöse Gestalt gut zur Geltung. Ihr Schritt war von einer solchen Vitalität und Lebensfreude, daß er für einen Augenblick seine Mission und seine Sorgen vergaß. Still lächelte er dieser Frau zu, die ihn gar nicht sah und die er wohl niemals kennenlernen würde.

Der Lärm einer kurzen, aber heftigen Prügelei und die Rufe eines fliegenden Händlers holten ihn schnell zu den Erfordernissen der Gegenwart zurück. Er hatte Rom erreicht. Jetzt war allein der Papst wichtig.

## XIII
## EINE UNVORHERGESEHENE BEGEGNUNG

Am nächsten Tag, nach dem Morgengebet, machte sich David Rëubeni daran, seine Aufzeichnungen fortzusetzen. Er nahm die eng beschriebenen Bögen aus der Ebenholztruhe, hockte sich auf den Rand des ovalen Tischchens, das dem Bett gegenüberstand, spitzte mit großer Sorgfalt einen Gänsekiel, stellte das Tintenfaß bereit und begann dann plötzlich und wie in Rage zu schreiben:

«Ich, David, Sohn des Königs Selomo, der gerühmt wird für seine Gerechtigkeit, bin endlich vor den Toren Roms angelangt. Mit mir kamen Juden in großer Zahl. Das war am Nachmittag des vergangenen Tages, am 16. *adar* des Jahres 5284 nach Erschaffung der Welt durch den Ewigen, gepriesen sei Sein Name! ...»

Das Kratzen der Feder auf dem Pergament regte sein Denken an. Er wollte gerade fortfahren, als er auf dem Flur Stoff rascheln hörte und den Kopf hob. Ein Diener, der ihm Wasser gebracht hatte, mußte die Tür einen Spaltbreit offen gelassen haben, so daß Davids Blick nun für einen kurzen Moment auf eine weibliche Gestalt fiel. Er sah einen anmutigen Körper in einem spiralförmigen grünen Kleid und das Wehen eines schwarzen Seidenschals. Als er aufstand, um die Tür zu schließen, schlug ihm der süße Duft von Parfum entgegen, den die Erscheinung hinterlassen hatte. Einen Augenblick später sah er sich seinem Gastgeber, dem Doktor Yosef Zarfatti, gegenüber, der gekommen war, um sich nach seinen Wünschen und seinen Plänen zu erkundigen.

David begrüßte ihn und bat ihn in das Zimmer, das der Arzt ihm zugewiesen hatte.

Der Arzt trug einen langen Umhang, ähnlich dem Mantel vom Tag zuvor, doch mit einer roten Kapuze und einem fransengeschmückten Barett. Das Gesicht des blassen, ruhigen Mannes mit den tiefblauen Augen strahlte Wohlwollen aus.

«Möge der Ewige, der Gott Israels, Euch segnen», sagte er leise. «Wird das Jahr 5284 gut werden?»

Auf diese Frage war David Rëubeni nicht gefaßt.

«Das wird es», erwiderte er fast flüsternd. Dann, eine Nuance lauter: «Das wird es!»

Yosef Zarfatti trat ans Fenster und betrachtete die Ebenholztruhe des Gesandten.

«Führt Ihr Bücher mit Euch?»

Da erblickte er auf dem ovalen Tisch die ausgebreiteten Blätter, das Tintenfaß und den Gänsekiel:

«Ihr schreibt?»

David war dem Blick des Arztes gefolgt. Blitzschnell packte er Papier, Feder und Tintenfaß zusammen und ließ alles in der Truhe verschwinden, deren Scharniere knirschten. Das Zimmer sah wieder so unbenutzt und aufgeräumt aus, als hätte hier niemand die Nacht verbracht. Der Gesandte lehnte sich an eine Säule des Baldachinbettes, dessen unberührte Decken das nächtliche Tun Davids bezeugten. Statt zu schlafen, hatte er in der Mitte des Zimmers meditiert. Schließlich antwortete er doch auf die Frage des Arztes bezüglich der Bücher und des Schreibens:

«Nein», sagte er schlicht.

Yosef Zarfatti mußte lächeln, als er diese kurze und entschiedene Antwort hörte, der doch so hektische Handgriffe vorhergegangen waren. Er setzte sich gegenüber dem Bett auf einen Holzschemel und fragte:

«Wie sind die Pläne des Bruders des Königs von Habor für den heutigen Tag?»

«Ich werde den Papst sehen.»
Verwundert forschte der Arzt im Gesicht des Gesandten. Dieser blickte geistesabwesend aus dem Fenster. Eine kalte Wintersonne ließ das Rot der Nachbardächer leuchten. Taubenschwärme flogen auf. «Die Tage des Menschen vergehen schneller, als ein Weberschiffchen durch die Fäden saust», murmelte er, bevor er sich wieder Yosef Zarfatti zuwandte:

«Wenn meine Mission gelingen soll, muß ich so bald wie möglich den Papst treffen», sagte er mit sanfter, aber entschiedener Stimme.

Und dann fuhr er immer dringlicher fort:

«Ihr ... Ihr müßt mir eine Begegnung verschaffen! So bald wie möglich! Heute noch! Ich weiß, daß Ihr das könnt!»

Angesichts dieses Feuereifers reckte Yosef Zarfatti die Arme gen Himmel. Seine angeborene Impulsivität gewann die Oberhand über seine Ehrerbietung und Zurückhaltung:

«Ich bin der Arzt des Papstes, das ist wahr. Aber er bestellt mich nur, wenn er krank ist. Oder wenn er Lust hat, über die Kabbala zu diskutieren. Das ist alles! Ist diese Begegnung, die Ihr wünscht, denn so eilig?»

«Zweifelt Ihr daran?»

David Rëubeni hatte die Knoten seines Turbans gelöst. Silbergraue Haarsträhnen ringelten sich über seine Stirn. In seinen Augen stand äußerste Entschlossenheit.

Yosef Zarfatti erhob sich. Obgleich er größer war als der Gesandte, wirkte er dennoch zarter.

«Der Papst schenkt mir Gehör, das stimmt», räumte er ein. «Aber er wird nichts tun, was die Fattori nicht gutheißen. Sie sind die Institution, die unsere Gemeinschaft vertritt. Und Institutionen respektieren Institutionen ...»

Der Arzt lächelte linkisch und machte ein betrübtes Gesicht wie jemand, der sich im voraus für etwas Unangenehmes entschuldigt, das er dennoch sagen muß. Er war nicht gerne der Überbringer schlechter Nachrichten.

«Die Fattori sind Euch nicht wohl gesonnen», fuhr er fort. «Warum? Weil vor zwei Tagen ein Abgesandter von Jacob Mantino, dem Vorsteher des *va'ad* von Venedig, hier in Rom ankam. Ihr kennt Mantino, nicht wahr? Nun, der Bote überbrachte den Fattori einen Bericht über Euren kurzen Aufenthalt in der Dogenstadt. Es war ein sehr kritischer Bericht, und was Euch betrifft, war er geradezu unfreundlich, wie Ihr Euch wohl denken könnt. Jacob Mantino warnt die Fattori in seinem Schreiben vor Euch und vor den antijüdischen Reaktionen, die Euer Handeln auslösen könnte.»

Bevor er fortfuhr, räusperte sich Yosef Zarfatti erst einmal und hüstelte ein wenig, denn das alles war ihm peinlich.

«Ihr müßt verstehen ... Hier in Rom genießen die Juden Achtung und Sicherheit.»

David Rëubeni unterbrach ihn:

«Im Moment!»

«Das stimmt», räumte der Arzt ein. «In der Vergangenheit gab es schwierige Zeiten. Das muß ich zugeben. Gregor IX. ließ in Rom den Talmud verbrennen und Bonifatius VIII ...»

David unterbrach ihn abermals:

«Eben! Ich will es den Juden ersparen, daß sie so etwas noch einmal erleben müssen! Frei und glücklich will ich sie sehen! Versteht Ihr das denn nicht?»

Und kraftvoll wiederholte er:

«Frei!»

Abermals hob Yosef Zarfatti seine Arme zum Himmel:

«Allein der Ewige ist frei!» rief er aus.

Dann wechselte er die Tonlage und sagte:

«Ihr müßt bedenken, daß wir Juden hier in Rom keine Sklaven sind ...»

Ein plötzlicher Windstoß blähte die Vorhänge, und Yosef Zarfatti zuckte zusammen. Dann trat er beschwichtigend einen Schritt auf den Gesandten zu:

«Sei's drum, ich habe Euch verteidigt und Euer Vorhaben unterstützt. Die Fattori sind verunsichert. Sie wissen nicht, was sie von all dem halten sollen. Zunächst haben sie Jacob Mantino geglaubt. Er ist ein berühmter Arzt, von allen geachtet, und aufgrund seines Briefes haben sie zunächst gedacht, Ihr wäret auch einer von diesen Erleuchteten, diesen wirrköpfigen Mystikern, die alle mehr oder minder Aufschneider, Schurken und Scharlatane sind. Kurz, man hielt Euch für einen dieser falschen Propheten, von denen es heutzutage auf allen Plätzen und Märkten wimmelt. Dann kamt Ihr selbst nach Rom, und die Fattori entdeckten einen verantwortungsbewußten Mann, einen klugen Politiker, eine Führungspersönlichkeit. Ihr seid nicht an der Spitze dieser gewaltigen Menschenmenge in die Stadt eingedrungen, obwohl das die Gojim sicher beeindruckt, vielleicht aber auch verärgert hätte. Statt dessen habt Ihr die päpstliche Garde diskret ersucht, diese Massen, die Euch aus den hintersten Winkeln der Marken bis hierher gefolgt waren, daran zu hindern, in Rom einzumarschieren.»

Der Arzt schwieg einen Moment, Rührung lag plötzlich in seinem Blick.

«Die Fattori waren erleichtert und entzückt», fuhr er fort. «Aber ich, ich fühlte mich verletzt. All diese armen Teufel, die geglaubt haben, die immer noch glauben, daß ...»

David trat zu ihm. Sein Bein streifte das des Arztes. Er legte ihm die Hand auf den Arm. Man hätte sie für Brüder oder Freunde halten können, die Gewissensfragen erörterten:

«Und was habt Ihr in diesem Augenblick von mir gedacht?»

Yosef Zarfatti zuckte mit den Achseln.

«Mein Eindruck ist ohne Bedeutung», sagte er.

«Mir bedeutet er sehr viel!»

«Wenn Ihr darauf besteht ... Ich dachte, daß es ein politischer und kein moralischer Entschluß von Euch war.»

David Rëubeni trat zwei Schritte zurück und lehnte sich wieder an eine der gedrechselten Holzsäulen des Baldachins. Das Gespräch zwischen den beiden Männern gestaltete sich wie ein

Ballett nach dem Gusto Ariosts. Dieser spitzfindigste Schreiber Italiens hatte eine Vorliebe für Stücke, bei denen zwei Tänzer einander zum Takt einer Flöte nachahmen.

«Wieso unterstützt Ihr dann mein Vorhaben?»

«Weil es gerecht ist und zur rechten Zeit kommt!» erwiderte der Arzt und blickte dem Gesandten unverwandt in die Augen.

David wollte gerade antworten, als im Gang der leichte Schritt einer Frau zu hören war. Yosef Zarfatti ging auf die Tür zu.

«Das ist meine Schwester Dina», erklärte er, da das Rascheln von Stoff das erneute Vorbeigehen der jungen Frau verriet.

Der Arzt bemerkte die Verwirrung auf dem Gesicht des Gesandten und fuhr fort:

«Dina ist eine Büchernärrin. Sie liest viel, vor allem die Kabbala. Sie liest sogar Cicero, trotz seiner antijüdischen Schmähungen ...»

Aber David hörte kaum zu. Er dachte an die junge Frau, die er vor dem Gespräch mit Zarfatti flüchtig wahrgenommen hatte. Das war sie, es gab keinen Zweifel. Er hätte sie überall wiedererkannt. Sie war die Unbekannte, die er am Abend zuvor auf der Trastevere-Brücke gesehen hatte, als er vom Fenster dieses Zimmers auf das Gewimmel in den Straßen blickte.

Eine Frau in seinem Leben, das fehlte gerade noch!

«Gibt es das Königreich Habor tatsächlich?» fragte Yosef Zarfatti, und es klang wohlwollend.

«Ja!» antwortete er mit fester Stimme.

«Dann müssen wir alles daransetzen, Kardinal Egidio di Viterbo, den engsten Berater des Papstes, zu überzeugen», sagte der Arzt.

David Rëubeni fuhr sich mit seinen schmalen Fingern durch das störrische Haar und murmelte:

«Ich habe ein Empfehlungsschreiben für Kardinal di Viterbo. Von Vincentius Castellani, dem Bücherschreiber von Fossombrone.»

Ein letztes Mal streckte Yosef Zarfatti seine Arme zum Himmel und rief:

«Ja, warum habt Ihr das denn nicht gleich gesagt? Der Kardinal schätzt diesen alten Gelehrten Castellani ganz besonders.»

Er ging auf die Tür zu:

«Ich schicke sofort einen Diener zum Kardinal, um ihn zu benachrichtigen. Wir werden ihm noch heute nachmittag einen Besuch in der Engelsburg abstatten!»

# XIV
# DER KARDINAL

Auf dem Ponte S. Angelo gab es weder Verkaufsstände, noch Läden, noch Wohnhäuser wie auf dem Rialto in Venedig. Diese breite, solide gebaute Brücke mit ihrem überdachten Säulengang führte zum Borgo di S. Pietro, verriegelte und isolierte ihn aber auch von der lärmenden Stadt. Vier mächtige Ecktürme überragten die abweisenden Zwingmauern der Engelsburg, das ursprüngliche Mausoleum Hadrians, das immer wieder umgebaut wurde und dessen imposante Masse nun die weltliche Macht des Papstes symbolisierte.

Als David Rëubeni zu Pferde und in Begleitung von Yosef Zarfatti und seiner Diener hier anlangte, belagerte die euphorisch gestimmte Menge bereits die Zugänge zur Brücke und den großen Platz zwischen Fluß und Burg. Es waren Juden aus Rom, aber auch solche aus den Marken, die es irgendwie geschafft hatten, sich an den wachsamen Garden vorbei in die Stadt zu schmuggeln. Manche warteten schon seit Stunden, seit sich die Nachricht von einem Treffen zwischen dem Gesandten und dem Kardinal di Viterbo herumgesprochen hatte. Alle wollten das Unvorstellbare miterleben, daß der Bruder eines jüdischen Königs an der Spitze einer bewaffneten Gesandtschaft in die Hochburg der Päpste vorgelassen wurde!

Kardinal Egidio di Viterbo bat David Rëubeni in seine Bibliothek, die zu den prächtigsten in Rom zählte. Obwohl der Kardinal nur von mittlerer Größe war und sein kantiges Gesicht eher blaß wirkte, flößte seine Erscheinung doch Respekt ein. Dieser beleibte Sechzigjährige mit der hohen Stirn und dem durchdringenden Blick hatte die Ausstrahlung eines Raubtieres, das seine Kraft großmütig im Zaum hält. Höflicher, zuvorkommender, aber auch beunruhigender konnte man kaum sein als dieser Mann, der David bei seiner Ankunft entgegenkam und in makellosem Hebräisch «Willkommen in Rom!» rief, um dann plötzlich in schallendes Gelächter auszubrechen.

Die Fröhlichkeit des Kardinals war ansteckend. Die beiden jüdischen Männer an seiner Seite, aber auch Yosef Zarfatti und die Diener, ja sogar David selbst, ließen sich von diesem Lachen verführen.

«Ist das nicht eine komische Situation?» fragte Egidio di Viterbo, als wolle er sich rechtfertigen. «In der Hochburg der Christenheit wird der Abgesandte eines jüdischen Königreiches in der Sprache der Bibel willkommen geheißen ...»

Der Kardinal war von Natur aus begierig nach Paradoxa und Konstellationen, die einer gewissen Komik nicht entbehrten. Aber diesmal lag der wahre Grund für seine Belustigung in der Umkehrung der Rollen zwischen ihm und dem Gesandten. Mit seinem bewaffneten Gefolge erinnerte der Gesandte eher an eine Abordnung französischer oder spanischer Edelleute, während der Christ sich wie ein Jude fühlte, wie einer dieser «Hüter des Gedächtnisses», von denen der heilige Augustinus spricht.

Hatte David Rëubeni in seinen Gedanken gelesen? Nachdem er den Prälaten mit einem kurzen Kopfnicken begrüßt hatte, sagte er:

«Der Kardinal ist es gewiß nicht gewohnt, Juden wie uns zu empfangen. Doch in dem Lande, aus dem wir kommen, sind alle Juden bewaffnet.»

Und nach einer kurzen Pause:

«In dem Lande, aus dem wir kommen, gibt es keine Ghettos.»

Yosef Zarfatti, der neben David stand, hielt den Atem an. Die beiden Vertrauten des Kardinals wechselten beunruhigte Blicke. Egidio di Viterbos Gesichtsausdruck wurde sichtlich ernster, und er bemerkte:

«Bei uns in Rom gibt es auch keine Ghettos.»

Dann bat er David und Doktor Zarfatti, auf einer Bank Platz zu nehmen, die mit Brokat und Zobel bezogen und mit Goldfransen umsäumt war.

Auf dem Boden des luxuriös ausgestatteten Raumes lagen kostbare Teppiche ausgebreitet. Hinter dem Stuhl des Kardinals erstreckte sich eine prachtvolle Tapisserie mit historisierendem Motiv über die gesamte Wandbreite. Alle anderen Wände bedeckten Bücherschränke, die bis unter die Decke gefüllt waren. Der Prälat setzte sich in einen mit purpurrotem Samt ausgeschlagenen Sessel und wandte sich ohne Umschweife an seine Gäste:

«Wieso wurde Israel ein Land versprochen, in dem schon Völker lebten? Wieso erhielt Israel kein leeres Stück Land? Hätte das nicht allerlei Streitigkeiten verhindert?»

David Rëubeni lächelte und antwortete ohne zu zögern mit seiner rauhen Stimme:

«Schon König David sagt: *Er gab ihnen das Land der gemeinen Völker, auf daß sie dort nach Seinen Gesetzen lebten.*»

«Gut gesprochen», murmelte einer der beiden Vertrauten des Kardinals, die rechts und links des Kardinalssessels stehen geblieben waren.

Der Mann aus der Wüste fuhr zusammen. Die zwei Worte hatten ihm etwas verraten: Dieser Mann war der ehrenwerte Rabbi Barukh Ashkenasi, ein Kabbalist.

«Und aus diesem Grunde wollt Ihr das Land Israel zurückerobern?» fragte Egidio di Viterbo mit einem durchdringenden Blick aus seinen schwarzen Augen.

«Nein. Es ist nicht nur deswegen.»

«Ich glaube Euer Anliegen zu verstehen», fuhr der Kardinal fort. «Euer Freund Doktor Zarfatti ließ mich wissen, daß ...»

«Daß ich einen Brief von Vincentius Castellani überbringe, der an Eure Eminenz gerichtet ist», unterbrach ihn der Gesandte und hielt dem Kardinal das Schreiben hin.

Ein Diener tauchte gleich einem Schatten auf und nahm das Schreiben aus Davids Händen, um es in die des Kardinals zu legen. Egidio di Viterbo erbrach das Wachssiegel, entfaltete den Briefbogen und las ihn aufmerksam. Nachdem er ihn schließlich auf dem Tischchen neben seinem Sessel abgelegt hatte, richtete er seinen Blick prüfend auf den Mann aus der Wüste. Dann breitete er seine Arme aus und rief noch einmal auf Hebräisch:

«Seid mir also willkommen, David! Seid mir willkommen, David, Bruder des Königs Yosef von Habor und Sohn des Selomo!»

Durch ein dreimaliges Neigen seines turbangeschmückten Kopfes dankte der Gesandte und begann mit fester Stimme seinen Plan vorzustellen: Die Rückkehr der Juden in das Land ihrer Ahnen müßte durch die Errichtung eines jüdischen Königreiches in Israel abgesichert werden. Dafür bedürften die Juden der Hilfe des Papstes und der christlichen Könige. Eine solche Allianz zwischen Christen und Juden wäre auch in der Lage, die Ausbreitung des Islam auf beiden Seiten des Mittelmeeres aufzuhalten.

«Und Jerusalem?» fragte der Kardinal und kniff dabei seine Augen zusammen.

«Jerusalem wird die Hauptstadt des Königreichs Israel sein. Das steht ebenso außer Frage wie die Autorität des Pontifex maximus über die Heiligen Stätten und besonders das Grab Jesu. Betrachtet es gleichsam als eine zweite Vatikanstadt.»

Egidio di Viterbo nickte zustimmend.

«Habt Ihr einen Brief, der dies bestätigt? Ein Schreiben Eures Bruders, des Königs Yosef von Habor, an Seine Heiligkeit, den Papst?»

«Gewiß», erwiderte David.

Der Kardinal ließ seinen Blick über die Wände mit den hohen Bücherschränken wandern. Er lächelte.

«*Bevor man einen Turm erbaut, muß man die Ausgaben ermessen*», murmelte er.

«Ich bin bereit, darüber mit Seiner Heiligkeit zu diskutieren», bemerkte der Gesandte. «Doch mit Verlaub, ich bin nicht einverstanden mit diesem Satz aus den Evangelien, den Ihr soeben zitiert habt. Er ähnelt allzusehr einer Stelle im Talmud, wo es heißt: *Man muß sich nach der Decke strecken.* Aber wenn wir das ständig befolgen wollten, dürften wir niemals schlafen.»

Rabbi Barukh Ashkenasi klatschte spontan Beifall. Der Blick des Kardinals funkelte vor Begeisterung. Es würde ihm eine große Freude sein, diesen David Rëubeni wiederzusehen. Er ließ seiner natürlichen Beredsamkeit freien Lauf:

«Ihr habt uns überzeugt, Prinz», sagte er und stand mit plötzlicher Eile auf. «Euer Plan ist bestechend. Jetzt müßt Ihr nur noch den Papst dafür gewinnen. Ich werde versuchen, Euch dabei zu helfen.»

## XV
## EINE BEGEGNUNG MIT DEM FIEBER

Auf dem Rückweg von der Engelsburg befiel den Gesandten eine dumpfe Beklemmung. Weder der Erfolg seines Treffens mit dem Kardinal di Viterbo, noch die Komplimente Yosef Zarfattis, noch die Vivat-Rufe der Menge vermochten dieses Gefühl der Furcht zu verscheuchen, das ihn nun kurz vor dem Ziel überkam. Dabei wußte er aus Erfahrung, daß die eigenen Ängste sich häufiger bewahrheiten als die Hoffnungen. Vielleicht ahnte der Arzt, wie verstört David innerlich war. Er erinnerte den Gesandten an das Versprechen des Kardinals, ihnen schon morgen den Zeitpunkt der Papstaudienz mitzuteilen. David war seinem Begleiter dankbar.

Der Weg bis zu Yosef Zarfattis Haus erschien dem Gesandten unendlich lang. Mattigkeit lastete schwer auf seinen Schultern, und zeitweise mußte er sich sehr anstrengen, um nicht auf dem Hals seines Pferdes zusammenzusinken. Der Applaus, die Freudenschreie und die Segnungen, die ihn begleiteten, drangen nicht mehr an sein Ohr. Sein Geist war erfüllt von glühenden Phantasien, die ihn mit sich fort rissen zu jener geheimen Harmonie, nach der die Welt sich sehnt, ohne sie doch jemals zu erhaschen – der Harmonie des Friedens.

Yosef Halevi, Davids Diener, ritt dicht an ihn heran:

«Wir haben nicht nur Freunde auf unserem Weg», murmelte er.

Ruckartig kam David zu sich. Er blickte in die Richtung, die Yosef ihm mit dem Kinn anzeigte, und sah einige bewaffnete Reiter in schwarzen Umhängen, die ihrer kleinen Truppe folgten. Die Unbekannten erklommen die Straßenböschung und ritten durch die Menge hindurch, indem sie die Menschen rücksichtslos zurückdrängten.

Noch am gleichen Abend sprach der Mann aus der Wüste mit dem Arzt über seine möglichen Feinde. Yosef Zarfatti erhob wieder einmal seine langen Arme zum Himmel und rief:
«Wird Rom denn nicht seit eh und je von Umstürzen gebeutelt? Immer wieder kämpfen die Colonna mit den Orsini, die Borgia mit den Medici... Und nun kommt ein Mann wie Ihr, der Abgesandte eines jüdischen Königreiches, und einer der engsten Ratgeber des Medici-Papstes heißt Euch in der Engelsburg willkommen. Versteht Ihr, was ich sagen will? Und wenn ich diesem Bild nun noch hinzufüge, daß Ihr gegen die Ismaeliten zu Felde ziehen wollt!»
Der Arzt schwieg einen Moment, dann fuhr er seufzend fort:
«Ihr *stört* die gewohnte Ordnung. Im Grunde könnte Euch deswegen jeder mißtrauen... oder sich von vornehnrein gegen Euch stellen.»
«Die Juden mit eingeschlossen», ergänzte Yosef Halevi, der in respektvollem Abstand von ihnen stand.
Yosef Zarfatti wandte sich zu ihm um:
«Die Juden?»
«Gewisse Juden zumindest...», sagte der Diener des Gesandten. «Ich habe soeben erfahren, daß der ehrenwerte Jacob Mantino überraschend in Rom eingetroffen ist.»
Yosef Zarfatti schien diese Nachricht zu verwundern:
«Merkwürdig», sagte er. «Das ist völlig unüblich. Er hat niemanden von seinem Kommen verständigt.»
Er richtete den Blick seiner blauen Augen auf David und hob mehrmals seine beredten Hände über den Kopf. Schließlich rief

er mit rauher Stimme, die seine Empörung über den Vertrauensbruch verriet:

«Ich weiß, daß der Vorsteher des *va'ad* von Venedig Euch nicht mag. Aber Euch deswegen nach dem Leben zu trachten! Ein Jude, der einen anderen Juden bedroht! ... Das kann ich nicht glauben. Ich gehe jetzt sofort, um die Fattori zu ersuchen, Euch ein paar vertrauenswürdige junge Leute zur Verstärkung Eurer Leibgarde zu schicken.»

Als der Arzt gegangen war, entknotete David Rëubeni seinen Turban und ließ das Silberhell seiner Haare über Stirn und Ohren fallen. Er drehte sich zu seinem Diener um:

«Yosef, woher weißt du, daß Jacob Mantino hier in Rom ist?»

«Tobias, Herr.»

«Tobias?»

«Ja. Ich habe ihn bespitzeln lassen seit unserer Ankunft in Rom.»

«Durch wen?»

«Durch Francesco, einen jungen Christen, den ich traf, als er in der Via di Ripetta bettelte.»

«Und was hat er dir zugetragen?»

«Daß Tobias heute morgen in einer Taverne, die zwischen dem Konstantinsbogen und der Via Lata liegt, lange mit einem Mann verhandelt hat, dessen Beschreibung untrüglich auf Jacob Mantino schließen läßt.»

«Konnte er auch ihr Gespräch mithören?»

«Nein, er kam nicht nahe genug an sie heran. Sie hätten ihn sonst bemerkt.»

«Warum hast du mir das nicht früher erzählt?»

«Ich wollte Euch nicht beunruhigen, Herr. Euer Auftrag lautet, an das jüdische Volk zu denken. Und meine Pflicht ist es, an Euch zu denken.»

Der Blick des Gesandten wurde sanft:

«Möge der Ewige, gepriesen sei Sein Name!, dich beschützen.»

Es wurde noch ein lebhafter Abend für Doktor Zarfatti, nachdem er von seinem Besuch bei den Fattori nach Hause zurückgekehrt war. Rabbi Barukh Ashkenasi schaute auf einen Sprung herein, um mitzuteilen, daß Kardinal di Viterbo von dem Gesandten tief beeindruckt sei. Kaum war er fort, erschien Semuel ben Nathan, der Vorsteher der kleinen jüdischen Gemeinde von Ostia. Er war ein leutseliger Mann und stets auf dem laufenden über alles, was bei den Christen geredet wurde. Schließlich tauchte überraschend Obadia da Sforno mit seinem schwarzen Bärtchen auf. Er wurde von drei weiteren Fattori begleitet, die Yosef Zarfatti erst kurz zuvor verlassen hatte, nachdem er um Verstärkung für die Leibgarde des Gesandten gebeten hatte. Sie wollten nun von ihm Genaueres über das Gespräch zwischen David und dem Ratgeber des Papstes erfahren. Ging das Tun des Mannes aus der Wüste in diesem Moment nicht die ganze jüdische Gemeinde an?

Nachdem der Arzt bereitwillig alle Fragen beantwortet hatte, suchte er David auf, der sich in seinem Zimmer ausruhte, um ihn vom Besuch der Abordnung in Kenntnis zu setzen. Er hielt es für angebracht, daß der Gesandte mit den Fattori ein paar Worte wechselte. David litt immer noch unter der lähmenden Müdigkeit, die ihn beim Verlassen der Engelsburg befallen hatte, und war von dieser Empfehlung keineswegs begeistert. Er war nicht nach Venedig oder nach Rom gekommen, um sich vor ein paar jüdischen Amtsinhabern zu rechtfertigen. Er handelte in erster Linie im Interesse der Tausenden von Juden, die ohne Obdach oder Heimat vor den Toren der Städte auf ihn warteten. Und deren Schicksal hing vor allem vom guten Willen der Herren des christlichen Abendlands ab. Daher ließ er sich lange bitten, zumal er sich auch fiebrig fühlte und Kopf und Glieder ihm schwer waren. Aber handelte es sich hier um das Fieber, das ihn befiel, sobald die Zukunft sich überstürzte? Oder war dieses Fieber lediglich Ausdruck jener vom Kohelet beschriebenen Unruhe, die einen Menschen schneller altern läßt? Der Gesandte bezwang sich. Yosef Zarfatti hatte recht. Es wäre unklug, die einzige jüdische

Institution zu verstimmen, die der Papst anerkannte. Also begleitete er den Arzt in den großen Salon im Erdgeschoß, der von einem Dutzend Öllichter erhellt wurde.

Das Gespräch mit den Fattori war von gegenseitigem Respekt geprägt und verlief in bester Stimmung. Die Würdenträger stellten David eine Menge Fragen, die er so sachgerecht und so knapp wie möglich beantwortete. Erschöpft wie der Gesandte war, beschränkte er sich jedoch die meiste Zeit aufs Zuhören. Aufmerksam lauschte er dem, was die Fattori sagten, was sie über die Ereignisse dachten, wie sie die Dinge sahen. Die Fattori wiederum schätzten die Ausführungen des Mannes aus der Wüste. In ihren Augen hatte dieser Gesandte nichts mit dem finsteren Porträt gemein, das Jacob Mantino von ihm entworfen hatte. Während des Wortwechsels tat sich ein Mann durch seinen sprühenden Geist und seine intellektuelle Neugierde besonders hervor – der alte Rabbiner Obadia da Sforno.

Klein, dürr und knorrig wie ein alter Rebstock, verschwand er fast in dem langen schwarzen Mantel, aus dem nur sein Raubvogelprofil mit den durchdringenden schwarzen Augen heraussah. Obwohl er über siebzig Jahre zählte, war sein Bärtchen immer noch schwarz und seinen Zuhörern spitz entgegengereckt. Er unterstrich seine Worte mit ruckartigen Kinnbewegungen und redete viel mit den Händen, was den riesigen Rubin an seinem Mittelfinger in allen Facetten funkeln ließ und seinen Worten eine Aura der Erhabenheit verlieh. Diese war jedoch frei von jeder Prahlerei, da der alte Mann ein freundliches Wesen und eine echte Begabung für das Mienenspiel, für Grimassen und andere komische Gesichtsverrenkungen hatte. Redselig und temperamentvoll, wie er war, bereicherte er den Abend mit seinen stets behenden Gedankensprüngen. Er war es, der das Gespräch noch einmal belebte, als David sich bereits verabschiedet hatte und sich gerade zurückziehen wollte.

«Sagt mir, ehrenwerter Prinz der Juden, fürchtet Ihr nicht, *Den, der ist*, zu beleidigen?»

Der Gesandte fuhr herum, und der Blick, den er auf den alten Rabbiner warf, war scharf wie ein Dolch. Doch der Greis ließ nicht locker:

«Verübelt mir meine Worte nicht, aber überall auf der Welt gibt es Rabbiner, die ein Vorgehen wie das Eure nicht unbedingt gutheißen würden. In ihren Augen ist jedes politische Handeln zur Wiederherstellung eines jüdischen Königreiches auf dem Boden Israels von vorneherein fragwürdig, wenn nicht gar verwerflich. Nur der Ewige, gepriesen sei Sein Name!, wird, wenn der Tag gekommen ist, das jüdische Volk ins Land seiner Väter heimführen. Jedes Bemühen, *Ihn* gewissermaßen zu nötigen und die Geschehnisse zu beschleunigen, könnte doch auch bedeuten, daß Ihr *Ihm* mißtraut ...»

Geduldig hörte David dem Greis zu, der von einem Fuß auf den anderen trat, mit seinem Bärtchen nickte und nicht mehr aufzuhören schien:

«Ich ahne, was Ihr nun empfindet, kühner David! Verzeiht mir meine Vertraulichkeit, aber Ihr seid noch jung, und ich weiß, wovon ich rede. Angesichts meiner Vorwürfe übt Ihr Zurückhaltung und bewahrt die Fassung, wie es einem Gerechten wohl ansteht. Doch innerlich kocht Ihr vor Zorn, nicht wahr? Ihr lehnt Euch auf, weil ich der Tat eines Einzelnen den Gedanken an ein kollektives Schicksal entgegenhielt, weil ich von einem Schicksal sprach, in das kein Mensch eingreifen kann! Gewiß, auch Ihr glaubt, daß der Ewige im Leben eines Menschen stets gegenwärtig ist und selbst die harmlosesten Entscheidungen begleitet. Aber ich sehe deutlich, daß Ihr überzeugt seid, *Er* habe es aufgegeben, sich in die Streitigkeiten und Konflikte zwischen Priestern und Königen einzumischen. Und für Euren Standpunkt spricht, daß der Ewige, gepriesen sei Sein Name!, nach der Befreiung der Juden aus der Knechtschaft Kirche und Staat getrennt hat. Weiter könnt Ihr anführen, daß Aaron den Auftrag hatte, über das Gesetz zu wachen, während Moses die Rückeroberung Kanaans vorbereitete ...»

David wußte die guten Absichten des Rabbiners sehr wohl zu schätzen. Während der Alte unermüdlich redete, fing der Gesandte Dinas Blick auf. Sie stand hinten im Saal, wo ihr kein Wort entging. Sie lächelte, und dieses Lächeln erschien ihm spöttisch, zärtlich und herausfordernd. Erwartete sie etwas von ihm? Beobachtete sie ihn? Zu gern hätte er sie danach gefragt ... Aber das Fieber pochte in seinen Schläfen. War das noch immer dieselbe Mattigkeit? Oder war das Grübchen im Mundwinkel der jungen Frau daran schuld, daß er so verwirrt war? Plötzlich bekam er Lust, sie zu beeindrucken und zu verführen. Als er dem alten Rabbiner antwortete, verzichtete er auf die üblichen gutturalen Laute. Seine Stimme wurde melodiös und betörend wie die eines Erzählers in der Wüste. Und obwohl er zu dem Gelehrten sprach, wandte seine Stimme sich doch an Dina:

«Ein Tag ohne die Nacht oder eine Nacht ohne den Tag verdient wohl kaum den Namen *Eins*», begann er. «Das Gleiche gilt für den Ewigen und das Volk Israel. So lange das Volk Israel im Exil leidet, kann man *Den, der ist*, nicht den *Einen* nennen. Er kann erst wieder *Der Eine* genannt werden, wenn sein Volk in das Land, das *Er* ihm zugewiesen hatte, zurückgekehrt ist!»

Der Blick des Gesandten, der auf den alten Rabbiner gerichtet gewesen war, überflog nun die Runde und heftete sich auf Dina. Nach einer kurzen Pause sprach er weiter:

«Wie sollte diese Rückkehr den Schöpfer beleidigen?»

Ein langes Schweigen folgte, das nur vom Knistern der herunterbrennenden Dochte in den Öllampen unterbrochen wurde. Mit fiebrigem Blick trat David auf die Fattori zu und sagte:

«Wer soll die Fehler der Menschen sühnen, wenn nicht der Mensch? Wer wird die verlorene Einheit wiederherstellen, wenn nicht der Mensch? Wer soll die Welt retten und Gott bewahren, wenn nicht der Mensch?»

Trotz eines ziehenden Schmerzes im Nacken lächelte er:

«Das ist weder unziemliche Anmaßung noch gotteslästerlicher Hochmut. Wie es schon in der heiligen Kabbala steht: Des

Menschen Wille vermag nichts gegen den Willen Gottes, doch wenn er nach dem Wunsch des Ewigen handelt, wird er Macht haben über alles!»

Beeindruckt schwiegen die Fattori. Abermals war es der alte Obadia da Sforno, der seinen Rubin funkeln ließ, als er den Himmel zum Zeugen bemühte und ausrief:

«Dein Wort erblüht wie das Echo des Talmud, mein Sohn! Du bist der Bote, den wir brauchen, um die Kleinmütigen umzustimmen. Wisse, daß die Zweifel, von denen ich dir sprach, nicht meine waren. Ich wollte deine Entschlossenheit auf die Probe stellen, um deine Überzeugungskraft um so mehr genießen zu können. Laß mich dir meine und meiner Freunde Dankbarkeit aussprechen!»

Hinten im Saal lächelte Dina noch immer, doch ihr Gesichtsausdruck hatte sich verändert. David, dessen Kopf dröhnte, glaubte Bewunderung darin zu lesen. Die Flammen der Lampen tanzten in diesem Lächeln, und der Blick der jungen Frau wurde ihm zur Quelle des Lichts. Der Mann aus der Wüste schwankte. Der aufmerksame Yosef sprang herbei, um ihn zu stützen. Auch Doktor Zarfatti machte einen Schritt auf ihn zu.

«Ich danke Euch», murmelte David zu dem Rabbiner Obadia da Sforno gewandt, dessen väterliches «Du» ihn gerührt hatte. Dann fügte er mit schwacher Stimme hinzu:

«Entschuldigt mich nun, ehrwürdige Vertreter der jüdischen Gemeinde Roms, doch der Tag war anstrengend und ich muß mich ...»

Krämpfe schüttelten ihn, und er konnte zunächst nicht weitersprechen.

«Ich muß mich zurückziehen», hauchte er abschließend.

Es bedurfte der vereinten Kräfte von Yosef und Doktor Zarfatti, um ihn die Treppe zu seinem Zimmer hinaufzugeleiten. Sie trugen ihn mehr, als daß sie ihn stützten. Erschöpft sank er auf sein Bett und fiel sofort in tiefen Schlaf.

## XVI
## GLÜCK UND ELEND

Während der Nacht wußte der Gesandte aus Habor, daß er geträumt hatte, doch was er geträumt hatte, wußte er nicht mehr. Es blieb nur ein Lachen, ein langes Lachen, dessen Echo in Kaskaden widerhallte, einen endlosen Gang entlang, und dieser Flur, durch den der Träumende irrte, also er selbst, David Rëubeni, dieser Flur führte nirgendwohin. Je mehr er suchte, desto weiter entfernte er sich von einem möglichen Ausgang, es blieb dieses kristallene Lachen, dieses Lachen, das nicht enden wollte. Mehrmals hatte er im Dunkel des Zimmers versucht, aus dem Bett aufzustehen – doch vergebens. Eine unbegreifliche Kraft bezwang jede auch noch so kleine Bewegung. Träumte er gar auch dieses nächtliche Erwachen? Als es ihm endlich gelang, die Hand an die glühende Stirn und den schweißnassen Hals zu führen, da ertasteten seine Fingerspitzen merkwürdige und schmerzhafte Bläschen oder Pocken. Er wollte die Lampe anzünden und beugte sich zum Nachttisch hin. Die übergroße Schwäche, die ihn verzehrte, verursachte ihm Übelkeit. Er verlor das Bewußtsein. Sein Körper fiel vornüber ins Leere und rollte auf den Teppich.

Als es Morgen wurde, brachte der Diener ein Tablett und klopfte. Der Gesandte öffnete nicht, was seiner Gewohnheit widersprach. Der Diener war erstaunt und meldete es Yosef Zarfatti. Auch der Arzt wunderte sich, daß David zu dieser Stunde noch im Bett sein sollte, da er wußte, wie wenig der Gesandte schlief. Aber auch er wagte es nicht, die Tür zu öffnen, um seinen Gast nicht im Gebet zu stören. Yosef Halevi und die anderen Diener des Mannes aus der Wüste, Rafael, Tobias und Joab, hielten sich in der Küche auf, wo sie auf die Anordnungen ihres Herrn warteten. Sie begannen schon ungeduldig zu werden, als eine Nachricht eintraf: Seine Heiligkeit Papst Clemens VII. lud David Rëubeni, Prinz des jüdischen Königreichs Habor, für den gleichen Tag ein, ihm im Vatikan einen Besuch abzustatten! Ein Bote des Kardinal di Viterbo hatte Doktor Zarfatti diese Nachricht soeben persönlich überbracht. Ein solches Ereignis mußte David sofort mitgeteilt werden, und so eilte der Arzt mit dem wichtigen Schreiben nach oben zu Davids Schlafzimmer. Yosef und die anderen Diener begleiteten ihn. Zarfatti klopfte an die Tür, doch sie blieb verschlossen. Er klopfte lauter und rief. Schweigen war die Antwort. Ehrlich besorgt, faßte Yosef sich ein Herz und drehte den Türknauf. Als er in das kalte Dämmerlicht trat, würgte ihn der Geruch von Erbrochenem. Er zog die schweren Samtvorhänge zurück, machte die Fenster weit auf und entdeckte auf dem Boden den leblosen Körper seines Herrn. Mit Hilfe der anderen Diener hob er David aufs Bett und wandte sich mit völlig entgeisterter Miene und angstvollem Blick dem Arzt zu. Dieser trat näher, fühlte dem schwach Atmenden den Puls, hob dessen Augenlider und untersuchte dann Hände und Hals. Hinter dem linken Ohr des Patienten entdeckte er mehrere dunkle Schwären. Doktor Zarfattis Miene wurde starr. Sein Blick verdüsterte sich. Er fühlte plötzlich eine große Verantwortung auf sich lasten. In kurzen Sätzen und mit einer Stimme, die keinen Widerspruch duldete, befahl er:

«Ich brauche Alkohol, viel Alkohol. Macht schnell!»

Einer der Diener, der mit hängenden Armen auf der Schwelle stehen geblieben war, rannte los. Der Arzt rief schon einem zweiten zu:

«Der beste Kamin im ganzen Haus ist doch der im Zimmer meiner Schwester?»

«Der beste Kamin, Herr? ... Ja, bei Signorina Dina ...»

«Dann lauf und sag meiner Schwester, sie soll ihre Sachen nehmen und in ein anderes Zimmer tragen. Dann laß ihr Bett frisch beziehen und in dem großen Kamin ein mächtiges Feuer anzünden. Beeil dich!»

Aber Dina war schon da. Der Lärm und das ständige Gelaufe im Haus hatten sie alarmiert.

«Was ist los?» fragte sie beunruhigt, als sie die Betroffenheit in den Gesichtern der Umstehenden bemerkte.

Mit einer Handbewegung verscheuchte ihr Bruder eine Fliege, die David über die Stirn lief, dann hob er die Arme und seufzte:

«Das weiß allein der Ewige!»

Und als er sah, daß Dina auf den Kranken zuging, hielt er sie zurück:

«Komm nicht herein! Faß nichts an! Gott schütze uns!»

«So sag mir doch, was los ist!» beharrte Dina, der der Schrekken im Gesicht stand.

«Wir werden unseren Gast in dein Zimmer bringen. Ich habe schon alles angeordnet. David braucht viel Wärme. Ich habe im großen Kamin Feuer machen lassen. Würdest du bitte nachsehen, ob alles erledigt wird, und zwar schleunigst?»

«Nun sag mir doch endlich ... Weißt du, um welche Krankheit es sich handelt?»

«Die schlimmste ...»

In einer bauchigen Flasche wurde der verlangte Alkohol gebracht. Yosef Zarfatti ordnete an, jeder solle sich ein paar Tropfen auf die Hände geben. Dann goß er den Rest in eine Schüssel und zündete ihn an. Er hielt seine Hände darüber, und sofort waren sie von kleinen bläulichen Flammen umhüllt. Er löschte das Feuer und riet allen, die den Gesandten berührt hatten, es ihm nachzutun.

David wurde ins Zimmer der jungen Frau getragen. Auf Geheiß des Arztes entkleidete man ihn und verbrannte Stück für

Stück im Kamin. Dann wurde er ausgiebig eingerieben und in warme Decken gehüllt.

Nach einer Weile rührte David sich kaum merklich. Seine Augenlider zitterten. Er atmete jetzt ruhiger, aber blieb weiterhin in eine tiefe Finsternis versunken.

«Laßt uns beten», sagte Doktor Zarfatti.

Die Gebetsschals wurden gebracht. Jeder legte sich einen Schal um die Schultern, um sich mit diesem religiösen Schild gleichsam gegen die Angriffe des Bösen zu schützen. Dann intonierte die Runde in tiefem Ernst:

*«Sieh her, antworte mir, Ewiger, o mein Gott!*
*Und erleuchte auch meine Augen wieder,*
*damit ich nicht des Todes entschlafe ...»*

## XVII
## DIE TAVERNE *IL BUCO*

Dina bot ihrem Bruder an, ihn am Bett des Kranken abzulösen, und der Arzt nutzte dies, um Kardinal Egidio di Viterbo aufzusuchen. Er schilderte ihm Davids Zustand und bat ihn, den Gesandten bei Seiner Heiligkeit, dem Papst, zu entschuldigen. In seiner Verfassung konnte David Rëubeni Clemens VII. unmöglich treffen. Und niemand, nicht einmal der gute Yosef Zarfatti, wußte, ob der Gesandte dieses schreckliche Unheil lebend überstehen würde.

Das Gerücht verbreitete sich schnell über die ganze Stadt und ließ sich auch von Mauern und Wällen nicht aufhalten. Bei den meisten Juden in Italien löste es tiefe Bestürzung aus. Sie alle hatten ihre Hoffnungen in die Begegnung zwischen dem Abgesandten eines jüdischen Königreiches und dem Oberhaupt der Christenheit gesetzt. Für sie wäre das Treffen ein Zeichen gewesen. Als würde die Christenwelt durch diese Audienz dem verfolgten jüdischen Volk seine Würde zurückgeben. Dieses ersehnte Zeichen wurde jetzt wieder unwahrscheinlich. Vielleicht starb der Messias sogar. Das Schicksal war grausam, und grausam war auch die Hoffnung. Viele sahen in der Krankheit des Gesandten die letzte Prüfung vor der Befreiung aus dem Exil. Sein Unheil erschien ihnen als schmerzliches Vorzeichen des Sieges, als Morgenröte, die die Rückkehr nach Israel ankündigte. Für andere hingegen war die Krankheit die Strafe für den maßlosen Hochmut des Gesandten. So blieben die Wege des Ewigen, gepriesen sei Sein Name!, für den menschlichen Geist unergründlich.

Als Moses da Castellazzo die traurige Nachricht erfuhr, beschloß er, Venedig noch am selben Tag zu verlassen. Er wollte seinem Freund David Rëubeni in Rom beistehen. Der alte Bankier Meshulam del Banco hätte ihn gerne begleitet, doch sein Gesundheitszustand ließ das nicht zu. Nach einer Reise von drei Tagen und drei Nächten, nach einem Wagenwechsel in Ravenna, wo er den Shabbat verbrachte, und abermals in Perugia, erreichte der Maler endlich die Stadt Rom. Er stieg in der Taverne *Il Buco* ab, da er sie bereits von früheren Aufenthalten kannte und man dort gern an Künstler vermietete. Gegenüber der Taverne lag eines der Ateliers von Michelangelo, und Moses versäumte es nie, ihn zu besuchen.

Drei Tage früher hatte Jacob Mantino in Rom ein geheimes Treffen mit einem langjährigen Freund arrangiert. Dieser Freund war Dom Miguel da Silva, der Botschafter Portugals beim Heiligen Stuhl. Der Vorsteher des *va'ad hakatan* von Venedig war im höchsten Grade beunruhigt über die Machenschaften David Rëubenis. Er hatte zwar eingewilligt, ihn in Venedig zu treffen, aber doch nie daran geglaubt, daß dieser «Aufschneider», wie er den Gesandten aus Habor nannte, tatsächlich bis zum Vatikan vordringen könnte. Und nun hatte dieser Abenteurer die bedingungslose Unterstützung des Kardinals di Viterbo, des Beraters Seiner Heiligkeit, erlangt. Zudem erfreute sich dieser Mann auch noch der Gunst von Kardinal Pucci, dem Sprecher des Papstes, der nach seiner, Jacob Mantinos, Meinung zu sehr von der Kabbala beeinflußt war. Und jetzt sollte dieser Aufschneider auch noch von Clemens VII., vom Pontifex maximus persönlich, empfangen werden! Das war doch wirklich zuviel! Jacob Mantino konnte dieses Treffen nicht verstehen. Gab es im Vatikan denn nur noch verantwortungslose Träumer? Durfte man zulassen, daß dieser Aufschneider seinen verstörenden Zauber überall verbreitete? Mußte man nicht etwas gegen diesen Wahn unternehmen? War ein Jude es sich nicht schuldig zu verhindern, daß ein anderer Jude das jüdische Volk mit einem Trugbild verführte und es so ins Unglück riß? Was war mit den Repressionen, die auf die ganze Gemeinschaft niedergehen würden, sobald sich der Nebel über diesem zum Mißerfolg verdammten Abenteuer gelichtet hatte? War es unter diesen Umständen nicht die Pflicht eines jeden klar denkenden Menschen, dem zwielichtigen Aufstieg dieses David ein Ende zu bereiten? Man mußte dem Aufstieg dieses falschen Propheten, dieses Gauners, sofort Einhalt gebieten!

Jacob Mantino glaubte nicht im geringsten an die Möglichkeit, daß das Osmanische Reich, eine der größten Mächte der Welt, besiegt und das Land Israel zurückerobert werden könnte. Ebensowenig glaubte er an die Versöhnung der restlos zerstrittenen europäischen Herrscher, die für das Ziel dieses David notwendig war. Hingegen erschien ihm die Aufregung, die allein der Plan des Aufschneiders ausgelöst hatte, wie die Vorankündigung einer großen Gefahr. Er malte sich das Mißtrauen der Fürsten und Bischöfe aus, die zunehmend an der Treue ihrer jüdischen Untertanen zweifeln würden. Sie würden die Juden verdächtigen, das Land verlassen zu wollen, in dem sie von der Mehrheit der Bürger allmählich anerkannt wurden. Es würde heißen, daß man bei den Juden immer auf Verrat gefaßt sein mußte .... Die Dogen in Venedig hatten das Ghetto doch auch gebaut, damit die Juden der Stadt vor gewissen feindlichen Übergriffen geschützt waren. Er, Jacob Mantino, hatte nun die Pflicht, die Juden vor der Versuchung zu bewahren, und das auch gegen ihren Willen! Ja, er würde schon einen Weg finden, um dem Aufschneider aus Habor das Wasser abzugraben, bevor es zu spät war! Auch wenn die meisten Juden und einige hochrangige Christen bereits den Kopf verloren hatten, so saß seiner doch immer noch fest auf den Schultern und erlaubte es ihm, klar und entschlossen zu denken.

Dies alles erklärte Jacob Mantino seinem Freund da Silva

leise, aber bestimmt, als sie in einem Winkel der Taverne *Il Buco* beisammensaßen. Ein Krug dunkler Chianti stand vor ihnen, und die beiden Verschwörer leerten ihn schnell, während sie redeten und überlegten.

Dom Miguel da Silva war ein großer Mann von etwa fünfundfünfzig Jahren. Er hatte eine hohe Stirn, aber sein Haar war fast weiß, und er sah älter aus, als es seinem Alter entsprach. Trotz seines aristokratischen Auftretens, seiner erlesenen Manieren und der hochmütigen Kopfhaltung vermochte sich dieser hochrangige Adlige in den verschiedensten Kreisen zu bewegen und sich dort sogar wohl zu fühlen. Seine scharf geschnittenen Gesichtszüge sahen heute aus einem weißen Spitzenjabot hervor, über dem er einen marineblauen Mantel trug, der ihm bis zu den Knöcheln reichte. Er betrachtete das Problem, das Jacob Mantino beschäftigte, gewissermaßen unter ästhetischen Gesichtspunkten. Wenn er sprach, schlug er mit dem Elfenbeingriff eines langen Dolches gegen den Rand des Chiantikrugs, so daß der klirrte, während sein Blick über die Holzmaserung des Tischs oder der Deckenbalken schweifte. Sobald er, was selten geschah, den Blick seiner grünen Augen auf seinen Gesprächspartner heftete, fuhr dieser schier zusammen, denn in dieser Iris, die sich um eine winzige Pupille schloß, lag nichts als die reinste, schlichteste Lauterkeit. Indes, wenn Miguel da Silvas Ansehen auch auf mancherlei Qualitäten beruhte, die das diplomatische Corps im Vatikan und in Rom ihm zuerkannte, so gehörte Naivität doch sicher nicht zu diesen Eigenschaften, und der Eindruck seiner Augen war also mehr als zwielichtig.

«Versteht mich richtig, mein lieber Jacob», sagte Dom Miguel, «ich bin schon aus eigenen Gründen besorgt und mißtraue dieser Person nicht weniger als Ihr. Aber ob er ein Aufschneider ist, das ist aus meiner Sicht nicht so wichtig. Meine Befürchtungen gehen in eine andere Richtung. Ich kenne meinen Herrn, den König von Portugal. João III. wird sich dem Papst, den er über alle Maßen bewundert, gefällig erweisen wollen. Und wenn der Papst dem Charme dieses Intriganten erliegt, dann möchte ich wetten, daß er Portugal den Auftrag erteilt, die für die Rückeroberung Israels erforderliche bewaffnete Flotte zusammenzustellen. Und João III. wird sich bereit erklären! Das betrübt mich, denn ich liebe und unterstütze meinen König. Ich unterstütze ihn, so gut ich kann, und das vor allem gegenüber den Machtansprüchen der Königin und ihrer Freunde, die der spanischen Inquisition nahestehen. Sie setzen alles daran, um auch in Portugal die Inquisition einzuführen. Mit der Königin an der Spitze lauern sie auf einen Fauxpas des Königs, um ihm einen Teil seiner Macht abtrotzen zu können. Wenn er diesen Abenteurer unterstützt, liefert er ihnen eine Handhabe gegen sich selbst. Daran besteht kein Zweifel. Vielleicht liefert er ihnen sogar die Möglichkeit, ihm die Führung des Königreichs zu entreißen. Diese Aussicht trifft mich tief... Und ich möchte nur am Rande erwähnen, daß ich selbst dadurch meinen Rang als Botschafter beim Heiligen Stuhl verlieren würde. Aber es kann uns noch gelingen, den König zu beeinflussen. Ich denke dabei vor allem an Diogo Pires, seinen Freund und Berater. Er ist ein brillanter Kopf, ein gebildeter Mann und mit vierundzwanzig Jahren ebenso jung wie João III.. Abgesehen von der Freundschaft, die der Herrscher ihm entgegenbringt, hat er das Amt des Sekretärs des Thronrats inne. Wenn es mir gelingt, diesen jungen Mann zu überzeugen, was ich hoffe, dann können wir in unserer Sache große Fortschritte verbuchen. Mein lieber Jacob, alles in allem verstehe ich Euren Groll gegen diesen David nicht, und Ihr teilt auch nicht meine Gründe, gegen ihn anzutreten. Aber ich freue mich, in Euch nicht nur den langjährigen Freund zu sehen, sondern einen Juden, der sich nicht in die Irre führen läßt von den falschen Versprechungen dieses Unruhestifters aus der Wüste, der die ganze Welt irreleiten möchte! Laßt uns also mit vereinten Kräften handeln und ihm den Schnabel stopfen! Wir werden ihm die Flügel schon stutzen, diesem streitbaren Vogel oder, wie Ihr sagt, diesem Unheilverkünder!»

«Miguel!» rief mit vielsagendem Blick und breitem Lächeln Jacob Mantino, «nichts anderes hatte ich von Euch erwartet!»
Er hob sein Glas:
«Auf unseren Erfolg! Und auf die Niederlage des Aufschneiders!»
«Auf unseren Erfolg!» antwortete Miguel da Silva.
Sie stießen an.
Sie hätten es mit noch größerer Zuversicht getan, wenn sie gewußt hätten, in welch jämmerlichem Zustand sich ihr Feind befand. Aber sie ahnten nicht, daß der Gesandte im selben Augenblick mit dem Tode kämpfte.

## XVIII
## DAS UNHEILVOLLE WORT

Seit mehreren Tagen belagerte eine Menschenmenge das Haus von Yosef Zarfatti, und es wurden stetig mehr. Die Nachricht von David Rëubenis Zustand hatte die Menschen hierhergetrieben. Sie konnten eine solche Grausamkeit des Schicksals nicht fassen. Aber der kranke Gesandte beschäftigte nicht nur die Judengemeinde, sondern auch zahlreiche Christen. Viele, die sich hier täglich versammelten, weinten und beteten wie bei einem Begräbnis, denn für sie ging es hier um die Agonie einer Verheißung. Manche beklagten ihre Zukunft, andere waren zutiefst verzweifelt. Zwei Asthmatiker psalmodierten mit Fistelstimme die endlose Liste ihrer Vergehen und Sünden und beschworen den Ewigen, ihnen zu vergeben, nun, da *Sein* Gesandter selbst dem Untergang geweiht war. Eine junge Wahnsinnige hatte sich die Kleider vom Leib gerissen und tanzte nackt auf den vereisten Pfützen zu einem unverständlichen Singsang. Ein anderer, in Lumpen gehüllt und von allen guten Geistern verlassen, schlug rhythmisch seinen Schädel gegen die Mauer eines Eckhauses. Ein einäugiger Greis hatte sich vor aller Augen die Hand aufgeschnitten, lief nun herum und befleckte das Straßenpflaster mit Blut ... In dieser bunt gemischten Menge trieben sich aber auch ein paar zwielichtige Gestalten herum. Von ihren hämischen Mienen war abzulesen, daß sie sich weidlich an dieser Situation ergötzten. Hier und da wagten sie es sogar, die anderen über ihre Naivität zu belehren: Der Mann, der im Hause von Doktor Zarfatti an einer banalen Krankheit dahinsiechte, könne ja wohl kaum der Messias sein! Oder wird ein Messias etwa krank? Befällt einen Messias denn Fieber?

Als Moses da Castellazzo aus der Taverne *Il Buco* herbeieilte, stieß er als erstes mit diesen Unheilsboten zusammen und hörte ihr boshaftes Lachen. Er war schnell gelaufen. An seinen Beinkleidern klebte Straßendreck, er selbst war schweißnaß und keuchte. Beim Anblick dieser zwielichtigen Gestalten sagte er sich, daß man einen Turm an seinem Schatten mißt und den Edlen an der Zahl seiner Neider. Er mußte sich durchkämpfen, um sich in diesem Tumult einen Weg zu bahnen. Je näher er dem Haus des Arztes kam, um so dichter standen die Menschen, und ein paar Meter von der Türschwelle entfernt blieb er in der Menge stecken. Die Menschen vor dem Haus wurden von den Nachdrängenden gegen die Fassade gedrückt und bildeten so eine lebendige Mauer, die jedes Vorwärtskommen verhinderte. Trotz seiner hünenhaften Gestalt vermochte der Maler aus Venedig nichts auszurichten gegen diese Hürde aus Inbrunst, Wahn und Spott, die sich zwischen ihn und David Rëubeni stellte. Weder seine Kraft noch seine Überzeugungskunst eröffneten ihm eine Bresche.

«Der Messias liegt im Sterben!» rief einer.

«Woran denn? Welche Krankheit ist's denn?» fragte ein heiseres Stimmchen.

Es war eine alte Frau, die verzweifelt versuchte, ihre Lumpen unter einem großen, grellbunten Umschlagtuch zu verbergen.

«Das wißt Ihr nicht, gute Frau?»

Ein Mann mit rotem Bart und weißem Haar, gekleidet in den schwarz-roten Mantel der Johanniter, antwortete ihr mit einem beunruhigenden Rätsel:

«*Sie* kommt aus dem Orient, auf genuesischen Schiffen. *Sie* wirft die todkranken Matrosen an Land und die stinkenden Ladungen aus den Schiffsbäuchen, den Königreichen zahlloser Ratten. Überall, wo *sie* haltmacht, hält das Leben inne. Man kann die Franzosen, die Spanier oder die Türken aufhalten, aber nicht *sie*. Nichts hält *sie* auf. Erkennt Ihr *sie* nun, gute Frau?»

Die alte Frau antwortete nicht. Der rot und schwarz Gewandete fuhr also fort:

«*Sie* fürchtet weder Soldaten noch Treibjagden, weder Hinterhalte noch Gebete oder Beschwörungen. Man mag, gute Frau, sein Haus verbarrikadieren, die Gräben mit Wasser füllen, die Zugbrücken hochziehen, die Fallgitter herunterlassen, die Läden schließen und die Fenster zumauern. Es wird nichts nutzen. Wenn *sie* kommt, dann herrscht Grauen. Habt Ihr jetzt verstanden?»

Nach und nach verstummten die Umstehenden und hörten dem Ritter aufmerksam zu. Entsetzen befiel die Menschen. In ihren weitgeöffneten Augen standen Angst und Schrecken. Moses da Castellazzo jedoch bebte vor Zorn. Unvermittelt sprang er vor, packte den schwarzrot Gewandeten und hob ihn wie ein Wäschebündel über seinen Kopf, wo er ihn zappeln ließ.

«Schweigt!» brüllte der Maler mit donnernder Stimme. «Ihr habt genug Schrecken verbreitet!»

«Laßt mich!» kreischte der Ritter. «Es geht nicht um Angst! *Es ist die Pest! Die Pest!*»

Das unaussprechliche, das unheilvolle Wort war gefallen. Die Menge wich vor ihnen zurück.

Der Maler schüttelte den Ritter am ausgestreckten Arm noch einmal kräftig durch, als wolle er Unrat loswerden, und warf ihn dann in hohem Bogen von sich. Bei seinem Sturz riß der Mann mehrere der Umstehenden zu Boden, die den Hauseingang versperrt hatten. Das nutzte Moses, um sich durchzudrängen. Doch vor der Tür wurde er von den Wachposten aufgehalten. Er wollte ihnen gerade die Stirn bieten, als Yosef Halevi, den der Lärm der Auseinandersetzung ans Fenster gelockt hatte, ihn erkannte. Die Wachen erhielten Befehl, den rothaarigen, vom Kampf zerzausten Koloß ins Haus zu lassen. Als er endlich eingetreten war, begrüßte ihn der Arzt persönlich. Beide blickten düster drein.

«Wie geht es ihm?» fragte der Maler mit kaum hörbarer Stimme.

«Er ist in großer Gefahr», murmelte Yosef Zarfatti.

## XIX
## SCHATTENZEREMONIELL

Der Gesandte delirierte acht Tage und acht Nächte lang, ohne zu Bewußtsein zu kommen. Während dieser Zeit war Dina immer an seiner Seite. Doktor Zarfatti und Yosef Halevi kamen täglich, der eine, um den Kranken abzuhorchen, der andere, um sich nach seinem Befinden zu erkundigen und ihm frische Wäsche zu bringen. Dina hatte sich in eine aufmerksame Krankenpflegerin verwandelt. Sie verließ nicht einmal das Zimmer und scheute keine Mühe für den Kranken, den ein plötzlicher Anfall dahinraffen konnte. Auf Weisung des Arztes schürten die Diener ständig das Feuer im Kamin, wodurch das Zimmer sich in eine Art Hamam verwandelte.

David schwitzte übermäßig, und Dina, deren Lippen und Kehle von der Hitze im Raum schon ganz ausgetrocknet waren, wischte ihm mit einem Schwamm den Schweiß von der Stirn. Wenn ihr Bruder nicht da war, übernahm sie auch alle anderen Pflichten, überwachte seine Atmung, horchte sein Herz ab und versuchte, die verworrenen Wörter und Satzfetzen zu verstehen, die der Kranke hervorstieß. Sie widmete sich dieser Aufgabe ohne jede Einschränkung, obgleich der Ausgang ungewiß war. Dafür opferte sie all ihre Zeit, ihre Aufmerksamkeit und ihre Zärtlichkeit.

An einem Tag sprach der Gesandte von seiner Mutter, von ihrem ockerfarbenen Kopftuch, ihren pechschwarzen, glänzenden Augen und von einem unbekannten Dorf am Hang eines ockergelben Berges. Ein andermal erwähnte er, von Fieber und Wahn immer wieder unterbrochen, seine Schwester, die als junges Mädchen von einem arabischen Reiter enthauptet worden war. Mehrmals hörte sie den Namen Jerusalem aus seinem Mund. Dina hätte gerne gewußt, ob er dort gelebt hatte und wann das gewesen war. Sie beugte sich über ihn und versuchte, ihn vorsichtig auszufragen. Aber wenn der Mund des Kranken auch Laute von sich gab, so schienen seine Ohren doch keine zu hören.

War ihr Bruder nicht im Hause, dann mußte Dina den Körper des Gesandten regelmäßig einreiben. Sie tat dies bis zur Erschöpfung, da sie wußte, daß es das einzige zuverlässige Mittel bei dieser Krankheit war. Das Einreiben half, die Körperwärme zu bewahren, und schützte den Liegenden vor jener Grabeskälte, die die Krankheit für ihn bereithielt.

Acht Tage lang hatte Dina den Kranken ununterbrochen gepflegt und nur wenige Stunden geschlafen. Nach dieser gewaltigen Anstrengung verspürte sie jetzt manchmal das unwiderstehliche Bedürfnis, sich neben den Schlafenden zu legen, um sich einen Moment auszuruhen und zu entspannen, ohne ihn verlassen zu müssen. Um keinen Preis hätte sie ihren Platz an seiner Seite jemand anders überlassen. Sie war von ihrem Pflichtgefühl, dem *gemilut hasadim*, beseelt und beschenkte mit dieser echten, selbstlosen Nächstenliebe einen Schwerkranken, der nichts zurückzugeben vermochte. Aber sie empfand auch Stolz bei all ihrer Bescheidenheit. Schließlich galt es den Mann zu retten, der seinerseits ein ganzes Volk erlösen wollte! Die innige Beziehung, die sie zu David aufgebaut hatte, barg jedoch auch jene besondere, sinnliche Spannung, die zwei Wesen verbindet, wenn sie allein in einem Boot sitzen und von der Strömung unwiderruflich in die Abgründe des *sheol*, des Totenreichs, gerissen werden.

In einer solchen Situation ist es unwichtig, daß der eine gesund ist und der andere im Sterben liegt, denn beide wollen der Todesgefahr entrinnen. Und wenn die Stunden gezählt sind, dann zählt auch jede Geste. Eine unbeabsichtigte flüchtige Berührung kann wie ein Streicheln sein und ein argloser Blick das Begehren wecken. Doch Dina verscheuchte diese Gedanken und näherte sich dem Bett.

«Kalt», murmelte der Gesandte.

Sie verstand nicht, was er sagte. Sie wollte sich gerade über ihn beugen, um nachzufragen, als ein Blitz die Dämmerung durchzuckte. Donner grollte. Ein Regenwirbel schlug gegen die Scheiben.

Eine der Kerzen, die in der Gluthitze des Zimmers geschmolzen war, verlöschte und verbreitete den Geruch von Wachs. Dina begriff jetzt Davids Worte. Ihm war kalt, und sie mußte etwas tun. Sie ergriff die Schüssel mit dem Alkohol und warf die Decken zurück. Der braune, muskulöse Körper zitterte. Sie sprengte etwas Alkohol auf ihre Hände, doch plötzlich überfiel sie eine unendliche Müdigkeit, und sie blieb reglos stehen, die Hände halb erhoben, wie geistesabwesend. Ihr zartes Gesicht mit der leicht gebogenen Nase und den schwarzen Zöpfen links und rechts schien erstarrt, als habe sie ihre Pflicht nun erfüllt, die Last abgestreift und sei bereit für die Ewigkeit. Die Müdigkeit, die ihr seit Tagen gleich einer engen Haube den Kopf umspannte, überwältigte sie. Sie wollte sich ausruhen. Nichts anderes zählte mehr. Hinlegen. Schlafen. Es war wie ein Befehl. Und wenn es nur für eine Minute wäre. Sie sah den Kranken an. Dort lag er, nackt und zitternd. War er eine Abkürzung, die direkt ins verborgene und schicksalhafte Zentrum des Glaubens führte? Eine Stelle aus dem Buch der Könige fiel ihr ein: *Und der König David war alt und betagt; und sie bedeckten ihn mit Kleidern, aber es wurde ihm nicht warm. Da sprachen seine Diener zu ihm: Man suche meinem Herrn, dem Könige, ein jungfräuliches Mädchen, und sie warte auf vor dem Könige, und sei ihm eine Pflegerin, und sie liege an deinem Busen, daß es warm werde meinem Herrn, dem Könige.*

Dina legte ihre langen Finger zart auf die dunkle Haut des Gesandten. Er öffnete die Augen. Sah er sie? Sein Blick glitt über sie, als erkunde er einen Schatten. Aber die glühende Hand, mit der er ihre Hand preßte, kündete nicht nur von seinem Fieber, sondern auch von seinem Bewußtsein. Bei dem Kranken war das Begehren nicht mehr fern. Einen Augenblick lang schloß sie die Lider, dann löste sie sich aus der Umklammerung, ging zur Tür und drehte den Schlüssel. Zum Bett zurückgekehrt, entkleidete sie sich ohne Hast. Als sie sich nackt neben den Gesandten legte, bewegte er sich.

Der Glaube, sagt man, kann Berge versetzen. Für Dina war ihr Entschluß ein Akt des Glaubens, jenes bedingungslosen Glaubens, der die Krankheit besiegen kann und manchmal sogar Tote erweckt. Der Regen draußen hörte auf. Ein Stern wurde sichtbar. Er schien am Fensterrahmen zu hängen, so nah war er. Doch Dina hatte kein Verlangen nach diesem Stern. David stützte sich mühsam auf seine Ellenbogen und drückte seine warmen und trockenen Lippen auf ihre Lider. Er fröstelte. Die junge Frau erriet seinen Gedanken, wie sie seinen Geruch einatmete. Ihr Körper verschmolz mit dem seinen. Ein Schmerz durchfuhr sie. Das Erstaunen ließ sie hochschnellen. Ihre Vereinigung beflügelte sie für lange Minuten, und David schien sich für einen Augenblick über das Fieber zu erheben. Dann schrie er auf und fiel keuchend in den Dämmerschlaf zurück, in dem er seit über einer Woche lag.

Dina öffnete die Augen. Diese Dunkelheit, auf die plötzlich Helligkeit gefolgt war, kündete sie ein Wunder an? Als gäbe es noch Wunder! Aber wer war sie denn, um daran zu zweifeln? Sie zögerte einen Augenblick lang, dann beugte sie sich über den Gesandten. Er schlief. Sein Atem ging regelmäßig, seine Gesichtszüge waren entspannt. Mit einer zärtlichen Geste schob sie die lavafarbenen Strähnen zurück, die an seiner Stirn klebten, und drückte ihre Lippen auf die seinen. Wenn es dem Ewigen gefallen sollte, einem Menschen das Leben zurückzugeben, konnte er dann nicht auch ein wenig Liebe in ihm erwecken?

## XX
## MILKHEMET MIZVA – DER BEFOHLENE KRIEG

«Es heißt, dem Aufschneider gehe es besser.»
«Das habe ich auch gehört. Ich war ziemlich überrascht. Die Pest läßt ihre Beute doch sonst nicht so leicht los.»
«Ist man denn sicher, daß es die Pest war?»
«Ja. Einige Ärzte, die ich kenne, haben sich auf Ansuchen Yosef Zarfattis den Kranken angesehen und es mir bestätigt.»
«Findet Ihr es nicht merkwürdig, daß sich nur dieser David Rëubeni angesteckt hat? Normalerweise verbreitet sich die Pest doch wie der Wind.»
«Es sei denn, er hat sie selbst aus dem Orient mitgebracht ...»
«Was gedenkt Ihr nun zu tun?»
«Ich werde dem Gerücht erst einmal nachgehen. Wer weiß, ob es dem Aufschneider tatsächlich besser geht oder ob sein Delirium nicht einfach nur ein neues Stadium erreicht hat?»
«Und dann?»
«Dann werde ich alles daransetzen, die Juden vor der eigentlichen Krankheit zu schützen, mit der er die Menschen ansteckt.»
«Wie wollt Ihr vorgehen, mein lieber Jacob?»
«Vergeßt nicht, lieber Dom Miguel, daß ich selbst Arzt bin und außerdem Vorsteher einer großen jüdischen Gemeinde ...»
Über dem Tisch der beiden Verschwörer befand sich eine Art Empore. Dort saß Moses da Castellazzo, dem kein Wort dieser erneuten Verhandlung in der Taverne *Il Buco* entging. Der Botschafter Portugals beim Heiligen Stuhl und der Vorsteher des *va'ad hakatan* von Venedig trafen sich nun schon zum zweiten

Mal innerhalb von zehn Tagen. Die Neuigkeiten über den Gesundheitszustand des Gesandten von Habor warfen zwar ihre Pläne über den Haufen, aber sie änderten nicht die Absichten der beiden. An dem Tisch von Dom Miguel da Silva und Jacob Mantino saß ein dritter Mann, den Moses nicht kannte. Während die Verschwörer in ihr Gespräch vertieft waren, saß er schweigend da und schenkte sich kräftig von dem Chianti ein. Trotz des kurzen grauen Barts wirkte er noch jung. Aber sein schwarzes Gewand und die hängenden Schultern riefen Moses die finstere Silhouette eines Sargs in Erinnerung. Auch das kantige Gesicht und die großen, geröteten Augen hatten etwas Beunruhigendes und lösten bei Moses Unbehagen aus. Der heimliche Zuhörer auf der Empore sollte bald den Namen des Unbekannten erfahren. Es war kein anderer als der Bruder von Baldassare Castiglione, dem Verfasser des *Buches vom Hofmann*. Sein Name war Bernardo. Er verstand es, Feste aller Art und den Karneval auszurichten, und galt daher in Rom als ein Mann, der für alles eine Lösung fand. War einem Adeligen auf seiner Vergnügungsreise das Gold ausgegangen oder bedurfte ein in Ungnade gefallener Edelmann einer neuen Identität, wollte man einen lästigen Widersacher verschwinden lassen oder einen gefährlichen Gegner aus dem Lager der Borgia oder der Colonna beseitigen – für all diese dunklen Aktionen war Bernardo Castiglione der geeignete Mann. Dom Miguel da Silva hatte ihn zu ihrem Gespräch dazugebeten, um sicherzugehen, daß ihre Pläne ausgeführt wurden. Die Nachricht von der Ankunft des Gesandten in Rom und seiner wohlwollenden Aufnahme im Vatikan war bereits bis nach Lissabon gelangt, und João III., König von Portugal und Dom Miguels Dienstherr, begann Interesse zu zeigen für den Mann aus der Wüste. Nach Meinung des Botschafters blieb nur wenig Zeit zum Handeln.

Dom Miguel blickte seine Mitverschwörer mit jenem provozierend unschuldigen Ausdruck in den Augen an, dessen Ironie in den Gängen des Vatikans stets für Heiterkeit sorgte.

«Nun», sagte er zu Jacob Mantino, «welche Radikalkur verordnet mein Freund, der Arzt, dem Kranken aus Habor?»

Jacob Mantino erbleichte. Die kleinen, verwaschenen Augen in dem breiten, glattrasierten Gesicht blickten einen Moment lang starr vor sich hin. Unter seiner venezianischen Kopfbedeckung, von der er sich nie trennte, lugten ein paar braune Haarbüschel hervor, in die sich einzelne weiße Strähnen mischten. Er antwortete seinem Freund mit einer Gegenfrage:

«Unter welchen Umständen», fragte er, «ist es legitim, einen Krieg anzuzetteln? Könnt Ihr mir das sagen? Wann hat man die Pflicht und das Recht, eine Gefahr mit Gewalt zu beseitigen und seinen Gegner auszulöschen?»

Er wischte sich mit seiner schwammigen Hand über die Stirn.

«Das ist eine heikle Frage», fuhr er fort, «das weiß ich sehr wohl. Unsere Tora kennt zwei Situationen, in denen es Israel erlaubt ist, einen Konflikt vom Zaun zu brechen. Es gibt den befohlenen Krieg, *milkhemet mizva*, und den erlaubten Krieg, *milkhemet reshut*. Wie der jüdische Philosoph Maimonides erklärt, dient der befohlene Krieg der Verteidigung einer Gemeinschaft. Sein Ziel ist das Überleben eines ganzen Volkes und darüber hinaus der Schutz der gesamten Menschheit.»

«Wenn ich Euch recht verstehe», unterbrach ihn Dom Miguel, «dann seht Ihr hier eine Konstellation, bei der das Gesetz es Euch gestattet, einen «befohlenen Krieg», *milkhemet mizva*, zu führen?»

«Ja», seufzte Jacob Mantino.

«Ein solches Ergebnis kann ich nur gutheißen! Dann müssen wir uns in der Tat an unseren getreuen Bernardo Castiglione wenden. Ihr und ich, wir beide haben gute Gründe für einen Krieg. Und Bernardo verfügt über die Mittel, ihn auch zu gewinnen.»

Der Mann in Schwarz zwinkerte lebhaft und stellte sein Glas ab. Mit einer Stimme, deren Zartheit bei einem Kerl wie ihm überraschte, versicherte er:

«Ich stehe völlig zu Eurer Verfügung, meine Herren!»
Eine magere, junge Frau erschien und servierte ihnen einen weiteren Krug Chianti. Bernardo Castiglione schwieg und wartete, bis sie gegangen war, bevor er fortfuhr:
«Morgen beginnt der Karneval. Und während des Karnevals ist alles möglich. Beim Lärm des Feuerwerks sind Waffengeklirr und Hilferufe nicht mehr zu hören ...»

An seinem Tisch über den Verschwörern hörte Moses da Castellazzo dem Gespräch aufmerksam zu. Doch in dem Moment, da Bernardo Castiglione begann, seinen Plan zu enthüllen, wurde der Maler vom Besitzer der Taverne gestört. Dieser war ein stämmiger Römer, der sich nach Art der Spanier in einen Radmantel mit kurzen Schößen kleidete, unter dem er ein enges Wams mit getupften Ärmeln trug. Als er die Treppe zur Empore heraufkam, grüßte Moses ihn kurz und tat so, als glätte er seine Beinkleider. Aber der Wirt suchte offensichtlich das Gespräch, und so schützte Moses eine dringende Verabredung vor. Dann raste er die Treppe hinunter und stürzte auf die Straße in der Hoffnung, Jacob Mantino möge ihn nicht bemerkt haben.

Offiziell begann der Karneval erst am nächsten Morgen, doch in den Straßen amüsierten sich schon jetzt junge Menschen und zündeten unter Lachen und Scherzen Knallkörper an. Der Maler beschleunigte seinen Schritt. Er begegnete maskierten Männern auf Eseln, dann einer Pilgergruppe und Handwerkern, die auf dem Campo dei Fiori Triumphbögen aufbauten. In der Via delle Botteghe Oscure und im Bankenviertel wurde die Menge zunehmend dichter. Hier und da sah man in der Abenddämmerung die ersten Fackeln aufflammen. Moses da Castellazzo war besorgt. Mit wehendem Haar lief er durch die Gassen und bahnte sich mit Hilfe seiner langen Arme einen Weg, um so schnell wie möglich das Haus Doktor Zarfattis zu erreichen. Er dachte an das Gespräch, das er belauscht hatte und dessen Ende ihm entgangen war. Immer wieder trat das Bild Jacob Mantinos vor seine Augen – dieser Satan, diese Inkarnation des Teufels! Aber wer dem Teufel widersteht und ihm ins Gesicht blickt, der vermag ihn auch in die Flucht zu schlagen. Das Schicksal hatte es so gewollt, daß er, Moses, den Teufel und seine niederträchtigen Absichten entdeckt hatte. Dieses Wissen mußte er so schnell wie möglich seinen Freunden übermitteln. Er rannte jetzt. Sein Atem ging immer schneller, sein Herz schlug zum Zerspringen, und er flehte zu dem Ewigen, gepriesen sei Sein Name!, ihn nicht zu spät kommen zu lassen.

Im Hause Doktor Zarfattis angelangt, führte man ihn sofort in Davids Zimmer, wo man sich bereits zum Abendgebet versammelt hatte. Als er eintrat, sprachen sie gerade die Schlußformeln: *Und Er, voller Erbarmen, vergibt die Sünden. Er läßt die Zerstörung nicht zu; Er hält seinen Zorn zurück, Er entfesselt nicht seine ganze Wut. Herr, komm uns zu Hilfe! Der König erhöre uns an dem Tag, da wir Ihn anrufen!»*

Moses fühlte, wie ihn die Angst überkam. Sollte der Gesundheitszustand des Gesandten sich verschlechtert haben? Doch als er ihn sah, war er sofort beruhigt. Der Gesandte saß aufrecht im Bett, lehnte den Rücken gegen den Rahmen des Kopfstücks und betete mit den anderen. Erleichtert stimmte er in das Gebet der kleinen Versammlung ein und sprach das Amen.

Kurz danach berichtete Moses Doktor Zarfatti unter vier Augen von dem Komplott. Der Arzt war erschüttert und wollte sofort den *bargello*, den Obersten der Stadtwachen, verständigen, aber der Maler brachte ihn gleich wieder davon ab:

«Dieser Mann wird nichts gegen Bernardo Castiglione unternehmen. Vielleicht ist er sogar sein Komplize. Wenn wir den *bargello* verständigen, laufen wir Gefahr, die Verschwörer zu warnen.»

Yosef Zarfatti nickte, dann hob er die Arme zum Himmel und sagte:

«Ich lasse sofort Yosef Halevi holen und Obadia da Sforno und die Fattori benachrichtigen!»

Eine Stunde später wiederholte Moses da Castellazzo vor diesen, was er in der Taverne *Il Buco* gehört hatte. Der alte Obadia da Sforno drückte aus, was alle empfanden, und sein Spitzbart zitterte dabei vor Empörung:

«Aber das ist doch nicht möglich!» rief er aus. «Das ist ungeheuerlich! Wie können Menschen wie Ihr oder ich eiskalt einen Mord beschließen? Wie kann ein Jude den Tod eines anderen Juden wünschen? Wie können solche Gedanken im Gehirn zivilisierter Menschen gedeihen?»

«Empörung genügt in diesem Fall nicht», warf der Maler ein. «Wir brauchen eine schlagkräftige Antwort auf diesen Hinterhalt!»

«Ihr wollt doch wohl keinen Krieg auslösen, hier, in Rom?» fragte stockend einer der drei anderen Fattori, der Rabbiner Abraham Moscato.

«Gewiß nicht. Wir könnten ihn verlieren.»

«Würdet Ihr denn die gleichen Methoden wie sie anwenden?» fragte der Rabbiner voller Unruhe.

Moses wollte ihm gerade antworten, als er bemerkte, wie Yosef Halevi auf Zehenspitzen den Raum verließ. In diesem Moment ergriff Doktor Zarfatti das Wort:

«Ich werde Kardinal di Viterbo die Situation darlegen», sagte er. «Aber wie soll ich ihm den Haß Jacob Mantinos gegenüber David erklären? Das wird schwer werden. Es wird sehr schmerzlich für mich sein, ihm darzulegen, daß der Vorsteher einer jüdischen Gemeinde den Mann töten will, der gekommen ist, die Juden zu befreien.»

Nach zwei Stunden erregter Diskussion wurde beschlossen, die Bewachung Davids nochmals zu verstärken. Größte Vorsicht war geboten. Besonders während des Karnevals durfte kein Unbekannter in der Nähe des Hauses unbemerkt herumschleichen.

«Dieses Haus», schloß Obadia da Sforno, «muß zu einem Heiligtum werden, zu einem sicheren Ort, wo der Ewige über David wacht!»

Und sein berühmter Rubin funkelte, als er seine Arme hob, um den Himmel zum Zeugen anzurufen:

«Denken wir an das Gebet des verfolgten Gerechten: *Ewiger, o mein Gott, in Dir finde ich Schutz. Erlöse mich, rette mich vor denen, die mich verfolgen* ...»

## XXI
## «EIN NETZ HABEN SIE MEINEN TRITTEN GESTELLT»

**S**eht Ihr», erklärte Doktor Zarfatti Yosef Halevi, «die Römer feiern den Karneval mit all der Leidenschaft, derer sie fähig sind. Sie verausgaben sich ohne Rückhalt und suchen die Betäubung. In diesen Belustigungen und dem lauten Lachen steckt Lebensangst. Als fürchteten sie Jahr für Jahr, es könnte das letzte Mal sein, daß sie sich so hemmungslos vergnügten. Auch dieses Jahr ist es so. Man könnte fast meinen, diesmal ginge es noch wilder, noch teuflischer zu. Seht nur, wie die Detonationen der Knallkörper die Fensterscheiben erbeben lassen! Und dieses Geschrei, dieses Gebrüll, all dieses Getöse! Wenn dieser Höllenlärm nur David nicht die Ruhe raubt!»

Yosef nickte. Er spürte die Zuneigung des Arztes für seinen Herrn und sprach es offen aus:

«Ihr bewundert ihn, nicht wahr?»

«Ja. Sein Mut und seine Widerstandskraft beeindrucken mich. Als Arzt sehe ich zum ersten Mal die Pest vor dem Willen eines Kranken zurückweichen.»

«Die Juden in der Stadt glauben an ein Wunder. Sie denken, daß *Der*, der Leben gibt und Leben nimmt, David geheilt hat. Was haltet Ihr davon?»

«Ich sagte es schon. Für die Medizin ist dies ein äußerst seltener, wenn nicht gar ein einzigartiger Fall. In der Wissenschaft finde ich keine Erklärung für die Heilung. Doch mein Verstand verbietet es mir, übereilten Schlußfolgerungen zu vertrauen, die im Aberglauben gründen.»

Rund zwanzig kräftige Burschen, die ihre Schlagkraft schon mehrmals bei der Verteidigung der jüdischen Gemeinde unter Beweis gestellt hatten, bewachten jetzt das Haus. Moses da Castellazzo war aus der Taverne *Il Buco* ausgezogen und hatte sich am Ende des Flurs, der zu Davids Zimmer führte, einquartiert. Er bestand darauf, jede Speise und jeden Trank, die dem Gesandten gebracht wurden, erst selbst zu kosten:

«Wer Gift verkauft, tut es unter einem Blumenschild», sagte er. «Wir müssen auch innerhalb des Hauses vorsichtig sein.»

Im großen Saal im Erdgeschoß gaben sich die Freunde Davids die Klinke in die Hand. Zu ihnen gehörten natürlich die Fattori, aber auch Abgesandte der Kardinäle di Viterbo und Pucci. Dem Beispiel Simon ben Asher Meshulam del Bancos aus Venedig folgend, begannen sich inzwischen auch andere jüdische Bankiers für den Plan einer militärischen und wirtschaftlichen Rückeroberung des Landes Israel zu interessieren. Unter ihnen war Daniele di Pisa, der Älteste einer einflußreichen Familie, der zu den großen Geldgebern des Papstes gehörte, aber auch Benvenida Abravanel, die im Volksmund die Signora di Napoli genannt wurde. Sie war die Witwe eines Bankiers spanischer Herkunft, Semuel Abravanel, und außerdem die Schwägerin eines der größten Kabbalisten der Zeit, aber vor allem hatte sie öffentlich ihre Bereitschaft erklärt, ihr Vermögen dem Gesandten zur Verfügung zu stellen.

Da David Rëubeni noch viel zu schwach war, kam es gar nicht in Frage, daß er all diese Besucher empfing. Mit Ausnahme des Arztes und dessen Schwester sah er niemanden. Nur dem treuen Yosef Halevi hatte er ein längeres Gespräch gewährt. Kurz darauf war Yosef in Begleitung von Rafael und Joab aus dem Haus gegangen. Der letzte der Diener, Tobias, hatte zurückbleiben müssen und irrte nun wie ein verlassener Hund durch die Flure.

Während seiner Krankheit akzeptierte David jede Arznei, Nahrung oder Pflege, sofern sie nur aus Dinas Händen kam. Dennoch hätte wohl niemand vermutet, daß zwischen den beiden nicht nur ein Vertrauensverhältnis, sondern auch ein Liebesverhältnis bestand. Aber jeden Abend, wenn der Tag verebbte und vom glänzenden Himmel die Nacht herabsank, nahm der Mann aus der Wüste ihre schmalen Hände in die seinen, um ihr mit tiefer Stimme die Tora zu erläutern.

Er sprach zu ihr von König Selomo, von dem es im Hohelied heißt, daß er in einen Garten mit Walnußbäumen hinabstieg:

«Als der König eine Nußschale aufhob, um sie zu betrachten», erzählte der Gesandte, «da entdeckte er Entsprechungen zwischen den holzigen Schichten der Schale und jenen Geistern, die bei den Menschen sinnliche Begierden wecken, wie ja auch der Kohelet die Lust der Menschenkinder auf männliche und weibliche Dämonen zurückführt.»


Ein andermal kommentierte er für Dina den Satz aus der Genesis: *Und Gott sprach: Es werde Licht; und es ward Licht.*

«Das ist das ursprüngliche Licht, das von Gott geschaffen wurde», erklärte er. «Es ist das Augenlicht, jenes Licht, das Gott Adam zeigte und das ihn befähigte, die Welt von einem Horizont zum anderen zu erfassen. Gott zeigte dieses Licht auch David. Als David das Licht sah und dank des Lichtes sah, begann er *Sein* Lob zu singen, indem er ausrief: *Wie groß ist Deine Güte, bewahre sie denen, die Dich verehren!* Durch dieses Licht verhieß Gott Moses das Land Israel, von Galaad bis Dan, dieses Land, das bald von neuem unser sein wird.»

Und Dina hörte ihm gerne zu. Tief in ihrem Inneren fühlte sie, wie weiche blaue Wellen sie langsam erfaßten und ihren Körper in ein leichtes Boot verwandelten. Ein zartes, aber mächtiges Gefühl von Weite und Freiheit ließ das Zimmer größer erscheinen. Dina war glücklich und fragte sich nicht nach dem Grund. Der Satz des Mystikers Angelus Silesius war ihr unbekannt: ‹Die Rose ist ohne Arg›. Sie erbebte im Einklang mit der heiseren und gutturalen Stimme des Mannes aus der Wüste. Er war vom Ende der Welt gekommen, um ein Volk zu befreien, und sie hatte ihn gerettet oder ihn zumindest mit einer Hingabe gepflegt, die sie nicht bei sich vermutet hätte.

Am dritten und letzten Tag des Karnevals war der Gesandte einige Zeit allein in seinem Zimmer und versuchte, sich vom Bett zu erheben. Als er zum ersten Mal seit langem aufrecht dastand, befiel ihn ein Gefühl der Leere und Verlassenheit. Er betete. Dann erblickte er das Abbild seines blassen Gesichts in dem Spiegel auf der Kommode neben dem Fenster. Er wollte dorthin gehen, um aus dem Fenster zu schauen, aber nach wenigen Schritten begann er zu schwanken und mußte sich vorsichtig in den Schaukelstuhl neben dem Bett setzen. Einige Minuten lang schaukelte er nur und verschaffte sich so ein wenig Kühlung in der drückenden Hitze. Schließlich senkte er den Blick zum Boden und gewahrte dort eine winzige Ameisenkolonne, die sich zielstrebig durch den Raum bewegte, um einen Fleck zu erreichen, wo Dina wohl ein paar Tropfen Suppe verschüttet hatte. Dort liefen sie ein Weilchen emsig im Kreis und kehrten dann in Reih und Glied zu dem Spalt in der gegenüberliegenden Wand zurück, aus dem sie auch gekommen waren ... Glücklich über seine ersten Schritte und mit dem Bild einer marschierenden Armee vor Augen, schlief David ein.

Eine Stunde später weckte ihn die Ankunft einiger Gäste. Der Arzt erschien in Begleitung von Moses da Castellazzo und dem alten Rabbiner Obadia da Sforno, der im Türrahmen stehenblieb. Yosef Zarfatti war in heller Aufregung und reckte die Arme zum Himmel, als er das Zimmer betrat. In diesem Moment begannen die Kirchenglocken stürmisch zu läuten.

«Was ist los?» fragte David mit leiser Stimme.

«Bernardo Castiglione ...», stammelte der Arzt. Erregung verzerrte sein Gesicht, und er krampfte seine Hände ineinander, um sie dann kurz über der Brust zu falten und schließlich zum Himmel zu heben.

Der Gesandte zog die Brauen hoch:

«Ja, was ist denn?» fragte er erneut, und seine Stimme klang jetzt fester.

«Bernardo Castiglione, der Veranstalter des Karnevals, der so viele Komplotte ausgeheckt hat ...» murmelte Yosef Zarfatti.

David machte eine ungeduldige Handbewegung.

«Ich will sagen», begann der Doktor von neuem, «der Mann, der Euch nach dem Leben trachtete ... nun ... er ist tot!»

Der Mann aus der Wüste reagierte nicht. Sein ausgezehrtes Gesicht nahm allmählich wieder den unergründlichen Ausdruck an, den es vor seiner Krankheit hatte. Abermals holte der Arzt zu seiner gewohnten Geste aus und hob die Arme zum Himmel, als wolle er ihn herunterreißen:

«Der Ewige wird es so gewollt haben».

Moses da Castellazzo war genauer:

«Man hat diesen Schurken am Tiberufer gefunden – ertrunken.»

«Nach Aussage der Ärzte, die ihn untersucht haben», präzisierte Obadia da Sforno, «dürfte Bernardo Castiglione betrunken gewesen sein. Der Oberste der Wachmannschaften hat einen Zeugen ausfindig gemacht, der ihn in jämmerlichem Zustand aus einer Taverne kommen sah. Er konnte sich kaum auf den Beinen halten und stützte sich beim Gehen an den Hausmauern ab.»

Der Gesandte hob den Kopf und richtete seinen schwarzen, glänzenden Blick auf seine Freunde. Seine Augen funkelten wie Edelsteine. Mit klarer Stimme begann er:

«*Ein Netz haben sie meinen Tritten gestellt,*
*es krümmte sich meine Seele,*
*sie höhlten vor mir eine Grube.*
*Aber sie sind hineingestürzt.*»

«Das ist Psalm 57,7!» rief Obadia da Sforno erfreut, als er die Verse wiedererkannte.

David Rëubeni schloß die Augen. Mit einer Handbewegung gab er zu verstehen, daß er allein zu bleiben wünschte.

Als Dina ihm am nächsten Morgen einen Korb mit Obst und eine Karaffe Wasser brachte, war der Gesandte bereits aufgestanden und angekleidet. Er hatte seine alten Gewohnheiten wieder aufgenommen und spazierte in einem weißen Wollgewand, auf dem ein sechszackiger Stern zu sehen war, im Zimmer umher. Seine Gewänder waren zwar alle verbrannt worden, aber Dina hatte ihm aus Liebe neue anfertigen lassen. Er dankte ihr für diese Aufmerksamkeit und machte sich daran, aus seiner Ebenholztruhe ein Bündel Blätter herauszuholen, ohne sich weiter um sie zu kümmern. Da er ihr den Rücken zukehrte und ihr keine Beachtung schenkte, stellte sie das Tablett auf einen Tisch, und eine Träne rann ihr über die Wange. Sofort folgten weitere Tränen, die ihr auf dem Gesicht brannten. Etwas hatte sich verändert zwischen David und ihr. Sie schluchzte unwillkürlich.

«Versuche, mich nicht zu hassen», murmelte der Gesandte, ohne sich umzuwenden. «Bete für mich.»

Ohne ein Wort verließ die junge Frau das Zimmer. Kurz danach öffnete sich die Tür einen Spaltbreit und David hörte eine vertraute Stimme sagen:

«Der Ewige, gepriesen sei Sein Name!, hat uns nicht verlassen.»

«*Wenn das Haus nicht bauet Jahwe*», erwiderte David, «*dann mühen die Bauleute sich vergeblich.*»

Mit einigen engbeschriebenen Bögen in der Hand trat er auf seinen Besucher zu:

«Und nun, mein getreuer Yosef, geh und sage unserem Gastgeber, daß ich bereit bin, den Papst zu treffen!»

## XXII
## DER PAPST

**D**rei Tage später machte David sich auf den Weg. Trotz der morgendlichen Kühle trug er nur sein dünnes weißes Gewand. Hoch zu Roß und mit dem weißen Turban, der ihm ein typisch orientalisches Aussehen verlieh, war er eine imponierende Erscheinung, ein Fürst, der sich zum Vatikan begab.

Sein Gefolge, von Yosef angeführt, der die weiße Standarte mit den hebräischen Lettern in der Hand hielt, bestand aus seinen bewaffneten Dienern sowie Doktor Yosef Zarfatti und den Fattori. Alle waren zu Pferde, sogar der alte Obadia da Sforno, der behender denn je wirkte. Der kleine Trupp ritt durch die Stadt, inmitten einer riesigen Menschenmenge, die Vivat rief und Beifall spendete. Moses da Castellazzo und Daniele di Pisa waren zu Fuß vorausgeeilt, da sie sich unter die Menschen mischen wollten, um sich ein Bild von ihren Gefühlen zu machen. Auch für David Rëubeni konnte kein Zweifel an der Begeisterung der Menge bestehen, die ihm wiederholt «Messias! Messias!» entgegenrief. Aber diese Worte hallten in seinen Ohren schmerzlich wider. Wie sollte er nach der Begegnung mit Clemens VII. dieser messianischen Erwartung Genüge tun? Die tiefen Wolken, die seit einigen Minuten den Horizont verdunkelten, sorgten für eine plötzliche Ablenkung. Regengüsse gingen auf Rom nieder und kühlten schlagartig die Gemüter. Dieser hartnäckige Prasselregen schob eine Mauer aus Wasser zwischen David Rëubeni und den Vatikan. Der Himmel war fast zur Gänze seines Lichts beraubt, und die Papststadt in der Ferne versank im Dunkel. Von Zeit zu Zeit erleuchteten Blitze diesen nachtgleichen Tag.

Yosef verspürte Kälteschauer. Er wandte den Kopf, um bei seinem Herrn Rat zu suchen. Mit einem einzigen Blick bedeutete ihm der Gesandte, weiterzureiten. Ihm schienen Regen und Kälte nichts auszumachen. Das Donnergrollen und die zuckenden Blitze ließen ihn kalt. Als Yosef dennoch sein Pferd zügelte, nutzte David das kurze Licht eines blauen Blitzes, um ihm mit energischer Miene zu sagen:

«Wenn der Mond voll ist, beginnt er wieder abzunehmen. Also vorwärts!»

Am Ponte S. Angelo ließ der Regen nach. Triefend vor Nässe ritten sie über die Brücke, als ein Sonnenstrahl die Wolken durchstieß und der Himmel sich aufheiterte. So schnell wie das bleierne Gewitterdach über ihnen niedergegangen war, erschien nun wieder der riesige blaue Baldachin des Himmelsgewölbes. Eine Geschoßsalve drang an ihr Ohr, und sie erkannten die Willkommenssalve, mit der der Vatikan seine Ehrengäste zu begrüßen pflegte. Die päpstlichen Bogenschützen nahmen David Rëubeni in Empfang und geleiteten ihn mit Pauken und Trompeten zum Palast Clemens' VII.

Unter den Arkaden, zu Füßen einer breiten Marmortreppe, wurden sie von Kardinal Egidio di Viterbo erwartet. Seine imposante Statur und sein üppiger Purpurmantel verliehen ihm etwas Feierliches. Doch sein vertrautes Lächeln und der Schalk in seinen Augen gaben dem Gesandten Sicherheit. Die Delegation, die er anführte, saß ab und folgte dem Kardinal über einen großen Platz zu einigen unfertigen Bauten. Da war das gewaltige Gewölbe Bramantes, das für Turniere gedacht war. Die gesamte Anlage war noch im Rohzustand, doch an manchen Stellen wurde kräftig gearbeitet. Wollte der feinsinnige di Viterbo, der Berater des Papstes, seine Besucher beeindrucken, indem er diesen Weg einschlug? Führte er ihnen die gewaltigen Bauvorhaben des Vatikans so ausführlich vor Augen, um keinen Zweifel an deren symbolischer Bedeutung zu lassen? War dies alles hier nicht eine augenfällige Bestätigung der Kraft, des Wagemuts und der Macht der Päpste?

Doch der Mann der Wüste wußte nur zu gut, daß jeder Palast letztendlich nur eine Anhäufung von Sand ist. Er bewunderte insgeheim die Pracht, aber verharrte in seinen Gedanken. Sie folgten dem Kardinal durch breite Bogengänge, die mit Statuen und antiken Figuren reich dekoriert waren. Endlich erreichten sie einen großen viereckigen Arkadenhof. Unter einem der Bogen erwartete sie eine Ehrengarde aus Schweizer Lanzenträgern.

«Dies ist der Cortile San Damaso», erklärte Egidio di Viterbo.

Dann wandte er sich mit liebenswürdigem Lächeln an den Gesandten, dessen Mantel allmählich trocknete, und sagte auf Hebräisch:

*«Gott in Seiner unendlichen Weisheit hat einen Schwall Wasser über Euch gegossen, um Euch in die Wirklichkeit zurückzuholen und ...»*

David Rëubeni unterbrach ihn und vollendete den Satz: *«und daran zu erinnern, daß man glänzenden Marmor nicht mit einer Wasserfläche verwechseln darf!»*

«Das steht in Hagigah 14b und in der entsprechenden Tosephta des Talmud!» jubilierte Obadia da Sforno und war überglücklich, daß er in einem Atemzug die Wunder seines Gedächtnisses und die Vielfalt seiner Kenntnisse zeigen konnte.

Der Kardinal blickte den alten Rabbiner belustigt an, überflog dann die gesamte Delegation und lachte schallend:

*«Cum errate eruditus, errat errore erudito»*, sagte er erst auf Lateinisch und dann in hebräischer Übersetzung: *«Wenn der Gelehrte sich irrt, irrt er sich mit Gelehrsamkeit.»*

An den Gesandten gerichtet, fügte er feierlich hinzu:

«Seine Heiligkeit persönlich wird in wenigen Augenblicken hierher in diesen Cortile San Damaso kommen, um den Gesandten aus Habor zu einem Gespräch unter vier Augen zu bitten. Was Eure Freunde betrifft, so werden sie an dieser Unterredung nicht teilnehmen und im Audienzsaal auf Euch warten. So will es der Pontifex maximus.»

Plötzlich legte der Kardinal einen Finger auf seine Lippen, denn unter den Arkaden war eine Geheimtür aufgegangen. Papst Clemens VII. erschien in einem weißen Gewand mit granatroter Samtkapuze. Sein beeindruckender weißer Bart war auf der Oberlippe noch kastanienbraun und rahmte ein Gesicht von großer Würde. Mit seinem rosigen, glatten Teint und dem träumerischen Blick schien dieser Mann alles andere als ein Greis. Als er majestätisch und doch zwanglos näher trat, deuteten die Delegationsmitglieder einen Kniefall an, doch der Papst unterbrach sie mit einer Handbewegung und sagte mit weit geöffneten Armen:

«Meine lieben Söhne ...»

Dann faßte er den Gesandten aus Habor bei der Hand und führte ihn in einen Nebengang, der in eine von Raffael ausgeschmückte Galerie mündete. Sie betraten einen Raum, dessen Fenster im Halbkreis angeordnet waren und auf eine sonnige Rasenfläche blickten, auf der allerlei Schatten tanzten.

Unterdessen geleitete Kardinal di Viterbo die Delegation in den Audienzsaal, wo sie auf Weisung des Papstes warten sollte, bis das Gespräch zwischen dem Oberhaupt der Christenheit und dem jüdischen Prinzen aus Habor beendet war. Dann empfahl sich der Kardinal, da der Papst angeordnet hatte, daß er als einziger an der Unterredung teilnehmen sollte. Als er eintrat, waren Clemens VII. und David Rëubeni bereits in ihr Gespräch vertieft.

«Ein jüdischer Krieger!» rief der Pontifex maximus in einem recht unsicheren Hebräisch. «Ihr seid wahrlich der erste, den ich sehe!»

Er bediente sich der Sprache der Kabbala, um seine Modernität zu beweisen. Nach Ansicht des Papstes verlangte die Epoche danach, daß dieses Werk, ebenso wie die Bibel, von den Gebildeten im *Urtext* gelesen und studiert wurde.

«Ich weiß nicht so recht, was ich davon halten soll», fuhr er wohlwollend fort. «Bis heute hielt ich es für eines Eurer Hauptverdienste, und ich spreche jetzt von Euch Juden, daß Ihr es versteht, in Frieden zu leben ... in Erwartung des von den Propheten verheißenen Tages, an dem Ochs und Löwe gemeinsam weiden werden!»

Er lächelte, und sein ausladender brauner Oberlippenbart zog sich für einen Moment in die Länge:

«Das ist natürlich ein Traum, aber ein Traum, den auch ich hege. Seit zu vielen Jahren machen die Könige Frankreichs und Spaniens ein blutiges Schlachtfeld aus Italien. Sie errichten nichts, sondern hinterlassen nur Ruinen und Trümmer. Wem von beiden sollten wir also den Triumph wünschen?»

Clemens VII. seufzte und trat ans Fenster. Draußen pickten die Vögel ein paar Krumen von dem dürren Boden.

«Dabei sehnt sich», fuhr er fort, «die ganze Welt nach Frieden! Die Völker brauchen den Frieden!»

Kardinal di Viterbo, der respektvoll ein paar Schritte abseits stand, hüstelte, als wolle er den Papst an etwas erinnern.

«Ah!» rief dieser, «ich rede und rede ... und vergesse dabei, Euch, lieber Prinz von Habor, nach dem Brief zu fragen, den Euer Bruder, König Yosef, an mich gerichtet hat.»

David nahm aus seinem breiten Gürtel ein versiegeltes Schreiben und überreichte es nach dreimaliger Verneigung Clemens VII. Der Pontifex maximus blickte den Umschlag prüfend an, wog ihn in den Händen und forderte David schließlich auf, in einem Sessel aus schwarzem Samt mit roten Fransen Platz zu nehmen, bevor er sich selbst seinem Gast gegenüber auf die Cassapanca setzte.

«Ich danke dem Prinzen von Habor für dieses Schreiben», sagte er. «Ich werde es später in Ruhe lesen, bin aber schon jetzt bereit, auf die Vorschläge einzugehen, die es enthält.»

Dann schloß er sofort die Frage an:

«Und Ihr, Prinz, der Ihr ja nur vorübergehend unter uns weilt, habt Ihr Eurerseits ein persönliches Anliegen vorzubringen?»

David Rëubeni sah seinem Gesprächspartner in die Augen.

«Gestattet Eure Heiligkeit mir zunächst eine Frage?»

Der Gesandte erhob sich. Tiefgründige Betrachtungen fielen ihm im Stehen leichter.

«Kann ich offen sprechen?» fragte er.

Der Papst nickte. David blickte den Kardinal an, der hinter die Cassapanca getreten war und ebenfalls stand. Dieser machte eine aufmunternde Geste.

«Eure Heiligkeit», begann der Mann aus der Wüste, «hatte soeben die Güte, Jesaia zu zitieren. Auch ich hege Jesaias Traum vom Frieden auf Erden. Am Schluß dieses großartigen Textes heißt es, die Verheißung werde sich «in der Folge der Tage», *akharat hayamim*, erfüllen. Diesen Tag ersehnen wir alle, nicht wahr? Doch was können und müssen wir *heute* tun, bevor unsere Tage zu Ende gehen?»

David hielt kurz inne. Der Papst hörte fasziniert zu. Die Stimme, der Tonfall, das Gebaren des Gesandten fesselten ihn. Dieser Prinz vom Ende der Welt besaß eine Kraft, eine Autorität und eine Überzeugungsfähigkeit, wie sie der Papst noch nie erlebt hatte. Mit einer Handbewegung bedeutete Clemens VII. dem Prinzen, er möge in seiner Argumentation fortfahren.

«Wenn es Frieden geben soll», sprach der Gesandte weiter, «dann wird es großer Anstrengungen bedürfen, um ihn durchzusetzen. Verfügt Eure Heiligkeit über die Mittel, die bunt zusammengewürfelten Söldnerheere, die in diesem unentwirrbaren Durcheinander von Feinden und Verbündeten ständig die Seiten wechseln, zum Frieden zu bekehren? Sieht Eure Heiligkeit einen politischen Weg, um alle miteinander zu versöhnen? Mit dem kühnen Plan, den ich Euch unterbreite, wird es gelingen, die unerläßliche Einheit der Christenheit zu gewährleisten und gleichzeitig einem verfolgten Volk Freiheit und Würde zurückzugeben.»

«Ein schmerzliches Paradox!» unterbrach ihn der Papst. «Wir ersehnen den Frieden auf der Welt und sprechen unaufhörlich vom Krieg.»

«Weil der Krieg überall ist! Auf meiner Reise nach Rom, auf dem Weg zu Eurer Heiligkeit, habe ich nur Verwüstung und Elend gesehen.»

Der Papst, der seine Gedanken bisher würdevoll und souverän vorgetragen hatte, zögerte einen Augenblick, bevor er einflocht:

«Man munkelt ... Das Gerücht ist bis zu Uns gedrungen ... Ihr wäret der Messias, auf den die Juden warten.»

David Rëubeni tat zwei Schritte auf den Pontifex maximus zu, heftete seinen Blick auf Clemens VII. und sprach:

«Die solche Gerüchte verbreiten, lästern Gott! Doch man muß sie verstehen. Sie sind verloren und unglücklich in ihrem Exil, also träumen sie ... Aber wir, wir wissen, daß trügerische Hoffnung das Herz des Menschen krank macht.»

Er deutete ein Lächeln an und sagte mit Entschiedenheit:

«Nein, Heiliger Vater, ich bin nicht der Messias. Ich bin auch kein Prophet. Ich bin nur ein Soldatenführer, der seine Fähigkeiten in den Dienst seines Volkes stellen will. Und ich habe einen Plan.»

«Ich kenne ihn. Kardinal di Viterbo war von Euren Darlegungen so angetan, daß er ihn mir bis ins letzte Detail erläutert hat.»

Nun erhob sich auch Clemens VII. Sein Blick war immer noch freundschaftlich, doch lag jetzt auch so etwas wie List darin.

«Eure Sicht der politischen Situation interessiert mich», sagte er. «Während Franz I. wegen der Oberhoheit über Norditalien gegen Kaiser Karl V. Krieg führt, dringt der osmanische Islam an allen Fronten vor. Nachdem Suleiman der Prächtige die Ostküste des Mittelmeers eroberte, zerstörte er im Ägäischen Meer die venezianische Flotte, besetzte Serbien, Rhodos und Sizilien und rückt nun gegen Mitteleuropa vor, mit dem erklärten Ziel, Budapest und Wien einzunehmen! Ob Eure Worte nun übertrieben sind oder nicht, spielt keine so große Rolle. In jedem Falle gibt es kein geeigneteres Mittel als Euren Plan, um die Franzosen mit den Kaiserlichen zu versöhnen. Eine fünfzigtausend Mann starke Armee, die die uralten Ziele der Päpste verfolgt, indem sie zu einem erfolgreichen Kreuzzug ins Heilige Land aufbricht – und aller Augen würden sich auf den Feind der Christenheit und Europas richten, auf den Türken! Bisher vermochten wir ihm nur ein paar klägliche venezianische Schiffe entgegenzuschicken und nutzlose Reden zu schwingen... Mein Vorschlag an Franz I. und Karl V., eine gemeinsame Allianz gegen Suleiman zu bilden, wäre dann auch nicht mehr nur ein frommer Wunsch, sondern würde auf die Bildung einer schlagkräftigen Armee hinauslaufen. In all diesen Punkten, Prinz, ist Eure Weitsicht durchaus begründet. Ihr habt recht, im Augenblick können nur Soldatenheere etwas bewirken.»

Nach diesen langen Ausführungen schwieg der Papst einen Moment. Doch dann hob er die Hand und zeigte mit dem Finger auf den Gesandten:

«Der Vorschlag des Prinzen von Habor, die Juden Europas zu bewaffnen und sie an den Küsten des Heiligen Landes kämpfen zu lassen, erscheint mir gerechtfertigt», sagte er. «Doch wie gedenkt Euer Bruder, der König, zu verfahren?»

«Ich möchte Eure Heiligkeit nicht mit rein militärischen Erwägungen behelligen», erwiderte David.

Clemens VII. breitete die Arme aus, als wolle er den Gesandten auf beide Wangen küssen, und sagte dann mit breitem Lächeln:

«Mein Sohn, ich habe sehr früh von meinem Onkel Lorenzo de Medici gelernt, daß man in Zeiten des Friedens weit mehr an den Krieg denken sollte als mitten im Schlachtengetümmel!»

David wurde durch diese Worte von seinen eigenen Überlegungen abgelenkt. Mühsam entrang er sich die wenig hoffnungsvolle Bemerkung:

«Es wird noch viel Zeit vergehen, bis die Menschen gelernt haben, sich den Krieg zu ersparen!»

Doch der Papst schien keineswegs gewillt, ihr Gespräch so schnell zu beenden. Er bedeutete ihm, sich wieder zu setzen, nahm selbst von neuem auf der Cassapanca Platz und beugte sich dann vor, um mit seiner Hand Davids rechten Arm zu ergreifen.

«Wenn man den Krieg nicht vermeiden kann», sagte er, «wie stellt man es dann an, ihn zu gewinnen?»

«Ich habe die verschiedenen Schlachten, die auf der Halbinsel ausgefochten wurden, genau studiert und habe daraus drei Schlüsse gezogen. Einerseits vermag die französische Kavallerie nichts auszurichten gegen die mit Spießen ausgerüsteten und im Karree aufgestellten Schweizer Fußtruppen. Andererseits sind diese Fußtruppen schwerfällig und somit den beweglicheren spanischen Fußtruppen mit ihren Rundschilden, kurzen Lanzen und Schwertern unterlegen, denn diese Waffen stoßen im Nahkampf erfolgreich vor, während die überlangen Spieße dann nicht zu gebrauchen sind. Doch die Behendigkeit der spanischen Infanterie wird gegenüber der mächtigen französischen Kavallerie zu einem Nachteil, da die Fußtruppen einem Ansturm der Franzosen nicht gewachsen sind. Es muß also ein Modell für die Fußtruppen ersonnen werden, das die Stärken der Schweizer und der Spanier in sich vereint, ohne auch deren Schwächen zu übernehmen.»

David war sichtbar erregt. Er mußte wieder aufstehen.

«Wenn die christlichen Könige es mir gestatten, die jüdischen Männer in Europa einzuziehen», rief er mit seiner gutturalen und tiefen Stimme, «dann wird es innerhalb der nächsten achtzehn Monate diese neugebildete Infanterie geben! Die Kavallerie besteht bereits. Es ist die meines Bruders, des Königs von Habor, mit der sich keine andere berittene Einheit zu messen vermag. Doch die Kriege der Zukunft, das müssen wir uns klarmachen, werden nur mit Geschützen zu gewinnen sein. Für die Belagerung der Städte werden wir schwere Geschütze brauchen, und für die Vorposten der marschierenden Heere werden außerdem leichte Geschütze in beträchtlicher Menge erforderlich sein ...»

Nun erhob sich auch Clemens VII.:

«Das alles soll geschehen!» sagte er mit kräftiger Stimme, indem er Davids rechte Hand mit seinen eigenen Händen fest drückte. «Ich werde diesen Plan unterstützen und mich am portugiesischen Hof persönlich dafür einsetzen. Portugal ist im Moment am wenigsten in die Konflikte Europas verwickelt und kann daher dem Prinzen von Habor ein Ausbildungslager, Männer, Schiffe und Waffen zur Verfügung stellen. Der Botschafter Portugals, Dom Miguel da Silva, war erst kürzlich bei mir, um mir die herzlichen, treuen und ergebenen Grüße seines Herrschers zu übermitteln.»

Durch das Gespräch sichtlich erregt, fuhr der Papst mit funkelndem Blick fort:

«Summa summarum empfehlt Ihr mir also, die europäischen Herrscher gegen den muslimischen Eindringling zu vereinigen, um Europa wieder den Gemeinsinn zu verleihen, den es augenblicklich entbehrt?»

«Ja», erwiderte David, dem Blick seines illustren Gesprächspartners standhaltend. «Und Ihr tätet noch mehr, denn Ihr könntet Europa mit seiner Vergangenheit aussöhnen, indem Ihr es einbindet in die Schaffung eines jüdischen Königreiches auf dem Boden Israels.»

«Die Christenheit, die ihren Ursprüngen wieder aufhilft ...», seufzte der Papst.

David vollendete den in der Schwebe belassenen Satz:

«... und sich ihren ältesten Traum erfüllt – die Oberhoheit über die Heiligen Stätten von Jerusalem.»

Seine Stimme wurde tiefer:

«Eure Heiligkeit weiß, daß es sich schon allein dafür zu leben lohnt.»

Aug in Aug standen die beiden Männer sich eine Weile gegenüber. Dann führte Clemens VII. den Gesandten der Wüste aus dem Raum. Sie betraten die Bogengänge, wo die Schweizergarde Wache stand, und während sie dort entlanggingen, nahm der Papst das Gespräch wieder auf. Kardinal Egidio di Viterbo befand sich hinter ihnen und soufflierte Clemens VII. gelegentlich ein hebräisches Wort. In trautem Gespräch gelangten sie so zum Audienzsaal, wo die politischen und kirchlichen Würdenträger sowie die Diplomaten auf sie warteten. In dem Stimmengewirr war die Ungeduld aller deutlich zu spüren, als ein würdevoller *Cameriere,* ein Kämmerer in enger schwarzer Weste und goldener Halskrause, feierlich das Eintreffen des Papstes und des Gesandten ankündigte. Sofort wandten sich alle Köpfe in dieselbe Richtung.

## XXIII
## LICHT UND SCHATTEN

Im Audienzsaal des Vatikans wurde es still. Papst Clemens VII. trat ein. Seine Hand ruhte dabei auf David Rëubenis Arm. Für einen Moment, der ihm wie ein Jahrhundert erschien, fühlte der Gesandte aus Habor sich geblendet. Sein Herz schlug heftig. «Es gibt zwei Kategorien von Menschen», schoß es ihm durch den Kopf, «die einen, die das Glück besitzen und dennoch nicht glücklich sind, und die anderen, die nach dem Glück suchen und es niemals finden.» Aber wo stand er selbst? Auf sein großes Glück war ein Schatten gefallen. Zwar hatte der Pontifex maximus ihm seine Hilfe versprochen und würde mit seiner persönlichen Unterstützung nicht geizen. Auch den Beistand Joãos III., König von Portugal, für die Juden Europas hatte Clemens VII. ihm zugesichert. Doch leider würde der Bote dieses Hilfeansuchens der Botschafter des Landes, Dom Miguel da Silva, sein. Davids Gesicht wurde undurchdringlich. Seine scharfen Gesichtszüge waren wie in schwarzen Marmor gemeißelt. Sein Blick schien abwesend und nicht zu fassen. Abermals zwang ihn das Leben, listig zu sein, obwohl List so gar nicht in seiner Natur lag. Doch Wachsamkeit war jetzt das oberste Gebot, und er gab sich einen Ruck. Im Raum befand sich eine illustre Gesellschaft, die sich seinen Augen als kontrastreiches Spiel von Farben, funkelndem Schmuck, begierigen Blicken, Seide, Satin und Samt darbot, und alle schienen zwischen Respekt und Neugier zu schwanken. In Wirklichkeit war dies die übliche Mischung von Freund und Feind. Das erkannte auch der Mann aus der Wüste, und diese

Feststellung verlieh ihm neuen Schwung. Er sollte listig sein? Warum nicht, wenn seine Mission ihn dazu zwang? Der Pontifex maximus verstärkte den Druck seiner Hand auf den Unterarm des Gesandten und riß ihn dadurch aus seinen Gedanken. Das Vorstellungsritual begann.

Protokollgemäß waren die Persönlichkeiten in der ersten Reihe auseinandergetreten, als der Papst den Raum betrat. Clemens VII. und David Rëubeni schritten nun gemessen von einem Ende des Saals zum anderen und blieben dabei vor jeder Gruppe stehen, damit der Papst den Prinzen von Habor offiziell vorstellen konnte. Schließlich kamen sie zu der jüdischen Abordnung, deren Stolz über die Audienz unübersehbar war, und Davids Gesicht entspannte sich. Er lächelte Yosef Zarfatti, Moses da Castellazzo und den Fattori zu. Allem Anschein nach war Jacob Mantino nicht hier, was David nicht sonderlich wunderte. Der Pontifex maximus begrüßte herzlich verschiedene Botschafter, besonders die Repräsentanten Dänemarks und der Niederlande, und ließ die folgenden zwei Reihen eher unbeachtet. Statt dessen gab er einem Mann von hoher Statur ein Zeichen, der sich nun elegant nach vorne beugte, um den päpstlichen Ring zu küssen. Aus weißem Spitzenjabot schaute ein kantiges Gesicht hervor. Obwohl David diesen Mann zum ersten Mal sah, hatte er ihn instinktiv erkannt. Clemens VII. bestätigte seine Ahnung:

«Seine Exzellenz, der Botschafter von Portugal!» verkündete er.

Dann wandte er sich an Dom Miguel da Silva:

«Mein Sohn, ich sprach soeben von Euch mit unserem ehrenwerten Gast, dem Prinzen von Habor. Ich versprach ihm den Beistand unseres hochgeschätzten João III., König von Portugal, dessen würdiger Gesandter Ihr seid, bei der Verwirklichung eines Vorhabens, das den Frieden in der Welt und den Ruhm der Christenheit zum Ziel hat. Es geht um einen Plan, den ich aus vollem Herzen als grandios bezeichnen kann!»

Dom Miguel war ein gewiefter Diplomat. Also neigte er bei den Worten des Papstes leicht den Kopf und legte eine Hand auf sein Herz, als wolle er sein Einverständnis andeuten oder als gingen die Worte ihm wie Honig hinunter. Clemens VII. gab ihm einen Klaps auf die Schulter:

«Der Prinz von Habor wird sich bald in Euer Land begeben. Ich zähle auf Euch, mein Sohn, daß er die erforderlichen Empfehlungsschreiben erhält und ihm jede nur mögliche Unterstützung gewährt wird.»

Dann bezog er David mit ein und sagte abschließend:
«Das Beste wäre, Ihr würdet einander so bald wie möglich wiedersehen.»

Der Botschafter verneigte sich abermals, um den Ring zu küssen, und murmelte dann im Tonfall völliger Ergebenheit:

«Eure Heiligkeit kann sich auf Ihren ergebenen Diener verlassen.»

Als er sich wieder aufrichtete, traf sein Blick auf den des Gesandten. David erkannte, daß sich unter dem grazilen, antilopenhaften Äußeren ein Mann verbarg, der nur an Mord dachte. Haß war häufig die Folge einer Schwäche oder eines Versagens der eigenen Phantasie. Das Unvermögen, die Beziehung zu einem Widersacher auf etwas anderes als Gewalt zu gründen, mündete immer wieder in Krieg. Der Gesandte von Habor wußte Krieg zu führen, doch dieser hier fand nicht auf dem Schlachtfeld statt, sondern in den Salons, in den Vorzimmern der Macht und gestaltete sich hinterhältiger und schändlicher als jeder andere, denn der bessere Heuchler würde gewinnen. In diesem Krieg galt es zu manövrieren, zu lavieren, zu intrigieren und zu lügen. Also grüßte er den Botschafter höflich und wandte sich dann an Clemens VII.:

«Um Eurer Heiligkeit zu Diensten zu sein, werde ich mich so bald wie möglich nach Lissabon begeben!»

Und zu Dom Miguel sprach er:
«Ich glaube zu verstehen, daß Portugal viel verlieren würde,

wenn es eines Tages ein siegreiches Spanien unterstützen müßte. Euer Land wäre dann nur noch der Vasall einer anderen Macht. Auch die Position des Heiligen Stuhls, den Euer Herrscher, der tapfere João III., hoch verehrt, würde dadurch gefährdet. Um diese doppelte Klippe zu umschiffen und um eine so glorreiche Nation nicht zum bloßen Zuschauer der Ereignisse zu machen, die Europa erschüttern und prägen, werden wir, mit Einwilligung seiner Heiligkeit, des Papstes, ihr eine große Tat vorschlagen und eine Mission übertragen. Durch diese Mission, durch diese Tat wird der Name Portugals in das große Buch der Menschheitsgeschichte eingehen.»

Abermals bekundete der Botschafter mit einem Kopfnicken sein Einverständnis mit einem Plan, dem er wohl kaum zustimmte. Doch ein ahnungsloser Beobachter hätte keinen Zweifel an der rückhaltlosen Hilfsbereitschaft des Botschafters gehabt. Aber der Mann aus der Wüste ließ sich von solchen Salonkomödien nicht blenden. Die Gazelle blökt nicht zufällig.

Der Papst ergriff wieder das Wort:

«Gleich morgen werden Wir eine Botschaft für den König von Portugal verfassen, und unser Freund, Seine Exzellenz, der Botschafter, wird nicht säumen, dem Prinzen von Habor und seinem Gefolge die für ihre Reise nach Lissabon erforderlichen Passierscheine und Geleitbriefe auszuhändigen.»

Nachdem er David nochmals beide Hände fest gedrückt hatte, verabschiedete sich Clemens VII. von den Anwesenden mit einer flüchtigen Segensgebärde, die beinahe fröhlich wirkte, und verließ dann den Saal.

# XXIV
## DIE WURZELN DER SEELEN

**D**avid war nach seiner Rückkehr ins Haus von Yosef Zarfatti nicht allein. Seine Freunde, aber auch die Fattori und andere Würdenträger der jüdischen Gemeinde Roms warteten dort, und der Doktor hatte ein Fest improvisiert. Schließlich galt es ein besonderes Ereignis zu feiern: Ein Jude war vom Papst empfangen worden, und das mit allen Ehren, die dem offiziellen Abgesandten eines Volkes gebühren! Durch diese Geste wurden die Juden *ipso facto* als Volk anerkannt! Das war nicht mehr geschehen, seit im Jahre 538 vor der christlichen Zeitrechnung der persische König Cyrus II. den in babylonischer Gefangenschaft lebenden Juden per Edikt die Rückkehr nach Israel gestattet hatte.

Yosef Zarfatti ließ ein Dutzend Flaschen von dem feinen, koscheren Grigio aus Venetien entkorken, und in ihrer Begeisterung über den denkwürdigen Tag tranken alle auf die Gesundheit des Gesandten. Doch zuvor wurde auch der Wein mit einem Segen bedacht: *Gelobt seist du, Ewiger, unser Gott, König der Welt, für den Weinstock und für die Frucht des Weinstocks!*

Danach hob Moses da Castellazzo sein Glas auf Jerusalem, und der Rabbiner Obadia da Sforno trank auf die Befreiung der Juden aus der Knechtschaft:

«Rom hat den Tempel von Jerusalem zerstört!» rief er aus, «und nun wird es zu seinem Wiederaufbau beitragen.»

Die Gespräche entwickelten sich in verschiedene Richtungen, doch der alte Rabbiner hielt an seinem Thema fest und erzwang sich die Aufmerksamkeit aller:

«Nun gilt es», sagte er mit Nachdruck, «den Wiederaufbau des Tempels voranzutreiben! Nach dem Vorbild von Selomo, Esra und Herodes! Die Juden von heute dürfen und müssen an den *dritten Tempel* denken! Und David wird ihn errichten, unser David Rëubeni! Der Tempel kann nicht vergehen. Selbst in den Ruinen ist er noch lebendig. Denn der Tempel ist das Heiligtum des Unvergänglichen. *Weil er, wie es in der Kabbala heißt, der Stein ist, den Gott als Grundstein der Welt bestimmte, und weil der erste Kreis rings um diesen Stein, um diesen Höchsten Punkt, der Tempel ist, und die Stadt Jerusalem!* Holen wir die Ruinen des Tempels ans Licht! Befreien wir den Tempel von den Trümmern! Errichten wir den dritten Tempel, erbauen wir ihn in der Welt, sobald wir dank David zurück in Jerusalem sind!»

Der Rubin und die Augen des Rabbiners funkelten. Sein schwarzes Bärtchen erzitterte vor Jubel und Eifer, während er seine Ansprache beendete und dabei vor und zurück wippte. Einige der Geladenen klatschten Beifall. Ein Raunen ging durch den Raum. Jeder tat es Doktor Zarfatti gleich, der anerkennend sein Glas hob und Obadia da Sforno huldigte: «Auf Jerusalem, auf die Rückkehr nach Jerusalem und auf *den dritten Tempel* von Jerusalem!»

Mit wohlwollender Neugier beobachtete David Rëubeni diese gute Laune, diese Freude, diese Erregung der Herzen. Neugier beruht zwar gewöhnlich auf Mißgunst, aber der Gesandte sah diesen Eifer, diese Inbrunst seiner Freunde eher mit Sympathie. Wie hätte es auch anders sein können? Er war ja der Grund dafür, daß all diese Juden sich heute so sonderbar gebarten, daß Hoffnung die Resignation hinweggefegt hatte und wiedererlangte Würde die Furcht ersetzte. Seinetwegen begann der gekrümmte Rücken sich wieder aufzurichten, und im Auge blitzte wieder der Funke der Auflehnung, des Über-sich-Hinauswachsens und der Eroberung der Zukunft. Das von Moses verheißene, dann verlorene und tausendfach erträumte Land verhieß der Gesandte von neuem. Der Gesandte David Rëubeni, den Obadia da Sforno liebevoll «unser David» genannt hatte. Daher konnte es nicht verwundern, daß alle hier Anwesenden glücklich und aufgewühlt waren.

Obgleich David der Mittelpunkt dieses vergnüglichen Tages war, fühlte er sich vom bedrohlichen Schatten Miguel da Silvas verfolgt, und die verdächtige Abwesenheit Jacob Mantinos im Vatikan beunruhigte ihn. Aber weit stärker faszinierte und irritierte ihn etwas anderes, denn unter den Anwesenden war auch Dina, die ein zauberhaftes Samtkleid trug, das durch eine Schärpe aus Seidendamast gerafft wurde. Während sie den Gästen voller Anmut Erfrischungen reichte, ließ sie ihn nicht aus den Augen und sandte ihm verstohlen zärtliche Signale. Es blitzten nur die Augen in ihrem reizenden Gesicht, doch sie lief Gefahr, das Geheimnis einer Beziehung zu enthüllen, die David von nun an eigentlich auf ein Bruder-Schwester-Verhältnis beschränken wollte, was der jungen Frau aber offensichtlich nicht genug war.

Dinas Liebe brachte den Gesandten in Verlegenheit. Aber auch über seine eigenen Gefühle war er sich nicht im klaren, daher fühlte er sich verunsichert. Während die Gespräche andauerten, nahm David plötzlich Yosef beiseite, den alten Freund und Vertrauten, dem er alles erzählte. Dieser riet ihm liebevoll, die Geschehnisse doch wohlwollender und menschlicher zu betrachten. So scharfsinnig und persönlich, so ohne Umschweife sprach Yosef nur, wenn er sich von seinem Herrn ins Vertrauen gezogen fühlte:

«Deine Mission beherrscht dein Denken, aber dennoch spürst du, wie sich zwischen Dina und dir etwas anbahnt. Sofern es nicht schon geschehen ist. Aber das geht mich nichts an. Ich beobachte nur deine Verwirrung. ‹Meine Mission, oder die Liebe!› sagst du dir. Aber warum dieses *Entweder-Oder*?»

«Weil ich meine Mission erfüllen muß!» entgegnete der Gesandte. «Ich darf mich nicht durch die Liebe einer Frau vom Wege abbringen lassen.»

«Du wirst vom Wege abkommen, gerade weil du dich der Liebe entziehst!» erwiderte Yosef. «Verweigerst du die Liebe, wird deine Mission Schaden nehmen. Du betest und fastest, und das ist gut so. Aber du bist kein Mönch und nicht zur Heiligkeit berufen.»

«Ich darf keine Zeit mit Herzensangelegenheiten vergeuden!»

«Genieße das Leben hier auf Erden! Wenn du schon nicht essen und trinken kannst wie jedermann, dann lerne zumindest, zu lieben. Akzeptiere die menschliche Liebe! Ein Anführer muß auch die Demut besitzen, von Zeit zu Zeit an den Freuden des einfachen Volkes teilzunehmen. Er muß essen, trinken, von der Freiheit träumen und lieben!»

Yosef schwieg einen Moment. Dann kratzte er sich den Kopf, machte ein verlegenes Gesicht und sagte schalkhaft:

«Denk an die Erfahrung der Weisen: Wenn ein kluger Mann sich auf die Liebe einer Frau stützt, wird Gott ihm nicht seine Fürsorge entziehen.»

David Rëubeni lachte schallend.

«Du bist Gold wert, Yosef! Deine klugen Ratschläge belustigen mich, selbst wenn sie mich ärgern! Diese Frau verstört mich, das ist wahr. Aber was soll ich mit ihrer Liebe anfangen?»

«Verlaß dich darauf, daß deine eigene Liebe es dir sagen wird!»

Sie schwiegen, da sie Tobias kommen sahen. Er schlenderte vorbei, mit einem Glas in der Hand, leutselig – und ganz Ohr. Yosef und sein Herr wußten, was sie von ihm zu erwarten hatten. Tobias würde nur noch hören, was David Jacob Mantino zu Ohren kommen lassen wollte. Nichts anderes! Doch wer außer dem Ewigen vermag in die verschlungenen Wege des menschlichen Herzens zu blicken? Wenn David Rëubenis Herz auch gerade mit der Liebe kämpfte, so war sein Geist doch im höchsten Grade wachsam und immer gefaßt auf die unliebsamen Überraschungen, die sein politischer Kampf mit sich bringen konnte. David würde es nicht zulassen, daß ein Verräter unter seinen Dienstboten ihn ausspionierte, er würde diese Infamie gegen die Verschwörer zu wenden wissen! Tobias hatte es nicht gewagt, ihr Gespräch zu unterbrechen, sondern war weitergegangen und torkelte nun, als sei er betrunken, auf die Außentür zu. David machte eine Bewegung mit dem Kinn, und das war für Yosef das Zeichen, aufzustehen und ihm zu folgen. Wohin wollte dieser Kerl, wenn er nach Mitternacht durch die berüchtigten Straßen und Gäßchen der römischen Innenstadt schlich?

Der Gesandte blieb allein inmitten dieser Versammlung zurück, deren stummer Held er war. Ein kaum merkliches Rascheln von Stoff riß ihn aus seinen Gedanken. Eine tiefe und melodische weibliche Stimme murmelte, als sei es nur für sie selbst und ihn bestimmt:

*«Der Heilige, gelobt sei Er!, pflanzt Seelen hienieden. Schlagen sie Wurzeln, ist es gut! Wenn nicht, reißt Er sie aus. Wenn nötig, reißt Er sie sogar mehrmals aus, um sie wieder einzupflanzen, bis sie Wurzeln schlagen.»*

Noch nie hatte diese Passage aus dem *zohar*, über die er schon so oft meditiert hatte, sich ihm in so süßer und wohlklingender Weise dargeboten. Er wandte den Kopf und sah ein bezauberndes Antlitz, das mit der Zauberkraft der Stimme harmonierte. Große mandelförmige Augen richteten sich auf ihn und strahlten im Oval des Gesichts wie zwei Brunnen schwarzen Lichts. Unter einer leicht gebogenen Nase lächelte ihn ein sinnlicher Mund an. Die hohe Stirn umrahmte schwarzes Haar, das nach hinten gekämmt war und in dem sich einzelne graue Strähnen zeigten. Vor David stand eine Frau von etwa vierzig Jahren, die ihm unbekannt war, obgleich sie bereits seit Tagen in Rom weilte und regelmäßig im Hause Zarfatti ein und aus ging. Sie blickte ihn schweigend an, als wolle sie seine intuitiven Fähigkeiten prüfen. Ihre Gesichter befanden sich jetzt so dicht voreinander, daß der Gesandte das feine Netz hauchdünner Fältchen erkennen konnte, das ihre Augen umgab. Ihr intelligenter Blick verursachte ihm leichten Schwindel. Das mußte Doña Benvenida Abravanel sein, jene über alle Maßen reiche Witwe, die ihm das prachtvolle Pferd geschenkt hatte, mit dem er an diesem Morgen zum Vatikan geritten war. Er hatte noch nicht auf den Satz aus dem *zohar* geantwortet oder sie begrüßt und ihr für das Geschenk gedankt, als von weit her ein seltsamer Vogelschrei durch die Nacht hallte. Im gleichen Augenblick begann eine Öllampe neben ihnen zu rauchen. Die Frau beugte sich hinab, um den Docht zu regulieren, und alles Licht im Raum schien sich in dieser Geste zu bündeln. David bewunderte ihren erblühten Körper, die wohlgeformte Brust über der schmalen Taille und die zarten Handgelenke. Immer wieder war er von dem Auftreten der Frauen hier überrascht. Es schien ihm so ganz anders als das der Frauen seiner Heimat. Doña Benvenida Abravanel war in einer Stadt geboren, erzogen und geprägt worden. Sie hatte in den geschäftigen und kultivierten Städten Europas die weltmännischen Gepflogenheiten kennengelernt und sich Wissen über die politischen und finanziellen Konflikte angeeignet. In dieser Frau schienen all die Geheimnisse und ungeahnten Schätze zusammenzufließen, von denen er während der Jahre in den Sandwüsten und den kargen Bergen geträumt hatte. In seiner Heimat waren die Sitten rauher und der Ton direkter. Es gab weniger Anzüglichkeiten und Finessen. Hier schien alles hinter einem Schleier stattzufinden, als sollten die geheimen Triebkräfte verborgen werden, damit das Spiel noch undurchschaubarer wurde. Der Mann aus der Wüste war verwirrt von so viel «Zivilisiertheit». Als Doña Benvenida sich ihm wieder zuwandte, wollte er etwas sagen, doch er blieb stumm und blickte ihr beharrlich und beinahe unhöflich in die Augen. Dabei hatte er vor wenigen Minuten an nichts anderes als die unerklärliche Liebe der sanften Dina denken können! Jene tiefe Ruhe, jener Gleichmut von Herz und Geist, den man in Habor «die Milch des Alters» nannte, blieb ihm immer noch verschlossen. Doch schließlich hörte er sich mit Grabesstimme auf die Zeilen des *zohar* antworten. Jene Zeilen, die sie ihm gleichsam ins Herz gepflanzt hatte:

*«Dank dem Heiligen, gelobt sei Er!, sind die Seelen seit ewigen Zeiten unterwegs, um eines Tages – und dieser Tag, da sie Wurzeln schlagen, wird kommen! – ins Herz Israels gepflanzt zu werden, in diesen Boden, den der Ewige Moses zuwies, auf daß er sein Volk dorthin führe ...»*

Der Abstand zwischen ihren Körpern hatte sich nicht verändert, aber ihre Blicke berührten einander. David erhob sich langsam und ohne Benvenidas Augen loszulassen. Als er aufrecht stand, nickte er ihr leicht zu und sagte:

«Danke. Habt Dank für all Eure Geschenke», wobei er das Wort *all* betonte. «Wir werden einander wiedersehen. Doch jetzt ist die Stunde des Gebets gekommen.»

Ohne weitere Förmlichkeiten verabschiedete er sich von ihr und verließ den Salon. Im Flur begegneten ihm seine Diener Rafael und Joab.

«Ist Yosef zurück?» fragte er.

«Nein, Herr», erwiderte Rafael. «Wir wissen nicht, wo er ist.»

«Und Tobias?»

«Auch nicht.»

David runzelte die Augenbrauen. Was trieben sie wohl, der Verräter Tobias und der unersetzliche Yosef, den er ihm an die Fersen geheftet hatte? Er entspannte sich erst, als er sich an Yosefs Gerissenheit erinnerte. Auch ein Schlag aus dem Hinterhalt würde ihn so schnell nicht umhauen. Er ließ Rafael und Joab stehen, ging zu seinem Zimmer und traf vor der Tür auf Dina. Sie musterte ihn mit ihren schönen Augen, in denen Enttäuschung und Vorwürfe zu lesen waren. Das gereizte Schmollen ihres hübschen Mundes verstärkte sich, als sie sagte:

«Der Gesandte aus Habor wird sicherlich bemerkt haben, und wohl auch zu schätzen wissen, daß», und nun wurde ihre Stimme tonlos und arrogant, «Doña Benvenida sich mit Leib und Seele seiner Sache verschrieben hat.»

*«Das eifersüchtige Ohr hört alles. Auch das leiseste Gemurmel entgeht ihm nicht»*, schalt er sie sanft.

## XXV
## ASTRA REGUNT HOMINES, SED REGIT ASTRA DEUS

Auf diesen denkwürdigen Tag folgte eine weniger erfreuliche Zeit, die von Ungewißheit und Warten geprägt war. Schon bald wurde ihnen klar, daß es nicht leicht sein würde, nach Portugal zu gelangen.

Dabei war Doktor Zarfatti in Begleitung des Bankiers Daniele di Pisa gleich am Tag nach dem Empfang im Vatikan zum portugiesischen Botschafter gegangen. Wie der Papst es gewünscht hatte, ersuchten die beiden Dom Miguel da Silva um die notwendigen Reisedokumente für den Gesandten und sein Gefolge. Gewiß, der Botschafter hatte sie äußerst liebenswürdig empfangen und sie mit der Zuvorkommenheit behandelt, die den Vertretern einer vom Vatikan anerkannten Gemeinschaft gebührte. Doch was die Wartezeit anbetraf, so hatte er sich bis zum Ende des Gesprächs nicht genau geäußert. Nach dieser bewußt kurz bemessenen Audienz hatte der Mann mit den unschuldigen grünen Augen ihnen zwar versichert, Seine Majestät baldmöglichst von den Plänen des Gesandten in Kenntnis zu setzen, doch ein Versprechen von einem derartigen Individuum gab eher Anlaß zu Furcht als zu Hoffnung. Da Silva würde sicher alles daransetzen, Davids Abreise zu verzögern. Daher war Yosef Zarfatti an jenem Tag eher mutlos nach Hause zurückgekehrt.

Eine Woche später versuchte er einen zweiten Vorstoß bei Dom Miguel. Als er zurückkehrte, kochte er vor Wut und schlug laut die Tür seines Hauses zu.

«Das wird noch Monate dauern!» schrie er mit zum Himmel

erhobenen Armen, als Moses da Castellazzo sich nach dem Verlauf des Gesprächs erkundigte. «Monate über Monate!» wiederholte er niedergeschlagen und empört.

Der rothaarige Koloß ließ die Zeichenmappe, die er unter dem Arm trug, zu Boden fallen.

«Aber das ist doch unmöglich!» schrie nun auch er. «Wir müssen den Papst verständigen! Oder, was noch besser wäre ...»

Er bückte sich, indem er sein langes Knochengerüst zusammenklappte, und sammelte die aus der Mappe gerutschten Skizzen ein:

«Am besten», fuhr er fort, den Kopf zum Doktor erhoben, «suchen wir Kardinal Viterbo auf!»

Yosef Zarfatti lächelte betrübt:

«Im Augenblick können wir Miguel da Silva noch nichts vorwerfen. Er tut seine Pflicht ... Und wir haben nur einen Verdacht, wir *glauben*, daß er David feindselig gesonnen ist und mit Jacob Mantino Komplotte schmiedet. Der Kardinal wird weder für unsere Einmischung noch für unsere Ungeduld Verständnis aufbringen.»

«Aber man muß den Kardinal und den Papst doch von den Komplotten dieser Herrschaften in Kenntnis setzen, und auch von ihrem Plan, David zu ermorden!» protestierte der Maler, während er sich wieder zu voller Größe aufrichtete und mit der Hand durch seine zerzauste Mähne fuhr.

«Der Kardinal weiß das alles ...»

Einen Augenblick lang war Moses sprachlos. Dann fragte er: «Und der Papst?»

«Die Winkelzüge des einen wie des anderen sind dem Papst in allen Einzelheiten bekannt. Er will da Silva auf die Probe stellen.»

Moses ergriff eine lange rote Strähne, die ihm über die Augen gefallen war, strich sie zurück und seufzte, wobei er ungläubig den Kopf schüttelte. Schließlich fragte er:

«Was können wir dann noch tun?»

«Warten.»

«Warten? Aber wie lange noch?»

«Einen Monat, vielleicht auch zwei oder mehr ... So lange, wie ein schneller Läufer braucht, um nach Lissabon und zurück nach Rom zu gelangen. Wenn nicht gar, o Gott!, so lange, wie ein fußlahmer Bote für diese Reise brauchen würde, den man angewiesen hat, sich so viel Zeit wie möglich zu nehmen!»

Der Körper des Arztes sackte in sich zusammen, und sein Rücken krümmte sich. Der Umhang mit der roten Kapuze und den Fransen schien plötzlich viel zu weit für ihn. Mit dumpfer Stimme setzte er seine Erklärungen fort:

«Wir sind dazu verurteilt zu warten. Frühestens in einem oder zwei Monaten können wir bei den päpstlichen Behörden geltend machen, daß selbst die großzügigsten Fristen überschritten wurden. Dann können wir es uns vielleicht erlauben, da Silva zu beschuldigen, sich den Plänen Seiner Heiligkeit, des Papstes, zu widersetzen.»

«Weiß der Gesandte das alles?» fragte der Maler.

«Noch nicht.»

«Ich fürchte, es ist meine Pflicht, ihm diese Nachrichten zu überbringen. Sie werden ihn sicher hart treffen. Vielleicht sollten wir bis morgen warten, um ihn behutsam vorzubereiten?»

«Ihr flieht vor dieser Pflicht, mein lieber Moses, das sehe ich. Laßt also mich zu ihm gehen!»

Die beiden Männer wandten sich um, da sie plötzlich Dinas Anwesenheit bemerkten. Die junge Frau stand im Türrahmen und hatte ihr Gespräch mit angehört. Sie lächelte, aber ihr Lächeln zeigte Enttäuschung, wenn nicht gar Verbitterung.

«Ich glaube eher, daß dem Gesandten ein solcher Aufschub nicht ungelegen kommt», sagte sie, während sie die Decke musterte.

Und dann fügte sie mit beißender Ironie hinzu:

«So wird er hinreichend Zeit haben, um mit Ihrer Heiligkeit Doña Benvenida Abravanel über die heilige Kabbala zu diskutieren!»

Nach diesen Worten zog sie sich in den Gang zurück, um ihnen die stummen Tränen zu verbergen, die ihr übers Gesicht liefen. Verdutzt sahen der Arzt und der Maler einander an. Sie verstanden weder, was Dina gesagt hatte, noch hatten sie ihre Tränen bemerkt.

«Ein Scherz sollte nie Mißfallen oder Langeweile erzeugen», kommentierte Dinas Bruder kurz und machte sich mit Moses auf den Weg zu Davids Zimmer.

Der Gesandte hatte gehört, daß der Arzt von seinem zweiten Gespräch mit dem Botschafter Portugals zurückgekehrt war. Und als Yosef Zarfatti nicht sofort zu ihm kam, wußte er, daß der Arzt schlechte Nachrichten brachte. Der Gesandte war darüber keineswegs verwundert. Im Vatikan hatte er Miguel da Silva kennengelernt und schnell begriffen, daß dieser alles versuchen würde, um seine Reise nach Lissabon zu verzögern, und ihm auch sonst Hindernisse jeglicher Art in den Weg werfen würde. Diesen Verdacht hatte sein getreuer Yosef letzte Nacht erhärtet, als er Tobias gefolgt war. Der dicke, behäbige Tobias hatte den Betrunkenen gespielt und war scheinbar ziellos durch die Straßen getaumelt. In Wirklichkeit war die Taverne *Il Buco* sein Ziel, wo er Jacob Mantino seine Beobachtungen mitteilte. Bei seiner Schilderung der Stimmung im Hause Zarfatti ließ Tobias nichts aus. Er vergaß kein Detail der Gespräche und keine Geste der Gastgeber oder der Gäste. Der Verräter machte also munter weiter.

Dennoch gab David die Hoffnung nicht auf. Er würde wieder einmal warten müssen, und wohl auch länger als bei den vorigen Etappen seiner Mission. Aber lag das nicht daran, daß er dem Ziel immer näher kam? Er dachte an die Tausende von Menschen, deren Geduld durch dieses Warten auf eine harte Probe gestellt wurde. Er wußte schließlich aus eigener Erfahrung, daß es mit einem Stein im Schuh schwerfällt, den Blick auf die Sterne zu richten und weiter zu marschieren. Doch wessen Schuld war das? War dieser Stein nicht auch das Werk des Ewigen?

Er bemühte sich, die Lage zu analysieren und sein Gedächtnis zu befragen. Vielleicht konnte er herausfinden, in welchem Augenblick seine Strategie von der Ziellinie abgewichen und aus dem Ruder gelaufen war. Doch schon nach wenigen Minuten gab er auf. Ein solcher Zeitpunkt ließ sich ebensowenig erkennen, wie man die Sonne nicht mit den Augen festhalten konnte. Und die Stadt Rom glich in vielem dem Rest der Welt. Auch hier ergriffen die Menschen jede Gelegenheit, um ihrem Nächsten zu schaden und sich dann darüber zu freuen oder sogar stolz darauf zu sein. Hier wie anderswo vertrieb man sich die Zeit mit Nichtigkeiten, während man gleichzeitig von Höherem träumte.

Die Zeit eilte dahin, und das schmerzte ihn. Doch woher kam dieses Gefühl, daß das Leben verstrich und seinem Ende entgegenging? Hatte ein Flimmern in der Luft es verursacht? War das Knarzen einer Treppenstufe daran schuld, oder hatte eine Kerze irritiert geflackert? Es klopfte an die Tür. Er unterbrach seine Träumerei.

«Herein!» sagte er mit fester Stimme.

Yosef Zarfatti erschien in der Tür, hob seine Arme zum Himmel und begann im selben Moment zu sprechen:

«Sagt nichts», gebot David: «Ich weiß es schon. Das war vorherzusehen. Wenn Ihr wollt, fasse ich es für Euch zusammen. Bevor wir den geringsten Druck auf da Silva ausüben können, müssen wir abwarten. Das wolltet Ihr doch sagen, nicht wahr? Es gilt so lange zu warten, wie ein hypothetischer Läufer benötigen würde, um nach Lissabon und zurück zu gelangen. So lange wird man uns in Illusionen wiegen... Doch wie lange dauert eine solche Reise tatsächlich?»

«Wenn man sich beeilt, dann dauert sie zehn Tage bis zwei Wochen», antwortete Moses da Castellazzo, der hinter dem Arzt stand.

«Kommt doch herein, Ihr beide!» rief David, als er ihn bemerkt hatte.

Der Maler trat ins Zimmer.

«Wie lange man für eine solche Reise benötigt, hängt davon ab, welchen Weg man wählt», erklärte er. «Entweder begibt sich da Silvas Bote direkt nach Lissabon, und zwar auf dem Meerwege, um Gibraltar herum, oder er nimmt das Schiff nur bis Valencia und reitet dann durch Spanien und Portugal bis Lissabon.»

«Die zweite Strecke ist kürzer, aber langsamer», unterbrach ihn David. «Dafür braucht man gut einen Monat. Dreißig Tage unnötigen Wartens! Dreißig Tage und dreißig Nächte!»

Er schrie es fast heraus.

«Aber wir können nicht ohne Protektion des Königs in Portugal auftauchen. Man stelle sich das nur vor! Juden, die durch Spanien reiten oder per Schiff an der spanischen Küste entlangsegeln, und das zweiunddreißig Jahre nachdem man sie gewaltsam von dort vertrieben hat! Das ist undenkbar. Ohne königliche Passierscheine kämen wir nicht weit.»

Sein kantiges Gesicht erstarrte, als sei ihm plötzlich eine Erleuchtung gekommen. Doch mit Erstaunen stellten der Maler und der Arzt fest, daß seine Züge sich sofort wieder entspannten. Dann sagte er etwas, was seine Freunde überraschte:

*«Astra regunt homines, sed regit astra Deus»*, deklamierte David bedächtig, um dann fortzufahren: «Dies ist das Lieblingssprichwort unseres Freundes aus Fossombrone, des hochgelehrten Vincentius Castellani, der uns das nützliche Empfehlungsschreiben für Kardinal di Viterbo mitgegeben hat.»

Träumerisch wiederholte er:

*«Astra regunt homines, sed regit astra Deus.* Die Sterne lenken die Menschen, doch Gott lenkt die Sterne», murmelte er, wie für sich selbst.

Und dann, als habe er bereits zuviel gesagt, schloß er die Augen. Mit einer leichten Bewegung der linken Hand bedeutete er seinen Freunden, daß er allein zu bleiben wünschte.

«Laßt mich beten», hauchte er. «Ich muß beten.»

Zwei Wochen lang verharrte David Rëubeni in fast völliger Abgeschiedenheit. Er blieb in seinem Zimmer und meditierte. Beten und Fasten waren seine einzige Abwechslung, wenn man es so nennen konnte. Nur zwei Menschen empfing er in dieser Zeit. Sein Vertrauter Halevy überbrachte ihm täglich die Neuigkeiten, und sein Gastgeber Zarfatti erkundigte sich, welche Schlüsse David daraus zog.

Nur eine einzige Person erhielt in diesen zwei Wochen das Privileg, einen ganzen Tag mit dem Gesandten zu verbringen, und das war Doña Benvenida Abravanel. Im Hause Zarfatti munkelte man, dieses Treffen sei ausschließlich einem Gespräch «über die Kabbala» gewidmet gewesen.

Doña Benvenidas Kenntnisse der Kabbala waren in der Tat beachtlich und ihre Kommentare scharfsinnig und tiefgründig.

«Die Tora», sagte sie an jenem Tag zu David, «vergleicht den Bund zwischen dem Ewigen, gepriesen sei Sein Name!, und dem Lande Israel, *Erez Israel*, mit einer Ehe.»

«Das ist selbst mir nicht entgangen», bemerkte David. «Aber welchen Schluß zieht Ihr daraus?»

«Ich? Keinen, oder fast keinen», hatte sie mit ihrer samtenen Stimme erwidert. «Doch mir fällt auf, daß diese Ehemetapher es Moses, den Propheten und den begnadeten Schöpfern der Gesänge und Psalmen ermöglicht hat, die Geschichte dieses Bundes als eine Art Liebesbündnis zu beschreiben. Es werden alle Stadien einer Liebesgeschichte beschworen. Das geht vom Erwachen der Gefühle bei der ersten Begegnung über die Verlobung bis hin zur Vereinigung und der Geburt der Kinder. Aber auch die Streitigkeiten, die Eifersucht, die Trennung und Scheidung, die Witwenschaft und letztlich auch die leidenschaftliche Rückkehr und Versöhnung gehören zu diesem Bild.»

Mit halb geschlossenen Augen hatte David diesem Kommentar Benvenidas vergnügt gelauscht. In der von ihr aufgezeichneten Perspektive kam ihm nur die Rolle eines Vermittlers, eines Versöhnung Stiftenden, zu. Diese Rolle gefiel ihm.

Es ließ sich nicht leugnen, daß Doña Benvenida sich der Sache des Gesandten voll und ganz verschrieben hatte. Dank ihrer großzügigen Unterstützung hatte David zwei weitere Männer in seinen Dienst nehmen können: Tuvia, den Hinkenden, und David ha-Romani, den Yosef in der Stadt ausfindig gemacht hatte. Zudem waren alle seine Diener in den Genuß neuer Gewänder gekommen, die den goldenen Stern trugen. All das war der überaus gebildeten, reichen und schönen Doña Benvenida Abravanel zu verdanken.

In dieser Zeit nahm Dinas Eifersucht noch zu. Sie begriff nicht, warum David, der sie nicht einmal mehr eines Blickes würdigte, einen ganzen Tag mit Benvenida verbrachte. Wie sollte sie das einfach hinnehmen? Sie trauerte den Tagen nach, als sie mit dem Pestkranken allein gewesen war und eine seltsame, glühende Innigkeit sie verbunden hatte. Obwohl der Gesandte damals im Fieber lag und delirierte, waren sie einander nahe gewesen. Und diese Nähe war noch stärker geworden, als er sich allmählich erholt und ihr seine Geheimnisse und Befürchtungen anvertraut hatte! Dina vermochte die brennende Eifersucht nicht mehr zu zügeln. David entgingen die Qualen der jungen Frau nicht. Doch bisher hatte er es sorgfältig vermieden, sie darauf anzusprechen, und sich in sein Zimmer zurückgezogen.

Die Tage wurden wieder länger. Immer früher löste die Morgenröte die Nacht ab. Die ersten Sonnenstrahlen tanzten auf den halb geschlossenen Lidern des Gesandten, während er das Morgengebet sprach: «*Ewiger, o mein Gott, am Morgen hörst du meine Stimme, am Morgen bringe ich dir mein Gebet dar und warte...*»

An diesem Tag, dem zwanzigsten des Monats Mai 1524 nach dem christlichen Kalender, stürzte ein lächelnder und aufgeregter Moses da Castellazzo zu seinem Freund David Rëubeni ins Zimmer.

«Nun? Was gibt's?» fragte David. «Mir scheint, ich habe Euch lange nicht mehr so gut gelaunt gesehen!»

«Wir haben eine Verabredung!»

«Mit Miguel da Silva?»

«Aber nein! Mit Michelangelo!»

«Dem Künstler?»

«Mit Michelangelo Buonarroti persönlich, dem größten Künstler unserer Zeit!»

Dem Maler versagte die Stimme vor Erregung. Auch seine üppige, störrische, rote Mähne schien vor Aufregung wieder mal in Unordnung geraten zu sein.

«Ich habe ihm das Porträt von Euch gezeigt, das ich damals gezeichnet habe», fügte er erklärend hinzu. «Er ist gerade dabei, unseren Moses in Stein zu meißeln. Und Euer Antlitz, Herr ... Euer Gesicht ... Kurzum, er will herkommen und Euch sehen!»

Moses da Castellazzos Aufregung amüsierte den Gesandten. Er lächelte.

«Wieso arbeitet er an einer Moses-Figur?» fragte er.

«Für das Grabmal des verstorbenen Papstes Julius II.»

«Ist das nicht merkwürdig? Warum gerade Moses?»

«Ja, aber ...»

Der Maler schien außer Fassung geraten.

«Warum denn nicht Moses?» stammelte er schließlich. «Aber Herr, das könnt Ihr ihn ja selbst fragen.»

David Rëubeni hob seine rechte Hand vor die Augen und beschrieb mit ihr Wellenbewegungen:

«Wer im Wasser den Himmel sieht, für den werden in den Bäumen Fische schwimmen», sprach er versonnen.

Dann ging er auf die Tür zu und sagte in völlig anderem Tonfall:

«Gehen wir. Besuchen wir diesen Michelangelo!»

## XXVI
## MICHELANGELO UND DIE FRAUEN ISRAELS

A ls David Rëubeni und Moses da Castellazzo gerade über die Schwelle des Hauses nach draußen treten wollten, wurden sie von einem atemlosen Yosef zurückgehalten.
«Herr», rief er, «es ist nicht ratsam, das Hauptportal zu benutzen!»

Der Gesandte wandte sich zu seinem Diener um. Wie üblich lachte er über Yosefs Befürchtungen. Das lag auch an der Eigenart Yosefs, heftig mit den Augen zu zwinkern und das Gesicht zu Grimassen zu verziehen, wenn er besonders ernst und überzeugend sein wollte.

«Wer vor der Angst Reißaus nimmt, wird unweigerlich in die Grube fallen», sagte David, bevor er wieder ernst wurde. «Vor wem sollte ich mich fürchten?» fragte er dann weiter. «Hat sich das Blatt nicht gewendet? Die vor diesem Haus warten, sind doch Freunde, oder etwa nicht?»

«Ja», erwiderte Yosef. «Aber unter den vielen Leuten verbergen sich auch solche, die uns wenig freundlich gesinnt sind, und sogar echte Feinde. Haben die Weisen uns nicht gelehrt, daß nicht nur die Liebe, sondern auch der Haß grenzenlos sein kann?»

Nun schaltete sich der Maler ein:
«Vielleicht hat Yosef recht», gab er David zu bedenken. «Gibt es noch einen anderen Ausgang?»

«Ja», rief Yosef triumphierend, aber auch erleichtert. «Auf der Rückseite führt eine Pforte von dem kleinen Hof auf die Straße.

Ich habe Tuvia bereits angewiesen, die Pferde dorthin zu bringen.»

Der Gesandte legte seinem Diener liebevoll die Hand auf die Schulter und bat ihn, sie zu führen. Im Hof überprüfte er den Sitz des Sattels, bevor er sich auf sein Pferd schwang. Das Tier stieg und wieherte zunächst, doch nach kurzer Zeit spitzte es die Ohren. David wollte schon losreiten, als Yosef in die Zügel griff:

«Herr», fragte er augenzwinkernd und mit tief gefurchter Stirn, «dürfte ich erfahren, wohin Ihr Euch begebt?»

Da sein Herr ihn erstaunt ansah, fügte er hinzu:

«Die Stadt ist nicht sicher. Überall werden Komplotte geschmiedet. In Rom können selbst angesehene Persönlichkeiten von heute auf morgen verschwinden. Und seit man auch hier einiges über Gifte gelernt hat, ist es geradezu verheerend. Es heißt, das einträglichste Geschäft in dieser Stadt wäre das Liquidieren. Nach dem Dolch im Rücken und der aus dem Dunkel auftauchenden Klinge bedient man sich nun des grauen Pulvers, einer Mischung aus verdorbener Eselsmilch, Spinnengift und Kakerlakenasche. Diese wirkungsvolle, diskrete und preiswerte Methode feiert in Rom Triumphe.»

Bei dieser Schilderung konnten David und Moses ein Lächeln kaum unterdrücken. Doch Yosefs Stimme wurde immer eindringlicher, und sein Augenlid zuckte immer aufgeregter, als er fortfuhr:

«Herr, ich scherze nicht. Im Augenblick munkelt man von mindestens fünf Komplotten gegen den Papst persönlich. Und das heißt, man *weiß* von fünf Komplotten. Da besteht kein Zweifel. Noch heute soll bei Machiavelli ...»

Vom Pferderücken herab gebot Moses da Castellazzo ihm mit einer Geste Einhalt:

«Der Reiche hat nun mal viele Verwandte», bemerkte er lächelnd.

Doch er wirkte ernst, als er sagte:

«Aber was die Lage in Rom angeht, so hat Yosef recht.»

Nun ergriff David das Wort:

«Wir statten Michelangelo Buonarroti einen Besuch ab. In der Via Mozza, im Florentinerviertel», raunte er seinem Diener zu, dessen Mimik sich sofort entspannte.

Wie die fremden Völker hatten sich auch die Florentiner hier in Rom freiwillig zu einer Art Kolonie zusammengeschlossen. Ihr Zentrum lag auf der Höhe des Ponte S. Angelo, der nach Trastevere hinüberführte. Diese wenigen, von einer weiten Biegung des Flusses umfangenen Straßen hießen das Ponte-Viertel. Am Marktplatz in der Mitte des Viertels residierte die *Camera Apostolica*, die Handelskammer des Heiligen Stuhls. Dagegen trotteten am Rande des Viertels, am Tiberufer, Ziegen umher. Nicht weit vom Grabmal des Augustus entfernt, fraßen sie das spärliche Gras, das zwischen den Ruinen ehemaliger Mauern und Kolonnaden wuchs. In diesem gleichermaßen grandiosen wie trostlosen Rahmen mühten sich Männer, Marmorblöcke freizulegen und auf Schubkarren zu verfrachten, deren Räder ständig im Schlamm versanken.

«Was macht ihr da?» fragte Moses da Castellazzo.

«Das ist für Signore Buonarroti», antwortete einer der Männer und blickte dabei mißtrauisch zu den beiden Reitern hoch.

«Seid Ihr Freunde von ihm?»

«Ja», sagte Moses lächelnd. «Wir wollen ihn besuchen.»

Der Mann machte eine Willkommensgeste. Sie setzten ihren Weg fort.

«Diese Männer lieben ihren Herrn», meinte David.

«Oh! Viele lieben ihn, und das seit langem. Er ist schon seit Jahren berühmt. Seit er sich damals als Schützling von Lorenzo de Medici einen riesigen Marmorblock wählte, den alle anderen Bildhauer abgelehnt hatten, und seinen berühmten *David vor dem Kampf* herausmeißelte. Der nackte, junge Hüne erscheint ganz auf den Sieg konzentriert. Es ist ein kraftvolles Werk, das geradezu vibriert vor Lebendigkeit und Intelligenz. Kein Wunder, daß es dem damals achtundzwanzigjährigen Michelangelo die Aufmerksamkeit von Papst Julius II. bescherte, der ihn von heute auf morgen zum Rivalen des großen, aber alternden Leonardo da Vinci machte. Der Papst rief Michelangelo nach Rom und beauftragte ihn zwei Jahre später mit einer beachtlichen Anzahl von Fresken als Deckenausmalung der Sixtinischen Kapelle. Michelangelo hat mir selbst erzählt, daß er erst bei dieser Arbeit die Bibel wirklich entdeckt hat.»

«Aber», unterbrach ihn der Gesandte, «woher kommt diese Besessenheit, Moses abbilden zu wollen?»

«Ich weiß nur, daß er bereits an Moses dachte, als Julius II. ihn vor seinem Tode um die Ausmalung seiner Grabstätte gebeten hat. Aber ich ahne den Grund. Wer eignet sich besser als Moses, um das Leben eines Pontifex maximus symbolisch darzustellen? Schließlich hat er den Menschen das Gesetz überbracht. Doch seit mehr als fünf Jahren verharrt Michelangelo im Zweifel, denn er findet kein passendes Modell! Kein Gesicht scheint ihm würdig genug, um den Propheten vom Berge Sinai zu symbolisieren. Er hat seine biblischen Modelle immer unter den einfachen Leuten in Florenz oder Rom gefunden, aber er ‹findet keinen Moses›, wenn Ihr mir die Ausdrucksweise verzeiht. Im Gespräch hat er mir erzählt, daß Kardinal di Viterbo von Euch gesprochen hat. Die Beschreibung, die der Kardinal von Eurem Gesicht gab, hat ihn nicht mehr losgelassen. Ich habe ihm daraufhin ein Porträt gezeigt, das ich von Euch gezeichnet hatte. Von diesem Moment an bestand er darauf, Euch zu sehen. Er ist überzeugt, daß nur Ihr Moses ein Gesicht verleihen könnt.»

«Nur der Ewige verleiht den Menschen ein Gesicht», murmelte David. «Schauen wir uns einmal an, welches *Er* dem Künstler verliehen hat ...»

Im Hof häuften sich allerlei Stein- und Marmorblöcke. Als sie ihn betraten, verließ gerade ein großer, überaus dünner Mann den Palazzo. Er kam ihnen entgegen und musterte sie eingehend, bevor er weiterging.

«Merkwürdig», sagte der Maler. «Was tut Orazio Florido denn bei Michelangelo?»

«Wer ist das?» fragte David neugierig.

«Der beste Freund von Baldassare Castiglione, dem Bruder des verstorbenen Bernardo. Er ist auch der ‹Mann für alles› beim Präfekten Francisco Maria della Rovere. Der Präfekt ist eine sehr einflußreiche Persönlichkeit, denn aus der Familie Rovere sind mehrere Päpste hervorgegangen. Doch Orazio Florido an diesem Ort zu sehen, ist merkwürdig. Das Erwartete stellt sich niemals ein, das Unerwartete immer!»

Michelangelo begrüßte sie, ohne sich umzuwenden. Er war allein und kniete auf dem Boden. Vor einem Monat war er aus Florenz gekommen und weilte nun auf Einladung von Clemens VII. hier. Sein üblicher «Hofstaat» aus jungen Männern und Knaben war noch nicht eingetroffen. Die Kohorte seiner Bewunderer fehlte ebenso wie das Gift seiner Verfolger.

Der Künstler war so in seine Arbeit vertieft, daß er nur seinen Freund Moses flüchtig wahrgenommen hatte.

«Nun, Castellazzo», fragte er mit heiserer Stimme, «wo hält sich dieser Prinz aus Habor denn versteckt?»

David Rëubeni fielen sofort der mächtige Lockenkopf, der stämmige Hals und der kräftige Nacken auf. Als Michelangelo die Augen hob, überraschte ihn deren schmale, langgezogene Form. Wie eine Wüsteneidechse, dachte er bei sich. Das übrige Gesicht mit dem nachdenklichen Blick, der flachen, leicht buckeligen Nase, den schmalen Lippen und dem graumelierten Bart rief ein anderes Bild in ihm wach. Er mußte an einen melancholischen Löwen denken, der um einen Palmenhain streicht, um von Zeit zu Zeit unerwartet einzudringen.

Als Michelangelo plötzlich David wahrnahm, sprang er sofort auf:

«*Ecce homo!* Das ist er!» rief er begeistert. «Der Mann auf dem Porträt. Seit Tagen versuche ich vergeblich, diese Züge nachzuzeichnen!»

Lebhaft trat er auf den Gesandten zu:

«*Barukh haba!* Seid willkommen, Prophet der Juden!»

Er öffnete die Arme weit und stellte sich mit den Worten vor: «Der, der allein auf neuen Wegen vorangeht.»

Moses da Castellazzo wollte übersetzen, doch David machte eine abwehrende Handbewegung. Michelangelo lachte laut auf, so daß die Flammen der Öllampen über seinen Skizzen flackerten.

«Wer mit Gott spricht, bedarf keines Übersetzers», sagte er.

Er zog seinen grauen, mit Farbspritzern und Rötelstrichen befleckten Mantel zurecht und trat so nahe an David heran, daß er ihn fast berühren konnte. Moses dachte zuerst, er wolle ihn umarmen und küssen, doch beide blieben bewegungslos voreinander stehen. Dann legte der Künstler dem Mann aus der Wüste seine schwieligen Hände auf die Schultern und murmelte bewundernd:

«Was für ein Gesicht! Euer Blick scheint durchdrungen vom Traum der Befreiung! *Das* ist der Blick von Moses! Prägt nicht jeder Traum den Träumenden auf ewig?»

Er trat einen Schritt zurück, ohne den Gesandten aus den Augen zu lassen. Als fürchte er, David könne wieder verschwinden. Rückwärtsgehend erreichte er schließlich einen Stapel Kartons. Er wählte den größten aus und entnahm ihm ein Blatt und einen Rötelstift:

«Die Ankunft des Prinzen von Habor, oder: Gottes Wunsch!» seufzte er mit seiner heiseren Stimme, bevor er die ersten Striche aufs Papier warf.

Moses da Castellazzo beobachtete David. Dieser verzog keine Miene. Erhaben bot er Michelangelo die Stirn. Dennoch verriet sein Gesicht eine gewisse Neugier, vielleicht sogar einen Hauch von Sympathie.

Die Zeit verging. Es war schon fast Nacht, und Michelangelo zeichnete noch immer. Ein Dutzend Porträts von David Rëubeni lagen bereits auf den Fliesen verstreut. Der Gesandte schien in seiner Rolle als Modell erstarrt und hatte sich seit Stunden nicht gerührt. In seinem weißen Gewand war er nurmehr eine Silhouette, und schließlich verschmolz er vollends mit den Statuen, die sich im Halbdunkel des Raumes abzeichneten.

Endlich hob Michelangelo den Kopf, richtete sich auf und betrachtete seine Arbeit. Ein Lächeln entspannte seine Gesichtszüge.

«Es ist entschieden», sagte er. «Mein Moses wird das Gesicht des Prinzen von Habor tragen! Und zwei Frauen werden an seiner Seite sein – Lea und Rahel.»

Die Augen des Gesandten blitzten kurz auf, doch er verharrte in Schweigen. Es war Moses da Castellazzo, der schließlich fragte:

«Warum Lea und Rahel?»

«Weil sie Jakobs Gemahlinnen waren.»

«Und wieso Jakob?»

«Weil sich Jakob nach seinem Kampf mit dem Engel Israel nannte.»

«Aber was soll Israel auf dem Grabmal von Julius II.?»

«Vergessen wir doch den Papst!» wehrte Michelangelo ab. «Denken wir an den, der das Volk Israel aus der Sklaverei befreit und bis ins Verheißene Land geführt hat, denken wir an Moses!»

Michelangelo schien von einer geheimnisvollen Kraft besessen. Seine Eidechsenaugen glänzten. Sein massiger Körper zitterte vor Erregung.

«Moses und die Frauen Israels...», murmelte er mehrmals in seinen Bart.

Endlich rührte sich auch der Gesandte, nachdem er in all diesen Stunden wie in einer tiefen Meditation versunken war. Unter einer Art Gewölbe entdeckten seine Augen zwei Statuen, die einander fremd, wenn nicht gar feindlich gesonnen schienen und auf den letzten Schliff durch den Meister warteten. Als er jetzt ein paar Schritte tat, zerstörte er den Zauber, der ihn mit diesen Statuen verschmolzen hatte. Er trat auf Michelangelo zu, der im Licht stand, und besah sich die Entwürfe. Beim Anblick seiner Porträts fuhr er zusammen. Zwar erkannte er sofort seine Augen, seine Nase, seinen Mund und seinen Bart, die lebensecht wiedergegeben waren. Dennoch befiel ihn bei diesen Skizzen das merkwürdige Gefühl, einem anderen gegenüberzustehen, der sein Aussehen angenommen hatte. Vielleicht war aber auch das Genie des Künstlers schuld, und Michelangelo hatte mit wenigen Rötelstrichen Davids geheime Facetten, die jedermann in sich trägt, hervorgekehrt.

Auch Michelangelo selbst schien vom Ergebnis dieser stundenlangen Arbeit erstaunt. Er musterte die Zeichnungen aufmerksam, strich um sie herum wie eine Wildkatze um die Beute und grunzte vor Vergnügen:

«Das wird ein Zähneknirschen geben! Ihr werdet es erleben. Die einen werden ‹skandalös!› schreien, während die anderen in diesem Moses den Widerhall von Rosselis *Perugino* und dessen kühler Intelligenz erkennen werden oder die luftige Grazie Botticellis oder die Kraft Ghirlandaios, meines alten Lehrers ... Ich sage es euch, alle werden sich ereifern und richten oder bewundern!»

«Ohne ein schönes Modell gibt es kein schönes Abbild», kommentierte Moses da Castellazzo mit Stolz, als er dem Gesandten seinen Arm reichte. Die Nacht war fast vorüber. Kurz vor Morgengrauen verließen sie den Künstler.


David Rëubeni und sein Freund ritten durch das langsam erwachende Viertel. Auf der Höhe einer alten frühchristlichen Basilika, deren umgestürzte und zerbrochene Säulen noch nicht alle gestohlen worden waren, brachte Moses da Castellazzo sein

Pferd zum Stehen. Er hatte das Bedürfnis, sich auszusprechen und dem Freund ein paar Erinnerungen anzuvertrauen.

«Als ich zum erstenmal nach Rom kam», sagte er leise, «bin ich zum Quirinal hochgestiegen, dort, wo sich die herrschaftlichen Paläste befinden. Von dieser Anhöhe aus habe ich Stunden um Stunden die braunen Dächer mit ihren Rauchsäulen betrachtet und gegen Abend dann die aus den Biegungen des Tiber aufsteigenden Dunstschleier. Mir war, als entdeckte ich das Leben.»

Da der Mann der Wüste hierzu schwieg, richtete Moses eine Frage an ihn:

«Was haltet Ihr von Michelangelo? Während der ganzen Nacht habt Ihr, Herr, nicht ein einziges Wort gesprochen!»

«Das Wort ist der Schatten der Tat», murmelte David.

Und nach einer Weile:

«Vincentius Castellani, der Gelehrte aus Fossombrone, sagte mir, für ihn sei Dante die Schreibfeder in der Hand Gottes. In meinen Augen ist Michelangelo sein Pinsel.»

Er setzte sein Pferd in Schritt, und sie überließen die alte Basilika ihrem Ruinendasein. Moses da Castellazzo ritt schweigend hinter ihm. Je länger er David Rëubeni beobachtete, desto stärker war er von ihm fasziniert. In seiner Art, zu Pferde zu sitzen, aber auch in seinem Umgang mit Menschen lag soviel natürliche Würde! Moses hatte den Eindruck, einen Mann vor sich zu haben, der überall und nirgends zu Hause war. David trug die Wüste Arabiens unter den Fußsohlen, die Erinnerung, aber auch die Hoffnung Israels im Herzen und die Geschichte sowie die Gepflogenheiten Europas im Kopf. Wenn er auch allem gegenüber fremd wirkte, so schien ihm doch nichts fremd zu sein. Waren die Propheten von dieser Art gewesen? Er fragte den Gesandten:

«Bedauert Ihr es auch nicht, Michelangelo für Moses Modell gestanden zu haben?»

David antwortete nicht sofort. Er ließ sein Pferd noch etliche Meter traben und sprach dann im Rhythmus des Hufschlags:

«Sollte meine Mission mißlingen und mein Volk nicht ins Land seiner Ahnen zurückkehren, sollte also dies der Wille des Ewigen sein, gepriesen sei Sein Name!, der unsere Geschicke lenkt, dann wird der Moses von Michelangelo es bezeugen. Dieses Werk wird die Menschen daran erinnern, daß Israel existiert, daß sein Gedächtnis ewig währt und seine Hoffnung lebt. Und vielleicht wird der Moses von Michelangelo eines Tages unseren jahrtausendealten Traum erneut wachrufen.»

Er lächelte in Gedanken versunken.

«Moses und die Frauen Israels ...», murmelte er mehrmals vor sich hin.

Dann schwieg er wieder. Trotz des Hufschlags der Pferde auf dem Pflaster vernahm Moses da Castellazzo kurz darauf die Psalmodie des Gebetes, das der Gesandte sprach: *Ich rufe zu Gott, und der Ewige hilft mir. Abends und morgens und mittags will ich jammern und seufzen, und er hört meine Stimme.*»


Allmählich wurde es Tag. Der Himmel über dem Tiber hellte sich auf und strich mit Rosa und Violett über die Fassaden der Paläste des Quirinals. Das morgendliche Zwitschern der Vögel erfüllte die Stadt. Die letzten Fetzen nächtlicher Stille zerrissen beim Lärm der knarzenden Portale und klappenden Fensterläden. Sie hörten einen Schrei. Und dann noch einen.

«Das sind Hilfeschreie!» sagte Moses.

Kurz darauf gelangten sie in Höhe des Palazzo Mellini auf die Piazza Navona und erblickten drei Männer, die auf einen Unglücklichen einschlugen. Einen Moment schien es, als wollten die Schurken ihr Opfer seinem Schicksal überlassen, da rief einer von ihnen: «Wir haben die Unterschrift vergessen!» Sofort legten sie von neuem los und prügelten auf den Mann ein, der aufzustehen versuchte.

David Rëubeni stieß einen fürchterlichen Schrei aus und

setzte sein Pferd in Galopp, um die Halunken zu überraschen und über den Haufen zu reiten. Zwei von ihnen wurden durch den Schwung des Pferdes umgeworfen und rollten über das Pflaster. Der Gesandte sprang aus dem Sattel und holte den dritten Gauner, der sich davonmachen wollte, mit wenigen Schritten ein. Wie auf dem Schiff nach Pesaro packte er den Mann gleich einem Bündel Schmutzwäsche, hob ihn in die Luft und schleuderte ihn den beiden anderen entgegen, die sich wieder aufgerappelt hatten. Alle drei fielen erneut zu Boden, doch plötzlich tauchten aus dem Nichts weitere Galgenvögel auf und stürmten mit gezückten Klingen auf den Gesandten los. Auch Moses da Castellazzo war abgesessen und lief auf David zu, um ihm zu Hilfe zu kommen. Im gleichen Augenblick hörte man Pferdegetrappel, das immer näher kam. Unentschlossen hielten die Männer mit den Waffen in der Hand inne, während sich der Kerl, den David sich vorgenommen hatte, mit blutverschmiertem Gesicht und aufgeplatzten Augenbrauen mühsam aufrichtete.

«Los, wir hauen ab!» rief er.

Der ganze Haufen rannte in alle Richtungen davon. Wenige Minuten später erreichten die Reiter die Piazza Navona. Es waren die Dienstboten des Gesandten, mit Yosef an der Spitze, der eine lange Lanze bei sich trug.

Das Viertel belebte sich. Ringsum öffneten sich die Fenster, und verschreckte oder fragende Gesichter lugten heraus. Das Portal des Palazzo Mellini wurde aufgestoßen, und ein Dutzend purpurgekleidete und lanzenbewehrte Garden stürmten aufgeregt, aber zu spät heraus. Der Maler und der Gesandte kümmerten sich bereits um das Opfer. Sein Gesicht war geschwollen und sein Umhang blutbefleckt. Dennoch hatte dieser nicht mehr junge Mann etwas Erhabenes. Zerzaustes weißes Haar sah aus der schwarzen Kapuze hervor, und als er sich aufrichtete, überraschte seine würdevolle Ausstrahlung. Man hatte ihm seine Größe nicht angesehen, als er zusammengerollt auf dem Pflaster lag, um sich vor den Hieben seiner Angreifer zu schützen. Obwohl ihm Blut die Kehle hinabfloß, klang seine Stimme hell, als er sagte:

«Ich muß Ihnen danken, meine Herren! Die haben mich schön zugerichtet!»

«In der Tat!» erwiderte Moses. «Die sind sogar noch einmal zurückgekommen, um ihr Werk zu vollenden.»

«So haben wir für die nächste Zukunft nichts zu befürchten», sagte der alte Mann humorvoll. «Nur was erst zur Hälfte erledigt ist, hat ein Nachspiel. Und wenn die mich hätten umbringen wollen, dann wäre ich schon längst tot.»

«Kommt, damit wir Euch versorgen können», unterbrach Yosef. «Dort hinten am Platz ist ein Gasthof.»

Der Maler stützte den Verletzten, dem das Gehen schwerfiel, und führte ihn zum Gasthof, während Yosef die Pferde zusammentrieb.

«Wißt Ihr wenigstens», fragte Moses, «wer Euch so übel mitgespielt hat oder warum?»

Der Mann lächelte mühsam und sagte dann:

«Alle haben es auf mich abgesehen, junger Mann, alle!»

«Verzeiht Herr, aber wie ist Euer Name?»

Der andere hob den Kopf und blickte dem Fragesteller in die Augen. Dann lächelte er abermals, als wolle er sich entschuldigen oder schäme sich dessen, was er nun sagen würde. Doch seine Mimik verriet, daß er nur spielte:

«Für gewöhnlich nennt man mich Niccolò Machiavelli.»

## XXVII
## EINE TAUBE UNTER FALKEN

Jacob Mantino kochte vor Zorn. Bernardo Castiglione, den er als Meuchelmörder gedungen hatte, war unter höchst verdächtigen Umständen ertrunken. Der Papst hatte David Rëubeni mit allen Ehren empfangen und schien ihm wohlgesinnt. Auch das Volk der Juden stand hinter dem Mann aus Habor. Das alles erboste den Vorsteher des *va'ad* von Venedig, und er war wie besessen von dem Gedanken, diesen «Aufschneider» nicht aus den Augen zu lassen, weshalb er die Taverne *Il Buco* zum Zentrum seines Komplotts gegen den Mann aus der Wüste erkor. Gewiß, sein Freund Dom Miguel da Silva, der Botschafter Portugals, hatte die Reise dieses Hochstaplers geschickt verzögert. Aber wie lange ließ sich das noch durchhalten? Weder er noch Dom Miguel vermochte etwas gegen eine Entscheidung des Papstes auszurichten. Und das galt für jeden, der wie sie in David Rëubeni eine große Gefahr für die Juden Europas und des Osmanischen Reiches sah.

Die Straße, in der sich das Haus von Doktor Zarfatti befand, war stets voller Menschen. Jacob Mantino wußte, daß Tausende, ja Zigtausende von Juden David Rëubeni das Geleit geben würden, an dem Tage, da er tatsächlich nach Portugal reisen würde.

Mantino hatte Averroës übersetzt und einen Kommentar zu Aristoteles verfaßt, dessen Philosophie er anhing. Er war ein anerkannter Gelehrter und bewunderte Maimonides für seine geistigen Anstrengungen, die Notwendigkeit Gottes rational zu erklären. Wie hätte er, der sich dem klaren Denken und der Logik verpflichtet fühlte, angesichts dieser Woge messianischen Glaubens untätig bleiben sollen, dieser unkontrollierbaren Woge, die im Dunstkreis des Hochstaplers aus der Wüste entstanden war? Wie sollte er, der Verantwortliche einer großen jüdischen Gemeinde, die Inquisition außer acht lassen, die so große Verheerungen im Leben der spanischen Juden angerichtet hatte und nur auf einen Vorwand lauerte, um sich über die Juden Italiens herzumachen? Es war seine Pflicht, etwas zu unternehmen! In einem solchen Fall war Toleranz der falsche Weg! Gegen die sehnsüchtige Erwartung des Überirdischen kam keine Predigt, keine Rede und kein Argument an. *Milkhemet mizva*, der befohlene Krieg, war jetzt gerechtfertigt. In einer solchen Lage war der Präventivschlag sogar oberstes Gebot. Und dieser Präventivschlag hatte nur ein Ziel – den Unruhestifter aus dem Felde zu schlagen. Je länger Mantino sein Gewissen befragte und sich auf seine Prinzipien besann, desto deutlicher wurde ihm die notwendige Konsequenz: Man mußte töten, diesen Juden töten, der sein Volk in die Irre führte! Diesen Juden, der nicht nur die Juden hinterging, sondern das Gleichgewicht der Welt gefährdete, mußte man töten!

Dies alles ging ihm im Kopf herum, als er auf der Piazza Colonna bei der Residenz Dom Miguel da Silvas eintraf. Der von ihm ersonnene Plan war teuflisch, aber heiligte in einem Krieg der Zweck nicht die Mittel? Auch diesmal würde der Botschafter Portugals sein Komplize sein. Doch für sein neues Komplott hatte er sich auch der Dienste des eleganten Orazio Florido versichert. Dieser war der Handlanger des Präfekten von Rom, wenn es um schmutzige Geschäfte ging. Außerdem wollte er sich für den Tod Bernardos rächen, der der Bruder seines besten Freundes Baldassare Castigliones gewesen war. Orazio Florido und Dom Miguel warteten bereits, als Mantino im Haus des Botschafters eintraf und man ihn in den mit üppigen Samtteppichen aus Alexandria ausgekleideten Raum führte.

Das kantige Gesicht des Botschafters zierte ein Lächeln, dessen augenscheinliche Lauterkeit pervers anmutete bei einem Mann, der nichts mehr liebte als ausgeklügelte und spitzfindige Komplotte. Und um ein solches Komplott drehte sich soeben das Gespräch.

«Die junge Person wurde bereits von Eurem Mann kontaktiert», erklärte der Botschafter Mantino. «Ihre Reaktion entsprach Euren Vermutungen. Sie muß jeden Moment hier erscheinen.»

Und tatsächlich wurde wenige Minuten später eine Besucherin gemeldet. Jacob Mantino erhob sich und flüchtete in den Nebenraum, wo ihm kein Wort des Gesprächs entgehen würde. Der Diener führte die Besucherin herein.

«Bitte, tretet doch näher!» rief der elegant gekleidete Botschafter ihr galant entgegen. «Habt Dank für Euer Kommen und seid uns gegrüßt! Willkommen in unserer Runde, Dina Zarfatti!»

Die junge Frau errötete. Die Eleganz des Mobiliars und der Raumdekoration schüchterten sie ein. Sie grüßte und nahm dann in einem üppigen, mit blauem Samt bezogenen Sessel Platz, den ihr Dom Miguel da Silva äußerst liebenswürdig heranrückte.

«Ja, Exzellenz», sagte sie mit Kleinmädchenstimme, «ich bin dem Ersuchen von Tobias, dem Diener des Prinzen von Habor, gefolgt. Er ließ mir Eure Botschaft zukommen.»

«Wir verstehen uns doch richtig, Signorina? Kein Mensch darf irgend etwas von Eurem Besuch hier erfahren. Jede Indiskretion würde unserem Vorhaben schaden, wenn nicht gar dem Leben des Prinzen von Habor ...»

«Niemand weiß davon, Exzellenz. Ich habe keinem Menschen etwas gesagt.»

«Darüber bin ich froh, Signorina.»

Miguel da Silva flocht seine schmalen Aristokratenhände übertrieben würdevoll ineinander, ging dann um die Sessellehne herum und blickte Dina in die Augen:

«Signorina Zarfatti», begann er salbungsvoll, «ich habe mir

erlaubt, mit Euch Kontakt aufzunehmen, weil mir bekannt ist, wie sehr Ihr dem Gesandten aus Habor verbunden seid. Ihr liebt ihn, nicht wahr?»

Dina sagte nichts, errötete aber erneut und schlug die Augen nieder. Ein diabolisches Leuchten zeigte sich im lauteren Blick da Silvas.

«Der Gesandte», fuhr er fort, «mißtraut mir völlig zu Unrecht, das schwöre ich Euch! Aber es ist nun mal so. Er glaubt, ich wolle ihm Böses. Er irrt sich, und das bedaure ich! Er ist überzeugt, ich verzögere absichtlich seine Reise nach Portugal.»

Der Botschafter unterbrach sich kurz, um in einem Sessel genau gegenüber der jungen Frau Platz zu nehmen. Seine Miene wirkte betrübt. Orazio Florido, der seit Dinas Ankunft geschwiegen hatte, blieb hinter da Silva stehen.

«Was mich betrifft», setzte dieser von neuem an, «befindet sich der Gesandte im Irrtum. Es ist jedoch richtig, daß es in Rom Menschen gibt, die ihn keineswegs bewundern, ja er hat sogar ausgesprochene Feinde seiner Causa und seiner Person. Ich weiß von einigen, die seinen Tod wünschen. Gott bewahre uns vor ihren Machenschaften! In diesem Punkt ist David Rëubenis Vorsicht berechtigt, er schuldet sich selbst höchste Wachsamkeit. Aus diesem Grunde kann ich ihm sein Mißtrauen mir gegenüber nicht verübeln, wenn ich auch in Wahrheit alles daransetze, ihm beizustehen und ihn vor drohenden Gefahren zu bewahren. Glauben Sie mir, auch mich bestürzt die Verzögerung seiner Abreise nach Portugal. Ich bin beunruhigt, Signorina, zutiefst beunruhigt...»

Wieder stand er unvermittelt auf, strich über seine Alabasterhände und ging dann betont langsam um Dinas Sessel herum, als wolle er sie mit jedem Schritt hypnotisieren:

«Signorina Zarfatti, vor nun mehr als drei Monaten habe ich auf Ersuchen Seiner Heiligkeit, des Papstes, die offiziellen Einreise- und Aufenthaltsdokumente erbeten, sowohl für den Prinzen von Habor wie auch für sein Gefolge. Doch seither ist jede

Verbindung zu dem von mir entsandten Boten abgerissen. Er scheint Lissabon noch nicht erreicht zu haben. Es ist sogar zu befürchten, daß er nie mehr dorthin gelangt. Ich frage mich ... Ja, ich frage mich tatsächlich, ob er nicht von Halunken abgefangen wurde, die im Sold des einen oder anderen Feindes von David stehen.»

«Verzeiht mir, Exzellenz», unterbrach ihn Dina.

«Wie meinen, Signorina?»

«Ich bin Euch dankbar für diese Mitteilungen, doch ich verstehe nicht, warum Eure Exzellenz den Wunsch hatte, mich zu sehen.»

«Ich begreife Eure Ungeduld, Signorina. Nun, um dem Ersuchen des Papstes nachzukommen, werde ich alles versuchen, damit meine Botschaft nach Lissabon in die Hände meines hochverehrten Herrschers König João III. gelangt. Es ist mein Wunsch, daß der Prinz von Habor so schnell wie möglich nach Portugal reisen kann.»

«Das ist auch mein Wunsch, Exzellenz. Doch ich sehe nicht, inwieweit meine Wenigkeit Euch hierbei von Nutzen sein könnte.»

«Nun, Signorina, der Edelmann, den Ihr hier seht, ist der ehrenwerte Orazio Florido, der Ratgeber des Präfekten von Rom. Er reist noch morgen nach Lissabon, wo er gleich nach seiner Ankunft vom König persönlich empfangen werden wird. Mein Freund Orazio hat sich spontan bereit erklärt, dem König einen Brief von der Hand des Prinzen von Habor zu überbringen. Das könnte die Dinge erheblich beschleunigen und die Probleme David Rëubenis und seines Gefolges bestens lösen. Der Prinz von Habor sollte diese Gelegenheit unbedingt wahrnehmen.»

Orazio Floridos lange Gestalt verließ den Platz hinter da Silvas Sessel. Er beugte sich zu Dina nieder, und sie hob ihren Blick und sah ihn an. Sein Gesicht war ebenso hager und langgezogen wie sein Körper. Die Augen mit der braunen Iris stachen hervor, die Nase war schmal, die Lippen messerscharf, und das graumelierte fadendünne Haar zu einem Pferdeschwanz nach hinten gebunden. Dieser etwa vierzigjährige Mann vermochte seinen Gesprächspartner allein schon durch sein seltsames Auftreten zu umgarnen. Er war fast zwei Meter groß und senkte seinen Blick so überaus huldvoll in die Augen seines Gegenübers, daß jeder und jede sich umfangen fühlte. Mit diesen beiläufigen Achtungsbezeugungen vermochte Orazio viel mehr zu erreichen als mit seinen Worten. Hatte man einmal in diese Augen geblickt, war man schnell besiegt. Schon im Paradies verbarg die demütige Haltung der Schlange nur ihre tatsächliche Überlegenheit. Von Anfang an wußte sie, daß Eva ihr nicht widerstehen würde. So war es auch mit Orazio und Dina. Seine süße, harmonische Stimme ließ die junge Frau das kantige Gesicht und den überlangen Körper vergessen und liebkoste sie gleichsam, während seine großen Augen sie ansahen:

«Liebenswürdige Signorina, Seine Exzellenz, der Botschafter da Silva, hat die Wahrheit gesprochen. Ich breche in Kürze nach Ostia auf und gehe dort an Bord eines Schiffes, das morgen abend nach Lissabon ausläuft. Ich riet seiner Exzellenz, mir ein persönliches Schreiben des Prinzen von Habor an König João III. mitzugeben, und ich bekenne aufrichtig, Signorina, daß es mir eine hohe Ehre sein wird, in diesem Falle der Gesandte des Prinzen zu sein.»

Verwirrt blickte Dina vom einen zum anderen. Sie wirkten so aufrichtig, und sie glaubte zu verstehen, was die beiden von ihr erwarteten. Sie verschränkte die Finger, legte dann aber beide Hände flach auf ihr Kleid. Sie wollte schon sprechen, hielt aber wieder inne.

So langsam beißt sie an, dachte Miguel da Silva bei sich, bevor er erneut das Wort ergriff. Orazio Florido hatte eine Hand auf die Sessellehne gelegt und umgarnte die junge Frau auch weiterhin mit seinem Blick, gleich einer Boa, die ihre Beute geruhsam erstickt und dann auffrißt.

«Aus diesem Grunde, Signorina Zarfatti, habe ich Euch hergebeten», sagte der Botschafter. «Ich möchte, daß Ihr dem Prinzen von Habor meinen Vorschlag unterbreitet und ihm diese neue Möglichkeit eröffnet. Er soll persönlich an João III. schreiben! Wenn ich zu ihm spräche, würde er mir nicht glauben. Aber Euch vertraut er! Ihr könnt ihm erklären, welche einmalige Chance sich ihm hier bietet. Er muß sie beim Schopf ergreifen!»

Er unterbrach sich und hob warnend einen Finger:

«Aber Ihr müßt vorsichtig sein, Signorina! Sagt kein Wort von mir! Erwähnt meinen Namen nicht bei David Rëubeni!»

Und dann sagte er mit einem völlig natürlich wirkenden Lächeln:

«Erzählt ihm doch, Ihr hättet unseren ehrenwerten Freund Orazio Florido zufällig auf dem Blumenmarkt getroffen. Er habe Euch angesprochen und gefragt, ob Ihr nicht Doktor Zarfattis Schwester seid, und habe Euch dann seine Bewunderung für den Prinzen von Habor anvertraut. Sagt weiter, er habe Euch erzählt, daß er bei Kardinal Pucci erfahren habe, wie ärgerlich lange der jüdische Prinz und seine Begleitung nun schon auf die portugiesischen Pässe warten. Und dann sagt Ihr, er habe sich erboten, João III. persönlich ein von David Rëubeni abgefaßtes Schreiben zu überbringen. Der Gesandte müßte dem König nur seinen Wunsch darlegen, ihn in Portugal aufzusuchen, wie es Seine Heiligkeit, Clemens VII., gewollt hat. Glaubt mir, Signorina, dies ist eine unverhoffte Gelegenheit. Ich bin natürlich bereit, gleich morgen eine weitere offizielle Kurierpost nach Lissabon zu senden. Aber ich befürchte, daß sie wieder abgefangen wird. Orazio Florido wird jedoch unbehelligt zum König gelangen! Dessen bin ich sicher. Niemand wird ihn verdächtigen, der Überbringer einer solchen Botschaft zu sein!»

Dina erhob sich. Der mit Samt und Golddekor überladene Raum verursachte ihr Beklemmungen. Die Eindringlichkeit der beiden Männer, ihre hageren Gestalten und ihre Überredungskünste hatten sie schwindlig gemacht. Sollte sie ihnen vertrauen oder doch auf diese geheime Angst hören, die sie seit ihrer Ankunft hier nicht losgelassen hatte? Sie tat ein paar Schritte von den Sesseln weg und blieb vor einem Tisch aus Marmor und Gold stehen, dessen Materialien um die Gunst des Lichtes wetteiferten. Hier fühlte sie sich sicherer. Ja, sie würde eine Rolle in diesem Spiel übernehmen. Ging es denn letztlich nicht darum, David Beistand zu leisten? Sollte sie sich aufgrund einer unbestimmten Furcht weigern, ihm bei der Vollendung seiner Mission zu helfen? Sollte sie die Mission dessen behindern, den sie über alles verehrte, auch wenn Enttäuschung und Eifersucht an ihr nagten? Kaum hatte sie ihre Entscheidung getroffen, verspürte sie ein Glücksgefühl. Was konnte es denn Besseres geben, um David nahe zu sein und wieder einen freundlichen Blick von ihm zu erhaschen, als ihm zu helfen? Sie hörte sich mit ruhiger Stimme sagen:

«Einverstanden. Ich werde den Vorschlag überbringen. Das verspreche ich.»

Sie tat einen Schritt auf Orazio Florido zu und fragte:

«Und wo soll der Gesandte aus Habor seinen Brief für König João III. deponieren?»

Doch die Antwort kam von Miguel da Silva:

«Signore Florido wird noch heute in Ostia eintreffen und bis morgen abend dort verweilen.»

Als dächte er laut, fuhr er dann fort:

«Überlegen wir einmal ... Es wäre wohl sinnvoll, wenn Orazio Florido den Gesandten sprechen könnte.»

Orazio Florido pflichtete dem bei:

«Seine Exzellenz hat recht. Ich werde den Prinzen von Habor morgen abend zwischen fünf und sechs Uhr nachmittags in Ostia erwarten. Gegenüber der Ablegestelle ist ein Gasthaus, dessen Schild das Termopolium zeigt. Dort werde ich warten.»

«Aber wie wird er Euch erkennen?» unterbrach ihn der Botschafter.

«Ich werde ihn erkennen. Ich sah ihn vor kurzem bei dem Bildhauer Michelangelo Buonarroti.»

Zum Zeichen seiner völligen Ergebenheit verneigte er sich tief vor der jungen Frau. Dann richtete er seinen hochgewachsenen Körper wieder auf und erklärte:

«Ihr könnt stolz auf Euch sein, Signorina! Gemeinsam werden wir die Sache des Prinzen von Habor vorantreiben. Aber vergeßt nicht, daß es morgen nach sechs Uhr abends zu spät sein wird. Dann habe ich mich nach Lissabon eingeschifft.»

Als Dom Miguel da Silva Dina zur Tür geleitete, flüsterte er ihr ein paar Worte ins Ohr, als fürchte er, jemand anderes könne ihn hören:

«Die Zukunft des Prinzen von Habor und seiner Mission liegt in Euren Händen, meine liebe Signorina Zarfatti. Doch Ihr müßt Stillschweigen bewahren über unser Treffen!»

Eine Minute später war er wieder bei seinen beiden Mitverschwörern im Salon.

«Was haltet Ihr davon, mein lieber Jacob?» fragte er.

«Ich habe das Gespräch durch die Tür geleitete», erwiderte der Arzt. «Ihr wart sehr instruktiv und überaus geschickt, das muß ich anerkennen! Eure Überzeugungskraft ist wirklich großartig, mein lieber Dom Miguel. Eure aber auch, Orazio. Mein Kompliment! ... Leider konnte ich die Mimik und das Verhalten der jungen Frau nicht sehen. Wie hat sie reagiert?»

«Sie entsprach in allem dem, was Ihr prophezeit hattet, mein lieber Jacob! Zuerst war sie mißtrauisch, dann verwirrt, schließlich geschmeichelt, und am Ende war sie stolz, ihrem Geliebten beweisen zu können, daß sie mehr für ihn zu tun vermag als Benvenida Abravanel.»

Der Botschafter rieb sich nun unverblümt die Hände. In seinem Gebaren war nichts mehr von dem feierlichen und scheinheiligen Prälaten, den er Dina gegenüber gespielt hatte. Er schloß die Lider, bis seine grünen Augen fast nicht mehr zu sehen waren. Als er die Augen wieder öffnete, blitzten sie, und er rief:

«Was trinken wir, meine Herren? Wir müssen auf den Erfolg unseres Unternehmens anstoßen!»

Eskortiert von Moses da Castellazzo und Yosef, wollte David Rëubeni gerade das Haus Doktor Zarfattis verlassen, als Dina mit Blumen im Arm dort eintraf. Sie erkannte die Männer und lief auf den Gesandten zu:
«Herr!» rief sie.
David trat näher.
«Ich habe Euch eine dringende Botschaft zu übermitteln.»
Sie senkte die Stimme und sagte eindringlich:
«Es ist eilig und sehr wichtig.»
Der Mann aus der Wüste bedeutete seinen Gefährten zu warten. Dann betrat er mit Dina den Saal im Erdgeschoß. Von einem der Fenster aus sah er im Hof Tuvia und Tobias die Pferde satteln. Schweigend lauschte er dem Bericht der jungen Frau, fragte hier und da genauer nach, aber verzichtete auf jeden Kommentar. Nachdem sie all seine Fragen beantwortet hatte, betrachtete er sie eine Weile sehr eindringlich, als wolle er in ihrer Seele lesen, und in diesem Moment schien ihm das zu gelingen. Dina fühlte sich von seinem Blick entwaffnet und spürte, wie ihr Herz immer heftiger schlug. Ihre Wangen begannen zu brennen. Sie schlug die Augen nieder. David strich ihr mit den Fingerspitzen über die rechte Wange und murmelte:
«Dein Geheimnis ist dein Sklave, doch wenn du ihn entwischen läßt, wird er dein Herr.»
Seine Worte waren ein Schlag für Dina, und sie vermochte über diese alte hebräische Weisheitsregel nicht weiter nachzudenken. Sie fühlte sich ertappt und bloßgestellt. Vor Scham zitternd, nahm sie in einer Frage Zuflucht, die normal wirken sollte:
«Aber ... Dieser Brief ... Dieses Treffen ... Was werdet Ihr tun, Herr?»
«Ich werde», erwiderte der Gesandte, während er zur Tür ging, «darüber nachdenken.»
Als er die Tür aufstieß, kreischten über seinem Kopf schwarze Kormorane.

## XXVIII
## MACHIAVELLI ERTEILT EINE LEKTION

David Rëubeni setzte sein Pferd in Trab, und Moses da Castellazzo hielt sich mit Yosef dicht hinter ihm. Den dreien folgten in gebotenem Abstand die Diener. Yosef war vorsichtig und bemühte sich, die Gefahr eines möglichen Hinterhalts zu umgehen. Hieß es in seiner Familie zu Hause in Neapel nicht sprichwörtlich, wer einmal von der Schlange gebissen wurde, hat Angst vor dem Strick?

Das Wetter war schön. Der Gesandte würde früher als vereinbart ankommen. Daher schlug er seinen Gefährten einen Umweg über den Pineto vor, jenen Pinienhain, der sich ein paar Meilen vom Vatikan entfernt in dem von Wassern ausgehöhlten «Höllental» erstreckte. David liebte die Bäume dort mit ihrer roten Rinde und ihren ausladenden Kronen, die Sonnenschirmen glichen. Unter ihren Ästen fühlte er sich beschützt und in ihrem Schatten sicher. Das Gefühl der Sicherheit tat ihm gut, denn Dinas Bericht und ihr Verhalten hatten ihn irritiert. Er zweifelte nicht an ihrer Aufrichtigkeit und Treue, aber er wußte aus Erfahrung, daß manche Irrtümer gerade aus Aufrichtigkeit entstehen, manche Verwundungen aus Treue und so manches Unglück aus Liebe.

Aus dem Erlebnis mit Dina zog er zwei Lehren. Die erste führte ihm vor Augen, daß er hier in Rom für Versuchungen anfällig wurde, denen er doch jahrelang widerstanden hatte. Das Vergnügen, das er bei den Begegnungen mit berühmten Persönlichkeiten empfand, aber auch die Wonne, sich geliebt zu wissen,

*197*

hatten in wenigen Monaten seinen Tatendrang gedämpft und seine Wachsamkeit und strategische Intuition geschwächt. Schon längst hätte es ihm einfallen müssen, dem König von Portugal über einen anderen Kanal als Botschafter da Silva ein Schreiben zukommen zu lassen! David schonte sich nicht bei seiner Gewissenserforschung. Die zweite Lehre hatte ihm Niccolò Machiavelli erteilt, doch er hatte sie nicht beachtet. Auf der Piazza Navona hatte ihn der Ratgeber der Fürsten gewarnt, nachdem er selbst zusammengeschlagen worden war: «Nur was erst zur Hälfte erledigt ist, hat ein Nachspiel!» Er mußte sich also auf eine unangenehme Überraschung gefaßt machen. Vielleicht verbarg sie sich, schlau versteckt, in der Nachricht, die ihm Dina übermittelt hatte?

Aber es blieben noch zwei Fragen zu klären: Wieso interessierte sich Orazio Florido, der Vasall des Präfekten von Rom, gerade für ihn? Und warum hatte er die junge Frau zu seinem Boten gemacht? David wußte um Dinas Liebe, die ihm schmeichelte. Er kannte auch ihre rührende Naivität. Aber er hatte auch ihre Eifersucht bemerkt, und dieses Gefühl beunruhigte ihn. Eifersucht und Tränen machen häufig blind oder verleiten zu absonderlichem und gefährlichem Tun. Für das alles konnte es aber auch eine harmlose Erklärung geben. Vielleicht war das Zusammentreffen von Orazio und Dina auf dem Blumenmarkt wirklich ein Zufall gewesen! Ja, ein seltsamer Zufall, wie die erfolgreiche Hasenjagd eines Blinden. Aber es war kein Zufall mehr, wenn der Blinde den Hasen nach erfolgreicher Jagd mit Lust verschlang. Auch dies hatte die Erfahrung den Mann aus der Wüste gelehrt.

Eine Schar Elstern, die in Rom überall zu finden waren, holte ihn mit ihrem Geschnatter in die Wirklichkeit zurück. Als Yosef näher kam, um seine Anweisungen zu erfahren, rief er ihm zu:

«Wir brechen auf! Es ist höchste Zeit für unsere Verabredung!»

Yosef stimmte dem zu, konnte sich aber, bevor er sein Pferd

anspornte, eine Frage nicht verkneifen, die ihm wie auch Moses auf den Lippen brannte, seitdem sie das Haus Zarfatti verlassen hatten.
«Was hat sie Euch gesagt?»
«Dina?»
«Ja.»
«Sie hat mich auf eine gute Idee gebracht, mir aber einen schlechten Weg gewiesen ...»


Zehn Minuten nach dem verabredeten Zeitpunkt erreichten die drei Männer ein bescheidenes Wohnhaus an der Ecke Via dei Coronari und Vicolo Domizio. In einer Mauernische war eine Marienkrönung zu bewundern. Daneben befand sich ein Tor, das einen Spaltbreit offen stand. Hinten im Hof verbarg sich ein hübsches einstöckiges Häuschen unter wildem Wein. Dort erwartete sie Niccolò Machiavelli.

Bei ihrem Eintreten sprang er auf und streckte David Rëubeni beide Arme entgegen:

«Willkommen, mein Wohltäter!»

Der Gesandte war überrascht, den Mann so verwandelt anzutreffen. Er fragte sich, ob er ihn bei einer zufälligen Begegnung auf der Straße wiedererkannt hätte. Machiavelli wirkte größer und jünger als neulich, da er blutüberströmt auf dem Pflaster der Piazza Navona gelegen und David ihn aufgehoben hatte. Sein sorgfältig zurückgekämmtes, langes graues Haar ließ eine hohe und breite Stirn frei. Seine lange, leicht gekrümmte Nase überragte einen fein geschnittenen Mund und ein ausgeprägtes Kinn. Und im Gegensatz zu den Lumpen, die er trug, als er überfallen worden war, zeigte er sich heute in einem prachtvollen Gewand aus grünem Samt. Wie eine Robe fiel es fast bis zu den Waden, und über das hohe Halsteil war ein Kragen aus feinstem Linnen geschlagen, der bis zum Schulteransatz reichte. Machiavelli hatte das Erstaunen des Gesandten natürlich bemerkt und sagte lächelnd:

«Wenn ich nach Hause komme und mich in mein Arbeitskabinett zurückziehe, schäle ich mich aus meinem Alltagsgewand, an dem Schmutz und böse Blicke hängen. Dann kleide ich mich, wie es an Königshöfen üblich ist ...»

Sein ganzes Wesen schien in seinem Lächeln gebündelt.

«Diese Ehrerbietung schulde ich diesen Männern dort – die Antike wußte zu leben und zu denken.»

Mit weit ausholender Geste wies er auf die Bücherwände, die den ganzen Raum umrahmten.

«Hier bin ich ihr Gast», fuhr er fort, «und weide mich an der einzigen Nahrung, die mir bekommt und für die ich geboren wurde. Ich empfinde keinerlei Hemmung oder Scham, mich mit ihnen zu unterhalten und sie nach den Gründen ihres Handelns zu befragen. Und sie antworten mir aus ihrem Wissen und ihrer Menschlichkeit heraus!»

Liebevoll strich er über ein paar Buchrücken:

«Das ist mein Garten, der Garten der Erkenntnis.»

«Ich verstehe», sagte der Gesandte – doch seine Gefährten wußten nicht so recht, ob er damit das von Machiavelli benutzte Italienisch meinte oder den tieferen Sinn von dessen Rede.

«Ich verstehe», sagte er abermals und berührte mit der Linken flüchtig ein paar Bücher. «Nur wenige gehen aus dieser Leidenschaft unbeschadet hervor ...»

Machiavellis Augenbrauen hoben sich fragend. David Rëubeni ergriff erneut das Wort, doch diesmal mit dem Timbre des Erzählers. Das tat er immer, wenn er sein Auditorium verführen und auf dem Umweg über den Zauber einer Legende eine große Vision heraufbeschwören wollte:

«Unsere Weisen», sagte er, «berichten von einem Abenteuer, das vier Gelehrten im Garten der Erkenntnis widerfuhr. Es waren vier Rabbiner, und ihre Namen lauteten Asais Sohn, Somas Sohn, Awujas Sohn und Yosefs Sohn. Nur der Rabbi Akiva, Yosefs

Sohn, konnte den berühmten Garten Pardes unbeschadet wieder verlassen. Die drei anderen erlitten ein trauriges Schicksal: Asais Sohn verlor den Verstand, Somas Sohn starb, und Awujas Sohn wurde abtrünnig. Ein Satz bringt uns vielleicht dem Grund ihres Scheiterns näher:

*Wenn ihr zu den funkelnden Marmorflächen kommt, dann geht nicht fehl und sagt nicht: Wasser, Wasser!*»

Niccolò Machiavelli war für derlei Worte sehr empfänglich. Langsam und mit unverhohlener Begeisterung klatschte er in die Hände.

«Eine herrliche Metapher!» rief er aus. «Sie gilt für die Erkenntnis, für jede Art der Aneignung von Wissen, aber auch für die Macht...»

Doch dann schüttelte er den Kopf, als habe er sich eine Unachtsamkeit vorzuwerfen, und sagte:

«Aber ich vernachlässige ja meine Pflichten als Gastgeber! Bleibt doch nicht stehen, Prinz!» Er schob einen Sessel heran, seinem Schreibtisch genau gegenüber, wies Moses da Castellazzo einen Stuhl beim Fenster und Yosef eine etwas weiter hinten stehende Cassapanca zu. Dann nahm er selbst hinter dem Tisch Platz, ergriff jedoch nicht die auf dem Schreibtisch thronende Feder, sondern neigte sich, auf die Unterarme gestützt, dem Gesandten zu:

«Wo steht die Geschichte, die Ihr soeben erzählt habt?» fragte er.

«Im Talmud», erwiderte David. «Sie steht im Talmud.»

«Das ist ein Werk, von dem ich schon viel gehört habe. Und es scheint mir hochinteressant zu sein!»

Dann wechselte er das Thema:

«Euch, mein lieber Prinz, verdanke ich es, noch am Leben zu sein...»

Mit einer Handbewegung verscheuchte er den Anflug von Bescheidenheit, der sich auf dem Gesicht des Mannes aus der Wüste zeigte.

«Seid nicht so zurückhaltend! Euer Handeln war vorbildlich, und nichts erwirbt einem Fürsten so große Achtung als vorbildliche Taten.»

David Rëubeni schien peinlich berührt.

«Unsere Weisen», sagte er dann, «formulieren es so: Wer ein Menschenleben rettet, rettet die ganze Menschheit ...»

«Das klingt nicht sehr bescheiden!» entgegnete Machiavelli ironisch.

«Sie sagen aber auch: Wer ein Leben nimmt, tötet die gesamte Menschheit.»

«Auch das nenne ich nicht bescheiden ...»

«Doch, da derjenige, der tötet, sich dessen rühmt, wohingegen der, der Leben rettet, nicht darüber spricht.»

«Das ist wahre Weisheit, Prinz. Doch mir geht es jetzt um Euch ...»

In leicht gereiztem Tonfall fuhr Machiavelli fort:

«Hat man die Gelegenheit, jemandem zu begegnen, der im bürgerlichen Leben etwas Außerordentliches vollbracht hat, ist er derart zu belohnen, *daß viel davon geredet wird*. Vor allem, wenn es sich um einen Fürsten handelt, der ein hochgespanntes politisches Ziel verfolgt! Dann muß er selbst es darauf anlegen, sein Handeln bekannt zu machen. Man wird ihm mehr Achtung zollen, wenn man erfährt, daß er intuitiv und beherzt einem Unbekannten, der verprügelt wurde, Beistand geleistet hat. In unserem speziellen Falle heißt der in Not geratene Unbekannte Niccolò Machiavelli. Selbst wenn meine Person nicht jedermann genehm ist, läßt sie doch nicht gleichgültig, und daß Ihr für mich eingetreten seid, Prinz, wird Euch die Hochachtung aller einbringen ... Und wenn ich *alle* sage, meine ich damit auch Eure Feinde.»

«Ich verstehe und billige Eure Argumentation», entgegnete der Gesandte. «Doch mit dem, was ich tat, zielte ich auf keinerlei Profit ab.»

«Natürlich nicht», warf Machiavelli ein, «gewiß nicht. Doch

der Prinz von Habor ist nicht nur eine moralische Größe, er ist auch ein Politiker. Und daher ist es nur recht und billig, ja es ist sogar zwingend, daß er sich überlegt, wie sein Verhalten, auch das im Handgemenge auf der Piazza Navona, für seine Pläne *nutzbar gemacht werden kann und soll* ...»

Er wandte sich an Moses da Castellazzo, der seinen Worten durch ein Kopfnicken zugestimmt hatte:

«Ihr müßt es unters Volk bringen! Man wird den Prinzen weit mehr schätzen, wenn man erfährt, wie uneigennützig er Beistand geleistet hat. Viele werden sich dann darum reißen, zum Kreis seiner Freunde zu gehören ...»

David Rëubeni lächelte. Seine zusammengekniffenen Augen funkelten:

«Ihr seid tatsächlich so, wie man mir Euch beschrieben hat», sagte er seufzend.

«Wer denn?»

«Vincentius Castellani.»

«Ach, mein alter Freund aus Fossombrone!»

Ein Diener brachte Erfrischungen und verschwand dann wieder. Machiavelli neigte sich von neuem dem Gesandten zu:

«Man munkelt, Ihr hättet Michelangelo für den Moses Modell gestanden ...»

«Woher wißt Ihr das?»

«Wer in der Öffentlichkeit wirkt, für den ist Wissen der erste Schritt zur Macht.»

Machiavelli schien belustigt, die Fältchen rechts und links der Mundwinkel verrieten einen Anflug von Ironie:

«Der Gesandte von Habor, Abkömmling des versprengten Stammes Rëuben, schlüpft in die Gestalt von Moses! ... Verwirrend, nicht wahr?»

«Reiner Zufall!» berichtigte David.

«Ich weiß sehr wohl, daß der Zufall die Hälfte unserer Taten bestimmt. Doch die andere Hälfte ist unserer freien Entscheidung überlassen. Wenn der Zufall auch bei jedem politischen

Handeln mitwirkt, so ist es doch die Wahl der Mittel, die über Erfolg oder Mißerfolg unseres Tuns entscheidet – und diese Wahl wird von uns getroffen.»

Als er den tiefgründigen Blick des Gesandten bemerkte und sah, wie der Glanz seiner schwarzen Augen noch zunahm, fuhr er fort:

«Nehmen wir doch Moses als Beispiel. Betrachtet man seine Taten und sein Leben, so scheint die glückliche Fügung darin zu liegen, daß er der richtige Mann zur richtigen Zeit war. Er war der Mann, den man in einer bestimmten Situation brauchte. Das Volk Israels wurde von den Ägyptern in Sklaverei gehalten, und um dieser Knechtschaft zu entkommen, war es bereit, Moses zu folgen. Er mußte nur seine Begabung zur Menschenführung nutzen, um seinem Volk neue Hoffnung und die Sehnsucht nach Freiheit zu schenken.»

Seine eigene Darstellung schien ihn zu belustigen:

«Welch eine Lektion für Euch, Prinz!»

«Mag sein», sagte David lakonisch. «Doch ich muß Euch darauf hinweisen, daß der Überlieferung nach Moses vom Ewigen, gepriesen sei Sein Name!, auserwählt und dazu bestimmt wurde, das Vorhaben zu einem guten Ende zu führen ...»

«Man muß ihn dennoch bewundern, *ihn* selbst – und sei es nur wegen dieser Gnade, die ihm zuteil wurde, mit Gott sprechen zu dürfen», flocht Machiavelli geschickt ein. «Ich schätze auch seinen Mut. Er hat es gewagt, den Pharao anzurufen.»

Eine Wolke überschattete den Himmel, und es wurde dunkler im Raum. Sie schwiegen eine Weile. Nachdenklich kratzte sich Machiavelli am Kinn. Doch sobald die Sonne wieder hervorkam und leichter als ein Blatt über den Tisch strich, auf dem seine Arme ruhten, neigte sich der alte Mann von neuem seinem Gast zu:

«Es gibt Leute, die behaupten, Ihr seid der Messias, *der*, auf den die Juden seit Jahrhunderten warten ...»

Mit einer ungeduldigen Handbewegung unterbrach ihn David:

«Die solches behaupten, haben nichts begriffen ... Unsere Weisen erzählen von einem Mann, der den Propheten Elias fragte:
*Wann kommt der Messias? Er sagte zu ihm: Geh und frag ihn selbst.*
*Und wo sitzt er? Am Eingang von Rom. Und was ist sein Erkennungszeichen? Er sitzt unter den Armen ... Also ging der Mann zu ihm hin und sagte zu ihm: Wann kommst du, Herr? Der antwortete: Heute!*
*Da kehrte der Mann zu Elia zurück und sagte zu ihm: Belogen und betrogen hat er mich, als er zu mir sagte: Heute komme ich! Denn er ist nicht gekommen. Elia aber sprach zu ihm: Was er dir gesagt hat, steht geschrieben in einem Psalm: Er kommt heute, wenn ihr auf seine Stimme hört.»*

«Großartig!» rief Machiavelli bewundernd. «Und wo steht das?»

«Im Talmud.»

«Dieses Buch muß ich unbedingt lesen!» fügte er begeistert hinzu.

Moses da Castellazzo, der den Wortwechsel der beiden mit Interesse verfolgt hatte, schaltete sich nun ein. Er war fasziniert von diesem Aufeinandertreffen der beiden Kulturen, denen er selbst angehörte. Offensichtlich konnten sie nebeneinander bestehen und sich gegenseitig bereichern. Diese Feststellung stimmte ihn glücklich. Doch eine Frage quälte ihn, die er nun unbedingt stellen mußte:

«Ihr wißt doch alles, was in der Stadt vor sich geht ...», begann er.

Niccolò Machiavelli unterbrach den Maler und stand auf:

«Junger Mann, ich kann mir schon denken, was Ihr fragen wollt. In der Tat bin ich über vieles auf dem laufenden, was ich dem Prinzen von Habor auch heute bei dieser Begegnung mitzuteilen gedachte.»

Er tat ein paar Schritte auf eine Kommode zu, auf der eine

große Schale mit Weintrauben stand. Er nahm einen Stiel voller Beeren in seine linke Hand, während er die Schale mit der rechten dem Gesandten hinhielt. Dieser dankte mit einem Kopfnikken. Gemächlich und wie traumverloren ging der alte Fürstenratgeber dann wieder zu seinem Stuhl hinter dem Tisch, an dem er zu lesen pflegte. Er hob die Augen zu den Deckenbalken und ergriff erneut das Wort, als dächte er laut vor sich hin oder skizziere etwas in groben Zügen:

«Ein Fürst hat nur zwei Dinge zu fürchten: eins im Innern seitens der Untertanen und das andere von außen seitens fremder Mächte. Gegen diese schirmt man sich durch gute Streitkräfte und gute Freunde; und immer, wenn man gute Streitkräfte hat, hat man auch gute Freunde; und wenn nach außen alles sicher ist, so wird auch im Innern Ordnung herrschen, sofern keine Verschwörung die Ruhe stört. Solange das Volk ihm gewogen bleibt und er gute Freunde hat, braucht ein Fürst sich also vor Verschwörungen wenig zu fürchten, sie nicht einmal sonderlich zu beachten ...»

Machiavellis belustigter Blick wanderte vom einen Gast zum anderen, während er sich die Zeit nahm, genüßlich ein paar Weintrauben zu verspeisen. Moses da Castellazzo schien in seinen Gedanken erstarrt und fuhr sich mit der Hand durch den roten Haarschopf. Yosef Halevi vermochte seine Begeisterung kaum zu zügeln. Den Bauch vorgestreckt, räkelte er sich auf der Cassaparca und gluckste vor Wohlbehagen. Der Gesandte zupfte an seinem Kurzbart, wirkte verblüfft und murmelte etwas, das wohl als Antwort gemeint war:

*«Denn die Frevler kommen um, und die Feinde des Ewigen, wie die Pracht der Anger schwinden sie, gleich dem Rauche schwinden sie.»*

«Steht das auch im Talmud?» fragte Machiavelli.

«Nein, in der Bibel. Es ist ein Psalm Davids.»

Moses da Castellazzo machte sich die Gesprächspause zunutze. Er warf zunächst seine ungestümen roten Haare zurück, stand dann auf und stellte endlich seine Frage:

«Signore Machiavelli ist also im Bilde über das neuerliche Komplott gegen den Prinzen von Habor? Er kennt die Männer und die Winkelzüge? Vielleicht auch die Details und wie es ausgeführt werden soll?»

Machiavelli blickte den Gesandten lachend an. Da David kein Wort von sich gab, wandte er sich dem Maler zu und entgegnete: «Die Initiative zu diesem neuen Komplott geht von einem bösen Geist aus. Ich meine den ehrenwerten Doktor Jacob Mantino, den Vorsteher der jüdischen Gemeinde von Venedig. Seine Idee wurde vom Botschafter Portugals, Dom Miguel da Silva, zugespitzt, Orazio Florido soll sie ausführen. Dieser Mann ist auch bei Francesco Maria della Rovere, dem Präfekten von Rom, für heikle Aufgaben zuständig. Ablaufen soll alles morgen in Ostia, da nach Ansicht der Verschwörer der Prinz von Habor in Rom zu viele Freunde und Verbündete hat, was ja durchaus richtig ist.»

«Und was rät Signore Machiavelli dem Prinzen?» beharrte der Maler.

«Der Fürst darf keineswegs zu leichtgläubig oder zu mitleidig sein, aber auch nicht zu ängstlich, sondern muß mit Klugheit und Menschlichkeit maßvoll verfahren, damit ihn weder zu großes Vertrauen unvorsichtig noch zu großes Mißtrauen unerträglich mache.»

Er stand abermals auf, ging um den Tisch herum und trat ganz nahe an David Reübeni heran. Dieser saß betont aufrecht in seinem Sessel, hatte jedoch die Augen niedergeschlagen, als meditiere er. Machiavelli beugte sich zu ihm herab und flüsterte ihm einen rätselhaften Satz ins Ohr, wobei er jede Silbe einzeln betonte:

«Ich, Niccolò Machiavelli, habe eine Idee. Aber Ihr, mein lieber Prinz von Habor, müßt auch eine haben.»

Der Gesandte blickte zu dem alten Mann auf. Ihre Gesichter berührten sich beinahe. Ihre Augen waren von der gleichen schwarzen und funkelnden Intensität.

«Ich habe tatsächlich eine Idee», sagte David. «Ich kenne die Örtlichkeiten nicht und werde also zuerst einen genauen Plan des Hafens von Ostia beschaffen. Muß man nicht die in die Falle locken, die einem die Falle gestellt haben? Dann werde ich nach meiner Art handeln, oder besser gesagt, gemäß der Weisheit unserer Ahnen, die da sagten:

*Die Sünder ziehen das Schwert und spannen den Bogen. Ihr Schwert aber dringt in das eigene Herz. Der Bogen wird ihnen zerbrechen.*»

«Das war auch mein Gedanke ... Steht das auch im Talmud?» fragte Machiavelli mit gehobenen Augenbrauen, bevor er an seinen Tisch zurückkehrte.

«Nein, das war wieder David, Psalm 37.»

«Verfügt Ihr über genügend Männer?»

David Rëubeni warf Yosef einen Blick zu. Dieser war noch immer ganz gefangen von dem Wortwechsel und lächelte verzückt vor sich hin. Seit ihrer Ankunft hatte er kein einziges Wort gesprochen. Doch nun reagierte er prompt:

«Wir haben gute und tapfere Gefährten», beteuerte er.

«Gut», befand Machiavelli. Dann wandte er sich erneut an den Gesandten:

«Was gedenkt Ihr zu tun?»

«Dann», erwiderte David, «werde ich also ein Schreiben an den König von Portugal senden. Aber natürlich auf einem anderen Wege als über den Botschafter in Rom.»

«Gestattet der Prinz mir eine Bemerkung?»

«Sprecht!»

Niccolò Machiavelli legte ihm eine Hand auf die Schulter:

«Ein Fürst darf die Nachrede der Grausamkeit nicht scheuen. Er hat es verstanden, sich beliebt zu machen, nun muß er lernen, sich gefürchtet zu machen ... Von seiner Beherztheit, deren Natur und Ursprünglichkeit nicht mehr zu beweisen sind, darf er sich jetzt nicht hinreißen lassen ... Ich an Stelle des Prinzen würde nicht selbst nach Ostia gehen.»

Er schwieg und fuhr sich genüßlich mit der Zunge über die Lippen, als genieße er schon im voraus den Streich, den er den Widersachern des Prinzen von Habor zu spielen gedachte.

«Ich würde jemand anderen hinschicken. Orazio Florido hat Euch nur ein einziges Mal flüchtig gesehen, und das im dunklen Hof von Michelangelo Buonarroti. Wenn Ihr einen Mann von Eurer Statur schickt, gekleidet wie Ihr, dann wird Orazio bis zum letzten Augenblick darauf hereinfallen. Was das Weitere Eures Planes betrifft, so kann ich ihm zustimmen, wenngleich ... Ich biete dem Prinzen eine Schwadron aus Ostia an, alles Freunde von mir, als Verstärkung seiner eigenen Truppe. Ich weiß, daß Orazio Florido nicht knausrig sein und Euch mit einer Menge Gesindel erwarten wird. Sicher ahnt er, daß Ihr nicht allein kommt. Meine Freunde kennen ihre Stadt und den Hafen mit seinen Kais, Gassen und Höfen. Die beste Karte kann solch intime Ortskenntnis nicht aufwiegen.»

Er tat ein paar Schritte, verharrte einen Augenblick vor der Schale mit den Weintrauben, wandte sich dann plötzlich um und lachte schallend:

«Wenn ich mir das Ganze noch einmal überlege – selbst die größten Missetäter begehen häufig die dümmsten Fehler! Weiß unser Prinz eigentlich, daß die Schiffe nach Portugal aus Livorno auslaufen, und nicht aus Ostia?»

Er ließ von den Trauben ab und trat wieder neben den Gesandten:

«Hingegen scheint mir die Idee, João III. ein Schreiben aushändigen zu lassen, ohne Miguel da Silva zu bemühen, ganz hervorragend! Ich erlaube mir aber die Bemerkung, daß es hierfür unerläßlich ist, einen Edelmann zu wählen, der der Kirche, also Clemens VII., nahesteht. Außerdem darf das Schreiben nicht von Eurer Hand geschrieben sein, sondern muß ebenfalls aus der Feder eines Seiner Heiligkeit Nahestehenden stammen.»

Er unterbrach sich, dachte einen Augenblick nach und sprach dann im gleichen sanften und bestimmten Ton weiter:

«Der Prinz muß alle Trümpfe auf seine Seite bringen, denn aus Gründen, die wir bereits angesprochen haben, geht der zugrunde, der sich ganz auf das Glück verläßt, sobald dieses sich wendet.»

Nun stand auch Moses da Castellazzo auf. Mit seinem Blick für das Notwendige und Naheliegende fragte er:

«Kennt Signore Machiavelli einen Mann, der dem von ihm beschriebenen Profil in der Angelegenheit des Sendschreibens gerecht wird?»

«Einen möglichen Überbringer kenne ich. Doch es obliegt Euch, dafür zu sorgen, daß es geschrieben wird. Seid Ihr nicht mit Kardinal di Viterbo recht gut bekannt?»

Dann sprach er zum Gesandten:

«Was jene Person aus der Umgebung des Prinzen betrifft, die sich umgarnen und manipulieren ließ ...»

Lächelnd unterbrach ihn David und zitierte:

*«Ich habe ja kein Wohlgefallen am Tode – spricht Jahwe, der Herr –, so kehret um, und ihr sollt leben.»*

«Wieder ein Psalm Davids?»

«Nein, das steht bei Ezechiel!»

## XXIX
## VON EINER, DIE STERBEN WOLLTE

Die Schlägerei in Ostia war blutig ausgegangen. Nicht einmal die Auseinandersetzungen zwischen den Colonna und den Borgia hatten so viele Opfer gefordert. Die Nachricht drang nach Rom und verbreitete sich dann in ganz Italien.

Orazio Florido, der Vertrauensmann des Präfekten von Rom, war schwer verletzt worden. Der Präfekt, der mächtige Francesco della Rovere, erzählte jedem, der es hören wollte, seine Version der Ereignisse. Nach seinen Worten war sein ehrenwerter Schützling von einem Spieß durchbohrt worden, als er sich rein zufällig in jenem Unglücksgasthaus befand und die Gegner zu trennen versuchte... Derlei bemühte Erklärungen vermochten indes niemanden zu täuschen. Zwei Wochen später sah sich Francesco della Rovere zum Herzog von Urbino ernannt und mußte Rom verlassen.

David Rëubeni dachte noch oft über diesen Hinterhalt nach. Er mußte zugeben, daß Niccolò Machiavelli die Menschen besser kannte als er. David kannte die menschliche Seele nur so, wie sie sein sollte. Aber Machiavelli sah sie, wie sie wirklich war. Der Gesandte fühlte, daß man ihm seit der gewalttätigen Niederschlagung des jüngsten Komplotts anders begegnete. Die kleinen Leute und die jüdische Gemeinde, aber auch die Berühmten und Mächtigen brachten ihm Hochachtung entgegen. Wenn er auf der Straße vorüberging, spürte er außer Neugier und Bewunderung auch eine Spur Ergebenheit. Die Menschen unterbrachen ihre Gespräche, um ihn zu grüßen. Dieser Prinz von Habor war wirklich ein Kriegsmann, ein Heerführer, den es zu fürchten und zu achten galt! Selbst Kardinal Egidio di Viterbo, dem er in Begleitung von Yosef Zarfatti und Obadia da Sforno einen Besuch abstattete, blickte ihm noch offener in die Augen als zuvor. Unverzüglich verfaßte der Kardinal den Brief für den König von Portugal und bekundete seinen Wunsch, den Gesandten vor seiner Abreise nach Portugal nochmals zu sehen, vielleicht gar anläßlich einer Audienz beim Papst.

Der von Machiavelli empfohlene Edelmann erklärte sich bereit, das Schreiben zu überbringen. Es war Graf Ludovico Canossa aus Verona, der Papst Leo XII. als Botschafter gedient hatte, bevor Franz I. ihn erst zum Bischof von Bayeux und schließlich zu seinem Botschafter in Venedig ernannte. Der Graf war ein großer Bücherliebhaber und durchstreifte ganz Europa auf der Suche nach seltenen Handschriften und Drucken. Der Zufall wollte es, daß er ohnehin nach Lissabon mußte, wo man soeben ein Jugendwerk seines Freundes Erasmus entdeckt hatte, das er erwerben wollte. Er schiffte sich also ein und nahm hundert Dukaten aus den Händen Benvenida Abravanels sowie den überaus wichtigen Brief an João III. mit sich.

Während dieser ganzen Zeit hatte der Gesandte es vermieden, Dina wiederzusehen. Er fürchtete ihre Reue und ihre Tränen, denn die junge Frau wußte inzwischen, daß sie von Davids Feinden umgarnt worden war und ihn aus Unbedachtsamkeit und Eifersucht verraten hatte. Doch der Gesandte hatte ihr längst vergeben und wollte nicht, daß sie sich vor ihm erniedrigte. Schließlich sprachen die Weisen davon, daß eine einzige großherzige Stimme einen Sünder reinwaschen konnte, auch wenn alle anderen ihn verurteilten.

Aber das Schicksal lenkt den Willigen und zwingt den Widerstrebenden. An diesem Abend hatte sich David in sein Zimmer zurückgezogen, um sein Tagebuch weiterzuschreiben und seine Reise nach Portugal vorzubereiten. Wie üblich meditierte er, bevor er mit dem Schreiben begann, als mit einem lauten

Knall die Tür aufgestoßen wurde. Der Gesandte fuhr hoch. Es war Yosef Zarfatti, der ihn entgeistert ansah und die Arme verzweifelt zum Himmel hob. In seiner Erregung konnte er kaum sprechen:

«Schnell! Ein Unglück!...»

Der Mann aus Habor faßte ihn an den Schultern und rüttelte ihn. Der Arzt schwankte und drohte zusammenzubrechen. David mußte ihn stützen:

«Was ist geschehen? Sprecht!»

«Dina... Dina! Schnell!» stammelte Yosef Zarfatti und zog ihn mit sich auf den Gang hinaus. Sie rannten zu einem großen, fast leeren Zimmer mit gefliestem Boden. Das zerwühlte Bett war einer der wenigen Gegenstände in dem Raum, als hätte man es hier achtlos abgestellt. Eine rauchende Kerzenflamme ließ auf den Wänden und Deckenbalken Schatten tanzen.

«Dina...», wimmerte der Arzt.

Als Davids Blick sich an das Halbdunkel gewöhnt hatte, entdeckte er die junge Frau. Sie lag reglos auf dem Bauch. Neben dem Bett standen ein Eimer mit Erbrochenem, ein Topf Milch und eine Schale, an deren Innenseiten ein graues Pulver seine finsteren Spuren hinterlassen hatte... Zittern befiel den Gesandten. Eine Hand zog ihn am Ärmel. Es war Yosef Zarfatti. Er weinte. Der Gesandte faßte ihn um die Schultern und fragte:

«Was ist vorgefallen?»

«Nach den Geschehnissen in Ostia hat sie alle Möbel hier herausräumen lassen und sich eingeschlossen. Sie verweigerte jegliche Nahrung und dann...»

«Was kann man tun?»

«Ich habe schon alles versucht. Ich habe sie zum Erbrechen gebracht, damit alles rauskommt. Sie müßte Milch trinken, viel Milch, als Gegengift.»

«Und nun?»

«Wir können nur noch beten.»

David ging um das Bett herum und trat zu Dina. Die Augen der jungen Frau standen offen, und ihm war, als könne sie jede seiner Gesten verfolgen. Wich das Leben tatsächlich aus diesem geschmeidigen und straffen Körper? Der bittere Geschmack der Wehmut würgte ihn. Er mußte das Unmögliche versuchen und sie den Klauen des Todes entreißen! Hatte sie nicht ihr Leben riskiert, um seines zu retten?

Er sah Yosef Zarfatti an. Dieser war voller Angst und wirkte abwesend. In diesem Moment verstand David, warum ein Arzt niemals seine Angehörigen behandeln sollte. Zu viel Gefühl trübt das Urteilsvermögen und verzögert die Tat.

Er befühlte die Stirn der jungen Frau: Sie war kalt. Dann legte er ihr die Hand auf die Brust: Das Herz schlug noch. Doch dieser flüchtige Kontakt mit dem nackten Körper der jungen Frau und dem pulsierenden Leben, das noch von ihm ausging, versetzte ihn in Aufruhr. Er wich zurück, als habe er sich verbrannt, und schrie dem Arzt zu, heißes Wasser, Handtücher und ein großes makelloses Leintuch bringen zu lassen. Da der andere sich nicht rührte, wiederholte er seine Worte, wobei er immer lauter wurde und den Arzt schließlich anbrüllte:

«Was ist denn? Steht doch nicht untätig herum!»

Endlich kam Yosef Zarfatti zu sich. Er lief hinaus und rief nach den Dienstboten. Von überall her waren jetzt Schritte und wispernde Stimmen zu hören. Die Diener begannen das Zimmer zu säubern und die Wäsche zu wechseln. Während die junge Frau gewaschen wurde, stand der Gesandte bewegungslos und betete:

*«Meine Seele preist den Ewigen! Alles in mir preise Seinen Heiligen Namen! Meine Seele preist den Ewigen und vergißt keine Seiner Wohltaten! Er vergibt alle Sünden, Er heilt alle Krankheiten ...»*

Als er sein Gebet beendet hatte, war das Zimmer sauber. Die gewaschene und gekämmte junge Frau trug jetzt ein langes weißes Baumwollhemd. Der Arzt, der während des Gebets am Kopfende gekniet hatte, erhob sich. Der Gesandte faßte ihn am Arm:
«Ruht Euch aus», sagte er. «Und laßt Glühwein bringen. Ich werde bei ihr wachen.»

Yosef Zarfatti blickte aus tränenerfüllten blauen Augen zu ihm auf, nickte wie ein Kind und ging hinaus. Kurz danach erschien ein Diener mit einer großen Schale Glühwein. Der Gesandte blieb allein mit der jungen Frau, die immer noch bewußtlos war. Allmählich senkte sich wieder Stille über das Haus.

Obwohl David voller Vertrauen war, machte er sich doch auf das Schlimmste gefaßt. Er mußte wachsam sein und warten. Sofern der Ewige beschlossen hatte, dieses junge Leben zu retten, wäre David sogar in der Lage, sie Mörderbanden zu entreißen! Auf diese göttliche Gnade hoffte er, während er inbrünstig betete. Wenn der Ewige, gepriesen sei Sein Name!, jedoch beschlossen hatte, ihr diese Gnade zu verweigern, dann war auch seine eigene Sicherheit gefährdet. Behutsam hob er Dinas Kopf. Ihre Augen blieben geschlossen. Er drückte ihre Lippen auseinander, um ihr gewaltsam ein paar Tropfen Glühwein einzuflößen. Sie würgte und erbrach. Rötliche Streifen besudelten das weiße Linnen. Er versuchte es nochmals. Diesmal schluckte sie das heiße Getränk. Als die Schale leer war, nahmen auch ihre Wangen langsam wieder Farbe an.

Dies alles war im höchsten Maße verwirrend. Der Gesandte fürchtete den Tod und wußte, daß er ihn am Morgen noch viel beängstigender finden würde. Doch der Tod zog ihn auch an. Würde er nicht alles vereinfachen? Er verriegelte die Tür und entkleidete sich.

Als er in sie eindrang, zeigte Dina keinerlei Regung. Weder bewegte sie sich, noch gab sie irgendeinen Laut von sich. Dieser Körper, an den David sich klammerte, war leblos, auch wenn das Herz noch schlug. Er hatte gehofft, daß Schmerz, Überraschung oder Lust sie aus dem Todesschlaf aufrütteln und ins Leben zurückholen würden. Er hoffte es immer noch. Wie rasend preßte er seinen Körper auf sie, streichelte ihre Brüste, drückte ihre Schenkel und küßte sie ungestüm. «Wach auf! Kehr ins Leben zurück!» Immer eindringlicher flüsterte er Dina diese Worte ins Ohr, während seine Zärtlichkeiten zudringlicher wurden. Endlich vernahm er ein leichtes Japsen und Hecheln, das allmählich in Atmen überging. Die Augen der jungen Frau waren noch immer geschlossen, doch ihr Körper begann sich zu regen und zu winden. Er betrachtete sie. Wer hatte behauptet, gefallene Engel seien häßlich? Nein, im Gegenteil, sie waren schön, zart und strahlend. Das konnte er bezeugen.

Plötzlich ein Schrei, geboren aus unermeßlicher Wonne. David wußte nicht, ob er oder Dina geschrien hatte. Er richtete sich auf und stützte sich auf seine Ellenbogen. Die junge Frau blickte ihn aus weit geöffneten Augen und mit unbeschreiblicher Zärtlichkeit an. Er lächelte ihr zu. Sie wisperte etwas, das er nicht verstand. Er legte sein Ohr auf Dinas Mund. Sie wiederholte:

«Hat mein Herr mir vergeben?»

«Ich bin hier, um dir zu danken», sagte er. «Dir verdanke ich es, daß meine Gesandtschaft bald nach Portugal reisen wird.»

Dina war jetzt völlig wach und schien außer Gefahr zu sein. Sie schmiegte sich an ihn und lauschte, während er ihr in allen Einzelheiten von den letzten Tagen berichtete. Der Wohlklang und die Modulationen seiner Stimme ließen sie allmählich wieder einschlafen, aber diesmal war es ein Genesungsschlaf. Der Gesandte beobachtete sie für den Rest der Nacht und wachte über ihren Schlaf. Kurz bevor es tagte, verlosch die Kerze. In dem trüben Licht der Dämmerung konnte er Dinas Gesicht nicht mehr genau erkennen. Doch andere Gesichter tauchten aus seinem Gedächtnis auf und zogen mit den Erinnerungen vor seinen Augen vorbei. Er wußte nicht, ob die Müdigkeit schuld daran war, aber er stellte plötzlich fest, daß alle Gesichter eine verwirrende Ähnlichkeit mit Benvenida Abravanel hatten.

Als es Tag wurde, zog er sich an und ging zu Yosef Zarfatti, der in einem Sessel im Erdgeschoß eingeschlafen war. Er weckte ihn, um ihm zu sagen, daß es seiner Schwester bessergehe und er zu ihr könne.

Vier Wochen später war Graf Ludovico Canossa zurück in Rom. Er hatte sich beeilt und war glücklich, das Erasmus-Manuskript wiederentdeckt und erworben zu haben. Außerdem hatte er den jungen, einflußreichen Vertrauten des Königs, Diogo Pires, getroffen, der ihm zu einer Privataudienz bei João III. verholfen hatte. Daher konnte er die Antwort des Königs auf den Brief von Kardinal Egidio di Viterbo überbringen, die aus einer offiziellen Einladung nach Portugal bestand. Der Prinz David Rëubeni, Gesandter des Königs von Habor, möge sich auf Wunsch des Königs von Portugal mit seinem Gefolge nach Lissabon begeben. In einem gesonderten Schreiben, das Kardinal di Viterbo Miguel da Silva persönlich auszuhändigen gedachte, wurde dieser vom portugiesischen Herrscher aufgefordert, die notwendigen Dokumente auszustellen «für diese im Interesse Portugals so bedeutsame Gesandtschaft» – so lauteten die Worte des Königs.

Das geschah einen Monat vor *rosh hashana*, dem Tag, da das neue jüdische Jahr begann, das Jahr 5283 nach Erschaffung der Welt durch den Ewigen – gepriesen sei Sein Name!

## XXX
## DAS JAHR DER HOFFNUNG

In seinem Zimmer las David Rëubeni mit lauter Stimme den Beginn des zweiten Teils seines Tagebuchs. Da er gerade erst mit dem Schreiben aufgehört hatte, war die Tinte noch nicht trocken. Er achtete darauf, daß er das Blatt nicht befleckte, denn er liebte saubere Seiten.

«Nun endlich, die offiziellen Dokumente in Händen und versehen mit der Unterstützung der Mächtigen wie der Demütigen, kann ich mich an der Spitze einer imposanten Gesandtschaft auf den Weg nach Portugal machen. Mein getreuer Yosef, die überaus zuvorkommende Benvenida Abravanel, Doktor Zarfatti sowie all meine Freunde helfen mir nach Kräften. Bald werden sich Zigtausende junge Männer für das jüdische Heer anwerben lassen können. Was habe ich seit meiner Abreise aus Ägypten nicht alles erlebt! Möge der Ewige, gepriesen sei Sein Name!, mich bei meiner Mission beschützen!»

Nachdem der Gesandte Feder, Tintenfaß und Löschblätter aufgeräumt und sein Tagebuch in der Ebenholztruhe verstaut hatte, ging er hinunter in den großen Saal im Erdgeschoß, wo sich seine Freunde schon seit Einbruch der Nacht berieten.

Man sprach über die bevorstehenden großen jüdischen Festtage. Als er ihnen zuhörte, mußte David daran denken, daß er zwar sein Schicksal bisher gut gemeistert hatte, die Zeit ihm aber davongelaufen war. In zehn Tagen begann bereits der Monat *tishri*, der in diesem Jahr mit dem September des christlichen Kalenders zusammenfiel. Vier der wichtigsten jüdischen Feste waren zu feiern: *rosh hashana*, «Haupt des Jahres», also Neujahr, dann *yom kippur*, der Versöhnungstag, *sukkot*, das Laubhüttenfest, und schließlich *simhat tora*, die «Gesetzesfreude». Obadia da Sforno fuchtelte mit seiner rubingeschmückten Hand, als er sich an David wandte:

«Der Monat *tishri* ist heilig», rief er aus. «Moses bezeichnet ihn als *Vollendung* und als *erreichte Vollkommenheit*. Er ist Übergang vom endenden zum folgenden Jahr, also auch Übergang vom Alten zum Neuen und von der Kenntnis der Knechtschaft zum Kampf um Befreiung. Gedenkt der Gesandte des jüdischen Königreichs Habor ungeachtet dieser Festtage nach Lissabon zu reisen? Verehrter Prinz, wollt Ihr Euch wirklich den feierlichen Riten entziehen, die Ihr in Portugal nicht begehen dürft?»

David Rëubeni lächelte. Der Rabbiner mit seinen Begeisterungsausbrüchen und seinem herausfordernden Ton gefiel ihm. Er legte dem alten Mann die Hand auf die Schulter und erwiderte:

«Ganz sicher nicht! Auch wenn es mir schwerfällt, nicht schon heute abzureisen.»

«Ich wußte es!» rief der Rabbiner. «Ihr seid ein Mann der Wüste, der an die grenzenlosen Weiten gewöhnt ist, wo es keinerlei Kontrolle oder Protokolle gibt. Es muß hart für Euch sein, nicht sofort davonreiten zu können, sobald das Pferd gesattelt ist!»

Triumphierend und ein wenig schalkhaft fuhr er fort:

«Hatte ich es nicht prophezeit? Ihr werdet Euch nicht daran erinnern, aber ich habe darauf hingewiesen, was der Ewige über Moses verfügte. Ich sagte, daß der Ewige wie einst bei Moses dem Gesandten noch eine letzte und ausgeklügelte Prüfung auferlegen würde, bevor er ihn schließlich den langen Weg gen Israel ziehen ließe.»

Moses da Castellazzo schaltete sich ein:

«Unser Prinz wird also noch eine Zeitlang in Rom verweilen, bevor er nach Lissabon reist. Was mich betrifft, so gebe ich zu, daß ich hin- und hergerissen bin. Natürlich erfüllt es mich mit Stolz, zu den Freunden des Gesandten zu gehören, und ich werde deshalb so lange wie er in Rom verweilen, obgleich Venedig und mein Atelier mir bereits zu fehlen beginnen.»

David lächelte abermals. Der Rabbiner hatte recht. Er konnte nicht vor den Festlichkeiten des Monats *tishri* abreisen. Yosef Zarfatti zeigte seine Freude unverhohlen. Er sei glücklich, sagte er, den Gesandten aus Habor noch einige Wochen beherbergen zu dürfen. Seine Schwester Dina war durch ihr Fasten und den versuchten Freitod zwar abgemagert, sah aber schon wieder so frisch und schön aus wie vor den Ereignissen in Ostia. Auch ihre Liebe hatte nicht nachgelassen, und wenn sie ihre Gefühle auch nicht mehr so deutlich wie früher zeigte, so war es doch offensichtlich, daß ihr dieser Aufschub keineswegs mißfiel.

Yosef Halevi war der einzige, der sich in dieser Zeit nicht von Gefühlen leiten ließ. Er bereitete tatkräftig die Abreise vor, obwohl das Datum noch nicht feststand. Mit den von Benvenida Abravanel bereitgestellten Mitteln hatte er zwanzig zusätzliche Männer für Davids Leibgarde in Dienst genommen, die er einkleidete und mit Waffen und Pferden versah. Selbst an die Schiffspassagen hatte er gedacht und Plätze auf einem französischen Schiff reserviert, das gegen Ende des Monats *tishri* von Livorno über Gibraltar nach Lissabon fahren würde.

In den hauptsächlich von Juden bewohnten Stadtvierteln Sant' Angelo, Rigola und Ripa wurden die Festvorbereitungen in diesem Jahr auffallend emsig betrieben. Aber wie hätte es auch anders sein können? Schien das Jahr 5285 nach Erschaffung der Welt nicht das Jahr zu werden, in dem sich die Verheißungen erfüllen würden? Die Rückkehr ins Land Israel, der jahrhundertealte Traum, könnte endlich Wirklichkeit werden, dachten die Juden auf der italienischen Halbinsel, und wer bleiben würde, könnte vielleicht neue Rechte bekommen? Und die aus Spanien und Portugal Vertriebenen würden vielleicht endlich entschädigt? Die jüngsten Geschehnisse um den Gesandten waren für viele so unglaublich, daß sie jene uralte Hoffnung möglich, ja sogar wahrscheinlich werden ließen, die doch bisher nur sehnsüchtige Erwartung und Traum zu sein schien. Selbst die größten Skeptiker stutzten angesichts der Tatsache, daß David Rëubeni, der Bruder des jüdischen Königs von Habor, soeben eine offizielle Einladung von König João III. nach Portugal erhalten hatte, also in jenes Land, aus dem die Juden vor knapp dreißig Jahren vertrieben worden waren. Und hatte Papst Clemens VII., das Oberhaupt der Christenheit, bei einem Empfang zu Ehren des Gesandten nicht öffentlich den Juden seine Unterstützung bei der Rückeroberung ihrer Heimat Israel zugesagt? Und sah man nicht mit eigenen Augen, wie die Feinde des Prinzen von Habor einer nach dem anderen zugrunde gingen? Und hatten sich nicht vor kurzem zahlreiche Künstler und Gebildete zum erstenmal seit Menschengedenken solidarisch erklärt mit den verfolgten Juden und ihnen ihre Unterstützung bei der Forderung nach einem eigenen Staat zugesichert? Diese Maler und gebildeten Männer gehörten doch zu den Berühmtesten im Lande. Sie waren die Schützlinge von Fürsten, die die ganze Welt bewunderte, und hießen Ariost, Vittoria Colonna, Guicciardini, Michelangelo, Machiavelli, Signorelli, Berbo ... lauter Geistesgrößen, die sich plötzlich wie die Mitglieder einer einzigen Familie zusammenscharten! Ja, dieses Schaltjahr, das die Jahre 1524 und 1525 des christlichen Kalenders verband, erschien tatsächlich als das Jahr der Befreiung eines der ältesten Völker der Erde.

Als der erste Abend von *rosh hashana* nahte, erklärte Obadia da Sforno seinen christlichen Freunden die Bedeutung dieses Festtages, von dem die meisten noch nicht gehört hatten. Redselig und glücklich begann er:
«An diesem Tag zeigt sich der Ewige, gepriesen sei Sein

Name!, in Seiner Allmacht als König und oberster Richter, wenn Er vor seinem Angesicht all Seine Kreaturen vorüberziehen läßt, um sie ins Buch des Lebens oder ins Buch des Todes zu schreiben. An *rosh hashana*, sagt der Talmud, werden die Namen der Gerechten eingetragen, damit sie das ganze Jahr über am Leben bleiben. Auch die Namen der Ungläubigen werden eingetragen, aber für sie kündet die Schrift von ihrem Tod. Über das Geschick der Unentschiedenen wird erst an *yom kippur* befunden. Sie haben nur dann ein Anrecht auf Leben, wenn sie Reue zeigen. Daher wird nach dem Gottesdienst des ersten Abends von allen Gläubigen der Wunsch ausgesprochen: «*Euer Eintrag möge ein gutes Jahr bedeuten!*»

Die Spannung stieg, als er fortfuhr:

«Erst am zweiten oder dritten Abend des Festes kommt der feierlichste Augenblick, wenn der *shofar*, das Widderhorn, geblasen wird. Seine rauhen und klagenden Töne sollen das stumpf gewordene Gewissen aufrütteln. Der Überlieferung nach klingt darin aber noch anderes mit: die Schöpfung, die Opferung Isaaks, die Verkündung auf dem Berge Sinai, das Jüngste Gericht, die Errettung Israels und die Befreiung der gesamten Menschheit aus dem Griff des Bösen.»

Am zweiten Abend von *rosh hashana* war trotz verstärkter Bewachung eine Menschenmenge ins Haus Doktor Zarfattis geströmt. Dem feierlichen Anlaß entsprechend war das ganze große Haus mit weißem Tuch ausgeschlagen und zeigte also die Farbe der Unschuld. Moses da Castellazzo zählte dem Gesandten die zahlreichen Persönlichkeiten Roms, die Fürsten, die Kleriker und Künstler auf, die an diesem Tag des jüdischen Jahres ihren «älteren Brüdern» unbedingt einen Besuch abstatten wollten, um ihre Freundschaft zu bekunden.

Obadia da Sforno, der bereits ausgiebig getrunken und noch ausgiebiger gesprochen hatte, verabredete sich inzwischen mit jedem für «nächstes Jahr in Jerusalem». Als Moses da Castellazzo ihm neckend zu verstehen gab, es sei doch wohl ein wenig verfrüht, alle Leute für nächstes Jahr nach Jerusalem einzuladen, empörte sich der Rabbiner:

«Wieso verfrüht?»

«Schließlich muß erst einmal das Land von den Türken zurückerobert werden», erwiderte Moses. «Und dann muß es wieder aufgebaut werden. Ist es nicht verwahrlost und der Wüste anheimgegeben?»

Als einzige Antwort erhob der alte Rabbiner seine gichtigen Hände zum Himmel und begann sich fast ekstatisch zu wiegen und aus Jesaia zu deklamieren:

*Siehe, ich bereite neues, jetzt sprießt es hervor, wollt ihr es nicht bemerken? Ja, ich mache in der Wüste einen Weg, in der Öde Ströme. Es wird mich ehren des Feldes Tier, Schakal und Strauße, weil ich in der Wüste Wasser schaffe, Ströme in der Öde, zu tränken mein Volk, mein erkorenes.*»

Alle klatschten Beifall, auch jene, die seit ihrer Kindheit tagtäglich diesen Text lasen, ohne ihm jemals besondere Achtung geschenkt zu haben. Erst jetzt, in diesem besonderen Augenblick, gewahrten sie, wieviel Kraft und Schönheit in ihm lag.

Auf diesen denkwürdigen Tag folgte der dritte *tishri*, der Fasttag *tzom gedaliah*. Das war der Name eines jüdischen Statthalters, den die Babylonier nach der Einnahme Jerusalems im Jahre 586 eingesetzt hatten und der sieben Monate später von einem anderen Juden mit Namen Ismael ermordet wurde. Dieser Mord war das symbolische Vorspiel für die Verschleppung des jüdischen Volkes nach Babylonien und die Flucht nach Ägypten gewesen.

Obadia da Sforno hatte nicht versäumt, darauf hinzuweisen, daß in Erinnerung an den Mord und seine Folgen das Fasten der Reue gewidmet war und daher an diesem Tag die Anrufung gelesen werde: *Kehr zurück, o Israel, zum Herrn, deinem Gott! Sag ihm: vergib all unsere Sünden und nimm uns auf in deiner Güte!*

Die Reue war die notwendige Vorbereitung für den feierlichen Tag *yom kippur*, das Große Verzeihen, sechs Tage später.

Mit undurchdringlicher Miene nahm David Rëubeni an all diesen Festlichkeiten teil. Er blieb auch für jene unnahbar, die ihm so zahlreich gratulierten, denn der Mann der Wüste wußte, daß nichts so freigiebig ausgeteilt wird wie Komplimente. Doch am *kippur*-Abend, als er wie alle Juden den *tallit*, den Gebetsmantel, angelegt hatte und in tiefer Demut und mit leiser Stimme dem Ewigen, gepriesen sei Sein Name!, seine Sünden bekannte, da weinte er. Nach dem Gebet richtete er seine Gedanken auf *sukkot*, das Laubhüttenfest, das an die Zelte und Hütten erinnert, aber auch Erntedankfest genannt wurde. Es erinnerte an das lange Herumirren der Juden in der Wüste, gleich nach ihrem Auszug aus Ägypten, und an die spärlichen Hütten, in denen sie gehaust hatten. Ihr Allerheiligstes, der Tempel, war in diesen Tagen nur eine *sukka*, eine simple Hütte oder ein Zelt gewesen. Doch das hatte diese Herumirrenden, diese Bauern aus der Wüste nicht in ihrem Glauben zu beirren vermocht. David erinnerte sich, daß in den Psalmen sogar der Tempel von Jerusalem mit dem Bild der *sukka* beschrieben wird: *In seiner Hütte wird er mich bergen am Tag des Unheils ... In Salem ist sein Zelt, seine Wohnung auf Zion.*

Auf *sukkot* folgte *simhat tora*, der Tag der Übergabe des Gesetzes. Das Fest beschloß den Zyklus der Feierlichkeiten des Monats *tishri* mit Gesängen, Besuchen bei Freunden und dem Verschenken von Süßigkeiten. Einem Sprichwort zufolge erwachsen die Freude und spirituelle Heiterkeit, die diesen Tag auszeichnen, aus der aufrichtigen Reue, der Buße und dem Gebet am Tage der Großen Verzeihung.

Als auch dieser letzte Abend der Festlichkeiten vorbei war, ging David in sein Zimmer hinauf, um reglos im Halbdunkel zu meditieren. Dann beschloß er, sich schlafen zu legen, doch er war so ruhelos, daß er wieder hinunterging. Im großen Saal im Erdgeschoß gewahrte er die vielen Menschen, die, auf Sofas, Sesseln oder gar dem Fußboden sitzend und liegend, vom Schlaf übermannt worden waren. Einige, die nur vor sich hindämmerten, saßen noch an demselben Platz, an dem er sie vor Stunden verlassen hatte. Bald würde der Tag anbrechen, aber noch lag Dunkelheit über dem Haus. Die Fenster waren geschlossen. Kein Luftzug zirkulierte. Die Flammen der Leuchter auf der Kommode zeigten steil nach oben. Inmitten dieser schlummernden Menschen und überflüssigen Kerzen stand aufrecht Yosef Halevi. Er wankte ein wenig, während er mit leiser Stimme eine Rede hielt, die sich an seinen ebenfalls schwankenden Schatten an der Wand oder an ihn selbst richten mochte. Seine Worte waren nur undeutlich zu verstehen, aber sie ließen doch ein paar Leitmotive erkennen: Habor, Israel, David Rëubenis geheiligte Mission ...

Im Halbschatten hörte der Gesandte seinem Diener zu. Er wartete auf ein höhnisches Lachen von irgendeinem der Zuhörer, aber nichts dergleichen geschah. Niemand spottete oder tat Yosefs Worte als Hirngespinste ab. Diese Männer hier glaubten an ihn! Sie vertrauten ihm, wie tausend andere auch! Er durfte sie nicht enttäuschen! Er zog sich wieder zurück und ging auf Zehenspitzen in sein Zimmer hinauf. Noch nie hatte er sich so allein gefühlt.

Am Tag darauf wurde der Gesandte noch einmal vom Papst empfangen. Clemens VII. hatte darauf bestanden, ihm persönlich eine gute und erfolgreiche Reise zu wünschen. Tausende von Juden gaben David Rëubeni bis Viterbo das Geleit, wo der Kardinal ihn für eine Nacht beherbergte, bevor der Gesandte nach Pisa und Livorno weiterreiste.

Der Arzt Yosef Zarfatti liebte keine Abschiede. Er zog es vor, sich vom Gesandten schon bei dessen Abreise aus Rom zu trennen. Auch seine Schwester Dina blieb in Rom zurück. «Möget Ihr gesund und wohlbehalten zu uns zurückkehren», hatte sie David mit einem glühenden und zärtlichen Blick zugeraunt. Moses da Castellazzo hingegen folgte dem Gesandten bis Livorno, so wie er ihn auch in Venedig bis zum Hafen begleitet hatte. Obadia da Sforno wollte sich ein solches Ereignis trotz seines hohen Alters nicht entgehen lassen und fuhr in einer Kutsche nach Livorno. Von den Dienern des Gesandten sollte nur Tobias in Rom bleiben. Das imposante Gefolge des Gesandten bestand aus dreißig bewaffneten und berittenen Männern in weißen Gewändern sowie aus zwanzig weiteren, die auf Maultieren die Geschenke für den König von Portugal mitführten.

Im Hafen von Livorno hielt David Rëubeni vergeblich Ausschau nach seiner Wohltäterin Benvenida Abravanel, die das Anwerben einer solchen Dienerschar ermöglicht hatte. Er war verwundert und enttäuscht, sie nicht vorzufinden, enthielt sich aber jeglichen Kommentars. Die Kais waren schwarz vor Menschen. Und in der Menge der Juden, Christen, Anhänger und Gaffer entdeckte er plötzlich doch Benvenida Abravanel. Sie war einen Tag vor ihm in Livorno angekommen, um ihn direkt am Schiff zu erwarten. Als er ihre in einen langen braunen Mantel gehüllte Gestalt erkannte und die großen schwarzen Augen sah, die zwischen einem Samthütchen und einem weißen Pelzkragen hervorblitzten, war der Mann aus Habor entzückt und gerührt zugleich. Er trat auf sie zu. Ihre Blicke verschmolzen.

«Danke», sagte er.

«Möge der Ewige Euch schützen», entgegnete Benvenida.

Dann schlug sie gleich einem jungen Mädchen die Augen nieder und fügte hinzu:

«Kehrt bald zu mir zurück! Euer Sehnen wird der kleinen Dina gelten. Das weiß ich. Aber ich werde Eure Belohnung sein.» Im gleichen Augenblick, noch bevor David etwas sagen konnte, verschwand sie in der Menge.

Kurz danach lief die *Victoire* aus. Trompetentöne, Vivatrufe und Gebete begleiteten sie. Am Fahnenmast waren die Flaggen der zwölf Stämme Israels aufgezogen, und über ihnen flatterte das weiße Banner mit den goldenen hebräischen Schriftzeichen – auch dies ein Geschenk der großzügigen Benvenida.

Jacob Mantino und seinen Freunden blieb nichts anderes übrig, als ihren Zorn herunterzuschlucken. In dieser Menschenmenge im Hafen von Livorno, aber auch auf der ganzen Halbinsel gab es niemanden, und besonders keinen Juden, der diesem Schiff nicht eine gute Fahrt wünschte. Da segelte es nun langsam an der Küste Italiens entlang, und an Bord führte es die ganze Hoffnung Israels mit sich.

# Zweiter Teil

## XXXI
## AUF DEM WEG NACH PORTUGAL

Allmählich verschwand die toskanische Küste unter der Horizontlinie. David Rëubeni stand nachdenklich an Deck und dachte darüber nach, wie schnell man sich an Menschen, Orte und Dinge gewöhnte, so daß der Abschied schwer fiel und man ihnen noch lange nachtrauerte. Ein Windstoß fuhr in die Segel und blähte sie auf. Ihn fröstelte. War es mit dem Unglück genauso? Trauerte man dem nach, was man in der Vergangenheit erlitten hatte? Schaum zeigte sich auf den Wellenkämmen, und dicke Wolken schoben sich über den Himmel. Er wollte sich zu dem Schluß durchringen, daß vergangenes Unglück nur noch Vergangenheit und kein Unglück mehr war. Jacob Mantinos Komplotte kamen ihm in den Sinn. Hier, auf den schwankenden Planken der *Victoire*, schienen diese finsteren Machenschaften in eine graue Vorzeit entrückt. Auch wenn die Geschehnisse in seine Erinnerung eingezeichnet waren, hatte das Blatt sich doch gewendet. Aber wer hängt nicht an seinen Erinnerungen? Können sie einem entwischen wie der Vogel aus des Fängers Netzen? Gerührt erinnerte er sich an seine Ankunft in Venedig, an den Maler Moses da Castellazzo und sein weiträumiges Atelier im Ghetto nuovo, an den alten Vincentius Castellani in Fossombrone und den Rabbiner Obadia da Sforno in Rom. Mit Dankbarkeit gedachte er des gastlichen Hauses von Yosef Zarfatti und des Lächelns von Dina, der süßen Dina. Er sah den lachenden Kardinal di Viterbo wieder vor sich und Niccolò Machiavelli mit seiner Schale Weintrauben, oder Michelangelo, der so beseelt über Moses gesprochen hatte. Aber auch die Worte von Benvenida Abravanel hörte er nochmals, die sie ihm im Hafen von Livorno zugeraunt hatte: «Ich werde Eure Belohnung sein». Würde er ihrer je würdig sein?

Nun war das Land nicht mehr zu sehen. Das Festland und die Küste waren nur mehr Erinnerungen – wie die italienischen Freunde, die Kanäle Venedigs, die Gassen von Rom oder der Innenhof des Vatikans. Es gab nur noch das Meer. Mit dem Handrücken wischte der Gesandte sich die sprühende Gischt vom Gesicht, die ihm auf den Wangen brannte, und murmelte das Gebet der Reisenden: *«Möge es dein heiliger Wille sein, o Ewiger, unser Gott und Gott unserer Väter, daß wir in Frieden reisen und in Frieden ankommen.»*

Seit fünf Stunden segelte die *Victoire* nun schon gegen den starken Wind und rollte dabei stets von einer Seite zur anderen, ohne wirklich vorwärtszukommen.

«Vielleicht wird der Seegang uns bei Einbruch der Nacht gewogener sein», sagte Yosef, als er neben seinen Herrn trat.

David Rëubeni reagierte nicht. Er hatte die Augen geschlossen und hielt dem Wind und der Gischt genüßlich sein Gesicht entgegen.

«Das Meer erinnert mich an die Wüste», murmelte er schließlich. «Erinnerst du dich noch an die Wüste?»

«Ja», erwiderte Yosef. «Ich erinnere mich auch an die Wellen der Wüste – die Dünen.»

«Aber an meinen Vater, wie er hoch zu Pferde durch einen Sandsturm galoppierte, kannst du dich nicht erinnern», sagte der Gesandte verträumt. «Wenn du das gesehen hättest, wüßtest du, was ein Reiter ist!»

Der Sturm schien noch wilder zu wüten.

«Schließ die Augen und hör dem Grollen zu», sagte David zu

seinem Vertrauten. «Kannst du den Sandsturm hören, das Wirbeln von gelbem Ocker? Wie das Ockergelb des Gebirges in meiner Heimat, wie das Ockergelb des Kopftuches meiner Mutter...»

«Sie wäre stolz auf dich, Herr.»

«Dazu gibt es aber im Augenblick keinen Grund!»

«Du hast die Unterstützung des Papstes errungen!» rief Yosef ihm zu. «Du, der Jude aus Habor! Befinden wir uns nicht bereits auf dem Heimweg? Auf dem Heimweg nach Jerusalem?»

Ein Brecher ging auf sie nieder. Das Schiff bekam Schlagseite, und David mußte sich an ein Tau klammern. Nachdem er wieder Tritt gefaßt hatte, wechselte er das Thema:

«Was hast du mit Tobias gemacht?» fragte er.

«Willst du das wirklich wissen?»

«Mir liegt daran, ja.»

Yosefs Lachen verlor sich in den Lüften. Die Nacht brach herein, doch das Schlingern ließ nicht nach.

«Ich habe ihn», gab er endlich zur Antwort, «zum Botschafter da Silva geschickt, mit einem sorgfältig versiegelten Schreiben.»

Mit einer Kinnbewegung hieß der Mann aus Habor ihn fortfahren:

«In den Umschlag habe ich einen von mir selbst geschriebenen Brief gesteckt, der so klang, als gelte er Tobias.»

«Und was stand darin?»

«Daß ich Tobias danke, seinen Herrn, David Rëubeni, rechtzeitig vor der Verschwörung in Ostia gewarnt zu haben.»

«Deine List ist wenig glaubwürdig», wandte David mit einem Lächeln in den Mundwinkeln ein. «Glaubst du etwa, ein so gerissener Mann wie da Silva ließe sich davon täuschen?»

«Du hast recht», gab Yosef zu. «Aber der Zweifel ist gesät und wird Früchte tragen. Mantino und da Silva werden sich in Zukunft vor Tobias in acht nehmen. Der Zweifel ist wie das Wasser: Steter Tropfen höhlt auch den festesten Granit.»

«Der Botschafter wird auf Rache sinnen.»

«Gewiß, aber er führt ohnehin nichts Gutes im Sinn. Er steht Königin Katharina und den Dominikanern nahe, die König João III. unablässig drängen, in Portugal das Heilige *Inquisitions-Offizium* nach spanischem Vorbild einzuführen. Flüchtlinge haben mir erzählt, daß vor mehr als dreißig Jahren unter João II. und Manuel I. viele Tausend Juden mit Gewalt zu den Taufbecken geschleppt wurden. Diese Neuchristen werden ständig überwacht, kontrolliert und schikaniert. Sie dürfen Portugal nicht verlassen, aber man ließ sie zumindest am Leben. Sollte jedoch die Inquisition in Lissabon Fuß fassen, dann werden sie ohne Zweifel, einer nach dem anderen, auf dem Scheiterhaufen landen!»

Die Nacht war nun vollends hereingebrochen, aber der Seegang wurde immer stärker. Das Schiff ächzte unter dem Anprall der Wellen, und die beiden Männer hatten alle Mühe, sich aufrecht zu halten. Trotz dieses wilden Tanzes auf dem Wasser erinnerte David Rëubeni Yosef daran, daß es Zeit war, *ma'ariv*, das Abendgebet, zu sprechen. Seine Stimme übertönte das Pfeifen des Windes in den Wanten:

«*Und Er, voller Erbarmen, vergibt die Sünden ...*»


Als es Morgen wurde, zeigte der Himmel sich strahlend blau. Der Wind hatte gedreht, und so konnte die *Victoire* zwei Tage später im Hafen von Marseille anlegen. Der Kapitän, ein großer, kahlköpfiger Muskelprotz namens Fernão de Morais, erklärte dem Prinzen von Habor, daß er hier Viehfutter an Bord nehmen müsse, denn die Esel und Pferde, die David mit sich führte, hätten Appetit bei der Seeluft bekommen und ihren Proviant bereits aufgefressen. Kapitän Morais, der aus einer seit zwei Generationen in Fes ansässigen portugiesischen Familie stammte, arbeitete für die Franzosen und sprach recht gut Arabisch.

«Es ist besser, hier in Marseille zu ankern, als in einem spanischen Hafen», bemerkte er. «Stellt Euch die Gesichter der dortigen Inquisitoren vor, wenn sie Eure Flaggen zu Gesicht bekämen!»

Über seinen verrückten Einfall mußte er selbst herzlich lachen.

«Ich habe viele Juden in Fes gekannt», fuhr er fort. «Einige waren gute Freunde von mir. Darunter war auch ein Rabbiner, ein Meister der Kabbala: Yehuda ibn Mose Halevi. Kurz bevor ich zur See ging, ist er ins Heilige Land gezogen. Sein Sohn lebt noch immer in Fes.»

Fernão de Morais war sichtlich geschmeichelt, ein paar Worte mit einem jüdischen Prinzen zu wechseln, der auch noch die Gunst des Papstes genoß und vom König persönlich nach Portugal eingeladen worden war.

«Wir verdanken es den Juden Martin Behaim, Meister Rodrigo und Meister Yosef, daß wir seit Ende des vorigen Jahrhunderts auf hoher See genau navigieren können, indem wir die Höhe der Sonne messen», bemerkte er, stolz, seine Kenntnisse vor einem so illustren Passagier ausbreiten zu können.

Ein Gerücht eilt schneller voran als ein mächtiges Schiff, und manchmal auch schneller als die Geschichte. So hatte die *Victoire* kaum Anker geworfen, als auch schon eine Abordnung der Juden von Marseille an Bord erschien. An ihrer Spitze ging ein kleiner, liebenswürdiger Mann mit weißem Bart, der Rabbiner Aba Mari.

«Auch in Marseille warten die Juden auf die langersehnte Heimkehr. Hier in Marseille vertraut man auf Euch!» sagte er mit zittriger Stimme, der jedoch das Feuer in seinem Blick Nachdruck verlieh.

Rührung ergriff David, als er den alten Mann vor sich sah. Der Rabbiner trug einen gelben Hut, den David erstaunt musterte. Als der Gelehrte das bemerkte, erklärte er in provenzalisch gefärbtem Hebräisch:

«Früher mußten die Juden das Schandmal des gelben Rädchens tragen. Doch Papst Clemens VII. in seiner Güte ...»

Er hielt kurz inne, um David einen verständnisinnigen Blick zuzuwerfen:

«Dieser Papst, der auch der Schutzherr des Prinzen von Habor ist, hat uns anstelle des Rädchens diesen Hut gestattet. Die Frauen müssen eine Kokarde in der gleichen gelben Farbe tragen. Die nennt man hier je nach Gegend *patarassoune* oder *guevillon*.»

«Und wenn Ihr Euch weigert, diesen Hut zu tragen?»

«Dann erwartet uns eine Strafe von zweihundert Goldsukaten!»

In Davids Blick lag zärtliches Mitleid.

«Wie lange noch, o Ewiger, wie lange noch?» murmelte er.

Dann hob er die Stimme und wandte sich an die anderen Mitglieder der Abordnung mit einem Zitat aus der Tora:

*«Die Augen des Ewigen weilen auf den Gerechten, und Seine Ohren beachten ihr Rufen.»*

Von dieser Zuwendung ermutigt, wagte es der Rabbiner Aba Mari, eine Frage zu stellen, die ihm auf den Lippen brannte. Unverhohlen, fast abrupt sagte er zu David Rëubeni:

«Darf ich den Gesandten fragen, ob er ein Prophet oder gar, wie manche behaupten, der Messias ist? Man munkelt...»

«Es wird so viel geredet», konterte David mit gerunzelten Brauen und unwirschem Blick. Er hatte dem Rabbiner das Wort abgeschnitten, und als er sah, wie verlegen dieser war, fuhr er fort:

«Ich komme aus dem kleinen jüdischen Königreich Habor an den Grenzen Arabiens und bin der Bruder des Königs. Mit anderen Worten, ich bin wie alle anderen, ein armer, reumütiger Sünder. Doch ich weiß Schlachten zu führen und zu gewinnen. Und um in den Krieg zu ziehen, bedarf es eines Heeres. Aber ein Heer braucht auch Waffen, sonst taugt es nichts...»

Er bedachte Aba Mari mit einem Lächeln:

«Das ist der einzige Grund für meine Reise nach Portugal!»

Der alte Mann mit dem weißen Bart und seine Begleiter waren erleichtert. Ein allgemeines Gespräch schloß sich an, das Stunden dauerte. Wenn Kapitän Fernão de Morais nach Verladung des Viehfutters die Abordnung nicht aufgefordert hätte, das Schiff zu verlassen, wären sie sicher die ganze Nacht geblieben. Im Schatten der Laternen hätten sie dem Gesandten ihren Alltag geschildert und vom Elend und Hoffen der Juden im Königreich Frankreich erzählt.

Als die *Victoire* den Anker lichtete und langsam die Reede von Marseille verließ, um Kurs auf Mallorca zu nehmen, standen die Männer noch immer auf dem Kai, winkten mit den gelben Hüten und beteten für den Erfolg des Gesandten.

Die nächsten drei Tage auf See verliefen ruhig. Die Wellen schmiegten sich gehorsam gegen die Flanken des Schiffes, als wollten sie es bei seiner Fahrt nach Südwesten unterstützen. Es geschah an einem Sonntag, dem Tag nach Shabbat. Abends zuvor hatten der Gesandte und seine Männer im Beisein von Kapitän Morais den Ritus begangen. Der Kapitän schien so glücklich, an den Gebeten und Gesängen für diesen Ruhetag teilzunehmen, daß Yosef ihn schon verdächtigte, einer jener *conversos* zu sein, die zwangsweise zum Christentum übergetreten waren. Als er David seine Vermutung mitteilte, enthielt der sich jeglichen Kommentars.

An diesem Sonntag gelangte die von günstigen Winden vorangetriebene *Victoire* in Sichtweite der Balearen. Durch den leichten Nebel schimmerte in der Ferne die weiße Küste Mallorcas hindurch, während sich hinter ihnen der Himmel mit schwarzen Wolken überzog. Plötzlich sichtete der Wachposten eine Galeote, die keinerlei Erkennungszeichen trug und geradewegs Kurs auf die *Victoire* hielt.

Kapitän Morais, der mit David im Gespräch war, richtete sein Fernrohr aus.

«Die Barbaresken!» rief er und fuchtelte aufgeregt mit den Armen. «Ich kenne sie! Ich kenne diese Piraten nur zu gut!»

An Bord der Galeote schien Entschlossenheit zu herrschen. Alle Segel waren gesetzt, und das Piratenschiff segelte hart am Wind im Kielwasser der *Victoire*, als wolle es diese längsseits entern. Doch plötzlich schlug in Höhe des Hecks eine kräftige Salve ein. Aber so leicht ließ Kapitän Morais sich nicht überrumpeln! Er schickte seine Matrosen mit ihren Armbrüsten zu den verschiedenen Verteidigungsstellungen, so daß Oberdeck, Bug und Heck bald mit Schützen gespickt waren. Da die Lage gefährlich zu werden schien, wies David Yosef an, seine Männer als Verstärkung einzusetzen. Doch dazu kam es gar nicht mehr, denn dumpfe Salven erschütterten das Schiff – die Geschosse der *Victoire* hatten den Piraten geantwortet. Kurz darauf sahen sie, wie die feindliche Galeote abdrehte und sich davonmachte.

«Was ist los?» fragte der Gesandte, der neben den Kapitän getreten war.

Dieser wies mit der Hand aufs offene Meer, wo eine imposante Flotte unter spanischer Flagge auf die Küste zuhielt. Die Barbaresken hatten gut daran getan, die Flucht zu ergreifen. Die Mannschaft der *Victoire* jubelte und setzte Kurs auf den Hafen Mao Mah, unweit der Spitze Mallorcas. Doch in Sekunden schlug das Wetter um, und Regen prasselte von Nordwesten auf sie nieder. Die von Osten herangezogenen dicken Wolken überschatteten alles. Auf den Angriff der Galeote folgte fast nahtlos der Sturm. Den meisten von Davids Männern wurde übel, da sie an so stürmische See nicht gewöhnt waren. Nur der Gesandte blieb neben dem Kapitän auf dem überfluteten Deck stehen und beobachtete die Manöver, die dieser anordnete.

«Ich werde den Hafen umschiffen, bei solch einem Seegang haben wir keine Chance, einzulaufen!» brüllte er David im Vorbeigehen zu. Auch der Mann aus Habor hielt sich nur noch mit Mühe aufrecht.

Der Wind blies immer heftiger, und der Kapitän ließ die Takelage auf fünf bis sechs Spannen herunterholen, damit die Segel nicht vom Sturm zerfetzt wurden. Als er abermals beim Gesandten vorbeikam, mußte er gegen den heulenden Wind, das tosende Meer und die knarrenden Masten anbrüllen, um sich verständlich zu machen:

«Wir müssen von der Küste weg. In dieser Gegend und bei solchem Wind und Regen können uns die Riffe gefährlich werden.»

Doch als die Nacht kam und die Wellen mit geballter Gischt auf das Schiff niedergingen, waren die gewöhnlich gut sichtbaren Riffe und Klippen nicht mehr zu erkennen. Als das Schiff auflief, wurde David von dem Aufprall zu Boden geworfen und rutschte über das nasse Deck. Es gelang ihm jedoch, sich an der Reling festzuhalten und aufzustehen. Er wollte gerade den Kapitän suchen, da hörte er neben sich im Dunkel jemanden beten: «*Kehr zurück, o Ewiger...*» Trotz des heulenden Windes erkannte er die Stimme von Yosef.

Erst bei Tagesanbruch beruhigte sich das Wetter allmählich. Die *Victoire* hatte tapfer standgehalten. Abgesehen von einem schnell zu kalfaternden Leck und dem Verlust eines Esels, der von den anderen Tieren totgetrampelt worden war, erwiesen sich die Schäden als unerheblich.

Nach dreitägiger Fahrt bei gemäßigtem Wind kam Gibraltar in Sicht. David und die Seinen feierten den nächsten Shabbat im Golf von Cadiz, bevor man dann Tavira, den ersten lusitanischen Hafen, anlief. Endlich konnte der Gesandte aus Habor den Fuß auf portugiesischen Boden setzen! Seit seiner Abreise aus Livorno waren zwei Wochen vergangen.

In dem wohlhabenden und geschützten Hafen von Tavira ankerten zahlreiche Schiffe, die Obst und Wein an Bord nahmen, um mit ihrer Fracht nach Flandern weiterzusegeln. Zur Überraschung des Gesandten wurde er bereits von einer Abordnung des Königs erwartet. David hatte damit gerechnet, daß der erste offizielle Kontakt erst in Lissabon stattfinden würde. Doch der König hatte ihm vier Boten entgegengesandt, zu denen auch ein Mitglied des Thronrates, Diogo Pires, gehörte. Dieser war auffallend jung, hatte eine sehr helle Haut und violette Augen. Sein Lächeln wirkte scheu und ironisch zugleich, und als er seinen federgeschmückten flachen Samthut abnahm, kamen blonde Haare zum Vorschein. Kapitän Morais begrüßte die königliche Gesandtschaft überaus feierlich an Bord seines Schiffes. Diogo Pires schien zunächst vom Anblick des Gesandten aus Habor verstört, aber er faßte sich schnell und verneigte sich mit Anmut. Da die königliche Abordnung nur Portugiesisch sprach, bot sich der Kapitän eilfertig als Dolmetscher an und war von dieser Aufgabe sichtbar entzückt.

«Ich überbringe dem Prinzen ein Willkommensschreiben meines Königs João III.», sagte Diogo Pires mit sanfter Stimme. «Der König hat mich beauftragt, den Gesandten wissen zu lassen, daß der Hof sich im Schloß Almeirim, in der Nähe von Santarém aufhält, da in Lissabon, Gott sei's geklagt!, seit etwa zehn Tagen die Pest wütet.»

Er verneigte sich abermals:

«Seine Majestät schlägt daher vor, daß der Prinz und sein Gefolge auf dem Landwege nach Almeirim reisen. In Kürze wird hier in Tavira eine königliche Eskorte eintreffen und die Gesandtschaft aus Habor begleiten. Ich meinerseits muß ohne Aufschub zum Hof zurück, um dem König die Ankunft des Gesandten zu melden.»

David Rëubeni wartete, bis der Kapitän jedes Wort übersetzt hatte, dann lächelte er und zitierte auf Hebräisch:

«*Auch Jakob ging seines Weges und ihm begegneten Engel Gottes. Und Jakob sprach, so wie er sie sah: Ein Lager Gottes ist das. Und nannte den Namen desselben Ortes Machnajim: Doppellager.*»

Die violetten Augen von Diogo Pires belebten sich bei diesen Worten. Noch bevor irgend jemand die Antwort des Gesandten übersetzen konnte, rief er:

«Das steht in der Genesis, nicht wahr?»

Doch als fürchtete er, zuviel gesagt zu haben, wandte er sich brüsk auf dem Absatz um und verließ mit den drei anderen Edelmännern das Schiff.

## XXXII
## BEI HOFE

Das aus rosafarbenem Gestein erbaute Almeirim lag zu Füßen eines Kastells im maurischen Stil und besaß ein Klarissenkloster sowie eine gotische Kirche. Das Leben in dem Städtchen folgte dem Rhythmus der königlichen Launen. Almeirim erwachte, wenn der Herrscher mit seinem Hof für ein paar Sommertage hier eintraf, um sich am prachtvollen Blick über Tejo und Ribatejo zu ergötzen. Doch sobald die illustren Gäste wieder abgereist waren, sank auch das Städtchen wieder in seinen Schlaf zurück.

Durch die Epidemie, die Lissabon heimsuchte, war der Hof in diesem Jahr gezwungen, länger als üblich in Almeirim zu verweilen. Die Beengtheit, in der man hier lebte, und der Mangel an Zerstreuungen begünstigten die Verbreitung von Gerüchten und stachelten die Leidenschaften an. Die Meldung von der Ankunft des Gesandten aus Habor führte sofort zu den unterschiedlichsten Vermutungen. Man nannte den Prinzen ironisch «den jüdischen Gesandten des Papstes» und ließ sich zu spitzfindigen Kommentaren oder endlosen Streitgesprächen hinreißen. Schnell bildeten sich zwei Lager heraus. Das eine scharte sich um König João III. und seinen Beichtvater António de Ataide. Das andere Lager folgte der königlichen Gemahlin, Katharina von Kastilien, und ihrem Verbündeten Rodrigo de Azevedo, dem künftigen Großmeister des Jesuitenordens.

Der berühmte Vasco da Gama, der den Seeweg nach Indien gefunden hatte, war erst vor einem Monat gestorben, und die

Gruppe um João III. begriff durchaus, welche Vorteile Portugal aus dem Plan des Gesandten ziehen konnte: An der Grenze zu Asien und entlang dem Roten Meer würde man Handelskontore errichten! Daher begrüßten sie und ihr König die Initiative des Papstes und auch die Unterstützung, die er David Rëubeni gewährte. Die Gegenseite im Umkreis der Königin richtete ihr Augenmerk hingegen ausschließlich auf die Situation innerhalb des Landes. Sie befürchteten, die bevorstehende Ankunft des Prinzen von Habor könne bei den vielen Zwangskonvertierten zu einem Wiederaufflammen des jüdischen Glaubens führen. In ganz Portugal würden Unruhen drohen! Es wäre folglich verhängnisvoll, David Rëubeni bei seinem Vorhaben zu unterstützen.

Die Atmosphäre war überaus gespannt, als Dom Miguel da Silva in Almeirim eintraf. Der Botschafter Portugals beim Heiligen Stuhl war aus Rom herbeigeeilt, um den König zu ersuchen, seinen Standpunkt nochmals zu überdenken. Er wußte, daß João III. ihn schätzte und seinen Darlegungen stets Wohlwollen entgegengebracht hatte. Vielleicht würde er auch diesmal für seine Argumente empfänglich sein. Zumindest hatte der Herrscher ihm noch am Tage seiner Ankunft eine Audienz gewährt.

«Majestät», erklärte der Botschafter ohne Umschweife, «Ihr gefährdet den Frieden des Königreiches, wenn Ihr diesen undurchsichtigen jüdischen Abenteurer aus irgendeiner gottverlassenen Wüste empfangt! Dieser David Rëubeni wird in unserem Lande die schlimmsten Auseinandersetzungen heraufbeschwören! Majestät, bedenkt doch die Reaktion des Volkes! Wie sollen Eure ergebenen Untertanen verstehen, daß Ihr einen jüdischen Fürsten mit allen Ehren empfangt, wo doch alle Juden aus Portugal vertrieben wurden? Und welche Gründe kann es dafür geben, daß der portugiesische König ein jüdisches Heer aufzubauen und zu finanzieren gedenkt?»

Das kantige Gesicht des Botschafters drückte tiefe Besorgnis aus. Schweißtropfen standen ihm auf der Stirn.

«Auch der Adel murrt», setzte er noch hinzu.

João III. strich sich schroff über den kurzen, krausen Bart und blickte Miguel da Silva ungeduldig an. Dieser hielt inne.

«Mein lieber Dom Miguel ...»

Die Stimme des Herrschers klang befremdlich, jung und schneidend zugleich. João III. unterbrach sich für einen Augenblick, was den Botschafter zu vermehrter Aufmerksamkeit zwang, und ging dann zum Gegenangriff über:

«Wie kann ein so scharfsinniger und so gut informierter Mann wie Ihr derlei Hirngespinste glauben? Noch heute morgen habe ich einer Abordnung des Hochadels eine Audienz gewährt. Darunter waren die Bragança, die Coutinho, die Melo... und wißt Ihr, warum sie bei mir waren? Um mir ihre Unterstützung anzutragen und mich zu bestärken. Und wollt Ihr wissen, worin man mich bestärken wollte? Das portugiesische Königreich solle sich an dem Vorhaben des Prinzen von Habor beteiligen!»

Das war ein Schlag für den Botschafter. Um den Anstand zu wahren, zupfte er sein Spitzenjabot zurecht, bevor er einen Einwand wagte:

«Gestatten Majestät mir eine Bemerkung?»

«Sprecht.»

«Soweit ich informiert bin, haben die Melo und die Coutinho Freunde und Gläubiger jüdischer Konfession», sagte er eindringlich.

Barsch schnitt ihm João III. das Wort ab:

«Es gibt keinen einzigen Menschen jüdischer Konfession mehr in Portugal!»

Miguel da Silva verneigte sich, hob dann den Blick und sah den König mit jener geheuchelten Lauterkeit an, die die Höflinge in Joãos Umgebung ebenso belustigte, wie sie die Mitglieder der Kurie in den Fluren des Vatikans erheiterte.

«Majestät haben recht, mich zur Ordnung zu rufen», begann er von neuem. «Doch ich habe Informationen, daß etliche dieser *conversos* sich ihre alten Bräuche bewahrt haben. Sie essen kein

Schweinefleisch und beten zu ihrem Gott in Kellern, die sie als Synagogen benutzen. Im Grunde haben sie ihrer Religion nicht abgeschworen. Sie judaisieren jetzt im Verborgenen, und Gott allein weiß, was herauskommen wird aus ihren finsteren Treffen, ihren Intrigen, ihren Komplotten!»

Er richtete sich auf wie ein Torero vor dem Todesstoß und faßte dann zusammen:

«Es ist höchste Zeit, Majestät, dem Beispiel unserer Schwester Kastilien zu folgen und eine ausgedehnte Säuberung im Königreich zu beginnen! In diesen Tagen trachtet uns die Pest zwar nach dem Leben, aber die Juden vergiften unsere Seelen!»

Der König erhob sich. João III. war von mittelgroßer Statur, und trotz des schwarzen Bartes wirkte sein Gesicht sehr jung und beinahe kindlich. Ihm fehlten jene Reife und Überlegenheit, die von einem Herrscher erwartet wurden. Und doch zeigten seine schwarzen Augen eine besondere Tiefe, und er trug die Krone mit Würde. Sein purpurner Umhang enthüllte ein Brokatwams, auf dem eine Kette mit einem mächtigen Silberkreuz zu sehen war. Leichtfüßig ging er auf die Terrassentür des Audienzsaales zu und blickte einige Augenblicke auf den Fluß, der hier eine weite Schleife zog. Dann wandte er sich wieder an den Botschafter:

«Teurer Miguel da Silva», sagte er mit seiner zarten Stimme, der man die Erregung anhörte und die dennoch keinen Widerspruch duldete, «wir werden hier in Portugal kein Inquisitionstribunal einrichten!»

Während er auf den Botschafter zuging, sprach er weiter:

«Die Inquisition würde alle produktiven und kreativen Kräfte Portugals vernichten und das Land arm machen!»

Dann murmelte er wie zu sich selbst:

«Wer hat jüdisches Blut in den Adern? Und wer nicht? So viele konvertierte Juden haben in den portugiesischen Adel eingeheiratet! Verginge man sich heute an ihren Enkeln, würde das Königreich aus dem Gleichgewicht geraten!»

In diesem Augenblick ging eine Geheimtür auf, und Diogo Pires erschien. Er wollte wie üblich die Anweisungen für den nächsten Thronrat einholen. Als er Miguel da Silva gewahrte, verneigte er sich nur und wollte sich schon zurückziehen, als der König ihm Einhalt gebot:

«Bleibt, mein lieber Ratgeber! Leistet uns Gesellschaft.»

Der Botschafter trat einen Schritt zur Seite und stand jetzt zwischen João III. und Diogo Pires.

«Gestatten Majestät mir noch eine weitere Bemerkung?»

«Sie sei gewährt.»

«Meinen Nachforschungen zufolge sind die Kassen des Königreiches leer. Durch Abschiebung dieser *conversos* könnte der Schatzmeister beträchtliche Vermögen einziehen...»

Diesmal unterbrach João III. Miguel da Silva mit unverhohlenem Ärger:

«Und mit welchem Kapital soll das Land dann zu weiterem Reichtum gelangen? Wer wird uns die Mittel für den Bestand des Hofes bereitstellen? Wer wird unsere Expeditionen in ferne Länder finanzieren, die doch den Stolz und die Größe Portugals ausmachen? Wer wird unser Geldgeber sein, wenn, wie Ihr sagt, die Kassen des Königreiches leer sind?»

Der Botschafter verneigte sich abermals und vermochte dabei seine Enttäuschung kaum zu verbergen. Er hatte dem König noch andere Argumente vortragen wollen, doch nicht im Beisein des jungen Pires ausbreiten, dieses «Engel Diogo», wie er bei Hofe genannt wurde. Die Nachricht von seinem Mißerfolg sollte sich nicht im Adel verbreiten. Er wollte lieber den Eindruck hinterlassen, es handele sich ohnehin nur um die erste einer ganzen Reihe von Besprechungen über diesen David Rëubeni, die er, Miguel da Silva, und der König zu führen gedachten. Außerdem wollte er in einem Gespräch unter vier Augen versuchen, den jungen Diogo für seine Seite zu gewinnen. Angesichts der Entschlossenheit des Königs nahm er sich jedoch nochmals die Freiheit zu einer letzten Frage:

«Gestatten Eure Majestät mir ...»
«Sprecht.»
«Darf ich auf eine weitere Audienz hoffen, bevor der Thronrat zusammentritt?»
«Ja», erwiderte João III. knapp.
Das Gespräch war beendet. Der Thronrat, der sich mit David Rëubenis Ankunft befassen würde, war für den übernächsten Tag anberaumt worden. Da Silva wußte, daß die Königin Katharina sich gegenüber dem König und all diesen Gegnern der Inquisition recht allein fühlen würde. Der Botschafter gab sich keineswegs geschlagen. Er hoffte immer noch, João III. zum Einlenken zu bewegen, und suchte gleichzeitig nach einem Mittel, um diesen gefährlichen Gast loszuwerden, der sich Gesandter von Habor nannte. Für dieses Ziel wollte er auf die einflußreichen Freunde Spaniens zurückgreifen, jenen sogenannten «spanischen Klan», der sich regelmäßig in der Residenz des spanischen Botschafters Luis Sarmiento de Mendoza traf. Abgesehen von Doña Maria de Velasco, der Vertrauten der Königin, und Frater Bernardino de Arévalo vom Orden der Observanten, hatte jedoch keiner der Freunde einen Sitz im Thronrat inne. Und weder der Ordensmann noch die Vertraute der Königin besaßen genügend Autorität, um sich dem Willen des Königs zu widersetzen. «Wäre das Tribunal der Heiligen Inquisition schon in Portugal eingeführt, dann säßen wir jetzt nicht so in der Klemme! ...» dachte Miguel da Silva still bei sich.

Nachdem der Botschafter sich empfohlen hatte, blieb Diogo Pires allein mit João III. Der König übertrug ihm häufig die Verantwortung für die Abfassung der Sitzungsprotokolle des Thronrats. Er nahm ausschließlich in dieser Funktion an den Beratungen teil und hatte kein Mitspracherecht. Seit Tagen verfolgte der junge Mann nun schon aufmerksam das subtile Spiel von Einfluß und Manipulation, das den Hof beherrschte. Obwohl der König entschieden für die Rückeroberung Israels durch ein Heer des Prinzen von Habor eingetreten war, hatten einige der Fidalgos, der Mitglieder des höchsten Adels, noch Zweifel. Ihre Äußerungen über David Rëubeni waren manchmal so feindselig, daß man für das Leben dieses Fremden fürchten mußte, der auf der Kommandobrücke der *Victoire* so großen Eindruck auf Diogo Pires gemacht hatte.

Das Bild des Gesandten von Habor ließ ihn nicht mehr los. Der ernste Blick, der ungezwungene Gang, die schlanke Gestalt, von der soviel Kraft ausging, das alles verwirrte ihn in hohem Maße, und er wußte die Ursache dieses Gefühls nicht zu deuten. War es der Plan des Prinzen von Habor, der seine Phantasie angestachelt hatte, oder lag es an der Tatsache, daß der Fremde Jude war?

«Der Engel Diogo» hatte schon viel von den Juden gehört, vor allem von jenen, die vor gar nicht langer Zeit in den Städten Évora, Lissabon oder Santarém zu Hause gewesen waren. Er wußte, daß man diese Juden entweder vertrieben oder gezwungen hatte, ihrem Glauben abzuschwören und zu konvertieren. Und so war ihm nie ein Jude begegnet. Aber einmal hatte er es an der Universität von Coimbra erlebt, daß einer seiner Freunde als *marrano* beschimpft wurde. Ohne den Sinn des Wortes so recht zu verstehen, hatte Diogo doch die Beleidigung gefühlt und den Unverschämten geohrfeigt. Merkwürdigerweise hatte er die Bedeutung des Wortes erst ein Jahr später, im *Collège Sainte-Barbe* in Paris erfahren, wo fast alle in Frankreich studierenden Portugiesen zusammenkamen. Dort war ihm von einem Kommilitonen aus Santarém erzählt worden, das Wort *marrano* bedeute im Spanischen *Schwein* und sei in Portugal das Schimpfwort für die konvertierten Juden.

Nachdem Diogo Pires nach Lissabon zurückgekehrt war, hatte er erfolglos versucht, seinen Vater auszufragen, der mit Rodrigo d'Évora, einem Abkömmling des Juden Abraham Senior, ein internationales Handelskontor betrieb. Warum hatte sein Vater, der ein glühender Katholik und Cousin eines Kanonikers von San Salvador de Vilas war, sich so hartnäckig geweigert, über Juden zu sprechen? Sollte er selbst ein Abkömmling dieser Juden sein, die unter Manuel I. oder noch früher zwangschristianisiert worden waren?

Aus diesen Gründen interessierte sich Diogo schon seit vielen Jahren für das Judentum. Bei einem Freund der Familie, dem Schriftsteller João de Barros, hatte er ein in Portugal verfemtes Exemplar des Alten Testaments entdeckt und ein paar Brocken Hebräisch gelernt.

João III. schätzte den jungen Mann als Ratgeber, denn er hielt dessen unruhige Seele für eine seltene menschliche Tugend. Sie beide waren gleichaltrig und von etwa gleicher Statur, nur hatte der eine dunkles Haar, während der andere blond war. Der König liebte Diogos Spontaneität, seine naive Streitlust und seine Liebe zu Büchern, selbst wenn diese verboten waren.

Eines Tages war Diogo Pires in Sevilla zufällig Zeuge eines Autodafés geworden. Auf dem Platz vor der Kathedrale warf eine johlende Christenmenge heilige Bücher der jüdischen Überlieferung ins Feuer. Als er dem König diese Szene geschildert hatte, waren ihm die Tränen gekommen:

«Das war, Majestät, als verbrenne man Menschen ...»

Von diesen Tränen gerührt, hatte João III. hoch und heilig versprochen, derartige Autodafés werde es in Portugal nie geben!

«Wie leicht es ist, die irdischen Dinge zu benennen, aber nicht solche, die im Himmel sind!» sagte Diogo zu ihm, nachdem der Botschafter gegangen war. «Die Wörter scheinen nur das zu beschreiben, was unsere Sinne kennen. Wenn wir *Licht* sagen, denken wir nur an die Sonne oder an die Liebe ...»

Der König hörte seinem Berater und Freund gern bei solchen Abschweifungen zu. Sprach Erasmus nicht vom «Lob der Torheit»?

Es tat dem König gut, noch ein wenig mit Diogo Pires zu

plaudern, nachdem er Miguel da Silva verabschiedet hatte. Aber die Argumente des Botschafters hatten ihn verwirrt. Er wußte, daß ein Großteil des Adels da Silvas Zweifel teilte. Zärtlich blickte João auf seinen Ratgeber hinab, als dieser zum Abschied vor ihm niederkniete. Dann beugte er sich zu dem Gefährten hinunter, zog ihn hoch und schloß ihn, zu dessen Überraschung, fest in die Arme.

## XXXIII
## EIN LANGER WEG

Diogo Pires mißtraute Miguel da Silva. Er mochte ihn nicht und konnte den Grund doch nicht sagen. Vielleicht war es wegen dieser Augen, deren Lauterkeit ihm suspekt war. Vielleicht lag es aber auch daran, daß er ihn insgeheim fürchtete, wie viele bei Hofe. «Der Engel Diogo» verabscheute Beziehungen, die auf Furcht und Verführung beruhten. Er mußte dem Botschafter aber eine außergewöhnliche Intelligenz und ein angeborenes Talent zum Diplomaten zugestehen. Doch es befremdete ihn, wie dieser seine Fähigkeiten stets für Intrigen einsetzte und fast immer im Dienste des Bösen handelte. Doch die Argumente des Botschafters hatten nicht nur den König, sondern auch Diogo Pires irritiert.

Es war in der Tat schwierig für João III., seine Unterstützung für diesen jüdischen Prinzen zu rechtfertigen, nachdem dessen Glaubensbrüder aus Portugal vertrieben worden waren. Und wie sollte dieser Prinz ein jüdisches Heer aufstellen in einem Land, wo es offiziell keinen einzigen Juden mehr gab? Es sei denn, man folgte der Ansicht des spanischen Klans, der überzeugt war, daß es in Portugal nach wie vor Juden gäbe, die sich nur als Katholiken maskiert hätten und ihr Judentum kaschierten. Wenn dem so war, dann hatte Dom Miguel da Silva formal das Recht, die Einsetzung eines Inquisitionstribunals zu fordern. Diogo entsann sich noch gut der Worte seines Freundes João de Barros, des Schriftstellers: «Allein durch ihre Anwesenheit bringen die Juden die Nicht-Juden in Gewissenskonflikt.»

Plötzlich drängte es ihn, den alten Barros wiederzusehen und ihm die vielen Fragen zu stellen, von denen ihm schon ganz schwindlig war. Solange er keine Antworten fand, schien es ihm unmöglich, dem rätselhaften Gast des Königs zu helfen, diesem Prinzen von Habor, dessen Vorhaben – wenn nicht gar Leben – bedroht war. Er schickte David Rëubeni einen Boten entgegen, der Befehl hatte, ihn und seine Eskorte nach Santarém zu geleiten, wo eigens ein Palais hergerichtet worden war. Dann zäumte er sein Pferd und ritt in gestrecktem Galopp nach Lissabon. Im Lissaboner Belém-Viertel besaß João de Barros ein Haus, das zu Füßen des Restelo-Hügels am Ufer des Tejo lag.

Bis Salvaterra de Magos ritt er am Fluß entlang. Dort machte er eine Stunde Rast, damit sein Pferd fressen und sich ausruhen konnte. Bei Einbruch der Nacht erreichte er endlich Barreiro. Am jenseitigen Flußufer funkelte Lissabon mit all seinen Lichtern. Das Glück war ihm hold, und er erwischte eine Fähre, die gerade ablegen wollte, als er die Landestelle erreichte. Sie näherten sich dem Belém-Turm, den Manuel I. mitten im Fluß hatte errichten lassen. Von hier konnte er Feuerstreifen auf den Hängen der Hügel sehen. Der Wind trug den Geruch verbrannten Fleisches zu ihm herüber. Die Pest! Doch das Belém-Viertel lag noch nicht unter Quarantäne.

Der alte Schriftsteller war überrascht und hoch erfreut über diesen unerwarteten Besuch.

«Was ist los, junger Freund?» fragte João de Barros mit brüchiger Stimme. «Du wirkst besorgt. Deine Kleidung ist voller Staub.»

Und dann fügte er lachend hinzu:

«Du hast dich wohl an unser Sprichwort erinnert: *Quem não viu Lisboa, não viu coisa boa* – wer Lissabon nicht gesehen hat, hat nichts Vortreffliches gesehen. Deswegen bist du auf dein Pferd gesprungen und bist jetzt hier! Aber Lissabon ist nicht mehr die Schöne, die Begehren weckt. Hast du die verwilderten, von Unrat und Leichen übersäten Straßen gesehen?»

«Nein», sagte Diogo, während er sich setzte. «Ich bin von Barreiro mit der Fähre über den Tejo gekommen.»

João de Barros saß seinem Besucher gegenüber und stützte sich mit den Ellenbogen auf einen schweren Tisch, auf dem sich die Bücher stapelten. Das weiträumige Arbeitszimmer lag zum Fluß hin und hatte eine Terrassentür. Ein venezianischer Lüster schimmerte im Licht von rund zwanzig Kerzen. Die Regale waren mit Handschriften und seltenen Büchern angefüllt und verloren sich im Halbdunkel.

«Willst du etwas zu trinken oder zu essen?» fragte der alte Mann. «Maria hat Stockfischbällchen gemacht, unseren *pastel de bacalhau*, wie du ihn liebst.»

«Nein, danke», sagte Diogo. Doch als er die Enttäuschung auf dem Gesicht seines Freundes sah, fügte er hinzu: «Aber ich würde mit Vergnügen ein Gläschen von deinem hervorragenden *Carcavelos* trinken.»

Sie redeten die ganze Nacht und tranken dazu genüßlich den berühmten topasfarbenen Wein von Lissabon. Ermattet und leicht betrunken schlief Diogo gegen Morgen mit dem Kopf auf Joãos Schreibtisch ein. Irgendwann am Vormittag wurde er von dem emsigen Treiben im Hause und den vom Hafen herüberhallenden Rufen geweckt. João de Barros begleitete ihn bis zum Landesteg, wo Diogo ihn zum Abschied herzlich umarmte.

Als er den Weg nach Almeirim einschlug, war ihm wundersam leicht ums Herz.

Der Zufall wollte es, daß David Rëubeni in genau dem Moment in Santarém ankam, als Diogo Pires Belém erreichte. Ein merkwürdiger Zwischenfall hatte das Vorankommen seiner imposanten Gesandtschaft verzögert. Als sie in dem Dorf Mora das Flüßchen Raia überqueren wollten, stürzte die Holzbrücke in sich zusammen. Zum Glück war nur ein Karren mit Geschenken für den

König von Portugal ins Wasser gefallen. Die portugiesische Garde, die die Eskorte des Gesandten aus Habor begleitete, konnte die Kisten zwei Meilen flußabwärts wieder herausfischen.

«Der Ewige, gepriesen sei Sein Name!, wollte uns daran erinnern, daß dies das Land Dom Miguel da Silvas ist», stellte Yosef humorvoll fest.

David Rëubeni zuckte mit den Achseln.

«Wer sich den Hals brechen soll, findet auch in der Finsternis eine Treppe», war sein einziger Kommentar.

«In den romanischen Ländern sagt man, die Gefahr komme schneller, wenn man sie mißachtet.»

«Wir stammen nicht aus den romanischen Ländern!»

Den Rest der Strecke schwiegen sie. Doch Yosef schien ständig auf der Hut zu sein. Mißtrauisch musterte er jeden Bauern, der des Weges kam und dessen Schatten immer länger wurde, je näher der Abend kam.

Am nächsten Tag stand der Gesandte bereits im Morgengrauen auf, ging ein wenig im großen Schloßgarten spazieren und besprengte sich dort Gesicht und Hände mit dem frischen Wasser eines Brunnens. Dann kehrte er in sein Zimmer zurück, von dessen schmalem Fenster aus er auf die Altstadt von Santarém blickte, über der die Festung Alcazabar aufragte. Er sprach das Morgengebet:

*«Mein Gott, die Seele, die du mir geschenkt hast, ist rein. Du hast sie geschaffen, du hast sie gebildet, du hast sie mir eingeflößt, und du bewahrst sie in mir. Einmal wirst du sie von mir nehmen und sie mir wiedergeben in einer kommenden Zeit ...»*

Er hielt einen Moment inne. Die ersten Sonnenstrahlen tauchten soeben in die schlammigen Wasser des Tejo. Über den Olivenhainen der Hügel stieg grün und silbrig gesprenkelter Rauch auf. Er dachte an Israel und an die Berge Judäas und stimmte an: «*Hüter Israels, bewahre den Rest Israels. Laß Israel, das Deine Heiligkeit verkündet, nicht untergehen, o du Heiliger!*»

Der große, aber dunkle Raum, in dem der Gesandte sich befand, lag im ersten Stock eines ehemaligen Palais des Templerordens, das der König ihm zur Verfügung gestellt hatte. Die Begegnung mit João III. war für den nächsten Tag geplant und sollte im Anschluß an die Sitzung des Thronrats stattfinden: David Rëubeni verspürte bereits untrügliche Zeichen von Ungeduld in seiner Brust: «Dem Ziel so nahe ...!», sagte er sich.

Er holte sein Tagebuch hervor, an dem er nun schon seit Monaten schrieb, aber diesmal löste der Anblick seiner Aufzeichnungen unwillkürlich eine merkwürdige Bewegung bei ihm aus, als müsse er sich gegen eine lauernde Gefahr schützen. Erneut lief er in dem Zimmer umher. Das kleine Fenster zeichnete ein helles Viereck auf das Parkett. Soeben war ihm etwas klargeworden. Um beim König von Portugal Gehör zu finden, mußte er sein Vorhaben ändern, er mußte ihm eine andere Form geben als die, die er dem Papst vorgetragen hatte. Wenn der Thronrat diesem Plan zustimmen sollte, dann war es nötig, die Rückeroberung Israels als speziell portugiesisches Anliegen darzustellen. Er mußte dem König vor Augen führen, welchen Nutzen Portugal aus einem Engagement im Vorderen Orient ziehen konnte. Es würde seine Position in Ostindien, in Goa, in Macao, ja bis nach Brasilien festigen. Doch eines würde er nur schwer begründen können, da es sich jeglicher Kontrolle entzog, und das war die Reaktion der portugiesischen *conversos*, all dieser Zwangskonvertiten, die bei Ankunft des Gesandten aus Habor so zahlreich ihre Freude bekundet hatten.

Tatsächlich waren sie in Beja und Évora erst zu Hunderten und dann zu Tausenden aus dem umliegenden Land herbeigeeilt, um ihn hochleben zu lassen, ihm Beifall zu klatschen oder ihm ganz einfach die Hände zu küssen. Der Gesandte hatte alles getan, um sie zu vertreiben und auf Distanz zu halten. Um sie zurückzustoßen, hatte er sie sogar beleidigt. Aber nichts hatte sie von David Rëubeni fernzuhalten vermocht, und bei seiner Ankunft in Santarém erwarteten ihn wieder Tausende. Unter Seelenqualen hatte er sich geweigert, eine Abordnung der Ältesten zu empfangen, die ihn im Namen der Einwohner willkommen heißen wollten. Trotz dieser Selbstverleugnung würde er sich vor dem König zu diesen Massenbewegungen äußern müssen. Der spanische Klan, dessen Macht und Absicht ihm bekannt waren, würde sich die Gelegenheit nicht entgehen lassen und ihn, David Rëubeni, beschuldigen, die portugiesischen *conversos* und ihre Kinder wieder zum Judentum bekehren zu wollen.

Wenn man sich selbst widerspricht, dachte er bei sich, dann ist es, als klopfe man an seine eigene Tür, um zu hören, ob jemand daheim sei. Hier in Portugal verstrickte er sich unablässig in Widersprüche. Der Boden, auf dem er ging, schien ständig neue hervorzubringen. Die Freudenausbrüche entlang seines Weges zeigten ihm besser als jede Rede, wie gerechtfertigt sein Vorhaben war. Doch diese Bekundungen gefährdeten die Befreiung der Juden und ihre Rückkehr nach Israel weit mehr, als es die Komplotte eines Mantino, da Silva oder anderer Anhänger der Inquisition vermochten. Von diesem Boden hier bis zu jenem Land, zu dem er das jüdische Volk zurückzuführen gedachte, war es ein langer Weg mit vielen Klippen. David Rëubeni wußte besser als jeder andere, daß sich hinter der Schönheit der Rose Dornen verbergen.

## XXXIV
## «PORTUGAL IST GROSS...»

Die Sitzung des Thronrats begann mit einer halben Stunde Verzögerung, da die Königin im dritten Monat schwanger und deshalb unpäßlich war. Als Katharina von Kastilien schließlich in Begleitung von Doña Maria de Velasco eintraf, war sie auffallend blaß unter ihrem Schleier. Über ihrem leicht gerundeten Leib trug sie stolz ein überreich besticktes gelbes Kleid und hatte außerdem eine *ropa* umgelegt, die sich am spanischen und portugiesischen Hof großer Beliebtheit erfreute. Dieses Gewand kam ursprünglich aus dem Orient und war wie eine Art Überwurfmantel geschnitten, vorne offen, untailliert und mit Stulpenärmeln. Die *ropa* der Königin war aus goldbesticktem dunkelbraunem Samt und trotz ihrer Schlichtheit äußerst kostbar.

Bei der Ankunft Katharinas erhob sich der König von seinem Thron. Auch die anderen Ratsmitglieder standen und warteten, bis die Königin Platz genommen hatte. Katharina rückte lächelnd ihre Haube zurecht und blickte in die Runde, als wolle sie sich vergewissern, daß ihre Verspätung entschuldigt war.

Der Ratssaal war deutlich länger als breit. Zwei Reihen mit je zehn dunklen Sesseln standen einander gegenüber und waren den Ratsmitgliedern vorbehalten. Hinten im Saal befand sich auf einem Podest der königliche Thron, über dem ein Kruzifix hing. Zur Rechten des Königs und etwas niedriger saß die Königin. Am anderen Ende des Raumes stand ein Tisch, an dem Diogo Pires sich Notizen für das jeweilige Sitzungsprotokoll machte.

Auf Vorschlag des Königs begann der Rat mit der Erörterung der Situation in den portugiesischen Bastionen in Marokko, deren Versorgung mit Weizen gefährdet war, seit Spanien eine Blockade verhängt hatte. Wie António Carneiro, der Sekretär des Königs, ausführte, wollte Spanien Portugal zwingen, seine Schulden gegenüber Kaiser Karl V. zu begleichen. Diese im Jahr zuvor eingegangene Schuld stammte aus dem Ankauf der Molukken, die zu der indonesischen Inselgruppe gehörten: Kaiser Karl V. war der Verkäufer gewesen. Doña Maria de Velasco teilte mit, die Königin sei bei ihrem Bruder Karl V. vorstellig geworden, und dieser habe in einem tags zuvor eingegangenen Schreiben versprochen, die Schuld zu staffeln und die Blockade durchlässiger zu machen.

Der König lächelte, doch dieses Lächeln erinnerte an eine Grimasse. Nicht zum ersten Mal nutzte Katharina ihre Familienbande, um die Politik des Kaisers gegenüber Portugal zu beeinflussen. Und diese Situation war João III. höchst unangenehm, denn er fühlte sich gedemütigt. Sein eigenes Wort, das Wort des Königs von Portugal, und seine gesamte Autorität schienen ohne Bedeutung in seinem Verhältnis zu Karl V., Deutscher Kaiser und König von Spanien. Er enthielt sich indes jeglichen Kommentars. Seine Verärgerung wurde erst deutlich, als die Königin kurze Zeit später jenes Thema anschnitt, das derzeit in aller Munde war – die Ankunft David Rëubenis.

«Wie uns zu Ohren kam», begann sie mit ihrer tiefen, fast männlich klingenden Stimme, «hat die Ankunft der jüdischen Gesandtschaft aus Habor, die Seiner Majestät in der Tat von Seiner Heiligkeit, dem Papst, empfohlen wurde, im Königreich bereits für bedrohliche Unruhe gesorgt.»

Katharinas Doppelkinn zitterte leicht. Sie war aufgeregt, wie immer, wenn sie in der Öffentlichkeit das Wort ergreifen mußte.

«Erkennt der Rat nicht», fuhr sie fort, «daß solche Bekundungen zwiefacher Treue beleidigend und gefährlich sind? Als Christen schulden die Portugiesen der Kirche Gehorsam und

Treue. Und als Untertanen des Königreichs sind sie dem König zu demselben Tribut verpflichtet. Es geht nicht an, daß sie sich vor einem Juden zu Boden werfen und einem fremden Prinzen die Hand küssen!»

Die Worte der Königin, und besonders ihre zuletzt vorgetragenen Argumente, verwirrten João III. einen Moment lang. Doch sein Sekretär António Carneiro schüttelte sein weißes Haupthaar: «Wenn der König es mir gestattet...» begann er.

«Sprecht!»

«Bei allem Respekt für die Königin...»

«Sprecht weiter!» befahl der König.

«Majestät, ich selbst habe die Willkommensbezeugungen miterlebt, mit denen der Prinz von Habor in Santarém empfangen wurde. Ich kann mit Fug und Recht behaupten, daß sich in der Menge ebenso viele Altchristen wie Neuchristen befanden.»

«Und was beweist das?» fragte João III. mit seiner Fistelstimme.

«Das zeigt, Majestät, daß die Mehrheit der Untertanen Eurer Majestät die vom Prinzen von Habor angestrebte Rückeroberung des Heiligen Landes gutheißt und unterstützt.»

«Wenn der König es mir gestattet...» ertönte eine andere Stimme.

Der Mann, der da ums Wort bat und sich von seinem Sessel erhob, war von hagerer, leicht gebeugter Statur und trug Schwarz. Es war der Beichtvater des Königs, der berühmte António de Ataíde.

«Sprecht», sagte der Herrscher.

«Diese Tatsachen beweisen auch, Majestät, daß in den Freudenbekundungen der Menschen keinerlei böse Absicht liegt. Sie wollen weder unsere heilige Kirche noch unseren heißgeliebten König beleidigen. Meiner Ansicht nach wollen sie ihren Gehorsam gegenüber dem Papst zum Ausdruck bringen, der uns David Rëubeni gesandt hat. Und sie bekunden ihr Einverständnis mit der Politik Eurer Majestät. Denn wir dürfen nicht vergessen, daß kein geringerer als der König selbst den Prinzen von Habor eingeladen hat!»

João III. lächelte wieder, aber diesmal kam das Lächeln aus vollem Herzen. Seit António de Ataide das Wort ergriffen hatte, vergnügte sich der König damit, sich eine Locke seines schwarzen Bartes um den Finger zu wickeln. Wie jeder wußte, war das ein untrügliches Zeichen für seine gute Laune.

Auch Diogo Pires am anderen Ende des Saals lächelte, da die Gegner der Inquisition und ihrer Anhänger so offensichtlich Oberwasser gewannen. Doch da ertönte die heisere Stimme des gefürchteten Paters Bernardino de Arévalo. Dieser rundliche, purpurgewandete Mann war ein eindrucksvoller Redner, der ebenso für sein Redetalent wie für seine Böswilligkeit bekannt war.

«Wenn der König es mir gestattet ...» setzte er an.

«Sprecht!»

«Dürfte der Rat erfahren, welches Interesse Portugal an diesem Abenteuer haben sollte? Unserer Kenntnis nach sind die Kassen des Reiches leer. Und wie wir soeben hörten, mußte sogar mit dem deutschen Kaiser gefeilscht werden, um eine Staffelung unserer Schuldzahlungen zu erreichen. Die Bewaffnung Tausender Soldaten und eine militärische Expedition von den Küsten Afrikas bis hin zum Roten Meer würden das Königreich ein Vermögen kosten!»

António de Ataide reckte seinen hageren Körper und hob den Finger:

«Wenn der König es mir gestattet ...»

«Sprecht!»

«Ich möchte dem ehrenwerten Vertreter des Ordens der Observanten antworten.»

«So tut es!»

«Portugal ist groß! Aber seine Größe findet sich nicht in seiner Ausdehnung, sondern in seiner Präsenz in der Welt. Die königliche Fahne flattert in Afrika, im Orient, in Asien und in Amerika. Die königliche Flotte fährt auf allen Ozeanen und kontrolliert die Seidenstraßen und den Gewürzhandel. Doch dem portugiesischen Königreich geht der Atem aus, seit die Türken uns auf dem Gewürzmarkt übertrumpfen. Hinzu kommt unsere äußerst kostspielige Expedition zur Einnahme von Diu auf der indischen Halbinsel Kathiawar, die ein Mißerfolg wurde. Wir brauchen daher dringend Nachschub und Geld.»

António de Ataide unterbrach sich. Seine kleinen grauen Augen huschten über die Gesichter der Ratsmitglieder und hefteten sich dann wieder auf den König. Dieser lächelte ihm ermutigend zu und gab ihm ein Zeichen fortzufahren.

«Der Rat möchte wissen, worin das portugiesische Interesse an der Unterstützung des Prinzen von Habor besteht?»

António de Ataide hob den linken Zeigefinger, beugte ihn und drückte ihn gegen die rechte Hand:

«Erstens ist es unsere Pflicht in dieser von Glaubenskämpfen zerrissenen Welt, die Politik Seiner Heiligkeit des Papstes zu unterstützen. Zweitens ...»

Er hob zwei Finger seiner linken Hand und preßte sie, ebenfalls gebeugt, in seine Rechte:

«... ist es unsere Pflicht als Christen, an der Rückeroberung des Heiligen Landes und an der Befreiung des Grabes Christi teilzunehmen. Drittens ...»

António de Ataide beugte den dritten Finger:

«... wird es uns diese Expedition ermöglichen, am Mittelmeer und am Roten Meer Handelskontore zu errichten und in Gegenden vorzustoßen, wo das Königreich bisher noch nicht präsent ist. Viertens ...»

Die Königin, die schon seit geraumer Zeit unruhig auf ihrem Stuhl gewippt hatte, unterbrach ihn:

«Alles, was Ihr da sagt, Dom António, ist wie immer sehr klug. Aber wo werden wir das Geld hernehmen?»

António de Ataide krümmte sich ein wenig und wandte sich dem König zu:

«Wenn der König es mir gestattet ...»
«Sprecht!»
«Das Geld, Majestät, holen wir uns bei den Juden.»
«Bei den Juden?» fragte die Königin.
«Bei den aus unserem Lande vertriebenen jüdischen Bankiers, die jetzt in Neapel, Bordeaux oder Amsterdam ansässig sind. Ihre Sehnsucht nach Portugal ist ungebrochen, und unserem Ruf, dem jüdischen Prinzen von Habor zu helfen, würden sie bestimmt Folge leisten. Auf diese Art werden wir auch von den *conversos* Geld bekommen.»

Er schwieg eine Weile. Seine Zuhörer hingen an seinen Lippen, was er offenbar genoß.

«Wenn der König es mir gestattet ...» begann er von neuem.
«Sprecht!»
António de Ataide wandte sich diesmal an die Königin:
«Ich will offen sprechen. Eure Majestät verlangt die Einführung der Inquisition in unserem Lande. Gewiß habt Ihr recht, wenn Ihr darauf verweist, daß viele unserer Konvertiten insgeheim weiter dem jüdischen Ritus anhängen.»

Das auf diese Worte folgende Schweigen verriet, in welcher Spannung die Ratsmitglieder verharrten. Instinktiv hielt auch Diogo Pires den Atem an. Noch mehr als sonst verstand es der weise und gerissene António de Ataide, die Aufmerksamkeit aller zu fesseln.

«Aber es ist doch so», fuhr er fort, «daß es dieser Thronrat war, der nach langem Abwägen der Vorteile und auch der Nachteile durch einen Beschluß der Mehrheit entschieden hat, die *conversos* nicht zu behelligen. Sie sind dem König treu ergeben und haben dank ihres Talents und ihrer Arbeit Reichtümer angesammelt, die die Kassen des Hofes gefüllt und die meisten unserer Expeditionen auf den Meeren finanziert haben. Es ist ihnen zu verdanken, daß der von uns betrauerte Vasco da Gama ausziehen konnte, um Indien zu entdecken. Diese Menschen verschwinden zu lassen und auszurotten würde bedeuten, unsere Geldquelle auszutrocknen. Man sollte auch nicht vergessen, daß ein solches Gemetzel außerdem eine in höchstem Maße unchristliche Tat, ja, eine fürchterliche Sünde wäre. Doch ...»

Er hob seine hagere Hand, als wolle er Gott zum Zeugen anrufen:

«Wer diese *conversos* loswerden will, müßte sich im übrigen darüber freuen, daß ein großer Teil von ihnen mit dem Prinzen von Habor ausziehen wird, um das Heilige Land zurückzuerobern! Bei konsequenter Durchführung könnte diese Aktion uns alle zufriedenstellen!»

Die Diskussion zog sich noch eine Weile hin, doch König João III. hörte nicht mehr zu. Er lechzte danach, diesen geheimnisumwobenen jüdischen Prinzen kennenzulernen, um dessen Person sich schon so viele Wunschträume und politische Überlegungen rankten. Schließlich beendete er die Sitzung, um mit Diogo Pires über die nächste königliche Audienz zu sprechen – die wollte er ganz David Rëubeni widmen.

## XXXV
## DER PRINZ UND DER KÖNIG

David Rëubeni näherte sich hoch zu Pferde dem Palast, während seine weißen Banner ihm vorausflatterten. Eine vom König entsandte Ehrengarde begleitete seine Gesandtschaft und die zwei Karren voller Gastgeschenke für João III.

Wie in Santarém führte das Erscheinen einer so imposanten Abordnung auch in Almeirim zu Freudenbekundungen bei den *conversos* und zu Menschenaufläufen.

António Carneiro, Joãos Sekretär, empfing den Prinzen und hieß ihn willkommen. Dann stellte er dem Gesandten den Dolmetscher vor, einen liebenswürdigen kleinen Mann, der zwar nur ein paar Brocken Hebräisch sprach, aber dafür das Arabische recht ordentlich beherrschte. Der Mann entschuldigte sich sogleich wegen seines geringen Hebräisch und ließ mit einem Anklang von Bedauern durchblicken, daß es im ganzen Königreich niemanden mehr gäbe, der des Hebräischen wirklich mächtig sei. In diesem Ton plauderte der Dolmetscher weiter, während er David und sein Gefolge durch das Labyrinth der zahlreichen Gärten, säulenumstandenen Patios und Palastgänge bis zum Audienzsaal geleitete, wo der Herrscher sie bereits erwartete. Mit Vergnügen gewahrte der Gesandte von Habor, daß auch der junge Edelmann, der ihn bereits in Tavira willkommen geheißen hatte, anwesend war und neben einem herrlichen, baldachinüberdachten Springbrunnen stand. David nickte Diogo Pires zu und wollte schon auf ihn zugehen, um seine Willkommensworte herzlich zu erwidern, als ihn der inbrünstige Blick des jungen

Mannes davon abhielt. Es lag eine so abgöttische Bewunderung in diesen Augen, daß David Rëubeni ganz verwirrt war. Dieser überspannte Ausdruck war ihm nur zu gut bekannt. Dahinter stand eine Gier nach Liebe, die dazu führte, daß Freundschaftsbeweise wie Almosen aussahen, als reiche man in der Wüste einem Verdurstenden ein Stück Brot.

Sie gingen weiter und gelangten schließlich in einen runden Saal, dessen Boden auffallend gefliest war. Die geometrischen Motive der Kacheln verrieten arabischen Einfluß. António Carneiro erklärte ihnen, daß die erhöhten *arestas* am Rand jeder Fliese nötig waren, um beim Brennen das Auslaufen der Farben zu verhindern. Dann bat der königliche Sekretär den Gesandten, hier ein wenig zu verweilen, damit er den Herrscher von ihrer Ankunft verständigen könne. Yosef Halevi nutzte diese Frist, um nochmals den Zustand der Gastgeschenke zu überprüfen.

In Wirklichkeit hatte der König den Prinzen aus Habor bereits durch einen Türspalt heimlich beobachtet und war von seiner Statur und seinen Gewändern beeindruckt. Auf ein Zeichen Joãos III. ging António Carneiro in den Nebenraum, um David Rëubeni und den Dolmetscher hereinzubitten. Der Gesandte von Habor war verblüfft über das jünglingshafte Aussehen des Herrschers. Er verneigte sich zum Zeichen seiner Hochachtung und wollte gerade seine Dankbarkeit für die Gastfreundschaft bekunden, als der König ihn unbefangen beim Arm nahm und ihn zu einem mit granatrotem Samt bespannten Sessel führte, der dem Thron gegenüberstand.

Der König wartete, bis sein Gast Platz genommen hatte, und begann dann ohne Umschweife mit seiner hellen Stimme zu sprechen:

«Erzählt mir, Prinz, von Eurem Königreich. Erzählt mir von Habor!»

Darauf war David Rëubeni nicht gefaßt gewesen. Einen Moment lang vermutete er eine Falle. Doch im Blick des Königs lag nichts anderes als unverhohlene Neugier. Also erzählte er von seiner Heimat, wobei seine Stimme warm und ein wenig rauh klang:

«Das Königreich Habor, Majestät, umfaßt mehrere Oasen, die eine Karawane von Djidda aus in einer Woche erreichen kann. Mein Vater Selomo der Große, der Gerechte seligen Angedenkens, vermachte die Krone meinem Bruder Yosef, der nun über dreihunderttausend Juden aus den Stämmen Gad, Rëuben und Manasse herrscht.»

Ausführlich beschrieb er, was sein Volk so einzigartig machte. Dann legte er dem portugiesischen König dar, wie sein Bruder und der *sanhedrin*, der Rat der siebzig Ältesten, ihn mit der Mission betraut hatten, das Oberhaupt der Christenheit, Papst Clemens VII., aufzusuchen. Zum Schluß erklärte er, warum der Pontifex maximus ihn an Seine Majestät, den König von Portugal, verwiesen hatte.

João III. war ganz gebannt von seinem Gast und befragte David schließlich über seine Pläne zur Rückeroberung des Heiligen Landes. Und als hätte der Gesandte von Anfang an nur auf diese Frage gewartet, erhob er sich und sagte:

«Ich benötige zehn Kampfschiffe und zwölftausend Mann, Majestät.»

Er unterstrich diese Forderung mit einer energischen Kopfbewegung. Dabei lösten sich ein paar Haarlocken unter seinem Turban und fielen ihm in die Stirn:

«Sieben Schiffe werden an der afrikanischen Küste entlang bis zum Roten Meer fahren. In Äthiopien wird die Kriegsflotte vom christlichen König Johannes logistische Unterstützung erhalten. Seine Heiligkeit Clemens VII. hat ihm bereits ein Schreiben zukommen lassen, er möge sich bereit halten. Dann werden wir Kurs auf Djidda nehmen. Durch die Einnahme dieses Hafens eröffnen wir uns den Weg ins Innere Arabiens und zum Königreich Habor.»

Er tat einen Schritt auf den Herrscher zu. Das Kinn auf die rechte Faust gestützt, hörte dieser mit offensichtlichem Interesse zu. Auch sein Sekretär António Carneiro, der hinter dem Thron stand, schien fasziniert. Und der ebenso betörte Dolmetscher versuchte, selbst die subtilsten Nuancen von Davids Vortrag gewissenhaft ins Portugiesische zu übersetzen.

«Drei weitere Schiffe», fuhr David fort, «werden durch die Meerenge von Gibraltar fahren und den Hafen von Jaffa ansteuern, wo der Türke militärisch nicht so präsent ist ...»

Der König hob die Hand. David unterbrach sich, tat aber im selben Moment einen Schritt nach vorn, als sei sein Körper, vom Gedanken mitgerissen, seiner Rede voraus. João III. lächelte.

«Wer wird die Expedition leiten?» fragte er.

«Die Truppen werden aus Juden zusammengesetzt sein, Majestät. Überall in Europa gibt es Juden in großer Zahl, die in mein Heer eintreten wollen. Ein portugiesischer Admiral Eurer Wahl wird den Oberbefehl haben, Majestät. Ich werde ihm zur Seite stehen. Der Pontifex maximus hat mir gegenüber beteuert, mein Bruder Yosef und ich könnten uns auf Eure Majestät verlassen, um Offiziere, aber auch Geschütze, Ingenieure und Waffenmeister zu erhalten.»

Der König blickte sich fragend zu António Carneiro hin um. Dieser nickte kaum merklich. Dann wandte er sich mit der Frage an David:

«Und die Türken?»

«Im Augenblick breiten sie sich überall aus, Majestät. Ihre Flotte kontrolliert die großen Handelsrouten des Abendlandes. Nur ein Überraschungsangriff wie der unsrige kann sie zwingen, ihren Zugriff zu lockern. Unsere Truppen werden aus drei Richtungen auf das Heilige Land zu marschieren müssen: Die erste Gruppe wird von Arabien her vorstoßen, die zweite wird aus der Reiterelite meines Bruders Yosef bestehen und aus Habor hinzukommen, und die dritte Gruppe wird von der Mittelmeerküste her anrücken.»

«Und worin soll Portugals Interesse an diesem Abenteuer bestehen?»

Auf diese Frage hatte David Rëubeni gewartet. Er entwarf große Perspektiven, um so ausführlich wie möglich zu antworten:

«Dem Königreich Eurer Majestät werden aus dieser Expedition beachtliche Vorteile erwachsen! Den Moriskenhändlern, die von Ostindien aus über Konstantinopel nach Europa vordringen und den portugiesischen Händlern gewaltig ins Handwerk pfuschen, wird so der Weg abgeschnitten werden. Die Niederlassungen und Kontore von Barbera, Djidda, Habor und Jaffa sollen sichere Ausgangshäfen für die portugiesische Flotte werden, die dann mit größerer Mannschaft zu den Küsten Malabars vordringen kann. Dort gibt es Gewürznelken, Zimt, Pfeffer und Ingwer zu holen, und später wird es auch um Kampfer aus Borneo und Moschus aus Tibet gehen. Portugal wird somit Zugriff auf die Schatzkammern von Kalikut bekommen, wo bis heute vor allem die Mauren die Gewinne einstreichen.»

Neugierig betrachtete João III. den Prinzen von Habor. Einen Juden solchen Kalibers hatte er noch nie gesehen. Er war viel größer und schlanker als alle *conversos*, denen er bisher begegnet war. Sein Teint war dunkler, sein Blick tiefer. Und dieses auffallende weiße Gewand mit dem aus Goldfäden gestickten sechszackigen Stern auf der Brust! Und dieses erstaunlich kurze Schwert in der kunstvoll ziselierten Scheide! Es hing an einem Wehrgehenk aus schwarzem Samt, das mit Goldnähten verziert und Purpur abgefüttert war. Nur zu gerne hätte der König diesem seltsamen Prinzen noch weiter zugehört, doch es drängte ihn auch, die Meinung seines Sekretärs, des alten und gewitzten António Carneiro, zu erfahren. Er wollte erst wissen, welchen Eindruck dieser hatte, bevor er sich auf ein weiteres Gespräch mit David einließ. Das war wohl vernünftiger. Er entschied sich also, abzuwarten, und dankte seinem Gast für die aufschlußreichen Darlegungen.

«Der Bericht des Prinzen von Habor scheint uns sehr interessant. Wir wünschen deshalb, morgen zu der gleichen Stunde ausführlicher über Eure Vorstellungen zu debattieren», sagte er und erhob sich.

«Möge der Ewige, der Herr der Welt, Eure Majestät segnen», erwiderte David. Seine Augen glänzten.

Er verneigte sich vor dem König und kehrte dann zu seinem Gefolge zurück, das im runden Saal auf ihn wartete.

«Welch ein Abenteuer!» rief João III., als er mit António Carneiro allein war. Sein Gesicht strahlte und wirkte noch jünger als sonst. «Und was für ein seltsamer Mann!»

«Ja», sagte der Sekretär und warf sein weißes Kopfhaar zurück. «Ein seltsamer, aber auch ein kluger Mann.»

«In der Tat.»

Der König nahm wieder auf dem Thron Platz und wies seinem Gesprächspartner den Sessel zu, auf dem gerade noch David Rëubeni gesessen hatte.

«Was haltet Ihr davon, mein lieber Dom António?»

«Wie Eure Majestät war auch ich zutiefst beeindruckt von seiner Person und seiner Kenntnis unserer Interessen in der Welt. Natürlich wird diese Expedition in erster Linie seinen Zielen dienen, aber...»

António Carneiro öffnete die Hände:

«Gestattet mir der König ...?»

«Sprecht!»

«Aber sein Vorhaben könnte auch Portugal nützen und zum Ruhme Eurer Majestät beitragen!»

Der König fuhr sich mehrmals mit den Fingern durch den Bart und hob den Kopf zur Decke, als erwarte er von dort eine Inspiration.

«Indes, die Kosten dieses Unterfangens hat der Prinz von Habor mit keinem Wort erwähnt», bemerkte er vorsichtig.

«Wenn der König es mir erlaubt ...»

«Sprecht, mein lieber Dom António, sprecht!»
«Ich bin überzeugt, daß er auch dafür bereits einen Plan hat.»
«Den gleichen, den António de Ataide erwähnte?»
«Den gleichen, Majestät.»
«Nun, dann sollten wir sofort darangehen, ein Ausbildungslager für die Armee des Prinzen von Habor bereitzustellen.»
«Wir haben schon eines, Majestät. Es liegt nicht weit von hier, zwischen Almeirim und Alpiarça.»
«Exzellent! So werden wir ihn unserer Hilfe versichern und gleichzeitig sein Handeln aus nächster Nähe beobachten können! Aber was machen wir mit den *conversos*, die in sein Heer eintreten wollen?»
«Gestattet der König mir ...?»
«Sprecht!»
«Ich schließe mich António de Ataides Meinung an. Wer sich freiwillig meldet, um in sein Heer einzutreten, möge es tun und mit ihm ziehen. Dann sind wir sie los! Die echten Konvertiten, die Aufrichtigen, werden in Portugal bleiben und ihrem König dienen. Aber vielleicht sollten wir erst einmal unsere militärischen Berater fragen und die morgige Audienz abwarten.»

## XXXVI
### EINE BEGEGNUNG UND EIN FEST

**N**un?» fragte Yosef, nachdem er dicht an den Gesandten herangeritten war. Seine Stimme klang ängstlich.
Gutmütig sah David Rëubeni den Gefährten an:
«Morgen wird sich alles entscheiden.»
«Aber ... wie hat sich der König Euch gegenüber verhalten?»
«Freundschaftlich und überaus wohlwollend.»
«Und was denkt Ihr?»
«Wir werden sehen, was morgen dabei herauskommt. *Was die Augen sehen, ist besser als ausschweifendes Begehren.*»
Am Ortsausgang von Almeirim brachte der Gesandte sein Pferd zum Stehen und wandte sich an Yosef:
«Wir müssen uns für morgen nochmals den Plan der Ausbildungslager für unsere zukünftigen Soldaten ansehen. Man weiß ja nie ...»
Und bevor er das Pferd wieder in Trab setzte, fügte er noch hinzu:
«Selbst wenn man nur auf Hasenjagd geht, ist es doch weise, auch eine Waffe gegen den Tiger mitzunehmen.»
Den beiden Männern blieb keine Zeit, die Planung der Ausbildungslager länger zu erörtern. In Santarém erwartete sie bereits eine vielköpfige Abordnung der Juden Marokkos. Sie wurden geführt von Haim ibn Yehuda Halevi, dem Rabbiner von Fes, und von dem Rabbiner Abraham ibn Zamiro von Safi. David Rëubeni erinnerte sich an die Erzählungen Kapitän Fernão de Morais' von der *Victoire*:

«Ihr seid der Sohn des Kabbalisten Yehuda ibn Mose Halevi», begrüßte er den ersten. «Euer Vater ist nach Jerusalem gegangen, um dort zu leben, nicht wahr?»

Geschmeichelt wandte sich der Rabbiner zu seinen Gefährten um, als wolle er sie zu Zeugen rufen, daß der Prinz von Habor den Namen und den Ruhm seines Vaters kannte.

Der Gesandte überflog nun die Empfehlungsschreiben und das herzliche Grußwort des cherifischen Herrschers, die der Rabbiner ihm im Namen der jüdischen Gemeinden von Safi, Fes, Tlemcen, Mascara und Oran überreicht hatte. Dann verblüffte er die Mitglieder der Delegation von neuem, indem er erklärte:

«Und Ihr, Rabbi von Safi, seid doch sicher Abraham ibn Zamiro, der berühmte Gelehrte der marokkanischen Judenheit?»

Ganz entgegen seiner Gewohnheit und zum Erstaunen von Yosef lud der Gesandte von Habor die gesamte Delegation zum Essen ein. Sie waren allerdings auch keine Marranen, also keine portugiesischen Konvertiten, sondern Juden, die die Schrift kannten und im Glauben Abrahams, Isaacs und Jakobs lebten.

Im Verlauf dieser Mahlzeit erfuhr er, daß sich die Nachricht von seiner Ankunft in Portugal bereits im ganzen arabischen Orient herumgesprochen hatte. Der Rabbiner Halevi erzählte, er habe von einem moslemischen Fürsten aus Ormuz am indischen Ozean, unweit der Wüste von Habor, gehört, der dem König von Marokko einen Besuch abgestattet hatte. Er war vom König ausführlich über David Rëubeni befragt worden, der sich zu diesem Zeitpunkt noch in Rom aufhielt.

«Kennt Ihr dieses Königreich in der Wüste?» hatte der König gefragt.

«Ja», hatte der arabische Fürst geantwortet. «In Habor leben viele wohlhabende Juden, die große Herden besitzen. An ihrer Spitze steht ein König namens Yosef, und die siebzig Ältesten bilden die Regierung.»

David Rëubeni wechselte einen vielsagenden Blick mit seinem getreuen Yosef, der am anderen Ende des Tisches stehen geblieben war, um die Arbeit der Diener zu überwachen. Dann fragte David:

«Und was verschafft mir die Ehre einer so hervorragenden Abordnung der jüdischen Gemeinden Marokkos?»

Der Rabbiner Halevi wandte sich zu ibn Zamiro um, doch dieser nickte seinem Amtsbruder auffordernd zu, worauf der Rabbiner von Fes, wenn auch zögernd, das Wort ergriff:

«Unsere Gemeinden fragen sich ... Und sogar unsere muslimischen Freunde tun dies ... Der Prinz von Habor weiß, daß sich alle Juden nach der Rückkehr ins Land ihrer Väter sehnen. Aber es drängt sich doch so manche Frage auf ...»

«Welche?» Davids Stimme klang ermunternd.

Der Rabbiner Halevi gab sich einen Ruck:

«Warum seid Ihr aus dem Orient gekommen? Was wollt Ihr wirklich?»

David lächelte:

«Seit langem schon führen wir in Habor einen sehr harten Krieg, und wir führen ihn mit Schwertern, Lanzen, Pfeilen und tapferen Reitern. Mit Hilfe des Ewigen, gepriesen sei Sein Name!, wollen wir nun nach Jerusalem aufbrechen, um unser Land zurückzuerobern. Ich bin nach Europa gekommen, um gute Handwerker zu finden, die uns bei der Herstellung neuer Waffen, also Armbrüste, Geschütze und derlei mehr behilflich sein können.»

«Glaubt Ihr, daß der Tag kommen wird, an dem man Israel die Unabhängigkeit gewähren wird?» fragte nun seinerseits vorsichtig der Rabbiner Zamiro.

David Rëubeni hieb mit der Faust auf den Tisch:

«Nein!» rief er aus. «Niemand wird Israel jemals die Unabhängigkeit gewähren! Wir müssen sie uns erkämpfen!»

Und dann fuhr er leiser, aber ebenso bestimmt fort:

«Um diesen Krieg zu führen, bin ich gekommen.»

Man schwieg eine Weile. Die Heftigkeit des Mannes aus der Wüste hatte Eindruck hinterlassen. Endlich entschloß sich der

Rabbiner Halevi zu einer Frage, die allen auf den Lippen brannte:

«Die Juden in Fes und Umgebung, aber auch die Muslime, sie alle fragen sich, wer Ihr seid: Ein Prophet? Oder sogar der Messias?»

David schüttelte den Kopf und lachte schallend. Dabei kniff er die Augen zusammen, und sein schwarzes Haar fiel ihm wirr und ungeordnet in die Stirn:

«Die gleiche Frage haben mir die Juden von Marseille gestellt! Und meine Antwort wird auch die gleiche sein.»

Er schwieg. Eine Biene surrte um das Gesicht des Rabbiners ibn Zamiro. Dieser vertrieb das Insekt mit der Hand. Die Augen aller hingen sofort wieder an den Lippen des Gesandten.

«Fern sei mir eine solche Gotteslästerung!» rief dieser schließlich in den Raum. «Ich bin nur ein Sünder unter all den anderen Sündern. Und vielleicht bin ich sogar ein größerer Sünder, denn ich war gezwungen zu töten. Ich bin weder Gelehrter, Mystiker noch Prophet, noch bin ich Sohn eines Propheten. Ich komme aus Habor, als ein Heerführer, als der Sohn des Königs Selomo aus dem Hause David, der Sohn Isais... Die *conversos* des Königreichs Portugal, die Juden Italiens und auch all die anderen Juden auf meinem Weg haben sich eingebildet oder gar geglaubt, ich sei ein großer Kabbalist, ein Prophet oder Sohn eines Propheten, vielleicht sogar der Messias! Ich habe immer betont, daß ich nur ein einfacher Sünder bin, ein Mensch, der sich seit Kindesbeinen der Kriegskunst gewidmet hat.»

Die marokkanischen Abgesandten waren zutiefst gerührt von der Offenheit und dem unerwarteten Gebaren dieses jüdischen Prinzen, der so ausgezeichnet Arabisch sprach und die militärische Rückeroberung des Landes Israel als etwas Selbstverständliches darstellte. Das Essen verlief in äußerst entspannter Atmosphäre, in der jeder sich frei äußerte und Versprechungen machte. Bevor die Delegation wieder aufbrach, sicherte sie David umfassende Unterstützung zu. Man versprach ihm beträchtliche Geldmittel und eine Vielzahl junger marokkanischer Juden, die freiwillig in sein Heer eintreten würden.

Der Gesandte aus Habor dankte ihnen und ersuchte sie, den König von Marokko ehrerbietig von ihm zu grüßen. Dann sagte er:

«Es ist Zeit für *minha*, das Nachmittagsgebet.»

Daraufhin zog er sich zurück und überließ es Yosef, sie noch ein Stück des Weges zu begleiten.

Die Stunden zwischen *minha* und *ma'ariv*, dem Abendgebet, nutzte er, um Aufzeichnungen zu machen. Ab und zu stand er auf und lief nervös durchs Zimmer. Durch das schmale Fenster beobachtete er, wie das halb zerstörte Kastell Alcazabar mit dem Purpur der untergehenden Sonne verschmolz. Leise sprach er vor sich hin:

«Mächtig für einen Tag, tot für ewig.»

Er wiederholte den Satz noch einmal und kehrte dann zu seinen auf dem Tisch ausgebreiteten Blättern zurück, auf denen er mit seiner engen Schrift das Rekrutierungsverfahren für die jungen Leute festlegte, die sich im Ausbildungslager melden würden. Dann erstellte er eine Liste der Waffen, die für die Expedition erforderlich sein würden. Schließlich zeichnete er sogar die Umrisse des Mittelmeeres und des afrikanischen Kontinents, um die Route der vom portugiesischen König bereitgestellten Schiffe zu markieren. Und erst nachdem er gesprochen hatte: «*Und Er, voller Erbarmen, vergibt die Sünden. Er läßt die Zerstörung nicht zu. Er hält seinen Zorn zurück ...*», rief er Yosef zu sich und schloß sich mit ihm zu einer langen nächtlichen Beratung ein.

Wie vereinbart zog der Gesandte am darauffolgenden Tag um die Mittagszeit erneut mitsamt seiner imposanten Gesandtschaft in Almeirim ein. Zu seinem Erstaunen standen rings um den Palast Karren, die mit den unterschiedlichsten Handelswaren angefüllt waren. Die Diener hatten eine Kette gebildet und entluden oder transportierten Kisten voller Obst, Ladungen von Fleisch und Blumengebinde. Der Kommandant seiner portugiesischen Eskorte mußte mehrmals laut brüllen, um den Gästen des Königs einen Weg zu bahnen. Die Reitknechte, die ihnen im Innenhof die Pferde abnahmen, trugen eine Festtagsuniform mit grünem Wams und weißen Handschuhen. Kein Zweifel, hier sollte ein Ereignis gefeiert werden! Auch in den Gärten bemerkte David Edelleute in festlicher Kleidung, die scherzend in Gruppen beisammenstanden.

Dort erwartete ihn, in Begleitung des Dolmetschers, António Carneiro, der Sekretär des Königs. Sein weißes Haupthaar schüttelnd, erklärte er David, der König habe sich kurzerhand entschlossen, ein Fest auszurichten, zu dem er den Prinzen von Habor und seine Gesandtschaft herzlich einlade.

David Rëubeni war verstimmt. Er hatte sich auf ein intensives Gespräch mit João III. und dessen engsten Beratern vorbereitet und gehofft, mit der Art und der Ernsthaftigkeit seiner Vorschläge endlich die so lang ersehnte Unterstützung zu erlangen. Dieses unvermutete Fest würde alles wieder hinausschieben. Er verhehlte jedoch seine Enttäuschung und fragte gelassen:

«Was ist denn der Anlaß für derlei Lustbarkeiten?»

«Pavia, Prinz! Pavia! ... Ach so, ich verstehe, Ihr habt die Nachricht noch nicht gehört? Alle Welt spricht von nichts anderem mehr seit heute morgen!»

David Rëubeni sah den Sekretär des Königs wißbegierig an.

«Und wie lautet diese berühmte Nachricht?»

«Wie ich schon sagte: die Schlacht von Pavia! Kaiser Karl V. hat dort Franz I., König von Frankreich, aus dem Felde geschlagen!»

«Und?»

«Und Franz I. wurde gefangengenommen!»

Als António Carneiro sah, wie teilnahmslos der Mann aus Habor bei dieser Nachricht blieb, vermutete er, der Gesandte könne die Tragweite dieses Ereignisses nicht ermessen, und holte weiter aus:

«Dieser Sieg wird das Kräfteverhältnis in Europa von Grund auf ändern. Der Prinz weiß vermutlich, daß der habsburgische Kaiser Karl V. der Bruder unserer vielgeliebten Königin Katharina ist. Die Franzosen hatten die Absicht, sich an den Küsten Brasiliens niederzulassen, was für unsere Präsenz auf dem amerikanischen Kontinent von großem Nachteil gewesen wäre. Daher kann die französische Niederlage unseren König nur erfreuen. Also hat er beschlossen, diesen Tag feierlich zu begehen und im Palast ein großes Fest zu feiern.»

David Rëubeni vermochte die Begeisterung seines Gesprächspartners nicht zu teilen. Ihm lag an einem Frieden zwischen den christlichen Königen, und er hatte dem Papst nahegelegt, darauf hinzuwirken. Der Gesandte war überzeugt, daß es eines guten Einvernehmens zwischen den europäischen Mächten bedurfte, um sie dazu zu bewegen, sein Vorhaben zu unterstützen. Solange sie sich jedoch in Bruderkriegen engagierten, waren sie nicht in der Lage, jener reellen Gefahr zu trotzen, die die türkische Macht des Islam für sie bedeutete. Um ein Gegengewicht gegen das osmanische Reich zu schaffen, war es seiner Ansicht nach dringend notwendig, den uralten Traum der Karolinger von einem vereinten Europa zu verwirklichen. Er unterschätzte die Bedeutung dieser Schlacht von Pavia keineswegs, sondern ermaß sehr genau deren negative Auswirkung und die sich daraus womöglich ergebende Verzögerung seiner Pläne. «Aber warum sich ins Wasser stürzen, bevor das Boot untergegangen ist?» sagte er sich schließlich. David Rëubeni bewahrte also Stillschweigen und folgte dem Sekretär des Königs durch die Gärten und überdachten Höfe, die er ja schon kannte. Aber heute standen überall herrschaftlich gedeckte Tische, um die sich eine farbenfrohe Menge drängte.

Beim Eintreffen der jüdischen Gesandtschaft verstummten die Gespräche. Die vom König Geladenen blickten furchtsam und neugierig auf diesen Prinzen von Habor, über den ganz Portugal redete. Sein stolzer Gang, sein Gewand, sein Schwert und seine Banner wurden ringsum flüsternd kommentiert. Doch sobald der Gesandte sich entfernte, lebten die Gespräche wieder auf. Dieses gedämpfte Gemurmel, das seine Schritte begleitete, fing an ihn zu belustigen, und er lächelte, als er vor den König trat.

«Es freut mich, daß der Prinz meine Einladung angenommen hat», sagte João III.

Sein Blick funkelte noch kindlicher als tags zuvor. Die Edlen des Hofes standen mit dem Hut in der Hand und warteten mit ihren Gemahlinnen und Kindern, bis sie an der Reihe waren, dem König ihre Aufwartung zu machen. Von einer langen weißgedeckten Tafel wehten unterdessen köstliche Düfte herüber, denn dort waren allerlei Platten mit delikaten Speisen aufgereiht. João III. hatte vier Männer zu seinen Seiten sitzen, von denen jeder einen hölzernen Stab in der Hand hielt. Es waren Richter, wie der Dolmetscher dem Gesandten erklärte, und sie waren befugt und gerüstet, um ungebetene Gäste zu verjagen. Alle Richter des Königreiches erhielten zum Zeichen ihrer Amtswürde einen solchen Stab aus der Hand ihres Herrschers.

Ein Orchester begann zu spielen. Dann wurden eine große silberne Schale und ein goldener Wasserkrug hereingetragen. Bevor der Diener das Wasser über die königlichen Hände goß, trank er, dem Brauch gehorchend, ein paar Schlucke, um sicherzustellen, daß es nicht vergiftet war. Der Erzbischof, ein Bruder des Königs, segnete die Festgemeinde. Dann bat João III. seine Gäste zu Tisch.

António Carneiro wies David einen Platz an, der dem des Königs fast genau gegenüberlag. Dennoch war es während des Mahles unmöglich, ein ernsthaftes Wort zu wechseln. Am Ende des Festbanketts wurden noch allerlei Geschenke herbeigebracht. Unter ihnen waren jene, die David tags zuvor mit sich geführt hatte, und als die Diener sie João III. überreichten, erschallten von überall her bewundernde Rufe. Die Gäste gratulierten Seiner Majestät und verneigten sich tief. Nun konnte der König sich erheben, um, wie er sagte, die Königin aufzusuchen. Im Vorbeigehen forderte er den Mann aus Habor auf, ihm zu folgen.

Die Königin war von ihren Hofdamen umringt. Als sie David erblickte, schien sie verstimmt. Sie verzog den Mund, kniff die Augen zusammen und öffnete nervös ihren Fächer. Schließlich bezwang sie sich und setzte ein gezwungenes Lächeln auf.

«Da haben wir also», rief sie mit ihrer tiefen Stimme, «den berühmten Prinzen von Habor! Botschafter Dom Miguel da Silva hat mir schon viel von Euch erzählt, Prinz.»

«Das hoffe ich!» konterte David und verneigte sich vor Katharina.

Die Königin schien darauf nicht weiter eingehen zu wollen.

«Ich will ehrlich sein, Prinz», fuhr sie fort. «Weder er noch ich zählen zu Euren Bewunderern. Dennoch bin ich froh, Euch endlich persönlich zu treffen.»

«Wenn Eure Majestät mir gestatten ...»

«Nun?» fragte Katharina.

«Die Weisen sagen, es sei klug, seinen Feind zu hassen, als könne er eines Tages zum Freund werden, aber noch klüger sei es, seinen Freund zu lieben, als könne er eines Tages zum Feind werden.»

«Weise gesprochen!» sagte der König und klatschte in die Hände.

Auch die Minister, die zugehört hatten, klatschten Beifall. Die Königin schien es nicht übelzunehmen. Mit unbekümmerter Miene wandte sie sich an João III.:

«Es heißt, Majestät, in den Tiefen der Verliese warte ein Kapitän seit über einem Monat auf seine Verurteilung. Wäre es nicht eines zutiefst christlichen Königs würdig, an diesem Festtag ein angemessenes Urteil zu fällen?»

Der König setzte sich neben seine Gemahlin und forschte in ihrem Gesicht und in denen seiner Minister, als wolle er sie zu Zeugen rufen. Dann fragte er:

«Und sagt mir, weswegen befindet sich dieser Kapitän in Haft?»

«Er behauptet, auf der Rückfahrt von Indien von den Barbaresken angegriffen und seiner Fracht beraubt worden zu sein. Die königlichen Zollbeamten hingegen beschuldigen ihn, unsere Ware in Wirklichkeit an die Spanier verkauft zu haben.»

«Aha», sagte der König.

Die bleichen Wangen der Königin färbten sich purpurn, und ihr Doppelkinn zitterte vor Empörung:

«Dom Miguel da Silva verbürgt sich dafür», erwiderte sie mit bebender Stimme.

João III. spürte, daß sein «Aha» die Königin verletzt hatte. Entschuldigend legte er seine Hand auf die ihre.

«Man führe den Kapitän vor», befahl er dann.

Wenige Minuten später wurde ein großer Kerl mit kahlem Kopf vor den Herrscher gebracht. Eingeschüchtert wie er war, vermochte er auf die Fragen des Königs nur stotternd zu antworten. Doch zum Erstaunen David Rëubenis, dem der Dolmetscher das Gespräch übersetzte, hielt der König sich nicht bei der Schiffsladung und ihrem flüchtigen Geschick auf, sondern befragte den Mann über etwas völlig anderes:

«Gibt es in Indien und Kalkutta Juden?»

«In großer Zahl, Majestät», erwiderte der Seemann. «Viele von ihnen leben auf Ceylon, ungefähr zehn Segeltage von Kalkutta entfernt.»

Die Minister und Ratsmitglieder lauschten aufmerksam, wie ihre Gesichter verrieten. Erstaunliches erzählte der Kapitän da von diesen Juden auf Ceylon. Und der König befragte ihn unablässig nach ihrer Anzahl, ihrem Vermögen, ihrer Macht...

Als David Rëubeni von dem Herrscherpaar Abschied nahm, flüsterte João III. ihm ins Ohr, als solle seine Gemahlin es nicht hören:

«Seid morgen zur gleichen Zeit wieder hier. Ich werde das Dekret unterzeichnen.»

# XXXVII
## AUS GANZ EUROPA

Am Hofe Joãos III. wurde gerne improvisiert. So wurde am Tag nach dem Fest die David vom König zugesicherte Audienz abgesagt. Der Dolmetscher überbrachte ein Schreiben António Carneiros, in dem der königliche Sekretär dem Prinzen von Habor mitteilte, Seine Majestät, der König von Portugal, habe plötzlich beschlossen, nach Marokko zu reisen, um dort seine vom Königreich unterhaltenen Garnisonen zu besuchen. Der Gesandte aus der Wüste war bestürzt: Nun würde das königliche Dekret zur Eröffnung des Ausbildungslagers für das jüdische Heer erst nach der Rückkehr des Herrschers unterzeichnet werden können.

Der Dolmetscher erklärte dem Gesandten, João III. habe sich zu dieser unvorhergesehenen Reise entschieden, um dem Druck der Ratsversammlung entgegenzutreten, die es lieber gesehen hätte, wenn die Kontore in Nordafrika aufgelöst worden wären. Diese waren in der Tat sehr teuer für den Schatzmeister, doch dem König lag viel an der Präsenz Portugals in der Welt. Er wollte dem Rat durch diese Expedition seine Entschlossenheit beweisen, den Ruhm seines Königreichs zu festigen.

Wenn es keine Hoffnung mehr gibt, darf man die Hoffnung dennoch nicht aufgeben, sagte sich David Rëubeni. Doch dieser Gedanke änderte nicht viel an seiner Niedergeschlagenheit. Er fühlte sich wie ein in der Wüste Umherirrender, der glaubt, endlich eine Wasserstelle gefunden zu haben, und feststellen muß, daß es nur eine Schimäre war. Der Mann aus der Wüste kannte solche Hoffnungen, die aufgrund von Luftspiegelungen entstehen, aus eigener Erfahrung, und er wußte auch um die darauffolgende Enttäuschung.

Dieser neuerliche Rückschlag bestärkte ihn in seiner Überzeugung, daß die Juden, solange sie über alle Welt verstreut waren, vom Wohlwollen und den wechselnden Launen der Könige, der Herrscher und der kirchlichen Würdenträger abhängig bleiben würden. Erst wenn sein Volk befreit und auf den Boden seiner Ahnen zurückgekehrt war, würde es endlich wieder seine eigenen politischen Entscheidungen treffen können. Und lohnte es sich für eine solche Perspektive etwa nicht, noch ein paar Monate länger zu warten und weitere Demütigungen hinzunehmen?

In der nun folgenden Zeit ging David Rëubeni kaum aus dem Haus. Er schlief nur wenig und betete. Nur seinem getreuen Yosef war es vergönnt, an Davids Überlegungen teilzuhaben. In Santarém herrschte eine merkwürdige Atmosphäre. Es regnete Tag und Nacht, und die ganze Stadt schien in ein einziges Lamento versunken, als beschränke sich das Leben auf ein paar unablässig wiederholte traurige Gitarrenklänge. Zweimal täglich sprach Diogo Pires, der seinen König nicht nach Marokko begleitet hatte, im Hause vor und verlangte beharrlich, den Mann aus der Wüste zu sprechen. Doch vergeblich. David weigerte sich, ihn zu empfangen. Der Gesandte mißtraute dem jungen Mann, ohne recht zu wissen, warum. Diogo Pires war ihm zu schwärmerisch, zu überspannt. Der Mann aus der Wüste fürchtete Ereignisse und Menschen, die der Kontrolle der Intelligenz entglitten. Er sprach mit Yosef darüber, der sogleich ein türkisches Sprichwort für den jungen Ratgeber des Königs zur Hand hatte, über das David Tränen lachte:

«Vergessen wir eines nicht, Herr: Der Wahnsinnige ist bereit, sich zum Eunuchen machen zu lassen, nur um seine Frau, falls sie schwanger würde, des Ehebruchs zu bezichtigen ... Und wozu dieser Diogo Pires fähig wäre, um zu dir vorzudringen, entzieht sich meiner Kenntnis.»

«Aber kann er mir so Wichtiges zu sagen haben?» fragte der Mann aus der Wüste.

Yosef zuckte mit den Achseln:

«Das werden wir wohl noch früh genug erfahren», sagte er seufzend, bevor er sich zurückzog, um den Gesandten seinen Meditationen und Tagebuchaufzeichnungen zu überlassen.

Der Frühling kündigte sich an. Die seit Monaten über den Bergen hängenden Wolken zogen weiter. Die Sonne strahlte wieder. Immer von neuem war der Mann aus Habor erstaunt, mit welch wunderbarer Leichtigkeit das Licht so plötzlich die Schatten vertrieb. Er lächelte und verspürte Lust zu einem Bummel über den Markt von Santarém, dem größten der Provinz Ribatejo. In Begleitung seines Gefolges schlenderte er dort stundenlang herum, blieb bei den Seilern, den Küfern, den Schmieden und den Zinngießern stehen und wechselte mit jedem dieser Handwerker ein paar Worte in seinem kümmerlichen Portugiesisch. Er nahm sogar die Einladung zweier Edelleute an, den Wein dieser Gegend zu kosten. Einer von ihnen, Kapitän de Sousa, sprach Arabisch, da er in Marokko gedient hatte.

Endlich kehrte der König zurück. Sofort schickte er António Carneiro nach Santarém, um sich nach dem Befinden des jüdischen Prinzen zu erkundigen und ihm einem königlichen Gruß zu senden. Aber noch immer warteten dringliche Angelegenheiten auf Seine Majestät, den König, so daß er den Mann aus Habor in nächster Zukunft leider nicht empfangen konnte. In den Tagen danach gebar Königin Katharina einen Sohn. Das Ereignis nahm den ganzen Hof gefangen. Doch dieses erste Kind, das Alfonso genannt wurde, starb bereits einen Monat nach seiner Geburt. Sein Tod löste im gesamten Königreich große Enttäuschung aus. David Rëubenis Vorhaben wurden dadurch erneut verzögert, bis zu dem Tag, da der König endlich wieder verfügbar war. Er unterzeichnete das so sehnlichst erwartete Dekret zur Eröffnung eines Ausbildungslagers für ein jüdisches Heer unter dem Befehl des Prinzen von Habor. Dies geschah am siebzehnten Tag des Monats *iyar* im Jahre 5286 nach Erschaffung der Welt durch den Ewigen, gepriesen sei sein Name!, also am 6. Mai 1526 nach dem christlichen Kalender, zwei Wochen nach dem jüdischen Osterfest, da man der Befreiung der Hebräer aus ägyptischer Knechtschaft und ihres Aufbruchs ins Verheißene Land gedachte. War dies ein Symbol oder Bestimmung? In dem Moment, als David sich diese Frage stellte, ahnte er schon, daß der Volksglaube darin unweigerlich ein Zeichen sehen würde.

Die Nachricht schlug wie ein Erdbeben ein. In ganz Portugal veranstalteten die *conversos* Volksfeste, was völlig unüblich war. Und überall in Europa dankten die in den Synagogen versammelten Juden dem Ewigen, gepriesen sei Sein Name!, daß er ihre Gebete doch noch erhört hatte.

Das Heerlager von Alpiarça, das seit Jahren mehr oder minder verwahrlost gewesen war, belebte sich allmählich. Es bestand aus einem riesigen Geviert, das von einstöckigen Gebäuden und zinnenbewehrten Mauern umgeben war. Vom Tejo umspült, drängte es sich an ein ockergelbes Dorf, in dessen Mitte eine gotische Kirche stand. Unter Manuel I. waren die neuen Rekruten am westlichen Rand, in Richtung Almeirim, untergebracht worden, wo man zehn mit Strohlehm beworfene Unterkünfte errichtet hatte. In östlicher Richtung erstreckte sich entlang des Flußufers ein Schießplatz für Armbrustschützen, während auf dem breiten Ödland, vier Meilen weiter, die schweren Geschosse erprobt werden sollten.

Die eigentlichen Lagergebäude waren für die Verwaltung, die Versorgung und die Sanitätsstation vorgesehen. Im rosa verputzten Mitteltrakt lagen die Offiziersbehausungen, die der Mann aus Habor mit seinem Gefolge bezog. Einem günstigen Umstand war es zu verdanken, daß der König ihm ausgerechnet den tatkräftigen Kapitän und zukünftigen Vizekönig von Indien, Martim Alfonso de Sousa, zur Seite stellte, den der Gesandte auf dem Markt von Santarém bereits kennengelernt hatte. Der Kapitän zog es jedoch vor, weiterhin in Almeirim zu logieren und täglich die paar Meilen nach Alpiarça zu Pferde zurückzulegen.

Bereits einen Tag nach der Verkündung des beispiellosen Dekrets strömten junge Männer zum Lager Alpiarça. Sie alle wollten in das jüdische Heer eintreten, das erste seit dem von Bar Kochba, der im Jahre 132 christlicher Zeitrechnung Rom und Kaiser Hadrian getrotzt hatte. Unter diesen begeisterten und Tag um Tag zahlreicher werdenden Freiwilligen waren in erster Linie Portugiesen zu finden, Söhne und Enkel von *conversos*. Ein zweiter Schub kam aus Marokko, aus Fes, Safi und Mascara. Und aus Spanien eilten heimlich junge «Neuchristen» herbei. Einen Monat später trafen Scharen neuer Rekruten aus Italien, Frankreich, Deutschland, den Niederlanden und sogar aus Polen ein. Sie kamen teils in Gruppen, teils allein, doch immer waren sie restlos erschöpft von der langen Wanderung, ausgehungert und bar jeglicher Habe, da man sie an den Grenzübergängen mißhandelt und häufig nur gegen Lösegeld freigelassen hatte. Sie sprachen die unterschiedlichsten Sprachen und steckten in den unterschiedlichsten Lumpen, doch alle waren sie beseelt von ein und demselben Traum: der Rückeroberung des Landes Israel.

Einige von ihnen schleppten sich mit blutigen Füßen eher mühsam dahin, als daß sie gingen. Doch beim Anblick des prinzlichen Banners mit den hebräischen Lettern und den die zwölf Stämme Israels symbolisierenden Fahnen, die Yosef am Eingang zum Lager hatte aufziehen lassen, warfen sich die Neuankömmlinge zu Boden, um zu beten und dem Gott Israels zu danken, daß sie diesen Tag hatten erleben dürfen. Sie vergaßen ihre Leiden und stürzten sich Hals über Kopf in Freudentänze und Gesänge.

Vom Balkon des ersten Stockwerks herab betrachtete der Mann aus Habor sie mit Rührung. Auch ihn drängte es, dem Ewigen zu danken für diese jungen Männer, die trotz aller Verfolgungen von so glühender Begeisterung waren. Als Yosef ihm die Beifallsschreiben aus ganz Europa vorlegte, unter denen auch die Glückwünsche seines Freundes Moses da Castellazzo aus Venedig und Doktor Yosef Zarfattis aus Rom waren, sprach der Gesandte:

«*O Gott! Du bist mein König:*
*Befiehl die Befreiung Jakobs!*
*Mit Dir werden wir unsere Feinde stürzen!*
*Mit Deinem Namen unsere Widersacher vernichten!*»

Dunkelhaarig oder blond, sonnengebräunt oder bleich, zu Pferde, auf Eseln, zu Fuß – unaufhörlich und immer zahlreicher strömten Rekruten nach Alpiarça. Nach wenigen Wochen hatte sich das bescheidene portugiesische Dorf, an das sich das Militärlager anlehnte, zu einer Art Vorort von Jerusalem entwickelt. Es sah aus wie die letzte Station vor dem so lange ersehnten und so lange aufgeschobenen Wiedersehen zwischen einem Volk und seinem Land. Alpiarça oder «Das Tor Israels» war eine Vision, die all diese jungen Juden aus den Tiefen Europas herbeieilen ließ.

Bald waren es sechs-, dann acht-, dann zwölftausend, die David Rëubeni grenzenlose Bewunderung und Ergebenheit bekundeten. Sie alle waren von der Vorläufigkeit ihres Aufenthalts hier überzeugt, der für ihre militärische Ausbildung nötig war, und so warteten sie auf das einzigartige Ereignis, auf den Tag des allgemeinen Aufbruchs, da sie sich einschiffen würden, um Israel zu befreien. Bald schon erwiesen sich die ursprünglich ins Auge gefaßten Unterbringungsmöglichkeiten als unzureichend. Zelte mußten aufgeschlagen werden. Vor allem aber mußten diese jungen Leute erst einmal wieder zu Kräften kommen. Trotz ihrer Tapferkeit waren viele von ihnen nach dieser abenteuerlichen Wanderung fußkrank und in schlechtem Zustand. So mancher konnte sich nicht einmal vom Schlafraum bis zum Übungsplatz schleppen, der knappe zwei Meilen entfernt lag. Die Sanitäter reichten nicht aus. Zwei Stallungen mußten in ein Lazarett umfunktioniert werden, und die unter den *conversos* von Beja, Évora und Faro angeheuerten Ärzte geizten weder mit ihren Kräften noch mit ihrer Zeit.

Die portugiesischen Führungsoffiziere, die Kapitän de Sousa sorgfältig ausgewählt hatte, waren ihrerseits nicht sparsam mit ihrer Bewunderung für diese jungen Männer, die sich freiwillig zum Exerzieren meldeten, kaum daß sie wieder auf den Beinen waren. Man schrieb den Monat September im christlichen Kalender des Jahres 1526, das jüdische Neujahrsfest *rosh hashana* des Jahres 5287 nach Erschaffung der Welt durch den Ewigen, gepriesen sei Sein Name!, stand bevor, und dank der umfassenden und intensiven Ausbildung war ein Teil des jüdischen Heeres bereits kampfbereit. David Rëubeni konnte mittlerweile schon von fünfunddreißig *Speerspitzen* ausgehen, die aus je zehn Reitern und dreihundert Fußsoldaten gebildet wurden. Mit hundert solcher *Speerspitzen* stünden ihm folglich tausend Reiter und ein Corps von dreißigtausend Fußsoldaten zur Verfügung. Dieses Corps würde aufgesplittert werden in Lanzenträger, Messerträger, Armbrustschützen und Pagen, die die waffentragenden Truppen unterstützen sollten. Einige der Armbrustschützen würden auch zu Pferde operieren, und die Messerträger hatten dann den am Boden liegenden feindlichen Reitern die Kehle durchzuschneiden.

Dem Gesandten aus Habor war der Hinterhalt, den Jacob Mantino ihm auf dem Weg nach Camerino gestellt hatte, noch in Erinnerung. Er gedachte sich die Armbrustschützen als Schutztruppe heranzubilden. Kapitän de Sousa wies ihn darauf hin, daß in der portugiesischen Armee ein Armbrustschütze acht Fußsoldaten zur Seite hatte, und David vervierfachte daraufhin die Zahl der Armbrustträger. Bei den Geschützen bevorzugte der Gesandte die kleinkalibrigen, da sie handlicher waren und dadurch besser auf Schiffe verladen werden konnten. Zur Verblüffung der portugiesischen Offiziere gelang es ihm bei diesen Rekruten mit ihren unterschiedlichen Dialekten aus aller Herren Länder, das Hebräische, das alle in Ansätzen beherrschten, in wenigen Monaten zur Umgangssprache zu machen. Die jungen Männer waren so eifrig bei der Sache, daß ihre Ausbildung in der Kriegskunst viel schneller abgeschlossen war als geplant. Martim Alfonso de Sousa hatte ihre Fortschritte aufmerksam verfolgt und wollte, daß sie sich bereits Anfang Oktober gen Osten einschifften. David Rëubeni hingegen schlug vor, noch einen Monat länger zu warten, da eine lange Folge jüdischer Festtage bevorstand, die sich von *yom kippur* bis zu *simhat tora* hinzogen. Die gleichen Festlichkeiten hatten vor nun genau zwei Jahren seine Abreise aus Italien verzögert. Doch er durfte sie nicht einfach übergehen! Schließlich wollte auch er selbst sich diesen Festtagen nicht entziehen.

Er nutzte also diese Frist, um die Ausbildung seines Heeres mit Sorgfalt zu vollenden. Mit Hilfe von Kapitän de Sousa und dessen Offizieren wurden alle Einzelheiten der Expedition festgelegt. Dazu gehörten die Poststationen und Unterkünfte in Gehöften auf der Strecke zum Hafen von Faro, wo die vom König bereitgestellten Schiffe warteten. Auch die Reihenfolge der Verschiffung, die Waffenverteilung pro Schiff, ja sogar Gewicht und Inhalt der Verpflegungsration eines jeden Soldaten wurden sorgfältig bedacht, überprüft, geplant.

Im Lager von Alpiarça wurde *yom kippur* als Fastentag begangen, und im riesigen Binnenhof sprach man gemeinsam die *haftara*. Die Stimmen dieser Tausende von jungen Leuten klangen wie ein Gelöbnis, wie eine Verpflichtung, wie ein Versprechen: «*Dies ist das Fasten, das ich liebe: ungerechte Fesseln öffnen, jegliches Joch zerbrechen, die Bedrückten frei machen ... dein Brot mit dem Hungrigen brechen und den Unglücklichen ohne Obdach aufnehmen in dein Haus; den Nackten, den du siehst, bekleiden ...*»

In diesem Augenblick fühlte David Rëubeni, wie seine Brust sich vor innerer Bewegung weitete und ein mächtiges Gefühl ihn erfüllte. Einen Monat später, an *simhat tora*, feierte nicht nur die jüdische Armee von Alpiarça diesen Tag der Gesetzesfreude, sondern ganz Portugal feierte, als handele es sich um einen Nationalfeiertag. Auf den girlandengeschmückten Plätzen der Städte und Dörfer, in denen viele *conversos* lebten, feierte die jüdische und die christliche Bevölkerung. Man tanzte und trank auf den Sieg über die Ungläubigen, die Befreiung des Grabes Christi, das Königreich Israel, aber auch auf die Gesundheit Joãos III. und des Prinzen von Habor.

# XXXVIII
## UNTER VIER AUGEN MIT DIOGO PIRES

Die Abreise wurde auf Ende Oktober festgelegt. Die ersten Vorbereitungen waren in vollem Gange. Kapitän de Sousa begab sich persönlich nach Faro, um die Schiffe im Hafen zu inspizieren. David Rëubeni war fast am Ziel. Nach so vielen Kämpfen und Bemühungen schien nun nichts mehr der Verwirklichung seines Vorhabens entgegenzustehen. Der alte Traum einer Rückkehr nach Israel nahm konkrete Formen an. Zum ersten Mal seit Jahrhunderten schien Jerusalem für das jüdische Volk zum Greifen nahe.

Bald waren es nur noch zehn Tage bis zum schicksalhaften Augenblick. Es waren die schwierigsten. Zehn Tage, und die Armee des Mannes aus Habor würde sich einschiffen. Das große Abenteuer der Rückeroberung würde beginnen. Je mehr Zeit verstrich, desto schwieriger schien es dem Gesandten, seine dumpfe Unruhe zu bezwingen. Der Schlaf floh ihn. Nicht zu zähmende Nervosität überkam ihn. Die Morgensonne traf ihn auf dem Balkon an, wo er nach dem nächtlichen Kampf gegen die Schlaflosigkeit das Nahen des Tages erwartete.

«Noch neun!» murmelte er an diesem Morgen vor sich hin.

Der Kasernenhof war leer, der Himmel licht und die Welt ungetrübt. Alle schliefen noch. Ein Knistern wie von zusammengeknülltem Papier zerriß die Stille. David Rëubeni hob den Kopf und sah Wildgänse vorüberziehen. Allmählich belebte sich das Lager. Das Wiehern der Pferde in den Stallungen würde die Soldaten wecken. In wenigen Minuten war es soweit, die Patrouillen würden ausschwärmen, man würde zum Appell blasen, mit dem täglichen Drill beginnen und sorgfältig, heute ebenso wie gestern, alle Handgriffe wiederholen, die zur zukünftigen Befreiung Jerusalems nötig waren. Nur noch neun Tage bis zum Aufbruch ...

«Herr ...»

Der Gesandte wandte sich um. Es war Yosef.

«Noch neun Tage, Herr!»

«Ja», seufzte David, der vom Balkon wieder ins Zimmer zurückkehrte. Der große, helle Raum war spartanisch möbliert. Außer einem Bett, einem Stuhl und einem Tisch gab es einen Diwan, der mit rauhem, braun-weißem Ziegenfell bespannt war. Der Vertraute des Gesandten ließ sich auf dem Diwan nieder, während David Rëubeni ihm gegenüber, am Tisch, Platz nahm.

«Im Koran heißt es, Gott sei mit den Geduldigen», seufzte Yosef.

«Wohl wahr, aber ist der Koran mit uns?»

Sie standen wieder auf und traten auf den Balkon hinaus. Da klopfte es. Im Türrahmen erschien die mächtige Gestalt Martim Alfonso de Sousas.

«Was gibt's Neues heute morgen, Kapitän?» rief David ihm auf Arabisch entgegen. Tag für Tag pries der Gesandte sich glücklich, einen Mann von solch wacher Intelligenz und wirklicher militärischer Begabung an seiner Seite zu haben. Der Kapitän war mittelgroß, trug sein Haar lang, und trotz seiner stets heiteren Miene erfüllte er seine Aufgabe mit großem Ernst. Die Sympathie, die sie bei Frühlingsbeginn auf dem Markt von Santarém füreinander empfunden hatten, bestand unvermindert fort. Ihre Zusammenarbeit in diesen letzten Monaten war von Erfolg und Loyalität gekennzeichnet gewesen. Seit der König dem Kapitän den Auftrag gegeben hatte, dem Gesandten von Habor Beistand zu leisten, hatte Alfonso de Sousa das jüdische Anliegen buchstäblich zu seinem eigenen gemacht.

«Der Ratgeber des Königs wünscht den Prinzen zu sehen», begann der Kapitän nun zu sprechen.

«Der Ratgeber des Königs?»
«Ja, der ehrenwerte Diogo Pires.»
«Im Auftrag von João III.?»
«So sagt er.»

Unter diesen Umständen war es schwierig, dem beharrlichen jungen Mann weiterhin den Zutritt zu verweigern. David nickte also zustimmend, blieb aber mißtrauisch. Als Diogo Pires eintrat, zogen sich Yosef und der Kapitän diskret zurück und ließen den Prinzen mit dem Ratgeber des Königs allein.

Diogo Pires nahm sein breites Barett aus schwarzem Samt mit der weißen Reiherfeder ab und verneigte sich. Als er dann zu dem Gesandten hochblickte, fühlte David sich sofort in seinen Ahnungen bestätigt. Die Intensität dieser Augen, das merkwürdige Leuchten, das stumme Flehen ... Er dachte bei sich, daß dieses Leuchten beinahe schwindelerregend war und das Schlimmste befürchten ließ, wie es auch eine auf das Schlimmste ausgerichtete Politik gibt.

«Seine Majestät, der König, bekundet dem Prinzen von Habor seine Bewunderung für die in so kurzer Frist vollbrachte Leistung», sagte Diogo Pires mit dumpfer Stimme.

Dann trat er näher, und ein vertraulicher Tonfall mischte sich in sein portugiesisch gefärbtes Hebräisch, als er ergänzte:

«Alle Militärberater, die das Lager besichtigt haben, teilen die Meinung des Königs.»

«Ich danke dem Ratgeber des Königs für diese Botschaft, die eine echte Ermutigung für mich bedeutet», erwiderte der Gesandte.

«Der König», fuhr Diogo Pires fort, «läßt dem Prinzen ausrichten, daß er sich glücklich schätzen würde, ihn noch einmal im Palast von Almeirim zu empfangen, bevor die jüdische Armee in den Orient aufbricht.»

David Rëubeni neigte kaum merklich den Kopf und brachte so seine Freude zum Ausdruck, João III. nochmals zu sehen und ihm seine Dankbarkeit für seine Hilfe und seinen Großmut aus-

sprechen zu können. Diogo Pires' Gesicht verkrampfte sich, und seine Augen schienen etwas zu erbitten. Mit kaum hörbarer Stimme fragte er schließlich:
«Hat der Prinz es bemerkt?»
«Was denn?»
«Mein Hebräisch.»
«Ja, in der Tat», sagte der Gesandte gnädig. «Euer Hebräisch hat sich seit unserer ersten Begegnung erheblich verbessert.»
Ein Hauch von Stolz lag in den Worten des jungen Mannes, als er nun erklärte:
«Seit unserer ersten Begegnung, Prinz, habe ich täglich studiert. Ich begann mit dem geschriebenen Gesetz, dann das mündliche Gesetz, und nun bin ich bei den Geheimnissen der Gesetze angelangt.»
Seine Gestik wurde fahrig, und er redete immer schneller:
«Ein Jude, der die Tora nicht kennt, ist kaum mehr wert als ein Schakal!»
David Rëubeni begann ungeduldig zu werden. Dieser Diogo Pires war tatsächlich unheimlich.
«Der Ratgeber des Königs ist aber kein Jude!» erwiderte er schneidend.
«Aber ... eben doch!» rief der andere aus, der jetzt immer aufgeregter wurde und dem Gesandten erzählte, wie er sich schon immer zu den Juden hingezogen gefühlt hatte und wie er schließlich, um seinen Zweifeln und seinen Fragen ein Ende zu bereiten, den greisen Schriftsteller João de Barros aufgesucht hatte, einen alten Freund der Familie.
«Versteht Ihr denn nicht, Prinz?» drängte er. «Dieser Schock, als ich Euch zum ersten Mal an Deck der *Victoire* erblickte! Das hat etwas aus den Tiefen meiner Seele aufgewühlt und eine Erschütterung ausgelöst. Es ist, als hättet Ihr mir den Weg nach innen, zu mir selbst, gewiesen. Als João de Barros meine Ernsthaftigkeit erkannte, konnte er mir die Wahrheit nicht länger verschweigen, die meine Eltern mit allen Mitteln von mir fernzuhal-

ten versucht hatten. Meine Familie ist tatsächlich jüdischer Herkunft! Sie stammt aus Spanien, wo sie einst mit dem großen Kabbalisten Mose de León eng verbunden war. Nach den ersten Verfolgungen der Juden durch die spanische Inquisition flüchteten die Pires nach Portugal und wurden unter Manuel I. zwangsgetauft.»

Schweigend lauschte der Mann aus Habor den erstaunlichen Ausführungen des königlichen Ratgebers. Im Verlauf der Geschichte nahm seine Beklemmung zu. Das unerwartete «Judentum» des jungen Mannes begeisterte ihn ganz und gar nicht, es war ein Schlag für ihn.

«Hinter jenem Menschen, der ich für andere war, habe ich insgeheim immer schon einen Mangel, eine Unvollständigkeit gespürt», fuhr Diogo Pires fort, während er unablässig seine Hände ineinanderflocht und wieder löste. «Einen Mangel, wie ihn jeder Mann verspürt, der nie eine Frau *erkannt* hat.»

Er lächelte, als bitte er um Entschuldigung für diese Bemerkung.

«Dabei interessieren mich die Frauen überhaupt nicht.»

Er blickte zur Zimmerdecke.

«Im *zohar* fand ich schließlich eine Antwort. Im «Buch des Glanzes» steht, daß das Wort *echad*, ‹einzig›, wenn es nur richtig ausgesprochen wird, Israel dazu verhelfen kann, sich mit Gott zu vereinigen, wie das Weib mit dem Mann.»

David Rëubeni ließ sich auf keine Glaubensdebatte ein. Er wich einen Schritt zurück und musterte sein Gegenüber von oben bis unten. Seit der junge Mann eingetreten war, hatten sie im Stehen geredet.

«Das alles ändert nichts. Der Ratgeber des Königs ist ein Sohn von *conversos*. Somit ist er Christ und nicht Jude», sagte der Mann aus Habor eisig.

Und ehe er sich versah, warf sich Diogo Pires auf die Knie, wo er wimmerte und mit vor Erregung zitternder Stimme stammelte:

«Prinz! Als ich Euch im Palast von Almeirim wiedersah, wie Ihr dem König und den Edlen des Königreiches so stolz und erhaben in die Augen blicktet, da sah ich über Eurem Haupt den mächtigen Flügel der *shekhina* schweben, ... und in dieser Minute habe ich begriffen, daß es meine Pflicht ist, zum Glauben meiner Väter zurückzukehren und mich endlich für immer mit dem Ewigen, dem Gott Israels, gepriesen sei Sein Name!, zu vereinigen!»

Entsetzt trat David Rëubeni einen Schritt zurück. Dieser Glaube, der so verspätet, überspannt und unkontrollierbar daherkam, schien ihm wie ein tosender Sturzbach, der alles mitreißen würde, was ihm im Weg stand und der weder mit Vernunft noch mit Vorsicht in Schach zu halten war. Dieser «Neujude» gefährdete das labile Gleichgewicht, von dem die Verwirklichung seines Plans zur Rückeroberung des Heiligen Landes doch so entschieden abhing. Ließe man ihn gewähren, würde dieser Diogo Pires die ganze Expedition und womöglich auch ihrer aller Leben aufs Spiel setzen. Man würde ihn, den Gesandten von Habor, beschuldigen, er habe unter dem Vorwand einer Rückkehr nach Israel in Wirklichkeit die *conversos* aus Portugal wieder zum Judentum zurückführen wollen! David Rëubeni riß den zu seinen Füßen knienden jungen Mann mit Gewalt hoch und stieß ihn in Richtung Tür.

«Ich bedaure», erklärte der Gesandte mit tonloser Stimme, «aber ich bin nicht hergekommen, um die Christen zur Religion Moses' zu bekehren! Wenn der Ratgeber des Königs den Glauben der Juden anzunehmen gedenkt, ist er bei einem Heerführer wie mir ganz bestimmt an der falschen Adresse!»

«Prinz», protestierte der andere, «wißt Ihr denn nicht ...?»

«Was?»

«Wißt Ihr denn nicht, daß der, der in diesem Augenblick mit Euch spricht, *weiß, wer Ihr seid*?»

Von neuem streckte er David seine Hände entgegen, als flehe er eine Gottheit an. Dann deklamierte er:

«*Gott schickt den Überbringer der Guten Nachricht.*
*Die Völker werden kämpfen,*
*Die Helden werden Druck ausüben,*
*Die Feinde werden zerschmettert werden,*
*Und wir werden Frieden haben.*»
«Dieser Überbringer der guten Nachricht», rief er und betonte dabei jedes Wort, «der seid Ihr, Prinz, und ich, Diogo Pires, weiß dies, wie kein anderer es weiß, wie kein anderer es wissen kann!»

Plötzlich brach er in Lachen aus, doch dann versuchte er es nochmals in klagendem, vorwurfsvollem Ton und mit neuen Argumenten:

«Und was ist mit all den anderen hier? All diese *conversos*, die sich zu Eurem Heer gemeldet haben, zu dieser großartigen *jüdischen* Armee?»

«Sie sind Christen geblieben», hielt David ihm entgegen. «Ihr wißt doch, das Dekret Eures Königs gestattet allen, auch den Christen, in die Armee einzutreten, die nach Jerusalem ziehen wird.»

Während er sprach, trat David Rëubeni näher und packte den jungen Mann bei den Schultern, um ihn zu schütteln. Er wollte ihn überzeugen und ihn, wenn möglich, aus diesem Traum herausreißen, der ein Glaubensirrweg war. Als seine Hände zupackten, spürte er, wie der andere am ganzen Leib zitterte. Sofort ließ er ihn wieder los und stieß ihn von sich, als habe er sich bei dieser kurzen Berührung schon verbrannt. Diogo Pires schwankte, drohte zu fallen, und sein Hut mit dem Federbusch glitt ihm aus der Hand. Wie ein plötzlich aufgeschreckter Schlafwandler suchte er den Boden ab, ohne den Hut zunächst zu finden. Als er seine Kopfbedeckung endlich wieder in der Hand hielt, blitzten seine Augen den Gesandten wütend an, und das violette Funkeln seiner Iris sprach von Abscheu und Hochmut:

«Und so etwas von Euch! ... Von Euch!» schrie er.

«Von mir?»

«Ja, Ihr! Wie konntet Ihr nur! *Ihr*! Ihr habt es gewagt, mich so zu behandeln! Ihr habt mir weh getan!»
«Tut mir leid, aber es ist Zeit für Euch, zu gehen.»
«Gehen? Aber ich bin doch gekommen, um ... Ich liebe Euch! Ich will mit Euch gehen! Wie alle Juden!»
Das eben noch zornige Gesicht des jungen Mannes zeigte jetzt ein betörendes Lächeln. Er glich einem Engel oder einem verlassenen Kind, das um Zuneigung bettelte! David Rëubeni war voller Abscheu. So viel glühender Irrsinn, so viel Unschuld heuchelnde Verschlagenheit war erschreckend! War eine bestimmte Art naiver Unschuld nicht häufig von Übel? Wieder trat er einen Schritt auf Diogo Pires zu.
«Rührt mich nicht an!» schrie dieser.
In dem Wunsch, Diogos Delirium Einhalt zu gebieten, sandte David ein Stoßgebet zum Himmel: «Ewiger, o mein Gott! Strafe mich nicht in Deinem Zorn, züchtige mich nicht in Deiner Wut!» Er war jemand, der andere zu befreien vermochte, aber konnte er auch Seelen retten? Nein, davon verstand er nichts. Er wußte nur, daß der Ratgeber des Königs eine wirkliche Gefahr für seine Mission bedeutete, aber seine Überspanntheit blieb ihm ein Rätsel. Beklemmung stieg in ihm hoch, als er erkannte, daß er für sein Gegenüber nichts tun konnte! Trotz des Aufschreis von Diogo Pires streckte David den Arm vor, um ihm die rechte Hand auf die Schulter zu legen. Dann murmelte er mit sanfter Stimme, als spräche er zu einem Kranken:
«Beruhigt Euch, ich bitte Euch!»
Doch dann wiederholte er:
«Es ist Zeit für Euch, zu gehen. Wie ich bereits sagte. Ich habe noch andere Verpflichtungen.»
«Ich soll gehen? Nein, Prinz! Ich will ... ich muß mit Euch gehen. Denn, *ich weiß*. Vergeßt nicht: *Ich weiß, wer Ihr seid*!»
Genau darin lag wohl der Unterschied zwischen seinem, Davids, Glauben und dem dieses Diogo Pires, wie auch all der anderen, die ihm seit Beginn seiner Reise gefolgt waren. Glaubten

sie wirklich an Gott? Ständig erwarteten sie von *Ihm*, daß Er ihnen Beweise lieferte und Seine Allmacht kundtat. Während er, der Mann aus der Wüste, Gott vertraute. Er hatte Vertrauen in Seine Gerechtigkeit, Seine Liebe und sogar in den nach Seinem Bilde geschaffenen Menschen. Er vertraute Seinem Versprechen vollkommen. Vielleicht machte das den Unterschied zwischen dem Glauben des Hirten und dem Glauben der Herden aus? Zwischen dem Glauben des Führenden und dem der Geführten?

Der Gesandte beobachtete Diogo Pires. Der hatte sich immer noch nicht vom Fleck gerührt. Er zerdrückte seinen Samthut zwischen den bleichen Fingern und stand mit dem Rücken an der Tür. Von draußen klopfte es dreimal kurz. David Rëubeni fuhr zusammen, als hätten die Schläge eine Bedrohung angekündigt. Seine Augen funkelten:

«Verschwindet!» befahl er Diogo Pires.

Dann packte der Gesandte den jungen Mann am Arm und stieß ihn vor die Tür:

«Und vergeßt nicht meine Grüße an Seine Majestät, den König!»

## XXXIX
## AUS DIOGO PIRES WIRD SELOMO MOLHO

Nachdem Diogo Pires gegangen war, trat Yosef Halevi wieder in das Zimmer seines Herrn. Der saß am Tisch und hatte sein Gesicht in die Hände vergraben.

«Was ist passiert? Eine schlechte Nachricht?» fragte Yosef besorgt.

David Rëubeni hob den Kopf, und Yosef stutzte. Der Gesandte sah ihn an, als sei er dem Teufel begegnet.

«Schlechte Nachrichten?» fragte er abermals.

Ohne zu antworten, stand der Gesandte auf. Dann brach es aus ihm heraus:

«Wie lautete noch mal dein türkisches Sprichwort? Der Verrückte sei in der Lage, sich zum Eunuchen machen zu lassen, nur um seine Frau, falls sie schwanger würde, des Ehebruchs zu bezichtigen. War es nicht so?»

«Ja», erwiderte Yosef erstaunt.

«Unser Diogo Pires will unbedingt zum Judentum übertreten!»

«Das fehlte gerade noch! Was hast du ihm geantwortet?»

«Ich habe ihn weggeschickt. Dem Narren ein Glöckchen umzubinden, ist nicht mein Metier!»

«Aber er wird wiederkommen.»

«Leider!»

Die Vermutung war mehr als begründet. Achtundvierzig Stunden später, gegen vier Uhr früh, als es im Osten hell zu werden begann, wurde der Gesandte von Habor durch nahendes

Pferdegetrappel aus seiner Meditation gerissen. Nach ein paar weiteren Galoppsprüngen machte der Reiter unter seinem Balkon halt. Als David sich hinunterbeugte, sah er, wie drei Wachen im Fackelschein dem Besucher vom Pferd halfen. Noch bevor jemand den Mann aus der Wüste verständigen konnte, hatte dieser bereits begriffen. Diogo Pires war zurückgekehrt. Kaum aus dem Sattel, sank er ohnmächtig zusammen. Die Wachen trugen den Ratgeber des Königs sofort zu Davids Zimmer. Dieser ließ Yosef holen und hieß die anderen gehen.

Der junge Mann war kreidebleich und wie leblos. Ein Schwächeanfall hatte ihn übermannt. Seine Beinkleider waren blutbefleckt. Lange, rötliche Rinnsale zogen die Schenkel entlang, bis in die Schuhe. Yosef erschien, und seine Augen waren vom Schlaf noch ganz verquollen. David schickte ihn los, eine Schüssel mit Wasser, ein sauberes Tuch und Branntwein zu holen. Die Beinkleider klebten auf der Haut, so daß Yosef sie aufschneiden mußte. Der junge Mann wimmerte und schlug kurz die Augen auf:

«Gott sei gepriesen!» seufzte er und faßte nach Davids Hand. «Ihr seid bei mir, Prinz! Jetzt bin ich ein wahrer Jude, für immer und ewig.»

Er verdrehte die Augen und verlor erneut das Bewußtsein.

«Flöß ihm Branntwein ein», sagte der Gesandte zu Yosef.

Dieser hob den Kopf des Jungen an und zwang ihn zu trinken. Diogo Pires schlürfte ein paar Tropfen, verschluckte sich und spuckte einen Teil wieder aus. Schüttelfrost befiel ihn, ohne ihn jedoch zu wecken.

«Eine Beschneidung hat noch niemanden umgebracht», bemerkte David Rëubeni kalt. «Aber die Beschneidung, die dieser Narr an sich vorgenommen hat, könnte viele Opfer fordern.»

Der Gesandte lachte zornig. Schicksalsschlägen gegenüber hatte er nie ernst bleiben können. Bestand nicht noch eine winzige Chance, diesen Zwischenfall zu vertuschen und ihn dahingehend zu deuten, daß eine Seele gerettet worden war, und noch dazu die eines Wahnsinnigen? Mit großen Schritten durchmaß er den Raum, setzte sich dann an den Tisch, der am weitesten von dem Bett entfernt war, auf dem Diogo Pires lag, und sagte zu Yosef:

«Er braucht frische Beinkleider. Wenn er gewaschen, verbunden und frisch angezogen ist, soll er sich, bevor es Tag wird, auf den Weg machen. Je eher, desto besser!»

Yosef eilte los. Eine befremdliche Stille lag über den Unterkünften, als wäre sie mit dem Morgennebel aus dem Boden aufgestiegen. Diogo Pires' Ankunft hatte nur eine kurze Unruhe erzeugt. Nun war alles wieder friedlich, wie nach einem Waffenstillstand, wenn die Geschütze verstummt sind. Der Gesandte von Habor stand vor dem jungen Mann und betrachtete ihn. Trotz seines Wahnsinns mußte man ihm doch Kühnheit und Charme zugestehen, dachte David bei sich. Es dürfte nicht viele geben, die sich den Bund mit dem Ewigen selbst ins Fleisch ritzen!

Von draußen rief jemand herauf:

«Braucht Ihr Hilfe, Prinz?»

Es war eine der Wachen.

«Nein», entgegnete David.

Es galt, schnell zu handeln und keinen Fehler zu machen. *Und ich, um ein weniges wankten meine Füße, um nichts, und ausglitten meine Tritte.* Dieser biblischen Warnung eingedenk, versuchte David die Lage so klar wie möglich zu analysieren. Die Wachen hatten einen blutbefleckten Diogo Pires ankommen sehen, der, sobald er vom Pferd gestiegen war, in Ohnmacht fiel. In Kürze würden sie ihn beobachten, wie er wieder fortritt. Man mußte ihnen also eine Erklärung liefern. Vielleicht könnte man sie glauben machen, der königliche Ratgeber habe sich bei einem nächtlichen Ritt verletzt, da das Pferd ihn abgeworfen hatte. Das wäre vorläufig plausibel und nicht völlig ungewöhnlich. Aber der junge Mann hatte wohl kaum vor, nach Almeirim zurückzukehren, und sein Verschwinden würde den König und seine Entourage beunruhigen. Irgend jemand könnte erfahren, daß der Ratgeber den Prinzen von Habor besucht hatte und anschließend untergetaucht war. Und schon würden die Gerüchte kursieren. Man würde diesen seltsamen Juden mit der dunklen Haut verdächtigen, er habe den blonden, unschuldigen Christenjungen verschwinden lassen oder gar entführt ... David war sich bewußt, daß alle, die seinem Vorhaben feindlich gesonnen waren, diese Vermutung anstellen würden. Aber er sah keinen anderen Ausweg. Es war immer noch weniger gefährlich, für einen Menschenräuber gehalten zu werden, als einer Bekehrung zum Judentum durch Zwangsbeschneidung angeklagt zu werden. Es blieben nurmehr sieben Tage bis zum Aufbruch des jüdischen Heeres, und die Zukunft sah düster aus.

Diogo Pires jammerte. David trat näher. Der junge Mann lächelte schwach und griff erneut nach der Hand des Mannes aus der Wüste.

«Ich habe meinen Namen geändert», murmelte er. «Von nun an heiße ich Selomo Molho, *der Engel Selomo.*»

Er schloß die Augen und ließ Davids Hand los. Besorgt beugte dieser sich nieder, um das Gesicht des «Engels» näher zu betrachten. Die Atmung war regelmäßig. In diesem Augenblick erschien Yosef mit frischen Beinkleidern und Schuhen. Gemeinsam gelang es ihnen, den jungen Mann zu wecken und anzukleiden.

«Die Beinkleider sind etwas zu groß», brummte Yosef, «aber das wird niemand merken.»

Tageslicht fiel in den Raum. Diogo Pires stand noch etwas wackelig auf den Beinen und lehnte sich an Davids Schulter.

«Weiß der Prinz», fragte er mit allmählich fester werdender Stimme, «warum ich den Namen Selomo Molho gewählt habe?»

«Nein.»

«Weil man mich schon bisher den «Engel Diogo» genannt hat. Engel heißt im Hebräischen Molho, und Selomo, das ist Davids Sohn!»

«Laßt es gut sein», sagte der Gesandte. Er faßte den jungen

Mann bei den Schultern und stellte ihn mit festem Griff vor sich hin: «Und jetzt hört mir gut zu, mein lieber Selomo Molho. Wenn irgend jemand Euch denunziert, wenn irgend jemand ahnt oder vielleicht schon weiß, daß Ihr zum Judentum übergetreten seid, dann könnt Ihr so lange Ihr wollt Ratgeber des Königs gewesen sein, Ihr werdet dennoch auf dem Scheiterhaufen sterben und Tausende Unschuldige mit Euch! Und die Rückeroberung Israels wäre ebenso sicher gefährdet, wenn nicht gar endgültig aufgeschoben.»

Selomo Molho stand regungslos, hielt das Gesicht zu David erhoben und lauschte hingebungsvoll. Er glich einem Sohn, dem der Vater die Leviten liest.

«Ich werde Euch zwei frische Pferde und hundert Dukaten geben», fuhr der Mann aus der Wüste fort. «Das ist mehr, als Ihr braucht, um Portugal so schnell wie möglich zu verlassen.»

Der andere richtete sich auf, und seine Augen blitzten:

«Prinz Israels, ich werde alles tun, was Ihr sagt, alles, was Ihr verlangt, unter einer Bedingung ...»

«Welcher Bedingung?»

«Ihr müßt mir gestatten, Euer Kommen zu verheißen. Von Rom bis Avignon, von Saloniki bis Jerusalem, überall werde ich die gute Nachricht verbreiten, überall die richtigen Worte finden, um zu verkünden, *wer* Ihr seid, um Eure Anwesenheit unter uns zu preisen und Eure Mission zu rühmen!»

Aus dem Hof der großen Kaserne hallten Stimmen und Schritte herauf. Die Kaserne belebte sich. In den Stallungen scharrten die Pferde mit den Hufen und riefen die Männer zur Pflicht. Der «Engel» durfte nicht mehr länger hier verweilen. David Rëubeni wurde ungeduldig:

«Also gut!» räumte er ein, um eine längere Diskussion zu vermeiden. «Aber Ihr müßt mir im Namen des Ewigen, des allmächtigen Gottes, versprechen, Portugal noch heute zu verlassen, ohne Euch aufzuhalten oder mit jemandem zu sprechen.»

Selomo Molho lächelte und begann zu sprechen, als diktiere ihm ein unsichtbares Wesen:
*» In verborgenen Worten
will ich die Kunde bringen
zu den Menschen. Erlesen wird sie sein
wie duftender Hauch
vom Berg Karmel...»*
Der Gesandte unterbrach ihn:
«Glaubt Ihr, daß Ihr reiten könnt?»
«Ja. Denn der Ewige, gepriesen sei Sein Name!, wird mir die nötigen Kräfte verleihen, um der Welt das Kommen Seines Gesandten zu verkünden und das Ende der Zeiten! Kann es eine heiligere Mission geben als die Eure, mein Prinz?»
Seine Stimme klang jetzt wieder selbstsicher, und er schwankte auch nicht mehr. Er hob die Arme zum Himmel und rief:
«Diogo Pires ist tot. Es lebe Selomo Molho!»
David Rëubeni zuckte mit den Achseln und wandte sich an Yosef:
«Laß schnell zwei Pferde satteln, die besten, die wir haben! So hat unser Freund immer eines zum Wechseln. Und gib ihm hundert Dukaten für die Reise.»
Als alles ausgeführt war, geleitete der Gesandte Selomo Molho hinaus. Vor der Tür, im Hof des Lagers, verneigte sich der junge Mann und wollte dem Mann aus der Wüste die Hand küssen, doch dieser riß sie voller Entsetzen zurück, grüßte kurz und verschwand in seinem Zimmer. Selomo Molho bestieg sein Pferd, wartete aber, bis David Rëubeni auf dem Balkon erschien. Der Gesandte nahm also Anteil an seiner Abreise! Stolz hob er sich aus dem Sattel und rief mit heller Stimme:
«Wir beide, Prinz, werden das Volk Israel befreien!»
Er riß sein Pferd zurück, das sich vor Ungeduld aufbäumte, und fügte noch hinzu:
«In Rom sehen wir uns wieder, Prinz! Rom wird zerstört wer-

den! Rom wird unterworfen werden! Rom wird erobert werden!»

Dieses Wahns überdrüssig, zog der Gesandte sich zurück. Es blieb ihm kaum Zeit, über das Geschehene nachzudenken und seinen Teil Verantwortung an der irrsinnigen Bekehrung des königlichen Ratgebers, der nun ein abtrünniger *converso* und damit ein vom Scheiterhaufen Bedrohter war, zu erwägen. Es blieb auch keine Zeit, alle drohenden Konsequenzen und Gefahren zu bedenken. Er wußte seit eh und je, daß Gefahr vor allem jenen drohte, die sich in Sicherheit wähnten. Die Aufregungen dieser durchwachten Nacht hatten ihm alle Kräfte geraubt, und der Schlaf überwältigte ihn.

Eine Stunde später wurde er von Kapitän de Sousa geweckt, der gleich nach seinem Eintreffen im Lager von dem seltsamen nächtlichen Besuch des königlichen Ratgebers erfahren hatte. David Rëubeni wollte seinen portugiesischen Freund nicht belügen, aber er konnte ihm auch nicht die ganze Wahrheit offenbaren. Er erzählte ihm also nur einen Teil der Geschehnisse und erwähnte weder die Selbstbeschneidung noch das Verschwinden des jungen Mannes. Danach schloß er sich ein, um zu beten.

Kaum hatte er das Nachmittagsgebet *minha* beendet, als ihm Kapitän de Sousa die Ankunft eines Boten aus Almeirim meldete, der sie beide aufforderte, unverzüglich zum Palast zu kommen. Der König wolle mit ihnen sprechen. Es sei dringend.

Die Sonne war zu heiß gewesen, und nun zogen Wolken auf, dachte der Mann aus Habor bei sich. Sein Instinkt sagte ihm noch mehr. Diese Wolken kündigten nicht nur Regen, sondern auch Wind an, wenn nicht gar Sturm!

Die aus David Rëubenis Gefolge und Kapitän de Sousas Eskorte bestehende kleine Truppe traf am Spätnachmittag im Hof des Königspalastes ein. Kaum hatten sie die Pferde den Stallburschen übergeben, lief ihnen auch schon António Carneiro, der Sekretär des Königs, entgegen. Freundlich wie immer, doch mit ernster Miene, erklärte er ihnen:

«Der Ratgeber des Königs ist verschwunden. Dieses Verschwinden betrübt Seine Majestät außerordentlich, wie im übrigen auch den ganzen Hof.»

Unter den Arkaden stießen sie auf den Dolmetscher, den João III. eilends einbestellt hatte. Außerdem wartete dort auch der Botschafter Miguel da Silva, der sie mit einem honigsüßen Lächeln bedachte.

«Wenn da Silva lächelt, werden die Juden weinen», kommentierte Yosef leise.

Die Delegation traf den König in Begleitung seines Beichtvaters António de Ataide an. Das Gespräch der beiden schien lebhaft zu sein. Mit einem Handzeichen bedeutete ihnen der König, sie möchten sich ein wenig gedulden. Nach einem aufgeregten Wortwechsel mit seinem Beichtvater wandte sich João III. dem Prinzen von Habor zu:

«Wie ich höre, geschehen betrübliche Dinge im Lager Alpiarça? Ist das Euer Dank für meine Gastfreundschaft, Prinz, für meine Hilfe und meine Freundschaft, daß Ihr meinem Königreich schadet?»

Das zarte Gesicht Joãos III. wirkte düster. Selbst sein lockiger Kurzbart strahlte Angriffslust aus. David Rëubeni wurde bleich. Er unterdrückte seinen Zorn, trat einen Schritt vor und blickte dem König tief in die Augen:

«Als Freund und Verbündeter bin ich hierhergekommen, Majestät. Heute bin ich Euch mehr denn je verpflichtet. Wie kann Eure Majestät argwöhnen, ich hätte in irgendeiner Weise Ihr Vertrauen mißbraucht?»

Er trat noch näher, so daß er ihn fast berühren konnte.

«Wenn Majestät so gütig wären, mich über den Grund Eurer Verstimmung aufzuklären?»

Es folgte ein längeres Schweigen. Eine Wolke zog vorüber und überschattete den Sonnenuntergang. João III. blickte seinen Gast an, als sähe er ihn zum ersten Mal. Der jüdische Prinz war nach wie vor beeindruckend. Von seiner hohen und stolzen Gestalt ging eine ungeheure Kraft aus. Sein dunkles Gesicht mit den wie in Stein gemeißelten Zügen flößte ihm Vertrauen ein. Und dennoch befiel ihn beim Anblick dieses weißen Gewands mit dem sechszackigen Stern, der sich im Halbdunkel des Audienzsaales so deutlich abzeichnete, eine fast kindliche Unruhe. Was war das für ein Mensch, dieser David Rëubeni? Worin lag sein Reiz?

Doch das Wetter änderte sich so schnell wie die Laune der Monarchen. Der Wind vertrieb die Wolken, und die Strahlen der untergehenden Sonne erleuchteten ein letztes Mal den Saal. Der Herrscher entspannte sich. Er ging zu seinem Thron, setzte sich und erteilte António Carneiro das Wort. Dieser faßte die Lage kurz zusammen. Diese Tausende von Juden, die fast dreißig Jahre, nachdem sie aus Portugal vertrieben worden waren, wieder herbeiströmten, hatten natürlich hier und da heftigen Protest ausgelöst. Auch die Tatsache, daß diese Juden nur kurzfristig im Lande waren, da sie als Angehörige der Armee des Prinzen von Habor bald in den Orient aufbrechen würden, hatte die von den Mitgliedern des spanischen Klans geschürten Proteste nicht zu beschwichtigen vermocht. Ganz im Gegenteil: Es war sogar eine Kampagne ins Leben gerufen worden, die besagte, daß das Land Gefahr liefe, unter Fremdherrschaft zu geraten. Die Kampagne wurde von der Mehrheit des Klerus unterstützt und schien bereits im ganzen Land giftige Früchte zu tragen. In einigen Ortschaften waren bereits Rufe wie «Tod den Juden» zu hören gewesen.

António de Carneiro schüttelte sein weißes Haupt:

«Aber das Schlimmste ist», fuhr er fort, «daß in Santarém

zum ersten Mal gegen den Prinzen von Habor gewettert worden ist, er wolle die Christen Portugals zum Judentum bekehren.»

«Aber das ist doch absurd!» protestierte David Rëubeni.

«Gewiß», schaltete sich António de Ataide ein, «aber seit heute früh, seit der Ratgeber des Königs, Diogo Pires, verschwunden ist, geht das Gerücht um, er sei vom Prinzen von Habor beschnitten worden. Und seitdem haben sich in den Augen der meisten Portugiesen die Spekulationen von gestern in gefährliche Realität verwandelt.»

Beobachtungen dieser Art konnte auch der Mann aus der Wüste nicht einfach außer acht lassen. Mit gerunzelten Augenbrauen, die Hände im Rücken verschränkt, tat er nervös ein paar Schritte und wandte sich dann an João III.

«Wenn der König es mir gestattet ...»

«Sprecht!»

«Majestät, ich war darauf gefaßt, daß unsere Feinde uns beschuldigen würden, wir legten es nur darauf an, die *conversos* wieder zum jüdischen Glauben zu bekehren. Eine solch perfide Beschuldigung war die einzige Waffe gegen uns. Daher habe ich seit meiner Ankunft in Portugal alles getan, um den geringsten Zwischenfall zu vermeiden. Ich wollte jedes Mißverständnis im Keim ersticken, das den Plan der Rückeroberung des Heiligen Landes gefährden oder dem Ruhm unseres katholischen Wohltäters João III. schaden könnte.»

Er wies mit der Hand auf Kapitän de Sousa, der ein paar Schritte hinter ihm stand:

«Kapitän Martim Alfonso de Sousa ist mein Zeuge. Ich habe die *conversos* stets als echte Christen angesehen. Und ich gebe Eurer Majestät mein Ehrenwort, daß im Lager Alpiarça keine Beschneidung stattgefunden hat.»

«Und Diogo Pires?» fragte der König.

«Wenn Majestät mir gestatten ...»

«Sprecht!»

«Der junge Ratgeber Eurer Majestät hat mich in der Tat vor

drei Tagen unangemeldet aufgesucht. Er überbrachte mir eine Botschaft Eurer Majestät. Es waren ermunternde und überaus liebenswürdige Worte, die mir wohl getan haben. Dann ...»
Gespanntes Schweigen breitete sich aus.
«Ja?» fragte João III. mit Ungeduld in der Stimme.
«Nun ... dann begann er wirres Zeug zu reden.»
«Wirres Zeug?»
«Ja. Über seine jüdische Herkunft, seinen Wunsch, in unser Heer einzutreten und mit ihm in den Orient zu ziehen.»
«Und wie habt Ihr reagiert?»
«Bei aller Hochachtung, die ich Majestät schulde ...»
«Sprecht!»
«Ich sagte ihm, ich sei nicht nach Portugal gekommen, um die Christen zum Judentum zu bekehren. Das sei weder mein Ziel noch mein Metier. Und ...»
«Und?»
«Ich befahl ihm, meinen Raum sofort zu verlassen.»
«Was hat er getan?»
«Er ging.»
«Aber er kam nochmals zurück?»
«In der Tat. Achtundvierzig Stunden später, mitten in der Nacht. Er war verwundet und blutete stark. Laut seiner Aussage hatte er einen Reitunfall gehabt. Sein Pferd hatte grundlos ausgeschlagen und den königlichen Ratgeber zu Boden geworfen. Mit Hilfe meines hier anwesenden Dieners Yosef habe ich ihn erst einmal versorgt.»
«Und dann?»
«Dann bat er mich abermals, in die jüdische Armee eintreten zu dürfen. Euer Majestät möge mir verzeihen, doch ...»
«Euch ist verziehen, aber sprecht!»
«Ich habe ihn vor die Tür gesetzt.»
David Rëubeni rückte seinen Turban zurecht.
«Ich bedaure es sehr», fuhr er fort. «Diogo Pires ist ein in jeder Hinsicht außergewöhnlicher junger Mann, dessen Fähigkei-

ten nicht zu leugnen sind. Zudem ist er ein Vertrauter des Königs von Portugal, während ich nur ein Fremder auf der Durchreise bin. Aber ich durfte doch keinen Zweifel aufkommen lassen.»

Er zögerte und sagte dann mit tiefer Stimme:

«Euer Majestät kann sich auf mich verlassen.»

Kaum hatte er diese Worte ausgesprochen, da erschienen sie ihm bereits verhängnisvoll. «Was für eine alberne Erklärung», sagte er zu sich selbst. «Was soll das bedeuten? Wieso fällt mir keine plausible Beweisführung ein, um diesen Monarchen zu überzeugen?» Er sah sich in dem Audienzsaal um. Der erhöht stehende Thron und das gewaltige Kreuz vor der weißen Wand, das alles glich dem Rest der Welt. Hier wie anderswo ergriff man jede Gelegenheit, um einander auszuspionieren, zu beschuldigen und zu töten oder, was noch schlimmer war, um jeden Traum zu ersticken und jede Hoffnung zu rauben. Die Macht, sich an andere zu wenden, bedeutete häufiger eine Gefahr als ein Privileg. Ohne zu wissen warum, wiederholte der Gesandte seinen Satz:

«Euer Majestät kann sich auf mich verlassen.»

João III. wechselte einen Blick mit António Carneiro.

«Darin, Prinz», sagte der Sekretär, «liegt gerade das Problem, denn der König hat kein Vertrauen mehr zu Euch.»

«Die am besten verschlossene Tür ist jene, die man offen lassen kann», mumelte David Rëubeni.

Der Dolmetscher, der den Satz nicht genau verstanden hatte, ersuchte um eine Wiederholung. Nachdem João III. die Übersetzung gehört hatte, lächelte er zum ersten Mal seit Beginn der Audienz. Er spielte ein Weilchen mit dem großen goldenen Kreuz, das er um den Hals trug, und erwiderte dann:

«Ich will die Tür gerne offen lassen, Prinz. Das Dumme ist nur, daß mehrere glaubwürdige Zeugen beteuern, Diogo Pires habe vor seinem Ritt nach Alpiarça, wo er Euch einen Besuch abstatten wollte, unmißverständlich erklärt, er würde sich beschneiden lassen.»

## XL
## EINE SCHWERE PRÜFUNG

Leider vermochte kein beherzter Einspruch und kein noch so geschickt vorgetragenes Argument die Situation mehr zu retten. Wenn der König und seine Ratgeber ihm auch wohlgesonnen waren, so wußte David Rëubeni doch schon jetzt, daß sein Vorhaben gefährdet, wenn nicht schon gescheitert war. Schlimmes Unheil war geschehen. Die Proteste aus den Kreisen des Adels und des Klerus waren auszuhalten gewesen. Aber die schreckliche Anschuldigung der Beschneidung eines Christen, der auch noch dem Thron nahestand, war weder aus der Welt zu schaffen noch zu verzeihen. Zumal die Zeugen dieses dubiosen Bekenntnisses von Diogo Pires allesamt vom Hohen Thronrat gehört worden waren. Ob der Prinz von Habor ihn dazu angestachelt oder ob Diogo diese unbegreifliche Tat alleine beschlossen hatte, änderte nichts. Das Bedrückendste war, daß kein Mensch an die Unschuld David Rëubenis zu glauben schien. Zu lange war über Beschneidungen spekuliert worden, als daß man jetzt ein solches Ereignis hätte vergessen können.

Um David Rëubeni ohne allzu großen Schaden aus dieser Klemme zu befreien und den Plan der Rückeroberung Israels nicht für immer begraben zu müssen, schlug der König ihm eine Art ehrenvollen Abgang vor: Bevor das jüdische Heer ausrückte, sollte ein Treffen zwischen dem Prinzen von Habor und Karl V. stattfinden! Aufgrund eines perfiden, aber geschickten Schachzugs der Königin Katharina hatte ihr Bruder, Karl V., João III. schriftlich ersucht, den Mann aus der Wüste zu ihm zu schicken.

Karl V. wollte sich mit dem Gesandten über dessen Vorhaben unterhalten, bevor David ins Heilige Land aufbrach, und hatte ihn zu diesem Zweck nach Regensburg gebeten. Der König von Portugal hielt diese Reise für ein gutes Mittel, in den Köpfen seiner Untertanen mit der Zeit wieder Ruhe einkehren zu lassen.

«Jerusalem wartet nun schon seit Jahrhunderten auf seine Befreiung!» rief er leichthin. «Da kann es auch noch ein Jahr länger warten!»

David Rëubeni konnte sich nur verneigen, obwohl er zutiefst getroffen war. Was der König nicht verstanden hatte oder nicht verstehen wollte, war die Tatsache, daß es nicht nur um die Befreiung der heiligen Stadt ging, sondern auch um die Befreiung eines verfolgten Volkes. Und dieses Volk konnte nicht ewig warten.

Eine unangenehme Aufgabe stand ihm nun bevor, denn er mußte die Situation den Soldaten der jüdischen Armee erklären. All diesen jungen, begeisterten Rekruten, die ihr Glaube aus fernen Ländern hierhergetrieben hatte, mußte er nun mitteilen, daß der sehnlichst erwartete und seit Monaten mit soviel Eifer vorbereitete Aufbruch um ein Jahr verschoben werden würde. *Shana hava beyerushalayim*, dieses «Nächstes Jahr in Jerusalem», das ihre Vorfahren seit mehr als eintausendfünfhundert Jahren ohne Erfolg wiederholt hatten, würde nun noch ein weiteres Jahr lang gesprochen werden, um einen frommen Wunsch und einen Traum wachzuhalten.

Die Freundschaft und Ergebenheit Kapitän de Sousas erwiesen sich bei der Durchführung dieser heiklen Mission als unentbehrlich. Da Davids Position ins Wanken geraten war, hatte sich der Kapitän erboten, die jungen Soldaten des jüdischen Heeres vom Entschluß des Königs in Kenntnis zu setzen. Er begründete diese Entscheidung mit der Bedeutung, die einer Begegnung zwischen dem Prinzen von Habor und Kaiser Karl V. zukam. Es gelang ihm sogar, den Aufschub als einen Meilenstein auf dem

Weg der Rückführung des jüdischen Volkes auf den Boden seiner Ahnen darzustellen.

Dennoch war die Enttäuschung der Soldaten groß. Etliche junge Männer äußerten den Wunsch, in ihre Familien zurückkehren zu dürfen. Andere wollten lieber im Lager von Alpiarça den Aufbruch abwarten, selbst wenn sie sich ein Jahr lang gedulden mußten. Einige wenige entwarfen den Plan, sich eines im Hafen von Faro ankernden Schiffes zu bemächtigen und ohne die Unterstützung des christlichen Königreichs Portugal zur Eroberung Jerusalems aufzubrechen.

David Rëubeni redete mit den einen und verhandelte mit den anderen. Als sich die Gemüter nach vielen Stunden wieder etwas beruhigt hatten, zog er sich in sein Zimmer zurück. Er wollte alles überdenken, wie er es immer tat, wenn seine Pläne oder sein Leben bedroht waren. Warum hatte der Ewige, gepriesen sei Sein Name!, sich entschieden, den Aufbruch des Volkes Israel zu seiner Befreiung im letzten Augenblick hinauszuzögern? Rabbi Jochanan lehrte: «Der Sohn Davids kommt nur in einem Zeitalter, das ganz würdig oder ganz schuldig ist.» Aber so etwas war in dieser Welt ohnehin nicht vorstellbar. Aus der Sicht des Gesandten von Habor lag die Entscheidung über den Gang der Dinge letztlich doch in den Händen der Menschen, aber sie war nicht einfach und brachte oft nur Haß und Krieg hervor.

David Rëubeni hatte den König noch einmal sehen dürfen. Trotz langer und ausführlicher Erörterung waren sie zu keiner Lösung gelangt. Und Diogo Pires blieb unauffindbar.

Um die dumpfe Mattigkeit zu bekämpfen, die in ihm hochstieg, öffnete David Rëubeni seine Ebenholztruhe und nahm sein Tagebuch heraus. Papier ist geduldig und errötet nicht, dachte er bei sich. Allzugern hätte er mit anderen über das Geschehene gesprochen. Rabbi Tarfon hatte gesagt, man müsse eine Aufgabe zwar nicht unbedingt vollenden, habe aber auch nicht das Recht, sich ihr zu entziehen. Er nahm das Tintenfaß heraus, rührte darin und spitzte die Feder:


Einer Aufforderung des Palastes entsprechend, begab ich mich zum König, schrieb er. Dieser fragte mich: «Wie lauten Eure Absichten? Was gedenkt Ihr zu tun? Für welches Vorgehen habt Ihr Euch entschieden?» Ich erklärte ihm, ich wolle zunächst einmal nach Rom, um nochmals beim Papst vorzusprechen. Ich bat seine Majestät João III. um Empfehlungsschreiben, die die zwischen uns bestehenden Bindungen bestätigten und meinem Bruder, dem König Yosef von Habor, beweisen würden, daß ich tatsächlich im Königreich Portugal zu Gast war. Ich bat ihn auch um die Ausstellung eines Geleitbriefes, der meine Sicherheit bei meiner Reise durch das christliche Portugal gewährleisten würde. Der König nahm all meine Bitten freundlich auf. Er befahl seinem Sekretär António Carneiro, die verschiedenen Dokumente für mich vorzubereiten. Außerdem versprach er mir dreihundert Dukaten für die Reise nach Tavira oder Faro, je nachdem, wo ich mich einzuschiffen gedachte.

Im Anschluß an die königliche Audienz habe ich mich mit einigen *conversos* unterhalten. Sie berichteten mir, daß manche Christen hier in Portugal mein Bildnis öffentlich ausstellten, um es zum Gegenstand von Spott und Hohn zu machen. Sie erzählten mir auch von den dadurch ausgelösten Unruhen, bei denen Marranen meine Verteidigung ergriffen und den Spöttern mit Knüppelhieben antworteten.

Zwei Tage später ließ mich der Erzbischof und Bruder des Königs rufen. In Begleitung des arabischen Dolmetschers begab ich mich zu ihm. Er erwies mir die Ehre eines überaus herzlichen Empfangs und erbat Auskünfte über meine Banner und meine Reiseroute. Ich erklärte ihm, die Banner seien die Embleme der jüdischen Stämme und mein Ziel sei Rom. Daraufhin sagte der Erzbischof:

«Wenn Ihr Euch bereit erklärt, zum Christentum überzutreten, mache ich Euch zum Minister!»

Ich erwiderte:

«Solltet Ihr mich für einen solchen Raben halten, wie ihn Noah aus der Arche frei ließ? Jener treulose Rabe, der nie mehr wiederkam! Das würde meinen Königen, meinen Ahnen mißfallen. Ich bin selbst der Sohn eines Königs, der Abkömmling aller Davids ibn Isai, und meine Väter hätten einen Vorschlag wie den Euren niemals angenommen. Habe ich denn den ganzen Orient und Okzident durchquert, um meinen Glauben zu verleugnen? Ein solcher Gedanke sei mir fern! Ich bin gekommen, um Gott durch meine Mission zu dienen. Wie könnt Ihr mir so etwas vorschlagen? Was würdet Ihr von mir halten, wenn ich Euch vorschlüge, zum Judentum überzutreten?»

Der Erzbischof antwortete:

«Ich würde kategorisch ablehnen!»

«Ein arabisches Sprichwort lautet», gab ich ihm zu bedenken: «Jeder behalte seine Religion und setze sich allein mit Gott auseinander! Ihr erklärt, außerhalb der Kirche gäbe es kein Heil, während ich sage: Das Judentum ist die Wahrheit. Folglich ist es ratsamer, daß jeder von uns beiden seine Religion behält.»

Tags darauf ließ mich die Königin rufen. Auch sie wollte wissen, was die Fahnen bedeuteten und was ich beabsichtigte. Ich antwortete ihr dasselbe wie dem Erzbischof. Katharina von Kastilien erklärte sich zufrieden und wünschte mir eine gute Rückkehr nach Rom. Bevor sie mich entließ, sagte sie noch: «Der König bewahrt Euch seine Wertschätzung. Ich weiß, daß er Briefe geschrieben hat, um Euch dem Papst zu empfehlen.» Das alles klingt recht liebenswürdig, doch ich weiß die Gunstbezeugungen der Königin und ihrer Freunde richtig zu bewerten.

Tag und Nacht versammeln sich die Marranen vor meiner Behausung und beklagen meine Abreise. Einige küssen mir selbst im Beisein von Christen die Hand. Ich sehe schon, daß diese Versammlungen nicht abreißen werden, bis ich fort bin. Dem Ewigen sei Dank, im ganzen Königreich Portugal ist den *conversos* noch kein Schaden zugefügt worden, und auch der König hat mir sein Wohlwollen nicht entzogen, obwohl sein Ratgeber und Vertrauter weiterhin verschwunden bleibt.

Mit lauter Stimme las David Rëubeni noch einmal die soeben geschriebenen Seiten. Es fehlten detaillierte Beschreibungen, Analysen, Wertungen. Aber führte er dieses Tagebuch, um persönliche Empfindungen auszudrücken, oder sollte es die schlichten Tatsachen bezeugen? Wie hieß es doch so klug im Talmud: *Wehe dem Teig, wenn der Bäcker ihn verwirft.*

Er schrieb noch eine Weile weiter. Als er den Kopf hob, durchflutete Tageslicht den Raum. Er löschte die Kerzen, verstaute das Tagebuch in der Truhe und begann mit dem Morgengebet. Dann rief er all seine Diener zusammen. Es waren dreißig. Nur fünf von ihnen kannte er schon lange, da sie ihn seit dem Orient begleiteten. Den sechsten, Tobias, hatte er in Venedig zurückgelassen. Alle anderen waren vor seiner Abreise nach Portugal von seinen italienischen Freunden angeheuert worden. Als der Gesandte ihnen seine Rückkehr nach Rom mitteilte, äußerten zwei seiner ältesten Gefährten den Wunsch, nach Alexandria zurückzukehren. Sie stammten aus Ägypten und wollten heimkehren, da ein Ende ihres Exils nicht abzusehen war. In den nächsten Stunden verbreitete sich das Gerücht, der Prinz von Habor suche neue Dienstboten. Mehrere junge Rekruten aus Marokko bewarben sich, und Yosef Halevi wählte sieben aus.

Am nächsten Morgen ritt David Rëubeni an der Spitze einer beeindruckenden Eskorte in Richtung Tavira, wo der König ein Schiff hatte bereitstellen lassen. In den beiden Städten Coruche und Mora, die sie auf ihrem Weg durchquerten, wurden sie von

Scharen weinender Marranen empfangen. Die Abreise des jüdischen Prinzen machte ihre Hoffnungen wieder für lange Zeit zunichte. In Évora hingegen schlug ihnen Feindseligkeit entgegen, da in dieser Stadt die Anhänger des spanischen Klans die Oberhand hatten. In Beja bewirkte das Erscheinen des Gesandten von Habor eine handfeste Prügelei zwischen *conversos* und «echten Christen». Auch schickten sich ein paar Hitzköpfe an, ein Bildnis David Rëubenis auf dem Platz vor der Kirche zu verbrennen.

Nach dreitägigem Parforceritt erwartete sie in Almodovar ein königlicher Bote. João III. teilte dem Prinzen mit, daß sein Schiff, das ihn nach Livorno bringen sollte, nicht in Tavira, sondern in Faro vor Anker läge. Nach einer Übernachtung im Hause eines reichen Marranen traf die Truppe bei strömendem Regen in Faro ein. Dort wartete eine weitere Botschaft auf sie, doch diesmal war sie von Miguel da Silva. In einem besonders liebenswürdigen Schreiben wünschte der Botschafter dem Prinzen von Habor eine angenehme Reise und bat ihn im Namen Seiner Majestät, des Königs von Portugal, nach Lagoa weiterzureiten, wo eine Eskorte ihn bis aufs Schiff geleiten würde. Dieses läge nämlich nun doch nicht in Faro, sondern in Lagos, an der Einmündung des Flusses Bensafrim.

Das unverfrorene Eingreifen Dom Miguel da Silvas gefiel David ganz und gar nicht. Er befragte den Gouverneur der Provinz Algarve, einen Abkömmling jener berühmten *mouros foros*, der freien Mauren, die im 13. Jahrhundert hier ansässig gewesen waren. Dieser bestätigte, was da Silva geschrieben hatte. Das ursprünglich für den Prinzen von Habor bereitgestellte Schiff hatte vor zwei Tagen den Anker gelichtet und war mit unbekanntem Ziel davongesegelt. Der Gouverneur wußte aber auch zu berichten, daß mehrere Karren mit Handelswaren und Nahrungsmitteln Loulé verlassen hatten und via Lagoa nach Lagos dirigiert worden waren, von wo ein geheimnisvolles Schiff in Kürze Kurs auf Italien nehmen würde.

Anstatt bis Lagoa weiter zu reiten, beschloß der inzwischen mißtrauisch gewordene Mann aus Habor, einen oder zwei Tage in Loulé Rast zu machen. Dieses Städtchen bot den größten Markt für die Bauern der ganzen Algarve, und die Gemeinde der *conversos* war hier besonders zahlreich. Es war eine gute Entscheidung, denn in dieser ehemals muslemischen Gemeinde wurde David Rëubeni nicht nur ein begeisterter Empfang bereitet, sondern er traf zu seiner großen Freude seinen Freund Kapitän Martim Alfonso de Sousa wieder.

Ein gebildeter, alter Aristokrat hatte David und den Seinen Unterkunft in seinem Schloß angeboten, und dort erklärte der Kapitän auch den Grund seiner Anwesenheit in Loulé:

«Der Jubel, der dem Prinzen von Habor zuteil wurde, hat zu Zwischenfällen wie in Évora geführt. Mehrere Christen wurden verletzt, und der König ist nun doch verärgert. Diesen Umstand haben sich der Botschafter da Silva und die Königin zunutze gemacht, um Eure Pläne zu vereiteln und das Schiff, das Euch nach Italien bringen sollte, durch den König abrufen zu lassen. Und natürlich wurden auch die von João III. versprochenen dreihundert Dukaten für Eure Reise gestrichen! Doch nach Einschreiten des königlichen Sekretärs António Carneiro ist das alles wieder rückgängig gemacht worden, aber nur unter der Bedingung, daß der Prinz Portugal so unauffällig wie möglich und von einem abgelegenen Hafen aus verläßt. So kam man auf Lagos. Und was die dreihundert Dukaten anbetrifft, hat António Carneiro mich persönlich beauftragt, sie Euch auszuhändigen, sobald Eure Eskorte und Ihr selbst, Prinz, an Bord des Schiffes seid.»

David Rëubeni hörte sich diese Entscheidungen mit undurchdringlicher Miene an. Eine der Auflagen kam einer Provokation gleich, denn unter dem Druck des spanischen Klans hatte der Thronrat Miguel da Silva beauftragt, den korrekten Verlauf der Abreise des Gesandten und seiner Eskorte zu überwachen. Der spanische Klan hatte offensichtlich seinen Einfluß geltend gemacht, um sicherzustellen, daß kein *converso* die Gelegenheit nutzte, um das Königreich zu verlassen.

«Ich werdet also, mein Prinz», sagte der Kapitän lächelnd, «Euren alten Freund da Silva auf den Kais von Lagos wiedertreffen!»

David wußte schon seit dem Vortag, daß der Botschafter erneut auf dem Kriegspfad war. Daher wechselte er lächelnd das Thema und fragte, wie der Kapitän ihn ausfindig gemacht habe.

«Das war nicht sonderlich schwierig, mein Prinz», antwortete dieser: «Auf Eurem Weg von Stadt zu Stadt hat sich hinter Euch ein Tal der Tränen aufgetan.»

Das Gesicht des Mannes aus der Wüste verdüsterte sich. Er schüttelte den Kopf, wobei ihm Haare in die Stirn fielen:

«Nicht nur Tränen, Kapitän, nicht nur Tränen ...»

Ein plötzliches Donnergrollen unterbrach ihn. Gewaltige Windstöße peitschten den Regen auf und ließen den Horizont verschwinden.

«Ich werde wiederkommen», murmelte David.

Das Licht am Himmel wich dem heranziehenden Unwetter. Hier und da rissen Blitze die Dämmerung auf. Der Kapitän legte dem Gesandten die rechte Hand auf den Arm und sprach mit kaum hörbarer Stimme:

«*Es legt dem Menschen zwei Finger auf die Augen, zwei in die Ohren und den fünften auf die Lippen und sagt: Schweig!* Kennt Ihr die Lösung dieses Rätsels, mein Prinz?»

«Das Schicksal!» antwortete der Mann aus Habor.

«Bravo!» jubelte der Kapitän. «Es ist tatsächlich das Schicksal. Und Ihr wißt genausogut wie ich, daß jeder seinem eigenen folgt.»

«Ich folge meinem Schicksal nicht, Kapitän. Ich erzwinge es!»

«Im Augenblick werdet eher Ihr gezwungen.»

«Nein, mein lieber de Sousa, nicht mein Schicksal zwingt mich, Portugal zu verlassen, sondern der König.»

«Und Diogo Pires?»

Ohne seinem Gesprächspartner Zeit für eine Antwort zu lassen, fuhr der Kapitän fort:

«Unter uns, Prinz, wer seid Ihr?»

«Der Gesandte des Königs von Habor.»

«Und außerdem? Man munkelt ... und ich glaube es ja auch, nachdem ich Euch so lange beobachten konnte, daß Ihr kein gewöhnlicher Sterblicher seid.»

David Rëubeni lachte schallend:

«Unsinn, Kapitän! Was sollte an mir denn *außergewöhnlich* sein?»

«Von allen Männern, die ich bisher getroffen habe, seid Ihr, mein Prinz, der erste, der keine Angst kennt.»

Davids Stirn kräuselte sich. Dann murmelte er wie für sich selbst:

«Wenn man an die anderen denkt, vergißt man wohl sich selbst und hat keine Angst mehr.»

Auch am folgenden Tag blieben sie noch in Loulé. Im Schloß ihres Gastgebers herrschte reges Treiben. Hunderte von *conversos* wollten den jüdischen Prinzen sprechen, ihn berühren und sich Gewißheit verschaffen, daß er sie nicht vergessen würde. Diese jungen und alten Gesichter, die an ihm vorüberzogen, diese Hände, die sich an seinen Umhang klammerten – das alles erschütterte den Gesandten. Mühsam erklärte er einer alten Frau, die nur ein paar Brocken Hebräisch und kein Arabisch verstand, daß ihr gemeinsames Ziel im Augenblick nicht machbar sei, aber man dennoch daran glauben müsse, damit es eines Tages Wirklichkeit werde. Sie nickte zustimmend und drückte seine Hand:

«Messias!»

Alles lag in der Aussprache dieses Wortes, dessen Sinn sich je nach der Silbe, die man betonte, wandelte. Es konnte eine Erklärung, eine Warnung oder auch eine Bedrohung bedeuten. Vielleicht wollte diese Frau ihm damit sagen, daß sie auf die Zukunft hoffte. Sie wartete auf einen Lichtblick, obwohl es immer noch regnete.

David Rëubeni fühlte sich durch Kapitän de Sousas Beistand gestärkt. Seine Anwesenheit beruhigte ihn. Wenn es eine Schicksalsmacht gab, dann hatte diese ihn noch nicht völlig fallengelassen.

Die vom Botschafter da Silva angekündigte Eskorte erwartete ihn tatsächlich in Lagos. Ihr junger Kommandant, ein Portugiese mit einem üppigen schwarzen Schnauzbart im Gesicht, schien erstaunt, als er die riesige Eskorte erblickte, die sich aus den Männern des Gesandten und denen des Kapitäns zusammensetzte. Obwohl er sich nichts anmerken ließ, überraschte ihn die Anwesenheit von Martim Alfonso de Sousa, von dem man ihm nichts gesagt hatte. Und so hielt der Prinz von Habor, umringt von mehr als hundert bewaffneten Männern, im Hafen von Lagos Einzug.

## XLI
## AUS DER FALLE DES BOTSCHAFTERS
## IN DIE FÄNGE DER PIRATEN

Alvares Nobrega, der Hafenkommandant von Lagos, hatte dem jüdischen Prinzen sein eigenes Haus zur Verfügung gestellt. Es war ein von Feuchtigkeit zerfressenes, aber weiträumiges Gebäude, in dessen Anbauten auch Davids Männer untergebracht werden konnten. Zwei uralte Portugiesinnen hatten der gesamten Eskorte schnell eine Mahlzeit aufgetischt. Da der Botschafter Miguel da Silva erst für den Nachmittag erwartet wurde, inspizierte Kapitän de Sousa inzwischen das Schiff, mit dem sie nach Italien auslaufen sollten.

Seit er Loulé verlassen hatte, ernährte sich der Gesandte von Habor nurmehr von Zucker, den er in dicken braunen Stücken, groß wie Eidechsenköpfe, mit sich führte. Er wechselte mit niemandem ein Wort; wozu auch, wenn die einzigen Wörter, die er mit jemandem hätte teilen können, Enttäuschung oder Trauer hießen? Der Aufschub des Abmarschs der jüdischen Armee war ein Schlag gewesen. Und nun begann diese Armee, die voller Begeisterung aufgebaut worden war, schon zu zerfallen, bevor sie sich überhaupt in Bewegung gesetzt hatte. Eine weitere Audienz beim Papst stand bevor, und wieder galt es, sich mit der Hoffnung zu begnügen, bis eines schönen, aber fernen Tages der Plan der Rückeroberung Jerusalems möglich wurde. In der nahen Zukunft konnte er wahrlich nichts Erfreuliches erkennen. Es war besser, sich zurückzuziehen und zu beten:

*«Ich war voll Vertrauen, selbst wenn ich sagte:*
*Gar tief bin ich gebeugt.*

*Ich sprach in meiner Bestürzung:*
*Die Menschen, alle, sie trügen.*
*Was ich Jahwe gelobt, ich bringe es dar,*
*vor dem Angesicht seines Volkes.»*

Es blieb ihm keine Zeit, seinen Lieblingspsalm zu vollenden, da jemand an die Tür hämmerte. Kapitän de Sousa polterte herein, triefend vor Nässe und mit zornigem Gesicht. Wie er soeben erfahren hatte, gehörte das von Botschafter da Silva angeheuerte Schiff dessen Cousin Henrique da Silva, einem allseits bekannten Gauner. Nach den Auskünften, die Kapitän de Sousa daraufhin eingeholt hatte, beabsichtigte dieser Dom Henrique, David Rëubeni seiner dreihundert Dukaten und all seiner Habe zu berauben und ihn dann im Hafen von Cadiz gegen eine hohe Belohnung der spanischen Inquisition auszuliefern!

Martim Alfonso de Sousa war so empört über dieses Komplott, daß er Dom Henrique persönlich festnehmen und in Ketten nach Almeirim schleppen wollte, wo der Thronrat ihn anhören und aburteilen sollte. David Rëubeni hielt ihn davon ab. In seiner Eigenschaft als Botschafter wäre es Miguel da Silva ein leichtes, seinen Cousin sofort wieder in Freiheit setzen zu lassen und so zu verhindern, daß dieser Schurke sich verantworten müßte. Kapitän de Sousa hingegen würde sich einen Tadel oder gar die Amtsenthebung zuziehen, weil er seine Befugnisse überschritten hatte.

«Was soll man dann tun?» fragte de Sousa.

«In Habor sagt man, der arabische Wüstenschakal könne nur durch arabische Wüstenhunde bezwungen werden. Und Ihr, mein Lieber, seid nicht Schurke genug, um es mit den da Silvas aufzunehmen.»

«Was werden wir also unternehmen?» fragte der portugiesische Offizier kleinlaut.

«Ein anderes Schiff suchen!»

«Das werden Euch weder der Botschafter noch die Hafenwache gestatten! Oder wollt Ihr Euch mit ihnen schlagen?»

«Nein, nein», wehrte David lächelnd ab. «Aber sobald meine Männer das Schiff von Dom Henrique seeuntüchtig gemacht haben, werde ich mich vergewissern, daß mir ein anderes zur Verfügung steht.»

Der Kapitän riß die Augen auf.

«Ich kenne einen Matrosen», protestierte er, «der hundert Dukaten Strafe zahlen mußte, weil er versucht hatte, ein Schiff zu sabotieren! Und da er völlig mittellos war, hat man ihm einen Monat Gefängnis aufgebrummt ... Aber wieso lächelt Ihr?»

«Nur so ... Alles scheint so friedlich hier. Ein Gefängnis ... Wäre das nicht der ideale Ort, um zu meditieren? Und um mich von den Aufregungen der letzten Tage zu erholen?»

Beide lachten wie Komplizen.

Dom Miguel da Silva kam verspätet. Es war bereits Abend, als er dem jüdischen Prinzen einen Höflichkeitsbesuch abstattete und für den nächsten Morgen ein Treffen auf den Kais vereinbarte, um gemeinsam das Schiff zu besichtigen.

«Der Thronrat ersucht den Prinzen, den portugiesischen Boden noch vor Weihnachten zu verlassen», sagte er. «Der König will mögliche Unruhen am Tag von Christi Geburt vermeiden.»

An diesem Ort wirkte der Botschafter nicht mehr so selbstsicher wie in den Fluren des Vatikans. Sein ohnehin schon blasser Teint war jetzt kreidebleich und hob sich kaum noch vom Weiß seines Spitzenjabots ab. Doch seine Eleganz, sein Lächeln und seine zur Schau getragene Zuvorkommenheit waren immer noch geeignet, jegliches Mißtrauen zu zerstreuen. Aber auf dieses Individuum fiel der Mann aus der Wüste nicht herein. Es war einfach nicht ratsam, sich eine Schlange um den Hals zu legen, selbst wenn sie zutraulich wirkte.

Am nächsten Morgen begab sich David Rëubeni in Begleitung von Kapitän de Sousa und den beiden Eskorten zum Hafen.

Auf dem Kai stieß er auf eine große Schar Neugieriger, die das Treiben einiger Matrosen kommentierten. Die Seeleute hatten eine Kette von einem der Schiffe bis zum Festland gebildet und reichten ununterbrochen Eimer weiter.

Mit betrübter Miene kam Botschafter da Silva auf den Prinzen von Habor zu:

«Das Schiff leckt», verkündete er. «Dabei ist es fast neu. Der Kapitän versicherte allerdings, er benötige nur knapp zehn Tage, um es zu reparieren.»

Und dann fügte er, großspurig wie immer, hinzu:

«Selbstverständlich wird der Schatzmeister des Königs die Kosten für diesen verlängerten Aufenthalt des Prinzen und der Seinen in Lagos übernehmen.»

«Dem steht nur eines im Wege», konterte David Rëubeni. «In wenigen Tagen ist Weihnachten. Und wie Ihr mir mitgeteilt habt, Exzellenz, würde der König es nicht gutheißen, wenn ich mich dann noch immer in Portugal befände.»

Das kantige Gesicht da Silvas verkrampfte sich und wurde spitz wie eine Messerklinge:

«Aber das ist die einzige Lösung, Prinz!»

«Es gibt noch eine andere.»

«Welche?»

«Meine Männer und ich könnten ein anderes Schiff nehmen.»

«In der Tat... Ja... Das wäre eine Möglichkeit. Aber Ihr tätet gut daran, vorsichtig zu sein. Es gibt Kapitäne...»

«... die nicht empfehlenswert sind? Wenn nicht gar ehrlos?»

«In der Tat... Außerdem würde jeder andere Kommandant Euch eine weit höhere Summe abverlangen als Dom Henrique. Zumindest wenn Livorno nicht auf seiner ursprünglich geplanten Route liegt.»

«Die dreihundert Dukaten, die mir Seine Majestät für den Prinzen mitgegeben hat», mischte sich Kapitän de Sousa ein, «dürften ausreichen, um diesen Preisunterschied abzudecken.»

«Außerdem möchte ich seine Exzellenz daran erinnern», betonte David Rëubeni, «daß wir Juden in Kürze ein Fest feiern. *Sukkot*, das Laubhüttenfest, steht bevor. Und ich würde es ehrlich bedauern, wenn die Feier auf portugiesischem Boden als Herausforderung gedeutet werden könnte.»

Nun wandte er sich an de Sousa:

«Kapitän, darf ich Euch bitten, die Galeote, die dort an der Spitze des Kais liegt, für mich anzuheuern?»

Miguel da Silva, überrumpelt und noch fahler denn je, wußte keinen Ausweg, um dieses Manöver abzuwenden. Wütend, aber machtlos, verfolgte er aus der Ferne die kurze Verhandlung zwischen Martim Alfonso de Sousa und dem Kommandanten der Galeote, einem gewissen Garcia de Sá. Der erbot sich sofort, nach Livorno auszulaufen. Und die fünfzig Dukaten, die er mehr verlangte als sein zwielichtiger Konkurrent, waren für neue Holzplanken gedacht, mit denen er die Kabine des Prinzen von Habor ausstatten wollte.

Noch am selben Abend lief die *Baçaim* im Schein der untergehenden Sonne aus. Aus Schamgefühl hielt sich David Rëubeni beim Abschied zurück und vermied es, seine Gefühle zu zeigen. Nur Kapitän Martim Alfonso de Sousa winkte er noch einmal zu. Ihm war, als würde er einen Freund verlassen. Das letzte Licht des Tages ließ nur noch die Umrisse des Dorfes erkennen. Weißgetünchte Häuser drängten sich um eine ockerfarbene Kirche. Ein paar Lampen gingen an, und hier und da flackerte ein Licht, das den Ärmsten in ihre Behausungen gebracht wurde.

Während die Küste allmählich in der Dunkelheit versank, trat Yosef neben David, umarmte ihn kurz und küßte ihm dann die Hand. Sofort riß der Gesandte sich los und sagte abweisend auf Arabisch:

«Auch du, Yosef?»

Das christliche Neujahr 1527 überraschte die *Baçaim* auf der Höhe von Cadiz. Der Mann aus der Wüste dachte mit Dankbarkeit an Kapitän de Sousa. Ohne seine Wachsamkeit befände er sich jetzt in den Fängen der spanischen Inquisition ... Trotz günstiger Winde kam das Schiff nur langsam voran. Mit seinen bauchigen Flanken und schwerfälligen Manövern war es für den Warentransport ausreichend, aber ein schnelles Kriegsschiff auf hoher See war es nicht. Im Augenblick kämpfte es sich schlingernd durch das aufgepeitschte, tosende Meer und den unaufhörlichen Regen. Von Zeit zu Zeit zerriß ein Blitz die Dunkelheit und ließ einen Horizont sehen, der an einen zugezogenen Theatervorhang erinnerte.

«Was werden wir in Italien machen?» fragte Yosef.

Beide saßen in der neu ausgestatteten, geräumigen Kabine, die nach frischem Holz roch.

«Wieder von vorne anfangen!»

«Noch einmal? Wie oft sollen wir noch von vorne anfangen?»

«Ich weiß es nicht. Aber ich bin überzeugt, daß wir jedesmal dem Ziel ein wenig näher kommen.»

Sie schwiegen. Von der Reling her waren Schritte zu hören. Jemand stieg die Holztreppe herab. Die Tür ging auf und umriß ein schwarzes Rechteck. Eine Stimme fluchte und brummte dann, hier könne man ja nichts sehen. Als jemand eine Fackel brachte, erhellte sie zunächst ein kantiges bläuliches Kinn und dann das rote, dickliche Gesicht des Besuchers. David Rëubeni und Yosef erkannten Kapitän Garcia de Sá. Er war ein stämmiger, nicht gerade großer Mann, der gerne redete.

«Der Regen hat aufgehört!» verkündete er. «Wir nähern uns der Meerenge.»

Sofort stiegen alle drei hinauf an Deck. Mit Landwind segelte die *Baçaim* an der afrikanischen Küste entlang. Man wollte so lange wie möglich diese Südwestbrise nutzen, die schon leicht umschlug, und noch einen Gutteil der Nacht auf diesem Kurs bleiben.

Nach der ersten Wachablösung prasselte der Regen erneut kurz, aber stürmisch auf sie nieder. Der Aufruhr der Elemente brachte die *Baçaim* mehrmals in die Gefahr zu kentern. Als der Sturm nachließ, wurde das Ausmaß der Schäden deutlich. Die Galeote hatte sich zwar tapfer gehalten, aber befand sich nun in einem jämmerlichen Zustand. Mast und Segel waren weggerissen, und in den Frachträumen entdeckten sie drei Wasserrinnen. So konnten sie ihren Weg kaum fortsetzen. Was war zu tun? In einem spanischen Hafen anlegen, wo man ihnen helfen konnte? Daran war nicht zu denken. Sie wären unweigerlich einem der zahlreichen Inquisitionstribunale in die Hände gefallen! Daher zog Kapitän Garcia de Sá es vor, die Ruder herauszuholen und Kurs auf den Hafen von Melilla zu nehmen, der an der afrikanischen Küste lag. Mehr schlecht als recht ging es ein paar Stunden so dahin, bis plötzlich in Höhe der Punta de Europa Alarm gegeben wurde – eine unbekannte Flottille kam geradewegs auf sie zu. In ihrer Vorhut segelten eine *lancharra* und ein langer, schlanker Zweimaster, dessen Kiel nur eine schmale Wasserrille freilegte, da er ungeheuer schnell vorankam. Auf dieser schwer bewaffneten Galeere fuhr vermutlich der Kommandant des Schiffsverbandes. Zu seinem Kommando gehörten weitere Galeeren und bedrohlich aussehende Flachboote, die mit Hilfe von Segeln und Rudern auf den Wellen dahinjagten. Ohne jegliche Vorwarnung eröffneten die Angreifer das Feuer. Der Wind stand günstig für ihre Schiffe, die von den Schreien der Rudersträflinge und den Treffern der Armbrustschützen zusätzlich angefeuert wurden. Bald schon mußte Kapitän Garcia de Sá auf dem zur Hälfte weggerissenen Mast der *Baçaim* die weiße Fahne hissen.

David Rëubeni brüllte vor Zorn. Mit wenigen schnellen Schritten lief er über das Deck und packte den Kapitän bei den Schultern.

«Was macht Ihr denn da?» fuhr er ihn an.

Garcia de Sá riß sich los.

«Ich bitte Euch, Prinz. Habt Ihr nicht gesehen, wie stark diese Flotte ist? Und was für Waffen sie mit sich führt?»

«Doch.»

«Soll ich mein Schiff denn versenken lassen?»

Der Gesandte von Habor beruhigte sich wieder.

«Ihr handelt vernünftig», räumte er ein. «Aber Eure Vernunft ist eine herbe Arznei für mich.»

«Würdet Ihr vielleicht lieber im Magen eines Hais landen?»

David Rëubeni lächelte. Es war nicht das erste Mal, daß er der Gefahr ins Gesicht lachte, aber wie immer schien ihm der Anlaß merkwürdig. Er besah sich den Kapitän, dessen aufgedunsenes Gesicht einer zerknitterten Stoffpuppe glich. Offensichtlich hatte er panische Angst.

«Wem gehören diese Schiffe?» fragte David. «Sind das die Barbaresken?»

«Ich glaube nicht. Die gehen anders vor. Ihre Angriffsweise läßt eher auf Italiener schließen, oder auch Franzosen.»

«Französische Piraten?»

«Ja ... Und nach den Farben auf dem Mast gehört diese Flottille einem gewissen Grafen von Clermont.»

## XLII
## DIE VERHEISSUNG DES
## SELOMO MOLHO

Selomo Molho glaubte an Fügungen. Er war überzeugt, daß die Schicksale der Menschen einander überlagern und ergänzen. Als Selomo Molho Rom, den Sitz der Christenheit, erreichte, wo er das Kommen des Mannes aus Habor verheißen wollte, wurde dieser gerade von französischen Piraten gefangengenommen. Selomo Molho ahnte nichts davon, aber es hätte ihn wohl in seiner Sicht der Dinge bestärkt. *Das unbekannte Geheimnis, der Gegenstand aller Wünsche,* von dem die Kabbala spricht, zog sein Denken unwiderstehlich an.

Aufgrund eines ähnlichen Gedankengangs fragte der Papst ihn bei einer ihrer Begegnungen:

«Seid Ihr ein Prophet?»

Und Selomo Molho gab eine profunde und brillante Vorstellung vor dem faszinierten Clemens VII. Mit seiner Engelsstimme antwortete er dem Papst im Brustton der Überzeugung:

«Nein, aber ich weiß, und ich sehe. Ich verkünde Euch, daß der Messias gekommen ist. Ihr habt ihn getroffen und ihm geholfen. Doch erkannt, wie er Euch kennt, habt Ihr ihn nicht. Er wird wiederkommen, das schwöre ich. Er wird wiederkommen, sobald die Zeiten es zulassen, und diese Zeiten sind nahe. Rom wird verwüstet werden, Rom wird zerstört werden, Rom wird jammern in seinen Trümmern, und die ganze Stadt wird David auf Knien anflehen!»

Selomo Molho war am 27. Januar 1527 in Rom angekommen, also am sechsten Tag des Monats *shevat* des Jahres 5287 nach Erschaffung der Welt durch den Ewigen, gepriesen sei Sein Name! Seine Reise war lang und anstrengend gewesen. Zunächst war er bis Porto geritten, wo Marranen, Kaufleute aus Bordeaux, eingewilligt hatten, ihn auf ihrem Schiff bis Bordeaux mitzunehmen. Dann hatte er zu Pferde Südfrankreich in Richtung Schweiz durchquert und war über Piemont, wo der Krieg wütete, auf italienischen Boden gelangt. Steht nicht geschrieben, wer zum Drachen werden will, müsse viele Giftschlangen vertilgen?

Während dieser Reise war Diogo Pires *wirklich* zu Selomo Molho geworden. Er war jetzt reifer und fühlte sich mehr denn je mit einer hehren Mission betraut. Trotz seiner Jugend sahen die Menschen in seiner Umgebung schon bald einen Meister in ihm. Seine Gelehrsamkeit, seine Kenntnis von Kabbala und Talmud wurden unterstützt und beflügelt durch sein Redetalent, das ihm erst bewußt wurde, als ihm überall auf seinem Weg die Begeisterung des Volkes entgegenschlug. Er war ein begnadeter Redner, der seine Zuhörer entflammte und ihnen das Gefühl gab, zu den verborgensten Bereichen der Geschichte und des Geistes vorzudringen. Seine Überzeugungskraft und seine außergewöhnliche Sprachbegabung hoben ihn aus der Menge heraus und schlugen die Menschen, die ihm begegneten, in seinen Bann. Ein Schreiber der großen Synagoge von Avignon notierte, nachdem er Molhos französisch gesprochene Auslegung hebräischer Texte gehört hatte, in sein Tagebuch: «Alle hier erklärten einstimmig, dieser fromme Mann, Molho, sein Andenken sei gepriesen!, sei vom Geist, der Weisheit und der Kenntnis der Kabbala beseelt gewesen. Er selbst wußte nicht zu sagen, woher ihm das alles zugeflogen war. Der Himmel schien ihm das Herz geöffnet zu haben, so wie man ein Buch öffnet.»

Molho war völlig mittellos in Rom angekommen. Das Reisegeld, das David ihm in die Hand gedrückt hatte, bevor er ihn aus Almeirim verjagte, war bis auf den letzten Heller ausgegeben. Also tauchte er zunächst in der Schar der Bettler und der Armen unter, wie er es schon bei seiner Abreise aus Portugal getan hatte. Dann probierte er, ob seine Stimme trug. Schon bald übertönten seine Reden die der Marktschreier, der Feuerschlucker und der Reformationsanhänger. Die Massen erwarteten ihn und traten respektvoll zur Seite, wenn er vorüberging. Er sprach auf seine Art über David Rëubeni. Zur allgemeinen Verwirrung verkündete er zunächst, daß der Messias *nicht kommen* würde. Dann löste er die Spannung mit der Verheißung, daß der Messias nach Rom *wiederkommen* werde, da er schon einmal gekommen war.

Rom hingegen beeindruckte Selomo Molho nicht sonderlich. Dabei glich diese Stadt keiner anderen, gab es doch innerhalb der Stadtmauern Weinberge, Gärten, aber auch Ödland und dichtes Gestrüpp, wo Hirsche und Wildschweine Unterschlupf fanden. In den verwilderten Ruinen ehemaliger Villen hausten Hunderte von Tauben. Auf dem Palatin-Hügel, dem Coelius und Aventin standen verfallene Gehöfte, Klöster und Paläste, die seit Generationen von den Römern als Steinbruch genutzt wurden. Auch diesem Teil der alten Stadt schenkte Selomo Molho nur einen flüchtigen Blick. «Um die gute Neuigkeit zu verkünden, muß man zu den Menschen gehen und nicht zu den Ruinen», sagte er sich. Nur in den Gäßchen und Winkeln zwischen Corso und Tiber, im Herzen der Stadt, fühlte er sich in seinem Element, denn dort flanierten Menschen aus aller Herren Länder und unterhielten sich in vielerlei Sprachen. Von einem französischen Bäcker auf der Piazza Navona ließ er sich erklären, wo die verschiedenen Gemeinschaften lebten. Die Juden wohnten demnach überwiegend in den Stadtteilen Regola, Ripa und Sant'Angelo, während die rund siebentausend Spanier sich an den Tiberufern eingerichtet hatten. Die französischen Geschäfte mit Feingebäck und Süßwaren reihten sich in den zur Piazza Navona führenden Straßen aneinander, und die Deutschen betrieben Herbergen, Metzgereien und Druckereien. Dieser menschliche Ameisenhaufen begeisterte Selomo Molho. Er wandte sich an die einen wie die anderen in ihrer jeweiligen Sprache, interessierte sich für ihre Lebensumstände und teilte allen die frohe Botschaft mit: Der Messias würde wiederkommen!

Gewiß, die Römer waren an Prediger und Geschichtenerzähler gewöhnt, auch an solche, die gute Nachrichten verkündeten. Aber dieser Redner war so anders mit seinem blonden Haar, der Kleidung eines spanischen Edelmanns und den zwei herrlichen Rassepferden, die er am Zügel führte. Wenn er in einer der vielen Sprachen, die er beherrschte, und mit hinreißend melodischer Stimme von seiner Konversion und der Reise nach Jerusalem erzählte, dann nahm das seine Zuhörer sofort gefangen. Aber Rom war nur eine Etappe auf seiner Reise. Sein Ziel war Jerusalem, und er sprach davon, den Boden des Heiligen Landes zu küssen, um es dann in Begleitung des Messias zu befreien. Die Juden und die Christen – alle hörten sie ihm zu, mit Neugierde, Sympathie und Respekt.

An diesem Tage hatte es ihn im Laufe von mehr oder minder zufälligen Gesprächen bis zum Marcellus-Theater verschlagen, einem Rundbau mit Fundamenten aus dicken, unbehauenen Steinquadern und roten Ziegelmauern. Wie im Kolosseum waren die Sitzreihen in Stufen angeordnet und hatten nur den freien Himmel über sich. Das Theater lag am Rande eines Judenviertels. Vielleicht erklärte das, warum die Menge, die sich hier drängte, seinen Reden noch aufmerksamer lauschte als die Zuhörerschaft der Tage zuvor.

«Wacht auf!» rief er.

Überrascht blieben die Menschen vor diesem Fremden stehen, der plötzlich eine Ansprache hielt. Mit einer Geste, in der sich Anmut und Kraft vereinigten, errang er sich die Aufmerksamkeit aller. Er streckte den Juden, die an dem gelben Rädchen auf ihren Gewändern deutlich zu erkennen waren, beide Hände entgegen und sagte:

«Ihr Juden, Elende unter den Elenden, Verfolgte unter den Verfolgten ...»

Dann wandte er sich zu einem Ausschank mit dem blumigen Namen *Zum Nektar der Weine* um und rief den Zechern zu:

«Und Ihr Christen, die Ihr genauso arm, genauso mittellos seid wie Eure jüdischen Nachbarn, die Ihr gleichwohl zutiefst verabscheut, blickt Euch doch nur einmal um: ringsum nur Krieg, Elend und Ausgrenzung! Die christlichen Könige zerfleischen sich gegenseitig, und der Türke fällt ihnen in den Rücken! Das Kreuz gerät ins Wanken, und der Halbmond des Islam rückt vor!»

Er schwieg eine Weile, bis ein Glockengeläut verhallt war, und fuhr dann fort:

«Aber wer wird die Sünden der Menschen sühnen, wenn nicht der Mensch? Wer wird für Gerechtigkeit sorgen, wenn nicht der Mensch? Wer wird die Welt und auch Gott retten, wenn nicht der Mensch? Der Mensch, der frei ist von Hochmut und Eitelkeit, der weiß, daß er *nichts* vermag ohne den Willen des Ewigen, gepriesen sei Sein Name!, der aber auch weiß, daß er *alles* vermag, wenn er nach göttlichem Willen handelt ...»

Yosef Zarfatti, der Leibarzt des Papstes, befand sich in Begleitung seiner Schwester Dina auf dem Heimweg in sein Wohnviertel Sant'Angelo. Als sie wie üblich am Marcellus-Theater vorbeikamen, stutzten beide, da sie den Klang dieser sonderbaren Stimme vernahmen. Sie traten näher und mischten sich unter die Zuhörer. Jetzt konnten sie den jungen, blonden Redner sehen, der in diesem Viertel noch unbekannt war, und seine Worte verstehen.

«Ich bin einem Mann begegnet», sprach er soeben in einem spanisch gefärbten Italienisch. «Durch diesen Mann habe ich den Willen Gottes kennengelernt. Dieser Mann überbringt den Willen Gottes. Er beabsichtigt, das jüdische Volk und damit die ganze Menschheit zu befreien. Dieser Befreiung gilt all sein Streben. Auf Gottes Wunsch hin ist er gekommen und wird er kommen. Dieser Mann hat mir den Weg gewiesen. Eines nahen Tages wird er uns bis nach Jerusalem führen, er wird uns in die Freiheit führen!»

Der Fremde hielt einen Moment inne. Wie gebannt wartete die Menge auf die Fortsetzung.

«Seht mich an! Ich war ein Mann, dem es an nichts fehlte. Im Gegensatz zu Euch hatte ich alles, ich besaß Reichtum, Ansehen und Macht. Ich war der engste Ratgeber von João III., dem christlichen König von Portugal. Ich glaubte, die Welt gehöre mir. Aber welche Welt? Die wahre Welt entdeckte ich erst, als der Blick jenes Mannes auf mich fiel, von dem ich hier spreche. Dieser Mann ist zu uns nach Europa gekommen, um uns den Weg zu weisen, uns den Weg zu bahnen, unserem Leben wieder einen Sinn zu geben ... Bald wird er mit dem Segen des Papstes und dem Beistand des Ewigen, gepriesen sei Sein Name!, an der Spitze eines gewaltigen Heeres ausziehen, um das Heilige Land zu befreien, um dem jüdischen Volk seine Heimat und den Christen das Grab Christi zurückzugeben! Dann werdet Ihr begreifen, daß er der Messias war! Dann werdet Ihr sogar die Spur seines Schattens küssen wollen! Dann wird die Menschheit reingewaschen sein von ihren Sünden und zurückgefunden haben zu Gott ...»

«Der spricht doch von David, von unserem David!» rief Dina aus, über deren blasses Gesicht eine leichte Röte huschte.

«Fragen wir ihn!» entschied der Arzt.

Die Menge wurde immer zahlreicher. Die Passanten, die zunächst aus reiner Neugierde stehengeblieben waren, wichen nun nicht mehr von der Stelle. Sie waren betört von dieser Stimme, die in so süßen Tönen so seltsame Dinge verkündete. Hier und da kommentierte man flüsternd das eine oder andere Wort des jungen Redners. Kutschen mußten anhalten, da die Menschenansammlung sie nicht durchließ. In einer von ihnen saß ein hochrangiger kirchlicher Würdenträger, wie das Wappen auf dem Wagenschlag verriet. Dieser bedeutende Mann rückte ans Fenster, runzelte die hohe und breite Stirn, reckte das massige Gesicht nach vorne und schärfte seinen Blick. Offensichtlich hörte auch er dem Unbekannten mit gespannter Aufmerksamkeit zu.

«Er wird kommen!» fuhr dieser gerade fort. «Er wird wiederkommen, und Ihr werdet ihm folgen! Zu Hunderten, zu Tausenden werdet Ihr ihm zu Füßen liegen!»

Seine Stimme schien jetzt zu psalmodieren, wie bei den Sängern in den Synagogen:

«Als Moses das *Gesetz* erhielt, erschienen Heerscharen himmlischer Engel, um *Es* mit ihrem Feueratem zu verzehren, doch der Heilige, gelobt sei *Er*!, schützte *Es*. Genauso schützt *Er* jedes weise Wort, wie auch den, der es ausspricht, damit die Engel ihn nicht beneiden, bevor das Wort nicht verwandelt ist in neuen Himmel oder neues Land ...»

«Das ist aus der Kabbala ...» flüsterte Yosef Zarfatti seiner Schwester Dina zu.

Beide versuchten immer noch, sich durch die dicht an dicht stehenden Menschen bis zum Redner vorzudrängen, was Empörung auslöste.

«Ein merkwürdiger Mann», meinte Dina, «er redet, als gebe ihm jemand die Worte ein.»

«Da hast du recht, Schwester. Es ist, als ob ... als ob sich jemand seines Mundes bediene, um zu uns zu sprechen.»

Aus der Menge ertönte eine Stimme:

«Aber wer garantiert uns, daß er kommen wird, dein Messias?»

«Ich!» erwiderte der blonde junge Mann.

Argwöhnisches Gemurmel machte die Runde.

«Ich, Selomo Molho!» wiederholte er. «Weil ich ihn gesehen habe! Weil ich ihn berührt habe! Weil ich alles hinter mir gelassen habe, um sein Wort zu verherrlichen!»

«Der Mann ist ja Gold wert!» schrie jemand von der Schenke *Zum Nektar der Weine* herüber.

«Obwohl er dem Wort des Ewigen, gepriesen sei Sein Name!, folgt?» konterte Selomo Molho.

«Deinen Ewigen, den haben wir schon verdammt lange nicht mehr gehört!»

Gelächter machte sich breit. Das schöne Gesicht des Engels Selomo verdüsterte sich. Seine violetten Augen musterten den Unverschämten. Dann stieg er plötzlich auf eine Tonne, von wo er die Menge überragte, und rief:

«Ihr glaubt mir nicht?»

Stille breitete sich aus. Doch da ertönte von der Schenke her noch einmal die Stimme von vorhin:

«Nein!»

«Ihr werdet mir glauben, wenn ihr erst *mit eigenen Augen gesehen* habt, was ich verkünde», hub Selomo Molho wieder an. «So hört! Rom, das große Rom, die Ewige Stadt, Rom wird besudelt werden! Rom wird verwüstet werden! Rom wird zerstört werden! Und hört weiter: Auf dieses Unheil wird folgen das nächste. Die Ruinen von Rom werden von den Wassern überflutet werden, und die Überschwemmung wird die Zerstörung vollenden! An diesen Zeichen werdet Ihr erkennen, daß ich wahr gesprochen habe ... Und dann, o göttliche Barmherzigkeit, wird er kommen – der Mann aus der Wüste! Er wird wiederkommen, uns zu befreien!»

Der junge Mann hob eine Hand, wies mit dem Finger auf seinen Widersacher und rief:

«Ich sage euch, er wird da sein, und ihr alle, Juden wie Christen, werdet vor ihm im Staube kriechen und ihn um Hilfe und Barmherzigkeit anflehen!»

Es wogte in der Menge, man murmelte, wurde unruhig.

«Ich sehe», begann er nach kurzem Schweigen von neuem, mit diesem entwaffnenden, verführerischen und zugleich einschüchternden Lächeln, «ich sehe, daß ihr mir nicht glaubt. Ihr wollt keine schlechte Nachricht hören. Aber ich sage es nochmals: Was ich verheiße, ist eine *gute* Nachricht, denn auf die Zerstörung wird die Befreiung folgen.»

«Wann?» fragte eine Frau.

«Was? Die Befreiung?»

«Nein, wann kommt die Zerstörung?»

«Bald, sehr bald schon. In etwa vier oder fünf Monaten. Ich sage euch: Geht hin und verbreitet die Nachricht! Warnt eure Familien, eure Freunde, eure Nachbarn, ja sogar die Passanten auf den Straßen! *Roma delenda est*, Rom muß zerstört werden, und diese Zerstörung rückt mit Riesenschritten näher!»

Seine Stimme begann zu zittern:

«Und auch ich werde wiederkommen, um die Zerstörung zu betrachten. Und ihr werdet mich wiedererkennen. Und dann werde ich euch *Den* zeigen, den ihr schon gesehen habt, ohne ihn zu erkennen. *Den*, den ihr wiedersehen werdet, um ihn endlich zu sehen. *Den*, auf den ihr schon einmal gewartet habt und auf den ihr nach dem Ende Roms mit noch größerer Ungeduld und Hoffnung warten werdet. Ich werde euch *Den* zeigen, den der Ewige gesandt hat, auf daß er die Menschen befreie!»

Er stieg von der Tonne herab, die ihm als Empore gedient hatte. Die Menge wich zurück. Dies nutzten Doktor Zarfatti und Dina, um sich ihm zu nähern. Im gleichen Augenblick rief der kirchliche Würdenträger aus seiner Kutsche heraus nach den Wachen, die im Umkreis des Theaters für die Aufrechterhaltung der Ordnung sorgen sollten, sich aber bisher, wohl ebenfalls von dieser unerhörten Kunde gefesselt, nicht vom Fleck gerührt hatten. Als der Kommandant der Truppe das Wappen auf der Kutschentür sah, salutierte er respektvoll:

«Eure Eminenz wünschen?»

«Bringt mir diesen Prediger! Teilt ihm mit, Kardinal Egidio di Viterbo wünschte ihn zu sehen, um ihn Seiner Heiligkeit, dem Papst, vorzustellen.»

Als Yosef und Dina Zarfatti gerade dicht genug an Selomo Molho herangekommen waren, um ihn anzusprechen, griff die Wache durch. Dabei wurden auch die Zarfattis zurückgedrängt, und so konnte der Arzt nicht hören, was der Kommandant und Selomo Molho besprachen. Nur die letzten Worte fing er auf:

«Und meine Pferde?»
«Seine Eminenz wird sie versorgen lassen. Ihr werdet sie in der Engelsburg wiederfinden.»

Wie ein Lauffeuer verbreitete sich die Nachricht in der jüdischen Gemeinde: Der Prinz von Habor hatte einen Boten nach Rom gesandt, und dieser war von Kardinal di Viterbo eingeladen worden, in der Engelsburg zu wohnen! Manche behaupteten sogar, der auf seinen Kardinal eifersüchtige Papst habe angeordnet, Selomo Molho in seinen Privatgemächern im Vatikan unterzubringen. Als dies alles dem alten, gichtgeplagten Rabbiner Obadia da Sforno zu Ohren kam, hielt es ihn nicht mehr auf der Stelle.

«Wir müssen diesen Boten sehen!» sagte er und trat aufgeregt von einem Fuß auf den anderen. «Man soll ihn schnell herbringen! Wir müssen erfahren, wie es um unseren David Rëubeni steht!»

Sie hatten zwar von dem Dekret Joãos III. gehört, das es dem Prinzen von Habor gestattete, ein jüdisches Heer zur Befreiung Israels aufzustellen. Doch seitdem war keine Nachricht über den Mann aus der Wüste nach Rom gelangt. Die gesamte jüdische Gemeinde verhielt sich abwartend. Aber die Ankunft eines von David Rëubeni entsandten Boten hatte genügt, und schon kursierten in der ganzen Stadt wieder die wildesten Gerüchte. Auf gleiche Weise erfuhr man auch den Namen dieses Boten: Selomo Molho, «der Engel Selomo». Es hieß, er sei ein Marrane gewesen, der Diogo Pires geheißen habe und erst vor kurzem zum Judentum zurückgekehrt sei. Und schließlich munkelte man hinter vorgehaltener Hand, er habe die Beschneidung selbst vorgenommen.

Kein Mensch wußte, worüber dieser «Neujude» mit dem Oberhaupt der Christenheit gesprochen hatte. Aber jene, die wie der Leibarzt des Papstes, Yosef Zarfatti, im Vatikan ein und aus gingen, hatten dort aufgeschnappt, Seine Heiligkeit Clemens VII. ließe sich von Selomo Molho erklären, wie die Zukunft aus der Heiligen Schrift herauszulesen sei.

«Ich hoffe, dieser Selomo Molho hat dem Papst auch den genauen Tag genannt hat, an dem Rom zerstört werden soll», bemerkte Obadia da Sforno mit einem Augenzwinkern zu Dina.

«*Und ich legte mein Wort in deinen Mund*», murmelte Yosef Zarfatti.

«Jesaia 51,16!» jubilierte der alte Rabbiner, wie immer entzückt, mit seinem Wissen prahlen zu können.

Dann hob er seine knochigen Hände:

«Wißt Ihr, wie Rabbi Simon diesen Satz ausgelegt hat? Der Heilige, gelobt sei *Er!*, horcht auf die Stimme derer, die das Gesetz hüten. Wenn jemand etwas Neues zur *Weisung* sagt, steigt sein Wort empor zum Heiligen, der es aufnimmt, küßt und mit siebzig beschrifteten Kronen krönt.»

Doktor Zarfatti erfuhr bei seinem nächsten Besuch im Vatikan, daß der Papst offensichtlich dem Charme des Selomo Molho erlegen war, ihn sogar aufgefordert habe, sich in Rom niederzulassen und in das Hebraisten-Kollegium des Vatikans einzutreten. Doch der «Engel Selomo» hatte dieses Anerbieten zurückgewiesen. Wie er sagte, mußte er sich zuerst ins Heilige Land begeben, um dort die großen Talmudisten aufzusuchen und seine spirituelle Ausbildung zu vervollkommnen. Eine Woche später sahen alle in der Stadt mit eigenen Augen die fast königlich zu nennende Eskorte von zweihundert Schweizergardisten in Paradeuniform, die den blonden jungen Mann bis nach Neapel geleiten sollte. Der Pontifex maximus hatte ihm sogar die Passage auf einem seiner Schiffe offeriert, das ins Heilige Land aufbrach.

## XLIII
## MAUERN AUS JASPIS

Der Graf von Clermont war ein gewiefter Pirat, aber auch ein Mann von Anstand. Verbindlich erklärte er David, er und die Seinen befänden sich von nun an in seiner «Obhut». Er begrüßte ihn auf seinem Schiff und bot ihm gar eine Besichtigung an. Mit seinen zwei Masten und den mächtigen Segeln, die wiederum von hundert an ihre Riemen gefesselten Ruderern unterstützt wurden, sowie mit den zahlreichen Geschützen an den Flanken gehörte diese Galeere unbestreitbar zu den schnellsten und besten Kriegsschiffen des Mittelmeers. Im Grunde seines Herzens mußte der Mann aus Habor zugeben, daß Kapitän Garcia de Sá durch das eilige Hissen der weißen Fahne zwar nicht Mut, aber Realitätssinn bewiesen hatte. Was den Sieger dieser kampflosen Schlacht anbetraf, so empfand der Gesandte ihn eher als rätselhaft denn als furchteinflößend.

Graf von Clermont glich weder in seinem Aussehen noch in seinem Verhalten dem typischen Seeräuber. Dieser schlanke, elegante, im spanischen Stil gekleidete Franzose mit dem spöttischen Blick, dem schwarzen, glänzenden Haar und den gefütterten Stulpenstiefeln erinnerte in der Tat eher an einen Adligen aus Kastilien. Von seiner Zugehörigkeit zur gefürchteten Bruderschaft der Piraten zeugte nur eine deutlich sichtbare Hiebwunde, die schräg durch sein Gesicht von der Schläfe über die rechte Wange verlief. Diese schreckliche Narbe vermochte er allerdings durch sein Lächeln blendend zu kaschieren. Er gab sich gern zuvorkommend, sprach gut Portugiesisch und passabel Arabisch.

«Was habt Ihr mit meinen Männern gemacht?» fragte David Rëubeni.

«Sie sind im Frachtraum, und, Ihr könnt beruhigt sein, man behandelt sie gut», versicherte der Graf.

Sein Schnurrbart hing ihm über die fleischigen Lippen, als er mit seiner heiseren Stimme fortfuhr, deren maroder Klang befremdlich wirkte.

«Man wird Eure Männer genausolange gut behandeln wie Euch selbst, Prinz.»

«Und wie lange gedenkt Ihr, mir diese Gunst zu erweisen?»

Der Graf räusperte sich, was seine Stimme wohl zu sehr beanspruchte, denn er begann sofort zu husten.

«So lange», krächzte er und lächelte dabei liebenswürdig, «wie ich die Hoffnung hegen kann, für Eure Freilassung ein hübsches Sümmchen einzustreichen!»

Er brach in Lachen aus. Unter der gebräunten Haut färbte sich seine Narbe dunkelrot. Dann lud er David in seine Kabine ein, die mit Fähnchen und Bannern der verschiedensten Länder, alles Trophäen seiner Beutezüge, bestückt war. Auf dem Tisch erkannte der Mann aus Habor seine weiße Standarte mit den hebräischen Lettern:

«Das wird der Beweis sein, daß ich Euch in meiner Hand habe», erklärte der Graf, «und bereit bin, Euch gegen ein Lösegeld von 1500 Dukaten freizulassen.»

David Rëubeni wurde, im Unterschied zu seinen Dienern, in einer komfortablen Kabine untergebracht. Man servierte ihm sogar ein Mahl. Aber es gelang ihm an diesem Tag nicht, Yosef oder Kapitän Garcia de Sá zu sprechen.

Bei Sonnenuntergang segelte die Flottille mit voller Kraft in Richtung Süden. Das Meer hatte sich wieder vollkommen beruhigt, und David betete die ganze Nacht, bis er im Morgengrauen ermattet einschlief. Am Vormittag ging er an Deck und fand die Sonne trotz der Jahreszeit schon sehr warm. Als Graf Clermont seinen «Gast» erblickte, kam er sogleich auf ihn zu:

«Die berühmte Ruhe vor dem Sturm, nicht wahr, Prinz?»

«Wo sind meine Leute?» fragte David und ignorierte die Floskeln seines Gegenübers.

«Ihr werdet sie in zwei Tagen wiedertreffen, sobald wir die Insel erreicht haben, auf der ich Euch abzusetzen gedenke.»

«Was habt Ihr mit ihnen vor?»

«Ich werde sie in Algier auf dem Sklavenmarkt verkaufen. Es sei denn ...»

«Es sei denn?»

«Es sei denn, Eure Freunde und Glaubensbrüder wären auf Euer Ansuchen hin bereit, pro Kopf ein paar Dukaten mehr springen zu lassen.»

Der Graf von Clermont betätigte sich buchstäblich als Menschenhändler. Er tat das mit einer solchen Selbstverständlichkeit und Eleganz, daß man hätte meinen können, es ginge dabei um ganz gewöhnliche Handelsware. Doch sein Zynismus vermochte den Mann aus Habor nicht zu erschüttern. Immerhin wußte er jetzt, woran er war mit diesem Piraten.

«Wieso», fragte er, «glaubt Ihr für meine Person soviel Geld zu bekommen?»

Der andere machte kein Geheimnis aus seinem Kalkül:

«Ich weiß, wer Ihr seid», erwiderte er. «Ich habe genug über Euch gehört. Von Italien über Spanien bis Portugal redet man von Euch. Vor genau drei Wochen hörte ich in Marseille einem jungen Mann zu, der sich auf dem Weg nach Rom befand. Er hielt den Bettlern dort eine Ansprache und pries Euch als den neuen König, den Messias Israels. Ich könnte mir vorstellen, daß Eure Leute eine Sammlung veranstalten, um mich für meine Gastfreundschaft zu entlohnen und Euch die Freiheit zu erkaufen.»

Und nun erzählte dieser Erzgauner von seinen ausgezeichneten Beziehungen zu den jüdischen Kreisen Frankreichs und besonders zu einem gewissen Semuel, einem reichen Bankier in Arles. Dessen Bruder David war ein hochgeachteter jüdischer Gelehrter aus Avignon und genoß großes Ansehen, so daß man ihm gewiß Folge leisten würde, wenn er die Gemeinde in Avignon veranlaßte, das Lösegeld zu zahlen. Bis aber die notwendigen Verhandlungen in die Wege geleitet waren, würde der Prinz von Habor, wie auch die Seinen, mit der Gastfreundschaft des Grafen von Clermont vorliebnehmen müssen, der ein Obdach auf einer Insel voller Möwenkot für ihn bereithielt ...

Am nächsten Tag gewährte der Pirat seinem Gefangenen die Gunst, seinen Diener Yosef zu sehen. Der Gesandte setzte Yosef sofort über das ihnen zugedachte Los in Kenntnis. Yosefs erster Gedanke war zu fliehen. Doch David brachte ihn mit einem Rat davon ab:

«Hab Geduld, Yosef, denn Geduld ist die List dessen, der keine List kennt», sagte er. «Wir haben eine Mission zu vollenden, und dafür, mein lieber Yosef, müssen wir am Leben bleiben.»

Durch günstige Winde gelangte die Flottille bereits zwei Tage später in Sichtweite der einsamen Insel. Gegen drei Uhr morgens ließ der Graf von Clermont nur wenige Taulängen von der Küste entfernt Anker werfen. Als es tagte, wies Yosef den Mann aus der Wüste darauf hin, daß dieser Ort offensichtlich unbewacht war. Es war keine Patrouille zu sehen. Doch nachdem David Rëubeni das Land aufmerksam betrachtet hatte, wurde ihm klar, daß auch keine Bewachung nötig war.

Vor ihnen lag eine unüberwindbare Festung, deren steil abfallende Mauer rund fünfundzwanzig Spannen hoch war und die gesamte Küste einfaßte. Diese Zwingmauer bestand ganz und gar aus Jaspis, so regelmäßig und kunstvoll zusammengefügt, daß die ganze Mauer wie aus einem Stück wirkte. Auf ihrem abgerundeten oberen Rand war ein mächtiges Eisengitter befestigt, und auf seinen Querstangen saßen in regelmäßigen Abständen Ungeheuer. Diese Wasserspeier reichten einander die Hand, als wollten sie einen makabren Reigen rund um die Insel aufführen. David staunte. So etwas hatte er weder in Arabien noch sonstwo je gesehen.

Von den Schiffen aus konnte man über die Jaspismauer spähen und erkannte dann ein Wäldchen aus zwergwüchsigen Orangenbäumen. Eine Viertelmeile weiter standen einige Barakken auf einem kleinen Hügel. Genau besehen war es in der Tat sehr schwierig, wenn nicht gar unmöglich, ohne Hilfe wieder aus diesem Gefängnis herauszukommen. Der Graf von Clermont trat neben David:

«Kommt mit, Prinz, damit ich Euch Euren neuen Gefährten, oder wenn Euch das lieber ist, Euren Kerkermeister vorstellen kann.»

Er ordnete an, eine Schaluppe ins Wasser zu lassen. Zwölf bewaffnete Piraten, ihr Kommandant, Yosef und David nahmen darin Platz. Bald schon hatten sie die Küste erreicht. Der Graf, ein mächtiges Schwert in der Hand, sprang an Land und ging auf die Mauer zu. Zweimal schlug er gegen eine schmale, rostige Eisentür in der Jaspiswand. Eine Stimme ertönte:

«Gelobt sei der Schöpfer, der die Schönheit des Himmels mit Email überzog! Da bist du also wieder, alte Kanaille!»

Der Mann, der ihnen mit diesen Worten öffnete, umarmte den Piraten und schlug ihm freundschaftlich auf die Schulter. Er war ein Greis mit einem Gesicht voller Falten und schien mindestens hundert Jahre alt zu sein. Er trug einen langen Mantel aus rotem Damast und in der Hand eine gegabelte Armbrust, die er nun, da er seinen Besucher erkannt hatte, ablegte. Als er David Rëubeni und Yosef bemerkte, fragte er den Grafen:

«Ist das die neue Ware?»

«An Bord habe ich noch zweiunddreißig weitere.»

«Zum Verkauf?»

«Nein, für einen Tauschhandel.»

Gegen Mittag wurden auch Kapitän Garcia de Sá und Davids Diener an Land gebracht und auf die verschiedenen Baracken verteilt. Die Mannschaft der *Baçaim* blieb an Bord, wo sie streng bewacht wurde.

«Maître François Xavier», erklärte der Graf David Rëubeni und wies dabei auf den alten Mann, «wird Euch zeigen, wo die Küchen und die Vorratskammern sind. Um alles andere müßt Ihr Euch selbst kümmern. Ihr werdet gewiß auch an Flucht denken – und es vielleicht sogar versuchen. Nun, das alles gehört zum Spiel. Dennoch möchte ich Euch darauf hinweisen, daß es noch nie jemandem gelungen ist, von hier zu fliehen. Ihr habt keine Chance, es sei denn, Ihr wollt das Meer durchschwimmen.»

Verstohlen und ohne einen Blick mit ihm zu kreuzen, beobachtete der Mann aus Habor den Anführer der Piraten, der völlig selbstsicher wirkte.

«Der alte François Xavier wird Euch nicht helfen können, Prinz. Er ist zu alt und wird sich auch von Drohungen nicht einschüchtern lassen. Er hängt nicht mehr am Leben ...»

Dann verließen die Piraten die Insel unter vollen Segeln. Die *Baçaim* hatten sie ihrer Flotte einverleibt. Nachdem sie fort waren, machten sich die Gefangenen daran, die karge Insel zu inspizieren. Der Graf von Clermont hatte nicht gelogen! Es war völlig unmöglich, von hier zu fliehen! Ihr Kerkermeister erwies sich als charmant, harmlos und unentbehrlich, denn nur er kannte die Wasserstellen und die über die Insel verstreuten Lebensmittellager. Er war auch der einzige, der eine Waffe besaß. Es wäre ein leichtes gewesen, sie ihm zu entwinden, aber wozu? Der wahre Feind war das Meer, das unermüdlich seine Schaumkronen gegen die Jaspismauer warf. Wer mochte diese Mauer errichtet haben, und was war seine Absicht gewesen? Das wußte nicht einmal der Alte, der hier mehr oder minder freiwillig als Einsiedler lebte.

Das Leben in diesem Kerker unter freiem Himmel war schnell geregelt. Wem die Untätigkeit eine Last war, der bestellte den

Garten, so blieb man bei Kräften und hatte Gemüse zum Essen. Die Piraten hatten die Waffen und die übrige Habe ihrer Geiseln beschlagnahmt, doch war der Graf so anständig gewesen, dem Mann aus Habor seine Ebenholztruhe mit dem Tagebuch zu belassen. Da es auf der Insel jedoch keine Kerzen gab und Davids Raum kein Fenster besaß, mußte er bei Tage schreiben. Er setzte sich in den Lichtkegel der offenen Tür, von wo aus er den Orangenhain und darüber den Horizont sehen konnte. Aber die reglose Landschaft, in die nur ab und zu Bewegung kam, wenn einer seiner Diener sie durchschritt, störte seine Konzentration. Er begann ständig von neuem seine Feder zu schärfen und hing seinen Gedanken nach. Dina Zarfatti und Benvenida Abravanel kamen ihm in den Sinn, aber er konnte sich kaum noch an ihre Gesichter erinnern. Doch Dõna Benvenidas Abschiedsworte: «Ich werde Eure Belohnung sein», hafteten ihm im Gedächtnis. Wenn sie wüßte, daß es zu dieser Belohnung nicht kommen konnte, weil er, David Rëubeni, sie noch immer nicht verdient hatte!

An der Spitze eines jüdischen Heeres hatte er in Jerusalem einziehen wollen. Die Wahnsinnstat eines einzigen Mannes hatte genügt, um die Verwirklichung dieses Traums, der er schon so nahe gewesen war, erneut in Frage zu stellen. Nun mußte er seinen Marsch nach Israel wieder von vorne beginnen und nach Rom zurückkehren, wo er auf Unterstützung rechnen konnte. Doch im Moment war er eine Geisel. Gefangen auf dieser gottverlassenen Insel im Mittelmeer, schien er der Habgier eines französischen Seeräubers und dem fraglichen Wohlwollen seiner jüdischen Glaubensbrüder ausgeliefert zu sein. Und fünfzehnhundert, wenn nicht gar zweitausend Dukaten Lösegeld waren nicht so leicht zu sammeln! Seine Haft bedeutete sinnlos vertane Zeit, aber es blieb ihm nichts anderes, als zu warten. Wie hatte es nur so weit kommen können? Vielleicht war ihm die Unvernunft entgangen, die in jeder Hoffnung keimte. Er hatte geglaubt, oder zumindest glauben wollen, daß jeder Mensch von sich aus nach Freiheit strebe. Wiederholt hatte er den Menschen gepredigt, das messianische Zeitalter würde nicht in Folge eines göttlichen Eingreifens anbrechen, sondern das Werk des Menschen, das Ergebnis mutigen Handelns sein. Und da es um die Verteidigung und Einführung des göttlichen Gesetzes ging, stimmten seiner Überzeugung nach die Interessen des Menschen und die des Ewigen, gepriesen sei Sein Name!, überein. Hatte er, David Rëubeni, nicht sogar aufgezeigt, daß das Wort *Messias* weder in der Tora noch in den Schriften der Apostel vorkam? Auch die Propheten benutzten es nicht, weil für sie einzig der Herr der Erlöser war. Doch kaum tauchte ein Hoffnungsschimmer auf, die Vorsehung könne endlich den Erlöser gesandt haben, schon vergaßen die Menschen ihre eigene Verantwortung und liefen diesem Gottesersatz nach! Genau das war in den letzten Monaten geschehen. Und auch der Engel war zum passenden Zeitpunkt erschienen – der Engel Diogo Pires ...

Eine leichte Brise trug den Duft der Orangen zu ihm herüber. Das vergehende Licht der Abendsonne zog die Schatten der Bäume in die Länge, die jetzt bis zu seiner Türschwelle reichten. Dem Mann aus Habor kamen die Worte eines alten Talmudlehrers aus Hebron in den Sinn, die dieser vor langer, langer Zeit zu ihm gesprochen hatte: «Bar Kochba, der Mann, der sich im Jahre 132 christlicher Zeitrechnung gegen Kaiser Hadrian auflehnte, regierte zweieinhalb Jahre. Dann sagte er zu den Rabbinern: ‹Ich bin der Messias›. Sie erwiderten: ‹Von dem Messias steht geschrieben, daß er riecht, wo das Recht ist. Wir wollen nun sehen, ob auch du dieses vermagst.› Als sie aber sahen, daß er nicht *riechen konnte, wo das Recht ist*, töteten sie ihn.»

## XLIV
## «WAS DER MESSIAS WILL ...»

**M**aître François Xavier war fasziniert von David Rëubeni. Der Greis hatte schon viele Gefangene auf dieser Insel bewachen müssen, doch zum ersten Mal hatte er es mit Juden und noch dazu mit einem jüdischen Prinzen zu tun! Unter der Dienerschar dieses Prinzen hatte er auch noch einen jungen Mann aus Fes entdeckt, der Jochanan hieß, Französisch und Hebräisch sprach und sich bereit erklärt hatte, für ihn den Dolmetscher zu spielen. Und so hatte der Alte es sich angewöhnt, dem Gesandten von Habor jeden Tag einen kurzen Besuch abzustatten, um mit ihm ein paar Worte über den Lauf der Welt zu wechseln.

Sechs Wochen später, im März 1527 des christlichen Kalenders, brachte Maître François Xavier dem Gesandten eine Botschaft des Grafen von Clermont. Doch wie war dieser Brief zu ihm gelangt? Hatte eine Brieftaube ihn überbracht? Oder war unbemerkt ein Boot gelandet und jemand hatte dem Alten diesen Brief zugesteckt? Der rätselhafte Greis ließ sich keine Auskünfte entlocken.

In diesem Schreiben tat der Anführer der Piraten dem Prinzen von Habor mit Freude kund, daß die Verhandlungen zu seiner Befreiung die erwarteten Fortschritte machten. Die venezianischen und römischen Freunde des Prinzen, vor allem die Bankiers Meshulam del Banco, Daniele di Pisa und Dōna Benvenida Abravanel, hatten sich verpflichtet, neunhundert Dukaten zu zahlen, wozu noch sechshundert Dukaten von der jüdischen Gemeinde in Avignon hinzukämen. Den Gemeinden von Arles, Carpentras und Marseille war es ihrerseits gelungen, das Geld aufzubringen, um die Männer von David Rëubenis Eskorte mit je zehn Dukaten pro Kopf freizukaufen. Wenn der Prinz nicht jetzt schon freigelassen werde, so schrieb der Graf, dann liege das daran, daß er noch nicht alle für den Tauschhandel erforderlichen Garantien in Händen halte. Der Austausch der in seiner Macht befindlichen Gefangenen gegen das Geld solle unter der Schirmherrschaft von Franz I. stattfinden. Denn wer könne besser als der König von Frankreich für die rechtmäßige Abwicklung des Geschäftes Sorge tragen?

«Ihr müßt das verstehen, Prinz», sagte Maître François Xavier. «Ein Tauschhandel ist nun mal ein Tauschhandel. Wie der Graf weiß, wurde der König von Frankreich selbst einmal von den Spaniern in Pavia gefangengehalten. Wer sollte also größeres Verständnis für den Grafen haben als der König?»

«Und was geschieht mit Kapitän Garcia de Sá?»

Auf diese Frage David Rëubenis reagierte der Greis überrascht:

«Was hat der mit Euch zu schaffen? Er gehört nicht zu Eurer Dienerschaft und ist auch gar kein Jude!»

«Aber er ist ein Mensch! Was der Graf mit seinen Matrosen gemacht hat, weiß ich nicht. Aber für das Leben dieses Mannes fühle ich mich verantwortlich. Er hat sein Leben für mich eingesetzt.»

Verlegen kratzte sich Maître François Xavier am Kopf:

«Ich werde es den Grafen wissen lassen. Ich kann natürlich nicht in seinem Namen sprechen, aber ich denke, daß er gegen rund zwanzig Dukaten Aufschlag...»

«Da Ihr offenbar auf geheimem Wege mit dem Grafen in Kontakt steht, laßt ihn bitte wissen, daß ich diese Insel nicht ohne Kapitän Garcia de Sá verlasse!»

Plötzlich empfand David Rëubeni wieder stark diese innere Bürde. Verantwortungsgefühl mischte sich da mit einer besonderen Art von Liebe, die aus Zuneigung, Verständnis und Brüderlichkeit bestand. Es war eine Liebe zur gesamten Menschheit, und sie fand ihren konkretesten Ausdruck in der Liebe zu seinem eigenen Volk. Dieses Gefühl beglückte und bedrückte ihn zugleich. Unter den Juden waren gewiß viele, die ihn schon vergessen hatten. Andere würden ihn beargwöhnen und wieder andere ihn sogar hassen. Ob allen Menschen irgendwann einmal dieses Gefühl widerfuhr, diese Liebe, die keinen Widerhall fand, als sei Undankbarkeit etwas Notwendiges? Und dennoch erhob diese Liebe einen für kurze Zeit über die Masse der Menschen. Die meisten waren doch ein Leben lang damit beschäftigt, sich vor Angst zu ducken, nach Beweisen zu fragen oder für Erlösung zu beten. Diesem üblichen *gehenna*, dieser Hölle, entgingen nur wenige. Wer so völlig auf die göttliche Barmherzigkeit vertraute, konnte sich natürlich nicht der Krankheit, dem Elend und der Bosheit ausliefern.

Zwei Wochen später verließ David Rëubeni die Insel mit seinen Leuten und Kapitän Garcia de Sá in einer Barkasse, die in Richtung Palma segelte. Dort gingen sie an Bord eines Schiffes, das nach Marseille auslief. Erst jetzt erfuhren sie, daß sie auf der Insel Clara gewesen waren, die zu den dreizehn Kanarischen Inseln gehörte und nur ein paar Meilen von Lanzarote entfernt lag. Auf dem Schiff, das sie nach Marseille brachte, fand auch der Austausch der Männer gegen das Lösegeld statt, das die Brüder David und Semuel von Arles bereits übergeben hatten. Madeleine Lartessuti, die für den König von Frankreich die Gelder für den Ankauf der Galeeren bereitstellte, war, nach ausdrücklicher Empfehlung durch Franz I., gebeten worden, die Summe nachzuzählen und zu bestätigen. Papst Clemens VII. wurde von einem Legaten vertreten, der im Papstpalast von Avignon residierte. Dieser François de Clermont-Modève war eigens gekommen, um sich der Freilassung des Prinzen von Habor zu vergewissern.

Bevor der Graf seine Gefangenen entließ, händigte er ihnen mit ausgesuchter Höflichkeit ihre persönliche Habe und ihre Waffen aus. Die dreihundert Dukaten, die David vom König von Portugal erhalten hatte, behielt er aber für sich.

Auf dem Kai des alten Marseiller Hafens wurde David Rëubeni von einer eindrucksvollen jüdischen Abordnung erwartet. An ihrer Spitze befand sich der Rabbiner Aba Mari, jener kleine, liebenswürdige Mann mit weißem Bart, den der Mann aus der Wüste schon bei seiner Reise von Italien nach Portugal kennengelernt hatte. Als er ihn nun abermals mit seinem gelben Hut, diesem den Juden aufgezwungenen Erkennungszeichen, dort stehen sah, empfand er so etwas wie Scham. Ein einziges Mal hatten sie miteinander gesprochen und miteinander geträumt. Das war nun zwei Jahre her. Damals hatte der Rabbiner ihm nicht einmal die Namen der anderen Delegationsmitglieder genannt. In seinen Augen war Davids Scheitern nur ein Zwischenfall wie so viele andere, ein mißlicher Umstand, ein Kratzer, der schnell vernarben würde. Er empfand sogar etwas wie Stolz, damals mit dem jüdischen Prinzen an dieses großartige Vorhaben geglaubt zu haben, selbst wenn dieses Vorhaben im Augenblick zum Stillstand verurteilt war. Für David Rëubeni hingegen war dieser Stillstand eine tiefe Wunde und gleichbedeutend mit dem Ende der Zeiten.

Wie würden die provenzalischen Juden auf sein Kommen reagieren? Wie würden sie einen Mann aufnehmen, der alles versprochen und nichts erreicht hatte und für den jede Familie in ihr mageres Säckel hatte greifen müssen, um zu seiner Freilassung beizutragen? Ob sie ihn nicht schmähen und von ihm Rechenschaft verlangen würden?

«Der jüdische Prinz sei gesegnet!» ließ sich Aba Mari leise vernehmen.

David Rëubeni fuhr fast zusammen. Diese Fürsorglichkeit stand in völligem Gegensatz zu seinen Gedanken!

«Auf der Straße, die von Marseille nach Avignon führt», fuhr der Rabbiner mit seiner ruhigen Stimme fort, «warten Tausende und Abertausende von Menschen, Juden wie Christen, auf die Rückkehr des Gesandten.»

Der Gesandte von Habor blickte den Rabbiner prüfend an, als wolle er sich vergewissern, ob diese Worte ernst gemeint waren.

«Aber wieso?» fragte er.

«Selomo Molho», erwiderte der Rabbiner.

«Was heißt das? Selomo Molho?»

«Nun ...», Aba Mari strich sich über den Bart, «Selomo Molho, der zum Ewigen, zum Gott unserer Väter zurückgekehrt ist und sich hat beschneiden lassen. Selomo Molho, dem der Herr die Weisheit Selomos verliehen hat und der nun der Gelehrteste aller Menschen ist. Dieser Selomo Molho ist gekommen und hat Eure Ankunft verheißen, Prinz! In Marseille, aber auch in Carpentras und Avignon hat er seine Weissagungen verkündet. Zuerst würde die ganze Gegend von einer Hungersnot heimgesucht werden, dann aber würdet Ihr kommen, Prinz, um uns zu befreien ...»

«Und?» unterbrach ihn David.

«Diese schreckliche Hungersnot ist im vorigen Jahr gekommen. In der ganzen Provence gab es nichts mehr zu essen, nicht einmal mehr Brot. Eine Fuhre Korn kostete zehn Gulden. Hätte man im Languedoc und in Arles nicht zuvor vorsichtshalber Getreidevorräte angelegt, wären noch viel mehr Menschen gestorben. Noch heute kommen die Leute mit Tieren aus dem Gebirge und aus Nizza bis nach Marseille, wo der Preis für eine Fuhre Korn unter acht Gulden gehandelt wird. Und nun, Prinz, seid Ihr da, wie Selomo Molho es vorhergesagt hat!»

Die vier Pontifikalgemeinden Avignon, Carpentras, Cavaillon und L'Isle-sur-la-Sorgue hatten auf Anregung des päpstlichen

Legaten, der von seiner Obrigkeit diesbezügliche Instruktionen erhalten hatte, Geldmittel zusammengetragen, um für David Rëubeni und sein Gefolge Pferde zu erwerben. Yosef ließ die Banner entrollen, und der Zug setzte sich, begleitet von den Kutschen des päpstlichen Legaten und der Geldgeberin von Franz I., in Richtung Avignon in Bewegung.

Rechts und links von David ritten die Brüder David und Semuel von Arles. Unterwegs setzten sie die Erzählungen über Selomo Molho fort, die der alte Rabbiner begonnen hatte. Selomo Molho war es auf seine Art gelungen, die Gemüter zu erwecken. Wie sie betonten, hatte er auch Zugang zum Vatikan erhalten. Dank der Unterstützung des Papstes war er sogar ins Heilige Land gereist! Er prophezeite, und seine Prophezeiungen traten ein. Die Massen drängten sich um ihn, wenn er das Kommen des Messias verhieß, mit anderen Worten also David Rëubenis Kommen. Während der Gesandte zuhörte, bemühte er sich, möglichst unbeteiligt auszusehen. Doch seine Stirn war tief gefurcht. Yosef erriet das Unbehagen seines Herrn. Nach der Ankunft in Avignon würden sie darüber reden müssen. Brachte dieser Selomo Molho mit seinem Versuch, das Schicksal zu bezwingen, nicht die Grundfeste von Davids Strategie ins Wanken?

Wie der Rabbiner vorhergesagt hatte, drängten sich auf der gesamten Länge des Weges die Menschen, und es wurden immer mehr. Ihre Inbrunst steigerte sich zur Begeisterung, da sie inständig hofften, einen flüchtigen Blick auf diesen jüdischen Prinzen David Rëubeni werfen zu können, den ihnen Selomo Molho verheißen hatte. Diese Menschen kamen aus ganz Südfrankreich und waren unterschiedlich in ihrem Gebaren, ihrer Kleidung und ihren bunt zusammengewürfelten Lumpen. Viele von denen, die stundenlang auf den Gesandten gewartet hatten, schlossen sich ihm an und trotteten hinterher. Kurz vor Einbruch der Nacht erreichte David Rëubeni Avignon an der Spitze einer mehrere tausend Köpfe zählenden Menge. Den ganzen Tag über hatte er, wie schon damals in Italien, dieses merkwürdige Gefühl gehabt, über eine Armee ohne Waffen zu verfügen, ein Bettlerheer, das kein anderes Feuer und keine andere Macht besaß als jene unauflösliche Verbindung von Elend und Hoffnung. Unter militärischem Aspekt taugte diese Armee nichts im Vergleich zu der, die er in Portugal aufgebaut hatte und zurücklassen mußte. Aber was ihren naiven und anrührenden Glauben anbetraf, diese inbrünstige Sehnsucht nach dem Erlöser und nicht nach dem eigenen Heil, so war sie jeder anderen Armee überlegen. Wenn es einzig und allein dieses Glaubens bedurft hätte, um seinen Plan umzusetzen, dann wäre die Rückkehr nach Jerusalem längst vollendet! Doch in dem respektvollen Gemurmel der Menge, in ihren liebevollen Zurufen und Bittgesuchen, wußte David auch stets die Stimmen des Traums, der Schwärmerei, der Hingabe ans Übernatürliche zu erkennen. «Messias! Messias!» erscholl es von allen Seiten. Aber David wußte, daß es den Messias, so wie sie ihn sich vorstellten, nicht geben konnte. *Der Messias* war nicht das, woran sie glaubten. Er wollte, jeder von ihnen würde, anstatt ein überirdisches Wesen zu erwarten, doch endlich begreifen, daß jeder einen Teil des Messias in sich trug. Dieser messianische Anteil des Menschen machte seine grundsätzliche Freiheit aus, und nur in ihr war er nach dem Bilde Gottes geformt. Wenn man sich nicht auf ein Wunder verließ, sondern diese menschliche Freiheit nutzte, dann würde der Tag kommen, an dem es möglich wurde, Jerusalem zu befreien und den Boden Israels zurückzuerobern. Damit das Volk Israel endlich nach Israel zurückkehre. Damit der Wille Gottes erfüllt werde und die Menschheit die Menschheit befreie.

In der ehemaligen Hauptstadt der Päpste hatte der Legat François de Clermont-Modève für David und sein Gefolge das Palais Rascas herrichten lassen. Dieses lag unweit der großen Synagoge an der Ecke der Rue des Marchands und der Rue des Fourbisseurs und bildete gewissermaßen den Eingang zur sogenannten *carrière*, dem Judenviertel.

Das weiträumige Haus mit den vielen Erkern wurde bei ihrem Eintreffen durch Dutzende von Fackeln erhellt und wirkte so noch imposanter, als es tatsächlich war. Nach dieser langen und entbehrungsreichen Gefangenschaft auf der Insel verharrten Davids Männer bei diesem Anblick wie geblendet. Doch der Gesandte empfand weder Freude, noch war ihm nach Ruhe zumute. Er bat die beiden Brüder aus Arles, ihn später zur großen Synagoge zu führen, die in den jüdischen Kreisen Avignons die *Schule* genannt wurde. Vorher wollte er jedoch seinen Diener Yosef Halevi unter vier Augen sprechen.

«Nun, wo ist der Messias?» fragte er seinen Vertrauten unvermittelt, als sie allein waren.

Yosef verschlug es die Sprache, seine gehobenen Augenbrauen deuteten stumm eine Frage an.

«Du verstehst nicht, was ich damit sagen will?» insistierte David.

«In der Tat ... ja. Liegt es an den Menschenmassen von heute? Haben sie dich beeindruckt?»

«Dich nicht?»

«Ich hatte sie nicht erwartet», antwortete Yosef.

«Ich auch nicht», seufzte David. «Obwohl der Rabbiner Aba Mari mich gewarnt hatte, ich müsse mit Menschenansammlungen rechnen.»

«Es waren außerordentlich viele. Und immer redeten sie vom Messias.»

«Ja ... Und dabei hatte ich befürchtet, geschmäht zu werden!»

«Selomo Molho hat ihnen Trugbilder vorgegaukelt!»

«Er hat sie mit einem Bild verführt, das auf ihr Hoffen antwortete. Die Menschen laufen lieber Anführern, Idolen und Wunderheilern nach, anstatt sich auf ihre Freiheit zu besinnen», sagte der Gesandte, und es klang wie ein Echo von Yosefs letztem Satz.

Er schwieg eine Weile und sagte dann:

«Im Grunde erwarten sie diesen Messias gar nicht, über den sie ständig reden. Wenn dieses Wort einen Sinn hat, dann bezeichnet es bestimmt nicht irgendeinen Volksverführer oder Gaukler! Der erstbeste hergelaufene Scharlatan macht Eindruck auf sie, und wenn die Zeiten hart sind, wenn auf die grausamen Massaker das Exil folgt und die Hoffnung auf Menschenwürde ganz verloren scheint, dann sind sie schnell bereit, in ihm den Messias zu erkennen!»

«Was ist der Messias eigentlich?» fragte Yosef kaum hörbar. «Ich erinnere mich, du sagtest einmal, das Wort stehe nicht in der Tora.»

«Man muß da genauer sein, mein lieber Yosef. In dem Sinn, den das Wort später bekommen hat, wirst du es nicht in der Tora finden. Es bezeichnete ursprünglich Könige und Propheten. Die Vorstellung eines «von Gott Gesalbten», der kommen wird, um die Menschheit zu erlösen und zu befreien, ist eindeutig später aufgekommen. Ansätze finden sich vermutlich schon in den Texten vom Untergang der Welt, bei Barukh. Doch seitdem die Christen diesen berühmten Messias in Jesus entdeckt zu haben glauben, haben auch die Rabbiner sich intensiver mit diesem Begriff befaßt und ihn zumeist abgelehnt. Aber das Volk glaubt an den Messias. Es träumt von einem Messias, denn es braucht einen Messias!»

«Die Menschen wissen nicht, wieviel Freiheit in ihnen angelegt ist. Sie haben Angst vor der Freiheit», ergänzte Yosef.

«Ja, natürlich, Yosef. Aber wenn sie eines Messias' *bedürften*, um den ersten Schritt in Richtung Freiheit zu tun? Wäre es dann nicht notwendig, wäre es nicht ein Werk der Nächstenliebe, ihnen zu geben, wonach sie verlangen? Worauf ich hinaus will, ist folgendes: Müßte ich nicht, auch wenn es mir noch so schwerfällt, ihrem Traum durch meine Person Gestalt verleihen?»

«Aber das würde doch bedeuten, den Wahnwitz dieses Molho gutzuheißen!» empörte sich Yosef. «Nach so vielen Jahren des Kampfes und des Herumirrens in der Wüste, nach all den Hindernissen, die du überwunden hast, ohne von deinem Weg abzuweichen, willst du jetzt deine Strategie einfach aufgeben und den Zauberer spielen?!»

«Das ist kein Spiel, mein lieber Yosef. Meine Strategie muß der Situation und den Menschen angemessen sein. Diese Menschenmassen werden von Gefühlen angetrieben und von Unvernunft. Meine Strategie, und also auch meine Vernunft, muß sie in mein Vorhaben einbinden können. Ich kämpfe doch für diese Leute! Ich verdanke es auch ihrer Unterstützung, daß ich bis zu den Mächtigen dieser Welt vordringen konnte, um sie für meine Ziele zu gewinnen. Folglich wäre es gerechtfertigt, die Erwartungen der Menschen zu erfüllen. Aber nicht indem ich «den Zauberer spiele», wie du sagtest, sondern indem ich ihnen *erkläre, was der Messias will.*»

Yosef kniff die Augen zusammen. Ungläubigkeit, Erstaunen und Dankbarkeit zeigten sich auf seinem Gesicht.

«Dann wärest du ...»

Er stammelte etwas, räusperte sich und sagte dann:

«Als wir noch in Italien waren, sagte eines Tages jemand zu mir: ‹Und wenn dein Herr, ohne es selbst zu wissen, der Messias wäre?›»

«Und?» ermunterte ihn David.

«Damals hat mich diese Bemerkung wütend gemacht. Dann ist sie mir jedoch nicht mehr aus dem Kopf gegangen. Hat das etwas zu bedeuten?»

«Muß die eine Hand wissen, was die andere tut?» fragte der Mann aus der Wüste bedächtig, wobei er seinem Diener tief in die Augen sah. «Mit anderen Worten: Kann der Gesandte Gottes den Gesandten Gottes kennen? Wie du siehst, sind wir noch nicht am Ende unserer Qualen angelangt. Manchmal tragen die Rätsel den Odem des Ewigen in sich.»

Es klopfte. Die Brüder aus Arles wollten David abholen, um ihn zur Synagoge zu geleiten. Mit erschüttertem Gesicht verabschiedete sich Yosef von ihm und zog sich zurück. Der Gesandte verließ mit den beiden anderen das Haus. Draußen war es noch stockdunkel, und nichts deutete auf den Tagesanbruch hin. Ein Diener mit einer Fackel wies ihnen den Weg.

Wie mochten die Juden in Avignon erfahren haben, daß der Prinz mitten in der Nacht zur Synagoge gehen würde? Von Semuel und David aus Arles? Jedenfalls warteten mehr als zehn *mynianim* in der Synagoge auf ihn. Er konnte sie in dem Halbdunkel nicht genau erkennen, aber er nahm doch undeutlich die Anwesenheit dieser Gestalten wahr, deren Silhouette durch das flackernde Kerzenlicht in die Länge gezogen wurde. Ein alter Mann, vermutlich der Rabbiner, sprach in dialektgefärbtem Hebräisch ein paar Begrüßungsworte. Dann trat Stille ein, und die Juden harrten der Worte des Gesandten aus Habor, von dem Selomo Molho, der junge mitreißende Prophet, den Gott schützen möge!, gesagt hatte, er sei der Gesandte des Ewigen, gepriesen sei Sein Name!

Doch David Rëubeni schwieg.

Verstohlen ging die Tür der Synagoge auf und wurde gleich wieder geschlossen. Ein Mann war hereingeschlüpft. In einem Winkel, den das Kerzenlicht nicht erreichte, hörte man Geflüster. Noch länger zu schweigen hätte unnötiges Unbehagen ausgelöst. Dem Gesandten fiel ein Psalm Davids ein, und er begann mit getragener, tiefer Stimme:

«*Gehofft habe ich, gehofft auf den Ewigen,*
*und er neigte sich zu mir und hörte mein Schreien.*
*Und zog mich aus der Grube des Brausens,*
*aus dem Lehmschlamme,*
*und stellte auf einen Felsen meine Füße, machte sicher meine Schritte.*
*Und legte in meinen Mund ein neues Lied,*
*Lobgesang unserem Gotte.*

*Schauen werden es viele, und schauern,
und sich verlassen auf den Ewigen.»*
Er hielt inne und strengte seine Augen an, um die Dunkelheit zu durchdringen. Er hörte das Scharren der Füße auf dem harten Boden, das Räuspern und den angehaltenen Atem der Menschen. Der Geruch der Leiber überdeckte jetzt den Duft der heruntergebrannten Kerzen. Kraftvoll begann der Gesandte von neuem:

«*Heil dem Manne, der den Ewigen genommen zu seinem Verlaß, und sich nicht gewandt zu den Prahlern und den Anhängern der Lüge.*»

Die Worte waren ihm plötzlich wieder eingefallen. Es waren ganz einfache Sätze, viel einfacher als alles, was er sich hätte ausdenken können. Nochmals ging die Tür auf. In ihrem Rechteck erblickte er das Morgenlicht gleich einem weißen Schleier, der über ein Baldachinbett gespannt war.

«*Deine Gerechtigkeit verberge ich nicht in meinem Herzen*», fuhr er fort, «*deine Treue und deine Hilfe spreche ich aus; ...*»

Für diese Juden, die niemals Gold oder Edelsteine gesehen hatten, beschwor er die Smaragde, Saphire und Diamanten, die, wie es die Schrift bezeugt, die Mauern des himmlischen Jerusalem zieren. Plötzlich brach er ab und sprach mit großem Ernst zwei kurze Sätze – eine Verpflichtungserklärung und einen Gesetzesschwur:

«Ich werde euch nicht enttäuschen», murmelte er. «Ich werde euch nach Jerusalem führen. Der Tag bricht an, es ist Zeit für *shaharit*, unser Morgengebet.»

## XLV
## DAVID RËUBENI IN PARIS

Im Laufe des Vormittags erhielt der Mann aus Habor Besuch von den zwölf Ratsmitgliedern der jüdischen Gemeinde von Avignon. Abermals sah er sich der messianischen Hoffnung gegenüber, die Selomo Molho auch in dieser Gegend gesät hatte, und abermals mußte er erkennen, wie verheerend solch prophetische Schwärmereien sein konnten. Als er seinem Gesprächspartner zuhörte, wurde ihm klar, daß es schwierig, wenn nicht gar unmöglich sein würde, diesen mystischen Auslegungen die Stirn zu bieten, die in seinen Augen nur Irreführung und Lüge waren.

Noch gestern hatte er ihnen versprochen: «Ich werde euch nach Jerusalem führen.» Doch hier, in Avignon, waren den Juden enge Grenzen gesetzt, und die schmalen Straßen der *carrières* wurden von der Wache nachts an beiden Ausgängen verriegelt! Wie sollten diese verfolgten, gedemütigten und mit Argwohn betrachteten Menschen sich die Rückkehr ins Land ihrer Ahnen anders als ein Werk des göttlichen Willens vorstellen? Auf ein Wunder zu hoffen, war in ihrer Situation eine Form von Realismus.

Der Gesandte betonte immer wieder den menschlichen Willen, der unerläßlich war und notfalls erzwungen werden mußte. Er wollte ihre Einsicht wecken, ihre Fähigkeit, ihr Schicksal in die eigenen Hände zu nehmen und für ihre Befreiung zu kämpfen. Aber war eine solche Forderung überhaupt noch angemessen? Durfte er den Menschen geben, wonach sie verlangten – den Anschein eines Wunders und die Aura des Geheimnisses? Konnte er das, ohne sich selbst zu verleugnen oder die Gefahr einer kollektiven Katastrophe heraufzubeschwören? Er wußte, wieviel Unheil schon so mancher angebliche Messias über das jüdische Volk gebracht hatte. Würde er in der Lage sein, diesen Fluch zu brechen, vor dem die Propheten warnten?

Es war Mittag, und der Gesandte nahm im Palais Rascas eine Mahlzeit zu sich. Seine Diener, die Brüder David und Semuel aus Arles sowie Kapitän Garcia de Sá, der am nächsten Tag nach Portugal zurückkehren würde, leisteten ihm Gesellschaft. David Rëubeni dankte den beiden Brüdern vor allen Anwesenden für ihren großen Einsatz bei seiner Befreiung und begab sich zum Papstpalast. Der römische Legat wollte ihm eigenhändig eine Einladung von Franz I. übergeben. Der König von Frankreich wünschte den berühmten jüdischen Prinzen zu sehen. David Rëubeni nahm diese Nachricht nicht gerade begeistert auf. Es paßte ihm nicht, jetzt nach Paris reisen zu müssen. Er wollte so schnell wie möglich nach Rom zurück, um mit Hilfe des Papstes und seiner Ratgeber einen neuen Ort zu suchen, an dem die jüdische Armee endlich aufgebaut werden konnte. Er wußte, daß er von Franz I. nichts zu erwarten hatte. Nach der Niederlage von Pavia war Frankreich gezwungen gewesen, mit der Hohen Pforte einen Freundschaftspakt zu schließen. Welche Hilfe konnte es ihm also gewähren? Doch wie sollte er die wohlwollende Einladung eines Königs ausschlagen? Und so machte sich der Mann aus Habor gleich am nächsten Tag, nach dem Morgengebet, in Begleitung seiner Diener und der vom französischen Hof entsandten Eskorte auf den Weg nach Paris.

Nach einer dreitägigen Reise erreichten sie das Tor des Fort de la Tournelle, dessen Mauern sich bis zum Seineufer hinzogen. Man schrieb den Monat Mai des Jahres 1527 nach christlichem

Kalender. Die dichtbevölkerte Stadt verblüffte den Mann aus der Wüste. Karren, Tiere und Menschen zwängten sich durch die dunklen Straßen und drängten sich in den Gassen, die nach Unrat rochen. Das rastlose Hin und Her erfüllte die Luft mit Schreien, Rufen und Flüchen, aber auch mit Singen und Lachen. Der Gesandte platzte mitten in das Jahrmarktstreiben von Saint-Germain hinein. Zu diesem Anlaß strömten die Menschen jedes Jahr von weit her in die Stadt und standen dichtgedrängt auf dem Kirchplatz oder schoben sich durch die angrenzenden Gassen, um zu schauen oder allerlei Tand, Schmuck und Farben zu kaufen. Man kam aber auch nach Saint-Germain, um zu lachen, da Schausteller dort jede Art von Spektakel anboten und Leben in den Jahrmarkt brachten. Gaukler und Komödianten wurden leidenschaftlich beklatscht, seit die Vormundschaft der Kirche aufgehoben war und nicht mehr ausschließlich Mysterienspiele aufgeführt werden mußten. Der Zulauf zu diesem neuen Theater für jedermann war so groß und die Darbietungen so beliebt, daß man die von der Rue du Four kommende Allee hatte verbreitern müssen.

Als David Rëubeni, eskortiert von seinen Bannerträgern in ihren weißen Gewändern, auf denen der Davidstern prangte, hier eintraf, stürzten ihm Menschen entgegen, die Vivat riefen und Beifall klatschten. In ihrem Freudentaumel glaubten sie, da käme eine neue Gauklertruppe, um ihnen etwas noch nie Gesehenes vorzuführen. Doch dieser Irrtum währte nicht lange. Es sprach sich schnell herum, daß der König von Frankreich einen echten jüdischen Prinzen nach Paris eingeladen habe. Bei der Bevölkerung schlug diese Neuigkeit sofort hohe Wellen. Schließlich hatten die Juden seit 1394, als Karl VI. sie vertrieben hatte, kein Aufenthaltsrecht mehr in dieser Stadt. Als David Rëubeni und sein Gefolge vor dem ihnen zugewiesenen Palais in der Rue Saint-Gilles eintrafen, hatte sich schon eine Menschenmenge zusammengefunden, die auf sie wartete.

Für die Pariser war der Anblick eines leibhaftigen Juden, und noch dazu eines jüdischen Prinzen, ein Ereignis, das ohne Beispiel war. Einhundertdreiunddreißig Jahre waren seit dem Dekret Karls VI. vergangen, und zu viele Generationen lagen dazwischen, als daß sich irgend jemand an Berichte von ähnlichen Geschehnissen hätte erinnern können. Für den Mann aus der Wüste aber war die Ankunft in einer Stadt ohne Juden eine Quelle tiefer Betrübnis.

«Hast du es auch bemerkt, dieses Eigentümliche, das dieser Stadt anhaftet?» fragte er Yosef, als dieser ihn in seinem Zimmer aufsuchte.

Die Fenstertüren gingen auf einen Hof, wo sorgfältig beschnittene und gepflegte Sträucher zu einem Kreis angeordnet waren. Durch den verhangenen Himmel brach eine zögerliche Sonne und verlieh dem Garten eine Aureole aus Licht. David blickte nach draußen und wandte seinem Vertrauten den Rücken zu.

«Hast du nichts bemerkt?» fragte er abermals.

Yosef war verwirrt, ja, die Stadt war stark bevölkert und die Straßen manchmal sehr schmutzig ...

«Ist das alles?» unterbrach ihn sein Herr.

Yosef zog fragend die Augenbrauen hoch.

«Und die Juden?» fragte der Gesandte.

«Die Juden? ... Stimmt!» er faßte sich mit beiden Händen an den Kopf. «Ihr habt recht. Es ist eine Stadt ohne Juden! Mit keinem Menschen kann man ein Wort Hebräisch sprechen. Keine einzige Synagoge ...»

«Ja», seufzte David. «Dabei gab es früher ... Kardinal di Viterbo hat mir von einem französischen Bischof erzählt, einem gewissen Gregor von Tours, der vor fast tausend Jahren hier lebte, und von der Existenz einer großen Synagoge mitten auf der Ile de la Cité berichtet hat.»

«Und Karl der Große?» fügte Yosef hinzu. «Hat der nicht seinen Freund Isaac aus Arles als Botschafter zum großen Kalifen Harun al Raschid nach Bagdad geschickt?»

Doch mehr wußten auch sie nicht über das französische Judentum, und gerade das bestätigte die Notwendigkeit eines jüdischen Staates. Nur ein auf dem Boden Israels, im Land ihrer Ahnen errichtetes Vaterland würde den Juden ein Leben in Frieden, ohne Vertreibung und ohne Massaker sichern können. Ihr Gespräch wurde von einem Diener unterbrochen, der einen kleinen, kahlköpfigen Mann in brauner Soutane einließ, der sich selbst vorstellte:

«Jacques Bédrot», sagte er freundlich. «Ich bin Franziskaner und Professor für Hebräisch an der Académie Chéradame.»

Der Gesandte erklärte sich erfreut, seine Bekanntschaft zu machen.

«Dann haben wir ja endlich jemanden», rief Yosef begeistert, «der Hebräisch spricht!»

«In der Tat», sagte der Mönch lächelnd. «Und ich bin gekommen, um dem Prinzen von Habor in Paris als Dolmetscher zu dienen.»


Der sympathische Franziskaner erzählte David Rëubeni, daß in den Pariser Universitäten sowohl Latein und Griechisch wie auch Hebräisch gelehrt wurden. Da Jacques Bédrot bald bemerkte, wie sehr das völlige Fehlen von Juden in der Stadt David bekümmerte, schlug er ihm einen Besuch auf einem der zwei noch bestehenden jüdischen Friedhöfe vor. Er lag in der Rue Galande, ganz in der Nähe der Rue Saint-Jacques.

«Der Friedhof in der Rue Galande», erklärte er in einem makellosen Hebräisch, das er während eines längeren Aufenthalts im Heiligen Land gelernt hatte, «liegt auf dem Grund und Boden des Herrensitzes Galande, der heute der Abtei Sainte-Geneviève gehört.»

«Wenn man schon die Lebenden nicht besuchen kann ...»

Es war ein sehr bescheidener Friedhof. Der Ausbau der Rue

Galande, der Rue des Trois Portes und der Rue des Jacinthes hatte mehrere Schneisen durch das Gelände geschlagen und den Friedhof noch mehr verkleinert. Etwa dreißig Grabsteine waren noch vorhanden, doch ihr Anblick erschütterte den Mann aus Habor. Einige Steine standen bedrohlich schief, als hätte das Gewicht der Zeit sie erdrückt. Andere lösten sich bereits aus ihren Verankerungen und schienen nur noch aufrecht zu stehen, weil knorriges Efeugestrüpp sie festhielt, aber eines Tages auch zu Boden reißen würde. Überall wucherten Efeu, Brombeer und Quecke und erstickten langsam das Gedenken an ein Volk, das für immer verschwunden war – die Juden von Paris.

David Rëubeni stand reglos, die Stirn gefurcht und die rechte Hand auf den Mund gepreßt, als wolle er die Wörter zurückhalten. Er hörte nicht einmal Yosef, der ihn auf einen Grabstein aufmerksam machte, auf dem außer der hebräischen Inschrift auch die Umrisse eines fünfarmigen Leuchters zu erkennen waren. Als er schließlich die Augen hob, sah er zu seinem Erstaunen einen merkwürdigen Mann bei dem Friedhofsmäuerchen herumschleichen. Er war groß und kräftig, eine imposante Erscheinung mit einem weißen Spitzbart und langem, vorne geknöpften Leinenumhang. Auf dem Kopf trug er einen seltsamen, sehr hohen gelben Hut, der eher an einen umgestülpten Eimer erinnerte. Das überraschende Auftauchen dieses Mannes machte auch Jacques Bédrot stutzig. Der Gesandte warf ihm einen fragenden Blick zu. Der Mann mit dem gelben Hut schien nicht weniger irritiert, hier auf Besucher zu treffen. Als wolle er sich schützen, hob er ein dickes Buch hoch, das er in der Hand trug, und versuchte dabei, einen Schritt rückwärts zu machen, doch der Franziskaner kam ihm zuvor:

«Lauft nicht weg!» rief er ihm auf Französisch zu. «Fürchtet Euch nicht. Ich bin mit einem jüdischen Prinzen hier.»

Der Mann zögerte kurz, ließ die Hand mit dem Buch sinken und kam dann auf sie zu.

«Ein jüdischer Prinz?» fragte er mit bedachter und tiefer, kaum hörbarer Stimme.

Seine schwarzen, blau umschatteten Augen sahen David Rëubeni an:

«Dann stimmt es also doch ...» murmelte er.

Er trat noch näher heran und wandte sich diesmal direkt an den Gesandten aus Habor, als er fragte:

«Ihr seid also ...?»

David hatte schon geahnt, was der Unbekannte sagen wollte. Er unterbrach ihn auf Hebräisch:

«Ja, ich bin der Gesandte des jüdischen Königs von Habor und Gast des Königs von Frankreich.»

Das Gesicht des anderen hellte sich auf.

«Und ich», sagte er nun ebenfalls auf Hebräisch, «bin der Leibarzt des königlichen Hofrichters. Mein Name ist Jacques Cahen, und ich wohne in Senlis. Das Grab, das der Prinz soeben betrachtet hat, ist das meines Urgroßvaters.»

Er lächelte:

«Jedesmal, wenn ich auf Ersuchen des Richters oder eines anderen Mitglieds des Hofes nach Paris komme, gehe ich hier vorbei.»

Aufmerksam, doch mit undurchdringlicher Miene, hörte David Rëubeni ihm zu. Jacques Cahen schwieg einen Augenblick, dann drückte er sein dickes Buch fest gegen die Brust und fuhr fort:

«Ich bin nur ein armer Jude, der kein Recht hat, in der Hauptstadt zu leben. Es ist mir nur erlaubt, ab und zu für einen Tag herzukommen, um meine Patienten zu behandeln. Aber da Gräber wie Bücher sind und damit unsere Bücher nicht zu Gräbern werden, bemühe ich mich zeit meines Lebens, beide zu pflegen. Wenn ich hier bin, dann säubere ich die Grabsteine, und manchmal richte ich sie auch wieder auf. Daheim, in Senlis, lese und studiere ich.»

Er trat einen Schritt zurück:

«Aber der Prinz hat sicher anderes zu tun, als sich mein Klagelied anzuhören, und mich erwarten ja auch meine Patienten.»

Der Arzt grüßte sie mit einer kurzen Kopfbewegung, dann ging er in Richtung Friedhofsmauer und verschwand durch das kleine Tor. David war so verwirrt von der merkwürdigen Gestalt und der ganzen Situation, daß er nicht schnell genug reagieren konnte. Jetzt bedauerte er, daß der Mann weg war. Er hätte ihm so viele Fragen über die Juden und Paris stellen wollen!

Noch am gleichen Nachmittag hatte er die Gelegenheit, diese Fragen dem König zu stellen. Franz I. residierte zwar noch nicht im Louvre, aber empfing dort bereits mit Vorliebe seine Gäste. Doch bevor sich der Gesandte an den Herrscher wenden konnte, mußte er ein endloses, wenn auch auserlesenes Dîner über sich ergehen lassen. Auf der Tafel drängten sich Platten, Schalen, Gläser und kissenförmige Sockel, auf denen kandierte Früchte und Konfekt aufgetürmt waren, neben Brotkörben, Wasserkrügen und Weinkaraffen. Eine beeindruckende Anzahl von Dienern schwirrte herum und reichte den Gästen die Lieblingsspeise des Königs: gefüllte Pastete. Es gab sie in vielerlei Ausführung, mit Hechtklößchen, Kalbsbries, Trüffeln oder Dorsch. Während des Mahls wurde so lebhaft, so lautstark und so sprunghaft geplaudert, daß der arme Jacques Bédrot mit dem Übersetzen kaum nachkam.

Endlich erhob sich Franz I. und bat den Prinzen von Habor mit einer ausholenden und anmutigen Geste in den Salon. Der König besaß Grandezza. Er war sechs Fuß hoch, hatte breite Schultern und muskulöse Beine mit überraschend zarten Waden. Ein kurzer schwarzer Bart rahmte sein Gesicht, und sein Blick verriet Witz. Er nahm gutgelaunt in einem Sessel Platz und rief David sofort die erste Frage zu:

«Nun, Prinz, wie gefällt Euch Paris?»

Das allgemeine Gespräch verstummte. Nun konnte auch Jacques Bédrot endlich korrekt dolmetschen.

«Eine prachtvolle Stadt, Majestät», antwortete David Rëu-

beni, nachdem der Franziskaner ihm die Frage übersetzt hatte.
«Doch auf meiner Reise ist es die erste Stadt ohne Juden.»
«Wie Ihr wißt, leben sie in anderen Städten unseres Königreichs unter unserem Schutz.»
«Sollte Paris zu schön sein für sie?»
«Prinz von Habor, ich versichere Euch, daß wir sie mit großer Freude unter uns hätten, doch ihre Anwesenheit könnte Unruhen verursachen.»
«Ich sah sehr viele Juden bei Seiner Heiligkeit im Vatikan, Majestät, ohne daß die Christenheit dadurch gefährdet schien. Und ich sah den größten aller Bildhauer, Michelangelo Buonarroti, das Gesicht eines Juden, mein Gesicht, modellieren, ohne daß seine Kunst dadurch beeinträchtigt wurde.»
«Gewiß, Prinz, gewiß. Doch Paris ist nicht Rom. Immerhin besitzt Frankreich gegenüber Italien einige Vorzüge. Warum sonst hätte der größte aller Maler, Leonardo da Vinci, sich in Amboise niedergelassen?»
Als wolle er die Anwesenden zu Zeugen rufen, hob der König die Arme zum Himmel. Sein Wams mit den weiten Ärmeln verlieh ihm dabei das Aussehen eines Adlers, der seine Flügel entfaltet, um sich auf die Beute zu stürzen.
«Aber Hebräisch wird in mehreren Pariser Universitäten unterrichtet. Ist es nicht so, Budé?»
Der Angesprochene trat vor. Der große, elegante Mann erklärte mit einem Lächeln auf den Lippen, daß die drei für die gebildeten Stände notwendigen Sprachen, Griechisch, Latein und Hebräisch, in der Hauptstadt gründlichst erlernt werden könnten. Nach einem gewissen Zögern fügte er hinzu:
«Allerdings, Majestät ...»
«Mein lieber Guillaume Budé, wie lautet Euer Einwand?»
«Er betrifft die Sorbonne, Majestät.»
«Die Sorbonne?»
«Ja. Die Sorbonne hat sich geweigert, Griechisch und Hebräisch als Unterrichtsfächer aufzunehmen.»

«Ah!» rief der König aus. «Das ist nicht recht!»

Guillaume Budé verneigte sich, und immer noch lächelnd sagte er:

«Eure Majestät hat der Sorbonne völlige Freiheit zugestanden. Folglich haben wir keinerlei Einspruchsmöglichkeit.»

Der Blick des Königs verdüsterte sich. Er wandte sich an David Rëubeni:

«Und Ihr, Prinz, was sagt Ihr dazu?»

Dank dem Franziskanermönch war dem Mann aus Habor nichts von dem Gespräch entgangen.

«Warum nicht eine neue Universität gründen, Majestät?» riet er. «Eine königliche Akademie zum Beispiel, wo Eurem Willen gemäß Hebräisch unterrichtet würde?»

Sichtlich erfreut strich sich Franz I. mit der Hand durch den Bart. Er forschte im Blick des Prinzen, und in seinen eigenen Augen konnte man so etwas wie Bewunderung lesen.

«Was meint Ihr dazu, Budé?»

«Bei meiner Ehre, Majestät, dieser Gedanke ist hervorragend! Könnte man diese Universität nicht gar *Collège des Lecteurs Royaux* nennen?»

David Rëubeni wollte noch hinzufügen, daß der König ein paar Rabbiner in die Hauptstadt berufen könnte, um die Sprache der Bibel zu unterrichten und auf diese Art Paris ein wenig an Juden zu gewöhnen, doch in diesem Moment betrat ein älterer Mann den Salon und unterbrach ihren Gedankenaustausch. Er war außer Atem und sein Degen schleifte übers Parkett, als er geradewegs auf den Herrscher zulief, um ihm etwas ins Ohr zu flüstern.

«Das ist der Großmarschall Monsieur de Vendôme», wisperte Jacques Bédrot David zu.

Mit einem Satz erhob sich der König.

«Messieurs!» rief er aus. «Die Armeen Kaiser Karls V. haben soeben die Ewige Stadt verwüstet! Rom liegt in Trümmern!»

## XLVI
## DER ENGEL SELOMO IN JERUSALEM

Selomo Molho erfuhr die Nachricht von der Einnahme Roms erst ein paar Tage nach dem Ereignis, als er sich gerade in Jerusalem aufhielt. Der Rabbi Mose Basola, ein gelehrter Neapolitaner, der aus Italien eingetroffen war, um ein ganzes Jahr in der Heiligen Stadt zu verbringen und das Land zu besichtigen, war der erste, der ihm von den Verwüstungen der kaiserlichen Truppen berichtete. Er hatte die Zerstörung Roms zwar nicht persönlich miterlebt, aber vor seiner Abreise nach Galiläa noch etliche römische Juden befragen können, die nach Neapel geflüchtet waren.

Für den Engel Selomo war die Zerstörung Roms keine Überraschung. Hatte er das Unglück nicht vorausgesagt? Er empfand weder Stolz noch Zufriedenheit über die Bestätigung seiner Verheißung. Für ihn waren die Dinge offensichtlich, denn sie standen in den heiligen Texten geschrieben und waren für jeden nachzulesen. Sagte nicht schon Rabbi Jochanan im Talmud, daß die Generation, in der Davids Sohn komme, nur wenig Gelehrte haben werde und daß die Augen der anderen vor Kummer und Trauer erschöpft sein würden? Der erste Teil seiner Verheißung war nun eingetreten. Jetzt blieb ihm nur noch die Aufgabe, zur Verwirklichung des zweiten Teils beizutragen: der Ankunft von «König Davids Sohn», mit anderen Worten der Ankunft David Reübenis. Er, Selomo Molho, wußte, wo der Gesandte sich aufhielt. Der Ewige, gepriesen sei Sein Name!, hatte ihn schließlich selbst auf dessen Weg geführt.

*Rufe mit lauter Kehle, halte nicht ein,* sagte Jesaia und betonte: *Wie eine Posaune erhebe deine Stimme.* Der junge Portugiese war mehr denn je entschlossen, nach dem Befehl des Propheten zu handeln. Er wußte und fühlte, daß es seine Aufgabe war, der Welt die Ankunft des Erlösers zu verkünden. Aus seiner Sicht handelte es sich dabei um die Erfüllung des göttlichen Willens, der sich ihm in Form einer auferlegten Pflicht offenbart hatte, und dieser Pflicht konnte er sich nicht entziehen, nicht einmal in Gedanken. Die Tatsache, daß der Mann aus Habor seinerseits leugnete, der Gottgesandte zu sein, entmutigte den Engel Selomo in keiner Weise. Vielmehr bestärkte es ihn in seinem Glauben an den Prinzen, da dieser im Gegensatz zu so manchem falschen Messias hinter seine Aufgabe zurücktrat. Und war es nicht gerade die Bescheidenheit des David Rëubeni, die verriet, daß er der Bote des Herrn der Welt war? In Davids Bekunden, das Land Israel mit Waffengewalt befreien zu wollen, erkannte Selomo Molho nur eine List, mit der die Juden wie auch der Ewige selbst auf die Probe gestellt werden sollten. Hatte das nicht auch ihr Urvater Abraham getan, als er einwilligte, seinen Sohn Isaac zu opfern? Aus der Sicht von Selomo Molho war die jüdische Armee, selbst wenn sie denn zustande kommen sollte, nichts weiter als eine Parabel, eine Art Leimrute für die Schwachen, die Zauderer und die Unentschlossenen, also für all die Leute, die den Engel Selomo empörten, weil sie zu träge waren, den Willen des Ewigen zu erkennen. Wenn der Mann aus der Wüste vom Krieg sprach, war das nichts anderes als eine Metapher, um jeden Juden und das ganze Volk an seine Verpflichtung zu geistiger Vervollkommnung zu gemahnen. Schließlich hatte schon Zacharias gesagt, das Volk würde nicht durch Gesetz und Verbot, sondern durch den Geist befreit und nach Zion zurückgeführt werden! Wenn er, Selomo Molho, dem Mann aus Habor auch nie etwas von diesen Überlegungen gesagt hatte, so glaubte er doch felsenfest, daß der Gesandte ebenso dachte.

Nachdem Rabbi Mose Basola ihm erzählt hatte, daß Rom unter dem Ansturm Karls V. gefallen war, verharrte Selomo Molho längere Zeit in nachdenklichem Schweigen. Die Wärme umfing Jerusalem wie eine Mutter und die hoch stehende Sonne tauchte alles in Weiß. Die Häuser, die Hügel, ja selbst der Himmel glitzerten weiß, so daß die Menschen die Augenlider zusammenpreßten und gezwungen waren, vor dem Licht Gottes den Blick zu senken. In dieser Stunde blendender Helligkeit verlangsamte sich alles, die Bewegungen der Menschen, das Rollen der Karren und der Handel. Selbst die Geräusche schienen sich aufzulösen in dieser Luft, die stickiger war als geschmolzenes Blei. Doch der junge Portugiese war in nie gekannter Hochstimmung. Er erklomm fast mühelos, wie von unsichtbaren Flügeln getragen, die Hänge des Ölbergs, von dessen Gipfel er das Josaphat-Tal überblicken konnte. Jenseits des Tals vermochte er den Tempelberg zu erkennen, und in der Ferne erahnte er die Grabstätte König Davids und die Höhle des Propheten Zacharias. Dort fanden sich an den Fastentagen die Juden von Jerusalem zum Gebet ein, und am neunten Tag des Monats *av*, dem Gedenktag der Zerstörung des Tempels, sangen sie dort ihre Klagelieder.

Im gleißenden Licht lag das jüdische Gedächtnis ausgebreitet vor ihm, und Gott überragte alles. War eine solche Begegnung in einer anderen Stadt der Welt denkbar? Die Stille, die in diesen Augenblicken über der Stadt lag, schien dem Engel Selomo wie eine Fügung des Himmels, und er wagte keine Bewegung, aus Angst, diesen Zauber zu zerstören. Es mußte ein solcher Augenblick, eine solch ohrenbetäubende Stille gewesen sein, als der Ewige, der Gott Israels, sich an Zacharias wandte, um dem Propheten, den Selomo Molho ganz besonders verehrte, den Auftrag zu erteilen: *Verkünde weiter und sprich: Fortan sollen überströmen meine Städte von Glück, und Jahwe wird Zions sich wieder erbarmen und Jerusalem von neuem erwählen.*

Der junge Portugiese liebte diese Stadt. Die Juden stellten in ihr nur noch eine Minderheit, denn nur dreihundert von zweitausendfünfhundert Familien waren jüdisch. Aber unter ihnen gab es Abkömmlinge derer, die Jerusalem niemals verlassen hatten. Ihre Vorfahren hatten mehrere Zerstörungen miterlebt. Man nannte sie *mustarabim*, um sie von jenen zu unterscheiden, die aus Nordafrika stammten und *moghrabim* hießen, aber auch von den Juden aus Spanien, den *sefaradim*, die weitaus in der Überzahl waren.

Anfangs hatte die jüdische Gemeinde Selomo Molho mit Argwohn betrachtet. Seine Jugend, seine zarte Gestalt, sein blondes Haar und seine christliche Vergangenheit störten das gewohnte Bild und verwirrten die Gemüter. Beunruhigt waren sie vor allem über seine so offenkundig zur Schau getragene Gewißheit, daß der Messias bald kommen würde. Im Laufe der Zeit hatte er aber dennoch den einen oder anderen für seine Überzeugung gewinnen können. Warteten die Juden nicht alle schon seit langer Zeit auf den Messias? Auch wenn sie sich uneinig waren, wann und wie er kommen würde, auch wenn sie sich stritten, welche Rolle jedem von ihnen bei diesem Ereignis zufallen würde, so warteten sie dennoch auf den Messias. Und dieser junge Prophet kündigte ihn nun an. War das kein Grund zur Freude?

Der Einfluß Selomo Molhos wurde immer größer, und so war es ihm sogar gelungen, den Rabbi Jakob ben Hayyim Berab in Galiläa zu überzeugen, daß es notwendig sei, die *semikhah*, die rituelle Einsetzung von Rabbinern, wieder einzuführen, wie sie zur Zeit des Zweiten Tempels üblich war. Damit hätte man auch wieder ein religiöses Tribunal sowie ein *synedrion*. Und das wäre ein entscheidender Schritt, um die Juden des Heiligen Landes auf die Ankunft des Messias vorzubereiten. Die ersten Ansätze zur Verwirklichung dieses Plans waren bereits erkennbar gewesen, als er wieder in sich zusammenfiel. Die Rabbiner von Jerusalem wollten die Vorrechte der Heiligen Stadt wahren und erhoben Einspruch. Sie verübelten dem Engel Selomo noch lange, daß er sie nicht von Anfang an in sein Vorhaben eingebunden hatte. Als die Verheißung des jungen Portugiesen allerdings durch die Nachricht von der Zerstörung Roms bestätigt wurde, sahen sie sich gezwungen, ihr Verhalten zu ändern und ihm seine Ungehörigkeit öffentlich zu vergeben. Selomo Molho freute sich darüber, da dieser Konflikt mit den Rabbinern Jerusalems ihn bedrückt hatte. Er liebte doch diese Stadt mit ihren engen Gassen, wo der kleinste Windhauch Staub aufwirbelte, der die Menschen blind machte und den mit Packsäcken beladenen Eseln heisere Schreie entlockte. Er liebte diese dunklen Läden, wo fromme Juden sich über zerfledderte Talmudseiten beugten, während sie auf einen Kunden warteten, der ihnen etwas Öl, Gewürz oder Seife abkaufen würde. Und eine flackernde Kerze warf unterdessen tanzende Schatten auf die Regale, in denen sich Waren aller Art stapelten.

Die Ruinen, die die Stadt umgaben, zerrissen Selomo Molho schier das Herz. In all den Jahrhunderten, dachte er bei sich, waren diejenigen, die Jerusalem mit Inbrunst stets von neuem aufbauten, immer in der Minderzahl gewesen im Vergleich zu denjenigen, die alles daransetzten, es zu zerstören. Selbst die Tatsache, daß Suleiman damit begonnen hatte, die alten Stadtmauern freilegen zu lassen, vermochte sein Gemüt nicht zu beruhigen. Schließlich war es der gleiche Suleiman, der Unsummen ausgab, um die Außenmauern der Felsendommoschee mit Marmor und Mosaiken zu verkleiden und die Kuppel dieses Bauwerks mit Blattgold zu überziehen.

Rabbi Israel von Perugia, bei dem der junge Mann wohnte, verstand seinen Zorn nicht und versuchte vergeblich, ihn zu besänftigen. Auch heute erörterten sie diese Frage, und Selomo Molho spitzte seine Einwände noch weiter zu als gewöhnlich:

«Wurde diese Moschee denn nicht auf dem Berg Moriah errichtet, wo unser Vater Abraham sich anschickte, seinen Sohn Isaac zu opfern?» fragte er verhalten. «Ist das nicht genau jener Ort, wo sich der Tempel des Königs Selomo befand? Jener berühmte Tempel, von dem nurmehr eine Mauer steht, an der sich das ganze Jahr über Abfall und Unrat anhäufen!»

«Langsam, langsam!» wandte Rabbi Israel ein. «Es ist immerhin der Sultan gewesen, der den Auftrag gab, all diesen Dreck von der Westmauer wegzuschaffen, damit die Juden dort wieder beten können.»

Ein violetter Funke blitzte in Selomo Molhos Augen:

«Und wird er auch den Befehl geben, diese Moschee niederzureißen, damit die Juden dort den Tempel wieder aufbauen können?» schrie er mit unerwarteter Heftigkeit.

Der alte Israel von Perugia fuhr zusammen. Um die Fassung zu wahren, nahm er seinen breiten Samthut vom Tisch und hängte ihn an einen Haken an der Wand. Dann ging er auf den jungen Mann zu, wobei er die Kipa auf seinem kahlen Schädel zurechtrückte, an seinen spärlichen Barthaaren zupfte und schließlich mit getragener Stimme Micha zitierte:

«*Denn alle Völker wandeln, ein jedes im Namen seines Gottes.*»

«Das stimmt», entgegnete Selomo Molho mit gemäßigterem Ton. «Aber ...»

Wieder blitzten seine Augen:

«Es gilt nur, solange der Messias noch nicht gekommen ist», fuhr er fort. «Denn sobald er da ist, *wird richten er zwischen vielen Völkern und über mächtige Nationen Recht sprechen.*»

Auch er zitierte Micha.

Am nächsten Tag drängte er seinen Gastgeber, ihn auf den *Haram el-Sharif* zu begleiten, um die Moschee zu besichtigen. Dort angekommen, wurden sie von einer Gruppe jugendlicher Muslime angegriffen, die es nicht gewohnt waren, hier Juden auftauchen zu sehen. Sie bewarfen die beiden mit Steinen und brüllten:

«Juden raus! Verschwindet! Eure Anwesenheit ist hier verboten!»

Rabbi Israel von Perugia fühlte sich unbehaglich. Er ließ sich nicht lange bitten, bevor er zur Treppe, die in die Stadt hinunter führte, zurückwich. Doch Selomo Molho blieb stehen, glutrot vor Zorn. Er zog sein Schwert und trat den Angreifern entgegen.

«Eure Moschee wird von der Hand des Allmächtigen zerstört

werden!» schrie er ihnen zu. «Und der Tempel Gottes wird aus ihren Trümmern emporwachsen!»

Vom Geschrei auf dem Vorplatz aufgeschreckt, kamen Männer aus der Moschee. Als die Jugendlichen ihnen die gotteslästerlichen Worte Selomo Molhos wiederholt hatten, schlossen die Männer sich ihnen an. Um den Portugiesen bildete sich schnell ein Kreis aus Feinden, deren Beleidigungen jeden Augenblick in Prügel ausarten konnten. Der alte Rabbiner war verschwunden. Neuankömmlinge kamen hinzu und scharten sich um die anderen. Jeder wollte sehen, was los war, und so verdichtete sich der bedrohliche Kreis um Selomo Molho. Obwohl er sich die am nächsten Stehenden dank seines Schwerts vom Leibe zu halten vermochte, verringerte sich der Abstand, bis ihm plötzlich kein Bewegungsspielraum mehr blieb. Er war an eine Art Rampe gedrängt, die hoch über der Altstadt ins Leere abfiel. Stürzte er über diesen letzten Schutzwall, würde er sich sämtliche Knochen brechen! Ein Stein traf ihn an der Schulter, und er ließ beinahe seine Waffe fallen. Seine Lage war so gut wie aussichtslos, als plötzlich eine osmanische Patrouille auftauchte. Sobald die Soldaten den Menschenauflauf erblickt hatten, drängten sie die Menge zurück. Ein großer, turbangeschmückter Kerl mit dichtem schwarzem Schnauzbart schwang seinen Krummsäbel und stieß dabei zornige Schreie aus. Ein anderer, vermutlich sein Vorgesetzter, packte Selomo Molho rücksichtslos an der Schulter, während der Schnauzbärtige ihm unter dem Beifall der Menge mit einer Handbewegung Prügel androhte. So wurde der Engel Selomo dem Richtspruch des Pöbels entzogen und sicher eskortiert vor den Befehlshaber der Region, den *Pashalik*, gebracht. Er residierte in der befestigten Zitadelle, die an den Turm Davids angrenzte und dem Vernehmen nach noch aus der Zeit des Herodes stammte.

Dieser hohe Würdenträger zeigte sich über den Zwischenfall vor der Moschee sehr verärgert. Hätte der Rabbi Israel von Perugia nicht Mose Hamon verständigt, und wäre dieser nicht sofort eingeschritten, dann hätte Selomo Molho wohl Monate, wenn nicht gar Jahre in den finsteren Verliesen des Gefängnisses von Lod schmachten müssen. Dieser Mose war der Leibarzt der Hohen Pforte, was ihm einen gewissen Einfluß auf den Befehlshaber verlieh. Voller Hoffnung war der gläubige Mann vor einiger Zeit ins Heilige Land gekommen, um die Ankunft des Messias zu beschleunigen. Auf den *Pashalik* wirkte er so überzeugend, daß dieser nachgab. Der junge Portugiese wurde freigelassen, aber man befahl ihm, unverzüglich aus der Stadt zu verschwinden. Noch am gleichen Abend sollte eine Beduinenkarawane nach Gaza aufbrechen. Selomo Molho schloß sich ihr ohne zu zögern an. Er liebte Jerusalem, und er war überzeugt, wieder zurückzukehren.

Zwei Tage später erreichte er Gaza. Als sein Kamel unterwegs krank geworden war, hatte ihm einer der Beduinen sein eigenes angeboten, das jünger, besser gesattelt und bequemer war. Selomo Molho wußte diese spontane Solidarität zu schätzen und sah darin ein Zeichen der Ermutigung durch den Ewigen. Bei seiner Ankunft mußte er feststellen, daß er kein Geld mehr besaß, aber auch dies machte ihm nur flüchtig Angst, und er verscheuchte sie durch die Kraft des Gebetes. Ihm war, als würde sein Gottvertrauen seit seiner Glaubensumkehr von Tag zu Tag größer. Gerne sprach er davon, daß sein Schicksal anderswo geschrieben würde und sein Wort sich im Himmel bilde.

In einem Gasthof nahe dem Meer fand er Unterkunft. Mit seinem unwirtlichen Aussehen glich das Haus eher einer Kaserne als einem Herrensitz. Doch sein Zimmer im ersten Stock, das er mit einem Händler aus Beirut teilte, hatte einen schönen Ausblick und wurde den ganzen Tag von der Sonne durchflutet. Der Händler namens Yehia ben Abd'Allah war ein sehr frommer Mann, der fünfmal täglich seine Gebete sprach. Da er auch des Hebräischen kundig war, nutzte Selomo Molho dieses freundschaftliche Beisammensein, um den Muselmanen über das Heilige Buch des Islam zu befragen.

«Ursprünglich», erklärte der Händler liebenswürdig, «war

der Koran eine gesprochene und keine niedergeschriebene Botschaft. Das Wort *Qurân* bedeutet «*rufen*». Folglich ist der Koran ein Ruf, ein Schrei. Erst nach dem Tod des Propheten wurde seine Botschaft auf Pergament geschrieben. Der Koran steht für die Stimme eines Menschen, der Lebende und Tote aufruft, sich zusammenzuscharen. Der Mann, der diesen Aufruf Allahs den Menschen zu Gehör brachte, war vom Engel Djibril, den die Christen Gabriel nennen, berufen worden und hat sein ganzes Leben dieser Weisung gewidmet. Dieser Mann war Mohammed.»

Der junge Portugiese staunte über das Wissen und die Bescheidenheit seines Gesprächspartners.

«Ich hatte noch nie Gelegenheit, mit einem Muslim zu diskutieren», gestand er ihm. «In Portugal war ich zwar mit einigen Männern befreundet, die arabischer Herkunft waren, aber so klug und gelehrt wie Euch habe ich keinen von ihnen gefunden!»

Versonnen begann Yehia ben Abd'Allah seinen hageren Körper hin und her zu wiegen. Sein Gesicht mit den hohlen Wangen, das der hoch aufragende blaue Turban länger erscheinen ließ, als es ohnehin schon war, entspannte sich zu einem Lächeln. Das leuchtende Weiß seiner Zähne betonte dabei seine dunkle Gesichtsfarbe.

«Wenn ich richtig zähle», sagte er schließlich, «feiert Ihr Juden doch bald ein Fest, ein Freudenfest sogar, das Ihr *purim* nennt.»

«Das ist völlig richtig. Woher wißt Ihr das?»

«In meinem Land leben viele gelehrte Juden. Mein Haus steht nicht weit von den ihren entfernt. Ich habe Freunde unter ihnen, echte Freunde. Einige ziehen es vor, an ihrem eigenen Tische zu essen, während andere auch an meinem Tisch Platz nehmen und sich von mir bewirten lassen – natürlich nur mit Obst und nicht mit Fleisch. Wir mögen und wir schätzen einander, glaube ich.»

«Wie kommt es dann», fragte Selomo Molho, «daß wir Juden

hier im Heiligen Land mit den Arabern kein freundschaftliches Gespräch führen können? Sie hassen uns. Sie sagen, jeder Hund sei ihnen lieber als ein Jude!»

Yehia ben Abd'Allah zuckte mit den mageren Schultern, was wohl bedeuten sollte, daß er nichts dagegen vermochte.

«Nur der Allmächtige wüßte Euch darauf zu antworten.»

Er legte eine Hand auf sein Herz, führte sie dann zur Stirn und sagte:

«Möge der Haß, der hier zwischen den Glaubensgemeinschaften wütet, nicht bis Beirut getragen werden!»

«Seid unbesorgt», erwiderte der junge Erleuchtete: «Der Ewige wird die Ungläubigen zu Boden werfen und die Gerechten in den Himmel erheben. Schon in Kürze könntet Ihr Zeuge großer Geschehnisse werden...»

Selomo Molhos Stimme wurde weicher und überzeugender. Sein merkwürdiger Blick, in dem violette Funken tanzten, tauchte in den Yehia ben Abd'Allahs. Über seinem Gesicht lag ein geheimnisvoller Schleier.

«Es wird große Umwälzungen geben, Umstürze und Kriege zwischen den großen Königen», fuhr er orakelhaft fort. «Dann endlich wird die Erlösung kommen!»

«Bald?»

«Ja! Ich muß so schnell wie möglich nach Rom, um zum Ruhm *Dessen* beizutragen, auf den wir alle seit Jahrhunderten warten.»

Der Händler streckte den Arm vor und legte seine Hand auf die des jungen Mannes. Er schien von den Worten des Portugiesen wie gebannt. Dann sprach er mit freundschaftlichem Respekt zu Selomo Molho:

«Wie willst du dort hingelangen, mein Sohn? Ich ahne, daß du mittellos bist.»

Der Engel Selomo antwortete zunächst nicht. Aber nach kurzem Nachdenken äußerte er mit der größten Selbstverständlichkeit:

*381*

«Morgen geht ein Schiff von Jaffa nach Neapel.»

Yehia ben Abd'Allah berührte erneut erst seine Stirn und dann seine Brust:

«Möge der Allmächtige deine Schritte lenken! Um alles andere werde ich mich kümmern.»

# XLVII
## DER BOTE DES MESSIAS

Die Überfahrt war glatt verlaufen, der zuvorkommende Yehia ben Abd'Allah hatte die Passage bezahlt, und so erreichte Selomo Molho Rom am 6. Juni des Jahres 1527 nach christlichem Kalender, auf den Tag genau einen Monat nach dem *Sacco di Roma* und nur wenige Stunden nach der Kapitulation des Papstes. Zwischen Clemens VII. und dem Hauptmann der kaiserlichen Armee war ein Abkommen getroffen worden. Der Pontifex maximus und die Kardinäle, unter ihnen auch Egidio di Viterbo, mußten in der Engelsburg bleiben, wohin sie sich während der Einnahme des Vatikans geflüchtet hatten. Eine deutsche Garnison wurde zu ihrer Bewachung bestimmt, bis sämtliche Stützpunkte des päpstlichen Staates übergeben und die Karl V. geschuldete Kriegsentschädigung vollständig beglichen sein würde.

Mit einer Horde zerlumpter Bauern, die in diesem der Verwüstung und dem Gemetzel preisgegebenen Rom eine spärliche Beute zu erlangen hofften, drang Selomo Molho in die Stadt vor. Die Bauern folgten einer Gruppe Landsknechte, einer neuen Art von Soldaten aus Deutschland, die die Macht des Papstes brechen sollten. Ihr bauschiges Gewand, ihre Lanzen und Helmbüsche ähnelten denen der Schweizergarden, doch diese Kämpfer hatten sich als weitaus grausamer erwiesen als die schrecklichsten ihrer Kampfgenossen. Diese Lutheraner, wie sie genannt wurden, zerstörten alles, was ihnen im Weg stand, und ihr Kampfruf *Viva Lutherus Pontifex* verbreitete Angst und Schrecken.

In wenigen Tagen hatten sie Tausende von Menschen niedergemetzelt und dann systematisch Haus um Haus geplündert. Die grauenvollen Szenen, die Selomo Molho miterleben mußte, entsetzten ihn zutiefst. Besonders ein Anblick ließ ihn zu Eis erstarren, als ein verzweifelter Mann sich mit bloßen Fingern die Augen durchbohrte, um nicht sehen zu müssen, wie man seiner Frau und seiner Tochter Gewalt antat, nachdem man sie nackt auf einen Karren geworfen hatte. Nachdem Selomo Molho endlos lange mit dieser Meute von Plünderern vorwärtsgeschoben worden war, gelangte er endlich an den Rand des Marcellus-Theaters und des Portikus' der Octavia. Das war die Stelle, an der ihn ein paar Monate zuvor, da er der Menge predigte, Kardinal di Viterbo bemerkt hatte.

«Wir nähern uns dem Ziel», dachte er bei sich. «Der Herr wird es so gewollt haben.»

Kaum hatte er die Schenke mit dem geblümten Schild *Zum Nektar der Weine* erreicht, als er einen Unbekannten bemerkte, der ihm folgte. Der Mann schien alterslos. Sein zerfetzter Umhang ließ auf einen gichtigen und ausgemergelten Körper schließen. Selomo Molho beschleunigte seinen Schritt, doch der andere überholte ihn. Er zeigte mit bläulichem Finger auf ihn und rief mit kräftiger Stimme den Passanten zu:

«Er ist es! Er ist es! Er hat die Verwüstung Roms prophezeit! Er hat gesagt, Rom werde das gleiche Schicksal erleiden wie Sodom, wie die Hure Babylon! Er hat die Zerstörung vorausgesehen! Er hat uns gewarnt! Hört auf ihn, hört auf ihn!»

Furchtsam blieben die Menschen stehen. Einige erkannten Selomo Molho wieder und versuchten, seine Kleidung zu berühren. Aus der Taverne torkelte ein Dutzend schon recht angetrunkener Landsknechte. Einer von ihnen musterte Selomo Molho mit trübem Blick, entnahm seinem Beutel dann einen Dukaten und warf ihn ihm zu wie einem Bettler, bevor er hinter seinen Kumpanen herwankte.

Der junge Portugiese wollte das Goldstück gerade dem Zerlumpten geben, als eine Stimme hinter ihm ihn davon abhielt:

«Behaltet es! Ihr werdet es brauchen.»

Ruckartig drehte er sich um und sah sich einem gebeugten Greis gegenüber, der sich auf einen weißen Stock stützte.

«Die Person, die Ihr vor ein paar Monaten genau an dieser Stelle getroffen habt, will Euch unbedingt wiedersehen», begann der Alte erneut zu sprechen.

«Wer seid Ihr? Woher kommt Ihr?»

«Sagen wir, ich bin ein Freund der Armen und komme aus Assisi, wo ich am Grab des heiligen Bruders Franz eine gute Weile gebetet habe. Ich bin ein paar Tage früher als Ihr nach Rom gekommen und habe unseren jammervollen Papst gesehen.»

«Hat Euch auf Eurem Weg niemand behelligt?»

Der Greis lachte laut. Sein welker Mund ließ ein paar gelbe Zähne sehen:

«Was sollte man denn mit einem Habenichts wie mir anfangen?»

Dann fuhr er mit ernster Miene fort:

«Riecht Ihr diesen Geruch, der die Luft verpestet? Diesen abscheulichen Geruch verwesender Leichen? Riecht es nicht nach Pulver, Erbrochenem und Blut? In diesen elendigen Zeiten gibt es falsche Propheten zuhauf. Sie verkünden, uns habe die Strafe Gottes ereilt. Sie fallen über Unschuldige her. Sie verwechseln Gott mit Satan.»

Er schwieg ein Weilchen.

«Warum bleibt Ihr stumm? Warum sprecht Ihr nicht zur Menge?» fragte er dann.

«Ich habe bereits gesprochen», erwiderte Selomo Molho.

«Das stimmt allerdings. Und seid Ihr froh, daß Eure Verheißungen eingetroffen sind?»

Selomo Molho überhörte diese Frage.

«Wer seid Ihr also?» fragte er.

«Ich sagte es bereits: ein Barfüßler, ein alter Vagabund. Ich höre mich um, mal hier, mal da. Auch Euch habe ich aufmerksam zugehört ... Wann kommt die Überschwemmung, die Ihr angekündigt habt?»

«Bald.»

«Na gut ...» brummelte der Alte.

Er packte Selomo Molho plötzlich am Arm:

«Geht in den Keller des letzten Ladens unter den Arkaden. Sobald es Nacht ist, schleicht Ihr durch die unterirdischen Gänge bis zum Tiberufer. Ein Kahn wird Euch unbemerkt über den Fluß bringen, bis zum Fuß der Festung. Dort werdet Ihr in einem Korb hochgezogen werden.»

«Von wem habt Ihr das alles?»

«Ich höre mich um, mal hier, mal da ... Ich sagte es bereits. Der Mann, den Ihr hier schon einmal getroffen habt, hat alles so geplant.»

Mit ungeahnter Kraft preßte er ihm nochmals den Arm.

«Vergeßt es nicht», wisperte er, «der letzte Laden unter den Arkaden. Die kommende Nacht wird mondlos sein, niemand wird Eure Überfahrt bemerken. Sollte Euch dennoch ein Wachposten in die Quere kommen, dann gebt ihm das Goldstück.»

Ein Lächeln erhellte das Gesicht des Greises:

«Geld ist nicht alles, aber manchmal ist es nützlich!»

Der seltsame Bettler hatte recht, und der Dukat erwies sich als geeignet, das Mißtrauen eines spanischen Wachmanns einzuschläfern, der genau da, wo Selomo Molho in den Kahn steigen wollte, mitten in der Nacht sein Wasser abschlug. Das Glück tat den Rest, und so gelangte er ohne weitere Störungen bis zur Engelsburg. Dort wurde ihm eine Mahlzeit serviert und ein Zimmer zugewiesen, in dem er sich ausruhen konnte. Frühmorgens geleiteten ihn zwei Schweizergarden in Paradeuniform zu Kardinal Egidio di Viterbo. Die langen, dunklen Gänge wurden von den wenigen flackernden Fackeln nur spärlich beleuchtet.

Schwere Türen öffneten sich auf seinem Weg. Als sich eine von ihnen hinter ihm schloß, fand sich Selomo Molho plötzlich inmitten der Schätze einer der reichsten Bibliotheken Roms wieder.

Auf der Marmorplatte eines mächtigen Kamins bemerkte er einen kleinen, bronzenen Merkur. Am portugiesischen Hof galt dieses Stück als ein Juwel augusteischer Kunst.

«Ein Willkommen dem jungen Propheten!»

Im Kerzenlicht wirkte das eckige Gesicht des Kardinals mit der hohen und breiten Stirn nicht ganz so blaß wie bei ihrem letzten Zusammentreffen. Doch der Blick hatte an Intensität verloren. Graue Schleier lagen über den Augen. Dennoch begegnete ihm diese noble und kraftvolle Persönlichkeit unverkennbar mit Wohlwollen.

Als Kardinal di Viterbo sah, wie der junge Mann vor den Werken Philos, Pico della Mirandolas und Manuzzis bewegt innehielt, sagte er betrübt:

«Sie haben so viele Bücher in Rom verbrannt! So viele Bücher! Diese Barbaren! Wie kann man nur ganze Bibliotheken niederbrennen?»

«Sie haben auch Menschen verbrannt», sagte Selomo Molho mit erstickter Stimme.

«Ist das nicht dasselbe?» konterte der Kardinal.

Und dann bemerkte er nachdenklich:

«Man beginnt mit den einen und endet mit den anderen.»

Egidio di Viterbo nahm in einem mit purpurnem Samt bespannten Armlehnstuhl Platz und wies seinem Gast eine Cassapanca zu. Sobald der junge Mann saß, fragte er:

«Warum nur?»

Der junge Portugiese runzelte die Brauen, gab aber keine Antwort.

«Warum all dieses Elend?» fragte der Prälat abermals. «Ihr habt die Zerstörung Roms verheißen, und Rom wurde verwüstet! Doch die Menschen stellen sich die einfache Frage nach dem Warum? ... Warum braucht der Ewige so viele Tote, um die Überlebenden zu erlösen? Sofern er nicht auch über diese sogleich neues Elend und neue Prüfungen ausschüttet. Wenn dieses Elend für eine irgendwie geartete Erlösung des menschlichen Geschlechts notwendig sein sollte, dann wäre Kaiser Karl V. ja nicht der Mörder, den wir in ihm sehen wollen, sondern schlichtweg das ausführende Organ des göttlichen Willens!»

Der Kardinal erhob sich und ging schweren Schrittes zum Fenster. Draußen saß die kaiserliche Garde im Morgennebel um ein Lagerfeuer. Selomo Molho betrachtete die imposante Statur des Kirchenfürsten mit Mitgefühl. Wenn er noch weiter so fragt, dachte er bei sich, wird er zum Juden werden.

Egidio di Viterbo wandte sich um.

«Also, warum?»

Selomo Molho lächelte:

«Ich habe keine Antwort für Euch, sondern nur eine Geschichte», sagte er.

«Und wie lautet diese Geschichte?»

«Ein König hatte seinem Sohn den Umgang mit einer Kurtisane verboten. Doch der Kurtisane befahl er, alles zu tun, um seinen Sohn zu verführen. Ließe der Sohn sich verführen, dann drohe ihm eine Bestrafung. Die Kurtisane hingegen solle unbehelligt bleiben, egal, wie der Sohn sich verhalten würde.»

Der Kirchenmann zeigte keinerlei Reaktion. Er wartete auf die Fortsetzung.

«Das Böse ist das Pfand für die menschliche Freiheit», fuhr der Engel Selomo mit sanfter Stimme fort. «Der Mensch hat diese Freiheit gewählt und die Verantwortung dafür übernommen. Das Böse ist die Folge eines Ungleichgewichts zwischen der *Strenge* und der *Nachsicht*, den beiden Kräften innerhalb der *sefirot*.»

«*Sefirot*, das ist's, die Attribute Gottes ...» ereiferte sich jetzt der Kardinal. «Seine Heiligkeit hat mir aufgetragen, über die Gründe für diese Greuel, für dieses Elend, für dieses Verhängnis, das über Rom niederging, nachzudenken. Warum die Feigheit der Liga und das Fehlen der Franzosen? Warum vor allem die offensichtliche Abwesenheit Gottes?»

Mit wenigen schnellen Schritten kam der Kardinal zu seinem Lehnstuhl zurück. Auch seine Sprechweise beschleunigte sich: «Nein, das alles kann keine natürliche Ursache haben. Es gibt Umstände, wo nichts gerecht erscheint!»

Nach neuerlichem Schweigen setzte er vertraulich fort:

«Ich habe einen Traktat mit dem Titel *shekhina* begonnen, so heißt ja gemäß der Kabbala die zehnte *sefira*.»

Die violetten Augen des Engels Selomo glänzten. Er beugte sich zum Prälat hinüber:

«Und was sagt dieser Traktat?»

«Er nimmt wieder auf, was die Propheten sagten, als der Ewige, der Gott Israels, die Zerstörung Jerusalems durch die Ägypter, die Babylonier, die Assyrer und schließlich die Römer zuließ. Auch Euch, mein Freund, erwähne ich in dieser Schrift.»

Der Kardinal schloß die Augen, um sich seinen Text in Erinnerung zu rufen, und rezitierte dann, mehr oder weniger flüsternd und mit seiner Rechten einige Wörter betonend:

«Ich hatte Rom zu meiner Hauptstadt gemacht. Aber es vergaß meine Güte und gab sich der Sünde hin. Ich beschützte es so gut ich vermochte. Ich suchte es durch prophetische Stimmen zu erschrecken, die Zerstörung und Plünderung weissagten. Ich beschwor seine Bewohner zu moralischer Umkehr...»

Die Tür öffnete sich. Egidio di Viterbo unterbrach sich und stand jäh auf:

«Eure Heiligkeit!»

Doch Clemens VII. beachtete den Kardinal gar nicht, sondern ging geradewegs auf Selomo Molho zu:

«Der junge Prophet ist also wieder unter uns, und niemand setzt mich davon in Kenntnis?»

Der Portugiese wollte sich verneigen, doch der Pontifex maximus hielt ihn zurück:

«Ihr habt alles vorhergesehen, mein Sohn, alles! Angesichts all des Unheils, das dem menschlichen Leben durch Schwäche, Zufall oder Gewalt droht, gilt meine höchste Bewunderung demjenigen, der glaubt, der sieht – und der vorhersieht!»

Der Papst hatte sich sehr verändert. Sein Gesicht war hohlwangig geworden und sein Rücken leicht gebeugt. Auch der Bart war nicht mehr derselbe. Clemens VII. bemerkte, daß Selomo Molho ihn neugierig musterte.

«Mein Bart irritiert Euch? Ich lasse ihn wachsen zum Zeichen der Trauer. Das tut Ihr Juden doch in solchen Fällen, nicht wahr?»

Er lächelte betrübt:

«Und der Messias?» fragte er, «der Mann aus Habor?»

«Er ist auf dem Weg.»

«Wurde er nicht von französischen Piraten als Geisel genommen?»

«So weit ich weiß, ist er bereits nach Rom unterwegs.»

«Wann wird er hier sein?»

«In Kürze. Eure Heiligkeit, Ihr werdet ihn sehen, wie Ihr ihn vor zwei Jahren gesehen habt, und Ihr werdet ihn wiedererkennen. Dann werdet Ihr Euren Bewachern endlich entrinnen und von einem Eurer Besitztümer aus einen ehrenvollen Frieden aushandeln können. Dieser Frieden wird befriedigender sein als der Kompromiß, zu dem Euch der Kaiser zwingt.»

«Ist das eine Weissagung?»

«Das ist eine Gewißheit.»

## XLVIII
## DAVID RËUBENI AUF DEM WEG NACH ROM

**D**as Treffen zwischen David Rëubeni und Franz I. fand zu einer Zeit statt, da der König von Frankreich sich in einer heiklen und prekären Lage befand. Nach der demütigenden Niederlage von Pavia war er gezwungen gewesen, einen Nichtangriffspakt mit Suleiman dem Prächtigen zu unterzeichnen. Unter solchen Umständen den Mann zu empfangen, der eine jüdische Armee gegen die Türken aufstellen wollte, mußte haarsträubend inkonsequent wirken. Doch als David ihm diese paradoxe Situation vor Augen führte, schnitt ihm Franz I. sofort das Wort ab.

«Das wundert Euch?»

«Nein, Sire», erwiderte der Gesandte. «Ich halte es für geschickte Diplomatie, wie sie sich für einen großen Herrscher ziemt. Ihr greift Suleiman ja nicht an, Ihr schenkt nur einem Juden Gehör, der Euch um Beistand für einen Krieg gegen den Prächtigen ersucht. Das beeinträchtigt keineswegs Euren Pakt mit ihm.»

Franz I., dem derlei Spitzfindigkeiten größtes Vergnügen bereiteten, wollte mit diesem David Rëubeni noch mancherlei besprechen und hielt ihn daher etliche Wochen am Hofe fest. Der Mann aus der Wüste betörte ihn. Es war nicht nur die Erhabenheit des weißen Gewandes, es waren vor allem die Gespräche, bei denen dieser Mann sich als der klügste und scharfsinnigste politische Kopf erwies, der dem König je vor Augen gekommen war. Er wollte es daher, wie er sagte, auch nicht ausschließen, daß er dem Gesandten eines Tages zu Hilfe kommen würde, auch wenn er ihm im Augenblick verständlicherweise offiziell keine Unterstützung gewähren konnte.

David seinerseits hatte nichts anderes im Kopf, als so schnell wie möglich nach Rom zu gelangen, um seine Freunde wiederzusehen und sich mit Clemens VII. in Verbindung zu setzen. Seit die Nachricht von der Zerstörung der Ewigen Stadt zu ihm gedrungen war, konnte er es kaum mehr abwarten. Auch Yosef, sein kluger Berater, drängte zur Abreise:

«Du vergeudest deine Zeit», mahnte er. «Verlier dein Ziel nicht aus den Augen. Dieser König ist viel zu unzuverlässig.»

Doch Franz I. ließ nicht locker. Er wollte noch viel mehr über dieses geheimnisvolle Land Habor hören. Da er den Plan des jüdischen Prinzen nicht aktiv unterstützen konnte, ließ er sich ausführlich erklären, welchen Beistand der Papst denn zu leisten gedachte. Oder warum David sich nicht direkt an Suleiman den Prächtigen wandte, dessen Armeen das Heilige Land besetzt hielten, um mit ihm über die Errichtung eines jüdischen Königreiches zu verhandeln. Der Gesandte hatte Mühe, dem König begreiflich zu machen, daß man einen Staat nicht als Geschenk erhält, sondern ihn erobern muß, wie man sich auch die Freiheit erkämpfen muß. Um seine Worte zu versinnbildlichen, erzählte er dem Herrscher die Geschichte von der Befreiung der Juden aus Ägypten.

Die Tage vergingen. Eine Freude wurde David dennoch zuteil, denn der König versprach, daß im neu zu gründenden *Collège royal* in Paris Rabbiner das biblische Hebräisch unterrichten würden. Der König nahm ihn auch mit nach Amboise, um ihm das Haus Leonardo da Vincis zu zeigen. Hier hatte der berühmte Künstler in den Armen Franz I. seine Seele ausgehaucht.

Endlich kam der Tag, da der König sich nicht mehr länger

taub stellte und es dem Gesandten gestattete, nach Rom aufzubrechen. Dem kleinen Trupp des jüdischen Prinzen gab er noch eine schlagkräftige Eskorte zur Seite, die ihn bis zur italienischen Grenze begleiten sollte.

Obgleich Italien immer noch vom Krieg heimgesucht wurde, durchquerten David Rëubeni und sein Gefolge das Land ohne große Schwierigkeiten. Die Kleidung seiner Männer, ihre Bewaffnung, aber vor allem die stolz vorausgetragenen Standarten erweckten überall Hochachtung. Niemand wagte zu fragen, zu welchem Lager die Reiter gehörten, und man wäre wohl erstaunt gewesen zu erfahren, daß es eine unabhängige Truppe jüdischer Soldaten war. Die einen hielten sie für Spanier, die anderen für Deutsche, und wieder andere für Gefolgsleute von Karl, dem Bourbonen, der Franz I. feindlich gesinnt war und den Kaiser unterstützte. Es gab auch welche, die sie für eine dieser zusammengewürfelten Kohorten aus dem Heer der Liga hielten. Doch niemand wagte, einen Streit vom Zaun zu brechen. Dennoch brauchten sie mehr als zwei Wochen, um in diesem Land voller Unordnung, versperrter Straßen und verbrannter Brücken bis vor die Tore Roms zu gelangen. Die einfachen Menschen, denen sie auf ihrem Weg begegneten, waren alle verängstigt. Sie fürchteten die Unbekannten und wollten ihnen keine Unterkunft geben. Etliche Goldstücke waren nötig (ein willkommenes Geschenk des Königs von Frankreich), um die Gemüter zu beruhigen und Kost und Logis zu erhalten.

Auf der Höhe von Urbino bekam David Rëubeni plötzlich Lust, den alten Gelehrten Vincentius Castellani zu besuchen, der ihm vor nunmehr vier Jahren das wertvolle Empfehlungsschreiben für Kardinal Egidio di Viterbo ausgehändigt hatte. Es war nicht nur Sentimentalität, die den Gesandten antrieb. Er wollte vor allem den Standpunkt des alten Mannes hören und Genaueres über die politische und militärische Lage erfahren, bevor er sich selbst dorthin begab.

Vincentius Castellani war sehr gealtert seit ihrem letzten Zusammentreffen. «So ist es nun mal», dachte David bei sich: «Der Mensch ist lange alt, bis er wirklich altert und stirbt.» Der greise Gelehrte hatte allerdings immer noch sein würdiges und stolzes Gebaren, auch wenn sein Rücken krumm, sein weißes Haar schütter und sein purpurnes Gewand zu weit geworden war für den ausgemergelten Körper. Der Besuch des jüdischen Prinzen rührte ihn. Mehrmals wischte er sich die Tränen weg, die ihm über die tief gefurchten Wangen liefen. Theologische Fragen kamen bei diesem neuerlichen Treffen nicht zur Sprache, doch konnte er dem Gesandten alle Auskünfte geben, die dieser von ihm erbat. So erfuhr David auch, daß Niccolò Machiavelli vor knapp einem Monat in der Toskana verstorben war. Dieser große Geist hatte sich immer häufiger aus Florenz zurückgezogen, da er sich dort verschmäht glaubte. Dabei war der Verfasser des Buches *Der Fürst* bis zum Schluß von vielen bewundert und von allen gefürchtet worden. Sein Tod betrübte den Gesandten von Habor weit mehr, als er gedacht hätte. Aber Vincentius Castellani hatte auch ein paar gute Neuigkeiten zu berichten. So war Kardinal Egidio di Viterbo am Leben, erfreute sich guter Gesundheit und hielt sich mit dem Papst in der Engelsburg auf. Die jüdische Gemeinde von Rom war dem Sacco di Roma entkommen und hatte sich auf die andere Tiberseite geflüchtet; ein Teil von ihnen lebte unerkannt unter den Fischern, der andere Teil versteckte sich in den Katakomben.

«Ihr müßt den Papst sehen», sagte Vincentius Castellani zu David. «Auch in seiner jetzigen schwachen Position ist er immer noch Eure beste Stütze. Wenn er sich erst einmal mit dem Kaiser ausgesöhnt hat, was noch ein Weilchen dauern mag, dann wird er einen Großteil seiner Macht zurückgewinnen. Rom wird wieder Rom werden, und der Papst wird der Papst bleiben!»

Er streckte sein von den Jahren gezeichnetes Gesicht vor:

«Und wißt Ihr warum? Weil Karl V. keine geistige Autorität zu bieten hat, die Clemens VII. ersetzen könnte!»

Während er seinem Gastgeber zuhörte, schweiften die Gedanken des Mannes aus Habor immer wieder zu den römischen Juden, die ihm so lange Obdach und Unterstützung gewährt hatten, die zarte Dina und Doktor Yosef Zarfatti, ihr Bruder. Er fühlte einen Stich im Herz, doch er mußte diesen Anflug zärtlicher Zuneigung verscheuchen, der so plötzlich, so störend über ihn kam. Hatte Machiavelli ihm nicht damals gesagt, daß die *virtù* sich nicht über Gefühle deuten ließ?

Der alte Mann hatte bemerkt, wie David Rëubeni in Gedanken versank. Der Blick des Gesandten hatte es ihm verraten. Diskret schwieg er eine Weile, um dann fortzufahren:

«Weiß der Prinz, daß Selomo Molho, sein junger protugiesischer Freund, der in ganz Italien das Kommen des Gesandten verkündet hat, sich zu dieser Stunde in Rom aufhält? Man weiß zwar nicht, wie, aber es ist ihm gelungen, die Wachen der kaiserlichen Garde zu umgehen, und jetzt weilt er beim Papst in der Engelsburg!»

Für David Rëubeni blieb die Zeit stehen. Er fühlte das Nahen von Gefahr. Dann sah er wieder ihre erste Begegnung vor sich, damals in Portugal, als der andere noch Diogo Pires hieß. Er spürte, daß der junge Schwärmer in seiner neuen Rolle als Selomo Molho noch gefährlicher war. Dumpfe Niedergeschlagenheit befiel ihn. Wie sollte er erklären, daß ein Versprechen auf Frieden illusorisch war? Daß mit Ausnahme der Freiheit zu glauben jeglicher Glaube Häresie war? Er wußte, daß es für ihn jetzt sehr schwer, wenn nicht gar unmöglich sein würde, Selomo Molho das Wort zu verbieten. Wie sollte er seinen Worten widersprechen – in einer verwüsteten Stadt, *deren Zerstörung er vorhergesagt hatte!* Im Heerlager von Almeirim und ohne Zeugen hatte er sich seiner schnell entledigen können, aber hier? Und wenn es gar so weit käme, daß er diesen Erleuchteten neben sich dulden müßte, dann würden dessen Worte stets mehr Gewicht haben als die seinen. Molho schien ja vom Himmel herab zu sprechen, wohingegen er, David Rëubeni, nur ein *am ha'aretz*, ein Mann der Erde, war. Und bei Streitigkeiten zwischen Himmel und Erde behielt der Himmel doch immer das letzte Wort.

Er war versucht, umzukehren und nicht nach Rom zu gehen, um dem Engel Diogo und seinen messianischen Wortgaukeleien auszuweichen – oder auch der eigenen Niederlage. Doch der Mann aus Habor wußte, daß er nicht wie Jonas ewig vor seinem Schicksal davonlaufen konnte. Daher sagte er mit einem matten Lächeln zum alten Castellani:

«Gut, ich werde Euren Rat befolgen und nach Rom gehen, um den Papst wiederzusehen. Selbst wenn mich dort, wie Jonas, ein Wal verschlingen sollte!»

Der alte Mann riß die Augen auf, da er die Anspielung nicht verstand. Doch David hing seinen eigenen Gedanken nach und lieferte keine Erklärung. «Ein Walfischbauch wäre ja noch schön», dachte er bei sich, «aber die Geschichte ist ein reißendes Tier.»

Mehrmals mußten der Prinz von Habor und seine Leute ihre Reiseroute ändern, um Schlachtfeldern oder brennenden Dörfern auszuweichen. So verbrachten sie die letzte Nacht vor ihrer Ankunft in Rom in Montefiascone, nicht weit von Orvieto. Es war der 2. August. In Orvieto hatte auch der Heerführer der Liga, Francesco Maria della Rovere, Herzog von Urbino, sein Hauptquartier. Der Gastwirt war mißtrauisch gegenüber David Rëubeni und den Seinen, aber schließlich gewährte er ihnen doch Obdach. Von ihm erfuhren sie, daß der Herzog durch seine Aufklärer, die bis zu den Stadtmauern Roms vorgedrungen waren, von den Truppenverstärkungen für die Kaiserlichen wußte, die aus Neapel eintreffen sollten. Aber anstatt den Kampf um die Rückeroberung der Stadt aufzunehmen, hatte der Herzog sich zum Rückzug in den Norden entschlossen.

Yosef erinnerte David daran, wer dieser Francesco della Rovere war. Es handelte sich um den ehemaligen Präfekten von Rom, der den blutigen Hinterhalt in Ostia gedeckt hatte, bei dem der jüdische Prinz ermordet werden sollte, aber durch die Hilfe Machiavellis entkommen war.

Bei Einbruch der Nacht überzog sich der Himmel mit Wolken. Dicke Tropfen klatschten in den Hof der Herberge. Dann donnerte es mehrmals, und plötzlich ging eine wahre Sintflut auf Montefiascone nieder. Bald zeigten sich bräunliche Flecken an der Decke und den Wänden von Davids Zimmer, wo Salpeterblüten und Schimmel ohnehin von ständiger Feuchtigkeit zeugten. Nachdem es eine Viertelstunde lang geschüttet hatte, tropfte Wasser auf den Fußboden, so daß sich allmählich mitten im Raum eine große Pfütze bildete. David warf eine Decke über seine Ebenholztruhe, in der sein Tagebuch lag.

«Was für ein Unwetter!» stöhnte Yosef, als er ins Zimmer trat. «Ob das jene Sintflut ist, die der Erlösung vorangeht?»

Dann bemerkte er die riesige Wasserpfütze im Zimmer seines Herrn, die stetig größer wurde, und mußte lachen:

«Wer die Wohltaten der Natur anerkennt, bekommt immer noch mehr davon ... Was ist diese Herberge für ein Schuppen! Hoffentlich vertreibt das Wasser wenigstens das Ungeziefer, wenn es schon durch alle Ritzen hereinfließt!»

«Wie verhalten sich unsere jungen Leute?»

«Gut. Deine Diener erwarten mit Ungeduld und Furcht unsere Ankunft in Rom. Im Augenblick schlafen sie. Sie logieren zu viert in einem Zimmer, und je zwei teilen sich ein Bett. Aber heutzutage scheinen die jungen Leute schneller zu ermüden als die alten!»

«Ausdauer kommt mit dem Alter.»

Yosef lächelte, doch als er die Ebenholztruhe bemerkte, wechselte er das Thema:

«Wenn du schreiben willst, nimm mein Zimmer. Es ist zwar bescheidener als dieses, aber zumindest trocken.»

Der Mann aus Habor nahm das Angebot seines Vertrauten an. Der Raum war tatsächlich winzig, aber es floß und tropfte zumindest nicht überall Wasser herein. Vor allem hatte der Raum den großen Vorteil, daß er von einer Harzfackel erhellt wurde. Diese hing an der Wand und war eine dieser *lampane*, die die Fischer nachts beim Fischfang benutzten. Yosef wechselte also ins Zimmer seines Herrn, damit dieser in Ruhe schreiben konnte.

Drei Stunden später legte David Rëubeni ermüdet seine Feder nieder. In Gedanken war er schon in Rom. Da fiel ihm unvermutet ein selten zitierter Satz aus der Heiligen Schrift ein: *Wehe mir, daß ich geweilt in Meschech, gewohnt bei den Zelten Kedar's. Daß so lange Zeit gewohnet meine Seele bei dem Feinde des Friedens. Ich bin für Frieden, und ob ich auch rede, sie wollen Krieg.*

Er sprach es laut vor sich hin, dann schlief er ein.


Das Krachen eines umgeworfenen Möbelstücks schreckte ihn auf. Mit einem Satz war er auf den Beinen, zog das Schwert aus der Scheide und öffnete behutsam die Tür. Zwei Unbekannte lauerten mit dem Dolch in der Hand im Schatten des Ganges. Ihn fröstelte. Lag es an der Feuchtigkeit oder an dem aufwallenden Zorn gegen diese Gauner, die ihn zwangen, Gewalt anzuwenden oder gar zu töten? Wieder ertönte Gepolter. Es kam aus dem Zimmer, das er abends zuvor mit Yosef getauscht hatte. Sein treuer Gefährte war in Gefahr! Der Mann aus Habor stieß einige fürchterliche Verwünschungen aus, in denen sich das hebräische Wort «Ewiger» mit einer Flut arabischer Ausdrücke mischte. Ein paar Schwerthiebe, und die beiden Eindringlinge lagen am Boden. Im selben Moment stürzten drei weitere bewaffnete Kerle aus Yosefs Zimmer auf David zu. Er parierte ihren Angriff und wich ein paar Schritte zurück. Nun erschien auch Yosefs untersetzte Gestalt mit blutüberströmtem Gesicht im Türrahmen. Mit der linken Hand schwang er einen Schemel, und in der rechten hielt er einen Dolch. Als er sah, wie die drei Haudegen, die ihn überfallen hatten, auf seinen Herrn losstürmten, brüllte er aus Leibeskräften:

«Her zu mir, jüdische Kämpfer!»

Er schleuderte den Schemel gegen eine der Türen, hinter denen ein paar Männer der Eskorte schliefen. Ein schreckliches Durcheinander folgte. Plötzlich war die ganze Herberge auf den Beinen. Davids Männer liefen herbei, das Schwert in der Hand. Vom Hof her hörte man Armbrusteinschläge. Einer der Angreifer sank blutüberströmt zu Boden. Die beiden anderen, die mit keiner Gegenwehr gerechnet hatten, versuchten, durch ein Fenster am Ende des Ganges zu fliehen. Scheiben zersplitterten, heisere Schreie ertönten, Pferde wieherten und galoppierten davon.

«Sie haben die Flucht ergriffen, diese Feiglinge!» sagte Yosef.

Davids Diener suchten den Gastwirt, der sich in seinem Zimmer verschanzt hatte. Yosefs Kopfwunde war nur oberflächlich. Nachdem er sie gesäubert und verbunden hatte, verhörte er sogleich sämtliche Hausbewohner. Dieser Angriff war eindeutig das Werk des ehemaligen Präfekten von Rom.

«Die dich mit solchem Haß verfolgen», sagte er spottend zu seinem Herrn, «sind zumindest nicht wankelmütig. Sie bezeugen dir unerschütterliche Treue.»

Der Mann aus Habor murmelte irgend etwas Unverständliches.

«Was sagst du?» fragte Yosef.

«Ich bitte den Ewigen, den Allmächtigen, mir genügend Kraft zu verleihen, auf daß auch ich mir selbst treu zu bleiben vermag.»

## IL
## ZUM MESSIAS WERDEN

**A**m Morgen war der Himmel wieder klar. Kein Wölkchen zeigte sich mehr. So kamen David Rëubeni und seine Eskorte im warmen Sonnenlicht der ersten Augusttage vor den Toren Roms an. Die von den Truppen Karls V. heimgesuchte und von Plünderei und Zerstörung schwer geprüfte Stadt fügte sich allmählich in ihr Elend. Ein Teil der kaiserlichen Armee hatte Kampfpause. So mancher Soldat benahm sich in den Kirchen und herrschaftlichen Gebäuden wie in einer Absteige. Andere würfelten auf Straßen und öffentlichen Plätzen ohne jede Scham um Schätze, die sie aus dem Vatikan gestohlen hatten und nun auf Marktständen feilboten. Doch ein großer Teil der Kaiserlichen, und besonders die deutschen Landsknechte, hatten aus Furcht vor Seuchen die Stadt verlassen. Als David mit seinem Gefolge vor einem der Stadttore anlangte, versuchten spanische Garden, sie am Betreten der Stadt zu hindern.

«Halt! Wer da? Wer seid ihr?» brüllte ein kleinwüchsiger Soldat, mit einem seltsamen Helm auf dem Kopf.

«Es ist der Prinz von Habor!» antwortete ein junger Mann aus der Eskorte.

Die Spanier wechselten erstaunte Blicke, doch keiner wagte, weitere Fragen zu stellen. In diesen ungewissen Zeiten wußte man nie so recht, wen man vor sich hatte, und zum Kämpfen hatte ohnehin keiner von ihnen mehr Lust. Abgesehen von diesem Zwischenfall, der ohne Folgen blieb, gelangte der jüdische Prinz ohne Schwierigkeiten zum Haus von Doktor Yosef Zarfatti.

Verwesende Tierkadaver, Exkremente, ekelerregender Geruch aus rauchenden Ruinen, übler Gestank aus Kloaken und zerstörten Abwässergräben – so präsentierte sich ihnen dieser römische Sommertag. Das Hauptportal des Arzthauses war mit dicken, über Kreuz angenagelten Brettern verbarrikadiert und offensichtlich nicht mehr zu benutzen, und auch das kleine Tor im Hof hinter dem Haus hing kläglich in seinen Angeln. In Begleitung von Yosef ging David hinein. Kurz darauf befand er sich in dem großen Saal, wo vor nunmehr zwei Jahren Doktor Zarfatti und der Rabbiner Obadia da Sforno vor seiner Abreise noch ein großes Fest organisiert hatten. Die wohlklingende Stimme Benvenida Abravanels mit ihrer Deutung des *zohar* war ihm immer noch in Erinnerung. Doch wo er hinblickte, bot sich ihm ein Bild des Jammers. Das Mobiliar war verschwunden, die Wände voller Flecken, und Ameisenkolonnen machten sich über all den Dreck her, der sich auf dem Boden türmte.

«Sollen wir in den ersten Stock hinaufgehen?» fragte Yosef.

«Nein», erwiderte David. «Anstatt uns Erinnerungen hinzugeben, sollten wir lieber die Lebenden suchen.»

«Prinz! Prinz!»

Zwei junge Burschen aus seiner Eskorte kamen angerannt: «Das Haus am Ende der Straße, in Richtung Fluß ...»

«Was ist dort?»

«Wir haben Leute darin reden gehört, aber als wir an die Tür klopften, sind die Stimmen verstummt.»

«Ist es das einzige noch bewohnte Haus in diesem Viertel?»

«Mag sein ... Wir werden weiter suchen.»

Das Geräusch einer quietschenden Achse hallte durch die ausgestorbene Straße. Sofort zogen Davids Männer ihre Schwerter. Aber es war nur eine zerlumpte, barfüßige Frau, die langsam einen Karren die Straße heraufschob. Ein Kind klammerte sich an ihren

Rock. Auf dem Karren lag die Leiche eines Mannes. Als sie an dem Mäuerchen einer kleinen Kirche am Rande des Judenviertels angekommen war, kippte sie den Karren zur Seite und entledigte sich ihrer traurigen Last. Mit verschlossener Miene und allem gegenüber völlig gleichgültig, zog sie wieder an David und seinem Gefolge vorbei, als sähe sie die Männer überhaupt nicht.

Dieses Bild stummen Leids erschütterte die Männer und schnürte ihnen die Kehle zu. Sie schwiegen, bis Yosef nach einer Weile sagte:

«Eine merkwürdige Zeit. Nachdem die Christen die Juden massakriert haben, zerfleischen sie sich nun gegenseitig.»

«Während der Islam voranschreitet!» ergänzte einer der jungen Männer, der aus Fes stammte.

«Wer wird uns dann noch helfen, unser Vaterland zurückzuerobern?» fragte ein anderer.

Der Gesandte entgegnete nichts. Sein Gesicht blieb versteinert. Er steckte sein Schwert wieder in die Scheide und ging entschlossenen Schrittes auf das Haus zu, das seine jungen Helfer ihm genannt hatten.

Er klopfte mehrmals. Doch es blieb vergeblich. Schließlich raffte Yosef sich auf und rief auf Hebräisch:

«Macht auf! Es ist der Gesandte von Habor! Öffnet die Tür, und der Ewige möge euch schützen!»

Man hörte leise Schritte und knarzende Dielen. Dann wurde im ersten Stock ein Frauenkopf im Fensterrahmen sichtbar.

«David Rëubeni ist zurück?» fragte sie auf Hebräisch. «Es war auch höchste Zeit!»

Unten wurde ein Schlüssel im Schloß gedreht. Die Tür öffnete sich, und ein Mann rief mit singender Stimme:

«Der Ewige, der Gott Israels, segne Seinen Sohn David!»

Mit Rührung erkannte der Mann aus der Wüste Obadia da Sforno. Er trat ein und sah den alten Rabbiner sich wie ehedem von vorne nach hinten wiegen. Er hätte ihn in die Arme schließen mögen, doch da sich das für einen Prinzen nicht schickte, hielt er in seiner Geste inne. Um dem Greis aber dennoch seine Freundschaft zu bekunden, zitierte er mit fester Stimme aus den *Sprüchen der Väter*:

*«Tue Seinen Willen wie deinen Willen, damit Er deinen Willen tue wie Seinen Willen. Vernichte deinen Willen vor Seinem Willen, damit Er den Willen anderer vernichte vor deinem Willen.»*

Das Gesicht Obadia da Sfornos hellte sich auf. Er hob die Hand, um zu sprechen. David Rëubeni bemerkte, daß der berühmte Rubin fehlte. Mit strahlender Miene hob der Rabbiner das Gesicht mit dem unordentlichen Bärtchen, und sein Finger wies zum Himmel, als er sagte:

«Das ist von Rabban Gamaliel, Sohn Rabbi Yehudas, des Fürsten!»

Doch da er Davids Strategie durchschaut hatte, brach er in Lachen aus und ergriff die Hände des Gesandten:

«Der Wille des Ewigen, gepriesen sei Sein Name!, hat dich zu uns zurückgebracht, mein Sohn. Gelobt sei Er!»

Schweigend sahen sie einander an. Obadia da Sforno ließ seinen Besucher erst los, als seine Tochter Sarah, die am Fenster geantwortet hatte, hereinkam, um wenigstens die Hand des Gesandten zu berühren. Sie neigte den Kopf und sagte errötend:

«Ich werde die Juden verständigen und ihnen sagen, daß der Gesandte wieder unter uns ist!»

Stoff raschelte, und sie verschwand.

«Niemand wollte mehr in diesem Viertel bleiben», erzählte der Rabbiner, als sie fort war. «Die Juden hatten Angst. Aber ich, in meinem Alter, was hatte ich schon zu befürchten? Den Tod? Na, und wenn schon! Sarah wollte bei mir bleiben. In unserer Straße war es nicht so schlimm. Die Christen hatten es ja nur auf Christen abgesehen. Als hätte der Ewige sie auch einmal diese schmerzhafte Hitze spüren lassen wollen, die von einem Feuer ausgeht, einem Feuer wie jenem, in das sie vor nicht allzu langer Zeit die Juden geworfen haben...»

Im Laufe des Nachmittags kehrte die von Sarah benachrichtigte Bevölkerung nach und nach zurück. Sie zogen ihre Karren und schleppten ihre Bündel, und so belebte sich die verwaiste Straße mit einem Schlag. Man säuberte die Häuser und teilte das verbliebene Mobiliar. Der Gesandte schickte Yosef und zwei Diener aus, um Waffen zu kaufen, und verteilte sie dann unter den Bewohnern. Endlich fühlten die jungen Leute seiner Eskorte sich mit einer wirklichen Mission betraut und handelten gemäß den Unterweisungen, die sie im Ausbildungslager von Alpiarça in Portugal erhalten hatten. Als es Abend wurde und etwa fünfzig Juden sich im Hause Yosef Zarfattis zur Beratung zusammenfanden, nahmen David Rëubenis Männer alles in die Hand. Sie kümmerten sich um die Pferde der Besucher, stellten im ganzen Viertel Wachen auf und gaben ein Losungswort aus.

Mit Tränen in den Augen drückte der Arzt Yosef Zarfatti den Arm des Gesandten. Dina kniete nieder und küßte ihm mit bleichem Gesicht die Hand. David fröstelte. Die warmen Lippen der jungen Frau hatten ihn verwirrt. Doch in ihrem Blick sah er nicht mehr die Glut der Liebe, die er gerne wiedergefunden hätte. Sie sah ihn jetzt mit religiöser Ehrfurcht an, mit jenem anbetenden Blick, den er einst in Jerusalem bei den Christen gesehen hatte, die das Heilige Grab besuchten, oder bei den Muslimen, wenn sie barfuß nach Haram el-Sharif und in die Felsendommoschee kamen. Äußerlich war Dina unverkennbar Dina, doch Herz und Geist gehörten nicht mehr zu der Frau, die sie war, sondern waren in der Vision gefangen, die sie zu erleben glaubte. Hier war Selomo Molho offenbar auch tätig gewesen!

Während der Gesandte sich auf die Begegnung mit seinen jüdischen Freunden vorbereitete, befiel ihn Furcht vor den Fragen, die ihm unweigerlich gestellt werden würden. Fragen über die ungewisse Zukunft der jüdischen Befreiungsarmee und die Gründe seiner Ausweisung aus Portugal. Er würde sich rechtfertigen müssen und beweisen, daß sein Plan sich immer noch ausführen ließ und notwendiger war denn je.

Doch die jüdische Gemeinde Roms schien vollauf damit zufrieden, daß er wieder da war. Im Kreise seiner Leibwache hatte er hinter seinen Bannern unbehelligt durch die Stadt reiten können. Für die Juden Roms war das eine augenfällige Bestätigung der Verheißungen Selomo Molhos! David Rëubeni war eindeutig der, den sie seit ewigen Zeiten erwarteten! Er war größer, stärker und geheimnisvoller, als sie es vermutet hatten! Wieso hatten sie dies nicht schon vor zwei Jahren deutlich gespürt? Wieso war ihnen nicht klargeworden, daß ein Prinz aus dem Nirgendwo, der die Pest zu bezwingen wußte, kein anderer sein konnte als der vom Herrn der Welt Entsandte, der das Volk des Herrn befreien und unter Triumphgesängen nach Zion zurückführen sollte, damit die Erde wieder mit der Erkenntnis des *Herrn* bedeckt sein würde, «wie der Meeresgrund durch die Wasser, die über ihm sind», rief der alte Rabbiner.

Diese Geistesverfassung seiner Freunde machte David Rëubeni ratlos. In allem, was er ihnen sagen würde, auch im nüchternsten Bericht der Ereignisse, die er erlebt hatte, würden sie von nun an nur Allegorien sehen, die Obadia da Sforno stets mit poetischen und überzeugenden Zitaten aus den Schriften illustrieren würde. Zwischen ihnen und ihm stand jetzt eine unsichtbare, aber unüberwindbare Mauer: das Geheimnis Gottes. Sollte er versuchen, das Hindernis zu umgehen, und sich an andere Juden, an andere jüdische Gemeinden wenden, die von dieser Epidemie messianischer Offenbarung noch nicht infiziert waren? Oder sollte er sie erklimmen, diese gefahrvolle Mauer, und sich dem göttlichen Wort so weit wie möglich annähern, indem er auf seine eigenen Worte, auf sein eigenes Ich verzichtete? Sollte er zu anderen nurmehr im Namen des Ewigen sprechen, wie es vor ihm so viele wahre und falsche Propheten getan hatten?

Er verbrachte eine schlaflose Nacht in dem Zimmer des ersten Stocks, das er so gut kannte. Es war von den deutschen Landsknechten seines Mobiliars beraubt worden, aber Dina hatte ihm eine Matratze auf den Boden gelegt. Er hegte die vage Hoffnung, die junge Frau würde zu ihm kommen und ihn von seinem Dilemma ablenken. Doch als es Tag wurde, mußte er sich eingestehen, daß so etwas nicht mehr möglich war. Sein Status hatte sich geändert. Hatte man je gehört, daß eine Sterbliche mit dem Messias schlief?

Er dachte an Benvenida Abravanel, die sich dem Vernehmen nach in Neapel aufhielt. Er dachte auch an Lea und Rachel, die Frauen Israels, die Michelangelo modelliert hatte, um sie seinem berühmten Moses an die Seite zu stellen. Gern hätte er diese Meisterwerke noch einmal gesehen, doch Michelangelo war nach Florenz übergesiedelt, und er wußte nicht, wo die Statuen zu finden waren.

«David!»

Er fuhr hoch. Das war Yosefs Stimme.

«Komm herein.»

«Unten ist ein alter Mann. Unsere Wachen haben ihn abgefangen, als er um das Haus schlich. Er besteht darauf, dich zu sprechen. Er behauptet, eigens deinetwegen gekommen zu sein, da er eine dringende Botschaft für dich habe.»

David Rëubeni beugte sich aus dem Fenster. Von seinen Männern bewacht, stand ein buckeliger Alter da, in schmuddelige Lumpen gekleidet und auf einen Stock gestützt.

«Wer seid Ihr?» rief er auf Hebräisch.

Einer der jungen Leute aus seiner Eskorte übersetzte die Frage ins Italienische.

«Wer ich bin? Ein Freund der Armen», erwiderte der Alte.

«Was macht Ihr?»

«Ich ziehe herum und höre mich um, mal hier, mal da ... Auch unserem beklagenswerten Papst in seiner Engelsburg habe ich zugehört. Er bat mich, Euch eine Botschaft zu überbringen.»

David Rëubeni bedeutete seinen Wachen, den Alten vorzulassen. Er ging ihm entgegen, grüßte ihn mit kurzem Kopfnicken und fragte ihn sofort nach dem Inhalt der Botschaft.

«Seine Heiligkeit wünscht den Prinzen von Habor so schnell wie möglich zu sehen.»

«Woher weiß der Papst, daß ich in Rom bin?»

«Ich sagte es bereits, ich höre mich um, mal hier, mal da. Ich erfahre so manches ... Und was ich höre, trage ich weiter.»

«So erfuhr der Papst es also von Euch.»

Der Greis lächelte und ließ seine gelben Zähne sehen.

«Was wollt Ihr machen in einer Stadt, wo man Satan und Gott verwechselt? Da muß doch wenigstens einer kühlen Kopf bewahren.»

«Und Ihr habt keine Angst, in diesen wirren Zeiten herumzuziehen?»

Der andere zuckte mit den Achseln:

«Wer würde denn einen Bettler überfallen?»

«Ihr habt also vor kurzem einen jungen Portugiesen zu Clemens VII. gebracht?» begann der Mann aus der Wüste von neuem.

«Auch er erwartet Euch in der Engelsburg. Alle Welt scheint auf Euch zu warten, Prinz.»

«Und wie kommt man zur Burg?»

Der Alte trat näher und senkte die Stimme:

«Ein unterirdischer Gang führt zum Tiberufer. Von dort aus wird Euch bei Nacht ein Boot heimlich zur Engelsburg bringen.»

David Rëubeni begehrte auf:

«Kommt nicht in Frage!»

«Aber ...»

«Kein Versteckspiel!»

«Aber Prinz!»

«Bestellt dem Pontifex maximus, der Prinz von Habor nehme seine Einladung mit großer Freude an, begebe sich aber nicht verstohlen wie ein Dieb zu ihm. Er werde bei Tage kommen, und an der Spitze seines Gefolges!»

Nun verlor auch der alte Bettler die Fassung:

«Das ist Wahnsinn!»

Er streckte seinen Stock zum Himmel:

«Und gefährlich zugleich!»

*«Auf Gott vertrau ich, fürchte nichts; was kann ein Sterblicher mir tun?»* zitierte der Mann aus Habor anstelle einer Antwort.

Obadia da Sforno, der sich inzwischen auch eingefunden hatte, konnte sich nicht zurückhalten:

«Psalm 56,12!» rief er mit Inbrunst.

Das Gesicht des geheimnisvollen Bettlers schien erstarrt. Die für gewöhnlich halb geschlossenen Augen waren weit aufgerissen. Sein ganzes Wesen drückte Überraschung, Unruhe und Tadel aus. Fast stotternd versuchte er einen letzten Einwand:

«Aber, Prinz, die Kaiserlichen! Sie werden Euch nicht durchlassen! Die schießen auf alles, was ihnen vor die Augen kommt, Prinz! Auf alles! Niemand kommt in die Festung hinein.»

David Rëubeni erwiderte halb lächelnd, halb ernsthaft:

«Niemand, gewiß. Mit Ausnahme des Messias!»

# L
## «MÖGE DEINE HAND MICH STÜTZEN...»

David Rëubeni handelte, wie er es angekündigt hatte: Vor aller Augen ritt er in seinem weißen Gewand mit dem sechszackigen Stern und an der Spitze seiner bewaffneten Eskorte quer durch Rom. Die berühmten Banner, die die Stämme Israels symbolisierten, flatterten stolz in der Morgenbrise. Überrascht liefen die Menschen auf der Straße zusammen, um diesen Zug zu sehen. Die einen applaudierten, während andere sich an die Prophezeiung Selomo Molhos erinnerten, daß der Erlöser nach der Zerstörung Roms kommen würde, und vor dem Gesandten niederknieten. Die deutschen und spanischen Soldaten griffen nicht ein, aber betrachteten doch neugierig und verwundert die weißen Banner mit den hebräischen Schriftzeichen. Hier und da salutierten sogar einige. So ritt der Prinz von Habor unbehelligt durch die Stadt und über die Brücke hinüber zur Engelsburg. Vor dem Portal der Festung hielt ihn jedoch eine Hundertschaft Landsknechte auf und verwehrte ihm den Zutritt, indem die Soldaten ihre Lanzen auf ihn richteten. Yosef Halevi ritt nach vorn und rief nach dem Hauptmann des Wachtrupps. Niemand erfuhr, was der Diener des Mannes aus der Wüste zu dem deutschen Soldaten sagte. Man sah nur, wie er einen Brief aus der Tasche zog, den der Offizier aufmerksam las. Dann gab es ein kurzes, unhörbares Gespräch zwischen den beiden Männern. Der jüdische Prinz verzog keine Miene und verhielt sein Pferd, das vor Ungeduld tänzelte.

Schließlich gab der Hauptmann das Schreiben an Yosef zurück und befahl seinen Männern, die Zugbrücke herunterzulassen. Aus der Festungsanlage erschallte ein Trompetenstoß, und gleichzeitig begannen in der benachbarten Kirche die Glocken zu läuten.

Die Gaffer, die sich zu Hunderten vor der Festung eingefunden hatten, berichteten später, der jüdische Prinz sei wie ein persönlicher Abgesandter Kaiser Karls V. empfangen worden.

Im Hof der Engelsburg erwiesen ihm die kaiserlichen Garden besondere Aufmerksamkeit. Sie nahmen die Pferde seiner Eskorte in Empfang, während die päpstliche Schweizergarde vom Fuß der Freitreppe an, den langen Gang hinunter, bis zur großen Halle im Erdgeschoß, Spalier stand. Davids Männer nahmen in der Halle Platz. Er selbst wurde, zusammen mit seinem Vertrauten Yosef, von einem Kammerherrn in den ersten Stock vor die Türen der prachtvollen Bibliothek des Kardinals Egidio di Viterbo geleitet.

Als der Gesandte den Raum betrat, in dem er einst mit dem Prälaten Bekanntschaft geschlossen hatte, konnte er sich einer inneren Bewegung nicht erwehren. Die Wände waren noch immer mit Kredenzen bestückt, auf denen seltene Kunstwerke angehäuft waren, und auf dem Boden dämpften noch die gleichen prächtigen Teppiche den Schritt. Der Kardinal selbst wirkte ein wenig gealtert, hatte aber seinen Humor nicht verloren. Mit breitem Lächeln ging er seinem Besucher entgegen:

«Eine ungewöhnliche Situation», rief er mit lauter Stimme in seinem lateinisch gefärbten Hebräisch: «Der Papst kann hier nicht unbehelligt heraus, während ein jüdischer Prinz durch die besetzte Stadt reitet und keiner ihn daran zu hindern wagt! Doch unser junger portugiesischer Freund hatte uns ja bereits verkündet, daß der Messias nicht heimlich in mondloser Nacht kommen würde, sondern am hellichten Tage, da ihn die *shekhina* schützt.»

Plötzlich lachte Egidio di Viterbo schallend:

«Verzeiht mir, Prinz, ich habe Euch noch nicht einmal begrüßt!»

Er breitete die Arme aus und rief:

«*Barukh haba!* Willkommen im Festungsgefängnis Sant'Angelo.»

Die Jahre hatten den Rücken des Kardinals ein wenig gekrümmt, doch sein massiges Gesicht mit der hohen und breiten Stirn strahlte wie früher Wohlwollen und Intelligenz aus. Und auch die Worte kamen ihm immer noch mühelos und gewandt über die Lippen, wobei er jede Nuance zu betonen wußte:

«Ich kann mir Eure Enttäuschung vorstellen, Prinz, als unser lieber João III. von Euch verlangte, Eure Armee im Stich zu lassen und aus Portugal abzureisen. Aber es ist wohl so, wie unser Freund Selomo Molho gestern mit den Worten Zacharias' sagte: *Nicht durch Macht und nicht durch Stärke, sondern durch den Geist des Herrn* wird das Heilige Land befreit und das jüdische Volk nach Zion zurückgebracht werden.»

Der Kardinal unterbrach sich.

«Aber stehen wir nicht herum, um zu plaudern», begann er erneut. «Seine Heiligkeit wird es uns nicht verzeihen, wenn wir unser Gespräch für uns behalten. Er erwartet Euch mit großer Ungeduld.»

Gemeinsam gingen sie zur Tür und folgten einem von Fakkeln spärlich beleuchteten Gang, bis sie zu den Gemächern Clemens VII. kamen. Yosef nutzte die Gelegenheit, um seinem Herrn ins Ohr zu flüstern:

«Es wird schwer für dich sein, dir selbst treu zu bleiben.»

David war überrascht und warf ihm einen fragenden Blick zu.

Daraufhin sagte sein Vertrauter leise:

«Auch hier sind alle von diesem unglaublichen Engel Selomo betört!»

Der Gesandte von Habor antwortete nicht, da er die Gefühle seines Waffenbruders teilte. Die Situation war in der Tat merkwürdig. Er mußte auf der Hut sein. Als sie den hohen Saal mit der freskengeschmückten Decke betraten, war die erste Person, die ihm ins Auge fiel, besagter Selomo Molho.

Beim Anblick des Mannes aus Habor intensivierte sich die violette Färbung im Auge des jungen portugiesischen Predigers, und noch bevor David Rëubeni den Pontifex maximus, der auf ihn zukam, begrüßen konnte, trat der Engel Selomo dazwischen und warf sich seinem Helden zu Füßen:

«Gott sei gepriesen, dies ist mein Herr!» rief er aus. «Von ihm allein hängt unser weiteres Schicksal ab. Uns zur Umkehr zu bewegen ist der einzige Grund seiner Rückkehr. Die Erlösung, Herr, liegt in deinen Händen! Die Vergebung, Herr, wird dein Werk sein! Sprich, und wir folgen dir!»

David Rëubeni wich einen Schritt zurück und hielt sich schützend seine rechte Hand vors Gesicht, als habe er soeben den Leibhaftigen erblickt. Dann sah er über den jungen Mann hinweg, der vor ihm kniete, und wandte sich an den Papst:

«Möge Eure Heiligkeit mir gestatten, mit den Worten des großen Esra zu sprechen: *Sei nicht schneller als der Schöpfer.*»

Clemens VII. lächelte mild:

«Doch was wünscht der Schöpfer?» fragte er mit schwacher Stimme und winkte Selomo Molho zu sich heran. Und ohne eine Antwort des Gesandten abzuwarten, fuhr er fort:

«Unser junger Prophet hat nicht völlig unrecht, wenn er sagt, wir wohnen den *hevle mashiah*, den Geburtswehen des Messias bei. Wie ließe sich all das Unheil, das über unsere Epoche niedergeht, anders erklären?»

Der Papst wirkte ermattet, sein Gesicht war bleich wie Wachs. Er ließ sich in einen Brokatsessel fallen und stieß einen tiefen Seufzer aus:

«Der Anfang von all dem», fuhr er betrübt fort, «liegt im Wahnsinn Savonarolas.»

Er seufzte abermals:

«Der Niedergang wird immer durch den Wahnsinn eingeleitet.»

Angesichts des ehrfürchtigen Schweigens, das ihn umgab, kicherte er nun und zuckte mit spitzbübischer Miene die Achseln: «Der Wahnsinn Savonarolas», begann er von neuem, «und daraufhin die Ausrottung der Juden in Spanien ... die Inquisition! Ich habe mich stets gegen seine Ansichten verwehrt, doch vergebens. Dann kamen diese endlosen, grausamen Kriege zwischen den christlichen Königen und die Angriffe auf die Autorität der Kirche ... und als es schließlich keine geistige, politische und moralische Autorität mehr gab, folgten das Blutbad von Stockholm und die Massaker am Oberrhein, in Franken und Schwaben. Danach wütete die Pest. Und jetzt ist Rom zerstört worden! Wenn die Menschen keine Orientierung und keinen Halt mehr finden, überlassen sie sich der Verzweiflung, die vielleicht noch gefährlicher ist als alle anderen Verheerungen.»

Clemens VII. sah Selomo Molho an, als wolle er ihn zum Zeugen anrufen. Als David Rëubeni im Blick des Pontifex maximus die Bewunderung und Zärtlichkeit für den jungen Portugiesen las, erfaßte er sofort, wie eng die menschliche und geistige Bindung zwischen den beiden Männern war. Der Papst wies mit der Linken auf ein hohes und schmales Fenster, durch das ein Sonnenstrahl hereinfiel, der sich einem Uhrzeiger gleich auf dem Parkett weiterschob. Dann vertiefte er seine Überlegungen:

«Sagt der Herr nicht, die aus den schlimmsten Prüfungen erwachsene Verzweiflung sei ein Vorzeichen der Erlösung und künde vom Ende der Tage?»

Niedergeschlagen von der Bedeutung seiner Worte, schwieg der Papst. Grenzenlose Mattigkeit hatte ihn ergriffen, und er schien in seinem Sessel zu versinken. Das Purpur der päpstlichen Robe war kaum mehr vom Brokatbezug des Sessels zu unterscheiden. Nur der weiße Bart hob sich davon ab.

David Rëubeni war versucht, Clemens VII. den Satz des großen Gelehrten und Kabbalisten von Gerona zu wiederholen. Dieser Nachmanides hatte dem König von Aragon entgegengeschleudert: «Wie schlimm würde es dir, o König, und deinen dich hier umgebenden Rittern ergehen, wenn ihr das Kriegshandwerk schon jetzt verlernen wolltet!»

Aber der Papst hatte keine Ritter mehr und dachte im Grunde nur noch darüber nach, wie er sich für all die Beleidigungen und Demütigungen rächen konnte, die Karl V. ihm zugefügt hatte. Schon zu Beginn dieser Begegnung hatte der Gesandte aus Habor gespürt, daß der Pontifex maximus ihm kein Gehör schenken würde und vor seinem Geist und Ohr einzig die Stimme Selomo Molhos Gnade fand. Yosef, der neben seinem Herrn stand und das gleiche fühlte, raunte dem Gesandten zu:

«Berichte ihm von dem jüdischen Heer, sprich von der Befreiung Jerusalems!»

David Rëubeni hob den Arm. Die Blicke, allen voran der des Papstes, kehrten sich ihm zu:

«Hätte mich der König von Portugal doch bloß an der Spitze meines Heeres ziehen lassen!» stieß er seufzend hervor.

Irritiert wandte sich der Papst dem Mann der Wüste zu.

«Die Kaiserlichen wären längst aus Rom verjagt!» fügte David hinzu.

«Aber was hätten die Feinde Seiner Heiligkeit dazu gesagt?» warf Kardinal Egidio di Viterbo ein und lieferte auch sogleich die Antwort: «Sie hätten den Papst beschuldigt, sich von den Mördern Jesu beschützen zu lassen! ...»

Mit süffisantem Lächeln schloß der Kardinal seine Bemerkung und sagte:

«Zuviel Wachs kann in einer Kirche Feuer verursachen.»

David Rëubeni tat einen Schritt nach vorn:

«Wenn Eure Heiligkeit es mir gestattet ...»

Clemens VII. nickte zustimmend.

«Ich wollte damit nicht sagen, daß wir gegen Kaiser Karl V. zu Felde ziehen sollten. Damit hätten wir Eurer Heiligkeit in der Tat einen schlechten Dienst erwiesen.»

Der Gesandte tat noch einen Schritt auf den Papst zu, neigte sich zu ihm hinunter und blickte ihn aufmerksam an, als dürfe ihm auch nicht die kleinste Regung auf dessen Gesicht entgehen:

«Die Getreuen Eurer Heiligkeit haben in vielen Gegenden noch immer die Oberhand. Für meine Freunde und mich wäre es eine Ehre, dem Papst behilflich zu sein, falls er sich dorthin, zu den Seinen begeben wollte. Nach Orvieto beispielsweise, von wo er einen Aufruf zur Befreiung des Heiligen Landes erlassen könnte, wie es vor fünfhundert Jahren Urban II. von Clermont aus tat. Ein solcher Aufruf wäre das beste Ablenkungsmanöver. Er könnte die ganze Christenheit wieder zusammenschmieden und die Vormachtstellung der Kirche von neuem begründen. Der einzige Unterschied besteht darin, daß diese europäische Armee aus den Feinden von gestern gebildet würde. Auf ihrem Marsch gen Jerusalem hätte sie diesmal nicht den Auftrag, die Juden zu vernichten, sondern ihnen bei der Rückeroberung ihres Vaterlandes zur Seite zu stehen. Man ist nämlich nur in dem Maße frei, Eure Heiligkeit, wie die anderen es auch sind.»

Kardinal di Viterbo, der ein wenig abseits im Schatten einer antiken Statue gestanden hatte, trat nun einen Schritt vor, wobei er über den auf dem Boden schimmernden Lichtstrahl hinwegschritt. Mit seinem gewohnten Scharfsinn und der verschlagenen Miene dessen, der eine willkommene Gelegenheit wittert, begann er:

«Der Prinz von Habor hat da einen Gesichtspunkt angeschnitten, den man ernsthaft erwägen sollte. Die Flucht nach Orvieto könnte in der Tat ein Ausweg sein. Unser geliebter Papst muß den Klauen der Häretiker entrissen werden. Und wenn uns das nicht bald gelingt, wird Seine Heiligkeit, und die ganze Kirche mit ihm, ihre Glaubwürdigkeit eingebüßt haben.»

Dann wandte er sich direkt an David Rëubeni:

«Ich weiß nicht, Prinz, ob Euer Vorschlag zu verwirklichen ist, aber Eure Überlegung scheint mir auf der Wahrheit zu fußen. Bedenken sollten wir es allemal. Mir ist eine verhängnisvolle Wahrheit immer noch lieber als ein nützlicher Irrtum, denn die

Wahrheit vermag das Übel, das sie womöglich anrichtet, auch wieder zu kurieren.»

Schwerfällig erhob sich der Papst aus seinem Sessel, verschränkte die Arme im Rücken und verschaffte sich ein wenig Bewegung. Nachdem er mehrmals vor dem schweigenden Selomo Molho auf und ab gegangen war, hielt er inne und sagte zu dem Mann aus der Wüste:

«Prinz, ich bin leider nicht Urban der Glückselige, sondern eher Clemens, der Unglücksrabe!» Das klang ironisch und verbittert. «Weder die Schreie der Männer noch der Waffenlärm vermögen die Schatten der Finsternis zu vertreiben. Das vermag einzig und allein das Licht, und sei es nur die Flamme einer Kerze. Aber wenn auch nur das Licht uns Licht spenden kann, so kommt doch alles Licht von Gott!»

David Rëubeni hatte zugehört, wie der Kardinal von der Wahrheit sprach und der Papst das Licht beschwor. Als er den beiden antworten wollte, mußte er bemerken, daß nun auch Selomo Molho das Wort ergreifen wollte, um weiß Gott was für Überspanntheiten hinzuzufügen. Wenn der Gesandte das Gespräch in einem konkreten Rahmen halten wollte, dann mußte er den Engel Selomo am Reden hindern. Daher begann er unvermittelt, einen Psalm zu sprechen:

«*Ewiger, Gott der Heerscharen, höre mein Gebet, horch auf, Gott Jakobs.*»

Und ohne es sich zu überlegen, aber ahnend, *was gesagt werden mußte*, schloß der Gesandte noch einen weiteren Psalm an. War es eine Provokation, hier an den Krieg zu erinnern, an diesem Ort, der die Verheerungen des Krieges soeben erlitten hatte? Durfte er die Kraft rühmen in einer Stadt, der die Gewalt der Waffen solche Trauer beschert hatte? Mit der Intelligenz des Wüstenfuchses hatte der Prinz von Habor die Notwendigkeit erkannt, die auf seinen Schultern lastete. Er mußte in die Richtung gehen, die alle von ihm erwarteten. Angefangen von den jüdischen Massen, die ihn verehrten, bis zu den hier Anwesenden, dem Papst, dem Kardinal und Molho, dem Erleuchteten – sie alle verlangten von ihm einen Grund, um wieder hoffen zu können und sich mit Hilfe einer Schimäre ihrer Angst zu entledigen. Sie sehnten sich nach jemandem, der es ihnen ermöglichte, sich über das eigene Selbst zu erheben, bis ins Unmögliche, und sie dürsteten nach etwas, das ihren Wahn rechtfertigen könnte. Würde er sich einen einzigen Schritt in diese Richtung bewegen, dann wären ihm das Gehör und die Freundschaft des Pontifex maximus für immer und ewig sicher, der trotz allem immer noch das Oberhaupt der Christenheit war. Er brauchte die Unterstützung Clemens' VII., aber dieser hatte nurmehr Augen für die visionären Verkündigungen des Engels Selomo. Um den Papst für sich zu gewinnen, mußte er also den jungen portugiesischen Prediger ruhigstellen und ihn sich unterwerfen, ohne daß es verletzend wirkte. Er wollte ihn daran hindern, zu reden, zu schwärmen und so das zur Eroberung Jerusalems erforderliche Handeln fehlzuleiten ... Daher fuhr er mit tiefer, fast feierlicher Stimme fort:

*«Und du sprachest: Ich legte auf einen Starken die Krone;*
*ich erhöhte ihn, den ich aus meinem Volke erkor ...*
*Mit welchem fest soll bleiben meine Hand,*
*und mein Arm ihn kräftigen.*
*Nicht soll ein Feind ihn reizen,*
*und der Sohn der Tücke ihn nicht bedrücken.*
*Und ich zermalme vor ihm seine Widersacher, ...*
*Und ich richte über das Meer seine Hand,*
*und über Ströme seine Rechte.*
*Er wird mich anrufen ...»*

Selomo Molho ließ ihn nicht zu Ende sprechen. In höchster Erregung warf er sich erneut dem Manne aus Habor zu Füßen, faßte nach dessen Handgelenken und rief dabei voller Anbetung und mit verklärtem Gesicht:

«Möge deine Hand mich stützen und dein Arm mich kräftigen, damit ich mehr denn je nach dir rufe, o Erlöser, o Messias!»

David Rëubeni fröstelte.
«Lästere nicht», stieß er zwischen den Zähnen hervor. «Der Ewige allein ist unser Erlöser!»
Doch er entzog dem Engel seine Hand nicht.

## LI
## EIN NEUES BÜNDNIS

Nach seinem Gespräch mit dem Papst war David Rëubeni zutiefst verwirrt. Clemens VII. hatte den Gedanken einer Flucht nach Orvieto zwar nicht von der Hand gewiesen, aber den Vorschlag eines Aufrufs zur Befreiung des Heiligen Landes verworfen. Er hatte eingeräumt, daß er sich im Vergleich zu Karl V. in einer schwachen politischen Position befand, und den Gesandten aus Habor nach seiner Meinung befragt, was denn zu tun sei. Da David begriffen hatte, daß vom Pontifex maximus keine tatkräftige Unterstützung mehr zu erwarten war, hatte er ihm in scharfen Worten geantwortet:

«Karl V. ist also der Stärkere, sagt Ihr. Dann gebt ihm doch Euren päpstlichen Segen und weiht ihn! Er ist der einzige, der Euch Eure Mitra zurückgeben kann.»

Aber beunruhigender als die Ohnmacht des Papstes war das von Selomo Molho ausgeworfene Netz, das sich immer enger um den Gesandten zusammenzog. Von nun an mußte er einen Kompromiß mit dem jungen Erleuchteten schließen. Und wenn er sein Vorhaben zu einem guten Ende bringen wollte, würde es vielleicht sogar nötig sein, das Spiel des anderen zu spielen, indem er ... *der Messias wurde.*

Von Zweifeln und Ungewißheit gequält, begab David Rëubeni sich gegen Abend zum Hause Yosef Zarfattis. Rund hundert römische Juden hatten sich dort versammelt. Sie warteten bereits seit einer Stunde auf ihn, doch als der Mann aus der Wüste sie durch das Fenster des großen Saals im Erdgeschoß erblickte, spürte er, daß er jetzt nicht in der Lage war, ihnen gegenüberzutreten. Daher schlich er sich durch den Hof ins Haus und ging sofort in den oberen Stock zu dem Zimmer, das er so gut kannte. Dort zündete er eine Kerze an und stellte sie neben die Matratze, auf der er sich niederließ. Kurz danach hörte er im Gang Seide rascheln, dann ging die Tür auf, und eine Frauengestalt erschien im Türrahmen.

«Schlaft Ihr, Herr?»

Er erkannte Dinas Stimme.

«Ich finde keinen Schlaf.»

«Löscht die Kerze, vielleicht schlaft Ihr doch ein.»

«Ich hasse die Dunkelheit.»

«Ihr seid so schweigsam ... Ihr sprecht nicht einmal das Gebet, Messias.»

«Warum nennst du mich so?» fragte er barsch.

Sie trat näher.

«Oh, weil alle Welt es sagt. Für alle hier seid Ihr der Messias.»

«Und wer bin ich für dich?»

«Für mich? Ich habe es bereits geahnt, als ich Euch zum erstenmal sah!»

Sie kam noch näher und stand jetzt zwei Schritte von ihm entfernt. Flüchtig beobachtete er, wie sich das Kerzenlicht auf der Seide widerspiegelte. Dinas Kleid leuchtete, doch ihr Gesicht war in dem schummrigen Licht kaum zu erkennen.

«Was ist denn der Messias für dich?» fragte er.

Dina antwortete ohne Umschweife und mit unverkennbarer Aufrichtigkeit. Sie war ehrlich, wie sollte es auch anders sein, und von ihren Worten fest überzeugt:

«Für mich ist der Messias der Mann, der in erster Linie an andere denkt.»

Sie hielt kurz inne und fuhr dann fort:
«Er ist derjenige, den der Herr der Welt beauftragt hat, die Menschheit zu befreien.»
«Und dennoch hast du mit diesem Mann ...»
Flehentlich unterbrach ihn Dina:
«Nein! Sagt nichts! Verwirrt mich nicht», stammelte sie. «Das war ... das geschah, um ein Leben zu retten, das Leben des Messias. Es war der Wille des Ewigen.»
David Rëubeni, der im Schneidersitz auf der Matratze gesessen hatte, erhob sich nun und ging auf die junge Frau zu. Die Flamme der Kerze schien sich in Dinas schwarzen Augen vielfach zu wiederholen. Mit leicht geöffneten Lippen hob sie ihm ihr Gesicht entgegen. Vom Unterleib bis in die Brust hinauf durchzog es ihn, die Kehle wurde ihm trocken, sein Gehirn stand in Flammen.

Er legte ihr die Hände auf die Schultern. Sie wich nicht zurück. Er zog sie an sich, drückte sie fest gegen seinen Körper und preßte seinen glühenden Mund auf ihre Stirn. Der zarte Körper der jungen Frau entzog sich nicht. Er hörte das Sirren der Insekten und das Flattern eines dicken Nachtfalters über der Kerze, die zu flackern begann. An den Wänden des Zimmers tanzte der Schatten des umschlungenen Paares.

«*Sei gelobt, Ewiger, unser Gott, König der Welt, der Du den Menschen geschaffen hast nach Deinem Bilde*», flüsterte der Gesandte, «*ein Bild, das Deinem Geiste entspricht und dem Du ein anderes Wesen bestimmt hast, auf daß ...*»

Er hielt inne: Er hatte kein Recht, den Ehesegen zu sprechen. Nein, wer gekommen war, um ein Volk zu befreien, der hatte kein Recht auf eigenes Glück. Der Messias war nicht der Ehemann eines einzelnen Menschen, sondern der ganzen Menschheit.

«Du zitterst», murmelte sie und duzte ihn dabei wie früher, als sie sich ihm in namenlosem Glück hingab.

«Genau wie du.»

Als hätte sie es nicht gehört, fragte sie:

«Hast du Fieber?»

«Ja», seufzte er.

Er preßte seine Lippen auf Dinas Mund. Wie lange standen sie so eng umschlungen, im Halbdunkel? David hätte es nicht zu sagen gewußt. Aber er wußte, daß dies sein letzter Kuß als Mensch war. Plötzlich sah er mit schmerzlicher Klarheit, welche Bedeutung ihm zukam. Es galt, diese Welt der Gewalt, des Hasses und der Ausschweifung zu retten, diese Welt, in der seine eigenen Wünsche unbedeutend waren, in der er nur ein winziges Element darstellte. Diese Welt, zu der auch Dina gehörte, diese Welt, in der zarte Mohnblüten ihre Köpfe zur Sonne reckten, wenn auch das Gras von der Hitze verdörrt und vom Regen gepeitscht war und die Blüten womöglich bald schon von den Hufen der Soldatenpferde zertrampelt werden würden. Er lockerte den Druck seiner Arme.

«Du wirst bald gehen, nicht wahr?» fragte Dina.

«Ja.»

«Mit dem jungen portugiesischen Propheten?»

«Mag sein.»

Die Flamme der Kerze flackerte ein letztes Mal, bevor sie im Wachs verlöschte.

«Verlaß mich nicht», sagte sie verzweifelt.

«Rede keinen Unsinn. Du wirst mich vergessen ... den vergessen, der ich war.»

Plötzlich ließ sie sich an Davids Körper hinuntergleiten. In der Dunkelheit klammerte sich ihre Hand an das Bein des Geliebten, den sie vielleicht für immer verlor.

«Ich habe Angst», wimmerte sie. «Ich bin besorgt. Und diese düsteren Vorahnungen ...»

Es klopfte.

«Eine Wahrsagerin hat mir einmal ...», fuhr Dina unbeirrt fort.

Es klopfte abermals, lauter und heftiger.

«Wer ist da?» fragte der Gesandte.

«Yosef», sagte jemand vom Gang her.

David hob Dina auf, küßte sie zärtlich, nahm sie dann bei der Hand und führte sie zur Tür. Yosef Halevi sah sie aus dem dunklen Zimmer kommen, enthielt sich aber jeglichen Kommentars. Er wartete, bis die junge Frau im Gang verschwunden und auf der Treppe angelangt war, bis er sagte:
«Du schläfst nicht, Herr?»
Der Gesandte antwortete mit einem Psalm:
*«Er schläft und schlummert nicht, der Hüter Israels.»*
«Möge der Ewige dir sein Antlitz zuwenden und dir Frieden schenken!» sagte Yosef.

Er trat ins Zimmer, während der Mann aus Habor eine neue Kerze anzündete, und meldete ihm die Ankunft Selomo Molhos.
«Wo ist er?»
«Unten, er spricht zu den Juden.»
«Was sagt er ihnen?»
«Das kannst du doch erraten! Er entführt sie an das Ende der Zeiten... Was gedenkst du zu tun?»
«Ich werde nach Venedig reisen.»
Yosef lächelte.
«Um eine Reise bist du wirklich nie verlegen. Denkst du, der Doge könnte...»
«Vielleicht. Man muß es versuchen. Der Papst kann augenblicklich nichts für uns tun.»

Sie hörten Schritte auf der Treppe. Es war Doktor Zarfatti, der zu ihnen ins Zimmer trat. Er hatte seinen langen Umhang mit der roten Kapuze angelegt. In seinem Blick stand große Unruhe.

«Herr», sagte er zu David gewandt, «warum bleibt Ihr hier oben? Ist etwas Schlimmes vorgefallen? Schlechte Nachrichten?»

Da der Gesandte nicht antwortete, meldete er, Selomo Molho sei da.

«Yosef hat es mir soeben mitgeteilt. Er will mich sehen?»
«Ja, er kommt direkt aus der Engelsburg. Er erzählt, der Ritter von Frundsberg, der gefürchtete Anführer der lutherischen

Landsknechte, sei mit einem goldenen Halseisen von Deutschland nach Italien gereist. Mit dieser schmählichen Waffe sollte der Papst erwürgt werden. Aber Gott hat es nicht zugelassen, daß diese Untat gelang. Frundsberg traf der Schlag, kaum daß er in Ferrara angelangt war. Bis Rom wird er nicht mehr kommen.»

«Ich vermute, daß der Engel Selomo nicht nur gekommen ist, um mir diese Nachricht zu bringen.»

«Nein, natürlich nicht. Er ist hier, um mit Euch zu ziehen, so sagt er, und um zu wachen über ... über ...»

«Über den Messias, nicht wahr?»

«Ja.»

«Ich verstehe, daß es Euch schwerfällt, dieses Wort auszusprechen.»

Freundschaftlich legte David dem Arzt seine Hand auf die Schulter.

«Mir auch», bekannte er.

Er gab seinem getreuen Yosef ein Zeichen, ging mit dem Doktor zur Tür und sagte leichthin:

«Stellen wir uns also dem Schicksal, wenn schon nicht der Geschichte ...»

Der große Saal im Erdgeschoß war schwarz vor Menschen wie vor zwei Jahren, als der Gesandte nach Portugal aufgebrochen war. Die Luft war stickig vom Rauch der Öllampen und dem Geruch dieser Menschenansammlung. Man konnte kaum atmen. Dennoch stand Selomo Molho auf einem Schemel und redete mit klarer, überzeugender Stimme und funkelndem Blick auf die Menge ein:

«Was werden diejenigen tun, die von Sklaverei zu geistiger Freiheit gelangt sind, aus der dichtesten Finsternis ins strahlende Licht der Tora, die ihnen die Augen öffnen wird? Ah, der Erlöser und Erretter der Welt sei gelobt!»

Er warf sein blondes Haar zurück. Sein seltsamer Blick, aus diesen Augen mit dem violetten Schimmer, erhob sich über die Versammlung und heftete sich auf David Rëubeni:
«Da ist er!» rief er laut.
Und ohne Vorsänger oder Rabbi stimmte die ganze Gemeinde das *ma'ariv*, das Abendgebet an:
«*Und er, voller Erbarmen, vergibt die Sünden. Laß uns, Gott, uns niederlegen zum Frieden und laß, unser König, uns aufstehen zum Leben ...*»
Selomo Molho verbrachte die Nacht unter dem Dach Doktor Zarfattis. Frühmorgens begab er sich zum Mann aus Habor, den er seit der Begegnung in den Gemächern des Papstes nicht mehr allein gesprochen hatte.
«Die Zeit ist gekommen, die Stunde ist nahe», sagte er. «Der Ewige ist mit Euch, wie einst mit Moses. Sprecht zum Volk, und es wird Euch folgen!»
David Rëubeni wandte all seine Geduld auf, um dem jungen Portugiesen zu erklären, daß sie zuerst die Mächtigen und die Herrscher überzeugen mußten, bevor sie die Massen in Bewegung setzen konnten. Mit schwärmerischen Parolen allein ließ sich kein Heer aus dem Boden stampfen.
«Du, der du die Schriften gelesen und studiert hast», sagte er zum Engel Selomo, «entsinne dich des Kampfes, den Moses in Refidim gegen Amalek zu bestehen hatte. Entsinne dich der Art und Weise, wie der Ewige, gepriesen sei Sein Name!, Moses beschützt und unterstützt hat. Aber vergiß nicht, daß es Josuas *Heer* war, das die Schlacht führte!»
Selomo Molhos Augen glänzten vor Erregung. Der Messias sprach zu ihm, der Messias erörterte seine Pläne mit ihm! Endlich erkannte der Gesandte in ihm seinen Helfer, seinen bevorzugten Bundesgenossen bei jeglichem Tun!
«Selbst wenn wir ein Heer hätten wie Josua», sagte der Engel Selomo vorsichtig, «würden wir bei den Kämpfen unweigerlich das Leben unserer verfolgten Brüder gefährden.»

«Gewiß», erwiderte der Mann aus Habor, «aber haben wir, wie du ja selber sagst, nicht den Herrn der Welt auf unserer Seite, der auch der Gott der Heerscharen ist?»

Yosef, der dem Gespräch beiwohnte, spürte, wie Selomo Molho ein wenig aus der Fassung geriet.

«Nun denn, o Meister, o mein König, sagt mir, was ich tun soll», bat der junge Portugiese.

«Wir werden versuchen, den Dogen von Venedig zu überzeugen, damit er uns seine Hilfe gewährt.»

Dieses «wir», das ihn mit einbezog, rührte Selomo Molho zutiefst. Unverzüglich erklärte er sich bereit, dem Gesandten zu folgen, wo immer er hinging ...

Aber Venedig war nicht mehr so wie früher. Wenn die Stadt auch im Verlauf der italienischen Kriege Vorsicht hatte walten lassen und ihre Truppen recht sparsam und geschickt zum Schutz ihres Bodens und ihrer Reichtümer eingesetzt hatte, so war ihr dennoch viel von ihrem Einfluß aus früheren Zeiten verlorengegangen. Vor allem ihren Vorrang als Militärmacht hatte sie an Stärkere, Entschlossenere und Kampffreudigere abtreten müssen. Dem spanischen und osmanischen Reich war es gelungen, ihren Kriegsflotten im Mittelmeer Bedeutung zu verleihen. Die Türken hatten soeben Rhodos eingenommen und den Johanniterorden vertrieben. Nun hatten sie es auf Algier abgesehen, dessen Belagerung sie bereits vorbereiteten.

Venedigs Glanz war also angekratzt, und auf diese Enttäuschung setzte der Mann der Wüste. Vom Senat der Markusstadt wie auch vom Rat der Zehn erhoffte er sich tatkräftige Unterstützung für seinen Plan, mit einem jüdischen Heer gegen die Türken im Heiligen Land anzutreten. Jede Schwächung der Hohen Pforte konnte dem Adel und den Kaufleuten der Serenissima nur willkommen sein. Doch war er, David Rëubeni, nach seinem portugiesischen Mißgeschick, noch glaubwürdig genug, um das Vertrauen des Dogen und des Senats zu erringen? Mußte er nicht einen Beweis liefern für seine Macht, die Massen zu mobilisieren, und für seine Fähigkeit zu siegen? Sollte er vor seiner Ankunft noch ein Geschehen heraufbeschwören, etwas, das der Epoche sein Siegel aufdrücken würde und den Bürgern dieser Stadt im Gedächtnis bliebe?

Diese Überlegungen beschäftigten seinen aufgewühlten Geist für den Rest des Tages. Er vertraute sich Yosef an, und dieser bestätigte die Ansicht des Gesandten. Damit die Dogenstadt ihnen zu Hilfe kam, mußte man sie erst mit einer symbolischen Tat beeindrucken:

«Wie bei unserer ersten Ankunft im Februar 1524. Erinnerst du dich? Unsere Gewänder, unsere Banner, unsere Bewaffnung – weißt du noch, welches Erstaunen sie hervorriefen und wie sich alle Aufmerksamkeit auf uns richtete? Wären nicht die Komplotte dieses teuflischen Jacob Mantino gewesen, hätten wir damals schon auf die Unterstützung der *Serenissima* zählen können!»

Mit gespannter Aufmerksamkeit lauschte der Gesandte den Worten seines Waffenbruders. Plötzlich wurde auch er lebhaft:

«Yosef! Gott segne dich!» rief er aus.

Verdutzt sah Yosef seinen Herrn an. Davids Gesicht strahlte. Seine Augen leuchteten. Seit langem hatte er nicht mehr so glücklich und euphorisch ausgesehen.

«Von meinen Meistern habe ich gewiß viel gelernt», fuhr der Gesandte heiteren Tons fort. «Und noch mehr lernte ich von meinesgleichen, aber am meisten lernte ich von meinen Jüngern!»

Er schloß seinen Freund fest in die Arme und gab ihm einen brüderlichen Kuß.

«Und Selomo Molho?» fragte Yosef.

«Den können wir auf keinen Fall allein in Rom zurücklassen. Der muß mit uns kommen, wenn wir sein Reden und Handeln unter Kontrolle behalten wollen.»

Merkwürdigerweise war es Selomo Molho, der, nachdem man ihn über den venezianischen Plan in Kenntnis gesetzt hatte, die einzige praktische Frage stellte:

«Und das Geld für diese Reise?»

Er entsann sich, wie er ohne einen Dukaten in der Tasche ein paar Tage in Gaza festsaß und sich nur dank der Großzügigkeit eines arabischen Kaufmanns nach Italien einschiffen konnte.

David Rëubeni und Yosef wechselten einen verschwörerischen Blick. Dann lächelte Yosef und sagte:

«Wie wäre es, wenn wir uns der Flucht des Papstes nach Orvieto annähmen?»

«Wie hellsichtig!» rief der Engel Selomo aus. «Im Gegenzug wird Clemens VII. uns ohne Zweifel die Mittel liefern, an denen es uns heute noch mangelt!»

Drei Monate später, am 6. Dezember des Jahres 1527 nach christlichem Kalender, waren der Papst und seine Kardinäle, die bis dato in der Engelsburg gefangengehalten wurden, plötzlich verschwunden. Wenige Tage danach tauchten sie in Orvieto auf. Von diesem neuen päpstlichen Stützpunkt aus und im sicheren Schutz seiner Schweizergarde, also unter weit günstigeren Bedingungen als in Rom, vermochte Clemens VII. nun mit Karl V. über seine Rückkehr in den Vatikan zu verhandeln.

In Begleitung seines Gefolges, seines Vertrauten Yosef Halevi und natürlich Selomo Molhos, ging der Gesandte an Bord eines venezianischen Schiffes. Am 10. Dezember 1527 verließ die Galeere Neapel, also am 17. Tag des Monats *tevet* im Jahre 5288 nach Erschaffung der Welt durch den Ewigen, gepriesen sei Sein Name! Aber das Schiff fuhr nicht nach Venedig. Es nahm Kurs auf das Heilige Land.

## LII
## DIE RÜCKKEHR NACH VENEDIG

Dieser plötzliche Aufbruch des Prinzen von Habor ins Heilige Land hatte die jüdische Gemeinde in Rom erstaunt und noch lange für Gesprächsstoff gesorgt. Es vergingen Wochen, Monate, ein Jahr, dann zwei ... Aber keine Nachricht kam von dem Gesandten oder von Selomo Molho, der mit ihm gezogen war. Das warf endlose Fragen und Vermutungen auf, und wie in solchen Fällen üblich, kursierten die wildesten Gerüchte.

Als der Papst nach Rom zurückkehrte, glaubten die Juden, nun würden auch seine Schützlinge, David Rëubeni und der junge blonde Prophet, wiederkommen. Einige behaupteten, sie bereits in Venedig gesehen zu haben. Andere wollten den Gesandten in Begleitung seines getreuen Waffenbruders Yosef Halevi in einer Straße von Neapel erblickt haben. In Rom sagte sich der alte Rabbiner Obadia da Sforno, daß er wohl gerade einer Halluzination erlegen war, als er auf dem Ponte Sant'Angelo einen vorbeigaloppierenden Reiter aufgrund seiner Statur für den Mann aus der Wüste gehalten hatte.

Am 29. Juni des Jahres 1529 nach christlichem Kalender hatte Clemens VII. in Barcelona endlich mit Karl V. Frieden geschlossen. Bei der feierlichen Unterzeichnung des Abkommens schienen sogar die katholischen Würdenträger einer Fata Morgana aufgesessen zu sein, glaubten sie doch, unter den geladenen Gästen den Prinzen von Habor erkannt zu haben.

Am 8. Oktober des Jahres 1530 trat nach wochenlangen sintflutartigen Regenfällen der Tiber über die Ufer. Die Flut ließ sich nicht zurückdrängen und eroberte die Stadt. Die Überschwemmung verwüstete alles. Sofort entsann man sich der zweiten Prophezeiung Selomo Molhos. Wieder überfiel die Juden das messianische Fieber. Von Italien aus infizierte es in kürzester Zeit Portugal, das Comtat Venaissin, Saloniki und Konstantinopel. Es schien offensichtlich, ja unwiderlegbar, daß der Messias bald, sehr bald, kommen würde. Man wußte nur noch nicht, von welchem Hafen aus.

Es war noch nicht zwei Monate her, daß die Wasser des Tiber über die Ufer getreten waren, als am 7. Dezember 1530, auf den Tag genau sechs Jahre und zwei Monate nach dem ersten Erscheinen David Rëubenis in Italien, eine Neuigkeit die Runde machte. An der Punta della Dogana, wo der Dorsoduro beginnt, hatte eine merkwürdige Galeere mit dem Namen *Cornera* angelegt. Es war eines dieser schnellen Schiffe, die der berühmte Vettore Fausto nach dem Vorbild der alten römischen *Quinquireme* gebaut hatte. Wie ein Lauffeuer verbreitete sich die Nachricht, daß der Prinz von Habor aus dem Heiligen Land zurückgekehrt sei. So hatte es der portugiesische Prediger damals verheißen, der mit dem Gesandten eingetroffen war. Und als die Eskorte an Land ging, war man zutiefst beeindruckt, mehr als hundert Mann unter Waffen zu sehen!

Die Venezianer, ob Juden oder Christen, eilten zu Tausenden an die Anlegestelle der *Cornera* und bestaunten die Masten dieses Kriegsschiffes, an denen die zwölf Banner der zwölf Stämme Israels in der leichten Brise flatterten.

«Der Messias ist gekommen!» Dieser Ruf, der für die einen ein Losungswort und für die anderen ein Aufruf zur Sammlung war, hallte in wenigen Tagen in ganz Europa wider. Wie sollte man in ihm nicht den Erlöser sehen, wenn doch die Weissagung in allen Punkten eingetroffen war? Rom war zerstört worden, dann hatte die Überschwemmung die Stadt abermals verwüstet, und nun war der Messias gekommen! Man tanzte auf dem Platz des Ghetto Nuovo in Venedig, man tanzte in Rom, in den Judenvierteln Rigola, Ripa und Sant'Angelo. Auch in den *carrières* von Carpentras und Avignon wurde das Ereignis gefeiert. Nachdem der Papst, der zwei Wochen später Kaiser Karl V. in Bologna krönen sollte, davon erfahren hatte, zündete er eine Kerze an, um Gott ob Seiner Barmherzigkeit zu danken, daß er die besten seiner Kinder verschont hatte.

Wie man ferner erfuhr, war der Kapitän der *Cornera* niemand anderer als Campiello Pozzo, derselbe, der die Galeere *Alfama* befehligt hatte, auf der David Rëubeni sechs Jahre zuvor zum erstenmal in die Dogenstadt gekommen war. Beide Schiffe gehörten dem gleichen Reeder, dem Grafen Santo Contarini, einem Mitglied des Rates der Zehn, der unter dem Vorsitz des Dogen die kleine Republik Venedig verwaltete.

Zu diesem Zeitpunkt befand Moses da Castellazzo sich beim Marchese von Mantua, dem er endlich sämtliche Illustrationen zum Pentateuch übergeben konnte, die er im Auftrag dieses Kunstliebhabers gezeichnet und in Holz geschnitten hatte. Als der rothaarige Hüne die Nachricht erfuhr, verabschiedete er sich eiligst vom Marchese und sprang auf sein Pferd. Es drängte ihn, den Mann aus Habor wiederzusehen! In gestrecktem Galopp jagte er auf Venedig zu.

Der Doge der Serenissima, Andrea Gritti, ließ den Grafen Santo Contarini wissen, daß er so bald wie möglich die Bekanntschaft dieses geheimnisumwitterten jüdischen Prinzen machen wolle, den er bei dessen erstem Aufenthalt in seiner Stadt nicht hatte sehen können. Unverzüglich bot der Graf dem Mann aus Habor sowie seinen beiden Beratern, Yosef Halevi und Selomo Molho, ein Quartier in seinem Palazzo an. Das Ereignis ihrer Ankunft hatte solche Ausmaße angenommen, daß er sie aus Gründen des Anstands nicht im Hause Kapitän Pozzos, wie ursprünglich vorgesehen, wohnen lassen konnte. Die hundert Männer aus David Rëubenis Gefolge fanden Kost und Logis bei den Bewohnern des Ghettos.

Während die Glocken des Campanile an der Einfahrt in den Canal Grande Sturm läuteten, um die Kunde von der Ankunft des Gesandten zu verbreiten, jagten Hunderte von Schiffen, Booten und Gondeln über das graue, nach Fäulnis und Sumpf riechende Lagunenwasser auf die Anlegestelle der Dogana zu. Und im Ghetto, wo helle Aufregung herrschte, berief Doktor Jacob Mantino in aller Eile den *va'ad hakatan* ein.


Der Palazzo Contarini war prachtvoll, und seine Innenräume zeigten eine beeindruckende Schönheit. Kam man vom Rio Terra San Paternus und trat durch das Portal mit dem fein ziselierten Bronzetürklopfer, dann gelangte man in einen wundervoll bepflanzten Innenhof, in dessen Mitte ein Brunnen mit kunstvoll verziertem Rand prunkte. Unter den Arkaden, zwischen den Statuen, sah man glänzende Waffen und Trophäen an den Wänden hängen. Um zu dem Gemach zu gelangen, das der Graf dem Gesandten zugewiesen hatte, mußte der Mann aus der Wüste eine breite Wendeltreppe an der Außenmauer hinaufgehen. Diese Treppe führte zu einer Art Turm mit zierlichen, gebogenen Säulen, der einzig in seiner Art und der ganze Stolz der Contarinis war. Den großen Raum, den man von der Treppe aus betrat, schmückte eine hohe, bemalte und vergoldete Kassettendecke. Durch die in Blei gefaßten Fensterscheiben fiel ein wohltuendes Licht herein, das Möbel und Fußboden sanft belebte. Die persönliche Habe David Rëubenis, vor allem seine Ebenholztruhe, war in einem Nebenraum abgestellt worden.

«Sie wurde mit Seilen durchs Fenster hochgezogen», erklärte der Graf. «In Venedig haben alle Häuser solche Seilzüge unter dem Dach.»

Ein weißhaariger Haushofmeister in einem Wams aus grauem Samt übersetzte diese Worte ins Arabische. Der Magnifico Contarini unterstrich seine Worte mit einem lauten Lachen, das seine vollkommenen Zahnreihen sehen ließ:

«Stellt Euch vor, Prinz, man hätte Eure Truhe über diese Treppe heraufschleppen müssen!»

Er tat einen Schritt auf die Tür zu:

«Ich lasse Euch jetzt allein. Ihr wollt Euch sicherlich ausruhen.»

«Nein, nur mein Gebet sprechen.»

«Bis bald also.»

Plötzlich stockte der Graf:

«Oh, beinahe hätte ich es vergessen! Der Serenissimo Andrea Gritti wird bei dem Festessen anwesend sein, das ich heute abend Euch zu Ehren gebe. Ihr werdet ihm also Eure Pläne darlegen können.»

Er lachte abermals.

«Die haben sich hoffentlich nicht geändert?»

«Nein.»

Santo Contarini legte seine Rechte kurz auf den Griff seines Degens, dessen Scheide an einem vergoldeten Gürtel hing.

«Diener stehen dem Prinzen zur Verfügung», sagte er noch. «Und die Freunde des Prinzen, Yosef Halevi und Selomo Molho, logieren einen Stock tiefer.»

David Rëubeni war nicht unzufrieden. Die von ihm beabsichtigte Wirkung war eingetreten und hatte vielleicht sogar seine Erwartungen übertroffen. Die Ereignisse beschleunigten sich. Er hatte nicht damit gerechnet, noch am selben Abend den Mann treffen zu können, dessen Unterstützung er zu erhalten hoffte. Doch der Ewige, gepriesen sei Sein Name!, hatte es so entschieden. Als wolle er dem Mann aus Habor bedeuten, er solle schnell handeln, damit seinen Gegnern keine Zeit blieb, sich abzustimmen. Der Gesandte vollzog die rituellen Waschungen und sprach das Gebet:

«*Glücklich diejenigen, die in Deinem Hause wohnen!
Sie können Dich noch rühmen* ...»

Als er es beendet hatte, erschien Yosef. Er wußte von dem Festmahl und der Anwesenheit des Dogen.

«Ich hoffe nur, daß der Graf nicht auch Jacob Mantino eingeladen hat», sagte er. «Wie mir zu Ohren kam, verdankt dein erklärter Feind dem Contarini-Klan das Vorrecht, nicht den gelben Hut tragen zu müssen.»

«Jacob Mantino, mein erklärter Feind? ... Nun, jedenfalls ist er ein gefährlicher Feind, da er Intelligenz besitzt.»

«Glaubst du, daß er es wagen wird, erneut auf dein Eintreffen zu reagieren?»

«Ich glaube, daß er bereits am Werk ist. Meiner Ansicht nach ist zur Stunde bereits der *va'ad hakatan* zusammengetreten. Wir hätten unsere Freunde Meshulam del Banco und Moses da Castellazzo benachrichtigen sollen.»

«Ich habe ihnen geschrieben, aber ohne ihnen den genauen Tag unserer Ankunft mitzuteilen.»

«Wie sagte unser guter Niccolò Machiavelli? In der Politik ist es ratsam, alles vorauszusehen ...»

Yosef lächelte:

«Aber der Messias braucht nichts vorauszusehen. Der Herr *sieht für ihn!*»

Der Gesandte zuckte mit den Achseln und öffnete das Fenster. Der Himmel hing schwer herab, nur hier und da war ein wenig Blau zu entdecken. Plötzlich schoß aus einem dieser blauen Risse ein merkwürdiges weißliches Licht, das ihn kurz blendete. Er kniff die Augen zusammen: «Sollte dies die *shekhina* sein?» fragte er sich. Ein Feuerstreif in der Finsternis? Ein Licht, das gleichzeitig erleuchtet und blendet? Er hörte, daß hinter seinem Rücken gesprochen wurde, und wandte sich um. Selomo Molho war gekommen und redete leise mit Yosef. Als David sich ihm zukehrte, verkündete der Engel Selomo lauthals:

«Ich bin auf den *fondamenta* herumspaziert. Hunderte von Menschen haben sich vor dem Palazzo versammelt. Sie warten und wollen den Messias sehen!»

«*Wenn sie heute Seine Stimme hören könnten ...*», zitierte der Mann aus Habor anstelle einer Antwort.

Selomo Molho hatte sich nicht verändert. Er wirkte noch immer jugendlich, und wie einst wehte ihm das blonde Haar in die blasse Stirn. Nur trug er jetzt, wie alle Diener des Gesandten, das Gewand aus weißem Linnen mit dem goldfarbenen, gestickten, sechszackigen Stern auf der Brust. Zwei Attribute eines portugiesischen Edelmanns hatte er sich allerdings bewahrt: den federgeschmückten Samthut und den an einem orientalischen, mit Edelsteinen besetzten Wehrgehänge angebrachten Degen. Hymnisch setzte er die Schilderung dessen fort, was er auf der Straße gehört hatte:

«Ich habe auch erfahren, daß der berühmte Rabbiner Eliha Halfon ein glühender Bewunderer des Prinzen von Habor ist. Vor knapp zwei Tagen hat es ein öffentliches Streitgespräch zwischen ihm und den Mitgliedern des *va'ad hakatan* über das Kommen des Messias gegeben. Bei dieser Gelegenheit hat er mit seiner Meinung nicht hinter dem Berg gehalten und dem *va'ad* sein früheres Verhalten gegenüber dem Prinzen sogar vorgeworfen. *Der Messias war unter euch, und ihr habt ihn nicht gesehen!* hat er ihnen ins Gesicht zu schleudern gewagt.»

«Wer hat dir das erzählt?»

«Ein alter Bücherverkäufer, ein gewisser Elhanan ... Elhanan Obadia Saragossi.»

«Was hat er sonst noch gesagt?»

«Nichts, denn er wurde von einem komischen Kerl unterbrochen, einem Fettwanst mit bartlosem Gesicht, der behauptete, einst im Dienst des Prinzen von Habor gestanden zu sein. Wie er mir sagte, arbeitet er jetzt in einer alten spanischen Synagoge, innerhalb des Ghettos. Er hat mir sogar seinen Namen genannt ...»

«Das ist Tobias!» warf Yosef ein, der bisher geschwiegen hatte.

«Woher weißt du das?» fragte der Engel Selomo.

«Das kann nur er sein. Ich wußte nicht, daß er noch lebt.»

«Er hat einen Unfall gehabt und ein Auge verloren», erwiderte Molho.

«Der Ewige hat es so gewollt», ließ sich David Rëubeni vernehmen.

Yosef erzählte dem jungen Portugiesen von Tobias' Winkelzügen und dem Treiben seines neuen Herrn, des gefährlichen Jacob Mantino.

Was Yosef ihm berichtete, empörte Selomo Molho zutiefst. Er vermochte weder zu glauben, daß Menschen so hinterhältig, engstirnig und böse sein konnten, noch daß ein gebildeter Jude eine Verschwörung anzettelte, um einen Juden zu ermorden! Wie konnte ein Jude einem anderen Juden gegenüber solche Schandtaten begehen? Aber sofort schien er sich entschuldigen zu wollen, daß er sich das Recht angemaßt hatte, über andere zu richten, wo dieses doch nur dem Ewigen zukam!, denn er zitierte Ezechiel:

*«Ich habe ja kein Wohlgefallen am Tode, spricht Jahwe, der Herr. So kehret um, und ihr sollt leben.»*

«Im Moment ist es notwendig, daß die Bösen umkehren ...», meinte Yosef. «Dieser eine Böse beschäftigt sich schon mit einem neuen Komplott und heckt neue Schandtaten aus, an denen sich, wie es heißt, eigentlich nur Dummköpfe weiden, zu denen sich aber leider auch Gelehrte hergeben!»

Der Engel Selomo schwieg nachdenklich.

«Und ich glaubte die Menschen ein wenig zu kennen», murmelte er vor sich hin.

«Du hast Gott erkannt!» entgegnete Yosef. «Und also hast du auch eine gewisse Vorstellung von dem Menschen, der nach dem

Bilde des Ewigen, gepriesen sei Sein Name!, geschaffen wurde. Aber viele haben sich von diesem Bilde entfernt ... wenn dem nicht so wäre, dann bräuchten wir keinen Messias!»
«Aber er steht doch vor uns! Er ist da!» rief Selomo Molho.
«Ja», sagte Yosef. «Das ist es, was ich meine. Die Notwendigkeit des Messias wird erst offenbar, wenn die meisten sich von Gott abgewandt haben ...»

David Rëubeni lächelte. Er wußte im voraus, welche Wendungen ein solches Streitgespräch zwischen seinen beiden Gefährten zu nehmen pflegte. Während ihrer Reise durch das Heilige Land, von Jerusalem bis Tiberias, von Safed bis Jaffa, hatten sie viele solcher Gespräche geführt, waren immer wieder aneinandergeraten und hatten neue Argumente gesucht. All die Begegnungen mit Gelehrten und Rabbinern, bekannten oder auch unbekannten, hatten die Kontroverse immer von neuem angefacht. Während ihrer Wanderungen bis hinauf zum Nil, auf den Spuren Moses', hatte der Gesandte selbst eine gewisse Zuneigung zu dem jungen portugiesischen Prediger entwickelt. Seine natürliche Begeisterung, seine überschäumende Phantasie und sein phänomenales Gedächtnis, was die Schriften anbetraf, hatten die Bewunderung des Prinzen erregt. Er wußte aber auch, daß derartige Eigenschaften in politischen Dingen gefährlich waren und ins Verderben führen konnten. Doch er hatte keine Wahl. Die bekannte Welt war im Wandel begriffen. Im Moment weitete sie sich schier endlos aus und nahm tagtäglich neue Formen an. Sie öffnete sich auf andere Erdteile hin, auf Amerika und Asien. Die Verständigung zwischen Ländern und Menschen brauchte immer weniger Zeit. Galeeren, die am 21. Oktober von Cadiz ausliefen, hatten am 22. schon das Cap São Vicente umschifft und am 24. das Cap Finistère, um am 30., trotz hohen Wellengangs und stürmischer Winde, in Southampton anzukommen ... Und die gleichen Galeeren, die in Southampton den Anker lichteten und die Neue Welt ansteuerten, erreichten zweiundvierzig Tage später bereits die Küsten Amerikas!

David Rëubeni war sich bewußt, daß die Ereignisse ihm nicht viel Aufschub gewähren würden. Er durfte keinen Tag verlieren, wollte er das Erträumte zu einem guten Ende führen. Das jüdische Königreich auf dem Boden Israels mußte so bald wie möglich Wirklichkeit werden. Wenn er scheiterte, dann war jede Möglichkeit, es zu errichten, für lange Zeit in Frage gestellt. Im Augenblick war die Stimmung günstig für sein Vorhaben. Die christlichen Mächte verfolgten eigene Interessen im Orient, und in ganz Europa spürte man das schlechte Gewissen, das von den Massakern und Verfolgungen der Juden in Spanien herrührte. Hilfestellung und Unterstützung würde man ihm wohl gewähren, aber für wie lange? Ja, er mußte schnell vorankommen. Und Selomo Molho neben sich dulden, um seinen Überschwang im Zaum zu halten. Der Mann aus der Wüste kannte die Gefahren von Gewaltmärschen. Beschleunigte man den Schritt, dann rannte man vielleicht ins Unglück, verlangsamte man ihn aber, dann holte einen das Unglück ein. Im Moment überschlugen sich die Ereignisse. Noch heute abend würde er den Dogen von Venedig treffen.

Der Serenissimo Andrea Gritti war eine beachtliche Persönlichkeit. David hatte sich aufmerksam bei allen umgehört, die von ihm zu erzählen wußten. Der Doge trat als Freund der Juden auf und sprach sogar Hebräisch. Aber er stand auch den Türken nahe. Bei einem längeren Aufenthalt in Konstantinopel war er wegen Spionage angeklagt und eingekerkert worden. Nur die Hilfe seines Freundes, des Wesirs Ahmed, hatte ihn vor der Pfählung bewahrt und ihm wieder zur Freiheit verholfen. Wie es hieß, stand der Doge seitdem bei den Osmanen noch immer in hohem Ansehen. Der Mann aus Habor wußte, daß es aufgrund dieser Umstände für ihn nicht leicht sein würde, Andrea Gritti ein Vorhaben nahezubringen, dessen Begründung und Rechtfertigung den Interessen seiner türkischen Freunde unweigerlich widersprach.

Ein solch wichtiges Zusammentreffen mußte also sorgfältig

vorbereitet werden. Daher überließ David Rëubeni seine beiden Freunde ihrem üblichen Streitgespräch und schloß sich in seinem Schlafgemach ein, um nachzudenken. Hieß es bei den Venezianern nicht, gründliches Nachdenken erspare das Handeln?

## LIII
## FINSTERE MACHENSCHAFTEN IN DER LAGUNENSTADT

**D**as Festmahl im Palazzo Contarini hatte kaum begonnen, als Regen einsetzte. Windböen trugen die Passanten auf den schmalen *fondamenta* buchstäblich davon. Sie wurden vom Markusplatz geweht und verschwanden unter düsteren Torbögen. Eine von zwei Laternen schwach beleuchtete Gondel glitt lautlos und einsam auf dem Kanal dahin. Sie hatte fünf Männer an Bord. Ihre Gestalten verschwanden unter langen Umhängen, und ihre Gesichter waren von hohen Kragen und schwarzen Zweispitzen verborgen.

Nachdem die Gondel die Rialtobrücke hinter sich gelassen hatte, bog sie in den Rio San Marcuola ein, fuhr weiter nordwestlich und legte im Rio di Ghetto Nuovo in der Nähe der fondamenta degli Ormesini an. Die fünf Männer sprangen auf den Kai und bogen in eine enge Gasse. An ihrem Ende befand sich eine Holzbrücke, die an eine Zugbrücke vor einer mittelalterlichen Burg erinnerte. Ein mächtiges Portal verschloß die Brücke, und der herzogliche Wachposten gebot ihnen Einhalt:

«Halt! Wer da?»

Einer der Männer trat vor:

«Seine Exzellenz, der Botschafter Seiner Majestät des Königs von England.»

«Besitzt er eine Sondererlaubnis, um zu so später Stunde Einlaß ins Ghetto zu erhalten?»

«Hier ist sie!»

Der Mann hielt eine Pergamentrolle hoch, versuchte sie so

gut es ging unter dem Zipfel seines Umhangs vor dem Regen zu schützen, streckte sie aber dann doch dem Wachposten entgegen. Dieser besah sich das Dokument im Schein einer Laterne.

«In Ordnung», sagte er. «Ihr kennt den Weg?»
«Wir werden jenseits des Tores erwartet.»
«Gut», brummte der Posten und gab Befehl, das Tor zu öffnen.
«Wird es lange dauern?» fragte er noch.
«Nein, höchstens eine Stunde.»
«Dann klopft dreimal gegen das Tor. Es wird geöffnet.»

Jenseits des *sottoportego* lag der Campo, der große Platz des Ghettos. Er war menschenleer. Unter den Arkaden der *Banco Rosso* wurde eine beleibte Person sichtbar. Der Mann trug einen weiten Umhang, um sich gegen den Regen zu schützen, und hatte eine Bandage über dem linken Auge.

«Meine Herren», flüsterte er, «ich habe den Auftrag, Euch zum ehrenwerten Jacob Mantino zu bringen.»

Er führte die fünf Männer zu einem der Häuser, die den Campo umstanden. Dort wurden sie in einem Saal von schönen Proportionen empfangen, dessen schmale Fenster auf den Rio di Ghetto Nuovo hinausgingen. Diese geheimnisvolle Delegation suchte nicht den Arzt, sondern den Rabbiner Mantino auf. Als dieser erschien, grüßten ihn seine Besucher, nahmen dann ihre Umhänge ab und entblößten ihre Gesichter. Drei von ihnen waren Venezianer und wirkten eher jung. Der Vorsteher des *va'ad* wußte nicht sogleich, ob sie die Ratgeber oder die Leibwache der beiden anderen, deutlich älteren, waren. Mantino kannte den Botschafter Englands in Venedig recht gut, den Protonotar Jean-Baptiste de Casal, den er schon mehrmals bei offiziellen Empfängen im *Palazzo ducale* getroffen hatte. De Casal hatte auf Ersuchen Richard Crokes, des Sonderbotschafters König Heinrichs VIII., dieses Treffen in die Wege geleitet.

Jacob Mantino ahnte das Motiv für diesen nächtlichen Besuch. Schließlich wußte jeder, daß der Reverend Richard Croke schon seit etlichen Wochen in Europa unterwegs war, anstatt wie gewöhnlich sein heiliges Amt in Cambridge zu versehen. Er war auf der Suche nach ausgewiesenen Kennern der Heiligen Schrift, und dazu zählte er auch die jüdischen Gelehrten, die vielleicht doch eine unwiderlegbare biblische Rechtfertigung für die Scheidung des englischen Königs finden konnten. Die Scheidungsaffäre hatte bereits ganz Europa erschüttert und schwerwiegende politische wie religiöse Streitigkeiten heraufbeschworen. König Heinrich VIII. war mit Katharina von Aragón, der Witwe seines Bruders, verheiratet. Da seine Frau ihm keinen Thronerben geschenkt hatte, aber, so munkelte man, auch zu seinem Vergnügen, hatte er beim Papst um die Erlaubnis nachgesucht, sich scheiden zu lassen und seine Geliebte Anne Boleyn heiraten zu dürfen. Nach christlichem Brauch kam es nicht in Frage, daß ein Herrscher sich scheiden ließ. Das war auch die Meinung Clemens VII. Aber es ging nicht nur darum, einen Grundsatz der Kirche zu verteidigen. Katharina von Aragón war die Tante Karls V., und man fürchtete seinen Zorn.

«Ihr seid einer der großen Gelehrten dieses Jahrhunderts», begann Richard Croke, während er mit seiner faltigen Hand über sein langes graues Haar strich. «Ihr habt an der berühmten Universität von Padua studiert und wart dort Mitschüler von Kopernikus. Eure Übersetzung des Kommentars von Averroës zur *Metaphysik* des Aristoteles hat mich zutiefst beeindruckt.»

Richard Croke stützte sich mit den Ellenbogen auf den schweren, mit Manuskripten und Büchern überhäuften Tisch:

«Daher habe ich Seine Majestät Heinrich VIII. um die Erlaubnis ersucht, Euch ein Problem vorzutragen, das für die Zukunft Englands von Bedeutung ist. Auch der Papst weiß, daß sich unter den Juden die besten Kenner der Heiligen Schrift befinden. Daher könnte Eure Meinung zur Auslegung der biblischen Gesetze den Vatikan durchaus beeinflussen. Es ist Euch sicher bekannt, daß die Ratgeber Clemens VII. sich auf das Deuteronomium stützen, um ihre Zustimmung zur Scheidung des britischen Herrschers von Katharina von Aragón zu verweigern. In diesem Bibeltext ist es in der Tat dem Mann untersagt, die Witwe seines verstorbenen Bruders zu ehelichen...»

Jacob Mantino, der beim Kamin stehen geblieben war, trat nun auf den Tisch zu und setzte sich auf eine schlichte Holzbank, dem englischen Würdenträger gegenüber. Sein rundliches, stets glattrasiertes Gesicht färbte sich allmählich purpurn. Er heftete seine kleinen, verwaschenen Augen auf sein Gegenüber:

«Der Besuch eines Mannes wie Euch schmeichelt mir», sagte er. «Indes glaube ich nicht, daß es mir möglich ist, Euch zu helfen.»

Auch der Botschafter Jean-Baptiste de Casal, der seine feuchte Kleidung am Kaminfeuer zu trocknen gesucht hatte, trat nun näher:

«Aber, mein lieber Mantino, Ihr wißt doch besser als jeder andere, daß das Gesetz des Deuteronomiums schon seit der Zerstörung des Tempels nicht mehr angewandt wurde!»

Der Vorsitzende des *va'ad* schluckte, sein massiger Körper erzitterte, und die Bank knarzte. Ein plötzlicher Luftzug sträubte seine graumelierten braunen Haare. Die Tür war aufgegangen, und Tobias brachte Gläser und eine Karaffe venezianischen Wein.

Jacob Mantino schwieg zunächst zu der spitzfindigen Bemerkung des Botschafters. Er goß sich Wein ein, hob sein Glas und sagte:

«Auf die Gesundheit des Königs!»

Nachdem er einen kräftigen Schluck genommen hatte, fragte er mit gespielter Heiterkeit:

«Welche Gesetzgebung hält mein verehrter Besucher in einem solchen Falle für angebracht?»

«Die des Leviticus, 18,16», erwiderte Richard Croke.

«Was besagt diese Stelle Eurer Ansicht nach?»

«Ich zitiere: *Die Scham des Weibes deines Bruders sollst du nicht aufdecken; die Scham deines Bruders ist sie.*»

«Und das bedeutet?»

«Daß Seine Majestät, der König von England, nicht das Recht hat, mit der Witwe seines Bruders verheiratet zu bleiben, ja sie nicht einmal hätte heiraten dürfen.»

«Was wird dann, Eurer Meinung nach, aus dem Gesetz des Deuteronomiums, das einem Herrscher doch ausdrücklich die Scheidung untersagt?» fragte der Vorsteher des *va'ad* mit tonloser Stimme.

«Es muß als logische Folge des Buches Numeri angesehen werden, und besonders des Kapitels über die Gelübde.»

«Wer hat Euch bloß so etwas erzählt?» japste Jacob Mantino, den die Aufregung erröten ließ.

«Der ehrenwerte Eliha Halfon, ein angesehener Rabbiner», sagte der Botschafter beiläufig.

Diesmal wurde der Arzt blaß. Alles Blut wich aus seinem Gesicht, totenbleich stemmte er seine Körpermasse in die Höhe und begann nervös im Zimmer auf und ab zu laufen. Er war in Rage, das war unverkennbar. Die drei jungen Venezianer, die mitten im Raum gestanden hatten, wichen zur Tür zurück, um ihm nicht in die Quere zu kommen.

«Eliha Halfon, sagtet Ihr?» Abrupt blieb er vor dem Kamin stehen. «Eliha Halfon! Das darf doch nicht wahr sein!» zischte er.

Dann konnte er sich nicht mehr zurückhalten und brüllte los:

«Halfon ist ein Ehrgeizling, ein Wirrkopf, vor dem man sich in acht nehmen muß! Ein Fehlgeleiteter! Ein Anhänger David Rëubenis, dieses Hochstaplers, der von sich behauptet, der Gesandte eines jüdischen Königreichs zu sein, das es gar nicht gibt!»

Nun erhob sich auch Richard Croke und musterte Mantino:

«David Rëubeni? Der Mann, den König Franz I. getroffen

und über den er sich bei unserem Herrscher Heinrich VIII. so wohlwollend geäußert hat?»

Er hüllte sich in seinen Umhang und ging ohne sich zu verabschieden zur Tür. Mit einer Kinnbewegung in Richtung Mantino bedeutete er seinem Botschafter:

«Gehen wir! Ich habe den Eindruck, der verehrte Gelehrte Mantino vermag uns nicht zu helfen.»


Auch als er wieder allein war, vermochte sich der Vorsteher des *va'ad* kaum zu beruhigen. Schon wieder hatte er es mit diesem Abenteurer, diesem David Rëubeni zu tun! Seit der Gesandte des angeblichen Königreichs Habor seinen Fuß auf venezianischen Boden gesetzt hatte, stand er ihm, Jacob Mantino, im Wege! Und stets war dieser Rëubeni in irgendwelche politischen Intrigen verwickelt, die für die jüdische Gemeinde in der Diaspora nur verhängnisvoll sein konnten!

Er rief nach Tobias, ließ Gläser und Karaffe abräumen und trug ihm auf, seinen Freund Azry'el ben Solomon Diena, den Rabbiner von Sabbioneta, zu holen, der augenblicklich in Venedig weilte.

«Zu dieser Stunde?» fragte Tobias. «Er wird doch schlafen.»

«Dann weck ihn eben! Es gilt eine Gefahr abzuwenden, die drohend über der jüdischen Gemeinde hängt! Gelichter wie Eliha Halfon, Selomo Molho oder gar dieser David Rëubeni waren immer schon schuld an unseren Tragödien!»

Für den Arzt und Rabbiner gab es keinen Zweifel, daß die jüdische Gemeinde sich in größte Gefahr begab, wenn sie sich in einen Streit einmischte, der sie nichts anging. Sollte Heinrich VIII. seine legitime Gemahlin verstoßen und so mit Rom und der Kirche seines Landes brechen, dann würde das die gesamte politische Lage in Europa beeinflussen. Das Gleichgewicht in der Welt würde sich verändern, aber die Stellung der Juden bliebe unangetastet! Mischten sich die Juden aber zu Gunsten des einen oder des anderen in diesen Streit ein, dann würde es wieder zu Judenverfolgungen kommen. Und das war unabhängig davon, wie der Streit ausging.

Die Diskussion hatte den Haß Jacob Mantinos auf den Prinzen von Habor wieder neu entfacht. Er sah es heute wie gestern als seine Pflicht an, diesem das Handwerk zu legen, bevor er noch mehr Schaden anrichten konnte. Es war dringlicher denn je, so glaubte er, dem Aufstieg dieses Hochstaplers und seiner Anhänger Einhalt zu gebieten! Und er wußte, daß Rabbi Diena in diesem Punkt seiner Meinung war. Eine Dreiviertelstunde später führte Tobias den Rabbi herein. Die beiden Männer redeten die ganze Nacht und arbeiteten einen Plan aus. Im Falle von Rabbi Halfon hielten sie es für das beste, ihn beim Heiligen Stuhl oder auch direkt beim Inquisitionstribunal zu denunzieren. Als Grund würden sie seine theologischen Irrlehren und seine Befürwortung der gottlosen Pläne Heinrichs VIII. angeben. Für David Rëubeni und Selomo Molho hatten sie anderes im Sinn. Rabbi Diena war entschlossen, in Murano Männer anzuheuern und auch selbst auszusuchen, die mit den beiden Hochstaplern kurzen Prozeß machen würden. Als der Morgen graute, war das Komplott geschmiedet. Diesmal mußte ihr Schachzug gelingen! Nachdem sein Glaubensbruder aus Sabbioneta gegangen war, dankte der überaus gläubige und rechtschaffene Jacob Mantino dem Ewigen, gepriesen sei Sein Name!, daß er ihm diesen verschlungenen Weg des Handelns gewiesen hatte.

Das Abendessen im festlich beleuchteten Palazzo Contarini zog sich über Stunden hin. Als Vorspeise servierte man verschiedene Salate und Gemüse, dann gab es flambiertes Wildbret, und danach kamen Zicklein, Hase und Jungkaninchen auf den Tisch. Alle Gerichte waren mit Curcuma oder Kardamom gewürzt, und der herbe Wein brachte ihren feinen Geschmack voll zur Geltung. Eine solche Fülle von Speisen erstaunte den Mann aus der Wüste noch immer. Er gab es schnell auf, die Platten zu zählen, die hereingetragen wurden und von denen er nicht einmal kostete. Unaufhörlich wurde geplaudert und gelacht, und die Musiker im Saal nebenan vermochten den Lärm der Konversation kaum zu übertönen. Auch dem Gesandten gelang es erst nach dem Dessert, ein paar Worte mit dem Serenissimo Andrea Gritti zu wechseln.

Der Doge von Venedig war ein Mann von besonderer Schönheit und entsprach darin den Gerüchten, die der Gesandte über ihn gehört hatte. Er trug das Gewicht seiner achtundsechzig Jahre mit souveräner Eleganz und rühmte sich gleich zu Anfang seines Gesprächs mit dem Prinzen von Habor, niemals krank gewesen zu sein. Als das Geplänkel dann ernsthafter wurde, räumte er die Berechtigung von dessen Vorhaben ein:

«Das jüdische Volk verdient ein Vaterland», betonte er. «Indes...»

Der Gesandte blickte ihn aufmerksam an.

«Indes?» wiederholte er.

«Ihr wißt doch, Prinz», setzte der Doge wieder an, «daß das Stück Land, das Ihr beansprucht, in den Händen der Türken liegt. Diese werden es nicht so ohne weiteres aufgeben. Außerdem habe ich nicht den Eindruck, als beschränke sich der Ehrgeiz Suleimans auf das Ägäische Meer. Es ist doch für niemanden ein Geheimnis, daß die Hohe Pforte ihr Augenmerk wohl auch auf das Adriatische Meer richten wird.»

«Eben deswegen...», warf der Mann aus Habor ein. «Ein Krieg im Vorderen Orient würde ihre Macht schwächen, und das kann Venedig doch nur recht sein.»

Andrea Gritti seufzte:

«Aber Venedig verfügt leider nicht über die Mittel, ein solches Vorhaben zu unterstützen!»

«Was wir brauchen», sagte David Rëubeni beharrlich, «ist zunächst einmal ein Ort, wo wir ein jüdisches Heer aufstellen und ausbilden können. In Portugal hatten wir mehr als zwölftausend Freiwillige versammelt.»

«Aber Venedig, Prinz, ist nur eine Lagune.»

«Gewiß. Aber Eure Stadt hat sich noch einige Besitztümer bewahrt. Dazu gehört die Lombardei, das Friaul, der Veneto ...»

«Das ist wahr. Aber woher wollt Ihr das nötige Geld nehmen?»

«Wir werden in der Diaspora Sammlungen veranstalten.»

«Und die Waffen?»

«Die werden wir mit dem gesammelten Geld kaufen!»

Andrea Gritti lachte schallend:

«Ihr habt auch auf alles eine Antwort! ... Aber ohne die Zustimmung Karls V. darf Venedig Euch nicht einmal das kleinste Ausbildungslager zur Verfügung stellen, und schon gar nicht in der Lombardei. Weiß der Prinz denn nicht, daß unsere Stadt seit dem Vertrag von Worms, also seit 1523, im Austausch für diese Territorien dem Kaiserreich jährlich gewaltige Summen zahlt?»

Der Doge leerte sein Glas, wischte sich über den Lippenbart und legte seine blassen, langen Finger auf David Rëubenis Hand:

«Mein lieber Prinz», begann er dann erneut, «Ihr müßt wissen, daß es heute in Europa nur zwei Mächte gibt: das Kaiserreich und das Osmanische Reich. König Franz I., der Euch, wie man mir berichtet hat, sehr schätzt, tat gut daran, einen Pakt mit Suleiman zu schließen.»

Er lachte abermals und fuhr dann fort:

«Er hätte aber genausogut einen Pakt mit Karl V. schließen können! Doch häufig versteht man sich mit Fremden besser als mit seinen Nächsten.»

Bevor sich der Doge von dem Mann aus der Wüste verabschiedete, riet er ihm zu einem Treffen mit dem Kaiser:

«Ich meinerseits werde Euch im Rahmen meiner geringen Möglichkeiten unterstützen. Aber ich bitte Euch, geht zu Karl V.!

Er ist heutzutage der einzige europäische Herrscher, der Euch das Gewünschte zu gewähren vermag, der einzige, der es Euch ermöglichen kann, das Land Israel zurückzuerobern. Sprecht mit ihm, Ihr habt soviel Überzeugungskraft. Versprecht ihm einen feierlichen Einzug in die Heilige Stadt! Hoch zu Roß! Der Gedanke wird ihm gefallen. Doch seid vorsichtig! Karl V. ist kein Prophet, sondern ein Visionär. Und ein großer Visionär vergewissert sich, ob ein Ereignis überhaupt eintreten kann, bevor er es voraussagt.»

## LIV
## MORD AUF DEM CANAL GRANDE

**D**avid Rëubeni schreckte hoch. Im Türrahmen standen Yosef Halevi und Selomo Molho mit verbitterter Miene. Der Gesandte erriet, daß ihr ewiger Streit neu entfacht war. Er warf ihnen einen fragenden Blick zu.

«Herr! Herr!» rief der Engel Selomo, erregter denn je. «Ich komme gerade aus dem Ghetto! Ich habe sie gesehen, all diese Juden, die auf dich warten, das Volk, das nach dir ruft! All diese armen, elenden Leute, ohne Hoffnung, mit diesem schrecklichen safrangelben Hut auf dem Kopf, den man sie zu tragen zwingt! ... Sie müssen dir ins Antlitz blicken können! Und wieder Vertrauen finden zu unserer heiligen Tora! ... Nur die Worte des Messias ...»

Ungeduldig unterbrach Yosef den jungen Mann:

«Selomo hat nichts begriffen, Herr! Die Juden werden auf dich warten, bis sie dich zu Gesicht bekommen. Solange du bei den Gojim wohnst und mit dem Serenissimo von gleich zu gleich sprichst, werden sie auf dich warten. Und sie werden dir folgen, wenn du es ihnen von hier, vom Palazzo Contarini aus befiehlst.»

«Sie werden dir in noch größerer Zahl folgen, wenn du vom Campo des Ghetto Nuovo zu ihnen sprichst!» warf Selomo Molho dazwischen.

Yosef verzog das Gesicht:

«Aber nein! Sobald David sich im Ghetto zeigt, wird sich die Gemeinde sofort in mehrere Lager spalten!»

Der Engel schob Yosef beiseite, um näher an den Mann aus Habor heranzukommen.

«Ich kenne die Juden besser als Yosef!» rief er aus. «Ich war ihnen nahe, in Saloniki, in Avignon, im Heiligen Land ...»

Er tauchte seinen Blick in den des Gesandten und begann einen Psalm zu sprechen:

*«Denn es merkt der Ewige auf den Weg der Gerechten,*
*doch der Weg der Frevler geht in die Irre.»*

«Das will ich hoffen!» seufzte Yosef gereizt.

Sein kantiges Gesicht verriet, wie aufgebracht er war. Nervös fuhr er sich mit der Hand durchs Haar und glättete seine graumelierten Locken.

«Das will ich hoffen», sagte er abermals, «daß der Ewige unseren Herrn, unseren Freund schützt, denn ...»

Er hielt kurz inne und sprach dann weiter:

«Denn ich, der ich laut Selomo ‹die Juden nicht kenne›, habe dennoch von ihnen gehört, daß am Canal Grande ein neues Komplott geschmiedet werde. Eine merkwürdige Abordnung war heute nacht im Ghetto, um Jacob Mantino einen Besuch abzustatten. Und geführt wurden diese Männer von niemand anderem als diesem verschlagenen Tobias.»

Verdutzt wich Selomo Molho einen Schritt zurück:

«Woher hast du das?»

«Aus dem Ghetto.»

«Aber ich war auch dort!»

«Was willst du schon hören?» spottete Yosef. «Du bist viel zu sehr mit deinen eigenen Schimären beschäftigt. Aber ich arbeite an einem konkreten Plan!»

David Rëubeni hob die Rechte und bat um Frieden. Dann sagte er:

«Wir werden dieses Gespräch nach dem Morgengebet weiterführen ...»

Doch kaum war das Morgengebet beendet, erschien ein Diener und meldete die Ankunft Moses da Castellazzos und Meshulam del Bancos, die es beide kaum erwarten konnten, den Gesandten zu sehen. Dieser empfing sie in einem Salon im ersten Stock des Palazzo Contarini, der zu seinen Gemächern gehörte. Der Maler kam als erster. Als er David sah, stieß er einen Freudenschrei aus, schleuderte ungestüm seine Kopfbedeckung zu Boden und stürzte dem Freund entgegen. Sein rotes Haar stand wild vom Kopf ab, und sein Gesicht wurde rot vor Freude, als er den Mann aus Habor in die Arme schloß. Der alte Bankier Simon ben Asher Meshulam del Banco, dem das Treppensteigen schwerfiel, kam ein paar Augenblicke später. Auf seinen Stock gestützt, blieb er drei Schritte vor David stehen, und Tränen liefen ihm über das Gesicht:

«Mein Sohn, ich habe dich so herbeigesehnt!» sagte er mit einer Stimme, die ihm vor Rührung beinahe versagte. «Gott segne dich!»

Er faßte sich wieder und wies mit dem Finger seiner dürren Hand auf den Engel Selomo:

«Das ist er doch, nicht wahr? Das ist doch der junge Prediger, der berühmte Selomo Molho?»

Abermals waren Tränen auf seinen faltigen Wangen zu sehen. Er wischte sie ab und wandte sich wieder dem Gesandten zu:

«Dein Freund, der junge Prophet, ist großartig, denn alles, was er vorhergesagt, ist eingetroffen.»

«Mit Ausnahme der Ankunft des Messias!» gab Moses zu bedenken.

Selomo Molho machte eine Handbewegung:

«Da steht er doch!» stieß er hervor und fuhr mit fester Stimme fort: «Er steht vor Euch! Genau wie vor sechs Jahren. Aber Ihr, seine Freunde, habt ihn noch immer nicht erkannt!»

Die Komplimente des alten Bankiers hatten den jungen Portugiesen offensichtlich gerührt. Seine Wangen nahmen Farbe an, und seine Augen begannen violett zu schimmern. Zum allgemeinen Erstaunen wurde er plötzlich unruhig, hob die Arme zum Himmel, als wolle er ihn zum Zeugen rufen, und predigte mit Inbrunst:

«Glückselig der, der es erleben wird, wenn die Visionen Daniels für das türkische Reich Wirklichkeit werden! Glückselig der, der es erleben wird, wenn dieses unreine, von einem verrückten Propheten errichtete Reich zusammenstürzt!»

Dann begann er, erregt im Zimmer auf und ab zu gehen, um schließlich vor Meshulam del Banco stehenzubleiben:

«*Gewogen und zu leicht befunden!* Diese Worte werden endlich einen Sinn bekommen. *Ich habe dich gewogen* – das wird in den Ohren des Türken widerhallen, denn es wird sein Ende besiegeln.»

Während er sprach, hatte er wieder angefangen, hin und her zu laufen. Diesmal machte er vor Yosef halt, um seine Überlegung mit einer Weissagung abzuschließen:

«Diese verhängnisvollen Worte, deren numerischer Wert 936 beträgt, bedeuten, daß das Ende des Islam kommen wird, sobald diese Irrlehre 936 Jahre gedauert hat!»

«Dann ist es bald soweit...» murmelte Meshulam del Banco, der von dieser neuen Prophezeiung zutiefst beeindruckt war.

Ein undefinierbares Schweigen breitete sich aus. Yosef war von der Spielerei des Engel Selomo überaus gereizt. Er hielt es für seine Pflicht, die anderen auf den Boden der Tatsachen zurückzuholen, und sprach daher in die entstandene Stille hinein:

«In Erwartung dieses großen Ereignisses, und um uns sozusagen darauf vorzubereiten, sollten wir zunächst die naheliegenden Gefahren überwinden...»

Und an den Maler und den Bankier gewandt, fügte er hinzu:

«Wißt Ihr, daß im Ghetto zur Stunde ein Komplott gegen den Gesandten geschmiedet wird, ein Komplott gegen unseren David?»

Moses da Castellazzo fuhr hoch:

«Schon wieder Mantino?»

Yosef berichtete in allen Einzelheiten, was er auf dem Markt im Ghetto erfahren hatte.

«Wer waren denn die Männer aus dieser mysteriösen Delegation?» fragte der Bankier.

«Ich weiß es nicht. Ich kann nur sagen, daß gleich nachdem die Unbekannten fort waren, Tobias zu Azry'el ben Solomon Diena, dem Rabbiner von Sabbioneta, gelaufen ist, der augenblicklich im Gästehaus der Scuola Tedesca logiert.»

«Der Rabbi Diena?» Meshulam del Banco war erstaunt. «Ich kenne ihn ein wenig. Er ist kein böser Mensch. Ich werde gleich zu ihm gehen und mit ihm reden.»

«Unser Freund hat recht», meinte Moses da Castellazzo. «Man muß noch mehr in Erfahrung bringen.»

Er dachte kurz nach und sagte dann:

«Gehen wir doch gemeinsam ins Ghetto. Ich werde die Mitglieder des *va'ad* in mein Atelier bestellen.»

Selomo Molho jubilierte:

«Das sage ich doch! Habe ich das nicht vorhin vorgeschlagen? Im Ghetto erwartet man unseren Herrn! Die Juden erwarten den Messias!»

«Gut», brummte Yosef mürrisch. «Einverstanden. Treffen wir also die Mitglieder des *va'ad* im Atelier von Moses, und versuchen wir, noch mehr herauszufinden. Ich hielte es aber für besser, wenn David nicht mitkäme. Ein Minimum an Vorsicht muß man schließlich walten lassen. Hier, in den Mauern des Palazzo Contarini, ist er sicher. Zumal unsere Männer ihn nicht zum Ghetto eskortieren können, da sie dort untergebracht sind.»

«Solltest du den Spruch unseres Königs David vergessen haben?» warf der Engel Selomo ein und begann sofort mit verklärtem Gesichtsausdruck zu sprechen:

*«Wenn dein Feind hungert, gib ihm Brot zu essen, und wenn ihn dürstet, gib ihm Wasser zu trinken. Denn glühende Kohlen sammelst du auf sein Haupt...»*

«Du sollst die Kohlen aber nicht selbst anfassen ...», murrte Yosef. Doch die Entscheidung war bereits gefallen. David Rëubeni, der bis jetzt geschwiegen hatte, bestätigte das, als er nun das Wort ergriff:

«Wir müssen wissen, was sich da anbahnt. Und da die Juden es wissen, begeben wir uns also ins Ghetto.»

Der Magnifico Santo Contarini stellte dem Prinzen von Habor sogleich zwei mit rotem Samt ausgeschlagene Gondeln und zwei bewaffnete Leibwächter zur Verfügung. David Rëubeni, Yosef und die zwei Leibwächter nahmen in dem einen Boot Platz, Meshulam del Banco und der junge Portugiese in dem anderen. Moses da Castellazzo eilte ihnen ins Ghetto voraus, um die Leibwache des Gesandten von dessen Ankunft zu verständigen. Und er mußte ja noch die Mitglieder des *va'ad* in sein Atelier bestellen.

Der Regen, der seit der vorigen Nacht nicht aufgehört hatte, ließ allmählich nach. Der Wind vom Meer hatte auch die letzten Wolken verjagt. Eine kalte Sonne spiegelte sich in dem dunklen Wasser des Kanals und ließ den Goldschmuck der Paläste erglänzen. Die Gondel von Selomo Molho war leichter und kam schneller voran. Bald schon war sie um die Biegung hinter der Rialtobrücke verschwunden. In der Nähe eines Landestegs saß ein Flötenspieler im Bug eines Fischerbootes und blies eine melancholische Weise. Plötzlich, auf der Höhe der Ca d'Oro, näherte sich von San Marcuola her eine große Zahl Gondeln, die Seite an Seite die ganze Breite des Kanals einnahmen und in geschlossener Front auf die Gondel des Gesandten zufuhren. In der Mitte der ersten Reihe glitt ein imposantes Boot mit purpurnem Baldachin und Blumengirlanden dahin, während in den Gondeln daneben mehrere Orchester aufspielten.

«Eine Hochzeit!» rief der Gondoliere fröhlich, der im Heck stand und sein Boot eifrig vorwärtsstieß.

Doch je näher dieser Zug kam, um so nervöser wurde Yosef:
«Man möchte meinen, sie hätten es auf uns abgesehen», sagte er halb ironisch, halb besorgt.

Diese Gondelparade kam in der Tat schnurgerade auf sie zu. David Rëubeni vermochte bereits die fröhlichen Gesichter zu erkennen. Man hörte Lachen und laute Zurufe. Einige dieser fröhlichen Gesellen trugen bunte Masken – der Karneval war nicht mehr fern. Im letzten Moment, kurz bevor das Boot des Gesandten gegen diese Mauer aus Bug und Rudern geprallt wäre, öffnete sich eine Bresche, und man ließ sie unter Winken und freundlichen Zurufen passieren. Einen Augenblick lang vergaß Yosef seine Befürchtungen. Er stand auf und grüßte die Neuvermählten. Diese antworteten ihm mit freudigen Gesten. Ein Trommelwirbel erscholl, dann zwei, drei, vier. Es folgte der Klang einer Trompete, und dazwischen hörte man Lachen und Händeklatschen. Auch Yosef winkte mehrmals fröhlich mit der Hand. Dann ließ er sich sanft auf seinen gepolsterten Sitz gleiten.

Das Ganze hatte nur ein paar Sekunden gedauert. Die fröhliche Gesellschaft war schon weit hinter ihnen. Zärtlich legte David Rëubeni seinem Gefährten die Hand auf die Schulter:

«Die Freude hat keine Familie», sagte er, «aber der Kummer hat immer Verwandte.»

Da Yosef nicht reagierte, beugte er sich zu ihm. Das Gesicht war starr. Mund und Augen standen weit offen. Ein roter Fleck breitete sich auf der Mitte seines Gewands aus und rann an seinem Bein hinunter. Der Gesandte griff nach seiner Hand, doch sie war wie leblos. Vor Entsetzen und Schmerz schrie David auf. Es war ein schrecklicher Schrei, fast ein Brüllen.

Graf Contarinis Wachleute stürzten zu ihm, und die Gondel begann zu schlingern.

«Ein Dolch!» schrie einer von ihnen, nachdem er Yosef abgetastet hatte. «Jemand hat aus nächster Nähe einen Dolch auf ihn geschleudert», sagte er und zeigte dem Mann aus der Wüste die blutbeschmierte Waffe.

Yosef Halevis Atem wurde zusehends schwächer. Er versuchte etwas zu sagen und rang nach Luft. David Rëubeni nahm ihn in die Arme.
«Verlaß Venedig ...», hauchte der Verwundete kaum hörbar. Er röchelte, dann kamen wirre Wortfetzen aus seiner Kehle.
«Sie werden dich töten», brachte er hervor. «Sie sind wild entschlossen. Du stehst zu vielen im Wege. Möge der Ewige ...»
Er verlor das Bewußtsein. Sein Kopf sank auf Davids Schulter, noch bevor er seinen Satz vollendet hatte.

Vor Moses da Castellazzos Haus wartete eine beeindruckende Menge auf den Gesandten. Als er ankam, bildete seine weißgewandete und bewaffnete Dienerschaft ein Spalier, um ihm einen Weg durch die Menge zu bahnen und ihn zu schützen. Hier und dort hörte man den Ruf: «Es lebe der Messias!» Doch besorgtes Gemurmel wurde laut, als man sah, daß die venezianischen Leibwächter einen leblosen Körper trugen.
«Er ist verwundet!» sagte jemand.
«Wer ist es?» fragte ein anderer.
«Ein Diener des Gesandten.»
«Was ist mit ihm geschehen ...?»
«Schau nur, sein Gewand, es trieft von Blut!»
«Möge Gott ihn schützen!»
«Der Gesandte sei gesegnet!»
«Es lebe der Messias!» rief eine Stimme vom hintersten Ende der Gasse.
Fragen, Antworten und Kommentare erschollen wild durcheinander. Dann verstummte die Menge plötzlich. In Windeseile wußte jeder im Ghetto, daß der Prinz von Habor wie durch ein Wunder einem Anschlag entgangen war. Doch Yosef Halevi, sein Vertrauter, sein Freund seit eh und je, der mit ihm gekommen war aus den Tiefen Arabiens, er war an seiner Statt ermordet wor-

den. Man war sprachlos und wie vor den Kopf geschlagen. Erneut ließ sich das Gemurmel der Menschen vernehmen:
«Wer kann denn so etwas getan haben?» fragte man sich.
«Wie ist es geschehen?»
Wut ergriff die Menge, doch dann schlich sich Angst ein:
«Und wenn es die Christen gewesen wären?»

Selomo Molho, der lange vor dem Mann aus der Wüste bei Moses da Castellazzo eingetroffen war, stürzte aus dem Haus. Er weinte. Die Menschenmenge in den Straßen und auf dem Campo wurde immer dichter. Die Wachen, die Yosef trugen, blieben unschlüssig vor dem Atelier des Malers stehen. David Rëubeni, der bis jetzt stumm geblieben war, befahl nun zweien seiner Diener, einen Tisch aus dem Haus zu holen und ihn auf die Straße zu stellen. Yosefs Leichnam wurde auf den Tisch gelegt. Der Gesandte trat neben ihn, strich seinem Freund sanft über das gelockte Haar und richtete sich dann zu voller Größe auf. Plötzlich wirkte er noch beeindruckender. Seine Gestalt überragte die Menge. Er schien über sich hinausgewachsen zu sein. Doch sein kantiges Gesicht blieb undurchdringlich, und sein Körper zeigte keinerlei Regung. Nur in seinen Augen flimmerte ein merkwürdiges Licht:
«Die *shekhina* ist über ihn gekommen», murmelte Selomo Molho.
Dieser gemurmelte Satz traf im Ghetto auf offene Ohren. Er machte die Runde und verlor sich erst jenseits des Campo. David Rëubeni hob die rechte Hand wie zu einem feierlichen Gelöbnis und sprach dann das *kaddish*, das Totengebet:
«*Der Name des Ewigen sei gepriesen in aller Welt, die Er erneuern wird am Tage, da Er die Toten auferstehen läßt, um ihnen ewiges Leben zu schenken. An diesem Tage wird Er die Stadt Jerusalem wieder aufbauen und Seinen Tempel neu errichten. Er wird den*

*Götzendienst von der Erde verbannen und den Glauben an den wahren Gott neu begründen. Der Heiligste, gelobt sei Er!, wird in Seiner Herrlichkeit und Erhabenheit herrschen zu euren Lebzeiten und all euren Tagen, und zu Lebzeiten des ganzen Hauses Israel, bald und in naher Zukunft, darauf sprechet Amen!»*

Zu Tausenden antworteten sie: «Amen!»

Viele Zeugen der Zeremonie erklärten später, dieses von all den Menschen gemeinsam gesprochene «Amen» sei so gewaltig gewesen, daß das ganze Cannaregio-Viertel, in dem das Ghetto Nuovo lag, erbebte.

## LV
## ABSCHIED IN VENEDIG

Yosef Halevi wurde auf dem jüdischen Friedhof von San Nicolò beerdigt, der sich auf dem Lido, genau gegenüber von Venedig befand. Eine große Menschenmenge nahm an dem Begräbnis teil, als hätten sich die Juden des gesamten Ghettos und aus ganz Italien dort verabredet.

Der Doge Andrea Gritti war von dem Anschlag tief betroffen und beauftragte den Polizeichef Ramuzio persönlich mit der Untersuchung dieses Vorfalls. Die widersprüchlichsten Gerüchte zirkulierten im Volk, und besonders in den Cannaregio-Vierteln, wo auch das Ghetto lag, das noch immer in heller Aufregung war. Moses da Castellazzo hatte vom *va'ad* verlangt, er solle eigene Nachforschungen anstellen, was dessen Vorsteher verständlicherweise ablehnte. Bei einer stürmischen Zusammenkunft des kleinen Gremiums setzte Jacob Mantino seinen Vorschlag durch, die Untersuchungen lieber der offiziellen Polizei des Dogen zu überlassen. Nach seiner Ansicht durfte die jüdische Gemeinde von Venedig keinesfalls den Eindruck erwecken, daß sie die Arbeit Ramuzios beargwöhne. Andernfalls würde man sich zukünftiges Ungemach von seiten der Obrigkeit einhandeln. Diese Argumentation, die ausschließlich auf Angst basierte, auf der Furcht vor möglichen Repressalien gegen die Juden, war bezeichnend für die Einstellung des Arztes. Was er aber nicht sagte, war die Tatsache, daß er im Namen dieser Angstpolitik selbst Morde gegen Juden anzettelte.

Mehrmals begaben Moses da Castellazzo und Meshulam del

Banco sich zum Palazzo Contarini. Der Gesandte hatte sich in seinen Gemächern verschanzt, und sie hatten kaum noch Hoffnung, ihn mit den Mitgliedern des *va'ad* zusammenzubringen. Auch Selomo Molho bemühte sich vergebens, zu ihm vorzudringen. Bevor die *sheloshim*, die dreißig vorgeschriebenen Trauertage, nicht vorüber waren, war der Mann aus Habor für niemanden zu sprechen.

David Rëubeni wußte, was Einsamkeit bedeutete. Sie hielt die Erinnerung wach und ließ die Überzeugungen wachsen. Yosef hatte es verdient, daß der Prinz von Habor ihm einen vollen Monat des Gedenkens und des Schweigens widmete. Wie oft hatten sie auf ihren endlosen Wanderungen durch die Wüste über alles geredet, ja sogar einen möglichen Mißerfolg im voraus eingeplant. Merkwürdigerweise hatten sie nie über den Tod gesprochen, als glaubten sie insgeheim, ihr Tun beschleunige die Zeit, damit, wie es Jesaia vorausgesagt hatte, der Tod *für immer besiegt* werde und *der Herrgott auf jedermanns Gesicht die Tränen trocknen könne*.

In seine Gemächer im Palazzo Contarini eingeschlossen und mit Wasser und Brot als einziger Nahrung, verlor der Gesandte bald jegliches Zeitgefühl. Welcher Tag folgte auf den vorangehenden? Wie oft war es hell geworden seit Yosefs Tod? Der Schmerz hatte seinen Geist aufs äußerste angespannt, wie ein Seil, das zu reißen drohte. Und während dieser Meditationen, die ihn von der Welt abschnitten, stieg draußen ein neues Jahr am Horizont empor: das Jahr 1531 nach dem christlichen Kalender. Ihm wurde bewußt, wie sehr Yosef ihm fehlen würde. Er war der einzige gewesen, der jederzeit bereit war, ihm zu Hilfe zu kommen, ohne ihn damit gleichzeitig zu gefährden. Er spürte, daß sein Vertrauter recht gehabt hatte, als er ihm in seinem letzten Atemzug riet, Venedig zu verlassen. Haß hielt sich lange in der Lagune. In den fauligen Wassern der Dogenstadt war die Geschichte – und auch die Hoffnung – schon oft ertränkt worden. Dies war eine Stadt des langsamen Sterbens und der wütenden Leidenschaften, und beide Eigenschaften zogen seit eh und je die außergewöhnlichen Schicksale an. Aber war es auch der Ort für die Entfaltung eines gewaltigen kollektiven Traums?

Plötzlich vernahm er Musik unter seinen Fenstern. Die Wirklichkeit mit ihren Verlockungen, aber auch mit ihren Forderungen und Verpflichtungen schien sich wieder in sein Zimmer einzuschleichen. Eine neue Morgenröte zeigte sich, ein neuer Tag brach an – oder war es ganz einfach das Leben, das zurückkehrte? Ihm wurde bewußt, daß er bereits nach dieser Rückkehr hungerte und die Zeit der Trauer bald zu Ende war. Das Zeichen, daß er zurückkehren mußte, erhielt er schließlich in Form eines Sendschreibens aus den Händen des Grafen Contarini. Dieser Brief an den *ehrenwerten David Rëubeni, Prinz von Habor*, war Kapitän Campiello Pozzo von einer Dame übergeben worden, als sein Schiff in Ancona vor Anker lag. Der Gesandte erbrach das Siegel: Doña Benvenida Abravanel!

Der Mann aus der Wüste erinnerte sich noch gut, wie sie ihm vor drei Jahren in Rom eine Passage aus dem *zohar* zitiert und kommentiert hatte: «*Der Heilige, gelobt sei Er!, pflanzt Seelen hienieden. Schlagen sie Wurzeln, ist es gut. Wenn nicht, reißt Er sie aus. Wenn nötig, reißt Er sie sogar mehrmals aus, um sie wieder einzupflanzen, bis sie Wurzeln schlagen ...*»

Er dachte an Yosef, der nirgendwo Wurzeln geschlagen hatte. Dann las er den Brief.

Doña Benvenida Abravanel erklärte sich um die Sicherheit des Gesandten besorgt. Die Nachricht von dem Anschlag hatte sie erschüttert, und sie hatte viele Tränen vergossen. Dennoch ermutigte sie den Prinzen, in seiner Entschlossenheit nicht nachzulassen und sein Ziel weiter zu verfolgen. Sie schrieb, das Volk Israels müsse auf den Boden Israels zurückkehren. Das eine war für das andere bestimmt, so hatte der Ewige es gewollt ... Ferner ließ sie den Gesandten aus Habor wissen, daß sie in Geschäften nach Mailand reisen und bei dieser Gelegenheit ein paar Meilen außerhalb der Stadt, in Marignano, in der Herberge Yosef del Casalmaggiores logieren würde. Im Anschluß an die Besprechungen mit den Mailänder Bankiers beabsichtige sie, einen Abstecher nach Venedig zu machen, wo sie David wiederzusehen hoffe. In letzter Zeit habe sie ein paar höchst erfolgreiche Transaktionen getätigt, deren Gewinn sie der zukünftigen jüdischen Armee zur Verfügung stellen wolle. Das Metall der Schwerter könne nie so hart und keine Situation so verfahren sein, als daß man mit Gold nicht etwas dagegen ausrichten könne, erklärte sie abschließend.

David Rëubeni las den Brief noch einmal und dachte nach. Die Juden, oder zumindest ein großer Teil von ihnen, waren bereit, ihm zu folgen. Auch Geld war vorhanden, denn abgesehen von Doña Benvenida waren ihm auch etliche Bankiers wohlgesinnt. Die Waffen konnten also gekauft werden. Doch er hatte immer noch keinen Ort, wo er seine Truppen sammeln und ausbilden konnte. Auch eine Flotte fehlte ihm, um die Soldaten ins Heilige Land zu bringen. Der Papst konnte augenblicklich nichts für ihn tun, und João III., der König von Portugal, ebensowenig. Franz I. war es durch seine immer enger werdenden Kontakte zur Hohen Pforte untersagt, das Unterfangen der Rückeroberung Israels zu unterstützen. Und hatte nicht auch der Doge Andrea Gritti dem Gesandten noch vor einem Monat in Venedig zu verstehen gegeben, er verfüge trotz seiner ehrlichen Sympathie für die jüdische Sache nicht über die Mittel, diese zu unterstützen? Mehr und mehr hatte es den Anschein, als müsse der Gesandte dem Ratschlag des Dogen folgen und Kaiser Karl V. aufsuchen, um ihn für seinen Plan zu gewinnen.

Auf die Bitte des Gesandten brachte der Haushofmeister des

Grafen eine detaillierte Karte von Europa. David studierte sie aufmerksam und stellte fest, daß man von Venedig sehr gut über Mailand nach Regensburg gelangen konnte. Und in Regensburg stand die Kaiserburg ...

Jemand klopfte an der Tür. Es war Selomo Molho, der soeben erfahren hatte, daß der Magnifico Contarini zum erstenmal seit Yosefs Ermordung bis zum Gesandten vorgedrungen war. Auch er hatte den Wunsch, mit seinem Helden zu sprechen! Kaum hatte David ihm die Tür geöffnet, da stürmte der Engel Selomo auf ihn zu. Seine violetten Augen blitzten fiebrig wie in seinen besten Tagen. Als der Gesandte davon sprach, den Dogen aufsuchen zu wollen, teilte ihm Selomo Molho sofort seine Sicht der Dinge mit:

«Hör auf, bei den Mächtigen und den Königen zu betteln! Es gibt nur Einen König! Prinz von Habor, willst du noch länger den Jonas spielen und dich weigern, den Bewohnern von Ninive die Botschaft Gottes zu überbringen? Gib dich zu erkennen! Sag, wer du bist, und Millionen Juden werden dir folgen!»

Dieser vehementen Aufforderung setzte David Rëubeni ein langes Schweigen entgegen.

«Vielleicht hast du recht», sagte er schließlich. «Doch es gibt noch einen sehr Mächtigen in Europa, der uns vielleicht helfen könnte. Wenn man es recht bedenkt, liegt es sogar in seinem Interesse.»

«Du meinst ... Karl V.?»

«Ja, Karl V..»

«Es geschehe, wie du es wünschst, Herr», erwiderte der junge Mann resigniert. Doch dann fuhr er mit Feuereifer fort: «Ich werde dich natürlich begleiten!»

«Natürlich», murmelte der Mann aus der Wüste.

Dieses Wort versetzte den Engel Selomo in Entzücken. Endlich durfte er das Schicksal des Mannes teilen, den er vergötterte! Vor der Geschichte würden sie für immer vereint sein – der Messias und sein Prophet!

Der Gesandte faltete die Karte zusammen, die er vor dem Eintreten des Portugiesen studiert hatte. Er stand auf und sagte:
«Morgen werde ich den Dogen aufsuchen. Und übermorgen brechen wir nach Regensburg auf.»
Er zögerte eine Sekunde lang, dann fügte er hinzu:
«Die erste Etappe wird Mailand sein. Ich werde mit leichter Eskorte vorausreiten. Du wirst dann mit dem Gros der Truppe in Marignano zu uns stoßen. Dort werde ich auf dich warten, in der Herberge eines Juden, Yosef Casalmaggiore.»
Selomo Molho erregte sich:
«Ich werde dich niemals alleine ziehen lassen! Der Ewige hat gewollt, daß ich über dich wache.»
«Du wirst über mich wachen, das verspreche ich dir! Doch ... erst ab Marignano!»
In einem Ton, der keinen Widerspruch duldete, fuhr er fort:
«Verständige unsere Eskorte! Die Pferde sollen auf dem Festland in Mestre bereitstehen. Sorge auch für Proviant! Und laß die Banner entfalten ... Für morgen bestellst du mir zwei meiner Diener hierher. Sie sollen früh da sein und meine Standarte mitbringen, die Standarte von Habor.»


Am nächsten Morgen bestieg David Rëubeni in Begleitung des Magnifico Santo Contarini und etlicher bewaffneter Leibwächter eine Gondel. Seine zwei Diener fuhren, ebenfalls in Begleitung bewaffneter Männer, in einer anderen Gondel vorneweg und schwenkten die mit hebräischen Lettern geschmückte Fahne. Ohne Zwischenfall erreichten sie die Mole bei San Marco, wo die Glocken des Campanile bereits den hohen Besucher ankündigten. Sie gingen an der gaffenden Menge vorbei und betraten den Dogenpalast.
Andrea Gritti hatte sein Versprechen gehalten. Auf sein Ersuchen hin war der Botschafter Karls V. persönlich erschienen, um

den Mann aus Habor kennenzulernen. Im Beisein des Botschafters überreichte der Doge David Rëubeni ein Schreiben an den Kaiser. Darin legte er Karl V. die Vorteile dar, die sich für ihn ergeben könnten, wenn er den Gesandten aus Habor mit allen einem jüdischen Prinz gebührenden Ehren empfangen und mit Wohlwollen anhören würde. Und zum Schluß überreichte der Serenissimo David noch einen Beutel voller Goldstücke.

«Für Euch und Euer Gefolge», sagte er. «Das deckt zumindest die Reisekosten bis zu den Toren von Regensburg. Nehmt dieses bescheidene Geschenk aus meinen Händen an. Mir liegt daran!»

Als der Gesandte ihm dankte, betonte der Doge noch:

«Es ist nur ein recht kümmerlicher Beitrag der Republik Venedig zu dem höchst berechtigten Vorhaben, das Königreich Israel wiederzuerrichten.»

Im Laufe des Nachmittags empfing David Rëubeni Moses da Castellazzo und Meshulam del Banco, weigerte sich aber weiterhin, mit dem *va'ad* zusammenzutreffen.

«Was nützt die Gottesfurcht als Kompaß, wenn das Gewissen nicht das Ruder führt?» sagte er lediglich, bevor er einen nach dem anderen umarmte.

An diesem Tag aß er mit Graf Contarini zu Abend und schenkte ihm ein Öllämpchen aus der Zeit des Herodes, das er selbst bei seinem letzten Aufenthalt in Palästina als Präsent erhalten hatte.

«Es gibt noch etwas, das ich gerne Eurer Obhut anvertrauen würde», sagte er zum Magnifico. «Etwas sehr Kostbares, das ich nicht mit über die Alpen nehmen kann.»

«Worum handelt es sich?» fragte der Graf.

«Um meine Ebenholztruhe und ihren Inhalt. Persönliche Dinge ...»

«Ihr könnt alles hierlassen», sagte Santo Contarini zustimmend. «Es wird sorgfältig aufbewahrt werden.»

«In der Truhe ist auch mein Tagebuch, das nicht in falsche Hände fallen darf. Darin habe ich alle meine Überlegungen festgehalten, alles, was mit meiner Mission zusammenhängt, seit meiner Abreise aus Habor ...»

«Seid unbesorgt, mein Freund», sagte der Magnifico und nahm die Hand des Gesandten. «Bevor Ihr nicht wieder hier seid, wird nichts dieses Haus verlassen.»

«Ich werde Euch die Truhe vor meiner Abreise übergeben, also morgen früh.»

«Wie es Euch beliebt, Prinz.»

Nach dem Abendessen zog der Gesandte sich in seine Gemächer zurück, wo er den Rest der Nacht damit zubrachte, sein Tagebuch nochmals zu lesen und zu berichtigen. Bei Tagesanbruch legte er das Manuskript in die Truhe zurück und sprach das Morgengebet:

«*... Ich stehe vor Deiner Größe und bin voller Unruhe, denn Dein Auge kennt alle Gedanken meines Herzens. Was vermögen Herz und Zunge? Was vermögen Kraft und Geist in mir? Doch da Dich der Gesang des Sterblichen erfreut, will ich Dich preisen alle Zeit, da in mir Seele ist.*»

Eskortiert von fünfzehn schwerbewaffneten Männern ritt David Rëubeni bis zum Mittag, ohne sich Ruhe zu gönnen. Die Standarte von Habor flatterte ihnen voraus. Sie vermieden es, durch Mantua zu reiten. Aber unweit des Marktfleckens San Benedetto Po mußten sie dennoch kurz innehalten, da einige Juden den Gesandten erkannt hatten und um seinen Segen baten.

Sie erzählten dem Mann aus der Wüste, daß der Name Mantua von der Dichterin Manto stamme. Der Sage nach hatte sie sich diesen Ort auserwählt, um hier für ihre Kunst zu leben und zu sterben. Diese Geschichte berührte den Gesandten merkwürdig, und er beglückwünschte sich insgeheim dafür, daß er die Stadt gemieden hatte.

Sie ritten weiter, bis Soncino in Sicht kam, wo sie ihre Pferde auswechselten, die von dem Gewaltritt völlig ermattet waren. Der Ort mit seinen roten Ziegelmauern und Türmen lag in einem grünen Tal. Der Gastwirt, der David und seine Truppe aufnahm, hieß Semuel und war, wie er erklärte, ein Abkömmling jener jüdischen Drucker, die in Soncino 1483 die erste hebräische Bibel mit lateinischer Übersetzung herausgebracht hatten.

«Angeblich hat Luther sie seiner deutschen Übersetzung zugrunde gelegt», raunte er dem Gesandten ins Ohr.

In einer katholischen Gegend wie dieser war es nach der Verwüstung Roms gefährlich, den Namen des Mönchs von Wittenberg laut auszusprechen.

Die Reise ging weiter, und bei Einbruch der Nacht erreichten David und die Seinen endlich Marignano, ein befestigtes Städtchen, das sich hoch oben über einem Fluß an den Berg klammerte. Der von Doña Benvenida in ihrem Brief genannte Gastwirt war der Enkel eines anderen Yosef, von dem er auch den Namen hatte: Yosef del Casalmaggiore. Dieser hatte seinerzeit das Gastwirtpatent vom berühmten Condottiere Francesco Sforza erhalten, der in Marignano haltgemacht hatte und die hier servierten koscheren Speisen zu schätzen wußte. Auch heute noch priesen die durchreisenden jüdischen Kaufleute das Essen der Casalmaggiores. Zu ihrem Erfolg trug außerdem bei, daß es in Mailand keine jüdische Gemeinde und folglich auch keine Synagoge oder jüdische Herberge gab.

David Rëubeni erblickte Doña Benvenida Abravanel, kaum daß er die Herberge betreten hatte. Sie saß am Tisch der Gastwirtsfamilie in einer von Wein überwachsenen Gartenlaube. Im Kerzenschein wirkte sie nicht mehr so schön wie in seiner Erinnerung. Und für einen kurzen Augenblick bereute er schon die Hast, mit der er sie wiedersehen wollte. Doch als er neben ihr Platz nahm, betörten ihn das makellose Oval ihres Antlitzes und die zarten Linien um ihre Augen von neuem. In ihrem Blick lag noch dieselbe Intelligenz, die ihn schon damals in Bann geschlagen hatte, und er fühlte, wie ihn Schwindel überkam. Als er nun seine Augen in die ihren tauchte, befiel ihn die gleiche Erregung wie bei ihrem ersten Zusammentreffen in Rom. Wie hatte er nur glauben können, seit dem Abschied von Dina endgültig gegen das Begehren gefeit zu sein?

Die vergangenen sechs Jahre hatten weder die Gesichtszüge noch das Erscheinungsbild dieser Frau verändert. Der Gesandte sah dieselbe schmale Taille, dieselben zarten Handgelenke und dieselbe üppige Brust vor sich. Wieder fühlte er sich linkisch und unbeholfen angesichts dieser gebildeten, an großstädtisches Gebaren und aristokratische Manieren gewöhnten Dame. War es Scheu oder war es Scham, daß sie ihre Wiedersehensfreude nicht zeigten, sondern sofort über die Schwierigkeiten des Gesandten bei der Verwirklichung seines Plans sprachen? In wenigen Sätzen analysierte Doña Benvenida die Situation, die sich in Europa seit dem *Sacco di Roma* und der Unterzeichnung des französisch-türkischen Abkommens ergeben hatte. Ihre Schlußfolgerungen deckten sich in allen Punkten mit denen des Gesandten, und er gestand es ihr lächelnd ein. Beglückt über diese Übereinstimmung, lächelte auch sie. Dann legte sie ihre leichte, schmale Hand auf die von David, und er fühlte, wie ihre Finger zitterten.


Doña Benvenidas Zimmer lag im ersten Stock, ganz in der Nähe von dem des Mannes aus Habor. Sobald es in der Herberge ruhig wurde und alle in tiefem Schlaf lagen, kam sie zu ihm. Der Mond warf bläuliches Licht in den Raum. Sie setzte sich auf das Bett, und er nahm sich einen Stuhl. So saßen sie Stunden um Stunden in angeregtem Gespräch. Er erzählte ihr von Portugal, von Diogo Pires, der Selomo Molho geworden war, von den Monaten der Gefangenschaft in den Händen der Piraten, von seiner Reise nach Avignon und der Begegnung mit Franz I. Ausführlich beschrieb er sein letztes Gespräch mit dem Papst, seine Rückkehr nach Venedig, und mit heiserer Stimme sprach er schließlich über die Ermordung seines treuen Yosef. Das Reden tat ihm gut, ausgerechnet ihm, der sich für gewöhnlich durch sein Schweigen auszeichnete oder allenfalls kurze, knappe Sätze von sich gab. Sie hörte ihm aufmerksam zu, wobei sie sich ihm unbewußt entgegenneigte und von Zeit zu Zeit eine Hand auf die seine legte, um ihr Interesse und ihre Anteilnahme zu bekunden.

Als er schwieg, begann sie zu sprechen. Ihre Stimme war wie betörender Balsam, dessen Duft er in sich einsog, und was sie sagte, erschien ihm noch scharfsinniger als früher. Sie sprach nicht von sich, sondern von ihm, von der Zukunft seines Vorhabens, von Jerusalem und dem heiligen Land. Doch plötzlich beschwor sie die langen Nächte des Wartens, die unzähligen Träume, die auf sie eingestürmt waren, gleichzeitig mit dem Wunsch, ihn zu sprechen, ihn wiederzusehen, ihn wieder in der Nähe zu wissen, so wie jetzt. Dann, als bedauere sie, zuviel gesagt zu haben, schwieg sie unvermittelt, erhob sich brüsk und strauchelte. David wollte sie auffangen, aber seine Hand glitt ab vom runden Ellenbogen Benvenidas und umfing ihre bebende Brust, wie eine zitternde Taube in seiner Hand. Ihre großen schwarzen Augen blickten angstvoll. Der Gesandte öffnete die Hand und ließ die Taube frei.

«Es ist nicht richtig», murmelte sie, während sie dennoch reglos bei ihm verharrte.

Nur ein einziges Mal in seinem Leben hatte der Mann aus Habor eine ähnliche Verwirrung verspürt. Es war in der Wüste Arabiens gewesen, als er, nach einer Woche Fußmarsch, dem Verdursten nahe, im blendenden Mittagslicht eine Wasserstelle zu sehen glaubte. Das erzählte er ihr nun, ganz leise, und ohne sich zu bewegen.

«Was habt Ihr getan?» fragte sie mit erstickter Stimme.

«Mich hineingestürzt.»

Ihm fiel auf, daß auch seine Stimme kaum zu vernehmen war

und in unbekannte Tiefen zu stürzen schien. Später wußte er nicht mehr, was sie während dieser beseligenden Stunden gesprochen hatten, als Benvenidas Körper sich dem seinen hingab. Und wer hatte ihm all diese Worte eingegeben, an die er sich nicht mehr erinnern konnte?

Als es Tag wurde, verließ sie ihn und ging in ihr Zimmer zurück. Nach *shaharit* sah er sie im großen Speisesaal der Herberge, und sie war schöner denn je. Bevor er sie verließ, mußte er ihr versprechen, in Rosheim haltzumachen und den Rat des Rabbiners Yosef Josselmann einzuholen. Er war ein Freund, ein Mann, zu dem sie Vertrauen hatte, und er gehörte zu den Beratern Karls V. Wie sie sagte, war er ein scharfsinniger Kopf, der die komplexe Persönlichkeit des Kaisers von Grund auf kannte.

Gegen Mittag traf Selomo Molho mit etwa achtzig Mann Eskorte ein. Die zwölf im Wind flatternden Standarten, die Symbole der zwölf Stämme Israels, machten großen Eindruck auf die Bewohner Marignanos. Als der Mann aus Habor sich vom Gastwirt und seiner Familie verabschiedete, liefen die Menschen herbei, um zu sehen, wie er davonritt.

«War ich die Belohnung, die der Prinz sich erhofft hatte?» fragte Doña Benvenida Abravanel leise, als der Gesandte auf sie zu trat, um Abschied zu nehmen.

«Gott ist mein Zeuge, eine solche Belohnung hatte ich nicht verdient!» flüsterte er, während die Menge «Vivat» rief.

«Aber ersehnt hattet Ihr sie?»

Der Gesandte mußte sich bezähmen, um sie nicht in die Arme zu schließen. Er räusperte sich:

«Habt Ihr daran gezweifelt?»

«Werdet Ihr wiederkommen?»

«Der Verliebte ist wie eine Alge in stehendem Gewässer – man schiebt ihn beiseite, aber er kehrt zurück.»

*471*

«Ich hoffe, Ihr kehrt lebend zurück!» sagte sie, wie aus einer Ahnung heraus.

Ein Lächeln überstrahlte David Rëubenis Gesicht:

«Bei uns in Habor gibt es ein Sprichwort: Um einen Lebenden wirklich zu lieben, muß man ihn lieben, als sollte er morgen sterben.»

## LVI
## AUF DEM WEG ZU DEN ASHKENAZIM

Die Überquerung der Alpen war eine Qual. Im Januar 1531 regnete es tagsüber unablässig, und nachts kam Frost dazu. David Rëubenis Männer litten unter der beißenden Kälte, gegen die ihre Gewänder aus dünner weißer Wolle keinen ausreichenden Schutz boten. In Locarno kaufte der Gesandte ihnen Überwürfe aus schwerem Wolltuch, mit weiten Ärmeln, und bot denen, die umkehren wollten, fünfzig Dukaten Reisegeld. Doch nur ein Dutzend der jungen Leute gaben auf.

Selomo Molho folgte, ohne zu murren. Er war nachdenklich, aber gehorchte allen Befehlen des Gesandten, ohne dagegen aufzubegehren. Häufig gab er sie selbst weiter, und stets vergewisserte er sich, daß sie auch verstanden worden waren. Er gab sich wohl Mühe, die Rolle zu übernehmen, die früher Yosef innegehabt hatte. Doch als sie das verschneite Basel erreichten, wirkte er verstimmt. Es war am Abend vor Shabbat, und er wollte unbedingt vor Einbruch der Nacht eine Synagoge aufsuchen. Die Eskorte sollte in einem Gasthof am Rheinufer untergebracht werden. Der Geldwechsler Bele von Freiburg, dem Doña Benvenida Abravanel David Rëubeni und seine Freunde ans Herz gelegt hatte, nahm den Gesandten und Selomo Molho in seinem eigenen Haus auf. Er geleitete seine Gäste zu einer alten Synagoge in der Nähe einer Brücke, die die beiden durch den Fluß getrennten Stadtteile verband. Auf diese Weise konnten Davids Männer nach dem Gottesdienst schnell zu ihrem nicht weit entfernten Gasthof auf der anderen Seite des Flusses zurückkehren.

Die Synagoge war aus Holz gebaut. Ein riesiger Ofen in der Mitte sorgte für Wärme und verbreitete weißlichen Rauch. Etwa hundert Gläubige hatten ihren *tallit* angelegt und wiegten sich im Rhythmus der Gesänge. Die unerwartete Ankunft so vieler bewaffneter Männer, deren Sprache die Baseler nicht verstanden, löste anfänglich Panik aus. Die Baseler Juden hielten die Eskorte des Gesandten für Anhänger einer dieser zahlreichen mystischen Sekten, deren Söldner in der Schweiz ihr Unwesen trieben. Doch als Bele dieses Mißverständnis aufgeklärt und ihnen verraten hatte, der Prinz aus Habor sei unter ihnen, entstand sofort freudige Erregung. Alle wollten so nahe wie möglich an David heran und einen Blick von ihm erhaschen oder sein Gewand berühren.

Der Engel Selomo war sich irgendwie verloren vorgekommen und hatte sich in einen Winkel der Synagoge zurückgezogen. Ohne ersichtlichen Grund begann er nun die *bimah* zu erklimmen, jenen erhöhten Platz, von dem aus der Vorbeter, mit den Torarollen vor sich, das Gemeindegebet zu steuern pflegt. Von hier rief er der Gemeinde zu:

«Brüder des Hauses Israel, Ihr wißt wohl nicht, daß sich unsere Kraft, die göttliche *shekhina* Eurer Sünden wegen im Exil befindet?»

Da stand er vor den verdutzt dreinblickenden Baseler Juden und hob die Torarollen hoch über seinen Kopf. Er führte ein paar merkwürdige Tanzschritte aus, hielt dann plötzlich inne und schien jedem einzelnen ins Herz blicken zu wollen. Schließlich wandte er die Augen gen Himmel und posaunte:

«O Tora! Alles erhellendes Licht! So viele Quellen, Bäche, Flüsse, Ströme, Meere kommen aus Dir und verbreiten sich überall! Alles besteht fort durch Dich! Oben und unten! Aus dir kommt das Licht! Tora! Tora!»

Unvermittelt legte er die Rollen auf das Lesepult zurück und richtete seinen Finger auf die Menge:

«Tuet Buße, ihr Juden! Erkennt eure Fehler! Macht euch bereit, den Messias würdig zu empfangen, indem ihr der Stimme des Herrn gehorcht!»

Das mißbilligende Gemurmel, das schon bei seinen ersten Worten aufgekommen war, wandelte sich jetzt in lauten Protest:

«Wer bist du, daß du es wagst, uns Lehren zu erteilen?» ließ sich eine Stimme von weiter hinten vernehmen.

«Was für eine Anmaßung!» rief jemand anders.

Als die Stimmung immer gereizter wurde, trat der greise Rabbi Semuel aus Worms an die *bimah*, gebot allen Stille und wandte sich an Selomo Molho, der hoch aufgerichtet neben ihm stand:

«Du verlangst von uns Reue und Buße für unsere Sünden vor der Erlösung. Aber wir können nicht mehr, denn wir schwanken unter unseren Leiden wie Betrunkene, die nicht mehr geradeaus gehen können. Unsere Weisen sagten, die Erlösung gehe der Buße *voraus!* Sie wußten, daß die Menschen sich vom Antlitz des Schöpfers abwenden, wenn die Armut zu groß wird.»

«Ein kluges Wort!» sagte jemand.

Diesmal kam zustimmendes Gemurmel aus der Gemeinde, und die Köpfe unter den *tallits* fingen an, sich im gleichen Rhythmus zu wiegen. Wie Dünen in der Wüste unter dem Ansturm des Windes, dachte der Gesandte aus Habor bei sich.

«Man darf es ihnen nicht verübeln», sagte Bele von Freiburg zu Selomo Molho und dem Gesandten, als sie sich nach dem Gottesdienst in seinem Hause zum Essen niederließen. «Die Juden hier sind unglücklich», fuhr er fort. «Und sie haben Angst, daß jemand falsche Hoffnungen bei ihnen weckt, die sie womöglich noch unglücklicher machen.»

Das Haus des Geldwechslers war bescheiden. Ihm, seiner Frau und den drei Kindern standen vier Räume zur Verfügung, von denen einer als Kontor diente. Ein bauchiger, mit Kacheln verzierter Herd beheizte das kleine Haus und hielt die Speisen warm, die Beles Frau am Tag zuvor bereitet hatte.

Nach dem Abendessen kamen etliche Juden, die den Prinzen von Habor in der Synagoge gesehen hatten. Sie wollten ihm ihre Unterstützung bei seinem Kampf für ein jüdisches Königreich auf dem Boden Israels zusichern. Aber sie baten ihn auch dringend, nicht abzureisen, solange der Mißklang nicht bereinigt war.

«Uns Juden hier in Basel», sagte ein junger Mann mit spärlichem Bart und langen Schläfenlocken, «ist kein Fanatismus erspart geblieben. Der wüsteste Calvinismus ist wie ein reißender Sturzbach über uns hinweggefegt. Und genauso erging es uns unter der Gewaltherrschaft der Wiedertäufer. Ein angeblicher Prophet mit Namen Hoffmann behauptete, die Stadt Straßburg sei das ‹neue Jerusalem› und 184 rächende Ritter würden kommen und zusammen mit Eliyahn und Enoch den Feinden des Herrn durch Flamme und Schwert den Garaus machen! Und dann Luther... Wie viele Tote hat es im Namen der Reformation gegeben!»

Danach wandte sich Rabbi Semuel von Worms, der ebenfalls gekommen war, um die Gäste zu begrüßen, an Selomo Molho:

«Junger Mann, ich habe gehört, daß Eure bisherigen Prophezeiungen sich alle bewahrheitet haben. Aber glaubt meiner langjährigen Erfahrung, die Zerstörung ist leichter vorauszusehen als die Befreiung! Das Unglück kommt von alleine: Es folgt wie das Wasser dem Gefälle. Doch das Glück, das jeder herbeisehnt, erfordert Willensstärke, Glauben und Ausdauer, wenn es denn je erreicht werden soll!»

Der Engel Selomo wurde nervös. Er rückte seinen Federhut zurecht und wollte schon zu einer Antwort ansetzen, als David Rëubeni plötzlich das Wort ergriff. Und als wolle er die Aussage seines jungen Freundes an der Wirklichkeit messen, erklärte er:

«Als Gott sah, wie todkrank Israels Seele war, wickelte er sie in die beißenden Laken der Armut und des Elends. Er breitete aber auch den Schlaf des Vergessens über sie, damit sie ihr Leid leichter ertrage. Doch aus Furcht, sie könne dabei ihr Leben aushauchen, erweckt Er sie Stunde um Stunde durch die falsche Hoffnung auf einen Messias, um sie dann wieder einzuschläfern, bis die Nacht vorüber ist und der wahre Messias erscheint. Aus diesem Grund sind die Augen der Weisen manchmal verblendet...»

«Tsss!» zischte Bele von Freiburg bewundernd.

Und Rabbi Semuel aus Worms hob die Arme zu den rußgeschwärzten Balken an der Decke:

«Der Ewige segne das Volk, das zu solcher Weisheit fähig ist!» murmelte er, bevor er sich mit einer für einen Mann seines Alters überraschend impulsiven Bewegung vor dem Gesandten verneigte, um ihm seine Lippen auf die Hand zu pressen.

Am folgenden Tag zogen David Rëubeni und seine Eskorte rheinabwärts. Es wunderte den Gesandten, daß er keine jüdischen Gemeinden mehr antraf. In Uffheim, auf halbem Wege zwischen Basel und Mülhausen, unweit von Sierentz, traf er auf feindlich gesinnte Bauern. Doch die Armbrüste und Schwerter der Eskorte schüchterten sie ein, und sie wiesen dem Prinzen von Habor den Weg zu einem am Dorfrand gelegenen jüdischen Hof:

«Ein jüdisches Haus?... Dort drüben! Aber es ist das einzige bis Münster!»


Der Viehhändler Amschel sank auf die Knie, als er David Rëubeni erblickte: Der Prinz kam hoch zu Roß und in Begleitung seines Fahnenträgers auf ihn zu. Amschel verbarg sein Gesicht in den schwieligen Händen und schluchzte:

«*Barukh haba*», stammelte er und wischte sich die Tränen vom Gesicht. «Willkommen in meiner armseligen Behausung! Willkommen sei mir der jüdische Prinz!»

Dann stand er wieder auf und sagte:

«Wir haben schon so lange keine freien Juden mehr gesehen! Schon so lange nicht mehr ...»

Er rannte los, um seine Familie zu holen. Sie hatten Davids bewaffnete Truppe für eine Horde von Räubern gehalten und sich hinten im Hof in einem Nebengebäude versteckt.

«Die Juden sind aus den meisten Städten des Elsaß vertrieben worden», erklärte Amschels Bruder, ein junger, dunkelhaariger Mann, stark wie ein Stier. «Sie sind nach Lothringen und in die Schweiz ausgewichen. Wenn wir an Markttagen in Straßburg unser Vieh vorführen, dann erinnern uns die Glocken des Münsters jeden Abend daran, daß den Juden der Aufenthalt in der Stadt untersagt ist.»

«Und Josel von Rosheim?» fragte der Gesandte, der es schon zu bedauern begann, Doña Benvenida diesen Umweg versprochen zu haben, nur um diesen Josel zu sehen.

«Oh», sagte Amschel ehrfürchtig, «Yosef, der Sohn von Gerschom, hat es vom einfachen Fürsprecher der Judengemeinde in Hagenau zum Vertreter der gesamten Judenheit im Heiligen Reich gebracht! Karl V. empfängt ihn häufig ... Doch der Prinz wird gewiß verwundert sein, wenn ich ihm sage, daß es im Elsaß kaum mehr als dreihundert jüdische Familien gibt.»

David Rëubeni und seine Eskorte verbrachten die Nacht in Amschels Hof. Tiere wurden geopfert und ein Festmahl für die hundert Gäste improvisiert. Der Gesandte wollte den Viehzüchter für den Aufwand entschädigen, woraufhin Amschel noch mehr Brot, Wein und Geflügel spendierte. Seine Frau Zlata bereitete alles mit tatkräftiger Hilfe ihrer Familie und der Männer des Gesandten zu. Als es Nacht war, schliefen die Männer überall, wo Platz war, in der Küche, der Scheune und im Stroh.

Am nächsten Morgen war die Sonne wieder da und warf funkelnde Lichtpailetten auf den gefrorenen Schnee.

«Seid vorsichtig, Prinz», sagte Amschel zum Abschied. «Hütet euch vor den Wegelagerern! Sie sind hier sehr zahlreich. Und die Christen sehen in den Juden ohnehin nur Teufel. Sie halten es für eine gute Tat, uns umzubringen ...»

Amschel sollte recht behalten. In der Nähe von Habsheim, kurz vor Mülhausen, wurde David Rëubeni aufgehalten. Etliche Karren versperrten wie nach einem Unfall den Weg. Auf einem dieser Holperkarren stand ein Bauer und winkte sie heran. Instinktiv witterte der Mann aus der Wüste die Falle. Er gab ein paar knappe Befehle. Seine Diener verteilten sich, nahmen die Armbrust und legten an. Eine erste Salve krachte los, und der Mann auf dem Karren brach zusammen. Sofort wurde von den anderen Karren auf sie geschossen. Aus dem nahen Wald tauchte eine Bande auf.

«Feuer!» befahl der Gesandte von neuem.

Ein Bleihagel ging auf die Angreifer nieder, die eilig zurückwichen. Mit gezücktem Säbel stürmte der Mann aus Habor vorwärts, gefolgt von fünfzig seiner Reiter. Der heftige Gegenangriff überraschte die Banditen, und sie suchten das Weite oder versteckten sich im Unterholz. Der Sieg wäre vollkommen gewesen, hätte nicht im letzten Moment eine Kugel den jungen Saul aus Fes, der David seit Portugal gefolgt war, ins Bein getroffen. Er litt elende Schmerzen. In Habsheim wurde ein Arzt ausfindig gemacht, der ihn verband und seine Schmerzen linderte. In dem Kampfgetümmel war es der Eskorte des Gesandten gelungen, einige der Karren an sich zu bringen. Die Freude war groß, als man auf einem von diesen einen großen Vorrat Nahrungsmittel entdeckte! Das war mehr als genug, um bis Rosheim, wenn nicht gar bis Regensburg durchzuhalten. Mit ihrem unüberlegten Angriff hatten die Räuber also nur sich selbst beraubt ... Die Bevölkerung der ganzen Region zeigte sich beeindruckt, daß der Gesandte diese bis dato von allen gefürchtete Bande der Nachkommen Armleders in die Flucht geschlagen hatte. Mochten die Juden auch von der Kabbala beseelt sein, diesem Teufelswerk, und mochte auch gar, wie es hier allgemein hieß, der Teufel ihr Führer sein, Tatsache war doch, daß sie eine bravouröse Schlacht geliefert und das Land von gefährlichen Räubern und Mördern befreit hatten! Auf ihrem weiteren Weg nach Rosheim wurden David und die Seinen von den Bauern und Händlern, die ihnen begegneten, mit dem größten Respekt gegrüßt. Nur Rabbi Josel zeigte sich nicht beeindruckt:

«Auch der strahlendste Sieg ist nur das Lodern einer Feuersbrunst.»


Rabbi Yosef, Josel von Rosheim genannt, war ein kleiner Mann mit weißem Bart, der einen langen schwarzen Mantel trug. Er war lebhaft, leutselig und überaus liebenswürdig. Intelligenz und Scharfsinn erriet man sofort. Er empfing David Rëubeni äußerst zuvorkommend und bat ihn und Selomo Molho, zum Shabbat bei ihm zu verweilen.

«Wißt Ihr, Prinz, warum der Leviticus neben einem Brandopfer auch von einem Feueropfer spricht?»

«Nein», bekannte der Mann aus der Wüste.

«Dieser Plural bezieht sich auf den Shabbat *oben* und den Shabbat *unten*, die beide eins sind.»

«Genau das habe ich in Basel gesagt», fiel der Engel Selomo ein, «aber die Juden haben mir nicht geglaubt!»

«Oh», erwiderte der Rabbi mit einem belustigten Blick unter seinen weißen Brauen, «den doppelten Shabbat werden sie Euch schon geglaubt haben, aber nicht die Ankunft des Messias!»

Selomo Molho wollte etwas erwidern, hielt sich aber dann zurück.

«An die Notwendigkeit, das Land Israel zurückzuerobern, haben sie indes geglaubt ...», bemerkte der Gesandte und legte dann ausführlich seinen Plan und die Gründe dar, die ihn bewogen hatten, den Kaiser aufzusuchen.

Nachdem Josel von Rosheim das alles gehört hatte, dachte er eine Weile nach. Als er sein Schweigen brach, sprach er deutliche Worte:

«Ich werde nicht lange um die Sache herumreden. Ich sage euch klipp und klar: Geht nicht nach Regensburg!»

«Aber ... der Kaiser ist bereits von meiner Ankunft verständigt! Er erwartet mich», erwiderte David Rëubeni.

«Wie Ihr wißt», warf der Rabbi ein, «kenne ich Karl V. recht gut. Er ist ein unberechenbarer, verschlagener Hitzkopf. Man darf sich nie und nimmer auf ihn verlassen! Er kann sehr gefährlich werden, und deshalb solltet ihr bei ihm mit dem Schlimmsten rechnen!»

Der Gesandte führte Argumente ins Feld, zweifelte und erbat genauere Auskünfte, doch Josselmann beharrte unbeirrt auf seinem Ratschlag:

«Auch wenn er Euch seine Unterstützung zusagen sollte, müßt Ihr Euch vor ihm hüten», sagte er eindringlich.

Eine solche Warnung konnte der Mann aus Habor nicht einfach in den Wind schlagen. Und der Blick des Rabbiners war überzeugend. Seine blauen Augen strahlten so viel Güte und Wohlwollen aus, daß man ihm vertrauen mußte. Josselmann machte einen Vorschlag:

«Warum lechzt Ihr so nach der Unterstützung der Christen? Warum sucht Ihr nicht Suleiman auf? Das Heilige Land liegt in den Händen des Islam! Daher wäre es doch klüger, mit dem Islam zu verhandeln. Glaubt mir und meinen Erfahrungen mit Karl V.! Ihr erreicht mehr bei der Hohen Pforte als beim Heiligen Römischen Reich Deutscher Nation.»

Und lächelnd fügte er noch hinzu:

«Prinz, Ihr wißt doch besser als jeder andere, daß das unter einem Zeltdach in der Wüste gegebene Wort immer gehalten wird. Wohingegen das in einer Burg proklamierte Vertrauensbündnis meist schamlos gebrochen wird!»

David Rëubeni wurde nachdenklich. Dieser Gedanke des alten Rabbiners entsprach im Grunde den Einwänden des Dogen von Venedig und noch mehr den Ratschlägen Franz I. Als er seine Überlegungen gerade Josel von Rosheim offenbaren wollte, brach es aus Selomo Molho heraus:

«Der Gesandte Gottes kennt keine Furcht vor einem Monarchen! Der ehrenwerte Rabbi Josselmann», schrie er, «läßt sich von einem menschlichen Herrscher blenden und verliert den einzig wahren König aus dem Blick, obgleich dieser vor ihm steht, in der Hand des Ewigen! Weiß der Rabbi nicht, wie unermeßlich Gottes Güte ist, die Er vor denen, die Ihn fürchten, verbirgt?»

Der alte Mann schenkte den heftigen Worten des Engels keine Beachtung. Er wandte sich an den Mann aus der Wüste und wiederholte nochmals, daß seiner Meinung nach nichts eine Reise zu Karl V. rechtfertige:

«Ich sagte es bereits, Prinz, auch der strahlendste Sieg ist nur das Lodern einer Feuersbrunst. Und ich füge jetzt hinzu: Auch das reinste Feuer ist nichts im Vergleich zu Gottes Glorie! Paßt auf, daß das Feuer der Rückeroberung Israels nicht Jerusalem zerstört! Was hättet Ihr denn gewonnen, wenn Ihr das jüdische Volk zu einem Trümmerfeld führt? Sagt mir doch, welchen Triumph Ihr Euch von der Unterstützung dieses wankelmütigen Herrschers erhofft?»

David Rëubeni schwieg. Er hatte sich soeben entschieden. Erst wenn es ihm nicht gelänge, von Karl V. Beistand gegen Suleiman zu erhalten, würde er diesen Suleiman aufsuchen. Der Kaiser war schließlich durch Andrea Gritti, den Dogen von Venedig, von seinem Besuch in Kenntnis gesetzt worden und erwartete ihn. Und wenn der Ewige, gepriesen sei Sein Name!, ihm, dem Gesandten aus Habor, behilflich gewesen war, bis hierher vorzudringen, dann hatte er doch nicht das Recht, sich diesem Willen zu entziehen. Er würde also nach Regensburg gehen, allen Einwänden und Befürchtungen Josels zum Trotz, aber auch unbeeinflußt von dem Zwischenruf Selomo Molhos, den Josel so geschickt aus dem Weg geräumt hatte. Als er am nächsten Tag zum Aufbruch rüstete, schloß der alte Rabbiner ihn gerührt in die Arme:

«Gott schütze dich, mein Sohn!» sagte er mit erstickter Stimme. «Möge Sein heiliges Licht dir den Weg weisen und meine Befürchtungen als Irrtum brandmarken! Aber vergiß nicht: Ein Wortgefecht mit Suleiman, und sei es noch so bitter, könnte sinnvoller sein als ein Krieg, den Karl V. unterstützt.»

Als der Gesandte sich wieder auf den Weg machte, ahnte er nicht, daß Jacob Mantino Wind von seiner Reise bekommen hatte. Er bezahlte einige Boten, die Tag und Nacht ritten, um Karl V. ein Schreiben folgenden Inhalts zukommen zu lassen:

«Majestät,
im Namen der jüdischen Gemeinde von Venedig und des *va'ad hakatan*, der diese Gemeinde vertritt und dem ich vorstehe , muß ich Euch warnen vor den gefährlichen Umtrieben des Hochstaplers David Rëubeni und seines bösen Geistes, des Apostaten und falschen Theologen Selomo Molho. Der Plan, den diese Abenteurer Euch unterbreiten werden, ist absurd, auch wenn er in gewisser Weise bestechend erscheint. In Wahrheit geht es diesen Betrügern nicht um die Rückeroberung des Landes Israel. Ihre eigentliche Absicht ist es, Neuchristen, die sich als frühere Juden zur Religion Roms bekehrt haben, zum Judentum zurückzuführen und andere, die eigentlich Christen sind, zu bewegen, ihrem Glauben abzuschwören und zum mosaischen überzutreten. Als Jude, der um Harmonie und Zusammenhalt unserer beider Religionen, der jüdischen und der christlichen, besorgt ist, kann ich nicht zusehen, wie solch verderbliche und sündige Winkelzüge bei den Fürsten Unterstützung finden. Ich beschwöre Euch, Majestät, laßt Euch nicht von den hohlen Phrasen eines vorgeblich «jüdisch-christlichen Bündnisses» täuschen,

das sie Euch unterbreiten werden! Die Lauterkeit meiner Worte werdet Ihr an folgenden Zeichen erkennen: In einem geeigneten Moment werden der Intrigant und sein böser Geist Euch unweigerlich vorschlagen, der Religion Jesu abzuschwören und Euch zu der Moses' zu bekennen. Dieser Moment wird kommen, denn ich bin überzeugt, daß ihr Trachten darauf zielt, Europa und nicht Judäa zu erobern!

Ihr seht, Majestät, daß ich aus berechtigter Sorge um die Wahrung des guten Einvernehmens und Wohlergehens unserer Völker, die nicht in die Irre geleitet werden dürfen, ein gewisses Risiko auf mich nehme. Das Zeichen, das ich Euch nannte, wird es Euch ermöglichen, die Berechtigung meiner Worte zu überprüfen. Tritt es nicht ein, sollte ich mich also geirrt haben, Majestät, dann werde ich es hinnehmen, daß man mich für einen Verrückten hält und mich meiner Ämter als Vorsteher des *va'ad hakatan* enthebt. Doch wenn, wie ich glaube, dieses Zeichen eintritt, vertraue ich auf Eure Weisheit und Eure Gerechtigkeit, damit diese beiden Individuen bestraft werden, wie es sich gebührt. Es ist von höchster Bedeutung, sie kaltzustellen, damit sie nicht noch weiteren Schaden anrichten können und unsere Völker endlich von den Gefahren und Wirren befreit werden, in die diese beiden sie nur noch tiefer verstricken wollen.

Der Ewige segne Seine Majestät, den Kaiser des Heiligen Römischen Reiches.

Sein getreuer Diener, der Rabbiner Jacob Mantino, Vorsteher des *va'ad hakatan* von Venedig.»

Mit Widerwillen nahm Karl V. dieses Denunziationsschreiben zur Kenntnis. Man hatte ihm schon viel von dem Gesandten aus Habor erzählt, und es kam ihm durchaus zupaß, die Expansionsgelüste Suleimans in Europa zu durchkreuzen. Im Grunde wartete er schon mit einer gewissen Neugierde und auch Wohlwollen auf David Rëubeni und Molho. Als die beiden drei Tage später in Regensburg eintrafen, empfing der Kaiser sie mit allen Ehrenbezeugungen, die hochrangigen Besuchern gebührten.

## LVII
## EIN DEUTSCHER KAISER BEZEUGT SEINE GUNST

Der Kaiser konnte seinen Gast nicht gleich bei seiner Ankunft empfangen, wie ursprünglich vorgesehen. Ein plötzlicher Gichtanfall hinderte ihn, wie schon so häufig. Für David Rëubeni und seine Männer hatte er Regensburgs schönsten Gasthof, das Haus «Zum Goldenen Kreuz», beschlagnahmen lassen, das gleich neben dem Rathaus lag. Und als ein Offizier der Landsknechte sich am Tag vor dem Eintreffen der jüdischen Gesandtschaft erfrechte, vor seinen Männern ein Couplet zum besten zu geben: *Von großen Juden ich sagen will, die Schad dem Land tun in der Still,* wurde er sofort verhaftet, von der kaiserlichen Garde in die Keller des Reichstagsgebäudes, die sogenannte Fragestatt geschafft und noch am selben Tag gehängt.

Das strenge Aussehen der Stadt, die trutzige Erhabenheit ihrer gotischen Gebäude, die monumentale Brücke mit ihren vielen Bögen und dem befestigten Turm, die Donau, auf der mit dumpfem Grollen die Eisblöcke gegeneinanderstießen, die der Fluß vor sich hertrieb, und all das unter einem tiefhängenden grauen Himmel – eine solche Stimmung war wirklich dazu angetan, die unbestimmte Angst, die dem Gesandten seit dem Gespräch mit Rabbi Josel von Rosheim in den Gliedern saß, wachzuhalten, wenn nicht gar zu verstärken. Vor den düsteren Fasaden, die David von seinem Fenster aus sah und die ihm den Horizont versperrten, fühlte er sich entsetzlich allein. Das war nicht jene Einsamkeit, die er nach Yosefs Tod bewußt gesucht hatte, sondern etwas Aufgezwungenes, das eigenen Gesetzen folgte und in ihm den Eindruck erweckte, als solle er aus der Welt geschafft oder ins Abseits gedrängt werden. Ein solches Gefühl schien so gar nicht zu einem Mann voller Tatendrang zu passen und ließ ihn das Schlimmste befürchten. Doch was war denn zu diesem Zeitpunkt das Schlimmste? Ein Sprichwort aus seiner Heimat fiel ihm ein: «Das Land, wo die Steine dich kennen, ist besser als das Land, wo die Menschen dich kennen.» Er lächelte versonnen.

Selomo Molho schwieg währenddessen und verharrte demütig in seiner Rolle als Berater des Prinzen.

Zwei Tage später wurden sie von Karl V. in einem Salon im ersten Stock empfangen. Dort pflegte er auch regelmäßig seine engsten Berater zu versammeln, bevor im Saal gegenüber der Reichstag zusammentrat. Der Kaiser begrüßte sie mit einem Lächeln, das zwar seine gelblichen Zähne sehen ließ, aber in seine großen melancholischen Augen ein erfreutes Leuchten brachte, das eine fast kindliche Freude verriet. Die Begegnung mit dem jüdischen Prinzen schien ihn glücklich zu stimmen. In seiner spanischen Robe, einem schwarzen Samtrock mit Pelzbesatz, stand er da und stellte David Rëubeni seine militärischen Berater vor. Nachdem er jedem einen bequemen Armlehnsessel mit Brokatbezug und dem Dolmetscher einen Stuhl hinter sich zugewiesen hatte, zog er plötzlich einen Brief hervor und sagte zu David Rëubeni:

«Dies ist ein Schreiben von einem Eurer Freunde, einem gewissen Jacob Mantino aus Venedig ... Es gibt Juden, Prinz, die Euch nicht wohlgesonnen sind!» fügte er lächelnd hinzu.

«Könnte die Liebe Scham empfinden», erwiderte der Mann aus Habor mit unbewegter Miene, «dann würde man sie nicht nackt malen.»

Karl V. lachte schallend. Sein spärlicher Bart hüpfte auf und ab. Als er sich wieder beruhigt hatte, ergriff der Gesandte abermals das Wort:

«Die einzige Belohnung für eine gute Tat, Majestät, ist die Befriedigung, sie vollbracht zu haben.»

Und nachdem der Dolmetscher übersetzt hatte, ergänzte er:

«Der Ewige ist mein Zeuge, daß die Befreiung meines Volkes mein einziges Ziel ist. Wenn ich Erfolg habe, wird es mich vergessen, und wenn ich scheitere, wird es mich verfluchen!»

Zum Erstaunen seiner Berater erhob sich der Kaiser und trat auf David Rëubeni zu:

«Was die Belohnung betrifft, Prinz, habt Ihr mir aus dem Herzen gesprochen. Seht meine Hände: Sie haben soviel Großes und Edles vollbracht, haben so erfolgreich das Schwert geführt, und jetzt ist nicht einmal mehr genügend Kraft in ihnen, um ein Briefsiegel zu erbrechen! Das sind die Früchte, die ich ernte, nachdem ich mir diesen gewaltigen und eitlen Titel eines großen Heerführers und großmächtigen Kaisers erworben habe! Eine großartige Belohnung, nicht wahr?»

Eine allgemeine Diskussion begann, die sich sehr schnell als bereichernd und ertragreich erwies. Karl V. und seine Berater waren von dem Mann aus der Wüste fasziniert. Und Selomo Molho hielt sich zurück, seit Rabbi Josel von Rosheim ihn indirekt gemaßregelt hatte. Still und glücklich lauschte er den Worten dessen, den er verehrte.

«Müßten wir die aktuelle politische Lage Europas skizzieren», legte David soeben dar, «wie sähe sie wohl aus, Majestät? Düster, nicht wahr? Deutschland ist durch religiöse Auseinandersetzungen zerrissen. Der Türke bläst erneut zum Angriff auf Österreich, und das unmittelbar an Euren Grenzen. Der neue Bundesgenosse des Türken, Franz I., nutzt den Aufschub, den ihm der Friede von Cambrai gewährt hat, um Euch mit den aufständischen lutherischen Fürsten im Schmalkaldischen Bund in den Rücken zu fallen. Heinrich VIII. von England heiratet trotz päpstlichen Verbots Anne Boleyn und schert sich keinen Deut um die Exkommunikation, die über ihn verhängt werden wird. Und das Mittelmeer ist einem Barbarossa ausgeliefert, einem Piraten, der all seine Küsten bedroht! Ich sehe also nur Gründe für Besorgnis, nicht für Freude – und ich stelle mir vor, daß es Eurer Majestät ähnlich ergeht.»

«Ihr geht nicht fehl in Eurer Vorstellung, Prinz», gestand Karl V. humorvoll ein. «Und jedes einzelne der Probleme, die Ihr angeschnitten habt, böte Anlaß zu Diskussionen.»

«Oder zu einer kühnen Tat, die alle europäischen Mächte vereint und ihnen ein gemeinsames Ziel gibt! Eine Tat, zu der das Heilige Römische Reich Deutscher Nation den Anstoß geben müßte», erwiderte der Gesandte.

«Ihr denkt an einen Kreuzzug, Prinz?»

«Der Ausdruck wäre nicht angemessen, Majestät. Aber es würde tatsächlich darum gehen, der Hohen Pforte und der Ausbreitung des Islam die Stirn zu bieten. Im Grunde schlage ich Euch nur vor, Europa zu mobilisieren, damit es mir hilft, ein jüdisches Heer aufzustellen, das auf Unterstützung rechnen kann. Wenn dieses Heer auf dem Boden Israels die Türken angreifen würde, müßte sich Suleiman von den Grenzen Österreichs zurückziehen, beispielsweise... Die berittenen Truppen unter dem Befehl meines Bruders, des Königs von Habor, würden das jüdische Heer von Süden her unterstützen und das Gros der türkischen Truppen zwingen, im Orient zu bleiben. Das würde es Eurer Majestät endlich ermöglichen, dieses auseinanderdriftende, zerrissene Europa in den Griff zu kriegen...»

Das Gespräch zog sich noch über Stunden hin. Der Plan des Mannes aus der Wüste war verwegen, aber klug, und sein strategischer Nutzen offenkundig. Mehrere Tage lang herrschte im Regensburger Reichstagsgebäude reges Treiben. Man befragte Reisende, Spitzel, Generäle, sogar Wahrsager und vertiefte sich in Landkarten. Schließlich wurde auf großen Pergamentrollen ein Abkommen entworfen. Die Schreiber hielten darin alle Einzelheiten des Bündnisses fest: Der Kaiser verpflichtete sich, die Juden Europas mit Waffen auszurüsten, während Prinz David von Habor zum Oberkommandierenden der Flotte und des Heeres ernannt wurde, das gegen Suleiman antreten würde. Das Dokument besagte darüber hinaus, daß der Kaiser nicht verpflichtet sei, mit seinen eigenen Truppen in den Konflikt einzugreifen, es ihm aber freistehe, dem Prinzen und dessen Bruder, dem König von Habor gegebenenfalls Schützenhilfe zu leisten.

Der feierliche Augenblick war gekommen. Karl V. ergriff den Gänsekiel, um dieses Bündnis zu unterzeichnen, ließ aber anstandshalber David Rëubeni den Vortritt. Für den Mann aus der Wüste bedeutete dieser Vertrag die beweiskräftigste, die offensichtlichste Anerkennung all seiner Bemühungen, die nun seit über sieben Jahren andauerten, seit dem Tag, an dem er europäischen Boden betreten hatte. Eine größere Beachtung hätten seine Strategie und sein politischer Verstand nicht finden können! Dieser Erfolg würde allen anderen den Weg ebnen! Nun stand seinem Aufbruch nach Jerusalem nichts mehr entgegen ... Er setzte seine Unterschrift auf das Pergament. Karl V. nahm die Feder, dann, ein befriedigtes Lächeln auf den Lippen, legte er sie wieder nieder. Anmutig griff er nach seiner Pelzkappe und setzte sie sich mit beiden Händen auf den Kopf, als sei sie eine Goldkrone. Erst nachdem er diese drei Handgriffe mit einer dem Anlaß angemessenen Feierlichkeit ausgeführt hatte, faßte er von neuem nach der Feder, tauchte sie in das Tintenfaß und unterschrieb.

In diesem Moment geschah das Nichtwiedergutzumachende: Selomo Molho ergriff das Wort, in einer Verzückung, die er nur mit großer Mühe bis jetzt zurückgehalten hatte. Sein visionärer Überschwang konnte nur verhängnisvoll sein:

«Der Kaiser von Europa und der Gesandte Gottes sind sich einig!» rief er aus. «Der Kaiser von Europa hat zum wahren Glauben zurückgefunden! Über den König, über David kehrt er zu Moses zurück! Es lebe Karl V. in der Herrlichkeit seines Shabbats!»

So hätte Karl V. mit seiner Unterschrift unter diesen militärischen Pakt also seinen Übertritt zum Judentum besiegelt? Dann hätte sich die perfide Verheißung Mantinos ja bestätigt ...

Voller Entsetzen schrie David Rëubeni:
«Aber das ist doch Wahnsinn!»
Doch das Gesicht Karls V. färbte sich bereits purpurrot. Der Kaiser des Heiligen Römischen Reiches war außer sich vor Wut!

Mit seiner Zügellosigkeit war Selomo Molho in die Falle gerannt, die der Mann aus Habor immer zu vermeiden versucht hatte, und in seinem Sturz riß er auch noch denjenigen mit, den er unermüdlich als Gesandten Gottes angekündigt hatte.

Nun bestätigte sich auch die Warnung des Rabbi Josel von Rosheim, der den Kaiser als unberechenbaren Hitzkopf bezeichnet hatte. Karl V. riß das Pergament in Fetzen, ließ David keine Zeit, Molhos Worte zurechtzurücken, sondern rief sofort nach den Wachen und befahl:

«Schafft sie runter in die Fragestatt und legt sie in Ketten! Ich werde mich morgen mit ihnen befassen.»

«Und die Diener?»

«Erschießen!»

«Majestät!» rief David, der sich dem Griff der Landsknechte entwand und einen Schritt auf Karl V. zu tat. «Majestät, vergeßt nicht, daß die Größe eines Herrschers auch an seiner Großmut gemessen wird!»

Der Kaiser wandte sich um. Seine Wut war ebenso schnell verraucht, wie sie aufgelodert war. Im Grunde gefiel ihm dieser Mann aus Habor mit dem markanten Gesicht und dem lauteren, funkelnden Blick. Schlank und kraftvoll stand dieser Gesandte vor ihm, beeindruckend in seinem schlichten Leinengewand mit dem sechszackigen Stern auf der Brust, furchtlos auch im Angesicht des Gegners. «Gemeinsam hätten wir Großes leisten können», dachte der Monarch bei sich. Aber hatte ein Kaiser das Recht, seine Meinung von einem Augenblick auf den anderen wieder zu ändern?

Der Mann aus der Wüste spürte, daß Karl V. zögerte. Um so inständiger trat er für seine Männer ein:

«Diese Menschen haben niemandem etwas getan, Majestät.

Sie sind mir gefolgt, weil ich sie dafür bezahlte. Rechtfertigt das ihren Tod?»

Der Monarch spürte, daß seine Ratgeber aufhorchten und etwas von ihm erwarteten.

«Schickt sie heim!» sagte er schließlich zum Obersten seiner Garde.

Dann wandte er sein häßliches Kinn dem Gesandten zu und brummte: «Man soll mir nicht nachsagen können, mit meinem Wissen und meiner Zustimmung sei irgend jemand zu Unrecht Gewalt angetan worden!»


Ein neuerlicher Gichtanfall zwang Karl V., den ganzen nächsten Tag im Bett zu verbringen. Am übernächsten Tag ließ der Schmerz allmählich nach, doch er fühlte sich noch nicht stark genug, um dem Gesandten aus Habor mit seinem zu ehrlichen, zu direkten und zu tiefen Blick gegenüberzutreten. Er bedauerte den Zwischenfall um so mehr, als der Plan des jüdischen Prinzen ihm, wenn man ihn genau bedachte, durchaus stichhaltig und realistisch zu sein schien. Außerdem hatte es ihn beeindruckt, wie mutig David Rëubeni für seine Männer eingetreten war. Dieser Gesandte hatte Charakter! Ihn, den Seßhaften, der seine Entscheidungen in finsteren Burgen traf, hatten die Kühnheit und Selbstlosigkeit dieser Männer der großen Weiten schon immer beeindruckt.

Dennoch hatte der Gesandte nach Ansicht Karls V. einen Fehler begangen, indem er einen Selomo Molho als Berater duldete. Aber wie er, Karl V., zu sagen liebte: Erst wenn das Unglück geschehen ist, weiß man, daß man schlecht beraten war. Karl V. haßte die Fanatiker, nachdem er gezwungen gewesen war, sich mit Luther zu arrangieren und seine Verwünschungen, sein Gezeter und seine schmutzigen Beleidigungen zu ertragen. Die Schmähreden dieses Mönchs von Wittenberg, in denen er gegen Katholiken und Juden hetzte, waren so abscheulich gewesen, daß selbst Luthers beste Freunde, Erasmus und Melanchthon, empört waren. Und er hatte all diese Niedertracht nur hingenommen, weil der Anführer der Reformation von Kräften unterstützt wurde, die im Reich etwas zu sagen hatten. Neben Kurfürst Johann Friedrich von Sachsen und Landgraf Philipp von Hessen gehörten auch Württemberg und die Städte Augsburg, Straßburg, Ulm und Konstanz dazu. Angesichts einer derartigen Machtansammlung konnte es ein Monarch mit seiner Würde vereinbaren, nach einem Kompromiß zu suchen, um die Einheit des Reiches zu erhalten. Aber wie hätte Karl V. die kabbalistischen Wortgefechte eines jungen portugiesischen Apostaten dulden können, ohne das Gesicht zu verlieren?

Nun hatte er über das Geschick dieser beiden Männer zu befinden, die in seinem Kerker saßen. Er dachte lange nach und beschloß schließlich ... zunächst einmal nichts zu beschließen. In seinem Alter war es wohl ratsam, sich nicht das Gewissen zu belasten.

Zwei Tage später brach Karl V. nach Italien auf. Seine erste Station war Mantua. Schon lange hatte er dem Herzog Federico Gonzaga versprochen, seine Stadt zu besichtigen. Außerdem gedachte er, den Herzog noch enger in die Geschicke des Kaiserreichs einzubinden. Die beiden Gefangenen nahm er mit sich, und als er hörte, daß in der Stadt Isabella d'Estes soeben ein Heiliges Inquisitions-Offizium eingerichtet worden war, beschloß er kurzerhand, diesem den Fall zu überlassen. Die Rolle des Pontius Pilatus gefiel ihm, sollten doch andere über das Schicksal der beiden entscheiden! Schätzte Papst Clemens VII. nicht diesen Selomo Molho? Und hatte er nicht auch das Vorhaben des Prinzen von Habor unterstützt? Dann sollte er doch sehen, wie er ihnen helfen konnte!

Nun traf es sich, daß zur gleichen Zeit der Dominikanerprior Paolo Constabile und der Generalkommissar der römischen Inquisition, Tomaseo Zobbio, zu einer unbarmherzigen Jagd auf alle Häretiker aufgerufen hatten. Die Prälaten sollten ihre ganze Autorität und Amtsgewalt gegen die Ketzer einsetzen! Einer der angesprochenen Prälaten war Francesco Bobbo, ein unscheinbarer, aber gewissenhafter Mann, den man soeben zum Inquisitor in Mantua ernannt hatte. Für ihn waren die beiden Gefangenen, die ihm die kaiserliche Garde übergab, ein gewaltiger Brocken. Schließlich war es der erste Fall von Häresie, über den er zu befinden hatte. Die Akte der beiden war dünn, aber sie enthielt immerhin das Bezichtigungsschreiben des Vorstehers des *va'ad ha-katan* von Venedig an Karl V. und eine Notiz, in der Karl V. die im Brief erwähnten Anschuldigungen bestätigte. Doch die gewaltige Aufregung, die David Rëubenis und Selomo Molhos Festnahme in ganz Europa auslöste, zwang Francesco Bobbo zu peinlichster Genauigkeit bei seinen Nachforschungen und zu größter Vorsicht bei seinen Entscheidungen.

Der König von Frankreich war der erste, der den Papst um Milde anrief. Soeben hatte er einen Rabbiner nach Paris berufen, wie er es dem Prinzen von Habor versprochen hatte. Dieser Hebraist, der Grammatiker Elijah ben Asher ha-Levi Ashkenazi, Elijah Levita genannt, sollte am neugegründeten *Collège des Lecteurs Royaux* unterrichten. Elijah Levita und der Gesandte hatten sich einst in Rom bei Kardinal Egidio di Viterbo getroffen. Franz I. glaubte, das dem Prinzen in Regensburg widerfahrene Mißgeschick sei auch auf dessen gute Beziehungen zu ihm zurückzuführen. Daher insistierte er beim Pontifex maximus, er wolle David Rëubeni unbedingt helfen und im Notfall auch eine beachtliche Summe als Bürgschaft hinterlegen.

Als Doña Benvenida Abravanel von David Rëubenis Kerkerhaft in Mantua erfuhr, packte sie ein solcher Zorn, daß sie eine kostbare etruskische Vase zertrümmerte und stundenlang weinte. Nachdem sie sich wieder beruhigt hatte, ließ sie ihren Verwalter Abraham Luzzatto kommen. Als dieser dann mit schwarzer Augenklappe über dem linken Auge und tief in die Stirn gedrücktem Hut bei ihr erschien, betrachtete Doña Benvenida von der Terrasse ihres Hauses aus den Sonnenuntergang. Ihr Anwesen lag hoch über der Stadt und bot einen unvergleichlichen Ausblick auf den Vesuv und die Insel Capri.

«So viel vergeudete Schönheit», murmelte sie wie für sich selbst. Dann wandte sie sich zu Abraham Luzzatto um und sprach die Worte Jesaias: «*Die Schönheit ist eine vergängliche Blüte*», um dann sogleich das Thema anzuschneiden, das sie beschäftigte: «Bist du über die Geschehnisse im Bilde?»

«Ihr meint den Prinzen von Habor? Ja, Signora.»

«Ist Giulio hier in Neapel?»

«Ja, Signora, ich habe ihn noch heute früh am Hafen gesehen. Alle Gauner der Stadt hatten sich dort versammelt.»

«Laß ihn holen!»

Abraham Luzzatto kniff sein gesundes Auge zusammen: «Signora will den Prinzen aus dem Verlies befreien?»

«Ja.»

«Das ist noch gefährlicher als das Kapern eines Handelsschiffes in der Reede von Neapel!» gab der Verwalter zu bedenken.

«Ich weiß.»

«Und es dürfte ein hübsches Sümmchen kosten ...»

«Ich werde bezahlen.»


Zur gleichen Zeit begaben sich Doktor Yosef Zarfatti und der Rabbiner Obadia da Sforno gemeinsam zum Vatikan, um dem Papst eine Petition zu überreichen. Dieses Schriftstück war einmalig in seiner Art: Fast hundert Persönlichkeiten beschworen das Oberhaupt der Christenheit im Namen der Barmherzigkeit

Christi, sich für David Rëubeni, Prinz und Gesandter von Habor, einzusetzen, der als Freund gekommen war. Auch für Selomo Molho, seinen Ratgeber, möge der Papst sich verwenden. Zu den Unterzeichnern dieser Petition gehörte auch Michelangelo. Er gedachte mit Rührung jenes jüdischen Prinzen, der ihm für seinen berühmten *Moses* Modell gestanden hatte. Auch Ariost, Raphael und sogar Tizian hatten unterschrieben, obgleich letzterer im Augenblick an einem Porträt Karls V. arbeitete. Der venezianische Maler hielt sich sonst aus politischen Fragen heraus, aber seinem langjährigen Freund Moses da Castellazzo zuliebe hatte er sich bereit erklärt, David Rëubeni zu unterstützen.

Der Papst Clemens VII. befand sich in einer äußerst heiklen Situation. Er sprach darüber mit Kardinal Egidio di Viterbo, der eigens aus diesem Grunde zum Vatikan geeilt war. Der Pontifex maximus hatte sich standhaft gegen die Einrichtung des Inquisitionstribunals in Portugal gewehrt, da dieses ausschließlich gegen Juden gerichtet war. Aber in Italien ...

«Ich vertraue auf Euren Scharfsinn, mein lieber Egidio», sagte Clemens VII., als er den Prälaten in seinen Gemächern empfing, die nach den Verwüstungen vom Mai 1527 wieder instand gesetzt worden waren.

Der Papst trug seinen roten Hut und die weiße Robe mit der granatroten Kapuze. Es war offensichtlich, daß er sich nur mit Mühe aufrecht halten konnte.

«Ich habe», seufzte er, während er sich in einen Sessel gleiten ließ, «die Einrichtung einiger Inquisitions-Offizien gestattet, um die Irrlehren zu bekämpfen, die wie Schwären die Kirche vergiften. Aber gleichzeitig habe ich versprochen, die Unabhängigkeit der Rechtsprechung zu respektieren. Wie kann ich nun, ohne wortbrüchig zu werden, in das Verfahren gegen unsere Freunde eingreifen?»

Das markante Gesicht des Kardinals spiegelte den Ernst der Lage wider. Sein Blick war düster:

«Aber, Eure Heiligkeit», sagte er, «wir können doch den

Prinzen von Habor und den jungen Molho nicht einfach auf dem Scheiterhaufen enden lassen!»

«Ich weiß, ich weiß!»

Die Worte klangen wie ein Schrei, als wollte Clemens VII. sein Gewissen betäuben. Doch nach längerem Schweigen lächelte er traurig unter seinem buschigen Oberlippenbart.

«Dem Prinzen wird nichts passieren. Er ist ein gläubiger Jude, und noch dazu ein Fremder – schon allein aus diesen Gründen unterliegt er nicht der Rechtsprechung der Inquisition.»

«Es sei denn, er hätte versucht, Marranen oder Christen zum Übertritt zum Judentum zu bewegen ... Man wird vermutlich in Portugal nach Beweisen suchen.»

«Ich weiß nicht recht, was ich davon halten soll», bemerkte der Papst nachdenklich. «Kennt Ihr diesen Francesco Bobbo, den Inquisitor von Mantua?»

Nervös lief Kardinal di Viterbo auf und ab.

«Nein, ich kenne ihn nicht. Ich könnte den Fall höchstens mit dem Generalkommissar der römischen Inquisition besprechen und ihn ersuchen, unsere Freunde freizulassen ...»

«Tomaseo Zobbio? Der ist ein Starrkopf! Er wird einen schriftlichen Befehl verlangen!»

«Und Eure Heiligkeit kann sich natürlich ...»

«... nicht erlauben, ein solches Dokument auszustellen!» Der Papst wirkte niedergeschlagen, als er dies eingestand.

Die beiden Männer schwiegen. Clemens VII. war der erste, der seinen Gedanken schließlich Ausdruck gab:

«Das Problem ist um so vertrackter, als Selomo Molho, den Wir lieben, tatsächlich abtrünnig ist und dem christlichen Glauben, in dem er erzogen wurde, abgeschworen hat ... Dafür kann ihn jeder Inquisitor völlig legal zum Scheiterhaufen verurteilen!»

«Also?»

«Also ...» Listig kniff der Papst die Augen zusammen: «Da David Rëubeni im Augenblick noch keine Gefahr droht, werden wir erst einmal Selomo retten.»

## LVIII
## IN DEN FÄNGEN DER INQUISITION

Im Kerker von Regensburg, aber auch während der ganzen schrecklichen Fahrt nach Mantua, als David Rëubeni und Selomo Molho wie üble Banditen im selben Käfig angekettet und von bewaffneten Soldaten bewacht worden waren, hatten die beiden keinen einzigen Blick gewechselt und kein einziges Wort miteinander gesprochen. Der junge Portugiese hielt die Augen halb geschlossen und betete unaufhörlich. Der Gesandte suchte ebenfalls Zuflucht im Gebet. Er dachte jedoch auch darüber nach, wie er sie beide aus dieser mißlichen Lage befreien könnte. In Mantua angekommen, warf man sie in ein unterirdisches Verlies, legte sie in Ketten und befestigte diese an einem in der Mauer verankerten Ring, so daß sie einander von Angesicht zu Angesicht gegenüberhockten.

Am nächsten Morgen, nachdem ihnen der Kerkermeister ein paar Brocken Brot und zwei Näpfe mit einer merkwürdig riechenden Brühe hereingeschoben hatte, die sie nicht anrührten, erhielten sie Besuch von einem schmächtigen Mann mit ausweichendem Blick und dichtem schwarzem Haar. Seine bleichen Hände schlugen nervös den Takt, während er redete. Er trug einen strengen grauen Mantel aus grobem Leinen, ähnlich dem der Kirchenmänner früherer Zeiten, und auf der Brust ein hölzernes Kreuz. Eine rote Kapuze und ein Barett vervollständigten seine Uniform. Dieser Mann war niemand anderes als der Inquisitor Francesco Bobbo. Er wurde begleitet von einem Kommissar, einem Dolmetscher, einem Notar und einem Leibwächter, die er alle feierlich vorstellte. Dann verlas er mit dünner Stimme folgende Deklaration:

«Wir, Frater Francesco Bobbo, Dominikaner, vom Heiligen Stuhl zum Inquisitor auf dem Territorium der Stadt Mantua bestellt, erheben auf Ersuchen und Bitten Seiner Majestät des Kaisers Karl V. und nach Kenntnisnahme des Briefes des Signore Jacob Mantino, seines Zeichens Rabbiner und Vorsteher des *va'ad hakatan* von Venedig, Anklage und Anzeige bei der Kirche gegen Signore Diogo Pires wegen blindwütigen Abfalls vom Glauben Christi, zu dem er sich durch das Sakrament der Taufe in seiner Heimatstadt Évora in Portugal bekannt hatte, und wegen Übertritts zum jüdischen Ritus durch Umbenennung in Selomo Molho. Als gehorsame und getreue Diener der Heiligen Kirche versprechen und schwören wir bei den vier Evangelien, die Wahrheit herauszufinden über das Bestreben des genannten Diogo Pires, die Katholiken Europas für den mosaischen Glauben zu gewinnen. In Anbetracht dessen, daß es allen, die durch das Wasser der Taufe zum wahren Leben geboren wurden, obliegt, jedwede Häresie mit der Wurzel auszureißen, werden wir darlegen und beweisen, daß der Apostat Diogo Pires, alias Selomo Molho, gegen unsere Heilige Kirche gelästert hat und ...»

Die violetten Augen des Engels Selomo musterten den Inquisitor, als handele es sich um ein seltenes Insekt oder eine Anomalie der Natur. Ganz offensichtlich setzte der junge Portugiese, dessen Lippen sich stumm bewegten, seine Gebete fort, als sei er allein auf der Welt. Dieser Schmetterling mit seinem juristischen Gefasel war für Selomo Molho nichts weiter als ein belangloses Kuriosum. Von seinem endlosen Zwiegespräch mit dem Ewigen, gepriesen sei Sein Name!, würde ihn kein sirrendes «Flügelschlagen» ablenken, mochten die Insekten auch in der Maske und dem Umhang des Inquisitors daherkommen! Auch David Rëubeni schenkte der umständlichen Rede Francesco Bobbos kaum Aufmerksamkeit. Flüchtig nahm er zur Kenntnis, daß ihm ein Verteidiger zustehe, sofern dieser, wie der Dominikaner krächzend erklärte, «ein rechtschaffener, der Häresie unverdächtiger, des Zivil- wie auch des kanonischen Rechts kundiger und tiefgläubiger Anwalt» sei. Der Gesandte hörte weiter, daß ein solcher Anwalt, wenn notwendig, auch von Amts wegen bestellt werden könne, ja sogar müsse, falls die Anschuldigung versuchter Überredung der *conversos* zum Judentum durch Zeugenaussagen und Beweise untermauert würde. Im übrigen aber sei David Rëubeni fremd in Mantua und gehöre zur Sekte der Juden, weswegen man ihm nichts anderes vorwerfen könne als den vermeintlichen Versuch, Christen zur Konversion anzustiften oder Marranen für den mosaischen Glauben zurückzugewinnen.

Als der Inquisitor Francesco Bobbo und seine Eskorte nach dieser langwierigen Anklageverlesung endlich gegangen waren, vertiefte sich der Mann aus der Wüste wieder in seine Überlegungen. Er kannte weder Mantua noch irgend jemanden in dieser Stadt. Er wußte nicht einmal, wo das Gefängnis lag. Ob es wohl möglich war, daraus zu fliehen? Würde es seinen Freunden in Rom und Venedig gelingen, ihn freizubekommen? Er zweifelte nicht daran, daß einige es versuchen würden. Vielleicht waren sie schon am Werk? Noch hatte ihn die Wendung der Dinge nicht völlig entmutigt, obwohl er innerhalb von einer Minute vom Gipfel des Erfolges in den Kerker gestürzt war. Er besaß noch seinen Glauben an die Menschen, und Freiheit war für ihn ohnehin eine im tiefsten Inneren verankerte Realität. Das abgefeimte Gerede der Häscher der Inquisition würde sein Leben nicht zerstören. Und auch nicht das, wofür er kämpfte!

«Der Ewige, gepriesen sei Sein Name!, wird uns zu Hilfe kommen», sagte Selomo Molho. «Du wirst es sehen ...»

Es war das erste Mal seit langer Zeit, daß der junge Mann es wagte, das Wort zu ergreifen, und sich an den Mann aus der Wüste wandte. Er erhielt keine Antwort, ließ aber nicht locker:

«Er wird uns helfen. Ich weiß es. Ich spüre es!»

Er rezitierte einen Psalm:
*«Rette mich vor meinen Feinden, mein Gott,
gegen meine Widersacher schütze mich.»*
David Rëubeni reagierte immer noch nicht. Er war viel zu sehr damit beschäftigt, den Ring in der Mauer zu überprüfen, an dem er festgekettet war.

«Mein Herr, mein Messias, zürnst du mir noch immer?» fragte der Engel.

Er wollte auf den Gesandten zugehen, aber die Kette ließ es nicht zu.

«Du wirst es schaffen», hub er wieder an, «du wirst es schaffen, Herr! Du wirst überleben, denn der Messias stirbt nicht! Er kann nicht sterben! Und du wirst dein Volk befreien.»

Der Klang seiner eigenen Stimme wirkte beruhigend auf ihn. Er sprach mit dem Gesandten, und das machte ihn glücklich, auch wenn dieser schwieg. Mit fester Stimme fuhr er fort:

«Dieser Sturz, Herr, diese Niederlage war nötig. Wie Adam und Evas Vertreibung aus dem Garten Eden. Damit hat der Mensch seine Heimstatt verloren, doch wenn der Messias kommt, wird er wieder eine Heimat finden in der Welt:
*Und ich glaube an Gott
Und der Ewige wird mich erretten.»*

Endlich spürte David Rëubeni, wie der Ring sich in dem feuchten Mauerwerk lockerte. Er konnte sich also losmachen, wenn er nur fest genug zog. Dann müßte er aber noch die Zellentür aufbrechen, die Treppe hochrennen und bewaffneten Soldaten Paroli bieten ... Er blickte in Selomo Molhos Richtung und betrachtete ihn im Halbdunkel, wie er zusammengekauert, mit wirrem blondem Haar und nach innen gekehrtem Blick dasaß. Er wirkte wieder wie ein Jüngling, so rührend und schön. Das Schlimmste, das einem Unglücklichen passieren konnte, dachte der Gesandte bei sich, war, wenn der Ewige ihn auch des Schönheitssinns beraubte.

«Junger Narr, der du bist ...», sagte er plötzlich, ohne zu bemerken, daß er damit ein Gespräch mit dem Portugiesen begann. «Weißt du überhaupt, was das Wort *Messias* bedeutet? Wörtlich heißt es *Gesalbter*. Dieses Wort erscheint weder in der Tora noch in den Apokryphen. Bei einigen Propheten wird überhaupt kein menschlicher Messias erwähnt, denn der Herr allein ist der Erlöser. Bei anderen ist nur von einem kollektiven Messias die Rede ...»

Er unterbrach sich. Mit vorwurfsvollem Blick fragte er Selomo Molho:

«Was ist dir eigentlich eingefallen, direkt nach der Unterzeichnung durch den Kaiser loszuposaunen? Er hatte sich gerade bereit erklärt, uns in allen Punkten bei der Rückeroberung des Landes Israel zu unterstützen! Ist dir eigentlich klar, daß durch deinen Irrsinn unser Volk noch Jahrhunderte zwischen Verfolgung und Exil herumirren wird? Was hat dich bloß dazu getrieben, welcher böse Geist?»

«Gott war es! Gott allein!» protestierte Molho wimmernd. «Der Ewige, der Allmächtige hat durch meinen Mund gesprochen!»

Das Licht, das durch eine vergitterte Luke in ihr Verlies drang, wurde allmählich schwächer. Der Tag ging zu Ende.

«Gott, der Alleinige!» wiederholte der Engel, der seine Worte jetzt zu untermauern suchte: «Hat der Ewige, gepriesen sei Sein Name!, nicht auch das Herz des Pharao verhärtet, um Moses zu zwingen, über sich hinauszuwachsen?»

Das unterirdische Verlies, in das man sie hinabgelassen hatte, maß kaum mehr als vier Fuß. David hatte sich wie in der Wüste mit untergeschlagenen Beinen hingesetzt. Er antwortete dem Portugiesen mit barscher Stimme:

«Seit du mir begegnet bist, hast du mir nur Ungemach bereitet! Du hast die Chancen meiner Mission fast zunichte gemacht!»

Molho schwieg. Der Gesandte hörte nur seinen Atem und von Zeit zu Zeit das hartnäckige Surren einer dicken schwarzen Fliege. Der Gesandte aus Habor träumte von der Sonne Arabiens, vom ockergelb und hellgrau schimmernden Gestein Jerusalems, von den zarten und rührenden Linien in den Augenwinkeln Benvenida Abravanels, Lichtstreifen ähnlich...

«Mein Herr! Mein Messias!» ließ sich der junge Mann erneut vernehmen. «Sprich mit mir, laß mich nicht allein mit deinem stummen Tadel!»

«Rede du doch...», warf David ihm hin.

«Nun, ich dachte... Gehören wir denn nicht zum auserwählten Volk, von dem Jesaia spricht? Jenem Volk, dem der Ewige Wasser in der Wüste und Flüsse in der Einöde verspricht?»

«Nein!» sagte der jüdische Prinz scharf.

«Ja, aber, Messias...»

«Du junger Wirrkopf!»

Zorn ließ die Stimme des Gesandten erbeben. «Nennst du mich immer noch Messias?»

«Ja, Herr.»

«Weißt du, daß es nach der Ankunft des Messias kein ‹auserwähltes Volk› mehr geben wird? Erinnere dich, was der Prophet Amos sagt:

*Seid ihr nicht gleich den Söhnen der Kuschim,*
*Kinder Israel? Ist der Spruch des Ewigen:*
*Hab ich nicht Israel heraufgeführt aus dem Lande Mizrajim,*
*und die Pelischtim von Kaftor und Aram von Kir?»*

Er unterbrach sich kurz und sagte dann:

«Jetzt laß mich in Frieden und schweig! Ich möchte das Abendgebet sprechen.»

«Aber... Herr, o Messias!»

«Was denn noch?»

«Erlaube, daß ich es mit dir spreche...»

Trotz des Gewichts der Ketten zuckte David Rëubeni mit den Achseln und nickte zustimmend. So sprachen sie einstimmig:

*«Und Er, voller Erbarmen, vergibt die Sünden. Er läßt die Zerstörung nicht zu; Er hält seinen Zorn zurück, Er entfesselt nicht seine ganze Wut. Herr, komm uns zu Hilfe!»*

Der Inquisitor kam weder am nächsten noch am übernächsten Tag wieder. Die nächsten zwei Wochen wechselten David Rëubeni und Selomo Molho kaum ein Wort, als sei jegliches Gespräch erschöpft. Der junge Portugiese betete. Der Mann aus der Wüste meditierte und stützte seine Überlegungen auf das Zeitwort *abwarten*. Er wartete auf ein Ereignis, das jedoch nicht eintrat. Die aufgezwungene Bewegungslosigkeit, das feuchte Stroh, die Nahrung aus verdorbenem Brot und Wasser begannen an ihren Kräften zu zehren, die Tag um Tag nachließen. Eines Morgens, als der Gesandte doch an seinem halb verschimmelten Brot nagte, spürte er zwischen den Zähnen einen Fetzen Papier. Er nahm ihn aus dem Mund, drehte sich zur Seite und entzifferte ein paar Worte: *Mut ... am Ende des nächsten Shabbat ... mit der Hilfe des Ewigen* ... Auch eine Unterschrift stand da: *Jerusalems Tochter.*

Das Lied der Lieder fiel ihm ein, das Hohelied. Sein Herz begann schneller zu schlagen.

«Herr», fragte der Engel, «hast du etwas gefunden?»

«Ja», erwiderte David mit sanfter Stimme.

«Was denn?»

«Hoffnung.»


Seitdem der Gesandte die geheime Botschaft gefunden hatte, war auch das ärgerliche Gebrumm der Fliege verstummt. Nur Selomo Molho ließ sich erneut vernehmen:

«Herr, o mein Messias!»

«Ja?»

«Ich habe nachgedacht. Ich weiß jetzt, warum Euer Plan noch nicht gelingen wollte ...»

«Und warum nicht, wenn es denn nicht deine verdammte Zunge gewesen sein soll?»

«Es war nicht wegen meiner Zunge, Herr! Du bist zu schnell vorgegangen. Du wolltest die Zeit bezwingen und hast lieber anderswo als im Himmel Hilfe gesucht! Du hast vergessen, was Hosea gesagt hat.»

«Was hat er denn gesagt?»

«Er sagte: *Aschur kann uns nicht helfen, auf Rossen wollen wir nicht reiten, und nicht mehr nennen unseren Gott unserer Hände Werk; nur in Dir findet Liebe die Waise.*»

David Rëubeni schwieg eine Weile, bevor er antwortete:

«Mein junger Freund, auch ich habe nachgedacht.»

«Ja, Herr?»

Der Ton des Engels wurde beinahe fröhlich. Der Messias, sein Messias, hatte ihn «mein junger Freund» genannt. Also war ihm vergeben!

Der Gesandte begann von neuem:

«Erinnere dich, Selomo, du hast nach dem Messias verlangt und wolltest, daß ich dieser Messias sei ... Aber ich bin nur ein Heerführer, ein Krieger. Ich vermag Menschen zum Sieg zu verhelfen, aber nur, wenn es um *ihre* Belange geht und nicht um die Gottes! Wenn ich aus tiefster Seele an Ihn, den Ewigen, gepriesen sei Sein Name!, glaube, dann tue ich das, weil ich an Sein Erbarmen glaube. Weil ich glaube, wie es in den Schriften heißt: *Er festigt die Schritte des Menschen und erfreut sich an seiner Stimme. Stürzt der Mensch, so wird er nicht fallen, denn der Ewige faßt ihn bei der Hand. Ich war jung. Ich bin gealtert. Doch verlassen sah ich den Gerechten nie ...*»

«Nein, o Herr!» rief der Engel dazwischen. «Du suchst Gott, um Ihn dir dienstbar zu machen. Ich jedoch stelle mich in Seinen Dienst!»

Seine Stimme kippte, als er weitersprach:

«Aber du hast recht, der Ewige wird uns erretten! Und wenn wir scheitern, so hat Er es so entschieden. Dann wird unser Tod die Sünden unseres Volkes reinwaschen und unser Martyrium ihm Vergebung verschaffen, so daß es endlich ins verheißene Land Israel wird zurückkehren können!»

Diesmal hielt David Rëubeni seine Wut nicht zurück:

«Laß dieses alberne Gerede! Unser Tod wird nichts reinwaschen, weil es nichts reinzuwaschen gibt! Deine Worte sind Gotteslästerung und Sünde! ‹Ihr sollt leben!› sagt der Ewige. Doch, dein Wahn ist schuld, daß das Elend, in dem wir uns befinden, über den Triumph gesiegt hat. Doch, wegen deiner verdammten Zunge ist der Erfolg jetzt von Mißerfolg umhüllt. Schweig jetzt und bete!»

Knirschend öffnete sich das Gitter des Kerkers. Vier Henkersknechte eskortierten den Notar. David hatte ihn bereits an seiner Körperfülle erkannt. Er stand auf.

«Ihr nicht!» kläffte der Dicke und wandte sich an den Engel Selomo, um ein formvollendet abgefaßtes Dokument zu verlesen: «Ich, Augustin, Notar der Heiligen Inquisition, bin gekommen, um den Prediger Diogo Pires, alias Selomo Molho, Apostat und angeklagt wegen zahlloser häretischer und skandalöser Reden in der Öffentlichkeit, vor das Tribunal des Heiligen Offiziums und des Volkes von Mantua zu geleiten, damit er dort die vollständige Anklageschrift, die gegen ihn vorgebrachten Zeugenaussagen sowie die offenkundigen Beweise für seine Missetaten vernehme und Gelegenheit erhalte, sich zu verteidigen.»

Als die Kerkermeister die Ketten des jungen Mannes gelöst hatten, entriß dieser sich ihren Händen und stürzte auf den Gesandten zu:

«Mein Meister!» rief er und schlang David die Arme um den Hals.

Bevor die Wächter ihn wieder packten, blieb ihm gerade noch Zeit, dem, den er vergötterte, seinen blonden Kopf an die Brust zu pressen:

«Ich habe dich immer geliebt!» stammelte er. «So sehr geliebt!»

Rücksichtslos führte man ihn ab.

Allein in seiner Zelle, begann der Mann aus der Wüste zu weinen.

Etwa zwei Stunden später kam der Notar zurück, um nun auch den Gesandten abzuholen. David hörten dem Sermon des Gesetzesvertreters gar nicht erst zu. Er dachte darüber nach, wie er vor dem Tribunal auftreten sollte. Dann ordnete er sein Haar und klopfte den Staub von seinem Gewand. Er wollte würdevoll erscheinen. Ein Prinz Israels tritt nicht wie ein dahergelaufener Bandit vor den Richter.

In einem düsteren Gang, der von Harzfackeln kaum erhellt wurde, begegnete er Selomo Molho auf seinem Weg zurück ins Verlies. Der Prinz verlangsamte den Schritt.

«Halleluja!» rief der Engel in höchster Erregung.

«Was ist geschehen?» fragte der Gesandte besorgt.

«Herr! Mein Messias!»

«Sprich!»

«Ich werde ein Brandopfer für den Ewigen sein, Herr!»

«Was?»

«Der Rauch meines Scheiterhaufens möge dem Ewigen Wohlgefallen bereiten!»

Die Wächter schoben den Engel vorwärts und ließen sie nicht weiterreden. David Rëubeni verlor den jungen Portugiesen aus den Augen, der auf dem Rückweg zu seiner Zelle eine Litanei anstimmte, in der von Sieg und Jubel die Rede war.

Der Saal des Tribunals war hell und groß. Eine beachtliche Menschenmenge saß dicht gedrängt. Das Licht, das durch die breiten Fenster fiel, blendete den Gesandten. Seine Augen waren an das dunkle Verlies gewöhnt. Der Kontrast zu dieser Helligkeit war zu groß, und er blinzelte.

Als er hereingeführt wurde, lief ein Raunen durch die Menge. Er sah diese Leute überrascht an. Es waren Bürger, die Sensationen liebten, und arme Teufel, die das Spektakel der Inquisition angelockt hatte. Hier und da meinte er sogar den safrangelben Hut eines Juden zu erkennen. Er wußte um die Faszination, die jene auslösen, die ihre Ziele höher stecken als der Durchschnitt der Menschen. Aber war dies der einzige Grund für die vielen Menschen, der Anhörung beizuwohnen? Der Zustrom war so groß, daß einige, die nicht mehr hereingelassen wurden, sich draußen auf dem großen Platz zusammengeschart hatten, wo er sie durch die Fenster sehen konnte. Viele von ihnen waren wohl nur einem gewissen Reiz gefolgt, wie die Schmeißfliege, wenn sie Aas gewittert hat. Marter und Tod waren offensichtlich ein fesselndes Schauspiel, beeindruckender als Güte.

«Der Ewige möge dich segnen, mein Sohn!» rief ihm jemand zu, als er vorbeiging.

Diese Stimme war unverkennbar. Er wandte den Kopf und erkannte den greisen Rabbiner Obadia da Sforno.

«Ihr hier?» fragte er leise. «Aber das ist gefährlich!»

«In meinem Alter», erwiderte der Greis, «habe ich doch nichts mehr zu befürchten.»

«Was für einen Tag haben wir heute?» fragte David.

«Donnerstag.»

«Noch zwei Tage...», murmelte der Gesandte.

Von seinen Wächtern vorwärtsgestoßen, ging er bis vor die Tribüne.

Ein großes, schmuckloses Kreuz hing an der weißen Wand. Davor stand ein langer Tisch, an dem Francesco Bobbo, ein Kommissar und zwei schwarzgekleidete Personen saßen. Der Notar nahm an der Schmalseite des Tisches Platz. Als der Prinz von Habor ihm gegenüberstand, erhob sich der Inquisitor:

«In nomine Domini, Amen», gurrte er krächzend.

Dann richtete er seine Augen auf den Gesandten, vermochte jedoch dessen Blick nicht standzuhalten. David hatte sich inzwischen an das Licht gewöhnt und fixierte den Dominikaner ohne Gnade, als wolle er ihn brennen. Eine beunruhigende Kraft ging von diesem Blick aus: In den Tiefen der Pupillen schien ein schwarzes Feuer zu glimmen, das jederzeit auflodern konnte. Francesco Bobbo wich aus, indem er sich zum Publikum im Saal wandte. Abermals versuchte er, den jüdischen Prinzen mit dem Blick zu streifen, aber mußte erneut besiegt die Augen niederschlagen. Mit gesenktem Kopf, den Rücken leicht gebeugt, nahm er es in Angriff, die Anklageschrift zu verlesen. Er räusperte sich, was das Krächzen in seiner Stimme nur verstärkte, und begann:

«Im Jahre des Herrn 1531, am neunzehnten Tag des Monats März, erhebe ich, Francesco Bobbo, Dominikaner, Doktor der Theologie, Inquisitor für das Territorium der Stadt Mantua, in Anwesenheit des öffentlich bestellten Notars, des Kommissars und der Schreiber des Heiligen Offiziums der Inquisition, Anklage gegen einen gewissen David Rëubeni ...»

Hier unterbrach der Prinz aus der Wüste den Dominikaner. Mit lauter und klarer Stimme wetterte er auf Hebräisch:

«Im Namen des Ewigen, des Gottes Israels, erkläre ich das anwesende Gericht für nicht zuständig! Es hat keinerlei Recht, über mich zu urteilen!»

Der Dolmetscher, ein kleiner, kahlköpfiger und ausgemergelter Mann, übersetzte. Er blickte verstört, aber sprach dennoch laut und für alle verständlich, wie es der Gesandte getan hatte. Sofort brach ein Tumult aus. Das Publikum schrie durcheinander. Manche riefen sich etwas zu, andere stritten und einige zeterten. Das Gewölbe des Saals hallte von beispiellosem Lärm wider. Das Geschiebe und Gedränge ließ die Menge in den Vorraum zurückwallen. Francesco Bobbo war völlig überfordert und nicht in der Lage, Stille zu gebieten. Es war David Rëubeni, der mit einer einzigen, weit ausholenden Geste, die Ruhe wieder herstellte. Als er einen Schritt auf den Inquisitor zutrat, beide Hände flach auf den Tisch legte und den Dominikaner aus nächster Nähe musterte, hingen alle im Saal an seinen Lippen:

«Ich bin der Prinz von Habor», begann er mit mächtiger Stimme, «der Bruder Yosefs, des Herrschers über das jüdische Königreich Habor. Ich bin in offiziellem Auftrag nach Rom gekommen, um Seiner Heiligkeit, Papst Clemens VII., ein Schreiben meines Bruders, des Königs, zu überbringen...»

Er hielt kurz inne, damit der Dolmetscher übersetzen konnte. Alle Köpfe waren auf die Tribüne gerichtet. Vor ihm, weniger als eine Armlänge entfernt, saß der Inquisitor. Schweiß lief ihm über das Gesicht. Seine kleinen Rattenaugen huschten nervös von rechts nach links und vermochten dem Blick des Mannes aus der Wüste immer noch nicht zu trotzen. David Rëubeni fuhr fort:

«Ich unterliege folglich keiner anderen Rechtsprechung als der meines Bruders, des Königs von Habor und der des Ewigen, des Allmächtigen! Zudem bin ich der persönliche Gast des Papstes. Sollte er mein Verhalten gegenüber meinen christlichen Brüdern als tadelnswert erachten, dann steht es allein ihm zu, mich zu ersuchen, Italien zu verlassen und in meine Heimat zurückzukehren!»

Nachdem der Dolmetscher auch dies übersetzt hatte, entstand wieder aufgeregtes Gemurmel im Saal. Zum letzten Mal bohrte der Gesandte seinen Blick in den des mehr und mehr verunsicherten Francesco Bobbo, als er mit den Worten schloß:

«Euer Ehren, ich habe diesem Tribunal nichts weiter mitzuteilen. Ich erkenne dieses Gericht nicht an, da es jeglicher Kompetenz in meinem Falle entbehrt! Ich werde der Inquisition daher auch keine einzige Frage beantworten. Der Ewige, der Gott Israels, ist mein Zeuge.»

«Amen!» antwortete jemand.

David erkannte ein weiters Mal die Stimme Obadia da Sfornos.

## LIX
## EIN WUNDER
## AUF DEM SCHEITERHAUFEN

Der Tumult im Saal des Tribunals war so groß, daß der Inquisitor Francesco Bobbo, der nicht mehr wußte, wo ihm der Kopf stand, die Sitzung kurzerhand unterbrach und auf den nächsten Morgen vertagte.

Als der Gesandte in seine Zelle zurückkam, wunderte er sich, Selomo Molho nicht mehr vorzufinden. Doch an seiner Stelle, angekettet an denselben Ring, tobte ein junger Unbekannter.

«Laßt mich hier raus!» brüllte er den Kerkermeistern nach. «Ich werde auch nie mehr stehlen, das verspreche ich! Im Namen unseres barmherzigen Herrn Jesus flehe ich euch an, laßt mich frei...»

Als Antwort erhielt er von einem der Wärter einen kräftigen Rippenstoß und den Befehl, endlich den Mund zu halten.

Als sie allein waren, fragte der Mann aus Habor in gebrochenem Italienisch:

«Wer bist du?»

«Ich heißte Marcello Locato. Aber meine Freunde nennen mich *Il Ladrone*.»

«Du bist also ein Dieb. Aber warum bist du hier?»

«Ich habe einem Edelmann seine Börse gestohlen. Aber wie konnte ich denn wissen, daß er zum Hofe des Marchese Gonzaga gehörte?»

«Du hast dich also schnappen lassen?»

*Il Ladrone* wischte sich mit dem Handrücken eine Träne der Wut von der Wange.

«Ja, Herr», schniefte er. «Ich bin davongerannt und in einer üblen Pfütze ausgerutscht.»

«Und dann?»

«Dann? Dann hat mich die Garde des Herzogs eingeholt und mit Stockschlägen traktiert. Und sofort kamen noch weitere Wachen herbei. Diese komischen Kerle haben mir einen Sack über den Kopf gestülpt und mich hierhergebracht. Als sie mir den Sack wieder abnahmen, habe ich hier einen jungen Mann gesehen, der genauso blond war wie ich und in Ketten lag. Den haben sie losgebunden, hinausgeführt und mich an seine Stelle gekettet.»

Voller Entsetzen sah er David an.

«Wo sind wir hier eigentlich, Herr?»

«In einem Gefängnis, junger Mann.»

«Aber Ihr, Herr, Ihr seid nicht von hier, nicht wahr?»

«Nein.»

«Woher kommt Ihr denn?»

«Von weit her, von sehr weit her.»

«Habt Ihr etwas verbrochen?»

«Nein.»

«Wird man uns foltern?»

Der Gesandte antwortete nicht. Er dachte nach. Jemand hatte diesen jungen Dieb gegen Selomo Molho ausgetauscht. Das einzige, was die beiden gemeinsam hatten, war ihr blondes Haar. *Il Ladrone* hatte wirklich Pech gehabt. Er war tatsächlich, wie er selbst sagte, «in einer üblen Pfütze ausgerutscht» und lief nun Gefahr, anstelle des Portugiesen bei lebendigem Leib verbrannt zu werden. Ein simpler Trick und schnell auszuführen. Aber wer hatte diesen Plan ausgeheckt? Gelang dieses Bubenstück, dann würde der Engel Selomo seinen Kopf retten. Aber was würde mit ihm, David Rëubeni, geschehen? Würde das von Doña Benvenida Abravanel zu seiner Befreiung gesponnene Komplott durch den Tod des falschen Selomo Molho auf dem Scheiterhaufen nun leichter gelingen oder erschwert werden?

Der junge Marcello war wohl durch die Anwesenheit eines Zellengenossen etwas zur Ruhe gekommen und schlief wie ein von Tränen und Schreien ermattetes Kind.

Der Gesandte versuchte die Stunde zu berechnen. Trotz des grauen Himmels hinter den Gitterstäben konnte es noch nicht spät sein. Er würde noch lange hier ausharren müssen, stets zur Flucht bereit. Vertrauensvoll wartete er auf das Ende des Shabbat. Wenn Gott es so wollte, dann war er bald wieder frei. Verweigerte ihm der Ewige hingegen dieses Heil, dann konnte es dafür nur einen Grund geben – Gott traute es ihm nicht zu, Gutes zu bewirken. Und wenn die Flucht gelang? Man würde ihn wie einen Hund jagen. Kein jüdisches Haus würde er betreten dürfen, um nicht das Leben von Unschuldigen zu gefährden. Wie sollte er unter diesen Umständen den Faden der Geschichte wieder aufnehmen? Wie viele Hoffnungen und wie viele Träume wären vernichtet, wenn er sich aus Hochmut weigerte, seine Niederlage zuzugeben? ... Er konnte nachdenken, soviel er wollte, er kam zu keinem klaren Entschluß. Letztlich fragte er sich sogar, ob er überhaupt fliehen sollte.

Mittlerweile herrschte völlige Dunkelheit im Kerker. Den Mann aus der Wüste fröstelte. Er fürchtete den Tagesanbruch. Was würde geschehen, wenn die Wächter den jungen Marcello ansahen und die Täuschung entdeckten? Und wenn sie nichts bemerkten, hatte er dann nicht den Tod dieses Unschuldigen auf dem Gewissen? David Rëubeni spürte, wie ihm die Feuchtigkeit der Mauern in die Glieder zog. Als er etwas von der Wand abrückte, klirrten die Ketten. Und der Engel Selomo? War er denn schuldig? Konnte denn eine Konversion ein Verbrechen sein?

Früh am Morgen knarzte die Zellentür in ihren Angeln. In Begleitung des Notars und mit einem Dutzend Wächter betrat einer der Schreiber des Inquisitionstribunals den Kerker. Marcello erwachte.

«Mein Sohn», sprach der schwarzgekleidete Schreiber, «die schweren Verdachtsmomente, die auf dir lasten ...»

Weinend unterbrach ihn *Il Ladrone*:

«Ich werde es nicht wieder tun, Herr Richter, das verspreche ich ... Im Namen des Barmherzigen!»

Doch der Schreiber hörte ihm gar nicht zu. Unbeeindruckt fuhr er fort:

«So wirst du, da du dich selbst dazu verurteilt hast, ohne Verzug dem weltlichen Gericht ausgeliefert und hingerichtet werden.»

«Nein! Erbarmen!» heulte der Verzweifelte.

Doch seine Schreie wurden sofort erstickt, da die Henkersknechte ihm einen Sack über den Kopf stülpten. Sie lösten seine Ketten und schleppten ihn durch den finsteren Gang, hin zum Scheiterhaufen.

Als sich das Gewimmer des Jünglings in der Ferne verlor, sprach David Rëubeni unwillkürlich das *kaddish* für ihn:

«*Gepriesen sei Sein heiliger Name in der Welt, die Er schuf nach Seinem Willen...*»

Der Tod Selomo Molhos, der lebendigen Leibes auf einem Scheiterhaufen verbrannt worden war, rief die unterschiedlichsten Reaktionen hervor. Es war das erste Mal, daß in der Lombardei ein solcher Richtspruch ausgeführt wurde. Der Marchese Federico Gonzaga zeigte sich empört und um den guten Ruf seiner Stadt besorgt. Er verlangte vom Generalkommissar der Inquisition Tomaseo Zobbio, daß er seinen Vertreter in Mantua, Francesco Bobbo, unverzüglich abberufe. Auch Karl V. kamen die tragischen Umstände der Hinrichtung des jungen portugiesischen Predigers zu Ohren, der, wie es hieß, noch in den Flammen um Vergebung und Barmherzigkeit gefleht hatte. Erschüttert zog der Kaiser seine Klage gegen David Rëubeni zurück. Er tat sogar noch mehr. In einem Schreiben an den Dominikanerprior Paolo Constabile, das ein reitender Bote überbrachte, stellte er sämtliche anderen belastenden Zeugenaussagen, wie die des Herzogs von Urbino und des Botschafters Miguel da Silva, mit Nachdruck in Frage. Auch die zweifelhaften Anschuldigungen eines gewissen Tobias, der ehemals in den Diensten des Prinzen von Habor gestanden hatte und etwas von einem geheimen Tagebuch voller häretischer Äußerungen und kabbalistischer Zeichen schwafelte, erklärte er für null und nichtig. Dieses Tagebuch sei laut Aussage des Tobias von dem Gesandten vor seiner Abreise nach Regensburg in einer orientalischen Truhe versteckt und dem Grafen Santo Contarini in Obhut gegeben worden. Der Magnifico Contarini sei daraufhin in Venedig von Sonderermittlern der Inquisition vernommen worden, habe aber diese Beteuerungen eines zwielichtigen Dieners entrüstet zurückgewiesen und unter Eid geschworen, weder eine solche Truhe noch besagtes Tagebuch je gesehen zu haben ... Der deutsche Kaiser und der italienische Graf hatten die gegen David Rëubeni verfaßte Anklageschrift somit all ihrer Grundlagen beraubt.

Als Doña Benvenida Abravanel vom Tod Selomo Molhos erfuhr, geriet sie in höchste Unruhe und beschloß, sofort nach Grazie in der Umgebung von Mantua zu reisen, um dem Gesandten näher zu sein. Kaum angekommen, rief sie ihre Freunde zusammen. Eine Entscheidung mußte getroffen werden! Doch wie sie aussehen sollte, darüber war man geteilter Meinung. Giulio, der Anführer der Räuberbande im alten Hafen von Neapel, war darauf bedacht, den Auftrag zu Ende zu führen. Davids Flucht lag in seinem eigenen Interesse, wenn er den von Doña Benvenida versprochenen Lohn erhalten wollte. Doch Abraham Luzzatto sah das anders:

«Die Situation hat sich verändert, Signora», gab er zu bedenken, «und ich weiß nicht, ob es nach der Hinrichtung Selomo Molhos so eine gute Idee ist, David Rëubeni aus dem Kerker zu befreien.»

«Ihr seht ihn wohl lieber im Gefängnis?» erwiderte Doña Benvenida scharf.

«Oder gar auf dem Scheiterhaufen, wie seinen Freund?» höhnte Giulio.

«Großer Gott, nein! Aber ein Ausbrecher bleibt ein Flüchtiger, ein Verfemter, nach dem alle suchen werden. Ist so etwas denn unseres Freundes würdig?»

«Was dann?»

«Ich meine, Signora, ihm zur Flucht zu verhelfen, ist im Augenblick nicht der beste Dienst, den wir ihm erweisen können. Wenn ihn hingegen das Inquisitionstribunal freispricht und öffentlich für unschuldig erklärt, dann steht es ihm frei, seinen Kampf für ein jüdisches Königreich auf dem Boden Israels wieder aufzunehmen. Er würde dann wahrscheinlich noch mehr Unterstützung und Gelder bekommen, und seine öffentlich verkündete Freilassung würde bei denen, die ihn lieben und ihm folgen, neue Begeisterung wecken.»

Doña Benvenida verharrte ein Weilchen nachdenklich und wandte sich dann an Giulio:

«Ich glaube, Abraham sieht das richtig», sagte sie. «Wir müssen diesen Fluchtplan verschieben. Aber ich wünsche, daß du mit deinen Freunden hier in Grazie bleibst, um im Notfall loszuschlagen. Ich werde dich angemessen entlohnen, da brauchst du nichts zu befürchten. Selbst wenn letztlich alles so einfach abläuft, wie Abraham es erklärt hat, wirst du dein Geld bekommen.»

Ohne Anordnung des Papstes konnte David Rëubeni nicht einfach aus dem Gefängnis von Mantua entlassen werden. Und diesen päpstlichen Entscheid wiederum konnte nur Tomaseo Zobbio, der Inquisitionsgeneral von Rom, einholen. Aber der Skandal des geplatzten Prozesses hatte Zobbio in seinem Stolz verletzt, und niemand vermochte zu sagen, wann er sich an Clemens VII. wenden würde. Vorerst war das Schlimmste zumindest abgewendet, und auch die Haftbedingungen des jüdischen Prinzen hatten sich merklich verbessert.

Als die jüdischen Gemeinden Europas, auch diejenigen, die dem osmanischen Reich unterstanden, vom Tod des jungen Kabbalisten erfuhren, ordneten sie einen Tag der Trauer an. Die Juden von Venedig traf es am härtesten. Als sich jedoch herumsprach, welche Rolle Jacob Mantino in dieser entsetzlichen Angelegenheit gespielt hatte, schlug die grenzenlose Trauer in Wut um. Selbst die treuesten Freunde des Arztes weigerten sich, ihm weiter die Hand zu geben. Der Rabbiner verabscheute nun seine Mitbürger, gab den Vorsitz des *va'ad hakatan* freiwillig auf und verließ die Dogenstadt. Er zog mit seiner gesamten Familie nach Bologna, wo man einen Arzt gebrauchen konnte.

Der Papst konnte wieder lächeln. Die Nachwirkungen des *Sacco di Roma* und der Überschwemmung des Jahres 1530 verblaßten allmählich. Nun versuchte er alle diejenigen nach Rom zu holen, die durch ihre Kunst der neuen Ära seines Pontifikats Glanz verleihen konnten. In Italien war wieder Friede eingekehrt, und so war es ihm gelungen, junge Künstler aus der Toskana und aus Flandern – Salviati, Vassari, Martin Heemskerck – herzulocken. Auch den großen Michelangelo hatte Clemens VII. rufen lassen. Er sollte in der Sixtinischen Kapelle etwas schaffen, «das das Ende der Tragödie symbolisch einfange und den Ereignissen durch seine Aussagekraft gerecht werde.» Der Papst alterte, doch nicht ohne Würde.

Selomo Molho lebte seit seiner geheimnisvollen Befreiung durch die Helfershelfer des Papstes verborgen innerhalb der Mauern des Vatikans. Als die Wahl auf Michelangelo fiel, war der Engel Selomo hoch erfreut. Nur ein Künstler, der die Geschichte Israels so gut kannte wie Michelangelo, war seiner Ansicht nach fähig, die Tragödie der modernen Welt auszudrücken, weil er sie im tiefsten Inneren selbst empfunden hatte. Und wenn er sich recht erinnerte, dann hatte der Bildhauer außerdem David Rëubenis Antlitz als Vorlage für seinen *Moses* genommen und die Bemühungen des Prinzen von Habor zur Wiederherstellung eines jüdischen Königreichs in Palästina stets unterstützt.

Clemens VII. fragte den jungen Portugiesen gern um Rat. Seit sich dieser im Vatikan versteckt hielt, war auch ihr früheres geheimes Einverständnis wieder aufgelebt. Doch eine Sorge blieb dem Engel Selomo: Obwohl der Kaiser seine Klage zurückgezogen hatte und die verhängnisvollen Zeugenaussagen für nichtig erklärt waren, saß der Mann aus der Wüste noch immer im Gefängnis. Von seiten der Inquisition war beim Papst noch kein Gesuch auf Freilassung eingegangen. Und jedesmal, wenn der junge Portugiese dieses Thema bei Clemens VII. anschnitt, betonte der Papst, es sei ratsam, abzuwarten. Doch Warten ist nicht die Stärke eines Erleuchteten.

Es kam der Tag, da Clemens VII., abermals von den Fragen des Engels bestürmt, ihm schließlich seine Gedanken offenbarte: «Mein lieber Sohn», sagte er, «Gott ist mein Zeuge, daß ich aus ganzem Herzen Anteil nehme an dem Schicksal des Prinzen. Doch in einer solchen Angelegenheit kann der Papst nicht Position beziehen, ohne durch das Heilige Offizium der Inquisition dazu aufgefordert worden zu sein. Ein Konflikt zwischen dem Vatikan und der Inquisition würde Davids Lage nur verschlimmern! Unser Freund Kardinal Egidio di Viterbo verhandelt in diesem Augenblick mit den Dominikanern ...»

Zärtlich legte er Molho die Hand auf die Schulter und fuhr dann fort:

«Bedenke, mein Sohn, vor kurzem drohte Euch beiden noch der Scheiterhaufen. Heute, Gott sei gedankt!, bist du hier, bei mir! Und wenn David auch noch im Gefängnis ist, so droht ihm doch keine Gefahr mehr. Solltest du den Psalm vergessen haben, den du mir gestern noch vorsprachst?»

*Ein Netz haben sie meinen Tritten gestellt,*
*es krümmt sich meine Seele.*
*Sie höhlten vor mir eine Grube.*
*Aber sie sind hineingestürzt.*

Glaub mir, mein Sohn: Alles wird enden, wie es geschrieben steht!»

Doch die Freundschaftsbeweise des Pontifex maximus vermochten Selomo Molho nicht zu beruhigen. Dieser Clemens VII. dachte nur mehr darüber nach, wie er als Friedenspapst in die Geschichte eingehen konnte. Einen solchen Mann würde nur ein starker Druck aus dem Volk zu einer mutigen, vielleicht gar gefährlichen Tat bewegen. Und wer vermochte besser als er, der Engel Selomo, die Menschen aufzurütteln und zu bewegen, sich für David Rëubeni einzusetzen?

Gewiß, die Ideen seines Helden waren nicht die seinen. Aber er liebte ihn und glaubte ihn besser zu verstehen als irgendein anderer. Für den Gesandten war der Eigennutz die Triebfeder des Menschen. Selbst der, der sich mit dem Studium der Weisheit befaßte, hatte nur die Vorteile im Sinn, die ihm daraus erwachsen konnten. Und nur weil die Freiheit im ureigensten Interesse jedes einzelnen lag, wären die Menschen bereit, dafür zu kämpfen. Für derartige Thesen war Selomo Molho kaum empfänglich. Er war überzeugt, daß nur Liebe die Menschen dazu bringen konnte, die ausgetretenen Pfade zu verlassen und sich ins Ungewisse zu stürzen. An oberster Stelle stand für ihn die Liebe zu dem Ewigen. Dann kam die Liebe zu allen Geschöpfen, die *Er* nach Seinem Bilde geschaffen hatte. Und er, der Engel, liebte den Ewigen, den Gott Israels, mit allen ungestümen Kräften seiner Seele. So wie er auch David Rëubeni liebte, den Mann, den *Er* aus den Tiefen der weiten Wüste Habors gesandt hatte, um dem jüdischen Volk neue Hoffnung zu schenken. Selomo Molho glaubte felsenfest daran, daß er der einzige war, der den Gesandten so inständig liebte und zu Recht verehrte. Und er ermahnte sich, zu handeln, wie es geschrieben steht: *Aus Liebe, um Deines Namens willen, wirst Du den Kindern ihrer Kinder einen Befreier schicken* ... Ja, wer anders als er vermochte den Messias zu befreien?

Man schrieb den Juli des Jahres 1531, also den Monat *sivan* des Jahres 5291 nach Erschaffung der Welt durch den Ewigen, gepriesen sei Sein Name! Es waren nur wenige Tage vergangen seit dem *shavuot*-Fest, dem «Offenbarungsfest», da Gott sich in seiner Lehre offenbart. In diesem Jahr fiel *shavuot* mit dem christlichen Pfingsten zusammen, an dem der Heilige Geist auf die Apostel niederkam. An diesem Tag schlug Selomo Molho alle Vorsichtsmaßnahmen in den Wind, die man ihm eingeschärft hatte. Ohne irgend jemand zu informieren, stahl er sich aus dem Vatikan. Er lief so schnell, daß er den Eindruck hatte, Rom zu überfliegen.

Am Rande des Judenviertels, vor dem Marcello-Theater, feierte man die jährliche Kirmes. Das Wetter war schön, und täglich wurden neue Händler wie Wellen in die Stadt und auf den Platz gespült. Ein paar Jahre zuvor hatte Selomo Molho diesen Platz gewählt, um den Christen, den Söhnen Esaus, eine prophetische Mahnung zu verkünden. Diesmal galt es, die Menschen durch und durch zu erschüttern und ihr Gewissen zu wecken. Er wollte in ihre Herzen dringen, sie veranlassen, in Massen auf den Petersplatz zu strömen, um für das Leben David Rëubenis zu beten und Papst Clemens VII. um Gnade zu bitten ...

«Brüder von Rom!» rief er laut.

Ein paar Köpfe wandten sich in seine Richtung.

«Brüder von Rom!» rief er abermals. «Meine christlichen Brüder, meine jüdischen Brüder, betrachtet die Sonne!»

Er hob beide Arme:

«Die Sonne strahlt für jeden von uns. Auch morgen wird sie wieder strahlen. So hat es der Ewige gewollt. Doch übermorgen wird es regnen! Die Welt wird Euch traurig erscheinen, und Ihr werdet weinen!»

Die Menschen unterbrachen ihre Gespräche. Rings um ihn entstand Stille und erstickte alle Jahrmarktsgeräusche, wie ein Fels, der einen Abhang hinunterstürzt. Bald hörte man nurmehr die Stimme des Engels, die immer eindringlicher wurde und Satz um Satz die Menge in ihren Bann schlug:

«Und es wird Euch offenbar werden, wie gering Euer Lohn, wie schwach Euer Kind ist, wie viele Eurer Brüder in den Kriegen gefallen sind und daß Krankheiten jene dahinraffen, die Ihr liebt! Und wenn Ihr nicht mehr wißt, wen Ihr anflehen sollt, dann werdet Ihr Euch an den Herrn der Welt wenden und Seinen Schutz und Seine Liebe erbitten! ... Gott in seiner Barmherzigkeit hat nun einen Mann gesandt, der das Übel von Euch, meinen Brüdern, abwenden, die Häßlichkeit vertreiben und die Sonne wieder hervorholen soll!»

«Hör mal», flüsterte eine Gemüsehändlerin ihrer Nachbarin zu, «man möchte ja fast meinen, der portugiesische Prediger sei zurückgekehrt! Dieser Prophet, der die Zerstörung Roms und die Überschwemmung vorhergesagt hat!»

«Unsinn!» erwiderte ein Greis, der in der Nähe stand. «Man weiß doch, daß der Portugiese auf Befehl der Inquisition in Mantua bei lebendigem Leibe öffentlich verbrannt wurde!»

«Doch, die Frau hat recht!» rief ein anderer. «Er ist es, ich erkenne ihn wieder! Ich war hier, als er vor drei oder vier Jahren auf diesem Platz geredet hat. Ich schwöre euch, er ist es! Er ist der Mann, der in Mantua auf dem Scheiterhaufen starb!»

Die Neuigkeit verbreitete sich wie ein Lauffeuer. Selomo Molho lebte! Der Berater des Gesandten von Habor war aus dem Feuer auferstanden!

Der Engel Selomo redete unbeirrt weiter zu der Menge, die immer dichter wurde und schon über den Marktplatz hinauswogte. Die Straßen Portico d'Ottavia und Foro Piscano waren schwarz vor Menschen. Das Judenviertel geriet in helle Aufregung. Bis zu den Tiberufern brodelte es.

«Kommt schnell!» schrie Obadia da Sforno.

Der Greis eilte umher und klopfte mit seinem Stock an sämtliche Haustüren, um die Bewohner zusammenzutrommeln.

Schließlich gelangte er zu Doktor Yosef Zarfatti, der ihn sofort hereinbat. Auch seine Schwester Dina kam herbei.

«Ihr müßt mit mir kommen!» rief der alte Rabbiner, so laut er es vermochte, und wollte gar nicht erst ins Haus kommen.

«Was ist denn los?»

«Selomo Molho!»

«Was soll das heißen, Selomo Molho?»

«Er ist hier, in Rom ... und spricht!»

«Aber Selomo Molho ist tot!»

«Er ist auferstanden!»

## LX
## DAS MARTYRIUM DES ENGELS

**D**om Miguel da Silva hatte im Namen der Königin Katharina von Portugal schon mehrmals an Tomaseo Zobbio, den Generalkommissar der Inquisition in Rom, geschrieben, um ihn zu beschwören, nur ja nicht dem Druck des Vatikans nachzugeben und den Prozeß gegen David Rëubeni fortzusetzen. Er tat noch ein übriges und kam höchstpersönlich nach Rom, um zu verteidigen, was ihm am Herzen lag: die religiöse Säuberung Europas! Seine Gespräche mit Tomaseo Zobbio, aber auch mit Paolo Constabile, dem Dominikanerprior, waren schon einmal im höchsten Grade vielversprechend gewesen. Der Apostat Diogo Pires war verbrannt worden, und der portugiesische Botschafter erhoffte sich nun die gleiche Strafe für den Abenteurer aus Habor. In seinen Augen war diese Angelegenheit von höchster Wichtigkeit! Eine zweite Hinrichtung wäre das Vorspiel, um die Einsetzung eines endgültigen Heiligen Offiziums in Italien zu verwirklichen. Und das würde sich wiederum auf Portugal auswirken, wo dann Sondergerichte einberufen werden konnten.

Als da Silva in Höhe des Palazzo Farnese Geschrei auf der Straße vernahm, ließ er seine Kutsche anhalten. Er wandte sich an einen Passanten, der in Richtung Portico d'Ottavia und Palazzo Orsini rannte und aus Leibeskräften brüllte:

«Er ist auferstanden!»

«Was, was sagt Ihr da?» rief Miguel da Silva ihm nach.

Doch von der Piazza Navona stürmte bereits eine Menschenmenge hinter dem Mann her.

«Wer ist auferstanden?» fragte der Botschafter immer wieder. Aber die Menschen wollten endlich mit eigenen Augen den sehen, der den Tod bezwungen hatte, und scherten sich keinen Deut um den portugiesischen Würdenträger. Daraufhin stieg dieser aus seiner Kutsche und packte einen Greis am Ärmel, der ebenfalls zu dem Wunder eilen wollte:

«Wer ist auferstanden?»

«Mein Gott ... der junge Molho natürlich! Ihr wißt schon, der die Zerstörung Roms prophezeit hat.»

«Und der lebendigen Leibes verbrannt wurde!» berichtigte Miguel da Silva ungläubig und irritiert zugleich.

«Ich weiß, ich weiß», entgegnete der Alte ärgerlich und riß sich los. «Deswegen sage ich Euch ja dauernd: Er ist wieder auferstanden!»


Kardinal di Viterbo war der erste, dem auffiel, daß Selomo Molho aus der Engelsburg entwichen war. Unverzüglich ließ er den Kommandanten der päpstlichen Garde, Luciano Mascherone, rufen. Dieser erklärte, er habe in der Tat gesehen, wie der junge Portugiese den Vatikan verließ. Aber da er keinerlei Order hatte, den Engel Selomo davon abzuhalten, in die Stadt zu gehen, war es ihm auch nicht notwendig erschienen, Meldung zu machen. Der vom Kardinal alarmierte Papst befahl seiner Garde, den Engel Selomo unverzüglich zu suchen und mit allen Mitteln zurückzubringen. Es galt schneller zu sein als die Spione der Inquisition. Vielleicht hatten diese das Täuschungsmanöver durchschaut, durch das Selomo Molho dem Scheiterhaufen entgangen war, und waren ihm bereits auf der Spur. Wenn sie ihn in die Hände bekamen, würde man ihn schwerlich ein zweites Mal retten können.

«Herr der Welt», rief Selomo Molho mit lauter Stimme, «nur aus Liebe zum Himmel bin ich hierhergekommen ...»

Die päpstliche Garde mußte schon beim Palazzo Caetano absitzen. Die Menge stand so dicht gedrängt, daß mit den Pferden kein Durchkommen war.

«Aus dem Weg! Im Namen Seiner Heiligkeit, des Papstes! Laßt uns durch!» brüllte der Kommandant der päpstlichen Garde.

Doch auch der kräftige Luciano Mascherone kam nicht vorwärts. Trotz seiner Statur und der Lanzen seiner Eskorte hatte er die größten Schwierigkeiten, sich einen Weg durch diese wogende Menschenmenge zu bahnen.

«Erbittet und fordert die Befreiung David Rëubenis!» befahl Selomo Molho einige Dutzend Meter vor ihm. «Helft dem Mann, der dem Rufe des Ewigen gefolgt und zu Euch gekommen ist mit seiner Liebe! Der Papst in seiner unendlichen Güte wird Euch anhören, und er wird Euren Schmerz erkennen. Seine Heiligkeit wird verstehen, daß es recht ist, Freiheit für den Messias zu fordern! Dann wird die Inquisition zurückweichen! Dann wird der Tod besiegt sein!»

Mit mächtigen Armbewegungen kämpfte sich Luciano Mascherone wie ein Schwimmer durch die Menschenflut. Seine Lanzenträger folgten seinem Beispiel. Endlich sah er den jungen Prediger, der sich auf einen Händlertisch geschwungen hatte. Seine blonde Mähne flatterte im Wind und schien jedes Wort zu unterstreichen, mit dem er seine Zuhörerschaft beschwor. Sofort befahl der Kommandant seinen Männern, mit ihren Lanzen eine Hecke zu bilden. Angesichts der aufgestellten Waffen traten die Menschen zurück, und das Gedränge wurde noch dichter. Eine Frau wurde umgestoßen und schrie. Empörung machte sich breit. Aber Luciano Mascherone hatte den Engel jetzt fast erreicht.

Doch in diesem Augenblick tauchten bei der Kirche San Nicola in Carcere zwei Dutzend Männer in langen schwarzen Umhängen auf, deren Kapuzen die Gesichter verbargen. Der Kommandant der päpstlichen Garde machte einen Satz auf Selomo

Molho zu, wurde jedoch in seinem Schwung durch den Dolch eines Schwarzrocks aufgehalten. Blut quoll ihm in die Kehle. Bevor er zusammenbrach, konnte er gerade noch erkennen, wie der junge Portugiese sich gegen die schwarzen Gestalten zu wehren suchte, die ihn der Menge mit Gewalt entrissen und schließlich wegschleppten. Schwerter blitzten in der Sonne. Menschen sanken blutüberströmt zu Boden. Auch Kommandant Luciano Mascherone war tödlich getroffen und stand nicht mehr auf.

Nach dem Geschehenen waren die Römer zunächst wie erstarrt, doch bald gingen sie wieder ihren Alltagsgeschäften nach. Die widersprüchlichsten Gerüchte und Ansichten machten die Runde. Gegen Abend sah man zwar ein wenig klarer, war aber immer noch nicht in der Lage, die Dinge zu durchschauen. Über manches hatte man jedoch Gewißheit erhalten. Ein Wunder auf dem Scheiterhaufen und einen von den Toten Auferstandenen hatte es demnach gar nicht gegeben. Der Papst hatte irgendwie seine Finger im Spiel gehabt. Soviel war zumindest durchgesikkert. Doch wirklich erstaunt war man, als sich die Nachricht herumsprach, daß der Pontifex maximus, um Selomo Molho vor dem Scheiterhaufen der Inquisition zu retten, diesen kurzerhand aus dem Gefängnis entführen und einen simplen Taschendieb an seine Stelle setzen ließ. So war also ein unschuldiger Pechvogel oder zumindest ein armer Teufel anstelle des Apostaten (oder Propheten, je nachdem, wie man die Sache sah) gestorben. Und das alles, weil es Clemens VII. so gefallen hatte! Wenn das nicht überraschend und sogar skandalös war! Dieses pikante Abenteuer hatte ein unerwartetes Ende gefunden, weil der Engel Selomo aus seinem goldenen Käfig im Vatikan ausgebrochen war. Er hatte öffentlich zu einer Versammlung aufgerufen, um seinem noch immer in Mantua eingekerkerten Herrn und Meister zur Freiheit zu verhelfen. Doch es war ihm schlecht bekommen. Die

Dominikaner der Inquisition verfügten über eine eigene Garde, und nachdem sie durch Gott weiß wen von seiner Anwesenheit in der Stadt Wind bekommen hatten, waren sie seiner Fährte gefolgt und hatten ihn vor den Augen der herbeigeeilten päpstlichen Soldaten entführt.

Welche Wendungen die Ereignisse genommen hatten, erfuhr man also nach und nach, doch über die Motive der Beteiligten konnte man nur spekulieren. Wieso schützte das Oberhaupt der Christenheit einen Abtrünnigen? Warum hatte Kaiser Karl V. seine Klage gegen David Rëubeni zurückgenommen? Wieso erklärte sich Franz I. bereit, für die Freilassung des jüdischen Prinzen eine beachtliche Summe Lösegeld zu zahlen? Und das allererstaunlichste war: Wieso interessierte sich die Hohe Pforte plötzlich für diese Angelegenheit? Denn es hieß tatsächlich, daß Suleiman der Prächtige, gegen den der Mann aus Habor in den Krieg ziehen wollte, sich ebenfalls für den Gesandten eingesetzt habe...

Rund um das Mittelmeer waren all diese Fragen bald schon Gegenstand hitziger Debatten. Als die Entscheidung des Heiligen Offiziums der Inquisition, Selomo Molho erneut auf den Scheiterhaufen zu schicken, bekannt wurde, kam es in ganz Europa zu Aufruhr. In Rom zogen Tausende von Gläubigen zum Vatikan und sangen geistliche Lieder, um seine Begnadigung zu erwirken. Doch auf der Höhe des Ponte S. Angelo wurden sie von der Schweizergarde des Papstes zurückgedrängt.

In der weiträumigen Bibliothek Kardinal Egidio di Viterbos versammelten sich unterdessen einige der engsten Vertrauten um Clemens VII. Die Lage innerhalb der Kirche war angespannt. Das Kräftemessen zwischen Vatikan und Inquisition schien für niemanden mehr ein Geheimnis zu sein. Das Heilige Offizium der Inquisition forderte offen völlige Handlungs- und Entscheidungsfreiheit. João III., König von Portugal, den Königin Katharina und ihr «spanischer Klan» inzwischen völlig in der Hand hatten, ersuchte um die päpstliche Erlaubnis, in seinem Land

Sondergerichte gegen die *conversos* einsetzen zu dürfen. Und nun hatte auch noch dieser Luther Clemens VII. als «Judenpapst» gegeißelt! Nach all den Beleidigungen und Schmähungen, die die Kirche in Deutschland hatte einstecken müssen, war diese Kränkung vielleicht die schlimmste, wenn nicht gar die gefährlichste.

Selomo Molho lebte und war bereits wieder kurz vor dem Scheiterhaufen! Diese zweifache Nachricht erschütterte Doña Benvenida Abravanel. Sofort scharte sie ihre Freunde um sich und reiste mit sicherer Eskorte nach Mantua, um sich selbst ein Bild zu machen.

Über die Stadt war der Belagerungszustand verhängt worden. Die Garde des Herzogs und die der Inquisition patrouillierten ohne Unterlaß von der Porta S. Giorgio aus, rings um den Palazzo Ducale und den zinnenbewehrten Palazzo Bonacolsi, bis hin zu den Ufern der Seen. Jeder konnte sehen, daß sie bewaffnet waren. Auf der Piazza Sordello, im Schatten des Domes mit seiner imposanten Fassade waren Arbeiter am Werk und errichteten den gräßlichen Scheiterhaufen. Rund um den Platz überprüften Soldaten die Haltbarkeit der Absperrungen, mit denen die Menge in Schach gehalten werden sollte. Auf den Dächern hatten Armbrustschützen Stellung bezogen und richteten ihre Waffen auf den Platz. Und das Verlies, in dem David Rëubeni eingekerkert war, wurde von der Inquisitionspolizei bewacht.

Doña Benvenida fühlte, wie sich ihr Herz zusammenzog. Sie bereute es, den Mann aus der Wüste nicht herausgeholt zu haben, solange es noch möglich war. Natürlich hätte man diese Tat als die Geste einer verliebten Frau interpretiert. Ihr wäre es um Davids und um seines Kampfes willen lieber gewesen, den Ausbruch als patriotisches Zeichen der aufstrebenden jüdischen Armee hinzustellen. Aber dies war nun alles ohne Belang, und sie glaubte sich schuldig, weil sie die Dinge falsch eingeschätzt hatte.

«Ich habe an das große Ziel gedacht», bekannte sie Abraham Luzzatto, «anstatt an mich selbst! ... Wie hieß noch jener arabische Dichter, der gesagt hat: *Trinke Wein, da du nicht weißt, woher du kommst. Lebe fröhlich, da du nicht weißt, wohin du gehst?*»

Abraham wußte den Namen auch nicht.

Die großen schwarzen Augen Benvenidas standen voller Tränen.

Die Zeremonie des *Auto pubblico generale* begann bei Tagesanbruch mit einer Messe im Hauptschiff des Domes. Eine befremdlich stille Menschenmenge füllte die fünf Schiffe der Kathedrale. Waren die Gläubigen noch nicht recht wach oder gegen ihren Willen hierherbeordert worden? Jeder von ihnen hielt eine Kerze in der Hand. Gegen Mittag setzte sich die Prozession in Bewegung. Soldaten schirmten den Zug gegen die Umstehenden ab. Die Piazza Sordello, die Piazza Broletto und die angrenzenden Straßen waren schwarz vor Menschen. Tausende von Neugierigen, die den «Auferstandenen» sterben sehen wollten, wurden von Absperrungen und drei Reihen Soldaten vom Ort des Geschehens ferngehalten. Auf der Piazza Sordello hatte man Sitzreihen aufgestellt. Die Fenster und Balkone der benachbarten Häuser waren von ihren Besitzern zu horrenden Summen vermietet worden. Auf der Ehrentribüne direkt vor dem herzoglichen Palast befanden sich die Loge des Herzogs und Plätze für den Adel und die Würdenträger der Inquisition in Mantua. Von hier aus würde die Anklageschrift verlesen werden.

Die unter dem Schutz der Familie Gonzaga in Mantua lebenden Juden waren vorsorglich daheim geblieben. Doch andere, vornehmlich aus den Marken, aus Padua und selbst aus Venedig, waren zu Hunderten herbeigeeilt. Moses da Castellazzo war ohne Begleitung gekommen. Mit der Festnahme des Gesandten und dem nun bevorstehenden Tod Selomo Molhos ging ein Teil seines Lebens dahin, und mit diesem Schmerz wollte er lieber allein bleiben. In Venedig pflegte man zu sagen, wenn viele gemeinsam untergehen, ist das Unglück des einzelnen geringer. Aber was gab es intimeres und persönlicheres als das Leid? Das hatte er traurig zu Tizian gesagt, bevor er abgereist war. In Mantua angekommen, hatte er sich von dem Strom der anderen Juden entfernt und einen Platz an der Absperrung bei der Kirche Sant' Andrea gefunden.

Gegen zwei Uhr nachmittags hallten unter der bleiernen Sonne Trompetenstöße wider. Die Prozession näherte sich dem Platz. An der Spitze schritten, erkennbar an ihrem Harnisch und dem gelben Hemd, herzogliche Gardesoldaten. Ihnen folgte das verschleierte Kreuz. Es wurde von glöckchenschwenkenden Kindern eskortiert, die für den Verurteilten die letzte Stunde einläuteten. Dann kam der Zug der Büßer. Die Ruhe auf dem Platz war bedrückend. Man hörte sogar den Schleier über dem Kreuz leise flattern. In diese atemlose Stille platzte das Hufgetrappel von Würdenträgern zu Pferde. Es waren die Mitglieder des Inquisitionstribunals mitsamt ihren Bannerträgern! Moses da Castellazzo fiel auf, daß niemand dieses Schauspiel kommentierte. Alle schwiegen, wie von Angst gelähmt. Die Stunde des Scheiterhaufens war gekommen, der mitten auf dem Platz errichtet worden war. Nur der Verurteilte fehlte noch. Während auf der Tribüne ein Gerichtsdiener den Urteilsspruch verlas, keimte in dem Maler die wahnwitzige Hoffnung, Selomo Molho möge im letzten Augenblick seinen Henkern noch einmal entronnen sein. Doch in diesem Momet wurde er gebracht, barhäuptig und in dem weißen Gewand mit dem goldbestickten Stern auf der Brust. Hastig entzündete man das Feuer, und bald schon war der Engel zur Hälfte in den Flammen verschwunden. Ein glühendes Reisigbündel fiel herab. Murmelnd wich die Menge zurück.

Plötzlich glaubte Moses einer Sinnestäuschung zu erliegen.

Er hörte Gesang! Der Wind, der aufgekommen war und das Feuer auflodern ließ, trug die Worte einer Litanei herüber, und obwohl die Melodie nur in Fetzen an sein Ohr drang, begann Moses sie zu erkennen.

«Der Jude singt!» sagte ein kleines Mädchen, das auf den Schultern des Vaters thronte.

Der Gesang wurde zunehmend deutlicher. Die kristallklare Stimme, die ihn trug, schien höher zu reichen als das Feuer, aus dem sie emporstieg.

«Der redet mit den Engeln im Himmel!» sagte das kleine Mädchen.

«Wer singt denn da?» fragte eine Frau, die sich an die Schulter des Malers klammerte, um nicht durch den Druck der Menge zu Boden geworfen zu werden.

«Der Jude!» kam die Antwort von den Umstehenden.

«Aber ... verbrennt der nicht gerade?»

«Er verbrennt und singt», erwiderte eine weibliche Stimme schluchzend.

Moses da Castellazzo wandte sich um und erkannte Doña Benvenida Abravanel. Ihre Blicke kreuzten sich. Er wollte etwas sagen, aber sie kam ihm zuvor:

«Er singt Psalm 57!»

Leise begann sie:

«*Mein Leben weilt unter Löwen, ich liege unter Flammen sprühenden Menschen ...*»

Mit lauter Stimme fiel der Maler ein:

«*Deren Zähne Lanzen und Pfeile ...*»

Nun stimmte auch Abraham Luzzatto ein, der seine Herrin mit imposanter Eskorte schützte. Und auf einmal begannen auf dem gesamten Platz noch andere Stimmen mit dem Gemarterten zu singen:

«*Und deren Zunge ein scharfes Schwert ...*»

Einem riesigen Tausendfüßler gleich, begann die Menge sich an allen Ecken und Enden zu regen, denn jeder wollte wissen, woher die Gesänge kamen. Moses glaubte plötzlich Latein zu hören, aber es war immer noch derselbe Psalm, der gesungen wurde:

*« Erhebe dich über den Himmel, o Gott, über die ganze Erde deine Herrlichkeit!»*

Die Soldaten vor den Absperrungen konnten die Menge kaum noch halten. Sie wußten nicht mehr, was sie tun sollten, und standen ratlos da.

«Bringt sie zum Schweigen!» befahl ein Mann in purpurnem Gewand von der Tribüne.

«Der Jude hat sich losgemacht!» schrie jemand.

«Der Engel des Himmels hat ihn befreit!» juchzte das kleine Mädchen auf den Schultern seines Vaters.

Instinktiv wich die Menge zurück. Das Feuer hatte das weiße Gewand des Engels in Brand gesetzt. Die Stimme des jungen Kabbalisten wurde noch kraftvoller, noch melodiöser und noch reiner. Sie schien geradezu unwirklich:

*« Ein Netz haben sie meinen Tritten gestellt,*
*es krümmt sich meine Seele,*
*sie höhlten vor mir eine Grube.*
*Aber sie sind hineingestürzt.»*

Er hielt kurz inne, als wollte er die Menge ansehen, die zu seinen Füßen stand, dann streckte er seine beiden Arme, diese goldenen Flammen, zum Himmel und rief mit gewaltiger Stimme:

*« Herr der Welt, Du bist einzig!»*

Seine Arme sanken herab. Sein Kopf fiel nach vorne. Dann brach er in der Glut zusammen.

«Amen», seufzte die Menge.

Moses da Castellazzo weinte. Er weinte vor Mitleid. Als er seine Tränen trocknete, mußte er erkennen, daß Doña Benvenida und ihre Eskorte verschwunden waren.

Während die bedrückende Zeremonie andauerte, hatte Doña Benvenida ausschließlich an David Rëubeni denken können. Sie ertrug den Gedanken nicht, daß dieser sich womöglich auch eines nahen Tages im Feuer verzehren würde, mit einer Menge zu seinen Füßen, die darin nur ein verrücktes Spiel sah. Und wenn es ihr Leben kosten sollte – sie mußte den Gesandten um jeden Preis befreien!

Das Verlies befand sich in der Nähe des Lago Superiore, an der Straße nach Cremona. Giulio wußte, daß er sich auf ein höchst gefährliches Unterfangen eingelassen hatte, vielleicht sogar auf das gefährlichste seines Lebens. Das Gros des herzoglichen Heeres war in die Stadt beordert worden, um Tumulten vorzubeugen. Daher hoffte Giulio, daß das Gefängnis an diesem Tag weniger gut geschützt war als gewöhnlich. Außerdem fiel eine der Zwingmauern zum See hin ab, und für einen Seeräuber wie ihn war das Wasser bevorzugtes Terrain.

Rund hundert Mann erwarteten ihn schon in der Krypta der Kirche San Sebastiano. Der Pfarrer war ebenfalls ein Neapolitaner und mit Giulio befreundet. Schnell wurden die Waffen verteilt. Dann schlüpften ein Dutzend kräftige Burschen in herzogliche Gardeuniformen. Eine Stunde später war auch Giulio soweit und machte sich bereit, mit List in die Festung einzudringen. Doch ein unvorhergesehenes Ereignis erzwang einen Aufschub. Unter lauten Rufen und Pferdegetrappel preschte eine Truppe Reiter heran und ließ die Verschwörer erstarren. Hastig lief Doña Benvenida zum Kirchenportal, doch der Pfarrer, der gerade hereinkam, hielt sie zurück:

«Die Landsknechte des Kaisers!» verkündete er.

«Was machen die hier? Wohin wollen sie?»

Doña Benvenidas Stimme war voller Unruhe.

«Das werde ich Euch gleich sagen», erwiderte der Pfarrer, «sobald ich nachgesehen habe, Signora.»

Wenige Minuten später war er wieder da und verkündete:

«Der Kaiser persönlich reitet an ihrer Spitze!»

«Sind es viele?»
«Myriaden!»
«Aber wohin wollen sie?»
«Man möchte meinen ... zum Gefängnis.»
«Mein Gott!» schrie Doña Benvenida und griff sich an die Stirn. Sie wankte und sank dann bewußtlos in die Arme des Kirchenmannes, der herbeigestürzt war, um sie aufzufangen.


Die Vermutung des Pfarrers von San Sebastiano bestätigte sich. Karl V. ritt tatsächlich an der Spitze einer imposanten Schwadron zu dem Verlies, in dem David Rëubeni eingekerkert war. Auf seinem Weg nach Spanien hatte er von der angeblichen Auferstehung Selomo Molhos und seinem erneuten Tod gehört. Das kümmerte ihn nicht sonderlich, da er den jungen portugiesischen Prediger nie gemocht hatte. Er verabscheute jeden Wahn, und der Engel Selomo war eine Art Wahnsinniger. Aber der Prinz von Habor hatte ihm gefallen, und er hielt seinen Kampf für ehrenvoll und gerecht. Er bereute es mehr und mehr, ihn den Fängen der Inquisition ausgeliefert zu haben. Seinen Tod wollte er sich nicht aufs Gewissen laden! Er entsann sich einer Metapher aus der Seefahrt, die David Rëubeni bei einem ihrer Gespräche in Regensburg verwendet hatte und die ihm seitdem nicht mehr aus dem Kopf ging:

*Was nützt die Gottesfurcht als Kompaß, wenn das Gewissen nicht das Ruder führt?*


Dies geschah am 5. Oktober 1531 nach christlichem Kalender, also ein paar Tage vor *rosh hashana*, dem jüdischen Neujahrsfest des Jahres 5292 nach Erschaffung der Welt durch den Ewigen – gepriesen sei Sein Name!

# EPILOG

Fünf Jahre nach diesen Ereignissen lief ein Gerücht durch Venedig. Man schrieb das Jahr 1536. Mehrere glaubwürdige Zeugen berichteten von der Rückkehr David Rëubenis. Sie schworen auf die Heilige Tora, ihn gesehen zu haben, wie er den Palazzo des Magnifico Santo Contarini betrat. Von Neugierde getrieben, hatten sie daraufhin auf der *fondamenta* gewartet. Kurz danach habe, wie sie beteuerten, der Prinz von Habor das prächtige Gebäude wieder verlassen. Er wurde von zwei Dienern des Conte begleitet, die eine schwere Ebenholztruhe schleppten.

Als Moses da Castellazzo von den Mitgliedern des *va'ad hakatan* und dessen Vorsteher Shimon ben Asher Meshulam del Banco zu diesem Vorgang befragt wurde, weigerte er sich, die Nachricht zu entkräften oder zu bestätigen. Auch David Rëubenis römische Freunde verhielten sich diskret, indem sie behaupteten, nichts davon zu wissen. Der greise Obadia da Sforno beschränkte sich lediglich auf ein Zitat aus der Kabbala: *Die Welt überlebt nur durch das Geheimnis.*

Doch im gleichen Jahr, nur wenige Tage nach dem jüdischen Osterfest, beteuerte auch Azry'el ben Solomon Diena, der Rabbiner von Sabbioneta, dem Gesandten begegnet zu sein. Diesmal war es in Padua geschehen. David Rëubeni habe mit vier weißgewandeten Dienern die weite Piazza del Santo überquert und sei dann am Oratorio di San Giorgio entlanggegangen. Der Rabbiner hatte ihm sogar zu folgen versucht, doch der Mann aus der

Wüste sei in den Palazzo del Bo eingeschwenkt und in der berühmten Universität eines Dante und Kopernikus verschwunden. Azry'el ben Solomon Diena konnte es kaum glauben! Der Aufschneider, der doch im Gefängnis dahinvegetieren sollte, zog von neuem nach Belieben durch Italien? Der Rabbiner erachtete es für dringend notwendig, Jacob Mantino über diesen Skandal zu informieren. Er tat es in einem Brief vom 15. April 1536.

Mantino, der von Venedig aus für drei Jahre nach Bologna gegangen war, lebte derzeit in Rom. Kaum hielt er dieses Schreiben über das unerklärliche Wiederauftauchen des Mannes aus Habor in Händen, begab er sich schleunigst zu Tomaseo Zobbio, um Aufklärung zu erhalten. Auf seine Fragen soll der Generalkommissar der römischen Inquisition geantwortet haben, daß David Rëubeni von Mantua aus in das spanische Badajos gebracht worden sei. Laut Aussage der höchsten Amtsinhaber der spanischen Inquisition habe der Gesandte dort nach langer Folter im Jahre 1533 seine Seele ausgehaucht.

Jacob Mantino verbreitete diese Auskunft eilig in ganz Rom. Doch nach Aussage seiner Freunde glaubte er selbst nicht so recht daran. Und bald nährte ein neues Gerücht, diesmal aus dem Elsaß, seine Zweifel.

In Rosheim hatte Yosef Josselmann seinen Angehörigen noch kurz vor seinem Tode anvertraut, er habe sich im Jahre 1531 bei dem Oberhaupt des Heiligen Römischen Reiches Deutscher Nation inständig für den Gesandten und seine Ziele verwendet. Auch Karl V. wollte den Traum des Mannes aus der Wüste keinesfalls in den Verliesen der Inquisition für immer erstickt sehen und habe daraufhin beschlossen, den jüdischen Prinzen aus seinem Kerker in Mantua herauszuholen. Aber nicht, um ihn in den Kerker des spanischen Badajos zu befördern! Der Kaiser wollte ihn auf ein Schiff verfrachten, das ins Heilige Land aufbrach, in jenes Land Israel, dessen Verkünder er war ...

# NACHWORT DES AUTORS

**V**ier Jahrhunderte trennen mich von ihm, und dennoch fasziniert mich die rätselhafte Figur dieses David Rëubeni noch immer, dieses Prinz von Habor aus dem Stamme Rëuben, wie er sich stets nannte, also aus einem der zehn von den ursprünglich zwölf Stämmen Israels, dessen Spur sich verloren hat.

Begegnet war er mir bei meinen Recherchen zu meinem Buch *Abrahams Söhne*, in dem ich auch bereits von ihm erzählte. Schon damals wunderte ich mich, wie wenig die Historiker sich für ihn interessiert hatten. Hatte es ihnen an Texten, Dokumenten und Belegen gefehlt, oder entsprach diese Figur einfach nicht so recht den Archetypen, auf die jüdische Historiographie immer wieder zurückgreift? Yosef Hacohen und Gershom Scholem, um nur die berühmtesten zu nennen, widmen ihm nur ein paar Zeilen, und diese sind voller Kritik und unterschwelliger Häme. Aber dieses Verschweigen, dieser Argwohn ihm gegenüber haben nicht wenig dazu beigetragen, ihn mir sympathisch zu machen.

David Rëubeni war ein Zeitgenosse Michelangelos und Machiavellis, dieser zwei Symbolfiguren der Renaissance, und verfolgte mehr als vier Jahrhunderte vor jenem anderen David – David Ben Gurion – den Plan eines jüdischen Staates auf dem Boden Israels. Er suchte sein Vorhaben auf diplomatischem, politischem und militärischem Weg in die Tat umzusetzen. Seine Strategie gipfelte in einer christlich-jüdischen Allianz als Bollwerk gegen den wachsenden Einfluß eines Islam, der bereits beide Ufer des Mittelmeeres beherrschte. Und als Gegenleistung für die Unterstützung der europäischen Herrscher bei der Gründung eines jüdischen Staates sicherte er dem Vatikan die Kontrolle über die heiligen Stätten der Christenheit in Jerusalem zu.

Dies alles war für mich Ansporn genug, die Spur dieses David Rëubeni zu verfolgen. Ich wollte zumindest herausfinden, wer er war und auf welchen Motiven das Unbehagen basierte, das die bloße Nennung seines Namens auch nach Jahrhunderten noch hervorruft.

Kaum hatte ich mich lesend ein wenig mit seiner Epoche vertraut gemacht, verspürte ich auch schon dieses merkwürdige Gefühl eines *déjà-vu*, als verweise mich dieses sechzehnte Jahrhundert immer wieder auf das zwanzigste. Seine Zeit war wie die unsere von einer kulturellen, künstlerischen und wissenschaftlichen Apotheose geprägt, aber auch von einer bis dato unbekannten Entfesselung von Barbarei. Das sefardische Judentum war von der Inquisition im Namen einer «religiösen Säuberung» vernichtet worden. Vier Jahrhunderte später vernichtete die Shoah das ashkenasische Judentum im Namen der Rassenreinheit! Auf diese beiden Tragödien folgte ein Wiederaufleben des jüdischen Nationalbewußtseins. Und noch etwas haben das sechzehnte und das zwanzigste Jahrhundert gemeinsam: die unzähligen Bruderkriege und das verblüffende Erstarken des Islam. Ein drittes gemeinsames Kennzeichen dieser beiden Abschnitte der Geschichte ist doch auch das Versiegen verbindlicher Hoffnungen, mit der logischen Folge eines ungeheuren Aufschwungs populärmystischer Bewegungen, die zur Zeit David Rëubenis in der fieberhaften Erwartung eines ‹Messias› ihren krassesten Ausdruck fanden.

Mehr als sieben Jahre lang folgte ich also der Spur dieses «Messias aus Habor», besuchte die Länder, die er bereist, und die Städte, in denen er sich aufgehalten hatte. Alle verfügbaren Dokumente und Berichte, die sich auf ihn bezogen, habe ich gelesen, die meisten unserer zeitgenössischen Historiker, die ihn oder zumindest seinen Namen erwähnen, habe ich aufgesucht, und dabei stieß ich immer wieder auf Neues, auf Überraschendes ...

So datiert beispielsweise der berühmteste und exakteste Chronist jener Epoche, der Venezianer Marino Sanuto, das Auftauchen David Rëubenis in der Dogenstadt auf den November 1530, wohingegen die Texte, die ich einsehen konnte, und auch das «Tagebuch» David Rëubenis seine Ankunft in Venedig auf den Februar 1524 festsetzen.

Eine Überraschung ist allein schon dieses auf Hebräisch abgefaßte «Tagebuch», von dessen Existenz zwischen dem sechzehnten und dem neunzehnten Jahrhundert niemand etwas ahnte und das 1848 in der Bibliothek eines Sammlers seltener Werke, Heimann Joseph Michael, plötzlich wieder auftauchte. Diese Entdeckung erregte Aufsehen, und das von der Oxforder Bodleian-Library erworbene Manuskript wurde dort 1867 vom Reverend J. Cohen kopiert und anschließend ins Deutsche übersetzt. Die noch vorhandene Kopie dieses Oxforder Textes habe ich einsehen können. Die deutsche Übersetzung hingegen emigrierte auf unbekannten Wegen in ein Rabbinerseminar in Breslau, und niemand weiß, wo sie sich heute verbirgt. Wie auch niemand weiß, wo das Original hingekommen ist, das ebenfalls auf geheimnisvolle Weise verschwand! Das Banner des Gesandten, mit seinen goldgestickten hebräischen Schriftzeichen, wurde hingegen aufbewahrt. Es befindet sich noch heute im jüdischen Museum in Prag.

Dieser aus dem Nirgendwo gekommene und irgendwo wieder verschwundene David Rëubeni hat immerhin sieben Jahre lang die Politik der großen europäischen Herrscherhöfe beeinflußt und die Träume eines ganzen Volkes genährt. Wenn die Geschichte eine Lehre ist, wie es der Begründer des Chassidismus, Rabbi Israel ben Elieser, der sogenannte *ba'al shem tov*, uns lehrt, dann sollte man über diesen Zeitraum des sechzehnten Jahrhunderts noch einmal gründlicher nachdenken, der mit seiner Gewaltbereitschaft, dem Werteverlust und dem Hang zum Irrationalen unserer Epoche so nahe ist. Wenn Analogien zwischen zwei Epochen so grundlegend und so offenkundig sind, muß es dann nicht in der Zukunft einzig und allein darum gehen, die zwei Pole der Geschichte, Vernunft und Leidenschaft, in Einklang zu bringen?

# GLOSSAR

**Ashkenazim**
Die Juden in Mittel- und Osteuropa mit ihrer eigenen Tradition und Sprache, die sich von der Kultur der *sefaradim* unterscheidet.

**Barukh haba**
Wörtlich übersetzt bedeutet es: «Gesegnet der da kommt». Wird auch anläßlich der Beschneidungszeremonie gesungen.

**Bimah**
Die Kanzel des Vorbeters in der Synagoge.

**Gemilut hasidim**
Form der Wohltätigkeit und Hilfe. Auch Beweis der Liebe gegenüber Verstorbenen.

**Gojim**
Ausdruck für Nichtjuden. Wörtlich übersetzt bedeutet es «Völker».

**Haftara**
Teil der Bücher der Propheten, der am shabbat und an Festtagen in der Synagoge vorgelesen wird.

**Kabbala**
Eine Bewegung mystisch-spekulativen Charakters, die sich seit dem Mittelalter neben der rabbinischen und den religiös-philosophischen Strömungen als dritte geistig-religiöse Kraft innerhalb des Judentums etablieren konnte. Den Kabbalisten geht es um die Erforschung und Anwendung der Geheimnisse der Tora.

**kaddish**
Die jüdischen Totengebete.

**Kohelet**
Das Buch *Prediger*.

**Koscher**
Speisen, die gemäß der jüdischen Tradition zubereitet werden und zum Verzehr erlaubt sind.

**Ma'ariv**
Das Abendgebet.

**Mazzot**
Ungesäuertes Brot, das besonders zum Passa gegessen wird.

**Minha**
Das Nachmittagsgebet.

**Passa**
Der jüdische Festtag, an dem der Exodus, der Auszug der Israeliten aus der ägyptischen Sklaverei, gefeiert wird. Es wird traditionell im Frühling gefeiert und dauert eine Woche lang.

**Purim**
Das Fest für die Befreiung der Juden in Persien zur Zeit von Esther und Ahasver. Man feiert den Niedergang des Haman.

**Rosh hashana**
Das Neujahrsfest. Wörtlich bedeutet es «Haupt des Jahres».

**Sefaradim**
Die spanisch-portugiesischen und die orientalischen Juden mit ihren Bräuchen und ihrer Sprache, die sich von denen der *ashkenazim* unterscheiden.

**sefirot**
Laut Kabbala die zehn Punkte, in denen sich Gott manifestiert. Manchmal werden sie als göttliche Lichter symbolisiert oder auch als kosmischer Baum. Die *sefirot* stehen für das innergöttliche Schöpfungs- und Erlösungswirken. Sie befinden sich auch an verschiedenen Stellen des menschlichen Körpers.

**Shaharit**
Das Wochenfest, das die Offenbarung der Tora feiert.

**Shovar**
Das Widderhorn. Es wird zur Ankündigung einiger jüdischer Festtage geblasen und ruft zur Buße auf.

**Simhat Tora**
Das Fest der «Gesetzesfreude», d. h. Freude an der Tora. Die Torarollen werden zum Abschluß der einjährigen Pentateuchvorlesung mit Gesang und Tanz durch die Synagoge getragen.

**sukkot**
Das Laubhüttenfest zur Erinnerung an die Zeit der 40jährigen Wanderung durch die Wüste, als der Tempel in einer Hütte bestand.

**tallit**
Ein rechteckiger Gebetsschal, der sowohl in der Synagoge wie zu Hause getragen werden kann. Es kann sich auch um einen Umhang oder Mantel handeln. Wichtig ist, daß er Kopf und Schultern bedeckt.

**Talmud**
Die Sammlung von rabbinischen Interpretationen und Erläuterungen der Bibel. Es ist das Hauptwerk des rabbinischen Judentums und gilt als autoritative Quelle der Religionslehre sowie des Religionsgesetzes. Die Bibel wird sozusagen durch die Brille des Talmud gelesen. Der Talmud besteht aus zwei Teilen: der *mishna* («Wiederholung», «Lehre») und der *gemara* («Vollendung»).

**Tefellin**
Gebetsriemen – die beim Morgengebet an Stirn und linkem Oberarm getragenen Kapseln mit Bibeltexten.

**Tora**
Der Pentateuch oder die ersten fünf Bücher des Alten Testaments, die fünf Bücher Mose, die in der Synagoge gelesen werden. In einem weiteren Sinn kann sich das Wort auch auf die gesamte jüdische Lehre, die Lehre Gottes beziehen, wie sie in Altem Testament und Talmud enthalten ist.

**Yom kippur**
Der Versöhnungstag. Einer der höchsten jüdischen Feiertage. Nach Mose ist es ein Tag der Reinigung von den Sünden und der Buße. An diesem Tag wird gefastet und gebetet.

**zohar**
Das grundlegende Buch für die Kabbala, das «Buch des Glanzes». Es enthält Kommentare zu den biblischen Büchern. Als Hauptverfasser gilt der Spanier Mose de Léon (1250–1305).

# ANMERKUNG

* Im 28. Kapitel («Machiavelli erteilt ein Lektion») läßt Marek Halter Signore Machiavelli mehr als einmal mit seinen eigenen Worten sprechen. Einzelne Abschnitte des Dialogs folgen im Deutschen daher der Ausgabe Noccolò Machiavelli: *Der Fürst*, übersetzt von Friedrich von Oppeln-Bronikowski, insel taschenbuch 1207.
* Die Zitate aus der Bibel folgen – so weit möglich – der Ausgabe von Leopold Zunz: *Die vierundzwanzig Bücher der Heiligen Schrift nach dem masoretischen Text*, Sinai-Verlag, Tel Aviv 1997.